中国公案小说

国学经典文库

目　录

国学经典文库

中国公案小说

·目录·

图文珍藏版

1

国学经典文库

中国公案小说

·目录·

图文珍藏版

国学经典文库

中国公案小说

·目录·

图文珍藏版

3

国学经典文库

中国公案小说

·目录·

图文珍藏版

国学经典文库

中国公案小说

·目录·

图文珍藏版

国学经典文库

中国公案小说

·目录·

图文珍藏版

国学经典文库

中国公案小说

·目录·

图文珍藏版

9

国学经典文库
中国公案小说

图文珍藏本

施公案

[清] 佚名 ◎ 著

导读

　　施公案,亦称《施公案传》《施案奇闻》《百断奇观》,8卷,97回,未著撰人。大约由于其故事始于说书,后经文人加工整理敷演而成。现存道光四年(1824)刊本,有嘉庆三年(1798)序文,可推知它大约成书于乾隆、嘉庆年间。现尚存多种道光年间的刻本。1982年北京宝文堂新排印本402回,包括部分续书。

　　小说的中心人物施仕纶,实即康熙年间施世纶,字文贤,清汉军镶黄旗人,曾任扬州、江宁知府、漕运总督等官,著有《南堂集》《清史稿》有传。小说《序》称"采其实事数十条,表而出之,使天下后世知施公之为人,且使为官者知以施公为法也"。但书中许多公案题材和情节,大都出于虚构。

　　小说从施仕纶作扬州府江都县令写起,到升任通州仓上总督时止。所作之事,不外"审案"和"剿寇"。情节比明代公案小说稍加曲折,断案之外,又有私访遇险之事。书中大小十余案,大都靠托梦显灵、鬼神鉴察来解决,灵怪色彩很浓。剿杀"黄河套水寇"刘六、刘七,恶虎庄的武天虬、濮天雕,手段残忍狠毒,表现了维护忠孝节义和封建等级制度的明显倾向。

　　《施公案》标志中国公案小说和侠义小说的合流。它在同治、光绪年间曾续至10集。其后续作品还出现了《彭公案》等。此外又有《李公案》《刘公案》《于公案》《张公案》等。这类小说的特点是:"每以名臣大官,总领一切",而所谓侠客,则"帮助政府"。但由于《施公案》宣扬"惩恶扬善"思想,并迎合部分市民心理,故产生很大影响。京剧《恶虎村》《连环套》等数十曲剧目,均与小说《施公案》有关。小说语言通俗,类似口语;但粗糙庸俗,语多不通。其善于铺排,则具有民间通俗文学的特点。

圣朝康熙年间，风调雨顺，国泰民安。

扬州府江都县，姓施，名仕伦，御赐讳不全。为人清正，五行甚陋，系镶黄旗汉军籍贯。东四旗，在东城；西四旗，在西城：乃为八旗。鼓楼就是界限，即住鼓楼东罗锅巷内。他父世袭镇海侯爵位。

诗曰：

施公为官甚清廉，秉正无私不惧权。

百张呈词一日审，不顺人情不爱钱。

第一回　胡秀才告状　猪鸟梦鸣冤

话说江都县，有一秀才，姓胡，名登举。他的父母，被人所杀，头颅不见。胡登举合家吓得胆裂魂飞。慌忙出门，去禀县主。跑到县衙，正遇升堂，就进去喊冤。走至堂上，深打一躬，手举呈词，口尊："父师在上，门生祸从天降！叩禀老父师，即赐严拿。"说着，将呈词递上。书吏接过，铺在公案。

施公闪目细阅。上写：

具呈生员胡登举，祖居江都县。生父曾作翰林，告老归家，广行善事，怜恤贫穷，并无苛刻待人之事。不意于某日夜间，生父母闭户安眠，至天晓，生往请安，父母俱不言语。生情急，踢开门户，见父母尸身俱在床上，两颗人头，并没踪影。生忝居学校，父母如此死法，何以身列胶庠？为此具呈，叩乞老父师大人恩准，速赐拿获凶手，庶生冤仇得雪。感戴无既。

施公看吧，不由点头，暗暗吃惊。想道，黑夜入院，非奸即盗。胡翰林夫妇年老被杀，而不窃去财物，且将人头拿去，其中情由，显系仇谋。此宗无题文章，令人如何做法？为难良久，说道："本县即委捕衙四老爷前去验尸。你只管入殓，自有头绪结断。"胡秀才闻听，只得含泪下堂，出衙回家，伺候验尸。

且说施公吩咐人去知会四衙，往胡宅验尸呈报。把呈词收入袖内，吩咐退堂。进内书房坐下，长随献茶毕，用过晚饭，把呈词取出，铺在案上翻阅。低头细想，踌躇此案难结。欠身伸手，在书架上拿过古书一部，放在桌上，要看个对此案节目，好断这没头之事。将《拍案称奇》，从头至尾看完，又取过一部，系海瑞参拿严嵩的故事。不觉困倦，合上书本，伏于书案之上，蒙眬打盹。

梦中看见外边墙头之下，有群黄雀儿九只，点头摇尾，唧喽喳啦，不住乱叫。施公一见，心中甚惊。又听见地上哼哼唧唧的猪叫，原来是油光儿的七个小猪儿，望着贤臣乱叫。施公梦中称奇，才要出去细看，那九只黄雀儿，噗哒一齐飞下墙来，与地下七个小猪儿，点头乱哨。那七个小猪儿，站起身来，望着黄雀拱抓，口内哼哼乱叫。雀哨猪叫，偶然起了一阵怪风，把猪雀都裹了去了。施公梦中一声大叫，说："奇怪的事！"

施安在旁边站立,见主人如此惊叫,不知何故,连忙叫:"老爷醒来,醒来!"

施公听言,抬头睁眼,沉吟多会。想梦中之事,说:"奇哉!怪哉!"就问施安这天有多时了。施安答道:"日色西斜了。"施公点头,又问:"刚才你可见些什么东西没有?"施安说:"并没见什么东西,倒有一阵风,刮过墙去。"施公闻听,心中犯想,这九只黄雀、七个小猪,奇怪!想来内有曲情。将书搁在架上,前思后想,一夜不宁。直到天亮,净面整衣,吩咐传椰升堂。坐下拔签,叫快头英公然、张子仁上来。二人走上堂来,跪下叩头,施公就将昨日梦见九只黄雀,七个小猪为题标写,说:"限你二人五日之期,将九黄、七猪拿来。如若迟延,重责不饶。"将签递与二人。二人跪爬半步,口称:"老爷容禀。小的们请个示来,这九黄、七猪,是两个人名,还是两个物件,现在何处?求老爷吩咐明白,小的们好去访拿。"言罢,叩头。施公闻听,说道:"无用奴才,连个九黄、七猪都不知道,还在本县面前应役吗?分明要偷闲躲懒,安心抗差玩法!"吩咐:"给我拉下去!"两边发喊按倒,每人打了十五板。二人跪下叩头,复又讨示。尊声:"老爷,究竟吩咐明白,待小的们好去拿人。"施公闻言,心中不由大怒,说:"好大胆的奴才!本县深知你二人久惯应役,极会搪塞。如敢再行啰唆,定加重责!"二人闻听,万分无奈,站起退下,去访拿九黄、七猪而去。施公也随退堂。一连五天,假装有恙,并未升堂。

到了第六日,一早吩咐点鼓,升堂坐下,衙役人等伺候。只见一人走至公堂案旁边,手举呈词,口称:"父师,门生胡登举父母被杀之冤,叩求父师明鉴。倘迟久不获,凶犯走脱难捉。且门生读书一场,岂不有愧?若门生另去投呈申冤,老父台那时休怨!"言罢一躬,将呈递上。施公带笑道:"贤契不必急躁。本县已经差人明捕暗访,查拿形迹可疑之人,审明自然替你申冤。"胡登举无奈,说道:"父台!速替门生申冤,感恩不尽!"施公说:"贤契请回,催呈留下。"胡登举打躬下堂,出衙回家。

且说施公坐上为难多会,方要提胡宅管家的审问,只见公差英公然、张子仁上堂,跪下回禀:"小的二人,并访不着九黄、七猪,求老爷宽限。"施公闻听,激恼成怒,喝叫左右拉下,每人重责十五大板。不容分说,只打的哀声不止,鲜血直流。打完,提裤,战战兢兢,跪在尘埃,口尊:"老爷,叩讨明示,以便好去捉人。"施公闻言无奈,硬着心肠说道:"再宽你们三日限期,如再拿不住凶犯,定行处死!"二差闻听,筛糠打战,只是磕头,如鸡食碎米一般。施公又说:"你们不必多说,快快去缉访要紧。"施公想二役两次受刑,亦觉心中不忍,退堂进内。可怜二人还在下面叩头,大叫:"老爷,可怜小的们性命吧!"言毕,又是咕咚咚的叩头。县堂上未散的三班六房之人,见二人这样,个个兔死狐悲,叹惜不止,一齐说:"罢呀!起来吧!老爷进内去了咧,还哀告那个?"二人闻听,抬头不看见老爷,忍气站起,腿带棒伤,身形晃乱。旁边上来了四个人,用手搀架下堂。

且说施公退堂,书房坐下。心中想,昨日梦得奇怪:黄雀、小猪,我即以九黄、七猪为凶人之名,出票差人。无凭无据,真难察访。不得已,两次当堂责打差役,倘不能获住,去官罢职,甚属小事;怨声载道,而遗臭万年。前思后想,忽然灵机一动,转又欢悦,如此这般方好。随叫施安,说道:"我要私访。"施安听得,不由吓了一跳,口尊:"老爷,如要私访,想当初扮作老道,熊宅私访,危及性命,幸亏内里有人护救。而今再去,内外人役,谁不认得?"施公闻听,说:"不必多言,你快去,就把你破烂衣服取来,待我换上。"施安不敢违拗,只得答应。出书房,到自己屋内,将破烂衣服搬出,送至老爷房内。

且说施公将衣换上,拿钱数百,带在身上,以为盘费之用。施公自到任,没带家眷,只跟来施安一人,衙内并无多人,还有两名厨子。施公吩咐端饭,用毕,趁着天黑,好出衙门,以便办事。嘱咐施安小心看守,施安答应,随将主人悄悄送出,又对看门皂隶说道:"老爷今日出去私访,不许高声,快快开门。"施公迈步出门,一瘸一点而去。

施公正走中间,只见茶坊之内,一些人在灯下坐定吃茶。正往里面钻,走堂的见衣服破烂,不像个吃茶的客人,就出言不逊。施公闻听,心下不悦,后又叹息:既然私访,任说什么话,只装不闻,叫:"走堂的,快拿茶来,要用香片,快些泡来。无论什么点心,只管拿来,吃完照数给你们钱钞。"走堂的闻言,就不敢怠慢。随即送上茶来,并杂样点心。施公坐着吃茶,侧耳听那些人言言语语。内中一人道:"咱们这县里,老爷清正。自到任来,诸事廉敏,体惜民情,一方福星,真可谓青天!"众人说完,大家走散。施公一见,欠身将茶钱会清出店。夜深路上人稀,忽然乌云密布,狂风陡起,细雨濛濛,甚为焦急,又觉身疼,忽然想起:"我何不到城隍庙里去避雨投宿?"随即迈步前行,一瘸一点来至庙前。瞧一瞧,四顾无人,庙门紧闭。那雨密密而下,不由沉吟叹气,没奈何且在山门之下容身。可喜雨止云散,一轮月光。地湿难行。谯楼已交三鼓,只觉身上寒冷,实在满目凄凉。贤臣只为民情,绝无反悔之处,只知为官与民除害,诚谓事君能致身,快乐而无怨怼。只愁胡宅人命,如何访出真犯,如何结案。耳内忽听交了五鼓,看看黎明,一夜未眠,渐至天亮。见有往来行人,连忙起身,下了台阶,一瘸一点,向街上走,且把这顶破帽子按了个齐眉,纵然撞着熟人,把头一低而过。留神细访那土豪恶棍,以及那杀人凶犯。看看时交巳刻,肚内饥饿。见有个饭店,要进去吃饭,迈步前走。哪知掌柜的一见施公相似乞丐,浑身破绽,面目漆黑,一声大喝:"那穷人不要进来!"施公闻听,刹住脚步,带笑回答,叫声掌柜的,"不必口出恶言,我原是照顾你的,并非讨饭之人。我如今会了钱,然后吃东西,何如?"说罢,将钱掏出交与掌柜的。这才端东西来。施公一边吃,一边暗叹,正嗟世情之薄。往外观看,见一个半老妇人,走到店前,又哭又喊。年纪三十三四,披头散发,脸上青紫,怀抱小儿,两眼流泪,口内数数落落,道:"奴家现有千般怨恨,这段冤枉,活活屈死人了!欲去告状,偏偏的县主又病,衙门人拦住。我这屈情,挨到几时才申?听说县老爷官清似水,谁知竟不坐堂了。未知病系真假。若是假病躲懒,有负皇恩,不理民词,枉为民之父母!明早我还去告,击鼓鸣冤,如再要不管,我就一头撞死!"说完,又哭又骂。后面围绕许多人看。施公听见,暗说道:

"好叫人不解!一个妇人,他竟敢毁骂官府。但不知所为何情,待我出店跟他去,自得其详。"

且说奉差访拿九黄、七猪二役,回到家中,饮酒商量,九黄、七猪的事情,竟无法访缉。张子仁说:"英兄,咱俩歇一夜,明日装扮乞丐,再于城里关外,日夜巡访。不怕为难事,只怕心不专。"公然闻言,点头道:"既办公事,要自己竭力。"二人酒饭都已吃完,安息一宿。次早起来,即忙改扮停当,同出门去,要访九黄、七猪的消息。子仁说:"英兄,咱两个日期都忘了,今日乃是七月十五日,往年江都县里,关外观音院寺,我见办会的不少。咱二人现未访着凶犯,何不到北关外莲花院庙中走走?"英公然答应:"使得。"二人一同迈步,直扑庙而来。登时到了门首,看了看,清门净户,并不办会。二人立了一会,打庙中角门内,走出两个小沙弥来。留心细看,但见大些的有十五、六岁,小些的有十一、二岁,个个生得唇红齿白,即如小女孩一样。一个手拿笤帚,一个手拿簸箕,嘻嘻笑笑,走至山门以外。二差看见,忙忙让开。两个小和尚抬头看见二人,身上褴褛,点头叹惜道:"你等可来不着了!往年间,我们这座庙里,必做盂兰盆会,二位穷大哥,要吃点子斋饭,是容易的。今年不能了,现在我们庙内来些人,倒像闹丧的,因此不办了。没的说,你哥儿们既来,也无空回之理。如肯替我们打扫打扫,我自然与你饭吃。"二差听说,一个来接笤帚,一个来接簸箕,一面扫地,一面同沙弥讲话,说道:"二位小师父,几时做和尚的,老师父叫何名字?"二人答道:"我本是良家子弟,因从小多病,无奈做了和尚。起早睡晚,烧香、扫地、念经。我师父真厉害,他的法号,人称'九黄僧人'"。小沙弥说的无心之话,两公差闻听,不由心内一动。英公然向子仁挤挤眼:"九黄"二字对了!又见一人从外挑了担菜蔬,往庙里送去,还有鸡鸭鱼肉。公然看见,要套访真情,叫声:"二位小师父,我今斗胆,借问一声。依我想来,此乃善地,不知用此荤物何故?既不办会,或是请客吗?"小沙弥见问,就望着大沙弥连忙扭嘴。小沙弥方交十二岁,哪知好歹,先就嘴快说:"穷大哥,听我细细讲来,千万外面勿要告诉别人!我家师,真真利害,手使单刀,有飞檐走壁之能,结交天下英雄、江湖弟兄。今日治东请客,故买鸡肉。还有一言,我们庙内,缺少烧火之人。二位愿意,岂不是好?"二差闻听此言,正中机关。子仁带笑,又问:"令师想来现在庙中,我们进去见见,如其果能用我二人,深感大情。"沙弥见问,又低声说道:"若问家师,今日早晨进城,未回庙中。因城里尼姑庵,七月十五办会,请客演戏,夜晚还放烟火。那女尼,是我家师的干妹子,年纪二十几岁,生得美色。家师与他买的庙宇,传授他些武艺,跨马抡刀,件件皆能。法名叫'七珠姑姑',远近皆知。"大沙弥在旁听见,大喝一声,骂道:"小秃驴,你又混学舌!前者师父打谁来?又说瞎话,叫师父知道,把筋还打断了你的!"正说间,忽从内里走出一人。这凶眉恶眼、粗壮高大之人,一声大叫:"大沙弥,后面的哥儿们叫你!"大沙弥答应,即忙跑进去了。下回分解。

第二回　暗探人头案　公差得消息

且说公然见天色将晚，叫子仁别等吃斋，既得真信，快快回衙。子仁答应："一齐出寺，进城禀报，好结此案销签，也算咱俩头一大功。"说着，满心欢喜。

且说施公从饭店出来，跟随那妇人，窃听哭诉告状缘故，竟白跟了一回，不得明白。见天色尚早，不便回衙，"何不出城访访，等天黑回衙"，想过，迈步出了城门。可巧正遇二差，欣然而来。施公远远望见二差，也是乞丐打扮，不由赞叹，"我且躲避，任他过去。"不意早被二人望见，随后跟来。施公进庙，公差紧行，也进了神堂。施公坐在台阶。二人看一看无人，抢步下跪，叫声老爷："小的等奉差，访拿九黄、七猪，今在莲花院内访明，恶僧九黄与七珠，乃是干兄妹，系苏州人，先奸后拐到此。"施公闻听，忧化为喜。又问："因何名叫九黄、七猪？"二差说："他徒弟曾对小的说过：因他师父背后有黄豆大的九个猴子，故名九黄；尼姑因胸前七个黑痣子，故名七珠。恶僧庙内，还有盗寇十二名，无所不为。"从头一一禀明。施公闻听，沉吟良久，道："天色不早，你二人随我进城。天黑到十字横街，瞧瞧凶僧淫尼的举动。"言罢，站起。二差搀扶施公前往进城。看见那军民人等，闹闹吵吵，听那些人议论纷纷：也有说"县主比前任好"的；也有说"耳软疼衙役"的；也有说"私访爱百姓"的；也有说"真真清廉"的。正中间一人，喊了一声，说："你们住口，莫要乱道，仔细县衙人听见，你可吃不了的包子！"施公在人群之内，窃听闲话，为的是公案不结。抬头只见一片灯光，人语喧哗，又听挤挤嚷嚷说："到了！到了。"

施公站在众人之中，观见这法台上——正对观音庵门，搭着一座高台，台上结彩悬花，纱灯挂满。正面设着法座。座上一个和尚，浓眉大眼，满脸横肉；头戴佛冠，身搭红衣。口喧佛号，手叠佛印，混捏酸款。两边还有众僧陪坐。细看，非尽男僧，还有女僧一旁接音，年纪都在三十上下。因七月佳节，天气还热，个个光头无帽，肩搭偏衫。虽说接音，其中一人，杏眼含春，与凶僧眉来眼去，喜笑颜开，还不住地往台下东张西望，卖弄轻狂。施公看罢，又往台下瞧，正中设摆高桌，两旁板凳。数了一数，一边九个尼姑，两边共十八位。各穿法衣，都是光着脑袋，接打各样法器，年纪都在二十上下，个个风骚，人人袅娜。虽无脂粉，俱是齿白唇红，面似桃花。虽然俱打着法器，口念佛语，也是南瞧北看，芙蓉满面，并无一点道心。贤臣看罢，暗暗点头："怪不得搅乱江都，原来如此！这正位上坐者，必是九黄；但众尼之中，未知那是七珠？"细看桌子上首，有敲钟磬的一个女僧，比别的女僧，更有风采，更生美貌。施公看后，暗说："难怪招惹僧俗乱心！"听得法器连打三阵，天有二更时分，施食放完，许多军民四散。施公同着二差，说："这九黄、七珠的缘故，我全知晓。你二人明日先不用进衙门，还到莲花院中，千万小心，引诱小和尚，套问真情，把那十二名盗寇的根由，访了来，回衙定计，以便获拿。"二役答应"晓得"，施公趁天黑回衙。

施安迎接施公进房，净面更衣。酒饭用罢，上床安息一宿。至次早起来，净面，吩咐点鼓升堂。贤臣坐了大堂，众役排班。施公伸手拔签二枝，向下叫王仁、徐茂。二人答应，即上前跪下。施公说："你俩速去十字街观音庵，把尼姑七珠请来，本县要办吉祥道场；再到城外莲花院，把九黄和尚请来，本县要僧尼对坛。"二人答应，站起下堂而去。又往下吩咐去请振守府，又派那些马步三班人等预备。

且说去请九黄、七珠的徐茂、王仁二人，会在一处同行，彼此闲谈县主之事，不觉来到观音庵前，一同迈步进庵。那七珠淫尼，正在禅堂内，心中思想九黄和尚情浓，忽听院内走的脚步响动，心下惊疑，腹内说，什么人呢，一定是施主送香灯来。想罢，慢吐姣声，叫"小尼那里？"答应"来了"，小尼跑入禅房，满面笑迎，口称："师父，不知呼唤弟子，有何吩咐？"淫尼见问，说："你快去看看，是谁在那里走的脚步响？"小尼闻言，忙忙跑出，一见二人，就问："你们是那里来的，怎么往里硬闯？我们这是女僧所在，岂可轻易进来吗？"二差闻听小尼之言，心中不悦，没好气地回说："不必如此！我们是熟人。"小尼扑哧一笑，说："熟人？我怎么没见过呢，你们可倒是谁？"二差闻听，说道："我们是县衙里头儿。你快去告诉令师，我们奉县主之命，来请七珠姑姑，立刻进衙，去办吉祥道场。"小尼一听，故意取笑说："嗳哟，原来是衙役老爷嘛，略等一等，我回明家师，回头再请爷进去。"言罢，转身进禅房，将公差之言，说了一遍。七珠闻听，心中不解，说："县主请我办事？"细想，施不全与我并无往来。闻近日众家寨主们，闹的不像，人命案甚多，莫非有什么知觉？若不去，他是一县之主，居他治下；若去，又恐不便。沉吟一会，偶生一计，说，有了，我何不如此这般允他？遂叫小尼："请他们来见我。"小尼答应，出去把二差引入禅房。

七珠偷眼一看，两差人不过是缨帽袍套，拐古郎当的打扮，雁儿孤的相貌。七珠心烦，无奈口尊："上差，到此何干？小尼献茶。"二人一见，浑身软麻，神飘魂荡，意马难拴。人人说七珠美貌，今见方知话不虚传。淫尼与二差问了姓名。二差便说："我二人奉县主之命，来请你到衙，办吉祥道场。须得尊驾亲自跟我们同去方好。"说罢，忡怔怔的歪着脖子，目不转睛，瞅着尼姑。七珠一见，暗骂二役皮脸可恶，如不是王法之地，立刻给你个狗头落地。今施不全叫人来请，有些吉凶难定。我想城内人命极多，或有动静消息，亦未可知；倘无动静，不去，又是不便。沉吟一会，"管他什么，少不得要去走走。就有变动，料着外有九黄哥哥，众家寨主；自己又能飞檐走壁，马上双刀，何足惧哉！恼一恼马践江都，杀他个魂胆飞裂！就见他何妨！"想罢，假意带笑，叫声："上差，不知单叫我进县，果还叫的有别人？"徐茂说："还请北关莲花院的九黄师父。咱们就走吧，我家恩主立候着哩！"七珠带笑说："上差少坐，待我更换衣服，一同进衙。"二差听说就走，心中欢喜，说："使得。"

且说七珠转身入内，登时换了一套新衣帽出来。二差鼻子里，只是闻着阵阵兰香。留神一看，真真可爱，一言难尽，把他两个痒痒难熬，口内不住地赞叹，说道："七老爷快走!"七珠出了禅房，叫小尼快来关门。小尼说："来了。"淫尼在前，公差跟着在后，一同出庵。

且说徐茂相伴七珠进衙，叫王仁出城去请九黄和尚。王仁答应而去，不敢怠慢。出了北关，无心看那庙外之景，忙进角门，正往里走。抬头看见公然、子仁，倒唬一跳。他两个打扮乞丐的形象，在那里打扫山门后庭。王仁心下纳闷，方要上前说话，只见公然忙把手摆，子仁摇头抛眼。他二人恐有旁人识破了机关，走漏消息。王仁心灵透，连连点头，往外而行。窃喜庙内无人瞧见。三人先后出了庙，走到僻静所在，各叙各人之事。王仁说："奉差来寺，特请九黄进县。"公然、子仁听说，心下吃惊，叫声："老弟，快些回去! 你想请他，万万不能。"王仁道："还求二兄指教，小弟如何行法才好?"公然说："贤弟，这凶僧甚是利害，单刀双拐，半空能行，过墙越房，如走平地。现今聚了许多强寇，个个武艺纯熟，万夫之勇。"王仁听完公然之言，不由扑哧笑了一声，叫声："英哥，休要担惊! 俺在六扇门里走动，若要没些本领，小弟如何敢在公门应役。今日务要将九黄恶僧请去。"又说："只需如此这般，管叫他应允，二兄但请放心。"说罢，张、英二差站起，先进庙去。

王仁略迟一会，迈步进庙，走至院中，一声大叫："庙里有人吗?"庙中走出僧人，一见王仁就问："你是那里来的，是做什么的?"王仁道："你说我是谁?"僧人带笑说："你好像衙门中公差吗? 请入内堂吃茶!"王仁跟僧人走入云堂，让座，敬茶已毕。王仁说："我无事不来，今领县主之命，立刻请你九黄师父进县，去办吉祥道场。"僧人闻听，带笑说："上差少坐，待我禀明了当家的，就来请你们去见。"说罢，迈步穿门，走入密室。九黄和尚，正同十二个响马，饮酒作乐，忽抬头看见小僧，说："你不在外面照看门户，为何进来?"小僧就将王仁之言，告诉九黄。九黄心中不悦，带怒道："你去告诉他，就说我少时出去见他。"小僧答应，出了密室，来见王仁说："我师父就来。"

且说凶僧听得公差来请他，望着众寇说道："列位寨主，依我想来，施不全差人来请，不知是好意、歹意。咱们倒要商议商议，方保无事。耳闻他有诡计多端，狐迷假道。若进衙，恐其不便。"众寇见问，一齐说道："虽说是咱们所行之事甚大，而料天大胆之人，不敢惊动于咱。江都县文武官员，何惧之有? 若有风吹草动，战马撒欢，杀得他个江都县天昏地暗! 九哥千万别要怯胆。请你，你就去，见他何妨? 随机应变，见景生情。既设坛场，你就念经。自今来往走动，与咱交好，又怕何人? 我们在庙打听动静，九哥又能走壁飞檐，果有不测，弟兄都住这里，一同努力上前，杀官劫库，把人斩尽，闯城骗海，高山啸聚，官兵无可奈何!"凶僧一听，心中大悦，道："众位言之有理。你们在此，我到前面，见他有何言语。若是礼貌恭敬，我就应允; 倘是混充上差，一怒将他杀了。"说罢，凶僧站起，一溜邪歪出来，狂言大话："何人请我念经？九老爷不爱钱的。"王仁看见九黄凶恶，暗道，倒应了他二人之话，自应小心。便问小僧："这就是你当家的师父吗？"小僧说："正是。"王仁恼在心里，忙移步至凶僧面前。见九黄闭目合眼，酒气喷人。王仁心最灵透，走至九黄身旁，带笑道："大师父好呵！"九黄虽醉，心里明白，听公差问好，把醉眼一睁，答道："我好！你好吗？"王仁肚里暗骂，好个撒野秃驴，令人可恼！又暗想，且住！我来求他，少不得要下些气儿。无奈何，答道："重承九老爷一问，何以克当。"下文分解。

国学经典文库

中国公案小说

·施公案·

图文珍藏版

第三回　王仁请九黄　守府进县署

且说凶僧歪邪两眼，说："你就是县衙里公差吗？"王仁答应："我就是。特奉县主之命，来请九老爷的法驾，进衙去办吉祥道场。故此小的才到宝刹惊动。"凶僧闻听，心中不悦，叫声朋友："你可了不得了！你瞧不起人。我银钱广有，也不等念经的钱用。你自回去，说与你老爷，我不去。"王仁闻听，心中着忙：不去如何是好？不如再与他些软话，再看如何。忽听凶僧复又冷笑道："岂有此理！江都县界内，除九老爷一人，难道众和尚都死净了？莫说施不全请我不去，不是九老爷说句大话，就是万岁爷宣我，我不去，也不过平常的事情。"王仁闻听，连忙强笑，打了一躬，尊声："九老爷，不要生气。你老人家不去，小的就该倒运了，如何回复县主之命？九老爷要不发点善心，我回去，县主要将我活活打死了！九老爷是佛门弟子，无处不行慈悲，那不是行好呢？我的九老爷，没的说，只当可怜我王仁当下役的苦处，万万相求，开一线之路，求九老爷的法驾一动，我小的就得了命了。"凶僧坐在椅子上边，正自生气，耳内只听得九老爷长，九老爷短，叫的振心，不由心眼儿里扑哧一笑，骂声："鬼嘴的猴儿头！呕的你九老爷也没了法儿了。也罢！你九老爷要不可怜你，就苦了你了。"王仁一听凶僧应允，喜之不尽，连连打躬，说："真是救命了！谢过九老爷，少不得就劳法驾起身。小的还有一个伙计，先请横街观音庵的一位七珠尼僧，进县共办道场，前已去了。咱们赶上，一同进县。县主一见齐到，岂不甚好！"凶僧听得明白，心中大悦，肚内暗转，我当只请我一人，谁知还有七珠妹妹。若知请他，我早应允，大料去也无妨。施不全若是诚心请我，没有什么歹意，大家平安。心方想罢，说："上差少等，就去。"迈步出禅堂，往后而行。众寇笑脸相迎，问明缘由，俱各敬酒已毕。凶僧进房，换上美色衣服，暗带防身兵器，辞别众寇，往外而来。叫道："上差！咱俩同走。"王仁答应，出庙进城。

且说施公暗自忖度擒九黄、七珠之计。下役上来，跪回："本城守府振大老爷，衙前下马。祈老爷定夺。"施公闻听，坐下摆手，说："知道了。"贤臣忙出公座，下大堂迎接。迎着，二位老爷手拉手，说着满洲语。施公问守府："阿哥好吗？"振公回答："好！"施公见堂上人多，不便言讲心事，吩咐："尔等不必散去，本县与振老爷说话，回来办事。"众役答应，伺候。且说施公同守府，进二堂坐下。长随献茶，吃毕。施公见左右无人，说道："今日特请驾临，烦鼎力相帮：只因几件人命盗案。今有凶僧、淫尼，与群寇作乱，许多人命案件未结。现发人去请九黄、七珠到县，假说作吉祥道场为由，拿他二人。除非如此这般，求老哥相帮，大事可定。"守府闻听，答道："自当协力捉拿。小弟暂且告辞回衙，好暗派兵丁，早做预备。"施公送出守府而去。下文分解。

第四回　观音庵访尼　白水獭告状

　　且说施公升座,忽见一物,从公案下爬出,站起望着贤臣拱爪儿,口中乱叫。众役一见,上前就要赶打。施公见此物来得奇怪,喝住衙役别打。细看,原来一个白水獭。贤臣口内称奇,莫非此物也来告状?想罢,高声下叫:"白水獭,你果有冤屈,点点头儿。引着公差,去拿恶人。不懂我话,要来胡闹,立即把筋打断!"施公言罢,往下观看。众役闻听,也为留神。见水獭拱抓点头。这是怨鬼跟随,附着畜类身形,横骨揸嗓,不能言语,口中乱叫,内带悲音。故此施公坐上说:"大为怪事!"就知其中必有冤情,伸手抽签,往两边叫该值公差:"你们领签,快跟这水獭去。不许赶打,任着他走,或是见什么形迹,立刻锁拿,带进衙门。若有徇私粗心之处,本县查出,处死!"青衣答应,上来接签,至水獭前叫道:"领我快走。"公差言犹未尽,可也奇怪,那物爬起来,往堂下就走。公差跟定白水獭,出衙而去。

　　施公又惊又喜:惊的是有头无尾,难以判断;喜的畜牲竟通人性。堂上那些三班六房,人人称奇。忽抬头,只见头门外跑进两个人来,扭在一处,你嚷他揪,扯的这个脸上青紫,那个衣服撕破衣襟。个个布衣,容貌平常,年纪不过四十上下。来到公堂,一齐跪下,满口乱嚷。施公喝住:"你等无知,既来告状,何用吵嚷,慢慢说来。再要无礼,本县立刻用刑!"二人闻言,不敢高声。这个口尊:"老爷,小人姓朱,名有信,祖居江都人氏。自幼攻书,颇知义礼,我现在小本贸易度日。只因前赴码头起货,路过钱铺,换银九两八钱,整整四块。掌柜的用秤子秤了。偏有小的母舅经过,慌忙放下银子,去迎母舅。相叙罢时,再来问银,他不承认。昧银拐赖,因此告状。求老爷判明。"诉罢,叩头碰地。施公问那一人:"你是开钱铺的吗?"那人见问,叩头禀道:"小人姓刘,名永。本系徐州人氏,带领家口,来此江都,钱铺生理。开了已十余年,老少无欺。朱有信来,并未见他银子什么样儿的,明明讹诈,撕破我衣衫。旁人来劝,破口大骂,平白向我要银四块——九两八钱银子。小的往日,并没会过,不知他是哪里人氏。叩求老爷公断。若不与民人做主,只恐趁了刁人之心了。"下文分解。

第五回　县主判断曲直
民妇言讲道理

　　话说刘永诉罢叩首，屈的他二目垂泪。施公闻听，沉吟良久，想这江都民刁，颇能撒赖。此事无凭无据，怎得问明？再三踌躇，主意拿定。带笑叫声朱有信："本县问你，世界上银钱最为要紧，你自不小心，失落银两，先有罪过，还来告状？"那人气的满口大叫。施公故意动怒，断喝："下去，少时再问！"朱有信诺诺而退。

　　施公叫声刘永："本县问你，果真没有见他的银子吗？"刘永说："小人实未见朱有信的银子。如若昧心，岂无个天理？"施公点头，说："你既没有见他银子，也就罢了。本县如今吩咐你，你要不遵，立刻重处。"施公说："你近前来听着。"刘永站起，走至公案旁边，才要下跪，施公摆手，他即站在一旁。施公提起朱笔，说："刘永，伸手过来！"刘永伸手在公案，施公写了"银子"二字，把笔放下，带笑吩咐说："刘永听真：你去面向外，跪在月台之上，不许东张西望，只瞅着手中'银子'二字。如若擦去一点，立刻叫你将银赔出，还要重责！"刘永答应，不敢不遵，心中含怒，走至月台跪下，只瞅着手中"银子"二字。施公又叫衙役上来，近前附耳低言，如此这般，疾去快来。

　　衙役答应出衙去后，施公又见打角门进来一个妇人，披头散发，脸上青肿，脚步忙乱，年纪约有五旬，喊叫冤枉。他口称"青天救命"，气的疯疯癫癫，跑至公案前跪倒，数数落落，悲声凄惨。施公叫声："那妇人有什么冤情，款款诉来，本县与你公断。"那妇人见问，停悲，口尊："老爷，小妇人告夫主万恶！"施公一听，大怒道："放刁胡言！自古至今，妻告夫，先有罪过。律有明条，难以容恕。你快把告夫情由说来，我立刻拿到对词。"那妇人口尊："老爷！小妇人丈夫，名董六，嫖赌不规。求老爷差人拿来，当堂对词，就知小妇人的冤枉。"施公听罢，说："既然如此，你下去等候。"那妇人答应，下堂伺候。施公即出签去拿董六，不在话下。

　　但见先所差去青衣，把钱铺刘永之妻，带上公堂跪下。施公见那妇人，雅淡不俗。就说："你丈夫欠下官银数两，他叫把你传来交还，此款或有或无，快快说来！"妇人见问，口称："老爷言之差矣！凡事自有家主，小妇人的丈夫，该下官银，理应追究他还。小妇人难道自有银偿还吗？小妇人清白良家，闺阁女子，传我前来，什么缘故？抛头露面，进县见官见吏，岂不令人笑谈！知道的，言是丈夫连累了妻子；不知道的，说我败坏闺门。只恐娘家邻右，人言不逊。老爷本是一县之主，为民父母，做官不正，甚是糊涂，枉受皇家爵禄之封。"贤臣听民妇言之有理，心中倒觉欢悦，并不动怒。下文分解。

第六回 施公审银子
断姜酒烂肺

且说贤臣含笑讲话，说："那妇人，休得乱道。俗言为臣要忠，为子要孝，官清吏肃，萧何法律，朝廷定例公平，刚刀虽快，不斩无罪之人。你且休含怨，凡事自有神鉴。你今略待片时，就知详细。人起亏心，天必不容。"说罢，施公叫差役上来，细听吩咐。又叫那妇人："不用你生气。你往那月台上瞧瞧。因你男人欠银不交，罚跪在那里。等本县当着你问他，听他说有银无银，你也就不怨本县了。"那妇人闻听，扭头一瞧，见男人果然跪在月台之上，低着头，不知瞅着手里的什么。妇人看了，正在纳闷。施公往下吩咐公差："你去站立堂口，高声问刘永有银子没有？"公差答应，走至堂口，一声大叫："刘永呵！老爷问你，银子有没有？"刘永只当问手内写的"银子"二字，高声答道："银子有。"公差回禀："老爷，方才那刘永答应，银子有，未敢动。"施公叫："那妇人，你可听见你丈夫说：银子还未敢动，故此他叫本县将你传来的。本县想，你家中必有银子。你不肯实说，本县此时也不深究于你。你既不念夫妻之情，本县无怜民之意，严刑追迫你的丈夫，你可休怨本县！"一面说，一面偷看。那妇人听见这话，就有些惧怕之形。施公故意作威，将惊堂拍的连响震耳，喝叫："快抬大刑伺候！"众役跑去，把夹棍抬来，哗啷一声，扔在当堂，真乃吓人。施公并不叫人动刑，倒望着旁边站立书吏说："汝等伺候本县，也知道本县法重刑狠，铁面无私。本县甚有怜念贸易之人，苦挣财利，养妻赡子。今刘永之妻进衙，认赔官项，岂不大家省事，且显本县之德。哪知这妇人不明道理，还怨本县。他不念夫妇之情，本县不得不用刑法了。"那书吏灵透，深知本官心事，回答道："老爷圣明，理该重究，方服民心。"施公又看那妇人的动静，低垂粉项。施公又将惊堂连拍威吓，叫人动手，夹他男人。吓得妇人面目变色，在下连连叩头，说道："青天，且莫动刑，我实说就是了。"贤臣坐上微微冷笑，回手一指，叫那妇人："快讲，若是有理，就免动刑打你丈夫。"妇人道："银子家中有一包，不知多少，丈夫叫我收起，不许言语。先蒙老爷追问，我不敢说出有银子的话来。方才老爷问他，他说有银子没动，小妇人方敢直诉。求老爷开恩，情愿将银子拿交官项，恳求宽免夫刑。"

施公闻听，哈哈大笑，传刘永问话。青衣答应，忙到堂口，高叫："刘永上堂，与你妻对词。"刘永一听，爬起迈步答应，转身上行，来至堂上；看见妻子，不由吓了一跳，就知瞒银之事已露，面色顿改，无奈一旁跪下。施公叫声："刘永，银子动了没动？"刘永见问，把手往上一伸，说："银子还在。"施公点头，说："有银子就好。"忽听刘永对他妻子说："你不在家，为何到此？"吴氏见问，桃腮带怒，骂："没良心还有脸问我！我且问你，你是男子，欠下官银，你自作主意，该交不该交，凭你，为何胡说，叫老爷把我女人家传进衙门，抛头露面？你可体面何存，你怎见亲朋？快些去拿你给我的银子——我藏在柜顶上皮箱里面。拿来交还官项，好求老爷免打。"吴氏这些话，把刘永说的目瞪口呆，无言可答，迟了一会。吴氏不知其故，偏偏追迫，说："你还不快去，难道发呆就算了账不成？"刘永闻听，一声大骂："好个蠢妇，谁叫你多话！"施公闻听他这事现已败露，心中大怒，一声断喝："唗！你夫妇再要争吵，掌嘴！"刘永、吴氏都吓得低头不语。施公带怒，叫声："刘永，你昧他这些银子，你已欺心。并不想天理昭彰，鬼神鉴察。该死奴才，人生天地之间，全凭忠孝礼义、廉耻信行。大丈夫严妻训子，须要守分。买卖交易，秉心公平，老少无欺。处处正道，神灵自然加护，贸易必得兴隆。害人之心将萌，孰料神佛先知，默默之中，早已照察。适才朱有信换银，你欲瞒昧，上天不容。还敢厮打到衙门来，仍是胡赖。非本县神明如电，赃证俱无，何处判断？你自知陡起亏心，你哪知本县判事如神，略用小计，即入圈套。理应枷号，本县姑念你初犯无知，开恩罚银五两，自新改过。如再欺心，决然处死！"下文分解。

第七回

瞒银倒罚银
碰死真烈妇

施公又望着吴氏说:"妇人休怨本县,你可听我吩咐:你丈夫并非欠的是官债,他竟敢欺心,讹诈换银之人。因为当堂追问,尚不肯认,所以本县设计,传你进衙。原先你怪本县,不该传你对词。事今败露,无可话说。为何夫妇暗起亏心害人!本县仍念你是妇道,宽免刑责。"吴氏闻言,叩头求老爷格外施恩。刘永在旁,吓得面黄脸青,叩头碰地,口称:"老爷,小人情愿受罚。"施公闻听,哈哈一笑。吩咐:"把刘永拉下去,重打十五板,以戒下次昧心。"众役答应,把刘永拉下,打完十五板。吴氏见夫受刑,心疼不过。

施公又叫把朱有信上来问话,说道:"你银失落,皆因大意。原要财不离人,纵与娘舅说话,理该将银收起。如或被左右贼人窃去,就难明白了。幸是刘永欺心瞒昧,以致争吵入衙。本县如不将银断出,你必埋怨本县不明白,在外面议论,言语不逊。今日判银归你,这其中你也有过。本该责以粗心,本县加恩饶恕。以后凡事必须留心。"朱有信叩头谢恩。施公复又开言,叫声刘永:"你昧良心,责打于你。何以又罚银子五两?所罚之银,入官济贫。为的是叫你知过自新。明有王法,暗有鬼神!"贤臣名正言顺,不但刘永等知感,而三班六房,个个点头心服。施公又往下叫一人跟去钱铺,把原银取来,交付朱有信。外取罚银五两,以作公款。又问刘永、朱有信二人:"本县方才的话,听真了没有?"二人回说:"听真了。""既是如此,释放你等回去。"众人叩谢,下堂而去。公差跟着刘永,出衙取银。

且说施公正要退堂,又见从角门进来二人,走至月台。一人挑了剃头担子,放在廊下,同上公堂跪下。回话说:"小的将董六儿传到。"施公摆手,公差站起。施公说:"把那妇人叫上来问话。"公差答应,转身而行。施公往下观瞧,留神打量董六形色相貌:粗皮大眼,鼻子高耸,燕尾胡须,有四旬上下,凶气满面,怒色愤愤。施公看罢,心内明亮,往下就问:"姓何名谁?快快说来!"那人见问,只是叩头。尊声:"老爷,小人祖居江都县中,姓董名铠。原是良民,排行六儿,靠剃头生意度日。不知为何传小的进衙?"施公闻听,说:"你妻告你。"董六闻言,吓了一跳。下文分解。

第八回 审讯真情用刑具
替前夫伸冤雪恨

董六尊声："老爷！小的妻子冯氏，她偶得气迷之症，于今半年有余。小的不知他来告，只求老爷叫他当面问明，到底告的是什么条款？"施公说："本县早已想到，他告你，若要没理，一来欺夫灭伦，二来他必是疯症。因此才将你传来，对对口供，便见真假。"吩咐青衣，抬过大刑来伺候着，众役一齐答应。

早有人把冯氏带上，跪在一旁。董六一见，叫声蠢妇："自身有病，就该保养。为何闹进衙门？"冯氏闻听，气得浑身打战，骂道："天杀的！你这狂言嘛！罢了，罢了，算来你我是对头冤家！"

施公闻听，一声断喝："啐！何用你胡吵，先叫冯氏说来。你在旁，如要争论，一定掌嘴。"冯氏叩头，尊声："老爷！小妇人的冤枉之事，铁石人闻之也要痛情。我家祖居江都，父母双亡。哥嫂把奴嫁与郝遇朋。丈夫开设成衣铺，本好贪杯。老实之人，交这无义之徒董六，为人轻狂。夫主在时，引他入内，穿房入户，好似至亲，与夫同来同往，情谊交厚。哪知贼因，人面兽心，看上奴貌，暗起不良之心。嗣后与夫终日饮酒，不治果菜，一味姜酒敬他。不上几月，夫主得了重病，身肿吐血而亡。可怜奴家孤苦，又无伯叔兄弟，正当天气炎热，出于无奈，舍身改嫁，得获身价银数两，为葬夫主之计。可恨忙乱之中，并没主意，也无相看，刚过七天过门，及到他家见面，才知是董六所娶。"下文分解。

第九回　捉拿僧尼盗 土地祠判鬼

话说冯氏说："我有心不允,更难追悔,身价银已经花用。小妇人无奈,含忍将就而过。数载以来,生下一双儿女。谁料天网恢恢,疏而不漏,真正报应无差。前日,恶人吃得沉醉而归,神差鬼使,通说实情。他说为我使尽心机:姜酒烂肺,无人知晓。百日之功,治死你的前夫,方得娶你快乐,如今生儿养女,我今将实情告诉于你,谅也不怕。夫妻旧情,你疼不疼?言罢,沉沉而睡。小妇人闻言,痛气交迫。伏思既生男子于世间,全凭忠孝。女生宇宙,秉节为重。不讲礼义廉耻,何异于猪狗?当在老爷堂下,我今难顾儿女牵连,也都付流水。昔若不含羞,前夫不能入土。今幸与夫报仇,小妇人虽死九泉之下,瞑目无憾。我与这贼,恩爱反为仇寇。小妇人唯求老爷伸此冤枉,千刀万剐,情所愿受。"冯氏诉罢,令人凄惨。

董六一旁闻听,急得不顾王法,大骂:"淫妇满口胡说,尽是疯言!你就为短了点吃的穿的,不得如意,也要忍耐,何必对青天老爷乱吵。你该想想我董六打着许多钗儿呢,岂是容易的?你这泼妇,疯癫告我,有何证据?幸蒙老爷宽厚,不曾怪你,由你泼妇乱说。"只见冯氏只气的白面发紫,骂声:"囚徒,还敢强辩!鬼神使着你自己说出姜酒烂肺之言,谋死我夫图奴家。当着清官,还不承认吗?"董六闻听,骂道:"嫌汉子的淫恶泼妇!你的前夫死后,无钱埋葬,你央媒人求我,说着愿嫁与我,乃是明媒正娶。已经数载。生儿育女。你因在家中衣食不继,气成疯疾,装出鬼魔告状,说我谋害你夫,图你为妻。有何证据害你前夫?再者,你既知我是仇家,就该早告。我问你,为什么嫁了我,又来告我,何故?"冯氏只气得打战,口不能言。

施公心中明白,故意皱眉,大骂:"恶妇疯癫无知,告你夫主,三从四德,全然不知。既知前夫死亡有故,就该早来鸣冤。你既嫁于他,又成仇寇,不是同谋害却你夫吗?过了这数年,怎么再来告夫主?料此人又是不趁你心。真像古有句俗言:'毒妇心似鹤顶红!'"便叫青衣抬大刑过来,"我把你这刁妇!有心恕你过,犹恐不改,又生害人之心。"施公越说越怒,命左右拉下去,"把这恶妇,领到班房,快动大刑!"众人答应,上前,如鹰捉燕雀,不肯容情,套绳拉着,往下就走。真叫冯氏,气得浑身打战,急的张口结舌,高声叫喊:"冤枉我!"喉咙叫哑,无人理问。

青衣把妇人带进了班房。不多时,妇人哭喊,倒像受刑的声音。且说施公,未传董六之先,就吩咐过:虽叫冯氏入班房,并不用刑,叫假装受刑之声;众役又把刑具弄的响声不绝。这是计套真情,好鸣不白之冤。恶人哪知其故,一闻妻子叫苦之声,心中疼忍不过,他就往前跪扒半步。口尊:"老爷,容民细禀:小的原回过他有些疯症，叩老爷宽恩免刑。留他十指，好作针线，以度光阴。听这刑法，也够他受的了，叫他知道改过前非罢了。"施公听罢，大喝道："你这大胆奴才，就欠打嘴！此乃朝廷设立衙门，理化军民，也许你夫妻到此胡闹，本县作你家的官儿不成？"吩咐人来："快去班房，说与动刑的，格外加重！"青衣答应，跑至班房门口，高声大叫，传话已毕。只听一阵刑具响动，衙役发喊，又听冯氏分外叫唤，十分悲苦。施公偷眼下看，但见董六不住回头往外看，十分怜惜。施公叫声："董六，你心莫惜那个恶妇，叫他受刑法，往后就知利害，再不敢告丈夫。我今且问你：先曾娶过妻子没有，娶这冯氏有几年了呢，现在生有几个儿女？实实讲来我听，我好开恩与你。"恶人见问，口尊："老爷容禀。小的父母双亡，没有手足姐妹。学个剃头生意，以后开了个剃头棚。交了个郝遇朋裁缝，他生意甚是兴隆。我与他穿房入户，往来走动，彼此投合，赛似至亲。后来他不幸得病而亡。妻子孤苦无亲，少儿缺女，又没兄弟，可怜无资殡葬，急得他妻悲啼。可喜冯氏贤惠，卖身改嫁葬夫。偏偏媒人提到小的名下；打听我自幼并未娶过亲事，到铺诉说一番，气的小的两眼发红。巧嘴媒人甜舌蜜语，又说'朋友不过义气，且是一举两得。'小的因思郝兄死后，需钱治备棺木，冯氏嫂子也有倚靠。死者入土为安，生者终身有赖。小的那日带酒应允，聘礼拿去。小的醉醒，追悔莫及。刚过七日，催娶过门。想起郝兄，至今羞悔。幸而夫妻和美，儿女已长成七岁。不料蠢妇偶得气迷疯癫，进衙告状。此是以往的实情。小的代妇恳求宽恕回家，感恩不浅。"连连叩头碰地。施公微微冷笑，叫声："董六，念其朋情，又是明媒正娶，何言后悔？此事世上常有。本县再问你，郝遇朋何病亡故？"董六见问，神鬼拨乱，不由答道："老爷，他那里有什么病，吃酒吃死的。"施公故意哈哈大笑，说："怎么喝酒，就把个人喝死了？"下文分解。

第十回　诱哄恶人吐实言
吩咐重刑讯凶徒

"本县问你，你也会喝酒不会？"恶人见问，只当好话，答道："小的也会喝一点。"施公又问："不知你喝得多少，若是酒后害酒不害呢？"恶人说："小的也不瞒哄老爷，还喝过数斤。"施公说："这等讲来，你还喝不过本县。本县除了办事，退堂后，是吃酒为乐。只有一宗毛病，很不好：饮酒，懒怠吃菜；只爱吃点姜儿，图他性暖胃。"恶人一听此言，大声道："老爷，老爷！快别拿姜下酒，很不好呢！"此必是吃死冤魂当报，怨鬼拨乱他的性。施公听得话内有因，就得了主意了。故意说："姜酒不可同吃，也不知怎么讲呢？你若解说的明白，真有不好之处，本县就不用了。"恶人见问，才觉失口，吓得浑身打战，张口结舌，又不敢说。施公见此光景，冷笑骂道："迷徒！你既不说，本县少不得要动刑追你。"吩咐把冯氏带上来对词。青衣答应而去。施公又追问姜酒不可同吃之故。恶人不敢说出，只是发怔，立刻把脸都变青了。施公心中明白，复又哈哈大笑。只见青衣把冯氏带来跪下。施公吩咐冯氏："你把董六谋害你前夫，细细说来。"冯氏答应，又照前所告之言，一一哭诉。施公问："董六，你可听真了吗？难怪你方才说姜酒不可吃，内中有此隐情。烂肺之事，你这该死的囚徒，快快说来，免得用刑。"恶人见问，不住的叩头，泪流满面，求生。无奈口尊："老爷，小的贸易守法，不敢越礼胡行。小的便娶冯氏，乃是明媒正娶，他心愿从。今来告状，无凭无据。若以姜酒烂肺，谋死前夫，何不早告？含冤数年，忽又喊冤，而且赃证全无。他有疯症，是以枉告。"施公一声大喝："噫！你这囚徒，好张利口！事已败露，亲口自言姜酒害人。你与郝遇朋生前，每日一早，空心以姜饮酒。此乃《本草》遗留'六沉八反姜酒烂肺毒方。'谅你不懂药性赋，若依本县想来，必有主谋之人，问真再议。"吩咐动刑，夹起来。众役一齐声答应，上堂把董六拉下摆倒，两腿套上夹棍，左右拉绳。只听恶人叫"哎哟"，魂离天外。青衣用凉水，照脸连喷几口。恶人醒转，疼的叫苦哀求。施公问道："招不招？"青衣回说："他不招。"施公又问："冯氏，你丈夫不招。倘若你告不实，立即追你之命！"冯氏说："小妇人所告，并非谎言。一有不实，情愿领死。"施公一听，吩咐将夹棍收绳。恶人听得，魂飞胆裂，大声叫道："招了，招了！"

青衣停刑。施公说："哪怕你坚心似铁，难尝官法如炉。"吩咐松棍带上来。青衣将夹棍松下，把董六抬上去。跪下，把怎样与郝遇朋交好，入房见色生心，谋命图妻，因用姜酒百日烂肺之功，治死郝遇朋，得娶冯氏，从头至尾，细说一番，招供是实。施公听罢，又问道："你用的这个毒方，从何而来？其中必有主谋之人，告诉于我。你快快讲来，免再受刑。"青衣接口，一旁喊道："快说！若迟了，老爷又要用刑。"恶人胆怯，叫声："老爷，听小的实说传方之人。因小的见色迷乱，终日神魂不定。小的干妈妈，见此光景，问小的有何心事。小的即将前情告诉于他，是以将方传于小的。不料小的酒后失言，该死。叩求老爷免刑。"

施公闻听，见恶人招承，伏在台阶，眼瞧着冯氏说："你来告状，你也想想：生儿育女，已经多年。生米煮成熟饭。罢咧！我董六死了，我与你也是解不开这段扣儿！"冯氏闻听，只气得浑身打战，用手一指，骂声："伤天理的狠贼！当着老爷，你还敢胡言！从前我丈夫入了你这囚徒牢笼。俗话说的却也不错，奸因夫引。若不引你，焉有此事？如今老爷断事如神，青天有报。你醉后失口泄机，还讲什么夫妻？大家命该尽了。"冯氏气恼在心，说："你就该打死！"又用口咬打罢，倒退，向着阶柱，一头碰死。施公夸奖："好个节女！"复又大怒，骂声董六，"大胆囚徒，只顾你与王婆定计，连害两命。本县问你，你这干妈住在何处，快说！"恶人心想不说，又怕受刑，叫声："老爷，王婆住在东街，关帝庙南首，门前挂着收生招牌就是。"施公闻言，立刻差人把王婆拿来。

王婆上堂跪下，瞧见冯氏尸首，又见董六受了刑法，心中害怕。且说恶人见了王婆，大叫一声："干妈，多谢你的仙方，传得不错！"施公闻听，断喝："再要多话，打嘴！"喝声："王婆！你干儿子供出你传他药方，毒死郝遇朋，谋娶冯氏。是与不是，快快实说，免得受拶。"王婆说："小人并无此事。"下文分解。

第十一回　拿王婆结案　僧尼等念佛

施公吩咐："贱妇不拶不招。"青衣答应，将王婆拶起。王婆疼痛难忍，大叫："老爷，不用拶了，我都说了罢。"施公吩咐松刑："快快实招！"王婆子说："小妇人与董六，通奸数年，传方是实。"施公闻言大怒，道："姜酒烂肺之事，料你不懂。是谁传你？讲来！"王婆叫声："老爷，小妇人的丈夫在日，是个大夫，常言六沉八反之药方子，所以记得。不敢撒谎，老爷详情。"施公听罢，吩咐卸刑。众役答应，把刑松下。施公提笔判断：王婆子，先与董六通奸，后又传方；良妇被他谋娶。水落石出，冯氏自尽。按律王婆应绞，秋后处决。董六谋奸，毒死前夫，谋娶冯氏为妻，依律正法。判毕，叫拿下去画押，吩咐收监。立刻禁子将王婆、董六收禁看守，不题。

且说施公叫人把冯氏娘家人传来领尸。可巧罚刘永银五两，差人呈上，施公吩咐与冯氏买棺。董氏家产，断给亲丁变卖，养赡他儿女。众人叩谢出衙。堂上三班人役，个个称奇，施公吩咐书吏，拟稿详报上司。

堂事方毕，又见请九黄、七珠的王仁、徐茂上堂跪下，口尊："老爷，小的二人，把僧尼都传了来，在衙门外边等候。"施公吩咐："带进来！"二役答应出去，领僧尼上堂。施公看那恶僧：豹头环眼，黑肉满脸，胡须寸许，年约四旬。又瞧淫尼：白面如粉，唇红齿白，年纪不过二十以外，生的袅娜。站在堂前，并不下跪，打躬问讯，带笑问道："老爷呼唤何事？"施公闻听，心中暗怒，勉强含笑，说："奉请二位，本县虔诚还愿，许下僧尼对坛念经，各请十三位拜忏。行观灯、破狱、取水、金桥过往、放烟火、施食，行水陆吊挂、金身佛相。幡帜宝盖，要扯满棚。僧冠僧衣，普用一切，都要新鲜。香供斋食，有烦二位费心。明早设坛，三天共要多少白银？"僧尼闻得施公之言，九黄尊声："大老爷，小僧承县主吩咐，不辞辛苦，应当照办。"淫尼带笑说："九黄爷，小尼穷介。"九黄复口尊："老爷，明早设坛，我们二人，先要取些银子，以备请客之资，余待事毕再算。"施公叫施安取银，交付僧尼，出衙而去。每人又各请僧尼十三名，预备应用东西。下文分解。

第十二回　县衙念经办会
僧尼行香游街

且说施公见僧尼领银去后，吩咐该值，去知会守府；暗派兵丁，计拿凶僧、淫尼。衙前搭起对面彩台、芦棚各五间。又悄悄分派衙内三班人等，明日如此这般。施公吩咐已毕，又见胡登举上堂，手捧催呈，一旁打躬。施公接呈子，说："贤契请回，本县虽未捕获，现今暗中查有踪迹，事在早晚结案。"胡登举答应，出衙回去。

又见堂下走上二人，跪在左右，都举呈词，同口呼冤。施公就问："尔等何事？不用如此，个个讲来。"齐声答应。一个说："小人名叫海潮，久在本县居住，昨晚偶出怪事：贼人盗去东西，又把女儿抢去。婆家日后要娶，如何是好？求恩差人拿贼，以解其恨。"施公一听，大惊。又问这个："你为何事？"那人说："小人名叫李天成，南北贸易。昨在界内，被强盗将伙计砍死路旁，货物劫去，求老爷差人速拿强人。"施公闻说，就知是九黄和尚与那十二名强盗做的事情。施公道："尔等呈子留下，听传结案。"二人答应而去。施公退堂，众役散出，个个你言我语。

且说凶僧、淫尼领银各回庵院。九黄进寺，会晤十二个兄弟，言讲县衙办事，明早设坛。我已应允。倘有吉凶，众兄弟必须商议而行。

不言众寇提防，且说施公退堂，书房闷坐。沉吟："江都这些豪霸，施某略用小计，必要捉清。那人命盗案，犹如雪片飞来。还有无头的案件。观音庵里尼姑，莲花院内凶僧，还有十二个响马。我今设计要拿凶徒，先捉强盗，再拿余党。"施公前思后想，不觉三鼓，宽衣安睡。次日起来，净面更衣已毕，吩咐施安，到外面预备停当，专等僧尼对坛，施公好出去拜佛。

且说九黄和尚先打点辅排一应佛像，送至县衙，在经棚内陈设。凶僧随后请众僧一同进县，共办佛事。七珠也是先将法器送至县衙，各样陈设，结彩挂灯。鼓楼旁边，搭起高棚。不多时，僧尼陆续入县，各归各棚，茶房献茶已毕。守府振公，来至衙门外下马。入报，施公迎出大门。二公都是蟒袍补褂。施公在僧棚内参拜主坛，守府在尼棚内参拜主坛。九黄、七珠个个身藏兵器，提防不测。二公进棚拜佛，九黄留神偷看，并不带多人跟随。凶僧淫尼，一见这般光景，就不以为有别的意了，一齐站起。施公带笑，望着九黄说："和尚请坐，大众不用多礼。"众僧回答"不敢"，都站立合掌向心。施公上香行礼毕，起身外走，带笑说："本县失陪。"二公出棚，大堂设椅而坐，闲谈。僧尼点鼓敲磬。打了三通，烧香开赞，宣毕，正了法器，就叫茶房送茶。献毕，僧尼就铺排幢幡执事等物，运出衙门。守府县公所办，人民随着走看，那街市上三教九流，都看热闹行香。走了四条街，回至衙门前，鼓手吹打，大锣大鼓,响声应天。住了法器,斋房吃斋。二人带领多人,拥进棚来。吩咐下役人等,将汤、饭、菜,不住折换新鲜的。把人使唤的手脚不闲。僧尼留神,观看二位老爷动静,真是别无他意,都放下心怀,安然吃斋。饭毕,各入经棚,茶罢。下文分解。

国学经典文库

图文珍藏版

第十三回　施食台上斗法
军民进衙瞧会

　　话说众僧茶毕，取水请神。天晚，施食一台，三更方散。僧尼出衙，各归寺院。次早，进县。凶僧、淫尼见无动静，渐觉放心。施食已毕，散出回寺。

　　话说施公叫施安快去，如此这般，"到北关莲花院内，把英公然、张子仁，叫他暗暗进衙，有机密事用他。"施安答应出衙。不多时，二人进衙。施安到书房禀明。二差跪下叩头。施公含笑说："起来，听我吩咐。"二人站起，施公说："你们在庙中，怎么样来呢?"二人口称："老爷在上，那庙中十二寇与众僧，个个俱是全身本领。小的们瞧着有些扎手。"施公闻听，说："不用你们夸奖，本县深知你俩的武艺也不弱。现有一事，须你二人去办，别人反要误事。这莲花院十二寇，须得你二人设计拿他。若是走脱一个，拿你家口入监，限今夜将人捉来。"二役一听，浑身打战，复又跪下，说："强盗实是利害，刀马纯熟，求老爷多派些人去。"施公闻听大怒，喝道："你二人本领，本县深知。总要你等今晚三更到庙，捉拿十二寇与众小和尚。但有错误，唯你二人是问!"二役不敢再说，诺诺而退。下文分解。

第十四回 二役复入莲花院 两官再三定宁计

且说庙中那些和尚,一早都进衙,入棚念经作法。见无动静,并不介意。凶僧、淫尼俱不带防身兵器。念完经时,各上斋堂。斋完散归棚内,伺候施食。

且说守府、县公,彼此讲满洲话,如此这般定计,到晚拿捉僧尼。渐渐天黑,点灯之时,僧尼都上法堂。在施食台上,正位是九黄。左右接拨文的是别僧。施公就在九黄身后坐定,二人伺候,两三日施食都是这样,凶僧故不理会。

这一日,振公暗挑好汉,外穿长衣,内穿绑身小袄,暗带兵器,跟随左右,好拿凶僧。台下一溜高桌,两边坐着两溜和尚,接打法器;尼姑那边,也照样办理。振公也照施公行事,专坐在七珠背后;台上跟随两人伺候。只等施公那边动手,这边也就动手。内外埋伏停当,单等号令,一拥而入,并力捕获。

且说二差去庙中,拿十二个响马。衙役走至庙中,两个小和尚一见,带笑道:"二位穷大哥,你们不打扫佛殿,往那里去来?"公然说:"你有所不知。昨日听见城中吴乡宦家放堂,打量去赶个串儿,哪知给了点子稀汤。"小和尚笑盈盈说:"你们运气不好,我们给你们送菜,找你不着,到晚上吃罢!再烦二位上楼打扫。"二役答应,大喜,正好趁机会打听响马的消息,便好下手。随即携带笤帚、簸箕,上楼打扫。渐渐天晚,灯烛点齐。十二强盗聚会,上楼饮酒。下文分解。

第十五回　众寇饮酒在高楼　二差定计倒叩门

且说二公差,将楼打扫干净。强盗上去,坐定饮酒,划拳行令。将到三更时分,都喝得有九分酒了,因等九黄回家再饮,商量要去打劫人家。二公差趁空将蒙汗药下在樽中。二公差又去哄小和尚取酒菜,以戏法为由,把小和尚绑个结实,棉花塞口。

二公差转身叩门,又到厨房。众僧个个贪杯,一见二人,说:"穷大哥,与我们张罗,再谢。"英公然、张子仁同说:"使得。"出厨房,至楼下,听上面还有人声,就知药性尚未行到。二人暗急,说:"此时县内还无救应,如何是好?"

且说县里施食台上僧尼之事。九黄舒展喉咙,声音响亮,吐字真切。台下僧配法器,虽然手执着法器,个个瞧着僧尼。堪堪三更时分,施公看棚里外埋伏兵役甚多,专等号令下手。施公一看,洋洋得意,暗送眼色。快头心下明白,就知瞅空叫动手了。又送眼色与壮丁、马快、兵役。快头不敢怠慢,走到凶僧背后,把九黄连腰抱住,滚在台下。各人各持铁尺短棍,乒乒一阵,把九黄两肘两腿打伤,难以转动,绳捆结实。振公那边,见僧台一乱,也就动手。七珠方散施食,正在闹热,忽听人嚷。尼姑正在暗惊,守府站起,忙使饿虎扑食的架势,把七珠后腰搂紧。七珠复用力争扎,二人一齐跌倒尘埃。七珠用解法要跑,两个快头扑上。手举铁尺,当肩一下。七珠空手,难以躲避,打得二目发昏,栽倒在地。振公爬起,嚷说:"好厉害!淫尼力大。"叫兵役按住。即时背捆起来,守府这才放心。淫尼满口混喊,守府令人打了一顿嘴巴。淫尼不敢喊叫。其余僧尼,也不敢转动,令人看守。

二人会同,带领兵役,开北门。灯笼火把,照如白日,直扑莲花院庙内。公差等的正心急,只见远远一片灯光,就知城内人马来了,说道:"咱们快去迎接!"二人往前紧跑几步,迎着跪下,报名。施公带笑问道:"你二人办的事情如何?"二人见问,随即将事禀明。施公闻听大悦。叫声振阿哥:"你我先守住山门。叫他二人带了兵役进去,将强寇拿住。其余众僧全行捆绑,一同回衙。"守府答应,随吩咐公然、子仁:"带兵五十名进庙,将强寇与众僧捆绑,抬进城去,重赏尔等。"下文分解。

第十六回　小和尚实诉
　　　　　遭难妇有救

　　且说二公差领兵一拥而进，直扑玉皇阁。十二寇被蒙汗药治住，尽然被擒。又领至厨房，余僧醉卧，登时被擒。二役回明，二公下马进庙，廊下坐定。灯火照如白昼。吩咐带上众寇与僧等问话。公然说："众寇被药酒所迷，尚未醒来。小和尚明白。"施公说："带上来！"

　　二役走至空房，掀开棉被，把口中棉花掏出，解开腿上之绳，提到二公前面。施公用手一指，断喝："咄！休得胡言。九黄已经被擒，若不实说，立追狗命！"小沙弥听见九黄、七珠被擒，甚喜，知是老爷到庙，说："老爷不用动刑，我们实说了。"就将从小怎生进寺，恶僧如何作恶，如何奸淫，恶僧留小两口避雨，诱女进庙内，乱棍打死他男人，把妇人养在庙中，尸首现在庙后……，一一说明。施公闻听，就说道："既有妇人，衙役跟去唤来。"

　　不多时带到。施公一看，那妇人泪眼愁眉，形容憔悴。施公问道："你是哪里人氏，丈夫到哪里去了？"那妇人尊声："老爷，小妇人丈夫，姓杨名进贵，被和尚害死；将小妇人强占在寺。"施公说："为何不替你夫告状，缘何夫死从僧？"那妇人说："关在空房，万难脱身。"施公说："也该一死全节，何忍偷生？本县不明，细说其故。"那妇人说道："小妇人住在罗文路，名叫罗凤英。丈夫贸易折本，无奈投亲。只因大伯住在江都城内十字街前生理，小妇人同夫投奔到彼，还可度日。不料至此下雨，暂在山门避雨。适遇恶僧无故用棍把夫打死，将奴严藏，任意宣淫。小妇人无奈，只望拨云见日，替夫伸冤，叫大伯领尸入土，小妇人总死九泉，也可闭目。"施公闻听，意甚悯切。天已大亮，施公吩咐："你且起来，随本县进城，自有公断。"又吩咐将十二寇并一切人等带着，留兵看守庙宇。分派已毕，二公出庙，上马进城。大街两旁观看之人，拥挤不堪，议论纷纷。不表。

　　且说两个男子、一妇人，拦马跪倒，口喊"冤枉"。二公勒马。打量这女子：年纪约有三旬，头挽仙髻，桃面朱颜，腰似杨柳；素衣兰裙，三寸春笋，杏眼微睁。两个男子：一个相貌凶恶，衣帽齐整；一个口眼歪斜，一身粗衣，白袜尖鞋，瞪目张口，满面发青。施公看罢，说道："尔等都是告状的吗？"那恶人先答应，说："是。"忽又一人喊冤，系告土地。其人不过是俗常打扮。施公吩咐："一并带起，当堂再问。"青衣答应上锁，二公并辔进衙，至滴水檐下马，立刻升堂。振公旁坐。三班排列。

　　只见角门跑进一人，上了公堂，跪下大叫："县主爷爷，小人来报出首。"下文分解。

第十七回
状告泥土地
哑巴喊冤枉

且说施公闪目看那告状之人：身穿绸绫，生得清秀，年纪四旬有余，面貌慈善。看罢，施公道："报上姓名来，有什么怪事？"那人说："小的姓王，名叫自臣，住在东关。父母亡故，只有妻室。小的在南关作典当生理。家之对门，有座地藏尼庵，女尼在内。咋晚小的自铺回家稍迟，月明当空，三鼓时分。小的来至家门首叫门，忽见庵门之上，挂着两颗男女人头。吓得小的魂魄俱无，急进家门，将门关上。直到天明，不敢隐瞒。今早尼庵中女僧老尼，反倒怪人。不得不报。"施公闻言，心中暗想，真正奇事，都出此地。除非如此，……想罢，吩咐衙役，跟王自臣传了庵主来。该值答应，随同而去。

施公又往下叫，众役答应，"速去带那告奸的海潮来听审；再将报抢劫杀命的李天成，并胡登举，传来听审。"众役答应而去。施公吩咐先带凶僧听审。公差答应，立刻带上，一齐呼堂施威。凶僧并不下跪。施公大怒，骂声："凶徒，快快招认过犯！"九黄大叱："贫僧如来佛教之下的弟子，谨守规法。原是请办佛会，为何拿我？大清法严，凭甚锁擒？"施公见他一派不忿之气，用手一指："本县给你个对证。"叫两个小和尚上来跪下。九黄一见，骂道："小秃驴，来此何干！"小和尚说："你的事情犯了，你不如早些招认罢，免的驴腿吃苦。"施公道："你自作为，本县已访真切。"吩咐把凶僧带下去，将莲花院众僧带上来。青衣答应，把八个僧人，带上公堂跪下。施公反带笑脸开言道："你等实说，本县定然轻恕。"和尚们一听，叩头回道："求老爷只问九黄，则人命盗案，登时就明。"施公吩咐带下去。又把十二寇带上，一齐跪下，相貌狰狞。此时众寇药酒都醒，知道被擒。施公说："本县有一言，与你们好汉商议。目下九黄、七珠被拿。本县颇有好生之德，你们只管实言讲来。要替九黄、七珠瞒昧的，反误自己。不但自身受罪过，还不知性命如何，你们想想。"强盗闻听施公吩咐，个个感化，不约而同，口称："老爷，小人们不敢不招，方才宪训煌煌。只求老爷把九黄叫来，好当面对词，即见清浑。"众寇讲完。又说："叩祈老爷超生。"施公听罢众寇之言，说道："少时即唤问凶僧。你们报名上来，本县好分别结案，以便开脱，俱各说了姓名，再叫九黄上堂面对。"众寇一听，都报姓名，说道：凤眼郭义、上飞腿赵六、宽胳膊吴老四、快马张八、抱星鬼周九、铁头刘五、活阎王乔大、独眼龙王三唤、小银枪杜老叔、朴刀赵二、单鞭胡七。挨次报名已毕。下文分解。

第十八回　告土地人诉苦
哑巴着急难言

施公吩咐,将名记了。又叫把这十二人带下,另在一处,别与九黄见面。原差答应押下。又叫告土地的那人,立刻提到,公堂跪下。施公说:"你是告土地的吗?"那人答应:"是。""即将实情诉来。"那人口称:"老爷听禀:小人今出无奈,舍命告土地尊神。小人家住县城以外桃花村,名叫李志顺,妻子就是本村王氏之女,从小结发。父母亡故,又无兄弟儿女。因家贫困,没奈何出外经营。小人素手空拳,有开药铺的亲眷,留小人学生意。刻苦三年,积了五六十两银子。牵挂妻子无靠,小人辞回,仍扮讨饭之人。那日到家,要试妻子之心。小人走进土地庙内,四望无人,把银子埋在香炉之内,交给本庄土地,出庙回家。可敬妻子耐守苦节。次早到庙内香炉中取银子,那银子却不见了。小人思想无计,来告当方土地之神。叩求青天大老爷判明。"施公闻听微笑。两班衙役,个个抿嘴。施公叫道:"李志顺,你的银子交与土地,虽无人看见,那神是泥塑的,混来胡告,就该打嘴。罢咧,今日准你,你且回去,明日在庙内伺候,本县去审土地。"李志顺答应,叩头出衙而去。

施公又叫把告状的男女三人带来问话。原差答应带上,男左女右,跪在地下。施公道:"你告状为何事?快快说来!若有虚言,本县官法如炉。"下面那雄壮之人先说,尊声:"老爷,小人姓周,名顺,住在城外五里桥。父母不在,缺弟少兄。此妇是我妻子,素贤耐守清贫。积善之家,偏有横祸。那一个他是哑巴,姓武,原系无籍之人。怜其贫穷,留他家中使唤。吃着饱饭,改变心肠,他竟狠心,硬讹我妻是他妇。拿刀持杖,竟与小的拼命。小人无法,同妻进城,在老爷台下告状。叩求老爷做主,判断伸冤。"诉罢,叩头。旁边急的哑巴连声喊叫,二目如灯,泪似雨下。呵呵说话不明,急得拍拍胸膛,把天指指,抓耳挠腮,不能言语。不顾王法,呜呜乱嚷,倒像疯癫,堂上人皆发怔。施公向下说道:"你不必着急。你与周顺先下去,少迟与你们结案。"施公设计问妇人道:"本县问你,想必你们夫妇心慈。那哑巴素日老实,你与周顺怜其孤苦,留在家中使唤,也是有的。可恼不怕王法的,妄生讹心,说你是他的妻子。本县也恼这种狠心人,该重打,逐出境外,免得你夫妇受害,这是正理。本县问你,你到底是哑巴之妻,还是周顺之妻呢?快些说来!"那妇人答道:"小妇人乃是周顺之妻。"施公又说:"本县想来,你素与哑巴非亲非戚,焉肯招来入内行走,便不回避吗?只用你实说一句,本县立刻一顿大板,追了哑巴的狗命,决不姑容这人在江都地方胡闹。你快说来。"施公一片虚言,那妇人认以为真,随即说道:"小妇人不敢谎言,那哑巴是我哥哥,小妇人是他妹子。因丈夫叫他在家过活,谁知他改变,衣冠中禽兽。因此丈夫无奈,才来告他。"施公引诱实情,毫不动怒,吩咐下去,带周顺上堂跪下。施公含笑道:"周顺,你听了本县初任江都,最恼棍徒。你好心待人,反成冤家。哑巴真是不良的棍徒,本该打板枷号示众。本县要先问你,这哑巴不是亲戚,焉能留下? 面生之人,岂能进门? 必是哑巴无理,得罪于你,反目无情。快实说来!"周顺见问,心慌意乱,张口结舌。施公见周顺这般形象,便说道:"不用着急,快说来!"众役使威。周顺见追得紧了,更没主意,说道:"小的与哑巴,是两姨亲。"又转说道:"不是,姑舅亲。"施公不由哈哈大笑,道:"你们到底是姑舅亲。"吩咐把周顺带下堂去,又要叫哑巴问话。

忽见堂下两个人走来。看是先前尼姑庵门口来报挂人头的王自臣与尼姑,跪在下面。王自臣道:"老师父,当家师,咱是多年邻居,你自说,昨晚山门挂的人头,今往那里去了,你说实话。"施公听了,大喝道:"唗,好奴才! 上堂混闹。自有本县裁处,你先下去!"王自臣随即下堂。施公说道:"女僧,你不必害怕,这事依本县想来,你若欺心,庵中把人害死,岂肯将首级挂在山门? 必是你一早开门看见,心中害怕,藏起来也有的。"尼姑闻听,心中发毛。下文分解。

第十九回　地藏庵出异事　尼姑隐摺人头

施公看他如此，又叫女僧不用思虑，"只管说来，本县自有开脱你的道理。"尼姑口称："老爷，小尼祖居本县人氏。父母双亡，自幼出家，谨守清规。今降大祸，小尼并不知有什么人头，恳求老爷恩典。"施公听罢尼姑之言，故意带笑，说："女僧，适才王姓直证。"再问王自臣，道："王自臣，你见首级挂在庵门，你来呈报。这尼姑竟说没有。"王自臣说："老爷，小的与尼姑，往日并无仇恨，小的岂敢生事赖人？求老爷用刑严问。要是无有此事，情愿领罪。"言罢叩头。施公吩咐把尼姑掦起来。青衣答应，上来掦起尼姑，左右把绳一拢，"哎呀！"疼得浑身打战，说："老爷，小尼招了。小尼开门，看见了两个人头，挂在庵门，一时心中害怕，叫老道抛在野外，给他纹银五两，是实。"

施公听了尼姑之言，说道："好大胆的恶尼，见了人头，就该呈报才是。且带下去！"青衣答应，带下。又吩咐把庵中老道拿来对词，公差答应而去。不一时，锁到，战战兢兢跪下。施公问道："老道，你将人头抛在何处？从实招来！"老道说："小的今年七十五岁，孤身伶仃，栖身庵内。那日图银几两，包送人头，恐人瞧见，抛在隔墙一家院子墙豁口以内，即转回庵中是实。"

施公闻听，说："好个迷徒！"吩咐公差，同他到那一家，把人头取来。倘无人头，把那家主带来。公差答应出衙。不多时，带了一人，上堂跪下。公差回道："小的同老道到了那家，原是广货铺子，有一墙口后院。小的问他们人头一事，那店主与众人一口同音说没见人头。小的就把店主带来了，请老爷定夺。"下文分解。

第二十回　审老道追逼首级
转拿人究问真情

施公听罢，叫声老道："果然你把人头抛在他家院子里的？"老道答应："是的。"施公就问那店主，说："老道将人头抛在你院中，你见过？只管直说，此事与你无干。"那人叩头说道："老爷容禀，小的祖居山西，今来到江都贸易。三间门面广货铺子，到后共有房五层，买卖作了十有余年。小的姓刘，名叫君配，今年五旬。铺中伙计十多人。小的墙内，未见人头。若说是有，焉敢无知蒙哄老爷。况且人多目众，谁人不晓？求老爷明察。"

施公听罢，吩咐再把他店中伙计叫一个来。公差答应，去不多时，带一人上堂跪下。施公观看此人，衣帽随时，年纪不过四旬，就问道："你是刘君配的伙计吗？"答应："是。"又说："那地藏庵的老道，说将两个人头抛在你家后院之内，快些说来！"那人口叫："老爷在上，容小民细禀。小的祖居山西，与财东同府。姓王，名公弼，今年四十五岁。有个表弟，昨日早晨往后院去，如今未回，不知去向，也无踪迹。正在愁烦，老爷使查人头之事。小的全然不晓，只求老爷台前恩赐，速找小的表弟。"言罢，痛哭。

施公说："奇了！正追人头，又出怪事。"思忖良久，心生一计，何不如此这般，事情对景。想罢，叫声王公弼："你的表弟，往后院一去，就不见了？"王公弼说："正是。小的那日只听见财东说表弟到后院，跳出墙口，随即就找不见踪迹。"施公听了，心内明白，吩咐王公弼："你且下去伺候。"答应退下。

施公吩咐："把老道夹起来！"众役发声喊，一拥而上。抬过大刑，摆在当堂。那老道吓得魂飞天外。下文分解。

第二十一回　判头异事相连
人命又套命案

　　且说众役撂倒老道，拉去鞋袜，夹起。施公吩咐："拢起！"老道发昏，用水喷醒。口尊："青天！小的原本抛在后院是实。"施公说："卸了夹棍，抬在一旁。"又叫刘君配："那老道所言，你可听见？你若不招，本县要夹你了。"刘君配说："小的真正没见。"施公动怒，吩咐夹起来再问。众役上来，将刘君配夹上。一拢，昏迷过去。用水喷醒，又问，不招。吩咐敲起几扛子。刘君配忍刑不过，说："招了。"施公说："官法如炉，不怕不招。快些实说！"

　　君配招道："那日微明，小的肚痛要出恭，走到后院。忽然一响，瞧见却是男女两个脑袋。小的即至院外一看，并无一人。心中正怕，王公弼的表弟开门，也到后院。他看见头颅，与小的讹诈银两，若不依他，就要告状。因此小的忽起杀人之意，哄骗允他。他就挖坑，哄着跳下，使他不妨，当头一镢打死。小的连那两颗头颅，俱埋在此坑之内。铺中无人知晓是实。"施公一听，吩咐写供。又叫人知会四衙，立刻去验起人头，对词结案。

　　不多时，捕衙回署。施公见有男女人头，放在当堂。公差把胡登举传来。登举方要打躬，见有人头，上前细看，认是父母的头，双手捧定，一阵大哭。施公道："胡贤契，这就是令尊、令堂的首级吗？"胡登举含悲道："正是！"口称："老父台，速拿凶贼，替生员父母伸冤，感恩不浅。"施公说："贤契稍待，以便结案。"胡登举闪在一旁。

　　施公吩咐带九黄和尚听审。不多时，带上凶僧，昂然站立。施公大怒道："你这囚徒，事已败露，还敢强横。夹起来再问！"众役发喊撂倒，把刑一拢，九黄"哎哟"昏绝。用水喷醒。他叫道："老爷，贫僧照实招认定供。"施公吩咐把小和尚带来对词。衙役带上，跪在一旁。施公道："本县先问你，杀死胡翰林夫妇，为何将人头挂在尼庵门上？快说，饶你不死！"小和尚说："老爷若问，小僧深知。那九黄在庙饮酒，小僧常时伺候。他与七珠，原系通奸。城中胡乡宦，本是庵内施主。那日，翰林同夫人、小姐，到庵内焚香。看破了淫尼，甚属不堪。翰林催了夫人、小姐回家。七珠羞愧，九黄替他报恨。那日酒后，越墙而过。去了一个时辰，手提两个人头回来。

七珠心中大喜。"施公又问:"如何挂在尼姑庵门呢?快讲!"小和尚说:"老爷,那九黄是色中饿鬼。那日进城,从地藏庵门口过,见一个美色尼姑,把他魂引去。因不得到手,九黄回庙,愁思无门可入。若将人头挂在庵门,必将庵主锁拿进县,得空他好飞檐走壁,贪夜淫骗。倘若不允,用刀杀死。"施公听罢,吩咐将小和尚带下。施公又问九黄凶僧:"小和尚之言,你可听真没有?"凶僧闻听,大叫:"罢了!应该命尽。老爷不必再问,贫僧招了。"施公吩咐书吏写招。又叫七珠上堂跪倒,一见九黄受刑招认,也就画招。吩咐请胡相公上来。下文分解。

第二十二回　贤臣判结案
行文斩众囚

　　且说胡登举上来，站立公案一旁，施公带笑说："贤契，刚才九黄、七珠等对词，都听真了？"胡登举含悲，说："门生听真了。叩求老父师公判，候结。"施公道："祸因自招，才能生事。令尊当朝伴主，身居翰林，贤契也读孔圣之书。嗣后莫招三姑六婆之人。令堂不到尼庵，焉有此灾？以恩作怨，七珠、九黄才下狠心。这首级，贤契送回府去安葬，专等回文斩贼。再劝你免悲伤。"胡登举听毕，跪倒，说："多谢父师指教之恩，今与门生报仇，来生衔环。"言罢，叩首站起，退至旁边，脱下衣服包好，抱在怀中，下堂出衙回家。不题。

　　且说施公，不免叹息。又叫把刘君配抬过来，与王公弼、地藏庵的道人上来对词结案。差役答应，全带上来。先问尼姑："祸因你起，听本县判断：见头就报，焉有此患？带累多人。财买老道抛去首级，迷徒图银，忘却残生，人头抛在人家后院，哪知移祸与人，暗有神明。君配就该当官来报。事可逢巧，又生祸端。遇公弼表弟，心生不良，见头讹诈银子五百。刘君配疼银，又生拙志，棍打倾生，埋在一处。天网恢恢，疏而不漏。"又问："老道，你是哪里人氏？"老道说："小的河南人氏，名叫吴琳。只因家贫流落江都。"施公说："尼姑给你五两银子呢？"吴琳向腰中取出。公差接过，放在公案。又问尼姑："你隐藏人头，移害与人。拉下去重责十五大板！"放起下去。又叫王自臣："此事算你有功。老道之银五两，赏你去吧！"又吩咐将老道收监，伤好发回本处。又往下叫王公弼、刘君配："你二人听我吩咐。"公弼说："叩求老爷，替小人表弟报仇。"施公说："本县作文具报，但等回文正法。你将表弟速速埋葬，随时传你，报仇伸冤。"公弼听罢，叩首谢恩。施公又叫君配："当日见人头早报，焉有今日？因你起了亏心害人，应当抵命。本县详文回来，再行定刑。"施公叫人解押刘君配回铺，算清账目，交了买卖，带回入监。下文分解。

第二十三回 判案已毕等回文 断女子亲父收领

话说公差押刘君配下堂,回铺交代,王公弼同行。到铺交毕,回来下监。不题。

且说施公吩咐行文,报明上司。又见衙役下跪回话,说:"被盗去财物、贼奸女儿的海潮带到。"施公说:"叫上来。"不多时,海潮上堂跪下。施公道:"你告失盗骗女众寇,已被本县拿住,少时叫你结案。"吩咐先把九黄、七珠带下去,再把十二寇带上来。众役答应,立刻带上跪倒。施公叫海潮:"你认认十二人之内,见过那几个,好给你结案。"海潮答应,上前挨次瞧了一遍,跪下口称:"老爷在上,容小人禀明。那日晚上被他拿住,就昏迷了。叫女儿上前来认罢!"施公说:"使得。"

海潮叩首而去。不多时,同女儿上堂,跪在一旁。施公见他愁眉不展,两眼含泪,见人惭愧。施公看罢,道:"海潮,叫你女儿上前认认。"答应:"领命。"走下来至众寇面前辨认。海潮说:"那晚就是这些个贼,往我嘴里塞紧棉花。那个用绳子,把我背剪,吓得我二目昏花,认不真切。因此叫吾儿认个真切。"女儿认罢,上堂回明。

施公带怒,叫二寇说:"你们偷盗人财,已属可恶。见色强奸,罪上加罪。快些实说!"二盗随即画招。施公吩咐海潮领女回家,详文到时,再领赃物。谢恩而去。下文分解。

第二十四回　螃蟹鸣冤枉　飞签拿老庞

且说施公，只见二人上堂跪下，呈签回话："小的将失物的李天成带到。"施公说："李天成，本县拿获十二寇在此。你既失盗被害，你必认识。且把你伙计丧命之由说来，本县与你结案。"李天成答应，从头至尾，说了一遍。施公闻听话语与诉呈相符，说："你休要伤感，本县判断公平。"又叫众寇上前跪下，问："你们在南北两路打劫事情，从实招来，免受苦刑。"众寇闻听，齐说："小的等作恶，原是不假，情愿治罪画供，求老爷免刑。"施公闻言大悦，道："你等顺理，本县岂无好生之德。"遂叫李天成："你可听见了？这强盗都招口供，你事可结案。先回收殓你伙计尸首，再听传领赃物。"李天成答应，谢恩出衙而去。

且说施公又问众寇："那海潮、李天成二人之赃，现放何处？"众寇说："两家财物，银钱花费一半，下剩在莲花院内。"施公闻听，吩咐将招单拿下去，叫众寇画押呈上。施公带笑说："你们听我吩咐，我这里行文，详报上司。少不得委屈你们，在监候着喜信。本县但有开脱生路，无不尽力。"众寇认作好话，个个心喜，一齐答应。施公叫禁役收监，吩咐小心。牢头答应，把十二寇带去收监，多加防范，不必细说。

施公又叫两个小和尚上来，说："你们再把凶僧之过，说与本县听听，好结此案。"小和尚遵命，自始至终，又说一遍。施公听罢，与招单相符。又提僧尼，画押呈上。立刻吩咐：连十二寇共作移文，详报上司。回文一到，以便正法结案。又吩咐牢头，当堂给九黄钉了脚镣。又把七珠打了三十大板，治了个死去活来，这才一同收监。又把施食的十二个和尚，带来跪下，施公说："尔等内中有莲花院里的僧人没有？"众僧回道："我等十人，各庙居住，他们是莲花院的。"施公说："你们十人，既不是九黄庙中之僧，与你们无干。从今以后，你们要谨守清规，本县今日开放你们，去吧。"众僧一齐叩首谢恩，下堂念经，各回本庙而去。施公又看二僧，面貌慈善，都有年纪，不像行恶之人，说："你二人同这小和尚回庙焚修去吧！"四僧谢恩，叩头起来，回莲花院。又带上莲花院余僧跪下。施公观瞧，个个腰粗膀大，凶眉恶眼，都是不法之徒。不问情由，拔签掷下：每人打三十大板，大枷一面，枷在江都要路口上，一月示众。开释重处还俗，发回家为民！

又叫施食的十二尼姑跪下。一看，就认出不贤惠的有四个尼姑，吩咐带在一旁。向那八个尼姑说道："你们听本县吩咐，你们各回庵去。七珠自作自受。从今你们须守清规。那七珠的观音庵内，每人轮流照看焚修。但有风吹草动，本县查出，定不宽恕。去吧！"八尼一齐答应，叩谢而去。四个尼姑都担惊怕。施公说：

"你们四人作的坏事，你们自己明白。还有什么辩处，快快实说，本县好结此案。"四尼不敢强辩，个个叩头，口称："老爷，小尼心邪。不料老爷神目如电。小尼等岂敢虚言强辩，只求老爷看佛面怜尼，以后改邪归正，谨守清规了。"下文分解。

第二十五回 当堂中文详报 判哑巴打手势

且说施公闻听四尼之言，大笑道："国法难容，把四尼拉下，每人重责十五大板。"皂役答应齐喊，拉将下去，登时打完。断离尼庵，还俗配人。

施公放了四尼，又吩咐知会四老爷，亲到莲花院，清查财物。传海潮、李天成领赃；再叫他等文书回来，看立斩众盗，以解心中之恨。公差答应下堂，去知会四衙，传海、李二姓，跟去莲花院查领赃物。

且说施公，当着振公，又叫将哑巴带上来，登时带到跪下。但见二目流泪，急得搓手，抓嗓拍心，指指口，摇摇手。众役与振公都不解其意。施公说："武二，你不用着急，方才你抓抓嗓子，是自恨不会说话；拍拍心，是心中明白。本县懂的手势，只要你把手势打的明白，本县就立刻替你审明。"哑巴一听，心中欢喜，连连叩头。施公说："你家住何处？"哑巴见问，用手向东一指。施公说："东关以外。"哑巴点点头。施公又问："什么地名？"哑巴用手指头，满地混画。施公吩咐给他纸笔写来。哑巴接了，立刻写完。衙役呈上。施公闪目一观，纸上画的两座塔，当中一座庙。看罢，施公说："必是家住双塔寺。"哑巴点点头。施公又问："你家中有什么人口？"哑巴摇摇头。施公说："只你一人，父母手足全无，是不是？"哑巴点头。施公叫声："武二，少时本县叫周顺夫妇上来，不许你多嘴，问着你再打手势。"哑巴点头。

施公吩咐把周顺夫妇带上来。叫道："周顺，你与武二是什么亲眷？再说一遍，好替你结案。"周顺心内打算主意，先前问我说是姑舅亲，少不得还照旧，又说了一回。施公听罢，微微冷笑："本县问你，与哑巴是姑舅亲吗？"答应："正是。"又问："你这门亲，你女人知道吗？"说："老爷，小的与武二系表兄弟，千真万确。小的女人焉有不知之理？"施公说："既是真亲，你女人固然知道。少时叫女人上来，不许你开口！""小的岂敢多话。"

施公叫那妇人上来跪下："本县曾问过，你也知道，方才你可听见你夫主说：父母俱亡，田宅花尽，你哥哥不成器，胡闹。不知真假，本县问你。"淫妇答云："民妇出嫁六年，我哥哥口不能言，自幼哑巴。"周顺听见，不由就要多言。施公动怒，喝声："打嘴！"不管他，乒乒乓乓打完，打的血水淋漓。施公叫道："那妇人，不用胡思乱想，实诉真情，本县自有公断。你要听真，少时本县问哑巴，不许你多嘴。"那妇人答应"晓得"，跪在一旁。施公叫声武二："本县问你，不许撒谎，周顺是你什么亲戚？"武二摆手摇头。施公说："你与他无亲？"武二点点头。又问："那个妇人与你什么亲呢？"武二闻听，把手指指那妇人，又指指自己。下文分解。

第二十六回　清官参透手势　巧判哑巴奇冤

施公问哑巴说："你与那妇人有什么亲？"哑巴指了自己，将两手第二指十字架儿，反正比比；又把身子仄倒，将手比枕：二人同睡之相。又起身抓抓嗓子，拍拍心口，急的呵呵连哭带嚷。施公带笑叫声武二："本县深晓，你才用手指指他，说你俩不是兄妹；又把手指指头十字比比，说你俩是夫妻；躺在地，你俩是同枕之人；抓抓嗓子，是不能说话；拍拍心，是心里明白。你的冤枉，别人不知。本县猜的是不是？"武二听毕，登时止泪，拍着胸膛，又指指施公，又往外朝上指指天，又连叩了几个响头。施公深知他心里，说："指指天，指指官，言官可比天，判的是了。"施公说："不用比式了，说那妇人是你妻子。本县问你，现有丈母没有？"武二摇头。又问："你有丈人没有？"武二点点头。施公说："你既有丈人，岂不是有了活口嘛。好对证了。"说罢大笑，吩咐差人跟了武二去，立刻把他丈人传来，问明了好结案。差役答应而去，将武二带下同往。周顺与那妇人一听去传武二的丈人，登时变了颜色。施公看得明白，吩咐将他二人押去收监，要小心看守。牢头答应，带下收监。

天晚，守府见施公判案如神，心中大悦，欠身告辞。施公离座相送。二公手拉手儿走着。守府带笑，夸奖施公，尽是满洲话语。说着送至衙外，彼此哈腰分手。

施公进衙，见一公差跪下回话道："小的奉命跟了白獭去，到北关外河涯，那个白獭往河内指一指，乱叫一会，旁有一洞，钻入里面去了。小的回来禀明，请老爷定夺。"施公听说，一声大喝："噫！好个胆大奴才，竟敢把那白妖放走，空身回来。待本县明早亲自去验，再看缘故，追你狗命。下去！"公差起来，吓得诺诺而退。施公吩咐："明早伺候本县，往桃杏村断泥土地。"众役答应，施公退入后堂，走入书房坐下。用饭已毕，在灯下闲看古今书籍。施安就溜出去躲懒。下文分解。

第二十七回 俟天明往审土地
问老者赖亲结案

且说施公独坐看书,天交二鼓时候,耳内忽听唧唧鼠叫。施公往下细看,拿灯一照,只见地下跑过两个水鼠,咬在一处。看见施公瞧他,他两个一齐立起,前爪儿拱,口中唧唧地乱叫。施公心下自疑,说:这也奇怪,往常老鼠见人必躲,今日为何大胆,竟不怕人,莫非他也来告状不成? 想罢,取灯细照,两鼠齐往房外而跑。施公秉灯跟着,找到书房门首,即不见了;地上只有新瓢半片。施公拾起来,转身将灯放在桌上,坐下细想这瓢片、水鼠之故,不由自叹。忽见施安送茶进来,站在一旁。施公手内拿茶,暗想,为官那得清闲,晨起晚眠,我想显显威名,岂知官司繁难。又听衣架上衣服掉落,施公闻声,即叫施安拾起,搭在架上。连掉几次。施公心内就明白了:明早升堂,这般断法。想罢,宽衣上床而寝。

次早,净面,更衣吃茶,吩咐伺候升堂。施安传出,登时鼓响梆敲,升了堂坐,众役呼堂。施公想昨晚之故,伸手抽签二枝,高叫:"徐茂、郭龙。"二役答应,上前跪下。施公吩咐:"徐茂,你去把瓢鼠限五日拿到。郭龙,你去把流衣限五日拿来。若逾限期,重责不饶。"二役答应,接签为难,无奈,下堂出衙而去。

且说施公才要起身去审土地,只见公差同哑巴把他丈人传到跪下。青衣回话。施公看那老人:面皮苍老,形容瘦弱,发须皆白,色如银丝;吁吁而喘,还带咳嗽,二目昏花,微有泪痕;头戴毡帽,浑身布衣、布鞋、布袜,手持拐杖,年纪花甲,面貌慈善。施公看毕,问道:"你是哑巴什么亲戚?"老者见问,口叫:"老爷,哑巴是小人的女婿。同村居住,情好结亲。他的父母亡故,小人无奈,招他上门。只因女儿不甚贤惠,憎夫不能言语,暗中偷逃,不见踪迹。哑巴心急,也出在外。今蒙老爷传唤进城,叩求老爷判明情由。"施公带笑说:"不必悲伤。本县问你,家住那里,你叫什么名字?""小人住双塔寺,名叫鲍君美。"施公说:"有个周顺,你可认得吗?"老人说:"周顺乃是小人的内侄儿。自从女儿逃了,至今也没有见他。"施公听罢大怒:"把周顺并那妇人提来!"青衣不敢怠慢,立刻带来跪下。老者一见周顺、女儿,明白了八九分,不由发怒。

施公道:"周顺,快把拐骗之事说来!"周顺仍不肯招,施公吩咐夹起来。众役发喊,一齐上前推倒,套上夹棍,将绳一收。周顺昏将过去,用水喷醒。又将那妇人手也拶起,真痛彻于心。只得实招说,怎么他姨妹嫌弃哑巴,二人偷情,后又逃走,要成夫妇……一一招认。施公听他二人招供,吩咐书吏写供,拿下与周顺同那妇人画押呈上。施公过目,定罪已毕,吩咐把周顺打了二十大板,拖起跪下。施公说:

"周顺,你通奸拐骗,恕你不死,收监,伤好充军,以免哑巴之害。"周顺收监,不表。施公吩咐把那妇人拉下,重责十五大板,以戒私通。打的淫妇声叫哑巴求情。打完,施公说:"你们翁婿听了:此妇领回家去严教,莫招闲杂人等来往。久而知羞,改邪归正。去吧!"君美、哑巴叩谢,三人出衙而去。

施公吩咐前往土地庙去审事。下堂上轿,全付执事人等,登时出了衙门。那跟白獭的公差,跪下回话,说:"白獭从此钻下水去。"施公一听,说:"你等起去,待我验看。"施公轿内闪目观看,树下之穴无数,大小不同。验罢,施公说:"他用嘴指了几指,钻入树下?"答应:"正是。"施公说:"罚你下河摸上一摸!"公差无奈,只得下河。幸喜天气温和,脱去衣服鞋袜,跳在河内。有一顿饭时,慌忙上岸,不顾穿衣,跪在施公轿前,心内战战兢兢,口中叫道:"老爷,小的摸着一具死尸,用绳了拴着一扇小磨子,搬不起来。回明老爷知道。"施公听毕,沉吟一回,吩咐卫豹:"下去,把那拴的尸首,将绳用刀割去,捞上;再把磨子拿上来。本县重赏你。"卫豹复又下去,即将死尸拉上;次把石磨拉上岸来。穿好衣裳,立在一旁。施公验尸,浑身无衣。又看石磨一个眼儿。那些百姓,观看不言。

且说施公在轿内暗想,只一扇阴磨有眼,将尸坠下。要有那一扇有脐的阳磨,定然明此冤枉。遂差李茂领签:"不许怠慢!限五日以内,必要见真。若是粗心大意,重责不恕。"说罢,又吩咐起轿,来至东关。方上吊桥,忽然天变;狂风大作,搅天灰尘,黄沙乱滚,红日无光。耳内只听人声乱喊。霎时风定尘伏,施公就问众役:"方才是什么响?"公役答应,近前看见轿顶没了。连忙回说道:"轿顶刮去。想必被风刮落河内。"施公闻听,心内大惊,吩咐起去,将此处地保传来。公役即时叫了来,跪在轿前报名:"地方王保伺候。"施公说:"此段地方你管的? 本县轿顶刮落河内,你快些找来。"王地保答应。脱下鞋袜去摸,摸了多时不见。复又去摸,把轿顶摸着,上岸穿衣,手持轿顶,走至轿前跪叩。口称:"老爷,小的摸着轿顶了。"施公一见大悦,说道:"你且起来。"即将轿顶安上。"本县问你,轿顶在何处摸着?"水手回说:"小人摸到桥桩之下,有二尺多深,伸手摸着的。"施公见事有可疑,又问:"你叫什么名字?""小的姓夏名叫进忠。"施公说:"你再到那摸轿顶之处,不论何物,摸来我看。"夏进忠复又去摸。不知摸着何物,下文分解。

第二十八回

解开螃蟹情弊
差人访拿凶犯

且说水手夏进忠，下去摸了多时，并无别物，只有一蟹，拿来请验。施公细看，有碗口大的螃蟹，浑身发青，其形可疑：四个爪儿，两个钳子。看罢，心内暗说奇怪！灵机忽动：方才旋风阻路，刮去轿顶；轿字拆开，乃"车、乔"二字，却像光棍之名。又摸出此蟹，四根爪儿。必须如此这般，方能结案。发签差衙役王仁说："你领此签，限三日把车乔拿进衙门听审。"王仁无奈接签，答应而去。

施公吩咐起身。不一时，将到桃杏村，忽听喊冤之声。施公用脚一跺，轿夫连忙停步。门子上前，揭起轿帘。施公问："什么人喊冤？"公差带上，原是一个贫婆，口称告穷。施公闻听，不由发了一笑说："世上也有告穷的吗？这是你生辰八字。想来你无依靠。罢咧，念你年老，发在尼姑庵中，叫差役送你去吧。说本县之言，交代明白。"青衣答应，贫婆谢恩而去，军民称颂。不表。

施公直往桃杏村审土地，人役马夫，前呼后拥，登时进了村口。地保跪迎轿前报名："东关里地方王麻子，迎接老爷。"门子说："起来引路！"入村不多时，大轿到土地庙前，施公下轿。先看破绽，再升公座。想罢进庙，闪目观看，上面供奉一位土地，左右侍立二位小童。供桌以下，左判官，右小鬼，并无别的陈设，只有一个大香炉。施公看罢，心中纳闷，腹内自语："这事全无题目可做，怎么是好？"不得已转身出庙，升了公座，吏役人等，左右侍立。施公往四面瞧了瞧：来看的男男女女，千佛头一般，周围环绕。施公看罢，将脸一变，要审土地。吩咐："叫告土地的李志顺快上来。"公差一听，回说道："李志顺伺候多时。"施公点头，又叫把庙内土地抬出来听审。众役答应，不敢怠慢，一个个跑入庙内，立刻把位泥土地尊神抬出。施公一见，故意拿腔慌忙站起，带笑把手一拱，高声说："施某今日惊动贤契了，请坐。"言罢，回头吩咐看坐。青衣答应，拿了一张椅子，放在下面，众役把土地抬起，放在椅子上坐定。青衣在旁扶着。施公设智推情，忙出公座，往前一瘸一点，哈着腰，紧行几步，故伸双手，倒像与人拉手的那一种款式。又见施公把手拉了，复倒退几步，哈着腰，带笑大声说："贤契，请坐！"又吩咐："把我的公座转过来，对坐好商议事情。"青衣答应，把椅子拿来，放在土地对面。施公又故意哈哈腰，退步坐下。眼望土地讲话，叫声贤契："休要见怪，惊动尊驾，为的民情。我是知县，你也是一方之主。我与你居官一样，阴阳一理，原无二致，都受皇恩，所事不过管辖百姓，公判民间冤枉，不负君王雨露之恩。请问，本村李志顺回家，将银子埋在炉中，老贤契就该留心照应才是，为什么被人窃去，为何知情不举？既为守主，贤契只管告诉与我，好拿窃银贼人。你我官官相护,我不碍你。若是不说,即作表文,升天参事,你莫后悔。"施公满口捣鬼。

忽然听见众人丛中,有人冷笑一声,说:"真真捣鬼!惑哄愚人。"施公闻听,大怒道:"什么人说话?带他过来!"衙役即行到众人内找寻,将说话之人,带至公案前跪下。施公问道:"你姓什名谁?你笑本县惑哄愚人,想来偷银你必知情,从实说来。如不招认,立刻处死!"那人叩头,口叫:"老爷,小人姓刘,名义。因见老爷审问土地,是以小人不觉失笑。小的该死,叩求老爷施恩。"施公问:"你如何知土地庙内有银?"刘二说:"小的是李志顺同村之人。那日晚间,李志顺回来,酒店相遇,上前问候他,李志顺不理。小的气愤不过,随后即跟他去。他夫妇叙话,方知他的银子在香炉内。小的即到庙中,将银取了。现闻李志顺在老爷台下投告土地,老爷已准他状。今日审土地,是以带来,分文未动。"即将银包呈上。施公吩咐叫志顺上来,打开银包,看过银子数目,跪禀:"银数不少。"施公大怒道:"你今银子有了,本县问你知罪否?可恼你不念糟糠之妇,反怀疑心,才有失银之故,理应重处。那刘义虽说偷银,原是气愤戏弄。黉夜入户,盗听言语,本该重责枷号。但本县有好生之德,罚你二人修理土地神祠,重装金身。"二人叩头谢恩。施公吩咐打轿回衙。此案施公审土地,实出不得已。既为民之父母,不得不为民分忧。失银无证,从何追问。岂不知土地泥塑,何能说话。借审土地之名,百姓晓得奇闻之事。看者千万,同在内中,察其形色。不料果然刘义说出,始得结案。可见施公为民用竭苦心,不愧民之父母。

且说李茂奉差缉访磨盘踪迹,访了数日,并无影子。限期又到,恐怕责打,只得四处寻觅。那日进一酒店,看见桌子底下,放着一扇有脐的小磨,用心细看,与河内小磨相同。即问掌柜的:"你桌下小磨,上扇放在那里?我要借用一用,就还。"掌柜的见问,回说道:"老客,那上扇磨盘没有。我自到这李姓铺子,只有下扇。如有上扇,客人尽可借用。"李茂闻言,冷笑道:"我倒有上片,不知是一副不是,须得你把这一扇背去,合合是不是。"掌柜的心中不悦,说道:"老客酒并未吃,倒说醉话。既不照顾,请便出去。"公差闻听,心中大怒,说:"爷们与你好说不去,牵着才走。"咣啷倒出锁来,套在颈上,不由分说,牵着就走。说:"你不认得,我们是奉太爷之命,特来叫你背这小磨进衙门里去。"管柜的无奈,只得立起,同出店门。

且说施公大轿前呼后拥,方进东关。街道狭窄,人多拥挤,执事前行。忽听道旁一人,高声哭喊不止。施公轿内闻听不悦。心内说,此人胆大!明知本县过路,喊叫,定有奇冤。施公吩咐:"住轿,把喊叫之人,立刻拿来。"该值闻听,连忙跑去,一拥上前,拉到轿前跪下。乡民浑身打战,跪倒叩头。施公就问:"你有什么冤枉,快说来!"青衣又喝:"快说!"那人说:"小的住在南关以外,姓王,名叫王二。父亲去世……"下文分解。

第二十九回　戚胡子告妻
黑犬闯公堂

话说王二说："小的父亲去世,寡母在堂,兄弟全无,卖豆腐为生。因躲老爷,被众人所挤,石狮子绊倒,一盘豆腐全都洒了。"施公听罢,说："带起王二来;锁拘石狮子听审。"军民人等,听见审石狮子,以为新闻,三五成群,来看热闹。

且说奉命锁拿石狮子的公差,见施公大轿去远,齐至石狮子跟前。只见多年狮子,横歪在地,被土埋了半截。卖豆腐人在旁。众公差个个报报怨怨,锹镢掘出,用绳抬进县衙。贤臣立刻升堂,书吏三班喊堂。才要吩咐书吏,看那些结的招供,忽听堂下叫一声——不知打那里进来一只黑犬,窜至堂口。可也奇怪,竟至公堂,他就不胡窜乱跳,把身形伏地,前爪儿跪下,抬起头来,望贤臣汪汪大叫三声,不住摆尾。清官与书吏三班人等,留神察看。各役举棍要打,贤臣喝退。施公腹内自思说,这狗来的奇怪。跑上公堂,他竟会下跪,大叫三声就不动。我施某有心不究,古云"马有垂缰之力,狗有守户之功"。他果有灵性,问他必懂。贤臣想罢,带笑说:"那只犬,你乃畜类,来闹公堂,大叫三声。果有屈情,再叫三声。"那犬听见吩咐,随又叫了三声,叫毕扒伏不动。贤臣称奇:"来人! 尔等去一人,跟了他去,若有缘故,立刻拘拿见我。"该值役名叫韩禄进,答应,上前接签。那犬咬着公差衣服,拉着出衙而去。贤臣吩咐退堂。

施公用毕茶饭,传出点鼓升堂。清官升堂,书吏三班,站立两边。贤臣说:"带上石狮子听审!"公差答应,无奈将石狮子抬上堂来。又把王二带到。施公叫声王二:"本县问你,因躲轿子,被石狮子绊倒,洒了你的豆腐,你才大叫。"王二答应:"是。"施公说:"少时我问石狮子,他若不应,算你说谎言不实,难免责打。你且起去,跪石狮子一旁,好与他对词。"王二至石狮子旁边跪倒。贤臣原是哄骗。离座,一瘸一点,走下公堂,至石狮子跟前站住,吩咐:"拿椅子来。"该值人答应,把椅子拿来。贤臣坐下,瞧看军民甚多,心生一计。勃然大怒,吩咐衙役将仪门关锁,传众百姓上堂。衙役答应,高声叫道:"老爷传众人上堂问话!"众人无奈,皆上堂跪倒。施公道:"尔等是什么人?"众人同声说:"是买卖人。"施公说:"来本县衙门何事?尔等既是生意之人,理宜守居,各司其事。何得擅入衙门,听审官事! 喧哗吵闹,应该何罪!"众人磕头,说道:"子民无知,该死! 求老爷施恩饶恕。"施公思想良久,说:"尔等求饶,本县姑念愚民免责,每人罚钱十文,与王二以作资本。"众人身边带有钱文,随即交给;也有未带钱的,向相熟借给。衙役挨次攒得钱,共有串余,拿到施公面前。贤臣吩咐:"传王二上来领钱。"王二跪倒。施公说:"你将钱拿去回家去，尽心生理，孝养寡母，不可枉费。"王二磕头，谢太爷恩典。施公吩咐开放仪门。众人俱各散出衙门，议论纷纷。不提。

且说贤臣吩咐退堂，施安献茶用饭。堪堪天晚秉烛，施公灯下观看古今书籍，看到天有三更，人都去偷懒，独有施安伺候。忽听门外脚步之声，贤臣往外问："什么人？"那人豪气答应："我呀！"一掀帘帏，闯进书房。贤臣留神观看：小帽青衣，浑身钮扣，腰紧搭包，单刀横腰，薄底快靴；年纪二旬有余，海下无须，满面凶光，带着怒容，身轻体健，甚是雄壮。贤臣看罢，不慌不忙，面带春风："请问壮士贪夜入内，有何事情？"那人大叫道："施不全听真！我本豪杰英雄。江湖朋友，被拿进监，我心不平，有意反狱。你把众家兄弟快放出来，若有一字不允，今晚伤你之命，除却众害，好叫朋友任性而行。"言罢抽出刀来，用刀一扬，举在空中。施安一见，魂不附体，躲在外边桌底之下。贤臣高叫："壮士停手！施某好比笼中之鸟，救应全无。生死任从尊意，暂容片刻，再杀不迟。壮士此来为义，本县就死，也是要忠言尽心事，即死闭目。"那人闻听，横刀住手，微微淡笑，说："有话快快言来！"下文分解。

中国公案小说

·施公案·

图文珍藏版

49

第三十回　飞贼书房行刺　施公言明大义

话表那人闻听，一声大叫："施不全，有话快说！你好闭目受死！"贤臣一见，虽然心中胆怯，忠字在心，全无显出惧色，满面含笑，叫声壮士："既容言明肺腑，施某拙语奉告，纲常大礼，忠孝节义，人生世间，都须有点，不枉奔走风尘江湖。我施某，官居县宰，清廉自守，难趁百人之心。俗说为臣要忠，作子必孝，大丈夫不忠不孝，枉生世界。为官要与地方除害，不全尽忠，即难顾众。因此多人恨我。"贤臣又云："人怀善念，天必从之。心怀恶意，众祸相侵。不思己过，还怨恨别人。壮士明义，人不犯法，国律虽严，无罪之人，心也不惊。既要作孽，天地难容，施某若是留情，我即不忠。他们果系英雄好汉，你今害我，情愿倾生，立意尽忠，死何惧哉？壮士想想，那些猫鼠同眠，无能之辈，可惜好汉前来，与彼报仇。施某死后，今古标名，可惜壮士反落不义之名。"施公言罢，故意哈哈大笑："壮士要杀要剁，任从于你，我不全皱眉，算个什么人！"

那人被施公这些话，说了个进退两难，低头一想，叫声不全："我要杀你，易如反掌。罢咧！把你做官的印给我拿去，好见江湖众友，做进衙凭据。"贤臣闻听，眉头一皱，计上心来，一阵冷笑道："壮士不用留情，一刀把我杀死，到也爽快。想施某为官失印，也是一死，请壮士想想。"那人闻听，心中不悦，说："不全，真不拿印出来，定要杀你。"施公无奈，故意迟迟拿出一个布包，在桌上打开，取出一物，点头叹气，双手递过。那人随手接去，不管真假，出房说"走也！"贤臣说："好汉留名！"那人见问，微微冷笑说："吾便留名，有何惧哉，吾大名就叫'我'！"言罢，纵身一跳，踪迹全无。

施公呆了半晌，叫声："哎哟！吓死我也！"吓了一身冷汗，自叹说："若不亏我两行利齿，三寸不烂舌，吾命休矣！"叹罢，回书房来找施安。忽听桌下哼哼，施公秉烛一照，施安浑身打战。施公大骂："畜生！如此恩待你，畏刀避剑，若不念你勤劳，我决不恕！"

一夜未眠，天亮吩咐升堂。点鼓喊堂，贤臣坐下，抽签叫王栋、王梁。二人答应，上前跪倒。贤臣说："本县差你弟兄二人，领签限五天，将名叫'我'的拿住，来见本县。如要违限，定行处死。去吧！"王栋接签叩头，口尊："老爷，与小的个示下。这个'我'到底是谁？吩咐明白，小的好去拿。"施公见问，硬着心肠，一声断喝："唗！满口胡说。你们既闯江湖，连'我'也不认的？下去。"二人无奈，领签下堂。不表。

且说施公见那只黑犬跑上公堂,摆尾摇头,爬在堂下。又见跟犬的公差,跑了个张口结舌,上堂跪倒。贤臣叫声:"韩禄进!"公差见问,叩头,喘吁吁口尊:"老爷容禀,小的跟犬出了北关数里之遥,漫荒无人之处。此狗跑进芦苇之内,前爪刨土,鼻子又闻。小的借锄,搜掘了三尺多深,底下埋一死尸,身上无衣,有刀伤血迹。年纪不老,相似病形。小的看罢,用土掩盖,留下地方看守尸首,小的特来禀报。"贤臣听罢,沉吟多会,腹内自说"有了",何不如此这般。下文分解。

第三十一回

庆贺三官唱戏
栋梁巧遇拿"我"

　　贤臣灵机忽动，叫声韩禄进："此犬你就带去，小心喂养。再去知会四老爷，验明尸首刀伤，留地方看守。"公差答应爬起。贤臣又往下叫："那黑犬听真：古言良马比君子，畜类也是胎产。既有鸣冤之故，心必灵通。你就跟韩禄进去，叫他喂养，不可乱跑。但有不遵，本县把你重处！"那犬听得此言，扒起跑过，随在差役后边。不表。

　　贤臣又见二人抬着一扇磨盘；公差跟进角门上堂，带着一人，跪在一旁。青衣跪倒回话："小的将阳磨拿到。"贤臣吩咐："放在旁边，将河中那扇磨盘取来。"李茂答应，不多时，取到放在一处。施公吩咐李茂将二扇合在一处看看。公差猫腰端起，往一处一合。只听咯当合在一处，不大不小，正正一副。贤臣往下叫那人："本县问你，河内小磨坠尸，被本县搜出。如今小磨相对。快把害人之故，从实招来，免得用刑。"洪顺只得叩头，口称："青天，磨盘坠尸，小人不知。小民祖居江都。北关外桃柳村姓李的开设一座酒铺，嗣后不开，才盘给小人。一应家伙，言明价银二十两。其银当时交足，不知他的去向。收拾铺子，才见一扇小磨，在后面存放。昨日公差拿来小人来见老爷。至于死尸，不知情是实。"施公又问"你叫什么名字？"回答："小人名叫洪顺。"施公说："虽言你到铺原有一扇，此话想来，也是有的。你果不知李姓去向？"

　　正在讲话，忽见堂下跑上一人跪倒，高声大叫："老爷，要找李姓，小的知道。"施公说："你姓什么？""姓王名德，与洪顺是义兄弟。"施公说："要找不来，拿你治罪。"贤臣抽签叫李茂："你就跟王德前去，把这李姓拿来问话。"公差接签。王德叩头爬起，一同下堂。下文分解。

第三十二回　王梁要伏旧路
王栋劝解粗心

　　且说贤臣心神不爽，往下吩咐："人来，尔等把这两扇小磨拿下收好。将洪顺带下看守。"随即吩咐退堂。

　　且说奉命拿"我"的公差王栋、王梁二人，领签出衙，一边走着，王梁望王栋说道："想当年咱何等快乐。只因身犯官私，拿进衙门。前任县主开恩，收在衙内应役。如今逢到这难办差使，叫咱无处去拿，我想依旧去做绿林。"言罢，回身就要走。王栋用言劝了几句。王梁无奈，随兄去访。

　　且言奉命拿流衣的公差郭龙，他爱吃一盅，喝了个大醉，一走出店来，嘟嘟囔囔的骂人。耳内听见有人闲谈论说："我浑身发热，肚子胀大，访医调治。"又一人说道："有异人，此人姓刘，在南关住，来的不久，是个高人。我的痨症，是他治好的。看好受谢，国手刘医。"郭龙闻得此言，立刻酒醒。"刘医"二字，管他是与不是，拿去搪塞免打。忙行几步，赶上那人："刚才你说刘医，但不知他住在何处。我有要事求他，借问一声。"那人说："郭爷，刘大夫是我街坊。跟了我来，到他家去。"

　　且言王栋、王梁，一连九天，没有访着消息。一日南关三官庙唱戏，弟兄无精打采，王梁叫声兄长："何不到酒楼去吃酒？"王栋说："使得。"二人迈步向前，刚至楼下，忽听楼上一声大叫："谁敢拿我！"王栋、王梁听见，慢慢上楼。悄言说："有了踪迹，咱们进铺，瞧探明白，好上楼去拿他。"王梁低低回答："晓得。"他二人进酒楼，店家一见认得的，满面带笑，忙忙站起，口说："上差，好久不到小铺，今日光降，奉敬三杯。"王栋、王梁说："楼上有座吗？"掌柜的说："今来了一个恶人，拍桌子打凳，吃了个烂醉，闹得不像样，年轻雄壮。"王栋、王梁说："不如趁醉下手要紧。"说罢，忙上酒楼。强人正在睡梦之中。二人上去捆住，就用杠子抬往县衙而来。不表。

　　且说公差徐茂，一连几天，并无题目。这一日入茶铺消愁，明为吃茶，暗暗留神。只见又来几人，内中一人，带怒说道："咱自吃茶，不用劝。他瓢老鼠如今大长混冲财主。忘记他父卖瓢——瓢半片，即是他父外号。"徐茂正访瓢鼠，听见提"瓢老鼠"三字，心中一动，正打主意。外面又有一人，骂骂咧咧的。徐茂就不吃茶，起身会钞，出铺观瞧。但见五短三粗，凶眉恶眼之人打架。徐茂上前说："列位闪开，让我走！"余人退后。徐茂说："你先不用打，事犯了！"那人闻听，话戳心病，登时变色。说："罢了！跟你去见老爷，回来再讲。"徐茂点头，拿出无情锁，套在那人项上，扣上疙瘩，拉了去了。下文分解。

第三十三回　义士保贤臣　私访关家堡

且说公差郭龙，跟那人去带大夫刘医。他二人转弯抹角，登时来到。那人用手指道："这门里就是，你叫罢。我有事不能奉陪。"一拱手，回头而走。

公差闪目观看，果然门旁有板牌，黑漆大书"国手刘医"。看罢，郭龙上前，用手击门，高声叫道："里边有人吗？"不多时，里边走出一人，摇摇摆摆，手中拿扇，长袍短褂，体面不过，年纪四旬上下。郭龙一见，不容分说，伸手揪住。刘大夫气得大声嚷叫："你是何人，为什么揪我？"郭龙说："你事犯了。"哗啷拿出锁来，套在项上，拉着就走，不表。

且说贤臣，一连两天，并未升堂。闷坐书房，思索无形之案难结。次早吩咐点鼓升堂。只见王仁、赵虎二差，叩头求限，再拿众犯。贤臣硬着心肠说："尔等二人，久役必猾，专会抗限。"伸手抽签，拉下每人打十五大板。挨次打完，贤臣说："再限十天，如违加倍重责。"二人谢恩下去，无奈出衙办事。

仪门又进来三人，同上公堂跪倒，回话："小的跟着王德，将李姓拿到。"施公摆手，公差退后。贤臣叫声："王德，这人就是前面开铺子李姓吗？"王德答应："是。"贤臣说："与你无事，下去！"王德叩头，爬起而去。施公往下问那人："你姓李吗？""是。""名字叫什么？""小人名叫李龙池。"又问："当日北关外桃柳村，你开过铺子吗？""是。""为什么不开，盘与洪顺？"李龙池说："因伙计回家去，小人一人，不能照应，才盘与洪顺。"施公说："你伙计那里人氏，姓甚名谁，几时回去？""老爷，小的伙计苏州人，姓郝，名叫良玉，年三十九岁。"贤臣闻听，话已相对，叫书吏把北关验尸报呈拿过一看，贤臣就明白了。复叫李龙池："你的伙计苏州人，本县把他传来，与你对词。洪顺告你之故，你可晓得吗？"李姓闻听，就答应回的迟钝了，说："老爷，只管拿文去提。"贤臣闻听，微哂："人来，带洪顺问话。"该值人答应，回身下堂，立刻带来，跪在一旁。施公说："洪顺，铺子是李龙池盘与你么？"洪顺回答："是他。"又问："你盘他铺，见过他的伙计无有？"洪顺说："小的未见。"且说堂外王德，听得明白，冒冒失失，跑上堂来，跪下口尊："老爷，小的见过郝良玉的。"贤臣闻听，大喜，"人来，将王德带往北关外，叫他把尸认认，回来再问。"公差答应。不多时，回到公堂，公差退后。王德跪下，口尊："老爷，那尸竟是郝良玉的。不知何人谋死，抛在河内。可怜，可怜！"施公闻言，叫声王德："与你无干，下去！李龙池，你可听着了？分明是你谋害伙计，贻害于人。"吩咐拿夹棍来夹起。两边答应，如虎如狼，一齐拥上，翻倒，拉去鞋袜。套刑一捵，昏迷。冷水喷活，仍然巧辩。施公说："本县与你据证。快把两扇磨子拿来！"差役答应,立刻抬放堂下。凶徒还辩不招。施公说:"必是见财起意谋害。还敢强辩！人来,夹棍上加刑。"公差答应,上前用棍敲打。恶人死去活来,说:"招了！"施公吩咐:"诉上来！"恶人忙将见财起意,把伙计灌醉勒死,拖往河内,磨盘坠尸,不能漂起,日后将店盘去,避祸之故,细细说了一遍。施公听毕,提笔判断。下文分解。

且说施公吩咐书吏呈招，提笔定案：李龙池，图财勒死伙计，律应抵偿，折产算赃存库。申文到苏州，传郝良玉亲人收尸领赃。死尸暂掩官地。洪顺释放。王德有功，赏钱十千。判毕，拿下给恶人画招呈上。施公叫书吏作文详报。令禁卒把李龙池收监。王德、洪顺领赏而去。

又见公差王栋、王梁回话，说："小的二人，把'我'拿到，现在衙外。"施公闻听大笑，说："带进来！"王栋答应，不多时，抬进一人。王梁把单刀放在堂口，站立。施公离座，一瘸一点，细看，不是"我"是谁？怎见得，有诗一首，诗曰：

自小生来胆气豪，八岁学成武艺高。

大胆江湖无伴侣，标枪三支一口刀。

今朝带酒遭虾戏，龙逢浅水不能潮。

瞑目受死心中叹，满怀志量不能标。

施公见他浑身上下，十字八道，绕了一身绳子，双合二目。施公点头叹惜，弯腰与那人亲手松绑。王栋、王梁一见着忙，跪倒回话："老爷，要是松了他，倘若逃走，再要拿他，比登天还难。"施公说："有眼不识泰山！他乃盖世英雄，今日何以至此？"二役无奈，闪在左右。但见与那人把绳子全解。那人翻身爬起，盘膝坐在地上，闭目垂头不语。施公见他不跪，带笑说："壮士受惊了！"又善化一回。野性知化，下跪说："老爷舍职放我，心下何忍；愧见朋友，愿求一死。不然，投到老爷台下，少效犬马微劳，以报饶命之恩。"施公说："你有真心，施某万幸。""小人若有私心，死不善终。"施公听说，伸手拉起，说："好汉，你的大名，本县不知。"那人回答："小的名叫黄天霸。"施公说："此名叫之不雅，改名施忠，不知壮士意为如何？"天霸说："太爷吩咐就是。"施公大悦，转身升堂。吩咐施安说："王栋、王梁每人赏银五两，免差一月。"二人领赏谢恩，不表。

又见二人跪倒回话："小的徐茂，奉命将瓢老鼠拿到。小的郭龙，奉命将大夫刘医拿到。"施公说："此二人音同字不同。"吩咐带上来。答应不多时，带至跪在左右，公差退下。施公闪目观罢，问："瓢姓，你实在叫何名？从实说来，本县好放你。"那人见问，不敢撒谎，说："小的是本县穷民。小的父亲在日，卖过瓢，所以诸人取笑叫瓢半片。"施公闻听，对了那晚鼠拉半片破瓢之故。那人又说："小人本姓毛，名叫毛老儿，顽笑人叫瓢老鼠。小的无过犯，公差锁拿，不知何故？"言罢，叩头。施公又问："大夫，你叫流衣吗？"那人回答："小人名叫刘凤。因大夫二字，称名'刘医'。小人分外守法,不知为何锁拿?"施公闻听,心中有些为难,无据为证,怎么动刑?坐下思维,心生一计,说"有了",往下叫声徐茂:"把他暂且带下,不许作践。拿住对头再问。"又叫郭龙近前,附耳悄言说:"把他带到城隍庙内,十日限期,如此这般,不可泄漏。"郭龙领命下堂,赶上徐茂,同往庙内用计。

且说施公同书吏,低低秘密说话。书吏点头答应。去后,堂前忽然狂风骤起,只见檐瓦掉落三块,跌得粉碎。施公大惊道:"莫非是房上瓦三块,檐三片。"书吏接言:"此方有个恶人阎三骗,前任刘县主坏在他手内。"施公才要追问,忽听一片喊冤进门。留神下看,有许多人,老老少少,上堂跪下,哭哭啼啼。一个说:"恶霸名叫关大胆,打死小的父亲,叫犬吞吃。"一个说:"小的妻子被硬霸做妾。赖小的欠他银钱。"一个说:"强奸小的女儿;刚交十五岁的儿子,霸去做奴仆。"一个说:"小的母亲,从他门前经过,拉进家去,配做夫妇;看见小的家房宅好,假契一张,就叫腾出。"一个说:"知道小的稻田禾壮,硬割去。"一个说:"恶奴管家阎三骗,又名三片,爱者就抢。老爷不与民做主,小的们难居住江都了!"言罢,众人磕头,施公听众人诉罢,腹内暗惊。下文分解。

第三十五回　施公收民状
改装又私访

施公说："尔等不必混嚷，本县准告。"又说："那一老人，把他们的事，慢慢实说。"那人答应，口尊："大老爷，容民细禀：关宅仗势利害。他父做过本朝监院，告老回家，甚是豪富。他父辞世，一子名叫关升，见人妇女美貌，谋害奸骗。远近叫他关大胆，杀人如同儿戏，遭害者不少。前任县主，小的等去告状，可惜清官被参。今复舍死投天。"施公说："尔有状拿来。"七人答应，每人递上呈子。施公一张一张看完，与他们口诉一样，"尔等暂且隐藏，等本县治住恶人，传你对词结案。"众人答应，叩谢而去。施公吩咐退堂。

施公书房坐下，仆人献茶，手拿茶杯。不多时摆饭，施忠同桌而食。饭罢茶毕，施公思想，短叹长吁。施忠看见施公为难，走过来，口尊："恩主，有何疑难心事？小的自能出力报效。"施公就将告关家之事，又前次私访扮老道，二次为九黄、七珠扮乞丐，备说一遍。这次仍欲私访。义士回答："这有何难，只用老爷扮作客商，小的改扮跟仆，老爷骑驴，小的跟随。咱主到了饮马河关家堡，私访贼徒。纵然难得消息，小的黑夜施展走壁之能，暗进贼宅，何愁大事不成？"施公闻听大喜，连连赞好。叫声施安："明日掩门，只说老爷有恙。"

次早改妆，腰中带钱。施忠进内，收拾停当起身。施忠忙把行李，搭在驴上，拉出后宅门而去。一路听军民议论纷纷，不觉来到饮马河边。施公低低叫声施忠："少时若入虎穴，要你小心。"好汉答应，心中早有主意。主仆私访，不表。

且说王仁自从讨限，挨了十五大板，又给十天限期，无精打采，混了两天。这日私访到北关以外，肚饥饿了。找个熟饭铺，坐下吃饭。忽听铺外嚷闹说："爷们一个钱也是照顾，算你养身父母。缘何瞧不起我？要这也没有，要那样也没有。我才知道江都县欺人。我在家，何人敢慢待我车乔。"公差听见"车乔"二字，即走向前。下文分解。

第三十六回　王仁巧遇车乔 豪奴识破贤臣

　　王仁走到跟前，打量了打量，不容分说，套锁拉起就走。来到县衙，闻听老爷染恙，只好等升堂，好交签销票。且将车乔锁在那里。

　　且说施公到了关家堡，见那边树下有人迈步。他一瘸一点，走到跟前一看，原是老叟，须发皆白。含笑说："借问一声，此地何名？"老叟见有人问话，抬头打量，是买卖人打扮，站起带笑回答："不敢。客官要问此地，往南去，名叫饮马河。"老者复又往东一指，说："那边有树围绕，那里叫作关家堡，可恶得紧，千万别往那里去。"老叟才要往下讲，忽听见那壁厢一片马蹄之声。闪目细观，但见是一群人马，蜂拥而来。老者一见，只吓得魂飞天外，把舌头一伸，转身磕磕绊绊奔走而去。施公不解何故，才要回步，那一群人马来至面前。施公举目细看，有赞为证：

　　恶人装扮胆气豪，对子顶马带腰刀。

　　刁奴万恶多任意，英英耀耀眼眶高。

　　人人缨帽红映日，个个短褂配长袍。

　　独霸此方文武惧，性好贪花任逍遥。

　　豪奴三鞭举头上，专打黎庶灾殃遭。

　　前呼后拥多威武，扬鞭打马四下瞧。

　　成群闲顽频抢妇，败兴无遇一多姣。

　　见色妄自号大胆，远近居民望影逃。

　　又见当中一人，骑着骏马，衣帽华丽，年有三旬，扬眉吐气。旁有一人，兔头蛇睛，衣帽应时，年有五旬——面前一个随奴。施公耳中正听咆哮声音。那年老人，嘴内哼哼响响几声，人们一拥过去，有一箭之遥。又见咪的的，吧拉拉，跑回几匹马来，至施公面前，一个个扑扑跳下马来。内有那年老人，上前带笑，举手望施公说话。口尊："客官，我家老爷请客官一叙。"施公心下惊疑，腹内自思："莫非他识破本县？若前去吉凶不保；不去，又可惜莫名劳苦。俗言不入虎穴，焉得虎子。"望施忠，施忠点头。施公暗喜："有他保我，何足惧哉？"施公望众人带笑说："愚下与你主人素不认识，未必是叫请我。"众人齐声道："不错。"施公说："既承贵主人美意，就到府上一拜。"言毕迈步，随众而走。

　　施公一路仔细看，来到关家堡。依壕沟旁边，桃柳槐桧，板桥直过府门下。两株大树下，立着许多院奴。施公暗叹：不亚虎穴龙潭！众奴下马停步。施公无心观看。下文分解。

第三十七回　贤臣入虎穴
吊打问口话

施公随恶奴走至门外。见那人进内，打一旁上前至恶棍跟前，双膝跪倒。口尊："老爷，小人们奉命，把客人叫来，现在门外伺候。"关升闻听，一摆手，那人叩首站起，闪过一旁。恶棍闪目外看，站立一人：麻脸、缺耳、歪嘴、鸡胸驼背，身躯瘦弱，容甚不好。看罢，心中不悦，高叫："那客人既进了我的宅舍，缘何发怔，只管来见。"施公闻听，心下着忙，腹内说，罢了，罢了！可算入绝地了。想毕，把心一横，迈步瘸点进门，强赔笑脸，把手望恶人一拱，说："买卖人有礼。"恶人望施公说："施县主，你来的意思，我已知道。且坐下，我有话问你。"

施公闻听恶人识破，明知祸事到身，也就怕不得许多，故把手望恶人拱了一拱，带笑说："买卖人大胆谢坐！"转身一屁股坐下。恶人一见，微笑说："不枉你我通家之好，前来看我。"复又叫声施县主："我且问你，你此来，必为你黎民。总而言之，你我乃明家达子，来意倒要实讲，咱们露面不藏私。知道你未曾上任，扮云游老道，访捉五虎，把此方的光棍，被你杀尽。又听为九黄、七珠，假扮乞丐说话，念经拿捉，也叫你拿到。这次难为你，好高想：扮作客人前来哄我。话要实说，只怕还有商量。我已经把你机关看破，你不实说，也难放你回去了！"施公听恶人之言，心中着急，勉强赔笑，道："官长，错认了人了。我要是作客之人，焉肯自寻死路，请上裁想。吾真贸易之人。既承呼唤，还求吩咐明白，放我出去。"故意装愚人之相，站起向恶人深打一躬，转回身子，就要出走。关升坐上，微微冷笑，说："施知县，你先莫慌，来意我已透彻：私访关某作恶之情。"施公道："世界上广有同姓同貌之人，官长赖我是县堂，岂不活活把人急煞。"恶棍闻听此言，心头火起。叫声："人来，尔等与我把这可恶的赃官，绑捆起来，高高吊在马棚，拷打一顿！"众奴答应，一拥上来。贤臣只吓了个身软体战。阎三片说："且自招从！"又见施公还不说实言，阎三片说："既不招认，与我绑了！"众奴答应齐上，四马攒蹄绑起，立刻就到喂马棚，用绳抛过驼梁，把位县主拉在悬空。恶奴阎三片说："打！"好厉害，施公被打得死去活来。不表。

且说义士施忠，看见恩主去后，把驴送在店中，回来好等消息。倘至天黑不回，好施展走壁之能，贪夜入院，以救恩官。义士想罢，连忙牵驴到店拴上，就将美酒煎炒吃尽。天气不早，腰带利刃，起身出店，到关家堡打探消息。四下寻找，不见踪影。又见宅门紧闭，他心内着急，就知其故，有些不妥，急想窥探。忙解单刀，插在背后，慌忙迈步，往里行走，真急煞好汉。又寻找多时，并无影踪。英雄一想，不敢急慢，将身跳过沟去。走至墙根，瞧瞧墙高，施展武艺，将身纵到墙上。施忠舍命去找恩主,大庭内房,都找遍了。爬伏瓦陇,往下观瞧。忽听房下脚步响声,留神细听,是妇人声音。好汉救那官的心急,又听这边男人说话声音。口中不言,心内自思,好像熟人言语,莫非江湖一拜之朋,不在绿林,贪夜至此,有何事情?仔细看准,好救难中之人。想罢,偷眼隔窗瞧看,提刀之人,越看越似贺天保的形容。好汉仔细看罢,心中欢喜,即忙迈步往房内就走,将利刃拿在手内。为的是许久不见,难以凭信,咳嗽一声,就往里闯。

贺天保手拿钢刀,正自威吓难民王二。刀映灯光射入两目,难民苦口哀告。天保忽听有人进房,不由吃惊。认出是结拜弟兄,说:"老弟,为何贪夜到此?"施忠听说话亲热,满面春风。叫声兄长:"自从那年分手之后,江湖闲游。闻听江都拿住响马,为县衙行刺。见贤令忠心,治国安民,是以饶命,盗印留名。后来带酒被获擒拿。与我亲解其绑,以恩报怨。舍职放我,感动天地。弃却绿林,投效县主。"从头说了一遍。施忠又说:"兄长既在关宅,必知详细。"天保见问,也将情形告诉施忠。二人直扑马棚,回手取刀,嚓嚓挑断施公身上绳缚。天保用手提起贤臣,不闻哼吟之声。施忠说:"恩主醒来!"不见动转。天保恐人瞧见,双手托起施公,浑身攒力,高擎过顶。叫声:"贤弟上墙,小心接住。"施忠上墙伏身,探着双手抓住施公。天保挺身上送,好汉就力拉上去了。施忠回身,将贤臣放在棚上,提出天罗地网。又低叫道:"兄长快出墙去,我好送下恩官。"天保答应说:"晓得。"好汉对着施忠,要显本领,手扳墙拐角把身子一拧,脚朝上,头往下,展翅之状,手扒至房檐,伸腿用脚挂住瓦陇,挺身跃起来,至施公一处。施忠说:"兄长快下墙外,好救县主出去。"天保依言从墙上跳下,等接贤臣。施忠也不敢急慢,双手提起贤臣,放在墙头;忙解腰带,拴在施公腰间,这才用力把贤臣系到墙下。天保接住,解开带子,回身背上肩头而去。施忠不见动静,低声叫唤:"贺哥,你在哪里?"不听答应,好汉随即下墙。

施忠耳边忽听哨声响,便顺音如飞追去。只见松林透出灯光。施忠进林一看,内有残庙,殿中有灯。又听人声不断,施忠进入庙内。那伙人借灯光认出施忠,嚷说:"黄寨主到了!"众人闻听,轰的都奔向施忠。个个执手当胸,施忠一看,原来旧日朋友。好汉满脸含笑,真乃三生有幸,都拉了拉手。随见他们已将施公放在桌上,天保一旁站立。施忠与众人道说其详,个个动气,才要行粗,被施忠拦住。好汉见施公面如金纸,只当丧命,心中一急,拿出单刀,才要自刎,只见恩官伸腿伸手,大叫一声:"腰肋疼杀我也!"施忠尊声:"老爷醒来,施忠在此。小的无能,使恩公受刑。"贤臣听见"施忠"二字,睁眼又伸了伸手脚:"虽然疼痛,觉着有些活动。"贤臣翻身坐起在供桌上,看见施忠又气又急;瞧瞧满殿灯光,闹哄哄多人。暗想,我刚才呆在马棚受刑,莫非命尽?不然,焉能到此?叫声"施忠",好汉连忙答应。施公说:"本县问你,我与你梦中相会呢,还在阳世?"下文分解。

第三十八回　回县审豪霸 举监闹公堂

施忠回答:"老爷何言不幸,恩公现在阳世。"就把自关宅同天保如何搭救他到此,备说其细。正说间,贺天保走过叩头,又叫众家弟兄过来叩见。个个跪倒。天保口尊:"太爷,小的等俱是响马,叩求太爷开恩,从今改过,愿投太爷台下,以效犬马之劳。"贤臣闻听,说:"好汉请起,有话商议。"众人站起。施公说:"众位好汉,本县有拙言奉告。依我瞧来,你们这样的壮士,何愁高迁。今言投施某,感情不尽,就只一宗,本县此时,官卑权小,众位目下不能显达,施某岂不埋没了众位好汉,那时悔之晚矣。列位三思。"贤臣又带笑说:"施某还有一件奉恳:拿捉关升、三片,再把王姓夫妻救出。一并解进官衙。难民好作状头;本县动刑严究,好定恶人重罪。"

众好汉一齐答应,留下两个保守贤臣,其余八人前去。越墙进院,拿住两个家奴引路,登时关升、三片,及众恶奴,个个用绳绑起。又把男女救出。王二夫妻上前叩谢救命之恩。好叹叫声王二:"少时你搀你妻,同我们去见老爷,一同回县。"王二夫妻答应,叩首站起,闪在一旁。又吩咐关宅家奴引路,开门送出宅外。王姓夫妻在前,众寇押关升、三片。见恶人迟慢,拿刀背就打。不表关宅家奴,投亲友送信,天亮进城搭救。

且说众寇离了关家堡,登时回到庙中,押众犯进殿门。见了贤臣,一齐告明就理。贤臣听见得了关升、三片,少不得心中欢喜,仰天大笑。贤臣说:"有劳众位,异日再谢。"众人各散。又说:"趁此回县。"施忠答应,转身望天保说:"兄长保护老爷,少等片刻。我去把驴牵来,老爷骑上回衙。"天保说:"快来!"施忠答应,迈步出殿,到店把驴牵到庙前。贤臣一见,慌忙出殿。两家好汉,扶持老爷上驴。施忠拉着关升、三片,王二夫妻跟随天保后面,押出三义庙上路。此时天亮。王二搀妻,顾不得鞋弓袜小,紧紧跟随。恶人主仆,羞愧不走,天保拳打脚踢,无奈只得随驴紧走。豪奴恶棍,虽说受屈,心中不服。军民一见,欢悦不表。

且说贤臣骑驴,多人尾随,登时进了江都城门,竟奔县衙。就有那些县役,见了施公,个个上前跪接进衙,至滴水檐下驴。立刻升堂,传齐内外书吏,马步三班人等,喊堂站班。只见施忠、天保,带领关升、三片、王二夫妻上堂。施公一摆手,施忠等闪在一旁。贤臣吩咐书吏写牌,一面放告,又叫人传先前告状七人进衙,当堂对词。分派已毕,叫声:"施忠,请贺壮士!"天保闻听,忙上前双膝点地,往上跪倒。贤臣一见大悦,带笑说:"壮士免礼,救命之恩,未暇报答,理应留在衙内。犹恐不雅,怕招风声。"天保闻听点头,叩谢县主饶恕之恩,又与施忠说了几句,下堂出衙而去。

且说贤臣见施忠带天保出衙,施公心才放下。但见角门外进来多人,个个手举状呈,跪了一月台。贤臣一见,就知是见牌告状,心中大悦,吩咐:"人来,尔等把告状人都叫他们起来,站在月台下东边。既有呈状,接上来,本县看明呈词,叫着上堂回话。"下役答应,立刻接状,不许堂下喧哗,将状送上公案。贤臣伸手,一张一张阅完。下文分解。

第三十九回　严讯三片贼　细问受害情

　　贤臣看完状词，吩咐把关升、三片带来听审。众役知关宅势力，也怕贤臣法度森严，无奈，一齐迈步至堂外，把恶人关升、三片，推推拥拥上堂。众役齐声喊叫："下跪！"恶人不跪。贤臣一见，不由微微冷笑。骂声凶徒："真真大胆，无法无天，坑害黎民。差人拿你，竟敢不服，私打官兵。本县为民父母，与民除害，私自访你。恶人阎三片，他竟认识本县，把我骗进宅内，胆敢吊在马棚之上，藤鞭打我，安心要害本县。幸神佛保佑，暗里有救。家将施忠一到，救我出虎穴。你们作为，我亲眼看见。今又有告你多人。再者，罪犯，公然不跪，应该死罪。你们二人实招，免受刑法。"关升大叫："施知县，你我官私打不清。私访由你，不该勾通响马。明为私访，暗行打劫，抢去首饰、衣服、金银。不用审我，问你罢，或是官休私休，快些说

来！"三片接说："话实不错，做官不该与响马私通。"施公闻听，大怒："人来！尔等把他二人的耳朵拧上，再着人用棍打腿弯子，看他跪本县不跪！"众役答应，立刻将两个恶徒，苦打一顿。恶人疼痛不过，只得跪下。贤臣骂声"该死囚徒"，骂罢，叫声："人来，把王二夫妻带上对词。"下役答应，立刻带王二至堂前跪倒。贤臣说："王二，你夫妻怎么遭害，快快言明！"王二见问，泪流叩头，口尊："青天爷爷，容民细禀。小的父死，只有寡母。一家三口，离关家堡不远，做小本生意。那日妻子站在门前，看见关升骑驴经过。妻子陶氏，回避不及，硬被他家奴抢去。讹赖说小的欠他的银子百两，有银交还，放给妻子；若是无银，算作妾婢。无奈小的赶去哀告，被拉进他家，用非刑苦打，锁在屋内，黉夜暗暗谋害。幸亏爷爷家人，将小的一同救出。只因那晚恶人大醉，未被沾身。家中寡母，活活吓死，尸灵还在床上。"诉罢叩头。贤臣闻听，用手指定关升，骂声："大胆！敢做这样伤天害理之事，从实招来！"关升仍是不招，贤臣吩咐打嘴，各打了三十个嘴巴。两个恶人，那里架得住，打得满口流血。贤臣摆手，青衣退后。

　　施公才要叫原告对词，动夹棍严究。只见打角门进来四人，摇摇摆摆，往上厅走。四穷酸一齐带笑说："关大爷受惊了。"三片说："反了！事毕再议！"贤臣坐上听得明白，早已参透来意，带笑道："四位贤契来意，我已深知。免开尊口，请回。"

正说间，州尊差人投书。施公拆开一看，不近情理——为恶棍关升讲情。施公吩咐把五人硬往外逐出。尤义回州复命。州官怀仇——派施公拿黄河套水寇银勾大王。且说四穷酸也气愤愤回家，打点行贿州尊，欲坏施公。事情不表。

且说那告状之人，与瞧看军民、书吏、下役等，一见贤臣把五人硬叫拖出衙门堂外，个个皆言忠正。却说施公，见下役把五人拖出，心中气平。还恐有人来搅扰，吩咐立刻闭门看守，不放一人出入，有心严究恶人定案。"人来，快带关升、三片上来！"差人答应，立时带上。两个恶人，不肯下跪，坐在地上。贤臣微微冷笑，说："关升、三片，你这两个囚徒，好手段，真乃不错！我问你两个，还有什么变动？料你纵有泼天的本领，也不怕你两个。今日先尝尝夹棍的滋味！"吩咐动刑："夹起囚徒，待本县取了口供，才好定罪，好与那些仇未报冤未伸的了案。"言犹未毕，下边答应，一齐发喊，弄翻倒地。关升、三片走了真魂，口内齐说："不好，救星全无。早知施公如此利害，不该在马棚吊打！"耳边只听堂上砖响，咯喳撂下夹棍。公差上来拉去鞋袜，叫两恶人骑上。两个人，一人掌刑，拢着夹棍；一人手提犯人胸膛。绳子一拢，二恶人死去。施公吩咐"住手"，停了一会，关升"哎呀"一声，阎三片忍痛咬牙，哼了一声，说道："爷爷宽恩饶恕，从前做的事，我尽招认。"关升也一一招了。施公闻听两个恶人齐都招认，叫书吏把众人告的状子呈上，按重款定了个十恶不赦的斩罪，叫人拿下。恶人画了招认呈上。施公过目，叫人卸刑。又叫告状人等："听本县严究关升、三片同招，定成死罪。本县即刻辞详上司，回文立斩。那时传尔等瞧看，正法报仇。请你四老爷，把尔等带到关宅，把霸去人丁妻子，各认领回，不许冒认。再占去房产、地亩、物件，仍归本主。"众人闻听，齐口称："谢太爷救命之恩。"施公吩咐起去，众人答应。施公叫人把告状人等带去；知会四衙到关宅，照施公吩咐而行。杀死人命，责在关升，不用细说。施公吩咐传禁卒上堂，把恶人主仆上刑收监。生员人等，叫书吏作稿，说他们藐法闹堂一套，安心作对。差人送到府学。那穷酸交官通吏，行贿府学老师，按住文书。可叹施公，枉作恶人。下文分解。

第四十回　施公修家书　差施忠上京

施公也怕关升走门路，州官、众儒怀仇报复，恐有不便。堂事毕，写封家书上京，一来与老太爷上寿，二来也要保自己头巾。站起退堂。书吏、马快、三班，瞧看军民人等，纷纷议论，都替施公担惊。不表。

且说施公退堂，进书房归座。施安献茶。施公思想州官怀仇，又想起太老爷的生辰，理当差人上京拜寿。施公伸手，拿过纸笔，将家书登时写毕，封好，差义士施忠到京。不言施忠随即次日起程，且说施公，天晚秉烛，独自看那未结呈词招稿，好明早升堂。不觉天交三鼓，施公困倦，上床安歇。

次早起来，净面更衣，吩咐点鼓，升堂坐下。书吏上堂，衙役伺候。拿车乔的差人王仁，上堂跪下回话："小的奉命把车乔拿到。"施公一摆手，王仁站起。

施公虽说出签叫拿车乔，今日到了，又无原告题目，如何判断？沉吟良久，无奈下问："你叫车乔吗？""小人本姓乔。因为赶车营生，人都叫小人车乔。"施公听他不是江都声音，说得一口京话，说："你是何处人氏？"车乔说："小人是京都人。""来江都何干？不许隐瞒，快快实诉，好放你回京。"车乔口尊："老爷在上，容小人细禀：小人祖居京城。父亲早丧，只剩寡母，并无弟兄，住海岱门外栏杆市标杆胡同，赶车催牲口为生。花儿市口程万全堂老药铺，有个蛮子姓陈，吃茶饮酒，彼此相好。他认小的母亲作为干母。他因得病，想念家乡，雇车叫送至扬州，择日起身。小的抛母送他到家，挂念老母，要速回京。路过江都，小的到店吃饭，可恼走堂的欺是远客，张口就骂。小的与他理论。遇着老爷公差，不容分说锁来，真正冤枉。求老爷明断，放小的回家探母，感恩不浅。"说罢，不住叩头流泪。施公闻听点头，心中为难。且说暗中鬼魂，岂肯相容。命差人韩禄进带喂养之犬。死尸冤魂附在黑犬身上，看见车乔在堂上跪着，连跑带跳到恶人身边，带耳连腮，汪的一口，咬的恶人魂惊："哎哟！那家喂养的畜牲，不顾王法！"想要站起，怎奈魂伏黑犬，哪肯放松，摇头摆尾，不撒口儿，咬的车乔乱叫"救命"。施公想起黑犬郊外刨出死尸，今见此犬上堂痛咬，就知应此人身上。施公高叫："黑犬听真，若是为故主报冤，畜牲既能通灵性，听我吩咐：此乃朝廷设立公堂，焉许混闹！他有过恶，自有国法治罪。再要无礼，一定重处。闪在一旁，听本县问他。"可也奇怪，那犬闻听，松口退在一旁。但魂伏黑犬，龇牙瞪眼，哼哼噷噷恶人。又见车乔口中只嚷利害，扭头一看，有些害怕。施公便有主意了，叫声王仁："上前跪在一旁。本县问你，不知他牲口上，还驮着何物？"王仁回说："他的牲口，驮的是被套行李，现存店中。"施公说："取来我看。"王仁下堂，去不多时，取到放在堂下。众目同观：一个有毡子的大褡套，一个小褡套儿，取出来，堆了一地，棉袄、单袍、小衣、靴袜、被褥全有。小套里取出一个包儿，银钱不少。施公看罢，参透其故，带怒叫声车乔："本县问你，你送亲回家，如何这样饱载行李？快说，不讲实话，动刑严问，休生含糊！"

恶人见问，故意作屈，泣哭不招。"人来，将他夹起！"众役答应，一拥齐上，请过大刑，伸手倒搭领子弄倒，嘴脸朝尘。拉去鞋袜，套上夹棍。恶人害怕，只叫"冤屈"。夹棍拢的凶恶，犯人昏迷。用水喷过，车乔睁眼，叫："青天爷爷，小人实招。"施公吩咐："住刑！"公差答应退后。施公说声："车乔，快说真情，说！""老爷，小的原系送陈姓回家。他在江都城中城隍庙后居住。小的见他衣服、银钱，偶起贪心。一路无得下手，行至江都临近荒地，小的见四下无人，把陈姓用刀扎死，抛尸水坑。天黑歇店，次日起身，被人拿住解县。自知害人，无人知觉，那晓犬来执证。当日陈姓在万全堂药铺中，从小抱养此狗，昼夜不离左右。把黑犬养大，得病回家，难舍此狗，带犬回家。小的害陈姓，此狗吓得跑了，踪影全无。哪知这黑畜生，竟会告状鸣冤。这是已往真情，只求免刑，情甘领罪。"施公听罢，说："好大胆奴才，既已认亲，就该好好送他回家，与理才通。缘何又有歹意，谋害人死，上天不容！你只晓黑犬是一畜生，即不理论。你哪知古时犬有救主报恩。用刀杀死他主，掩埋水坑下边，即为此犬看真，当堂来告，领人刨出死尸拿你。你今朝把事情犯了，报应循环，真真不错。黑犬鸣冤，可垂千古。你的恶名，遗臭万年！"施公一席话，说的车乔无言可对。施公吩咐人来，卸了恶人夹棍。又叫书吏呈招，拿下叫恶人画了十字呈上过目。

且说施公提笔，断车乔谋财杀命，应该抵偿不赦。判毕，又差人到城隍庙后，把陈姓嫡亲，立刻传来，当堂言明其故。陈姓嫡亲，哭恨不绝。施公吩咐把车乔的牲口，立刻变卖，连衣服银钱等物，交其领去，取尸掩埋。又叫陈姓亲丁，把黑犬带回去恩养。分派明白，不必细表。贤臣又叫书吏作稿，立刻申文；又令禁卒，将车乔收监，等回文正法。不提。

施公才要退堂，忽见门上人慌慌张张，跑上公堂，跪倒回话。说："衙外马上一人，口称有州尊太爷的紧急公文到了。请老爷定夺。"施公闻报变色，一摆手，那人叩首爬起，回身下堂。贤臣心中犯想，这狗官，又有什么动静？他若与关升讲情，也未可知。随即吩咐："着他进来。"州官来人，随即上堂，将文呈上即回去。且说贤臣展开，上写："本州示江都县知悉：顷奉上文，以渡口黄河套一带水寇作祟，劫伤客商，名曰银勾大王，为贼之首；一名刘六、刘七，藏在海岛，招聚手下水人几百。素知江都捕快，个个能干，限一月内获到。如拿不到，革职！年月日期。"贤臣看罢，心中大怒，骂声狗官，害我不浅！思想多会，计上心来，何不如此这般，将先谋而用兵。施公往下吩咐。下文分解。

第四十一回 州文催办事 县尊瞧来文

施公吩咐退堂,不表。

且说差去拿老庞、解四的两名公差,自从领了签票,城里关外,访了几回,不见踪影。到了这日,赵虎、刘奇两人,在关外撞见,同到一座小庙。坐在石阶,彼此抱怨,说道:"十天限期,眼下又满,违限定例要打。纵然宽限寻找,又没原告,先要人犯,只得耐性访拿。"

二人讲话,只听打呼震耳。公差闪目观瞧,殿内一人,躺着睡觉,浑身破烂。那人一翻身,如神差鬼使,忽说睡语,冒冒失失,一声大骂:"解四,我把你这狗娘养的!躲着我走,又不言语。"呼呼噜噜又睡。赵虎闻听,低言望刘奇说话:"老弟,你听见吗?咱俩何不如此这般,给他个诈语吃吃,是不是,再讲。"刘奇回答使得。二人站起,一同迈步进殿。刘奇走到那人身边,也冒冒失失,用手往那人肩上加劲一拍,大叫一声:"老庞呵,解四回来咧。"那人闻听,梦中惊醒,一翻身坐起。忙问:"在哪里呢?"公差回答:"就是我。"那人睁眼一看,认的是公差,忙忙站起笑说:"二位上差,为何与我取笑?"二人闻听,立刻变脸,张口就骂:"老庞,我把你狗娘养的!解四在哪里呢?跟我们找找他去要钱,有了他,就放你。"那人闻听,只当真话,口尊:"二位公差,他家我认得的,头里我找他,不在家中。我再领爷们去找找,有何妨碍。"二人回答:"快走,到了他的门口,如叫不出来,只管骂他,有祸与你无干。"那人回答:"是。"不多时,来至解四门首。那人上前用手拍户,叫了几声,不见答应。依着公差之言,放着高声叫着解四就骂,公差在一旁。

且说解四正坐与妻闲话,耳内听的门外骂的不祥,心中之气往上直冲。神差鬼使,他那里受得住气的,即迈步出房开门,冒冒失失,照着那人就气呵呵大叫:"老庞没廉耻!"他二人揪起就打。两名公差听得明白,说:"有了解四的名字。"一齐抢步上前,不容分说,回手抖出铁锁,套上二人,拉起就走,往县而来。不表。

且说施公退堂,进入书房,取出州里来文细看,心中发狠,点头想计。施忠不在,如何是好?忽然想起一人,着施安即去传话,叫李升立刻来见。去不多时,传进李升,朝上跪倒。施公说:"起来。"李升叩首站起。施公满面带笑,将州文要拿水寇的话,说了一遍,"我今着你同施安去探黄河套事情,但得真信即回。"李升答应说:"老爷吩咐,小的与施安同去。"施公叫声施安:"莫辞辛苦,你同李升前去办理。"施安次日同李升早晨起身,不表。

且说施公用毕晚饭,茶罢,天色黄昏,秉上灯烛。施公独坐,看那未结之案。看到三鼓，才宽衣上床安歇。次日，施公起来，净面毕，吩咐升堂。上坐，书吏衙役伺候。施公往下吩咐："尔等马步三班听真，今日，本县往城隍庙内判事，要排班伺候。"众役答应，个个手忙脚乱，登时执事刑具预备停当。轿夫搭轿，施公下堂上轿。

且说未访关升之前，奉命带去瓢鼠、刘医的徐茂、郭龙两名公差，昨日就知道，今日老爷在城隍庙审事。他俩就照施公之命用计，施公出衙，二人先带瓢鼠、刘医出了店门，也往城隍庙而走。二人一边用计说话，诱与瓢鼠、刘医两个私谈所行之事，不觉来到城隍庙门首。只见老道门首站立。一见公差锁拉二人来到，道人满脸带笑，口尊："二位上差何往？进小观坐坐吃茶。"徐、郭二人闻听，带笑说："好说。道兄，我二人特来扰茶，恐当不便。"道人执手相让，一同进了城隍庙的角门。刚越灵官殿，来到配殿，徐茂叫声道兄："今日午间，老爷到你观中问事，少不得茶水早早预备才好。"老道回答："有现成的。"五人又进西殿，看了看，原是一座子孙殿。徐茂把瓢老鼠、刘大夫，一边一个，锁在小鬼脚上。郭龙带笑，望着瓢、刘二姓说话："你们弟兄两个，也不用发迷了，听我告诉你们哥儿两个，自把主意拿正，若是见了我们老爷，只管响嘟嘟的回话。古人云：'越怕越有鬼。'实告诉你们吧，我们终日跟着老爷，深知他欺软怕硬。"二人回答："多谢上差的指教。"言毕，公差与道人出了殿，仍用锁把殿门锁上。三个人说话笑声，耳闻着都往后边去了。下文分解。

第四十二回　贤臣审木柜　戚胡子弃妻

　　话说瓢老鼠、刘医，见两名公差锁上殿门，与道人往后去了，配殿内就剩他二人。迟有顿饭之时，不听人声。他二人闪目细看，只见正座供着九位娘娘，下面两边都是众神，紧靠窗口，有一口破木柜，余外并无别物。满殿尘土，厚有指许，蜘蛛结网。瓢老鼠看罢，先就长吁短叹。又迟一会，忍耐不住，低声望那边刘大夫说："细想，我的这宗事情，除你，外人不知。家兄有病，请你看脉吃药不效。家嫂原系风流，彼此留情。家兄碍眼，不能称心，因此才有谋害之意，商议用砒霜毒死病兄。家嫂守寡，与我通好，事情做得很妥。邻居亲朋不知，平平安安载余，与嫂嫂暗里夫妻。何故今日拿咱两个，莫非你口齿不严，告诉与人？"那刘医听了，长叹道："老鼠，你这话说得欠通。既作的亏心，谁敢口齿不稳。人命关天，非同儿戏，岂肯老实告诉与人？依我猜来，一定是你嫂子又续了人，追欢之间，信口说出真情。别人听在腹中，醉后对人乱讲。当差的闻风禀知县尊，因才拿你我。少时县主判问，咱俩拿个主意。趁此无人，早些商议。"刘医又说："咱们两个，舍出下身不要，万不可招。如若招出，决然抵命。挺刑不招，还得活命。必须改过前非，学做好人。"老鼠闻听，点了点头："刘先生，你的主意不错。"他二人正自私语，打算主意，忽听咳嗽之声，吓了一跳，并未听准声音在那里。复又细听多时，不闻人声。老鼠又忍不住，叫声刘先生："刚才是你咳嗽？"刘大夫回答："我无有病，为什么咳嗽呢？"瓢老鼠闻听，说："我又无咳嗽，外面又无人影，这就奇了。殿中就只你我，都没咳嗽，可是谁呢？"瓢老鼠思想多会，说："是咧，刘先生，不用你我胡猜，这一定是上面的娘娘，闻之不顺，咳嗽一声，拦住咱们。"刘医闻听，低低回声老鼠："你了不得了，你竟吓得满嘴胡说。刚才我听的声音，像你身后，缘何赖娘娘呢？阿弥陀佛，也不敢当了。"瓢老鼠闻听，扭项一看，自己身后，就只有顶破木柜，自己颈子锁在小鬼腿上。二人看够多时，复又说："是了，一定是鬼大哥见怪。"言罢，吓得他回身冲着泥小鬼跪倒磕头，祷告说："鬼大爷，鬼祖宗，饶过我们罢！"吓得刘医也没脉了，登时发怔。

　　且说施公坐轿出衙，来到城隍庙里。公差、道人在道旁站立，等候迎接。三人跪下通名，门子一旁喝道："起来。"三人答应站起。施公下轿，迈步进庙，至灵官殿坐下。问郭龙、徐茂："事情办妥吗？"二人回答："小的们遵照老爷吩咐所行。"施公说："带瓢鼠、刘医问话。"公差答应，忙叫道人拿钥匙开锁，推开门，把二人拉出殿来，跪在公案之前。下文分解。

第四十三回　书吏出柜外　施公回县衙

贤臣说:"尔等把所犯过恶,快快实招,免得受刑!"二人见问,叩首:"老爷在上容禀:小的二人,江都良民,并无过犯。"贤臣闻听,微微冷笑,高声往殿里问话:"得了没有?"殿内有人答应:"回老爷,定咧。"施公吩咐差人去把殿中那顶木柜抬出来。众役立刻把柜抬出,放在对面。施公吩咐开柜。道人答应,上前用钥匙开锁。开开柜门,自里面跳出一人,手擎纸笔,走到公案,放在桌上。贤臣闪目一看,心中明白。唯有瓢鼠、刘医一见,只吓了个胆裂魂飞,浑身打战。"头里听见咳嗽之声,我俩胡猜。原来柜内有人。"贤臣说:"瓢鼠、刘医,谅你二人也无可巧辩,跟本县回衙定案。"二人闻听,泪眼愁眉,不敢强言。贤臣吩咐搭轿回衙。众役答应,贤臣起身。

刚出庙门,才要上轿,忽听对过有男女之声吵嚷。又听妇人喊骂,又说"清官难断家务事情"。贤臣闻听,心中不悦,吩咐:"人来,尔等去速拿吵嚷之人,进衙问话。"青衣答应:"是!"

贤臣上轿回衙。公差领定瓢鼠、刘医跟随,登时进衙升堂。贤臣吩咐:"带瓢鼠、刘医结案。"衙役立刻带进,跪在堂下。施公微笑,说:"你二人还有辩处没有?"二人见问,叩头求怨,情愿领罪。贤臣叫人立把瓢鼠嫂子拿到,当堂跪倒。施公提笔问话,那妇人一一承招。即时判断:瓢老鼠鸩兄图嫂,本应立斩。梅氏通奸谋夫,即刻处决。刘医图财卖方,毒死良民,应当充军烟瘴。判毕,拿下恶人画招。贤臣过目。又叫把男女三人重责三十大板,传禁卒收监。立刻作稿,申详上司,等回文正法。

片时,又见堂下带上男女二人,披头散发,跪在左右。下役打千回话:"小的把吵嘴之人拿到。"施公下看男女二人,带怒问说:"你等系何亲眷?"男子见问,先就说话,口尊:"老爷容禀,小的并非亲故,乃是夫妻,因事不明拌嘴,被老爷差人拿来。"施公闻听,心中不悦,一声大喝:"唗!你们夫妻吵嘴,人间常有,缘何骂我,应该何罪?"那人见问,叩头:"老爷容禀,小的姓戚名顺,本县居民,贸易为生。昨日讨账五十两银子,酒醉归家,暗把银子放在床下坛内。今朝不见,问妻不知,因此吵嘴。小的要当官鸣冤,狗妇失口冒犯,被老爷听见拿来,叩恳老爷公断。"贤臣闻听,并不生嗔,反倒带笑。又问那妇人:"你的男人藏银,你没看见,因此争吵,是与不是?"那妇人说:"老爷明见。"施公眉头一皱,计上心来。带怒叫:"戚顺,你乃男子,带酒不自小心,失去银子,也是有的。误赖妻子,以致吵嚷,算无家教,理当归罪于你。人来!看守戚顺,明日重处。"其妻释放归家。下文分解。

第四十四回 贤臣审竹床 判断告妻案

戚顺妻子下堂而去。瞧其光景，并无恋夫之意。下役带去戚顺。贤臣心生一计，叫声"人来"，近前附耳低言，唧唧叹叹。说罢，下役答应，退步下堂行事。施公退堂。

至次日，施公升堂，吩咐："今日尔等全班伺候出衙，本县行香。"众役答应。昨日奉差之人上堂，走至施公身边，低声复命。施公点头，那差人退下。

施公吩咐："搭轿。"又说："带戚顺同去。"不多时，到了戚顺家门。地方上前跪倒报名："地方接太爷。"施公摆手，地方站起。吩咐："带戚顺夫妻问话。"二人跪下。施公说："戚顺，你的银子放在床下坛内，除你夫妻，再无外人知晓。"施公又问戚顺之妻："本县问你，娘家姓什么？"那妇人说："小妇人娘家姓刁。"施公叫声刁氏："你夫带酒回家，银子放在床下坛内，你无看见，及你夫找银不见，你夫妻拌嘴。"那妇人说："是。"施公说："这就是了。本县问你，床坛在那屋里？"夫妻用手一指："就在正房。"施公起身说："你夫妻引路，本县验看。"答应，引领进层。施公闪目细看床帐陈设，叫声："人来，把床搭起，本县过目。"众役答应，上前搭起竹床，放在一边。施公复验床下破绽，只见有往来手扒的手印，紧里边又有个人身子印子。施公验毕，心中明亮，出归房坐。故意施威："人来，快把大胆床坛拿来，本县严审。"差役跑进几人，把床坛拿出。施公大叫："床坛听真，尔等家主告你，问藏银，快快实讲。不然本县就要动刑！"复又故意点头："缘何你们说不知？岂有此理！人来，快把竹床重处，再问。"下役虽然答应，心里暗笑，不敢怠慢。施公又想一想，说："竹床翻过。"一看，床下蜘蛛结网全无，点了点头。吩咐："着实打起来！"登时把张床打的散烂。施公说："住刑。叫他诉招。"迟了一会，施公自言："怪不得，因年深月久，受了男女阴阳气候，得空参星拜斗，得了点精气，不能正果。偷了家主银五十两，交与城隍庙的小道，为的是好上供烧香祈神，脱他轮回之苦。"施公又说："偷银既与了道士，人来，即拿城隍庙的小道，一同戚顺、刁氏，赴县听审结案。将门封锁。"

施公进衙，立刻升堂。只见下役把戚顺夫妻带来，跪在左右。差人退下。且说施公叫声戚顺："听本县吩咐，你银交与床坛，被人盗去，交给城隍庙的小道。竹床受刑俱招，都是刁氏之过。少不得本县就要难为汝妻。人来，把他拶起来再问。"众役发喊，一拥齐上，立刻拶上刁氏，只疼的粉面焦黄。刁氏忍刑不过，说："情愿实招。"施公摆手停刑。施公冷笑，骂声恶妇："哪怕你私心似铁，不怕你不招，快快说来!"刁氏回答:"老爷在上,容小妇人细禀。小妇人今年二十九岁,半路改嫁戚门。是小道士的媒,是以认得往来。丈夫戚顺贸易,时常在外。前日夫主出去讨账,那晚小道在小妇人家中。不料丈夫半夜带酒归家叫门,慌的小妇人把小道藏在床下,披衣开户。丈夫大醉,小妇人又不敢秉灯,怕他看出形迹。细听睡熟,小妇人即便送小道出门。次早夫起,床下去摸,不见银子,赖小妇人偷去,因此吵嚷。"施公叫声戚顺:"你的银子有了。你听见刁氏所供,有点不好。"戚顺闻听,只气得胡须乱竖,说:"只求老爷把对头叫来治罪。"施公吩咐带小道问话。登时带至,跪在一旁。公差退下。施公下问小道:"刁氏言说与你私通,盗去银子五十两。快快实招。"小道说:"并无此事。"施公吩咐:"动刑!"登时夹起。小道高声喊叫:"招了,招了!"施公摆手,停住刑具。小道与刁氏成奸偷银之事,一一招认。施公闻听,前后相投,吩咐书吏按口词定了招稿,差人取银交戚顺。下文分解。

第四十五回　气恼黄杰士
智擒三水寇

　　贤臣叫人将银取来,叫戚顺看,道"不少"。贤臣吩咐卸了男女的刑具,又令人拿下招词,男女画了招字,复又呈上。贤臣叫声戚顺:"本县问你,妻还要不要?"戚顺见问,往前跪扒半步,口尊:"老爷,不用问了,想这种老婆,小的不要他了,叩求老爷当堂发卖。"贤臣说:"算你还有男子之志。"随提笔判断:妙灵不守清规,通奸盗银,二罪俱犯,应重责三十大板,城隍庙前枷号一月;卸枷之日,照律重处还俗。戚顺自不小心,应责,姑念失偶,释放。刁氏通奸,忘其夫妇恩义,应处,暂免;传官媒当堂领下官卖,价银戚顺领去。判毕,拿下叫戚顺画了手字。发放已毕。不表。

　　贤臣才要退堂,想起出签拿老庞、解四的差人,就问书吏到了无有。书吏回说:"他二人今日打的到单,明日见老爷。"贤臣闻听,吩咐立刻传来。下役答应下堂。不多时,赵虎、刘奇各拉一人上堂跪下。两名公差下跪回话:"小的等把老庞、解四拿到。"贤臣一摆手,公差站起。

　　贤臣闪目打量说:"尔等祖居那里?"二人见问,庞大先说:"小的庞大,他叫解四。小的俩都是本县人氏,因为开铺折本,倒与钱姓。"贤臣又问:"你在什么地方开铺?"庞大说:"小的在池边开铺。"贤臣点头,随抽签下叫:"人来,将钱姓立刻拿来。"答应,去不多时,带到。贤臣看毕,说:"你姓什么?"那人见问,叩头碰地,口称:"老爷容禀,小的是本县居民。姓钱,名叫廷玉。父母早丧,小的一人要寻买卖为生。可巧池边有铺,一应家伙。中人说合,倒给小的,言明制钱五千。中人名叫解四,铺主姓庞。小的接生意只有两月。"贤臣说:"钱廷玉,你看那铺子可是倒的他俩的吗?"廷玉见问,言道:"就是他的。"庞大接口说:"铺子,小的与解四同开的,小的俩是亲邻伙计,因不同心,他认得钱姓,故此假说解四算说合。小人的倒与钱姓,并无欠少,当下交足。铺面一应东西,交代明白。不知老爷把小的二人拿来何故。"贤臣说:"叫你二人,并无别故。你二人做的事情,还来问本县吗?人来,把他二人夹起再问!"老庞恐受刑不过,扭项大叫:"解第四的,我可顾不得你了!老爷,叫人写招,不用动刑了。小的两个,开铺正没趣致,那日夜晚,见一孤客被套丰盛,小的两人诱哄进铺,用酒灌醉谋杀,将尸首卸碎,装在麻连口袋,放鱼池边掩埋之后,各分银六十两,衣裳在外。恐有祸事,是以倒铺与钱姓。小的不招,岂不带累好人?"贤臣说:"解四,你招不招?"解四见庞大招认,只得招承。施公吩咐书吏,定了口供拿下,二人画了手押呈上。施公提笔判断:二人图财谋杀,过客不知家乡。解四应该抵偿,立斩。庞大年老,应定秋后绞罪。追解四家产,变卖入库。令人到池边找着尸首，赏棺木，仍埋鱼池一旁。墓前立碑，一面上写被害情由。施公判毕，立刻作稿，申详上司。发放完毕，差人把犯人带去收监。钱廷玉叩谢出衙。施公公事了结，吩咐退堂。书吏三班散出衙外，纷纷议论施公才情，不必说了。

且说施公至三鼓而寝，次早升堂，忽有鸣冤之声。自角门进来一个少年女子，跪在堂下，泪流满面。施公下问说："女子，你告何事？有状拿上来。"那女子回答："有状在此。"施公吩咐接状，书吏答应，接上呈词，铺在公案。施公举目观看，上写：

具呈为万恶侄谋夺家产，斩宗灭后，冤辱贞节事。妾王氏贞娘叩禀青天大老爷台前：亡夫方节成，本系盐商，家财数万，九十无子。妾父素感方公之恩，以妾报德。亡夫一宿而终，妾身怀孕，十月生男德保。不料族侄方刚，嫉妒生谋，冤妾为私情之胎孕，岂九十老儿生子。亲邻皆顺方刚之言。族中长幼二十余房，公分夫主家财，撵出母子无归。妾之父母，皆以方刚之言为准，羞辱逼于死路。幸得母舅收留。往往呈告，皆被方刚买通官吏，各有司衙门，不准辩白，以致冤成覆盆。今日幸睹天颜，恩准陈情上告。再乞青天大老爷恩准，提究灭伦欺孤之恶侄，救正脉之香烟。庶妾身冤洗清白，不枉操持节志，生死衔沐洪恩于万世矣。

施公看罢状词，往下开言，说："王氏，你的父亲叫什么名字，作何生理？你今多少年纪？嫁那盐商时，有几多岁数？"那妇人说："老爷，小妇人的父亲名叫王守成，领方盐商一千两资本，出外为客。不料遭风，资本消尽，不敢露面。只因祖母身亡，缺少棺木殡葬之资，小妇人父亲无奈，出门设法。方盐商闻知，叫小妇人父亲前去说道：'做客为商，赚折乃是常事，何必挂怀。'前项又送纹银百两。殡葬祖母之后，又叫小妇人之父，与他侄儿方刚共办行商之事。小妇人父亲感其大恩，更叹老者九十无子，情愿将妾献与商人为妾，苦苦哀求，方公权纳。不料一宿怀孕，次日方公身亡，家产俱系方刚执掌。余事俱载呈状之上。"施公听毕，又看妇人举止端庄，叫声王氏："你是十几嫁与盐商的？老者死了几年了？方家众房族既然有心吞谋家产，见你怀胎，必有闲言。及生儿男，岂无暗害之意？此儿现有多大？"王氏叩头说："老爷，小妇人嫁他之时，才十六岁。二月二十日过门，他二十一日数尽。奴情愿守志，族人不容，逼奴改嫁，以死不从。自产婴儿之后，步步谋害，羞骂小妇人。爷娘无奈，将小妇人领回，要害妾命。幸喜母舅收留，以全方门之后。已经六载，含冤未伸，今朝始得拨云见天。"施公闻听，不由长叹。想当日刘元普，古稀之外，双生贵子。长沙太守，寿高八十，曾养儿郎，长沙府立碑，题七言诗四句，题道：

八十公公养一娃，有人耻笑有人夸。

若是老夫亲骨血，后来依旧作长沙。

施公暗想：那太守有德，后来果应前言，金榜题名，仍在长沙作了知府，才把当日污名洗清。可知方公九十生子，积德感动上苍。施公想罢，叫声王氏："难为你贞心持节，扶养幼子。本县给你分清皂白，洗却污名，留芳古今。"王氏见施公准了状词，心中十分欢喜，连连叩谢。施公叫声王氏贞娘："明朝把你父母、舅舅，带着德保,同来午堂听审。"王氏听说,止泪下堂。施公随即出票,传那方刚族中老幼,限明日午堂听审。公差答应,接票而去。施公吩咐退堂。

且说公差于次日将方刚等未到午刻带至衙前,皆是骑骡骑马而来,伺候听审。不多时,施公升堂。那瞧看军民,挤满丹墀。

施公吩咐带上王守成夫妻来,青衣答应。夫妇走上跪倒。施公说:"你女贞娘告状,你快把此中情节,细细诉来。"王守成夫妇见问,叩头流泪:"禀老爷,贞娘原是小的之女,小的只生一男一女。只因方盐商恩重无子,将女儿送去。且是与女儿相面:'必生贵子,命犯孤鸾。'倘生子嗣,不绝其后,以报他德。上天怜其良善,一宿怀孕,盐商寿终九十,降生德保。那房族生气,只说九十多岁老儿焉能种子,是以小的夫妇也有疑心。被他房族人等,硬撵出门。"施公微微冷笑,骂声:"奴才,满口胡说!亲生女子,谁不心疼?纵有报恩之心,哪一处报不得,将女儿送给九十老翁为妾?人过六十,精枯血败,便不能生子,岂有九十之人还能安胎之理?你这奴才非是疼女,系误其终身也。不是老翁生儿养女,分明是你那女儿不肖,干出丑事。如再巧辩,一定动刑。"施公带怒,手拍惊堂。王守成夫妇吓得魂飞,连叩响头。口尊:"老爷,小的女儿在家遵守闺训,不出房门。"施公听罢,叫声王守成:"你女既无做出别事,为什么被逐回家?方姓血口喷人,你岂受其辱?你为何反逼女死?快把情由说明。若有言差语错,动刑拷问。"王守成含泪口尊:"老爷,小的也曾分辩,若不满十月,算小的夫妇闺门不紧,已经十个月满足,如何是为败坏?怎奈方宅族人不依,当面羞臊,小的也觉荒唐,是以领回家来逼他寻死。偶遇内弟刘之贵苦救,贞娘随他母舅过活。贞娘屡次要告,无遇清官。今幸青天荣任,望乞公断。"

施公听罢,吩咐刘之贵、贞娘母子上堂。青衣答应,带至下跪。施公先看德保,虽然仅只五岁,却是品貌端方清秀,天庭饱满,地阁方圆,两耳垂肩,鼻如悬胆,十分安详。身穿红绸棉袄,两手扶着他母。施公不由满面添欢,认准是老翁骨血。向青衣说话,讲道:"此子年轻胆小,尔等传话,不必高声喊叫。"又见德保也随他母跪在一旁,施公心中大喜,叫人把他抱上来,接到怀中。施公便向之贵说话:"你甥女被方宅丧其名节,王守成尚且疑心,你夫妇留下是何缘故?"刘之贵跪爬半步,说:"老爷,小的知道甥女从小遵守规矩,不肯乱道。既然长成十六岁,礼义更又明白。知父受其恩惠,是以才肯嫁与老者,替父报德。至于偷香之事,断然没有。嫁与方宅,成其夫妇。仅能一宿,太翁而终,令人可怜。适喜十个月满足,降生一子。方族人借以九十生子为辞,图赖产业情真。怎奈方姓势力兼全,告他不动。甥女被方宅撵出,他父母不管,是以小的收留,待有伸冤。今蒙老爷准状,恳求判断家财。"施公听罢,说:"你言有理。世间也有九十生子之理乎?"之贵见问,不言,施公又问:"你为何不答?"刘之贵说:"若论九十生子的,任凭说给谁听不信。小的默思,甥女平日是个最贤惠的,若要冤他有私心,小的纵死,心中也是不服。"施公闻言,含笑说:"难为你凭信贞娘,真乃眼力高强。九十老儿种子,世间也算奇事。因你们少读诗书,那得知道?本县自有凭据,除其疑心。"甥舅一闻此言,连忙叩头。施公吩咐:"刘之贵、王氏起去,站在一旁听候发落。"命人传方刚合族人等,上堂听审。

不多时,进来多人。个个朗帽纱靴,扬扬得意。共有二十五房,俱有前程,州同二府,玉堂进士,文举武举,秀才监生。上堂打拱,丹墀挤满。施公带笑说:"年兄,天地间为人不做亏心之事,半夜敲门心即不惊。尊宅那位是族长?本县推情审讯。其余者,站立一旁,等候发落,不许多嘴。"只见上来一人,年老,名叫方敏文,扫地一恭,口尊:"老父台,方家支派族长,就是商人。"说罢,下跪。施公说:"去世的方节成,是你的何人?"方敏文回答:"是商人的嫡派堂侄。"施公说:"你那堂侄,娶王氏之时,族中知道吗?"方敏文说:"这件事,族人都知道,但只不是明媒正娶,原是通房使妾。"施公说:"九十纳宠,你们为何不拦?"敏文说:"商人同合族,也曾劝过。怎奈贞娘之父苦苦缠扰,以恩酬情。族侄虽然九十,身体康健,两下情愿。不料仅只一宿而亡,贞娘如同催命之鬼。望父台判断!"施公微微冷笑,叫声年兄:"莫非贞娘暗里有什隐情?你侄之死若有屈冤,只管实诉,本县严刑拷问。"方敏文闻听,不由暗喜,内藏机关,想是要徇私情送分薄礼,何不将计就计。想罢,尊声:"父台明见如神。商人侄儿虽然寿高九十,但十分健壮。娶贞娘过门,次日身亡。合族人等都有些疑心。望老父台拷问明白,衔环以报天恩。"施公说:"据你所言,本县倒提醒与你,要问屈打成招,才见情分?我且问你,老者无子,几时去世,为什合族全无挂孝,你们是一姓两家?快实讲来。"施公说着,登时变脸,把惊堂一拍。敏文见施公如此光景,不由害怕,下面叩头,口尊:"老父台容禀。"下文分解。

第四十六回　巧折辩服众　救孤寡回家

　　方敏文说:"商人们与节成是嫡派亲支,现有家谱可证。"施公说:"既是嫡亲支派,堂叔也有半年反服,今并无一人穿孝。"敏文说:"节成已经死了五载,方刚是嫡亲堂侄,过继与节成,曾承三年孝服已满,邻里街坊可证。"施公闻言,故意吃惊说:"又来了,你越发胡说。既然侄儿死过五载,连他死的情由也不明白,还要本县追问,还敢说亲支嫡派?"问的敏文无话回答,只是叩头。施公伸手指定,连骂:"你就该死,真是衣冠畜牲!既为嫡派族长,为什么人死情由不去问明?安顿王氏,心怀反意,分明你们长幼全谋害你堂侄,贪图家产,不顾纲常。恐其娶妾生下子嗣,擎受家业,所以害其父,今又谋其母子。岂不知苍天难容!一宿成胎,冤枉贞娘私情,逞强撵出,家财肥己。全不想图谋家产灭嗣,应该何罪。你既为族长,即是头一罪人。"施公吩咐:"先打三十戒方,再究。"下面答应,就要动手。

　　只见敏文长子二府方标,捐纳出身,领头向前一躬,尊声:"老父台暂息雷霆,听治下细将情由禀明。"施公吩咐暂且停住,说:"年兄有何分辩,你是方节成的何人?"方标说:"节成是职员堂兄,家君本是族长。堂兄有疾而终是真。九十老人如风中之灯,草上之霜,绝不该纳宠合欢。不惜性命,丧其残生,尚无子嗣。现有承嗣之人,族中之人甚众,谁敢侵吞家产?职兄若是有人谋死,尸骸必有伤痕。老父台不信,开棺请验。若有差错,情愿领罪。职兄果能种子,也是阴德所感,谁不愿从。但只过门一宿,职兄年老,无人凭信,所以将贞娘撵出。虽说通房使妾,行出丑事,关系方门声名。到底王氏年轻不知羞耻,必有私情。十月生子,如何算得?"施公闻听,微微冷晒,说:"年兄,据你说来,却也有理。节成入殓,既无伤痕,你父如何又说问本县拷问王氏呢?"方标听说,满面飞红,口尊:"父台,家君老拙颠倒,气郁在心,求老父台宽恩。"说罢一躬。施公说:"年兄,据你讲来,实是量窄之故,想着官报私仇。这也容易,把王氏叫来,夹几夹棍,拶几拶子,给他出了气如何?"方标闻言,连连打躬,说道:"职员无知冒犯,情愿领罪。"施公叫声:"年兄何言领罪。本县说个人情,少缓加刑重处。那淫乱之妇,告你合族,而你贤父子当堂说他送暖偷香,但此事无凭无据,你贤父子怎肯无故菶言?"又说:"孤儿不是节成之子,通情何人?求年兄说出名姓,本县立刻拿到严刑究问。"方标闻听,连忙躬身,尊声:"父台,若问王氏淫邪,而其实无凭无据,只因服侍亡兄一宿而亡。但是年老,血败精枯,是以起疑。老父台明镜高悬,细细判断。"施公含笑说:"年兄现有爵禄在身,将来也要临民,岂肯顺着那些愚蠢无知之人乱说?贼情以赃为证,奸情以双为凭。若不满十个

图文珍藏版

月生儿,是他父母拘禁不严。既满十个月,就是你方宅门中之事。德保既不是节成骨血,要拿奸夫是谁。若是无凭无证,即为以强欺弱。年兄之父身为族长,自有家法。快说奸夫姓名,以便论罪王氏,若无证据,难怪贞娘伸冤。"施公问得方标张口结舌,汗流如雨,不住打躬。口尊:"老父台吩咐的极是。家君虽是族长,原不同居。王氏原是通房使妾,先兄家中奴仆最多,持家不严,也是方刚之过。族人因方刚年幼,所以不便深究。只可撵出无耻之妇,免得再生祸乱。"下文分解。

第四十七回　仗乡绅巧言折辩　差二府追问奸夫

　　施公闻听，不由发之大笑，说："年兄越发糊涂起来！日后还要为官出仕，道理不明，谁肯相服？方刚年轻，族长就该照应。岂不知小儿作罪，祸遗家主，那容家下作乱。未曾撺他，就该先把情由问出。若说不知踪影姓名，明明愚蒙本县。凭你巧辩，全然无理，年兄枉费工夫。"施公登时动怒。方标一见着忙，无言答对，自觉理短情虚，羞愧满面。

　　施公吩咐："传方刚上堂。"下面答应。方刚战惊惊，阶前跪倒。施公说："你多少岁数了？"方刚说："商人二十二了。"施公向方标说："他竟比王氏还长一岁，你如何说他年幼无知？"方标不住的打躬告罪。施公又问："方刚，你承嗣几年了？快快说来。"方刚说："商人过继之时，刚十六岁。"施公说："既在他家已经六年，你说年老当家，必然是你。"方刚闻听，越发怔，无头绪对答，跪在下边。施公把惊堂一拍，问道："你为何一言不发？"方刚说："不知老爷所问何事。"施公说："你来为的什么呢？你仗是盐商，在本县跟前推傻装憨。我且问你，把王氏撺出，说他作了丑事，与何人苟合？你可说来！"方刚说："商人终日在外办事，并不知情。"施公说："你既然不知，如何就把德保驱逐出门？德保不是你义父的骨血呢？"方刚回禀道："原是族人说的。"施公说："既是私情，就该拷问根底。你只顾分财肥己，即不辨真假，仗势威嚇。寡妇孤儿，负屈伸冤到此，叫本县与他判断分明。你今若指出奸夫，有了凭据，将王氏定罪。无凭无据，显系斩宗灭嗣，该当何罪？你哪知王法无情！"方刚闻言，登时变色，叩头碰地，说道："商人粗心该死，合族生疑是真。王氏若有败门之事，家下共有百十余人，岂无一人知觉？断不是商人家做的事情，定是他父母家教不严作来之事。虽生孩儿，怎容承嗣？王氏一派刁辩。族长也曾苦苦追问，要查奸夫。商人恐众观不雅，代其哀求，是以逐王氏而回。"施公含嗔，叫声方刚："若是他父母闺门不紧，如何到十个月才生？你们合族人的妇女们，都是怀胎几个月生子呢？"方刚目看族长，张着大嘴，不能对答。他的堂兄方琏，是新科进士，见他答对不来，连忙上前打躬，口尊："老父师容禀，十月生儿原是常理，难怨王氏含冤。九十老者种子，也难怪方家疑心。老父师明见如神，此事古今罕闻。贞娘不无暗地私情，若谆谆拷问，有碍颜面。今王氏告状公堂，求父师断明。"施公含笑，叫声年兄："贵族说王氏无耻，并无什么凭据，真假难辨，是不是呢？"方琏说道："老父师明见万里。"下文分解。

第四十八回　讲古典服众　验寒暑明冤

施公说："莫怪你族中勿因知事少，还欠读书。古来八十生子刘元普，双胎降产，皆因他阴功浩大，故此天答其德。节成九十，较之八十又长十年，谅来贵族不能辨其真假。要求清白，又有何难？辨出，把家产仍归于他。若果有私情，将王氏当堂立刻处死。"方琏闻言，心内欢喜，向上打躬说道："老父师吩咐极明。"施公道："这件事年兄虽依，贵族分去家财花尽，如何是好？"方琏说："合族情愿公赔。"施公说："年兄金榜标名，清高贵客，断无失言之理。只恐内中有不情愿的，年兄须与贵族讲明方好。"

方琏暗自纳闷，这施公先说勿因知事少，还欠读书，莫非有什么比例？思想多会，说道："老父师，若怕族中言不应口，何不齐叫上堂问一问。"施公说："有理。"随把方宅合族叫上，将前情说了一遍。一面一口同音，说："公同赔垫，并无更改。"施公听罢，说道："昔日文王曾生百子，八十五岁而生周公旦，乃是九十九子。武王登殿，将周公旦封齐王。雷震子为义男，凑成百子图。论你方族有这许多读书之人，岂不知晓？因分家财，就推不知。此是比例，内中还有效验，你门难解。但凡过古稀能生子者，此子骨髓不满，身不耐寒，惧热怕寒，站在日中无影，即有，也须细看，才能看出。此先天不足之故。尔等说话不信，《藏经》之中，有七言绝句一首。诗曰：

七十生儿惧暑寒，精神衰微形影单。

老者生儿能健壮，定是旁人拜孝男。"

贤臣说："德保方交五岁，你们家有与此子同年的抱来比比，自然分出真假。本县说你们少读诗书，知事者少，你们未必实服。"方家族人闻听，惊喜交集，堂下叩头打躬，口尊："老父台，若能验出真假，德保果系无影，节成有后，王氏贞烈，宗祖增光，感恩不浅。"

方标令人即把管家个病孩子抱来。施公观看，比德保矬小，骨瘦如柴，身穿夹袄，愁眉不展。施公冷笑，遂把众人骂了几声畜生："与本县还敢胡混。小儿有病怕冷，比孤儿胜似一层。"下文分解。

第四十九回　众商人堂前请拜
不白人洗却沉冤

施公看罢婴儿,向方进士说道:"此是何人之子?"方瑃回说:"家人来保之子。来保今年二十七岁。"施公说:"此子虽然有病,穿的是夹袄。德保那样肥胖,当此初秋,却穿一件棉袄,可见比那孩子更大不是了。"

施公又命衙役,到街市上将五岁孩子找了几个来。施公将德保递过,衙役领下,都在丹墀。又叫拿各样东西玩意糖食等类,哄着玩耍,同在院中闹闹哄哄。那瞧看军民议论不表。

施公叫上方宅族长,下去看看德保影儿。方敏文答应,留心细看,个个小孩皆有形影,惟德保影形看不甚明。只当年老眼花,仔细又看,并无影儿。这不就证倒族长,登时如同泥塑,不由暗叹:草木翎毛,尚且有影,真真奇怪! 这定是节成亲生骨血,可见王氏屈情。

施公见方敏文发怔,就知应验,吩咐传方商人上堂。敏文堂前下跪。施公说:"你看德保有影无影?"敏文口呼:"青天老爷,商人看过,真正无影。"施公说:"这就是老翁有德,上天不爽之故。小儿纯阳之体,赤身亦无妨碍。你将有病孩童领过来,比德保瘦弱,仅穿夹衣;街上众童都是单衣。就在堂前脱衣一试,立刻分明。"施公说:"人来,你们把各家孩子都脱去衣裤,哄着玩耍。"青衣答应,遵依而行,把病孩子也是脱去。小人们贪吃贪玩,俱都喜悦,不怕寒冷。唯独德保,不耐风寒,与他果子银钱都不要,哭着要穿衣服,口中呼唤妈妈。方盐商合族人等,面面相觑。施公坐在上面摆手,吩咐青衣:"别冻着,快与他穿衣服,交与王氏,领在一旁,伺候发落。"

施公又叫上方家合族之人,说:"你等胡言,无凭无据,又没比例,所以心内怀疑不信。今日当堂试过,有什么不服,只管讲明。"方宅族人闻听,含羞抱愧,面目飞红,一齐打躬叩头。都说:"青天博通古今,明见如神。寒族无知,冤枉王氏贞娘。哪知节成阴德,阴德积下子嗣。从此再不胡行,望父台开恩超生。"施公听罢,微微冷笑,说道:"这等说来,诸公的疑心去了,没有不服之处了!"方宅合族一口同音,说:"谢太爷的天恩,给绝户断出孩儿,为节妇洗明冤枉,并无有不服之处。"施公说:"你们不该冤枉节妇有那外事,因家产坏节妇之名。怎知贞娘青春嫁与老者,为他爷娘受过恩德。那料一宿而终。可怜操持之志不去改嫁,给你方门增光。此乃去世老翁阴功,天使王氏产养后代。你们为家财逐他出来,若非告到本县案前,王氏贞娘之屈,如何得伸? 臭名莫洗。你们既系乡宦读书之家,岂不知律有明条,全不想斩宗灭嗣应该何罪! 快快说来,按律治罪。"下文分解。

第五十回 遵古验寒暑 因节赐旌表

方家合族之人，听得施公要按律治罪，叫他们自招，吓得魂飞，唯有打躬磕头，央求赦免。施公吩咐青衣，先将孩子送出，每人赏银一两，都在族长方敏文家领给。青衣答应，遵依而行。

施公说："你们不肯认罪，央求本县，使我劳尽心力。你等若是愚民，还可恕过。你等乡绅读书明理之人，似觉难容。即不深究，人说本县赏罚不公。若诸公无意吞谋产业，为什带来有病孩童？谋着有病，自然更怕冷，以致本县当堂审问不真。你们存心不善，情理实实难容。本县有心加刑治罪，念你们宦家体面何存？族众每名罚米五十石，以备冬月济贫。族长家法不慎，额外罚银百金，为庆贺去世老翁生子之德，旌奖王氏贞娘操守之真。限三日把家产归齐。尔等合族绅衿，亲到刘门迎请节妇、德保，好叫他光宗耀祖，转回家门。至于方刚立嗣，不该逐出孤寡，从今一应家务，概由王氏执掌，永不准方刚经手。如有人不遵，来禀本县定夺。"方族人等，一齐打躬，叩头拜谢。

施公吩咐传王氏、刘之贵、王守成夫妇上堂，跪倒。施公叫声王守成："本县为汝女贞娘，判明泾渭。当日被方宅之人，冤你女儿作了无耻之事，你夫妇逼那节妇自尽，险些儿误他母子之命。本当加刑治罪，姑念你因羞辱，实出无奈。你还要怜年少烈媳、孤儿，从今必须诸事照前。若是有人欺压她母子，只管来禀本县知道。"王守成夫妇闻听，往上叩头说："大老爷今将女儿污名洗清，小的就死也安。"施公听罢，又叫声王氏："听本县吩咐：难为你玉洁冰清，今朝辩白，你心无愧。暂且跟你母舅回去。三日内家财归齐，花红鼓乐，迎接回转方门，执掌家务，与方刚无干。看他孝你如何，若有不好，立刻撵出。仍与老翁守节，抚养幼子。本县详请，与你挂匾增光，流芳万世。"贞娘听罢，千恩万谢。施公又叫刘之贵："可羡你能识贞娘节操，恩养甥女、外孙，非是容易。总要照常照应他母子。一应家务，盐行买卖，也须你时刻代伊料理。德保成人，子承父业。他族人若有侵欺孤子寡妇之处，来禀本县拿究。"刘之贵叩头谢恩。

施公又派人押下方族人等，限三日归齐家产诸事。判毕，具各散出。施公复又差人挂匾额一面，美贞娘节烈。立刻禀明上司，当堂存案。吩咐退堂。入书房，刑房书吏送人犯招稿。施公灯下观看，至晚宽衣上床而寝。

次早净面，整衣升堂，放告牌挂出。只听喊冤之声由角门而入，至堂前下跪，说："小妇人冤枉，求大爷恩准判断。"施公闪目观看，原是一年老贫婆，有五旬上下，身穿布衣白裙，两眼垂泪。施公说："你为何事，家住那里，细细诉来。"贫婆说："小妇人本姓崔氏，家居城外双杨树，孤儿寡妇，母子务农为生。今年种了几亩茄子，每日浇灌，结的茄子甚大。实指望卖钱还债，不料连夜被贼偷去。儿子一气，重病染身，不但无钱交纳国税，冬天衣食皆无，只有死路。闻说老爷判事如神，因此前来告状，求老爷拘贼救命。"施公闻听，微微笑道："你种园子，岂无街坊邻佑？庄稼在地，晚间必要巡查。"崔寡妇见问，说："老爷，小妇人的园子紧靠河边，离街甚远，夜间并没巡逻，不知那贼怎么偷去的。"说罢，放声大哭。施公说："贼人不过偷盗茄子，难道连茄根都拔去不成？"崔寡妇说："他要茄根何用，只恐茄子长大还是来偷。"施公说："茄子已被偷去，失有几担？据实说来。"寡妇回答："茄子偷去有六、七垧，算来价钱五千有零。虽然茄根仍在，还能结子，粪钱、人工如何开发。"施公叫声崔氏："茄子已经失落七八天，又不比别的盗案，拿着有赃可证。贼偷茄子，挑到长街随时卖去，又不知姓名是谁，即拿住也是枉然。无凭无据，怎样查问？本县念你孤寡，逢贼之害，秋季钱粮免你。偷茄子只可认个晦气，且自回去。"崔氏不肯下堂，青衣硬行撵出。那些瞧看军民不悦，议论纷纷。不表。施公见崔氏去后，却又暗差青衣前去，查访有无，暗同崔氏定计。

这日，施公升堂，就有昨日差往双杨树崔寡妇家的八个公差当堂回说。施公一见，便问："你们可将本县吩咐之言，告诉崔寡妇吗？"众役回禀："遵依办妥。"正说话间，又有差去叫卖茄子的几个公差回话，说："小人们奉差，把守东门，将卖茄子的具都叫来。"施公闻听，满心欢喜，吩咐："连担子全带进来听审。"不多时，担子筐儿都放到堂前，个个害怕，跪下叩头。施公留神观看，下问说："你们是江都县的居民吗？"回说："小的们都是江都百姓。"施公又问："叫什么名字，报上来。"齐说：赵大、刘二、周三、阿四、金五、姚六。个个书吏记明，各写一帖儿，就令各人即去认各人的担子，将帖贴上，站定。青衣上堂复命，施公连忙离座，来到茄担面前，数了一数，共四十三担。施公细细看验，瞧到二十筐的上面，伸手拿起一个。端详多时，看出破绽。又见几个茄苞，又看筐上贴的姓名。施公随放下茄子，转身归座，往下吩咐："把偷茄之人白进忠、白进义带来听审。"

青衣答应，立刻带上跪倒，不住叩头，口尊："大老爷听禀下情，小的弟兄本籍江都。小买卖营生，不敢越理胡行。不知拿到主甚情由？"施公闻听，说："万恶凶徒，你二人欺心胆大，还敢在公堂装憨。崔家与你何仇，只顾偷茄肥己，害的寡妇孤儿痛心伤情。尔等早些实招，免得动刑。"二人闻言叩头，口尊："青天老爷，寡妇茄子不知何人偷去，小的不知其故。"施公见不肯招认，带怒骂声贼徒："竟敢巧辩！分明是你们偷去，还说屈情，本县给你个真赃实犯。"吩咐青衣："把筐内茄子，多拿几个上来观看。"公差答应。不多时拿到，放在公案上面。施公说："白进忠、白进义，你们口称未偷崔氏茄子，本县问你，既是自家种的，为何茄苞儿还未长大，因何就摘？"二人闻听，一齐强辩。施公说："这茄子因何个个打着窟窿，这又是什么缘故?"二人闻听,一齐发怔,说:"虫咬的,或被风打的,也是有的。"施公闻听,不由大怒,说:"分明偷的茄子,公然肥己。今日事犯,还敢胡说!昨日崔氏告状,本县故意撺出。暗里定计,差人察访,令他母子将茄子上面扎一些小窟窿,不论大小茄苞扎遍。你二人今日已经中计,还辩什么!"吩咐公差拿下茄子给他们看。青衣接茄来至二人跟前。二人一见,个个只有发呆,这才无言可对,只是叩头求饶,说:"小的原是一时图财,无意中干出此事。"施公闻听冷笑,说:"你这两个该死的奴才!要是你们自种的茄子,岂肯一时尽摘?只顾自己过活,不肯顾别人,天理何存!你们还说什么!可叹崔家母子,好容易种的,真真操心费力,指望卖些银钱度日。你们坑害于他,真正可恶。今日实犯难逃,依律条处治,还是照盗人田苗律例赔补?此两条任你们择。"二人说:"情愿赔补。"施公说:"本县警诫你下次,将二人拉下,每人重责二十大板,再叫他赔补。"青衣答应,上前重责。二贼徒叫苦哀哉。

施公吩咐传崔寡妇上堂。不多时,跪在下面。施公说:"你的茄子,被贼偷去,也是自不小心,论理不准,念你寡妇孤儿,故此昨日差人帮你设计哄贼,针扎茄苞为证,叫他口服心服。贼徒既已认罪,情愿赔补。茄子值多少钱,从实说来,着他赔补。"崔氏说:"亩半茄子,共算钱六、七千。"施公听罢,说:"既是如此,本县与你追赔。"又吩咐两个贼人:"你们回去,速速打点十四串铜钱来,赔补崔氏的茄价。若短分文,本县一定依律治罪。"二人一齐答应。施公又派了两名公差,跟随贼徒,带着寡妇,一齐出衙回家,等领赔价。崔氏感念,复又叩头拜谢,同青衣跟着贼徒去取赔价,不表。

施公吩咐退堂。进了书房,坐下,心中思想水寇之事。昨日遣差施安同李升私探黄河,尚无音信。复又想起施忠,缘何上京还不回转。施公正在烦闷,忽听云牌响声。不多时,只见施安回衙,只当事妥,心中大悦,带笑叫声施安:"不知李升他在那里?"施安见问,不由得肝贴胆一阵心酸。下文分解。

第五十一回　施安报凶信
施公痛义士

施安见贤臣问李升，不由心中一痛，泪如雨下。贤臣一惊，说道："莫非其中有什么缘故，你快快讲来。"施安闻听，带泪含悲，口尊："老爷，要问李升，不由不痛。前者小的两人奉命私探，肩扛被套，扮作行人。一日赶到那黄河套，小的们下在渡口旅店之中。天有平西之时，小的身乏打盹，李升性快出了店门。小的睡醒，问他店东，回说不知李客出店，并无留信。小的有心去找，不知去向。等至黄昏，不见回店。小的坐到三更时分，忽然睡去。李升迈步进房，小的梦中一见，抱怨几句。他说：'老爷恩重，安心私探水寇，误上贼船。到了江心，忽听胡哨一响，四下来了许多船只，将我命丧水中'。"施公闻听，不觉泪下："这如今怎么拿贼报仇？"施安又说了一番，施公又叹息不已，即叫施安拿银送到李升家里，安其妻子之心，不可说此凶信。施安说："晓得。"不表。

且说外面云牌响声，不多时，只见施忠进来。施公看见义士，心中甚喜。好汉上前请安，口尊："老爷在上，小的施忠回转。京内老太爷都好。今有回书一封，请老爷过目。"言罢，打怀取出，双手呈上。施公接过，为国心烦，不看家书，先告诉李升之事。施忠闻听水寇之猛，李升之义，心中难忍，一声大叫："哎呀，老爷不必悲哀，气死人也！"又尊："老爷何用担惊，等小的去拿水寇，与李升报仇，兼答恩主之德。"好汉说："小的还讨二人。此二人乃亲兄弟，名叫王栋、王梁，武艺高强，小的深知。"施公点头，伸手提笔，立刻标判红票，递与施忠收起。施公复又吩咐："你三人务要机秘行事，不可招摇。你去打点行李，明早好走。"好汉答应，回到自己房中不表。

且说施公把家书打开，留神细看一遍。看完，不觉三鼓。施公困倦，站起收了家书，宽衣解带，上床而寝。次早，升堂办事。叫施忠等起身，三人一同迈步出衙。众差役纳闷，私言不必细说。

且说他三人，到无人之处，施忠这才言讲奉差的缘故，一一告诉栋、梁二人知道。又言李升死的话，说了一遍。三人下店歇息。王栋带笑说："当日我们弟兄二人，绿林贸易，山东一带颇有名望，不入江湖，吃穿快乐。昔年撞见捕官，甚是厉害，弹弓无虚，长枪短棒，人人惊怕。围住我们，弟兄两膀中箭。忽见一人骑着黄马，扬手发镖，并不脱空，伤了达官几人。我们赶上请他留名，外号飞镖黄三太，有五旬上，似过天神。恐人追赶，分手而别，至今未曾相逢。"施忠闻听，说："二位，那就是先父。那匹黄马，日行千里。他独作绿林，嗣后逢赦洗手，学作耕种。小的八岁，学会家传之艺。父母西归，亦入绿林。十五出马，即无对手，今年二十二岁。"栋、梁闻听，说："原是令尊大人，失敬，失敬。"三人即时叙了年庚八字，结为生死，更加亲热。王栋居长，次者施忠，王梁居三。三人叙说，天已三鼓，方才安歇。

次早起来，出店去探水寇消息。连在江口探听几天，并无踪影。三个好汉正自着急，忽听店主叫店小二说，今夜隔壁刘家有事，水寨好汉差人先叫他腾店备酒。三位好汉听见此言，私自议论，莫非就是水寇？下文分解。

第五十二回 水寇孤店贪杯 施忠展艺擒贼

且说店东只知三家好汉也是江湖客人,并不知是县中应役,高声大语,叫小心,早掩店门。

且说三名水寇,今晚是刘六、刘七的东道,请银勾大王杜角蛟。堪堪天晚,水寇驾舟离江上岸,竟奔刘家店而来。三寇贪杯好色,正在热闹。

且说施忠等三家好汉,店中商议妥当,知会店东拿贼之故。各带随身兵器,侧耳细听,那边耍笑讴歌,欢声震耳。王栋说:"天气不早,你我过墙行事。"施忠答应,三人上墙,观看动静,翻身顺墙溜下,脚站实地。高声大叫道:"尔等水寇听真,你们今逢狭路,快快出来受死。牙崩不字,快刀斩尽。"且说三寇正在高兴,酒有八分。银勾大王怀抱娼妓取乐,闻听人喊,心慌意乱,往外就跑,被施忠拿住绑起。好汉这才通名说:"我名施忠,三人奉县主之命,特来拿你。"把三人捆起,天明到渡口。武职衙门廉三元千把等官,哪敢怠慢,立刻传车发兵,到店等候护送。三家好汉叫把水寇抬在车上。两家店主,不敢言语,只求无事。

且说施忠、栋、梁三人,在车前后保护。刚离店不远,忽见有一群人来得不善。施忠说:"列位小心,等我挡住那些鼠寇。"下车站住,迎面拦挡通名。喽啰水卒们闻听,个个败兴,各保性命而散。施忠方又催车前进。

且说贤臣这一日升堂,廉三元上堂跪到,口尊:"老爷,今有京都差官,不久到县。"施公闻报,吩咐书吏三班人等伺候,到接官亭迎接。众役答应。贤臣上轿,到接官亭等候。廉三元跪倒回话:"禀老爷,差官离此不远。"贤臣说:"再去打探。"三元答应退去。贤臣又吩咐:"人来,即回县衙,门上结彩悬花,鼓乐伺候。"该值答应而去。

且说贤臣起身出亭,闪目一看,尘垢飞空,对子马、龙旗、王杖缓缓拥来。贤臣紧走几步,跪在尘埃报名。马上差官说:"起来。"施公站起,不乘轿,骑马绕道,先行进城。衙前下马,躬身等候。扬州官员得信,也到江都县衙之前。州官引领,跪接钦差大人。钦差上堂,居中而站,众官跪听宣读。钦差高声朗诵:

江都知县施仕伦,做事清廉,为国爱民,不惧势利,忠正可嘉。再扬州做官不清,有害黎庶,贪赃殃民,有坏国风,革职为庶,宽恩免究。扬州现在令二衙暂权,不日补缺。命江都知县升知州二衙,盘查扬州仓库。但有亏空,行文上报治罪。扬州、江都官吏,如有私通之事,议处。钦此。

钦差读罢,众官叩头谢恩。州官立刻脱去吉服,换上便衣。贤臣含笑,躬身望

国学经典文库

中国公案小说

·施公案·

图文珍藏版

钦差说话,口尊:"大人,卑职等斗胆,请大人台驾暂歇金亭馆驿,卑职等好尽恭敬之诚。"钦差伸手,拉住施公的手,叫声贤公:"说哪里话,你我乃通家之好,何言恭敬。可贺贤公初任成名,不久高迁。出京见过令尊翁之面,本欲盘桓几日,怎奈钦限紧严,不敢停留,暂别再会。"下文分解。

第五十三回 群寇得凶信 会议江都县

差官告辞下堂,众官跟随出衙。送到界外,众官回转江都。扬州坏官先告辞出衙,等候交任盘查仓库。扬州二衙与施公入座,公议到州衙盘查仓库。二衙姓王名辉,乃东昌人氏,以文才选的,为人耿直,深服施公断才。王辉带笑望施公说话,口尊:"县令,贪官坏任,上谕命你我二人盘查仓库。又令下官署印,少不得领教,好一同进州。"贤臣素闻王辉与贪官不合,为官正大,一闻王辉之言,施公忙忙站起,躬身口尊:"州尊大人,卑职焉敢多言,任凭尊裁。"王辉闻听,起身赔笑说:"贤公请坐,你我乃通家之好,何需套言。"施公连忙回答:"恕卑职斗胆。"王辉笑说:"兄再毋提'卑职'二字,有失孔圣,令人耻之。贤公请坐,公议正事要紧。"施公坐下,对王州尊说:"你我先让他回州,好作手脚。咱们后进州衙,如此这般,大家取便,岂不美善?"王辉闻听,回答:"很妙。"

二公正议之间,忽见施忠进来,走至贤臣身旁,跪倒回话。把奉命到黄河套,水寇吃酒擒来,营兵护送,从头至尾说了一遍。贤臣闻听,说:"事毕领赏。"施忠站起。又叫书吏写了回票。好汉手拿回文,出衙交与兵头,带兵黄河口。不表。

且说贤臣即命书吏出告示,贴在十字要路口。上写:

扬州府江都县正堂施,为晓谕江都远近受屈人等知悉:今奉上文到县,五日以后出斩九黄、七珠,并莲花院十二寇。内有恶人关升,豪奴三片;还有那些应斩之徒,尽行诛之。传其仇家到法场瞧看正法,以为报仇雪恨。特此晓喻军民人等知悉。

话说贤臣与二衙一同出衙,马步快兵跟随。施忠、王栋、王梁保护水寇车辆,前呼后拥出江都城。瞧看军民称赞,不表。施公与二衙解水寇,兼上扬州盘查仓库。

且言扬州、江都远近有四名响马,称为南方四霸天,个个武艺精通,纸马飞空,也能飞墙走壁。黄天霸改名施忠,手使镖枪三支,改邪归正。下剩头一名贺天保,苏州人氏,年三十六岁,黄胡子马蜂腰,使的一口朴刀,骑红鬃马。第二名濮天雕,年三十二岁,黑面目五短三长,江南人氏,手使单刀,坐骑青马。第三名武天虬,杭州人氏,年二十六岁,手使亚虬枪,坐骑白头马。下文分解。

三人各霸一方，都有手下余寇。江都县贴出告示，踹盘人看见，报与三寇。濮天雕、武天虬集在一处，打发手下人去迎请贺天保，公议到江都劫夺法场，救莲花院的十二寇，因有兔死狐悲之故。贺天保见过施忠，打那关家保同救施公后，知道贤臣忠正，施忠义上。若说不到，有伤绿林之好汉。偶生一计，公私两为。面议各带手下到江都，到西门外观斩犯。看了一座酒店住下，令人暗暗打探。

且说贤臣同王辉，押解水寇，进了扬州。贪官坏任无职，二衙、县令进州。施公把三名水寇，交与州官收监。赃官交印，二衙受事，与知县盘查仓库，所有亏空，容赃官住馆驿，变产交还。

贤臣告辞回衙，进书房坐下。施安献茶摆饭完毕。天黑秉灯，施公查对囚犯招词，想起杀场斩囚犯，人甚众，难保无事。施忠见施公为难，好汉参透其意，说："老爷，倘杀场之内有变动，小的承管，只请放心。"施公闻言，满心欢喜。

次日，施忠闻知贺天保等在西关，遂去见面说了话。贺天保应允，二人分手。施忠回身，登时来到县衙，只见施公升堂未散，好汉打一旁走到施公身边侍立。施公见施忠回来，不肯明问，含糊说话："见了无有？"施忠见问，也是含糊答应："料也无妨。"施公点头，往下吩咐："王栋、王梁。"兄弟答应，上前跪下。贤臣先叫王栋："即传扎彩，到西门外，正面高搭芦棚五间，起脊要悬花结彩，内设文武公案，伺候明日吉时行刑，不可错误。"王栋答应，叩首下堂办事。贤臣又叫王梁："你去知会守府振大老爷，就说本县奉请明早借兵卒，先到西门外保护法场，人人都要器械鲜明。务必请大老爷驾到，并晓谕江都门军，明日西门紧闭。"王梁答应，出衙而去。又叫徐茂："你去说与禁子，明日五鼓预备。"徐茂答应，转身下堂。又吩咐："你们内外马步三班人等听真，明日五鼓全班伺候。"贤臣分派已毕，站起退堂。进内书房坐下，望施忠讲话，说："你出衙私探，事情如何？"施忠说："小的已托贺天保，抑住众寇，谅来无妨。"贤臣原听见群寇要劫牢反狱，心内着忙。又听施忠之言，略略放心。贤臣又看这些应斩之人件件理清，不觉心内也烦。天有三更时分，方才安寝。

次早，净面用茶已毕。贤臣升堂，吩咐："再搭囚棚二间。你们诸事小心，事毕有赏。"英公然答应，回身下堂办事，不表。又往下叫："张子仁，你去出城请守府振大老爷回明，马步营兵巡查四面。若有仇家来进杀场，瞧着正法报仇，问对了姓名放进，寸铁不许带入。监斩棚右边站立，不许喊叫。你也把守囚棚，等本县押犯出城，一同守府监斩。"又叫跟随人役，在南牢门首即设公案，再预备绑手押犯。公差答应，登时预备停当。贤臣移步至狱门首升坐。该值人手取斩犯牌高擎，如飞来到监门，高声大叫："里面禁公听真，牌提五虎出监，再提四个恶犯关升、阎三片。"个个五花大绑。施公手提朱笔点名，押赴西门而来。王梁一见，开放城门，押着众犯出城，来至杀场。见守府振公带领兵马，在囚棚巡逻严密。

且说众寇在住处等信，武天虬、濮天雕先发小卒探听消息。这名小卒哨探杀场外面，回绕兵丁巡逻，城门紧闭，只说城内绑犯。这名小卒忙忙进店报信，众寇也就不敢迟慢，装扮各样人物，暗带兵器。濮天雕未曾出店，先传暗令。不表。

且说贤臣把没关系的死囚绑出门外，刘医、瓢老鼠早已发去。贤臣又往下叫："人来！快提四寇：流星腿、二横子、草东胡、二道毛。"都系外号，不报真名。该值人差役答应，手举囚犯牌，跑到监门喊道："里面听着，牌提犯人，按照点号！"禁子闻听，一拥进牢，提出四寇。贤臣点名，推出衙外。施忠一见，吩咐营兵查看巷口。屠家走过，抡刀加劲，登时斩完。又点出四名。总而言之，一连三次，把十二寇斩了。施公这才点九黄、七珠。牢头到男女监，提出僧尼二人，照样上绑，推到施公面前点名。复又推出衙外，施忠一见，就吩咐众兵、屠家，好好预备。下文分解。

第五十五回　州县官闻志　捉风审小鬼

话说从牢中绑出九黄、七珠凶僧恶尼。贤臣、施忠命众役推出衙外,屠家手举头落。

且说施忠见杀了十二寇、九黄、七珠,大事定矣。此乃提防劫法场之虞。迈步进衙报与,施公大悦,起身上轿出衙。施忠乘骥,后跟四名行刑的屠户,带领士兵人等,簇拥县主,竟奔西门而来,出关监斩人犯。有武天虹差来哨探消息的小卒,混在里面。贤臣轿至西门,快头王梁一见,哪敢怠慢,叫门军将门开放。贤臣轿出西门,众人役跟随,飞奔杀场。

且说武天虹,一见城门开放,眼望天雕说道:"杀场来的犯人甚奇,怎不见你我一拜之交? 一起起押来的都是无干犯人。兄长你瞧关门,又闻出来轿马人夫,莫非此来,内有众友? 见面之时,须要齐心努力,刀剁官役。今日马踩江都,不必留情。"天雕点头。

且说施公登时进了法场下轿。人报守府到。两人分文武而坐。吉时一到,好同点名。

且说城中哨探的那名小卒跑来,口呼:"众家寨主,不好了!"即将城中十二寇、九黄、七珠已斩,说了一遍。天保闻听,不动声色。唯有天雕、天虹一闻此言,一声大喊:"呀,气死人也! 好个不义黄短命,不思神前一拜,少不得大家与你作对。"言罢,二寇口吹胡哨山响,众寇一闻暗号,只见八名强寇齐站在天保身后,一字排开,个个扯出兵器。贺天保一见,即行劝住,说"你们众家兄弟不必动手,人已经被斩了。十二人虽系朋友,自作取死之道。此事官也遵的国法,无妄诛之理。二位寨主、众家弟兄听真,此事何用为难! 古言人死不能复生。他等无耻,自作自受。即如黄天霸,能知时务,可敬。"众人闻听,俱各止气停刀,默默无言。大家又抱怨一会,用刀一摆,齐收兵器,瞧看热闹。

且说施公与振公在监斩囚棚内坐定,二人闲谈,等施忠去令行刑斩犯,而悦人心。施公正与振公谈话,探报子下马上前跪倒:"小的来报,廉三元与老爷叩头。"施公下问:"所报何事,快快言来。"探报答应:"小的回老爷,扬州补缺州官到任,请老爷前去迎接。"施公说:"我已晓得。"探报叩头爬起,转身拉马,出杀场而去。施公吩咐:"带人犯进棚。"五虎、关升、三片、姜酒烂肺谋奸董六、老庞、解四、车乔、瓢老鼠、老西儿张才、传方王媒等,不过是杀绞,斩而诛之。立刻仵作抬尸,散了杀场。有那瞧看仇家的,个个合掌念佛。真乃是军悦民欢,不必细表。

且说施公、守府二公出棚,上马乘轿进城,十字口分手。施公因接迎州官,回衙进内更衣。出来吩咐:"马步三班人等不用跟随,轿夫散去,牵马伺候。"不多时,拉到两匹马。施公乘马,施忠扶鞍,随同出衙。他主仆二人,即刻进了扬州衙门。施忠服侍施公下马,一瘸一点,同进州衙角门。但见堂前结彩悬灯,三班六房闹闹哄哄。大小官员站起迎接,恭敬施公站在居中。官吏带笑,齐呼县主:"专候台驾到临。州尊太爷刚才来到,怪县主未去接迎,带怒进内。又传话出来,有礼相见,即履堂规。"施公闻听,恼怒在心,道:"我今奉旨监斩犯人,是以未敢远接。太爷但言有礼相见,这算他升官便要铺堂的。不用商议,咱去打点礼物。"官吏闻得,信以为真,齐说:"县主速去料理,以免太爷见怪。"言罢,个个出衙回去。施公带笑说:"列位细听,伺候州尊,勿要远去,我也回去打点金银。"州役答应:"小的晓得。"

　　施公翻身即往外行。出衙同施忠步行往西,一座铺面鲜明。施公进去,施忠挽马拴住,随后进铺,好汉旁站。堂官过来,带笑请问:"爷们用酒用饭?吩咐小的好办。"施公回答:"不拘什么,选好吃的快些办来。"走堂端上汤饭等,排在桌上,主仆二人用毕会钞。施公又与施忠商议州礼之事,施忠说:"小的身边带有银钱。"下文分解。

第五十六回　州官罚县把门　硬驳众官礼物

施忠回答身边带有银钱。贤臣说："你去办买八色水礼,用食盒装好,着人抬送。"好汉答应"晓得"。登时办妥,开礼单写手本,施忠拿定。贤臣起身,出铺上马,施忠押着食盒,往州衙而来。州官可巧回衙,外县各官未到,贤臣说:"正投机关。"叫声施忠:"拿手本礼单。"施忠递过,施公吩咐:"你可拉马在此等候,我进去投递。"好汉说:"晓得。"贤臣回身迈步,一瘸一点,进了角门。只见州衙书吏三班人等,伺候新官升堂。一见贤臣,认得是县令,人人站起。贤臣带笑上堂,眼望书吏问话:"不知那位是州尊的内司?"回答说:"那边坐的就是。"贤臣闻听,扭头观看,来到那人面前,把手本礼单递上,带笑说:"奉烦投递。"那人接手本礼单,往内宅回话,口尊:"老爷,今有江都县知县施仕伦具手本礼单。"赃官闻言,心中大悦。瞧了瞧礼单,不过是平常礼物,并无银两。心下沉吟,不由动怒,用手把礼单扯碎,叫声:"进才,出去告诉于他,本州不收礼物,少时升堂。"进才答应,来至大堂见了施公,就把吩咐之话说了一番。

贤臣听罢,转身下堂出衙。施忠上前,口尊:"老爷,不知事情如何?"贤臣心中有气,不便细说,叫声施忠:"把那礼物叫抬盒人拿了去吧,回来快把我的座褥铺在正门台阶以下。"好汉答应,依言打发抬盒之人去后,回来将座褥铺下。贤臣又嘱咐施忠,别要远离。说罢,起身走至台阶,赌气坐下,专等机会怄气,又暗骂贪赃狗官。

众同寅及书吏上前就问,说:"老爷生气,为送礼之故?"贤臣说:"太爷清正,我施某带来重礼不受,反罚我小官把门,是以在此代太爷辞礼。"众官吏听施公之言,个个迟疑,半晌讲话说:"县主,既是州尊之命,焉有不遵之理,我们何苦碰钉?"吩咐将礼抬回,专等贪官升堂行礼,齐至大堂伺候。就有内司走过,问门包礼儿,官吏回言,照着施公讲的话说了一遍。内司听了,心中恼怒,去见贪官,叫声老爷:"了不得了,不用等礼。小的才见施知县投帖送礼,老爷动气说不要他的礼。他赌气放下坐褥,把守大门。见众官的礼到,他竟大胆吩咐说:'太爷一概免礼。'众人把礼拿回。老爷还等什么。"赃官听说:"快去吩咐外班,我立刻升堂。"进禄随到外宅门,高声说道:"三班伺候,太爷坐堂。"只听梆点齐鸣。赃官上堂,拜印已毕,归位。官吏参拜,书役、牢头、禁卒,各乡的保甲、地方人等叩头,已罢。贪官安心要寻施公,带怒下叫江都知县。施公遂即向前,口称:"卑职施不全,参拜州尊。"听见贤臣报名,慌忙站起,一摆手,说:"请起。"施公站起,躬身一旁侍立。州官又叫:"施知县。""卑职伺候。"说:"你知罪吗?"施公躬身回答:"卑职不知,在大人台下领教。"

州尊刘元见问，含怒说："本州钦受御旨，点我扬州，管理万民。大小官员，都来迎接，惟少贵县，莫非轻视本州？你等我盘查仓库再讲，若有一点私弊，立刻革职。"贤臣闻听，强笑躬身行礼，说："非是卑职无来迎接，只因今朝奉旨监斩人犯，国规完毕，始敢动身。及赶到衙门，大人驾已早到，万望大人宽容。盘查仓库，清算或足或少，自然有数。卑职不做亏心之事，焉怕暴雨粗风！叩恳州尊秦镜高悬，必须忠奸二字分明。"贤臣说毕，又是一躬。刘元听罢，面带愧色。忽见堂下走上一人，公案前跪倒，手举呈词。州官着人接状词观看，上告：

具诉呈人东邻赵大，西舍王二，前居张三，后住李四，地方陈虎，呈为本郡南关以里，东路口坐东向西，有三教寺一座。山门正殿，四层配殿，群房共计七十九间，数年并无僧道在内焚修。每逢初一、十五，有邻人进寺烧香。本月十五日，众人进庙献供，进殿遇见怪事，众目同视。第四层魁星殿内，泥小鬼项挂少妇人头一颗，并无尸骸。不敢隐匿，众人共同叩恩大老爷仁明台下，秦镜高悬，查照不白之冤，子民感叩洪恩，万载无既。

州官看罢诉呈，不由肺腑吃惊。他在坐上，不好明言，暗叫自己："我刘元大运不济，上任就逢此事。头一人施不全对头，还未判断，他是我刘某命中仇星，到手银子，他偏横挡。"赃官急中生计，肚内说，何不如此这般，公报私仇，参了他的知县，易如反掌。刘元故意含笑叫声县令，"不敢，施不全伺候。"贪官说："今有人头无尸一案，委汝查明。本州才升到此，官事冗杂，不能办理。我出批你要做速去办。"言罢，伸手提笔上写：

州批县审。批为本州南关以里，路东三教寺中魁星殿中，泥鬼项上挂少妇人头一颗，无尸。被告全无，邻居、地方人等公举。必须三天内断出尸亲，回复。倘三日内不结，该令才短，摘印后递结，决不轻恕。为此特批。

州官写毕下递，贤臣接过。贪官下叫："陈虎，你领县令速去三教寺断鬼回复。"施公深打一躬，走下堂来。刘元吩咐退堂，众官散出，都与施公担惊。贪官又派人役刑具。

贤臣看见州批，微微冷笑。出衙，同施忠来到饭铺。贤臣进内，好汉把马拴在铺外，回身进铺。看见贤臣面色带怒，才待要问，忽见一人慌慌张张进铺，走至施公身旁跪倒。乃是地方陈虎，奉州官之命，见贤臣出衙，所以赶来回话。口尊："老爷在上，小的南关地方陈虎，天气不早，请老爷驾至三教寺，审断人头公案。"贤臣说："起来。"陈虎答应起来。贤臣主仆，饭毕会钞，起身出铺。好汉扶侍施公上马，施忠乘骒，地方引路，竟奔三教寺而来。

贤臣偶然灵机一动，叫地方陈虎上来。贤臣说："本县问你，你缘何呈报人头之事，胆大不带凶犯上来？理该把你重处。"地方叩头，口尊："老爷容禀，小的呈状写得明白，原无被告，老爷上裁。"贤臣闻听，微微冷笑，说："本县再问你，你报人头挂在何处？"地方回答："人头挂在鬼项。"贤臣说："却又来了，你既呈报妇人头挂在鬼项,本该就把小鬼带来听审,因何粗心玩法!"陈虎闻听,越发慌忙,口尊:"老爷,一个泥塑的小鬼,拿来何益?"贤臣带怒,一声断喝:"咄!只管抬来听审,本县好问他,是谁把人头挂在他的项上,好明不白之冤。快去!"地方赌气爬起,转身去找绳扛。不多时,陈虎进庙,令人伺候公案,一应铺设停当。地方引路,贤臣进庙升坐。又见本州四名衙役、刑房、乡绅、总甲、牢头人等,上前叩见。报名已毕,贤臣下叫:"陈虎。"地方答应,跪倒。施公说:"传四邻问话。"陈虎答应,翻身下行,立刻传到,跪下回话:"小的张三,小的李四,小的赵大,小的王二,给老爷叩头。"贤臣说:"尔等知此妇死的缘故吗?"四人从头至尾诉说一遍,与呈词无异。贤臣摆手,退下。下文分解。

第五十七回　传四邻问话
各人报姓名

　　四邻报名诉罢,退下出殿。贤臣安心要看庙内的破绽,好推情断事,审人头冤屈之案。贤臣站起离座,一瘸一点下殿。施忠与众役,同施公重新绕殿细看。转过游廊、配殿,群墙瞧遍,并坍坏之处。又至后殿梓潼殿上,左瞧右看,并无尸骸。少不得打草惊蛇,再察形迹。主意已定,连忙回至大殿,下役人等尾随。贤臣升坐,往外留神,只见那些瞧看的军民,闹闹哄哄乱说:"从未见过审泥小鬼的这稀奇事。"纷纷说话,不题。

　　且说贤臣吩咐带小鬼,陈虎答应,抬上。施公高叫:"陈虎进殿。"地方随即进去。贤臣说:"少等。"施公安心展才惊众,判断泥鬼。贤臣伸手提笔,上写:

　　州批县审。本州南关以里,路东有三教古庙一座。山门大殿共三层,计七十九间。后有梓潼殿中,小鬼项挂少妇人头一颗,无尸。今本地地方呈报,众目同观事实。此庙内,数年以来并无僧道焚修,现今原被告全无。州尊批委本县施断,严限三天以内回复。尤恐此郡举监生员、三教军民不知,今出示晓谕知悉,愿瞧者赴庙听审泥鬼。倘有断不清不明之故,许尔等公举。特示。

　　贤臣写完,往下又叫:"陈虎,你把告条速去贴在冲要之处。"地方答应接过,出殿去贴。贤臣闪目往殿外观看,三教寺人山人海。施公故意叫声上差:"陈虎他不过心中不服,勉强答应而去。"贤臣又说:"听我吩咐,今州尊委我,派你等四人大家公办,审清人头,俱各有功。若是你我怠慢,州尊恼怪,罪名非轻。"四公差闻言,也是鼻内面哼。贤臣恼在腹中,故装不知,说道:"蒋虎,你去把住庙门,并吩咐举监军民三教之人,你们既来进寺瞧看,许进不许出,如有不遵,立刻锁拿去见州尊严究,就算杀人之犯。如期莫怨施某断事不明。你要徇私放出一个,本县送你算犯法之人。"蒋虎闻听,吓了一跳,无奈答应"小的晓得",转步往殿外而行。走至月台,高声说毕。众人齐说:"亘古无见,我们既来就不动身。"蒋虎点头。且说陈虎手拿告示,竟奔十字路口。一边走着,一边腹内想,施公在江都审了多多少少无头事情,算是能员。今日又审泥鬼。地方思思想想来到十字路口,用面糊贴上。就有那些过往之人,都来瞧看,蒋虎拦挡。都说:"老爷告示,叫我们来看审鬼新闻。"拦不住,也有进庙的,也有在外面的,真真一片人山。地方把告示贴上,回来复命。贤臣一摆手,地方闪在一旁。

　　天色将晚,贤臣瞧月台上站着泥塑小鬼,项挂少妇之头。看罢,眉头一皱,计上心来。离座出殿,走至月台站住,带笑高声说话:"你们这内中举监文人,贤愚不等,瞧看本县审鬼,须得听我施某吩咐,不可顽法。"又叫仵作,只听答应,上来跪下。贤臣就问:"你是仵作吗,名叫什么?""小的名叫张五。"施公说:"你把鬼项挂的少妇首级验看,是何物所伤,不许粗心谎报。"张五答应,至泥鬼跟前,伸手取出一根筷子,拉着那少妇之头,细细看够多时。回身进殿,跪倒回话:"老爷,小的细验明白,妇人头上致命斧伤二处,脑袋是斧子砍下来的。"贤臣闻听,一摆手,仵作退下。

贤臣设计诱哄愚人,审鬼是由头,好追寻题目。说道:"本县奉州尊之委,势难推脱。皇上点我做官,岂肯有负圣恩。本县幼年学习法术,与你报仇雪恨。"霎时间,忽见东南狂风大作,旋风来了乱滚,围着泥鬼打转。贤臣一见,就知其意,不由暗喜感动佛祖神圣。往下高叫:"风中女鬼听我吩咐,不可徇私,快捉人犯,本县差人带你人群里找去。"随叫:"马滕,你跟旋风,不可拦挡,任他旋转。倘有可遇之处,锁来见我。"

马滕答应,犯想无奈,迈步出殿,跟定旋风。东就东,西就西。旋风滚的疾快,公差两眼似灯。马滕高叫:"列位闪路,莫挡风神。"众人闻听害怕,心中无病还好,有病之人面如金纸。旋风在人空中钻出钻进,找寻仇人不见。又起一阵狂风,往寺外而滚。马滕也随即跟出,转眼不见,心下为难。正在犯想,忽见旋风从阴沟里进庵,复又出庵来引公差。那风哮溜溜,连转三转,从阴沟刮入庵内去了。公差一见,说:"想来杀人之犯一定在内,何不进庙。"用手拍门,高叫:"里边有人吗?"女僧正坐,忽听外面打门,忙唤小尼看外面什么人打门。小尼回身,来至角门,开开门,公差迈步进庵,闪自找风。只见旋风哮溜溜,往里直滚。公差哪管内外,跟风往里就来。那风滚进禅堂,哮溜溜围着大尼姑团团而转,刮的尼姑用袖遮面。马滕一见,不管好歹,回手取锁,咣啷一声,就套在女僧项上。那风出房,又起一阵大风,刮去不见,把个尼姑吓得白面焦黄,口中怪叫。公差不容分说,拉起就走,穿街越巷,直奔三教寺而来。

那些瞧看军民人等一见,个个大嚷,说:"拿了人来了,咱们快听老爷断鬼。"贤臣听得明白,闪目外看。只见锁拉一人,却是女僧。头上无帽,白面桃腮,杏眼秋波,樱桃小口,甚是袅娜。身穿绫罗,足登镶鞋,年纪三旬,迈步上台阶,进殿跪下。公差报名:"小的带到女僧。"贤臣闻听,摆手,马滕退后。贤臣点头,难怪尼姑乱性,败坏法门。叫声:"女僧听真,今有屈死女鬼,在本县台下投告你私通谋杀他命。冤魂聚而成风,引领差人拿你。快快实诉,免得动刑严究。"尼姑叩头,口尊:"老爷,小尼本州人氏,多病出家,奉公守法,不敢为非。老爷就便夹死,岂不冤枉佛门弟子吗?"贤臣闻听,微微冷笑,往下吩咐:"那女僧,不用巧辩,你去在台上把鬼项挂的人头看真,回来再讲。"尼姑只得爬起出殿,走到泥鬼跟前。睁眼一看那颗人头,不由心中害怕。忙忙回身,进殿跪倒。口尊:"老爷,小尼看过,不识其面。"贤臣闻听微笑:"你竟是满口胡说,本县知道其故,屈死冤魂是你所害,因奸杀命,还不肯实招!"喝叫两边:"与我拶起来再问!"众役答应,把女僧拶起。十指连心,忍痛不过。又吩咐："加拶。"只见蒋虎跪倒回话："禀老爷,今有本州三老爷,奉太爷之命到寺,不知何事,现在门外。"施公闻听,就知来看人头的消息。贤臣说："知道了。"公差退去。施公腹内说,一定是狗官叫他来监审人头,三日不能问清,好寻本县。贤臣心中恨骂:狗官,施某既感动神佛,有何惧怕! 贤臣轻视来官,并不迎接。下文分解。

第五十八回

三衙奉命催审
蛮人心怀愤恨

扬州三衙，奉州官刘元之命催审，马到寺门。见人进报，不见县公迎接，心中不悦。他乃蛮地之人，捐纳三衙，到任不久，暗恼在心："待我进寺，看他怎样。"弃骥走上月台。贤臣难越大礼，离坐下迎，一瘸一点至殿门槛，就不肯外迎，麻脸带笑，说些客套，高叫："三爷，恕我有事在身，失迎之过，另日赔礼。"三衙答道："岂敢。"迈步进殿。下役设坐，三衙把手一拱，二公坐下，又言讲人头之事，三天限满之话。这位三衙，姓穆，名叫作印，在旁听审。

且说尼姑上拶不肯招认，贤臣吩咐："加拶。"尼姑总不招认。贤臣用手一指，喝声："大胆恶尼，你不招认，暂且下去！"叫声施忠："你同马公差速到尼庵，把庵内所有尼僧，不论大小，全都叫来问话。"

好汉答应，迈步前行，与马滕离了三教寺，竟往白衣庵而去。不多时拿到，先带一尼上殿跪倒。贤臣观瞧女僧已罢，说："你师父犯下之罪，他赖你们谋害人命，与他帮手。你要实说，莫要虚言。"尼僧见问，吓得磕头碰地，口尊："青天爷爷，小尼今年十八岁，命犯孤独，八岁进庵。蒙师训海，紧守清规，法度严肃。不知何故，将师徒全拿进寺，叩求爷爷秦镜高悬。"贤臣大怒，吩咐动刑。一连三拶，可怜把小尼十指拶伤。怎奈心坚似铁，不肯招认，只求超生。又说："小尼并无过犯。"贤臣见他不招，吩咐卸去刑具，带过，不许与那小尼见面，换个答话。青衣答应，遵依而行。且说施公为难，吩咐："人来，把那一个小尼带上问话。"下役答应，立刻带到，吓着叫他下跪。

只见那小尼浑身旧衣，奔搂头，呕扣眼，漆黑的麻子，长的不堪。施公看罢，腹内暗转，要明此冤，得诱哄于他。满脸笑着，忙出公位，小尼跟前伸手拉住，叫声："小孩子起来，不用啼哭，你的师父师兄先回庵中去了。跟了我来，我好叫人送你回庵。不用哭，不听人说，我还叫人把你锁上，还打一顿板子。跟我来吧。"言毕，拉起小尼往上走来。贤臣复归公位坐下，也不嫌脏，取这腰间纺绸手巾，替小尼擦那眼泪鼻涕。拭干细看，带笑问话："小孩子，太爷问你，你今年几岁了？不要哭，别害怕，告诉我，好买东西你吃。"回头叫声施忠："你去买些果子与他吃，吃饱了好送他回庵。"好汉答应，去不多时，拿来些果子糖食。贤臣伸手拿起，递与小尼，复又带笑说："小孩子，你吃罢，吃得饱饱的，好送你回庵，别害怕。"小尼闻听快活，笑嘻嘻接过就吃。且说三衙暗笑："我看他审事平常，倒会哄小孩子，若到临期怎了。"下文分解。

第五十九回　奸夫与尼对词
判结人头公案

不言三衙有气，且说贤臣安心诱哄真情。一回手，把腰间花小腰子荷包解下，拴在小尼胸前。俗言小孩子识哄，哪里见得吃呢？又见给一个怪好的荷包，乐的他眉开眼笑，指手画脚的叫声："太爷，你给我这个荷包可好装钱，便宜了我师父了。"施公听出题头，不由心中大悦，扭头叫声："施忠，把你腰中散钱给我些。"好汉答应，回手从腰中打摸些钱递上。贤臣接过，都给小尼装在荷包里。贤臣带笑说："小孩子，这些钱带回庵去，好买东西吃。我问你，不知昨晚来的那位大爷，是你什么人呢？告诉了我，我好叫人送你回庵去。"小尼见钱心喜，乐的手脚乱动，满面欢笑，说："太爷，你问我，我不敢说，师父会打我。"施公说："你师父不在这里，你只管说，好送你回去。"小尼四处一看，果不见师父，这才说："那位大爷比你还俊，他每晚半夜总到庵中，带些饽饽酒肉，与我师父、师哥饮酒耍顽。饽饽加肉，我吃饱了，打发我睡，还给我钱。每日晚上嘱咐与我，不叫告诉外边之人。那大爷，白日并不见来。"

贤臣闻听大悦，下叫："人来，快把那老少二尼带来对词。"下役答应，翻身下跑。不多时，把二尼拿来跪下。贤臣说："你们不招，有人招了。"叫那孩子："把告诉我的话，对你师父、师哥再说一遍。"小尼见问，复又啼哭，叫声太爷："我不和你好咧！我说了，告诉你不叫我师父、师哥知道，因何又叫他们来对话呢？我不说，我怕打。"旁边老尼闻听着忙，叫声："你要胡说，回庵追了你的小命！"贤臣大怒："人来，掌嘴！"公差答应，上前，一边五个嘴巴，打得牙落。贤臣又问，小尼，你不实说，照样打嘴。小尼害怕，叫声太爷："我说，别要打我。"又照前说了一遍。二尼闻听，无言可对，个个仰面长叹活该命尽，口尊："老爷不用再问，小尼招了。师徒同与西茶铺陈姓往来是实。"贤臣吩咐："人来，带下老小三尼，少时对词。"下役答应，立刻带下。施公又叫马滕："差你速拿西关茶铺陈姓听审。"马滕接签，下殿出寺。

不多时，将陈姓带到，上殿跪下。贤臣喝声："陈姓，今州尊委我断人头公案，鬼诉真情，旋风到庵，捉拿女僧，诉说尔因奸杀命。快快实招，免得受刑！"那人见问，叩头口尊："老爷容禀，小的与尼姑并无通奸之事，如杀人更没此事。清平世界，朗朗乾坤，何敢杀人？老爷主裁，岂不冤枉好人。"贤臣说："你倒言通理顺，善问你如何肯招。"吩咐："人来，把他夹起再问。"下文分解。

第六十回　判明妇人头　回复见州尊

公差答应，一拥齐上夹起。陈公义见无据证，求生忍刑，不招。贤臣说："好一个恶徒！"吩咐："人来，快把那三名女僧带来对词。"下役立刻带上，跪下。贤臣叫声："小尼，你认认那人，是你那大爷不是？快说，不说打嘴！"小尼害怕，细看回答，叫声："太爷，这就是我那个大爷。"贤臣闻听事情都对，心中大悦，问那老尼："快把实情招来，免得动刑。"老尼见问，不由仰面长叹，眼望公义，叫声："冤家，不用强辩，老尼替你招罢。"尊声："爷爷听禀，小尼俗家姓屈，父住东关，无儿，只生二女。小尼年幼多病，因此许进西关白衣庵中。不多几年，师父在外募化修塔。后来小尼又收两个徒弟，紧守清规。遇见西关茶铺陈公义，见小尼容貌好看，安下歹心，用计进庵许愿，常常来往。请小尼到他家里，不妨被他灌醉骗奸。酒醒，无奈通奸，续了徒弟，打量无人知晓。不幸父母去世，发送事毕。小尼妹妹许嫁与人，妹夫姓贾名君车，贸易在外。妹夫出门，妹子暂住小尼庵内。公义那晚来庵，看中妹妹芳容，安心要行苟且之事。妹妹再三不依，气得寻死觅活，只要告状。陈公义带酒行凶，用斧砍死，尸首埋在庵后。他半夜将人头拿出尼庵，嗣后不知怎样挂在鬼项，只求青天再问公义便明。"贤臣扭项，下问公义："从实招来。如有一字虚假，立刻处死。"陈公义见问，回答："小人情犯是实，不敢强辩。小人南关有一仇家，想着移祸雪恨。那晚仇家有事，人烟不断，小人未曾得手，故把人头隔墙抛在三教寺内。小人不知怎么挂在鬼项是实。"贤臣闻听，说："神鬼宣昭，不必深究。"吩咐卸去夹棍，带下，跪在一旁伺候。又叫带过老小三尼，事情算结，少时就要回复州尊。贤臣不理三衙，吩咐带定三尼，令人抬起公义，传齐四邻人等，下殿出庙。贤臣同三衙上马，下役将犯人带去。贤臣又叫地方看守人头，等回复州尊，起尸对头。那瞧看军民议论，不表。

且说贤臣同三衙到了州衙门首，二公下马，进了角门。下役带着犯人。贤臣打书吏手中接过招词，一瘸一点，方至州尊衙内。施公带笑说："烦你代我通报一声。"那人站起说："老爷请坐少等，我替老爷递进。"伸手接过，迈步进里走。内司把招词递给贪官，瞧了一遍，不过因奸谋奸不允，害死尼妹，奸夫埋移尸头二处，回复起尸完案。刘元看罢，心中又喜又恼。喜的是不全断法精奇，恼的是江都有他作对，不能行事。贪官眉头一皱，计上心来：何不打点一分重礼，差心腹家人暗暗上京，求皇亲索老爷急急提拔，升离江都。贤臣借贪官的力，升转顺天府，不表。且说贪官又叫人传出，命三衙起尸头验明，明早升堂结案，暂把人犯寄监。刘元的内司，奉命上堂，见了贤臣，不过说了几句褒奖之话。贤臣随即出衙，叫声施忠："天色晚了，到馆驿歇息，明早起身。"

次日，主仆出了扬州。在路正言贪官的过恶，贤臣抬头，见迎面跑过几匹马来，又听内有一人大叫："伙计们，不用上扬州去报，这位老爷就是江都县的清官施公。"只见那些人听说，勒住坐骑，个个跳下马来。一人跪在当道，哭诉情由。贤臣不解，勒马留神，都系买卖打扮，个个惊慌，挡住马头，口中只嚷。内有一人，腮流痛泪，口尊："老爷，小的前已告过失盗实情，蒙老爷拿获斩犯报仇。另搭伙计别处治货，从此经过五里牌，路遇一伙强盗劫财，尽行抢去。吓得小的等魂冒，不顾财帛，只得逃命。小的等特奔扬州来报贼情，幸而途遇爷爷，叩求青天救命。小的名叫李大成。"说罢，一齐叩头。贤臣闻听"李大成"三字，想起前番莲花院的十二寇那一案，就是此人失盗。贤臣长叹，叫声："李大成，可叹你命犯贼星，今搭伙又被盗寇。但五里牌不是本县地界，属扬州辖管。"客人闻听施公话语，似有不管之意，放声大哭。这些人哭得贤臣心软，说："尔等莫哭，那些贼寇去有多远，人有多少？"客人口尊："老爷，贼去不远，小的等只顾逃命，未从细看，不知几人。只闻称贺寨主，声音渐去无踪。"施公闻听，想必是贺天保在内。彼时临别，言过保江都无事，此地方乃属扬州地面。嗣又劫法场，多亏义士施忠吓退。贤臣想罢，何不拿话激于施忠？说："施忠，方才他言内有贺天保，想是绿林之人。他当初原说保我江都安然无虞，此地虽属扬州管辖，然而与我之交界接壤。今番又猖狂抢劫客商，其情可恶，真不啻匹夫小人之谈。但不知你管与不管？"施忠闻听羞愧，一声大叫："气煞我也！"双脚跺了几跺，说："恩主不用急躁，老爷略等，小的前去。"言罢，催马而行。

未顿饭之工追上，果是贺天保同众朋友。施忠一见喜悦。贺天保见施忠说他言而无信，亦觉愧意。天虹、天雕面红说道："原物未动，老弟拿回，送还客人，我等就此散去，免伤弟兄和气。"言毕，带怒叫声众友："想你我尘土不染，方称英雄，义气为重。"其余众人撇下货物，抓鬃上马，高叫："黄老弟，但愿你指日高升，才见得朋友。"众人将手一拱，齐叩坐骑，扬长而去。那众人去后，贺天保自知理短，羞过一阵，无奈眼望施忠讲话，叫声："黄老弟，为你一人，愚兄伤却众友。没的说，你把货物银两拿去，交还原客，我也告辞了。"施忠尊声："兄长，你我焉比他们。他等含羞自散，何用介意，另日狭路再让。"随叫众客，原物照数收去。众客千恩万谢而走。且说施忠，来见贤臣，登时来到树下。下文分解。

第六十一回　皇恩诏贤臣　回京都引见

贤臣见施忠回来，就问事情办得如何。好汉从头至尾详禀一番，贤臣甚喜。又向众好汉说道："容日再谢。"贺天保等九人闻听施公之言，就势告辞，各人坐骑，施公相送。众寇望施忠说话："异日再会。"言罢，一齐上马，催驹回归林下。

施忠回到树下站立，贤臣说："施忠，就此起身进县。"好汉闻言牵马，施公乘骑，施忠扳鞍。主仆并辔，正走之间，抬头看见江都城门。进了关厢，即是闹市，耳内听得斧锛之声。闪目一瞧，路东一家好齐整宅舍，原是水作，在那里安盖大门。贤臣一见，肚内把天干地支细细推算，值日神将从头暗数。心中说道："既盖大门，岂不择吉？他家看来不懂礼义，难道他家无有读书之人？今日黑道五鬼破败，要想兴隆，万万不能。其中必有缘故，本县何不问其内里之情？"随叫施忠："你去把安门的家主叫来，我有话问他。"好汉下马，迈步走到那家门首，带笑开言说："借问你们一声，哪位是家主？"门里一人，年有四旬，应声答道："不敢，愚下就是，不知有何见谕？"施忠说："本县老爷有话问你。"那人闻听，连忙整衣戴帽，迈步出门，跟定好汉，来至施公马前。那人并不下跪，深深一躬，口尊："老父师，生员不知驾到，未得远接，恕门生之罪。"施公说："贤契免礼。本县一事不明，贤契既读孔圣之篇，必达周公之礼。安门换户乃是吉祥正事，今日五鬼破败，动工岂不有损。"那人闻听，复打一躬，口尊："老父师，门生既读诗书，安门岂有不看看宪书之理。奈门生家设有学馆，请了一位先生，性情格外古怪。安门烦他择吉，说道今日甚好。门生也有些不悦，问他之故，他说不用问，赶安门之时，必有明公问故，你就知道了。故此门生伺候这里。今听老父师呼唤，门生特出拜见。"贤臣闻听，心中纳闷，叫声："贤契，大约此人与你有仇？"那人回答："无仇。""既是这样，你去把他叫来，本县有话问他。"那人答应回身。

去不多时，忙忙回来，手举字柬，口尊："老父师，门生家先生有书一封，叫门生拿来，求老父师一看。"又说："今日理当叩见，恐其冲破县尊眼下不能高迁矣。"贤臣闻听，心里说："此人奇异，我先看看字柬是何言语。"想罢，伸手接过，封皮上写：今月今日今时县尊驾到，二手开折。贤臣心惊，仰面视天，时分相对。贤臣点头，心内说："妙哉，待我看里面如何。"用手拆开，上写：

山东曲阜县民人孔净，字奉江都县主。今日今时台驾回县，路过此户，马上有观。吾乃孔圣之后，微习天文地理之妙术。今日本系五鬼破败之期，内有吉星冲破，不敢报名，恐泄天机，神鬼见怪。此户转祸为祥，家道丰盛，顶带绵绵，子在父死，夫在妻亡，代代恒足矣。民人孔净，数字不恭，求恕具。

贤臣观罢,不由吃了一惊,心中默言:"此人学术通神,未来先知,预写字柬,犹如板上钉钉,所言真真不错。我只知古人书礼之妙,却不晓陋室之中有此高人。但能有日官到初品,必请孔净主文。有心此时行聘,唯恐轻我前程微小。"贤臣沉吟多会,除非如此这般。想罢,带笑说:"贤契听我一言,回府多多替我拜上孔先生,转言就说本县路过,不曾修帖奉拜,容日再谒。"那人闻听,又打一躬,说:"门生请教老父师,今日安门,到底好不好?"贤臣见问,含糊答道:"贤契不必追问,今日很好,最大吉大利。贤契请回。"言罢,贤臣把字柬插入靴桶里。贤臣讲罢,不多时主仆进县,就有下役迎接喊道,拥护进衙,滴水下马。天色将晚,竟进内室,下役散去。贤臣歇息三天。

这日黎明,点鼓升堂,书吏人等伺候。忽见来报,廉三元上堂跪倒回话:"老爷在上,小的探得京都传牌到了,召老爷回都补缺。新补江都老爷,不日就要上任。回老爷定夺。"贤臣闻听,吩咐再去打探回报。报子答应。叩头下堂,出衙哨探。且说贤臣暗说:"好狗官,你纵把我施某打点离了江都之任,你想受用,怎得能够!我若回都,但能面君,遇着机会,我必参你。"贤臣怀恨州尊,即叫六房盘查清结,好交代下手,以备回京。诸事分派停当,点鼓退堂。

贤臣进内,吩咐施安、施忠收拾细软,打成包裹,预备起程。忙乱完毕,主仆安歇。次早贤臣升堂,三班伺候。只见从角门进来一人,上堂至公案一旁下跪,口尊:"少爷在上,老奴请安。"贤臣含笑叫声:"施孝,你来江都有何事情?太老爷、老太太安否?"老奴见问,答道:"满宅俱各平安。太老爷叫老奴前来,接少爷进京。查清仓库,太老爷说不可缺少,务要盘清。"施公闻听,吩咐:"施孝,俟我盘查仓廒清白,一同进京。"施孝答应,站起,下堂伺候。贤臣又吩咐书役人等:"你们着几人在衙办事,好接新太爷。着几人跟我出去迎接新官。"众人答应。又见上报,廉三元下面叫道:"小人禀老爷,新任老爷离关不远了。"贤臣一摆手,上报退去。

贤臣离座,上轿出城,至接官亭等候。不多时,新官已到,二人礼毕,一同进署交印,盘查仓库。诸事全结,交代明白,新官送施公出衙。施忠、王栋、王梁三人把贤臣送进馆驿,就有那些江都县的乡绅耆老等,听得贤臣离任,感仰德政,各备下程送至馆驿。又知会那些举监良民及铺户人等,商议与清官脱靴,盖祠塑像。不必细言。

且说贤臣吩咐施安,雇包程驮骡驼轿,长随领银去办,不多时雇妥,领进馆驿。施安走到贤臣身边回明,施公又吩咐施安、施忠等打成驮子。诸事停当,专等明早起程。贤臣又写信一封,打发施忠去请孔先生到京。施忠接柬,领命出馆。不多时回来,上前禀话:"小的奉差投书,孔先生无容相见,回字一封,请老爷过目。"言罢,双手呈上。施公接过,闪目观看,书皮上写:"民人孔净,字奉贤公。此柬不可令旁人观看,目下也不可自观。可喜贤公往后步步高迁,到了官居总漕,身逢大难,再观此柬,必有应验。万望不可轻视,临期自然明白。再者,吾乃草莽之人,朽木之才,不敢相陪,望乞恕之。"贤臣看罢,暗说:"真神人也。"依言将书收入锦囊之中。下文分解。

图文珍藏版

第六十二回　三人意懒心灰　商议告归林下

　　且说施忠、王栋、王梁他三人，见施公观看书信，个个溜到避人之处。王梁带笑开言，望施忠、王栋说话，叫声："二位老弟，听愚兄一言公议。明日县主回京，你我早拿主意。自当差以来，我先灰却上进之心。新官到任，要想在施爷台下办事一样，断然不能。且是未知新官性情。可喜施爷性贤，孰料你我命小福薄。若是跟随进京，谅来也是小差，倒不如决辞施爷，退归林下，与众朋友无拘无束，岂不快乐？望二位三思而行。"施忠闻听，沉吟不语。王梁答言说："兄长讲得不错，很在理上。"施忠见他二人都是如此言讲，不由意动心活，点头。三人一同迈步进庭，到施公面前一齐下跪。贤臣一见，不解，忙问说："你三人这等光景，有何事情？"王梁先就接言，口尊："老爷，容小的细禀。今见老爷高迁，明早起身，小的等不忍分别。再者，小的三人蒙老爷恩待，深感高厚。本应伺候老爷进京，奈小的有家口牵连，因此叩见，小的等不能进京。"贤臣闻听心惊，自思王家弟兄不跟尤可，可听其口气，连施忠也有不跟之意。施公不悦，先望施忠说话，叫声施忠："我问你，他二人不跟我进京，有恋新官之意。你想想，你未从不跟，岂不知既有当初，何必今日！又言'败子回头，真金难换'。我念你侠义，待你可也不薄。兼之你父母俱故，缘何你也辞我？"施忠见问，口尊："老爷，小的父母虽已辞世，祖茔在此，不肯远离，断了祭扫。古人云：为臣要忠，作子当孝。老爷高升，乃万千之喜。无如小人草木之身，不敢言忠。命小福薄，不敢上京，情愿庐墓守孝。"言罢，叩头求恕："只恳老爷恩典。"施公竟无言可对，沉吟多会，开口说："你三人今日齐辞本县，你们心灰意懒，不愿跟去。古言孝悌忠信，纲常大义。人生天地间，不过占一个字。要想十全，万万不能。俗云：尽忠者不能尽孝。居官怜下，有伤国体，误了情名。想恋故土，即不能远行。本县难以留你同我进京，请问你们意归何处？告诉于我。"三人见问，一齐叩首："老爷请听，小的等仍归林下，养妻赡子，去学务农。"贤臣闻听，答道："很好，你们隐居林下，须仿古人。本县还有一句话，好歹莫要心愚不改，岂不闻猛虎回头落那朽名。"三人闻说，猛然点悟："叩谢老爷指教之恩。老爷，男儿若无冲天之志，死后怎入祖坟？"施公说："驷马难追，总要信行。"言罢，把手一摆。下面三人，叩头站起。

　　又见一人，上庭跪下，口尊："老爷，小的是守府振大老爷的家人。我家老爷奉差公干未回，知道老爷高升回都，不能亲送。太太吩咐小的，送来路费银五十两，还有家信一封，求老爷带上京去。"打怀内把银子、书信取出，一并上递。下文分解。

第六十三回　十里亭乡宦饯行　桃花店得信心慌

　　贤臣接过，带笑说："多承你家老爷费心，回去告诉太太，替我致意道谢。我钦限急紧，不能面辞，容日到京拜见。"家人答应，出馆而去。且说贤臣带笑望施忠、栋、梁说话："我无物可敬，这是银子五十两，留与你三人，莫嫌菲薄，每人做件衣服为念"。言罢，把银递与三人。施忠接过，三人复又叩谢。登时天晚，贤臣用饭已毕，秉上灯烛，座谈闲话。一夜未合眼，天已大亮。施安、施孝、得禄、得寿叫骡夫把驮轿驮子牵出馆驿，出城先往十里亭伺候。只听驿外人语喧哗，是与贤臣相好的书吏、乡宦、举监军民人等，候送贤臣回京。施公起身外行，施忠、栋、梁扶侍上马。众军民与贤臣脱靴，送至十里亭，一齐洒泪分别。施忠、栋、梁又扶侍贤臣上了驮轿，众人复又敬酒饯别。施忠、栋、梁随众而散。

　　贤臣的驮轿驮子，家人马匹，尾随上了官塘大道，竟奔京都。程途正逢七月佳景，驮轿撑起窗子，往外观看甚真，雁过成对，秋成普野，万种更新。贤臣思思想想，天晚进店，次早登程。这日正走大有饭时，瞭了一坐面店，贤臣打尖歇息。施孝下马，上前扶侍贤臣下了驮轿，护进正房坐下。施安等外面照看，骡夫卷下驮子驮轿，喂上牲口。店小儿擦桌，带笑问道："老爷吃什么东西？吩咐小的，好去传话。"贤臣见他一团和气，回答："不论什么，荤素都使得，只要速快。"店小儿答应"晓得"。出房不多时，用手托定进房，摆在桌上。贤臣用毕，拿下与下人吃完，施安会账。贤臣拿茶，忽听隔壁房中有人讲话，说："伙计，咱们快着吃饱，收拾收拾，等这位坐驮轿的老爷走，好搭伴同行。你无走过，出了这座桃花镇不远漫洼，那就是恶虎庄。眼力要差，不是玩的。若是撞见他哥儿们，所有行李都得留下。"又一人回答说："老弟，放心走吧。咱们有什么？除了性命就是人。再者，不过是破烂褡套几百钱，要就拿了去，怕他怎的？可恼远近官员都保为身家，惧悚贼寇，由着他们胡闹，害人肥己，路截运商。"又一人说："你们哥儿俩，也不用怕。贼不同党，这南路一带有四霸，谁人敢惹？有个姓黄的，名叫天霸，比那三霸行事能干。虽说是贼，专截贪官污吏，不截孝子节妇，孤客穷商。闻听黄天霸投到扬州府江都县施老爷。你没见过，好官府，真真清似水明如镜，断事如神。又闻得天霸改名施忠，当了内司，盗寇还怕他几分。昨日听见施老爷升迁进京都，施忠不跟，告辞不知去向。也怕不得许多造化。"说罢出店，挑起担子，也有背包的，走过门去。贤臣听得明白，心里钦服施忠好汉名不虚传，真正可惜，放他归林，便宜盗寇作乱。话说且住，我过这恶虎庄，倘要被盗寇拦截，少不得借借施忠名头，吉凶再讲。

　　贤臣想罢,吩咐起身,下人答应,扶持施公上了驮轿。抬上驮骡,牵出店外。下人上马,出桃花镇,疾奔恶虎庄而走。贤臣思想后悔,绝不该放走施忠。自己怨恨自己行的不仁,才有今日担此惊怕,只恨不能插翅飞过此庄。众人正自奔命,心里都想逃过险地。刚到漫洼,忽听马嘶,四面上马跑,登时围裹上来。众客商魂飞魄散,抛下被套,各顾性命。施公的骡夫久惯包程,懂强盗的规矩,不敢前走,忙把驮子围住。四面八匹马围裹上来,得禄、得寿年轻,不管死活,开口大骂:"少要往上,惊着老爷,你们狗命不保!"只听得一声响,得禄栽于马下,得寿旋马就跑。贤臣着忙,高叫:"好汉且休动手,江湖英雄有好几位认的我施某。今日提名道姓,休要见罪。头一名姓贺名天保,第二位姓濮名天雕,第三位姓武名天虹,第四位姓黄名天霸。四家好汉,都与施某会过几面,胜似同胞弟兄。"盗寇闻听停刀,说:"众家兄弟听真,休要动手,须得禀明寨主再讲。"

　　一人飞马进了恶虎庄,至门前下马,进厅抱拳,口尊:"寨主万千之喜,买卖到门,又遇施不全来临。我听二位兄长常常念及,不敢动手,请令而行。"天虹闻听,想起莲花院的十二寇都死在杀场;而尤惧怕天霸,被其羞臊方还,直到而今仇还未报。天虹沉吟多会,望天雕讲话:"濮兄长,狗官到来,令人想起从前之事,抱怨在心。不可迟疑,就此出去。"吩咐拉马。三寇乘马,登时来到施公驮轿一旁,慌慌忙忙下马,故意忙行几步,跑至贤臣面前,迎着拱手,口称:"贤公既到,请进荒庄一叙。"贤臣答说:"多承寨主美意,少不得施某领情。"二寇闻听甚喜,随叫人引路,请贤公的驮轿骡子在前,二寇上马尾随后面,奔恶虎庄而来。转眼进庄,至门首众寇下马。施孝等拥骡与骡夫,搭下驮轿,贤臣猫腰下来。二寇相让,一同进门,上厅分主宾坐下。二寇吩咐把骡子驮轿拉进后院,立刻摆酒。贤臣告辞不允,登时设酒。酒过三巡,菜过五味,武天虹性快,带笑口尊:"老爷,小人请教,不在江都居官,不知上京何事?"下文分解。

第六十四回 恶虎庄遇寇 聚义厅报仇

贤臣见问,带笑就将奉旨召进京城,施忠离归林下的话说了一遍。武天虬一闻施忠不在跟前,称了心怀,满面笑容,口尊:"贤公,恕小人失陪。"贤臣说:"请便。"天虬望天雕递眼色,也即告退,在僻静处计议。且言施公,余寇相陪。贤臣见一强寇眉来眼去,才觉后悔,不该言施忠告退,越想越怕起来。贤臣专等二寇回转,见机告辞出庄,方免无害。

且说二寇同到厅后,武天虬悄言叫声兄长:"理该冤仇当报了。黄天霸、贺天保既无跟随,咱们还怕哪个商议?回厅把施不全剥衣,绑在厅柱之上,把他剜心,与十二弟兄享祭亡灵,有何不可?"二人商议已定,二寇复归座位。

施公才要告辞,天虬面带怒色,大叫:"施不全,今日大王爷有两句话问你:有仇不报,怎么讲?"贤臣就知祸不远矣,心中也不怕了,面无惧色,答道:"寨主,有仇不报非君子。"天虬闻听,拍掌大笑,说:"好哇!人来,把狗官拿下,剥去上身衣服,绑在厅柱之上,与死去十二寨主剜心祭奠。"小卒答应,一齐拥上。得寿等一见,吓走真魂,迈步想跑。濮天雕取刀,下了绝情。其余施孝、施安、得禄等全行绑起,将三人绑在厅柱之上。四人把死都弃于度外,破口大骂。堪堪主仆,命在旦夕。三强寇哭祭十二寇方毕,才要去取贤臣心肝献祭饮酒,只见从外跑进一人,在众寇面前跪倒:"仰祈众家大王,小的奉命四路哨探踩盘。今有一起贩红花紫草绸缎商人路过,离庄不远。打听明白,只有四名差官保护,本领平常,禀寨主定夺。"二寇摆手:"再去哨探。"小卒爬起而去。天雕说:"依愚兄看来,施不全好似笼中之鸟,还怕他飞上天去不成?咱们先出庄去,大家饱载而归,那时取心渗酒,一来新鲜味美,二来吃个庆功喜宴,岂不快乐?"众寇齐声道好。二寇率众各带兵刃备马,又叫小卒看守施公主仆,一齐出门,抓鬃上马前去。

且说施忠、栋、梁三人,自从告别施公之后,心中挂念施公,恐其路途遭害。又听见说这条道上不净,三家好汉随后跟来。施忠诚心送施公过恶虎庄,旋转坐骑,直扑恶虎庄而来。不住催马,刚过桃花镇,带领了众人正要奔恶虎庄,又听行路之人言讲,众寇截住一起人打仗。施忠望栋、梁讲话,叫声:"二位兄长,可都听见了吗?必是濮天雕、武天虬他二人记怀前仇,今日狭路相逢,截住施公不能前行。咱们快走。贤公必遭大难。"言罢,好汉催马如飞而去。

众寇正被李五一阵弹弓打的着伤,无如强寇比先愈多,将李五围住。正在进退两难,认得是施忠,李五不由大喜,忍不住大叫:"黄老弟,你打哪里来?想杀我李五了。"施忠心中只记施公,留心细找,耳内忽听李五二字,按马一看,原是镖行神弹子李五。又望那边,瞧见濮天雕、武天虹,并不见施公与家人驮轿驮子。施忠这才将心放下,催马上前,带笑回答:"李兄长,可曾会过武、濮二位寨主吗?"李五说:"久已闻名,未曾会过。"施忠说:"今日应了俗语:大水冲了龙王庙咧!无的说,今求众位赏我天霸点脸,大家笑合笑合,也免旁人耻笑。"言毕,催马过去。众寇一见施忠到来,一齐上前亲近。唯有天虹、天雕心惊,无奈叫声:"黄老弟,贵体可安?"施忠赔笑答道:"二位兄长与众家寨主近来康泰?"施忠又问武、濮:"寨中二位嫂嫂可好?"二寇回答:"多谢。"好汉又问说:"二位兄长,难道不认的李兄吗?"二寇回答:"未从见过。"施忠说:"众位不用动手,大家见见。"话言未了,栋、梁也到。众人不识,施忠带笑望众寇说话:"你们不认得他弟兄,这就是常说的王栋、王梁。"彼此在马上拉了拉手,见礼已毕。施忠说:"众家仁兄老弟,容我一言奉禀。这位李兄长,名琨,绰号神弹子李五。结交远近朋友,贯走镖行。今日到庄,他算一客,大家过去笑合笑合。咱们既涉江湖,朋友要紧,免伤和气。"二寇依言。李五闻听,下马收弓,说道:"众家寨主,恕小弟多有得罪。"言罢,李五收拾货物起程,告辞施忠等而去。

施忠见李五去后,望二寇说:"兄长,小弟进庄拜见嫂嫂。"二寇一闻此言,心中着忙,答说:"多承老弟高情,我二人回庄替贤弟代问。"施忠闻二寇之言,不由心中犯疑,带怒开言说:"二兄缘何今朝轻视于我?许久未见,理应让我进庄,为何不让?莫非小弟有短礼之处?不然,适才放过李五之货见怪于我?二兄重财轻人,岂是丈夫!你等无情于黄某,也是无义英雄。"言罢,催马就走。二寇随后,也即上马进庄。施忠忽然醒悟,说声:"不好!莫中二寇之计。往常敬我如同上宾,今待我如草芥,其中必有别故。大概施公遭难在庄也未可定。我何不暂且忍耐,回庄见机生情,方无一失。"好汉搂回马来,与栋、梁竟往庄内而来。二寇刚到庄头,又见施忠也到。为何去而复返?登时走到一处,二寇心下为难。施忠看破,假装不懂,强赔笑脸,高叫:"二位兄长好的,不错,我不过试探二位,以为二位兄长必发人追赶。哪料二位心直,竟不以我为意。小弟有心去了,又恐兄长倒打一耙,怪我小弟,是以去而复返。"天虹、天雕闻听,思量施忠必要进庄,说:"黄老弟休要客套,咱们胜似同胞一母所生,如何恼着愚兄,我等也参透你是假去必回,何用追赶。"彼此说话,一同进庄。天雕催马到僻处,叫心腹小卒说,疾速回庄,如此这般。小卒答应飞去。天雕旋马,复到一处,故意闲谈,慢慢进庄。施忠说:"二位兄长,小弟请问,此庙收拾的很好,未知盖的什么庙宇。"天雕带笑回答:"此乃姓许的施建的一座三义庙。"施忠说:"很好,想咱做好汉的人,要的是'义气'二字。三义者,乃刘、关、张,不知有赵云无有?如有,就与咱们一样了。南有四霸天结义,贺天保居长,二位居二、三,小弟岂不是四弟赵云吗?"天虹说:"老兄弟,你比赵云还使的,怎么把兄比一个莽张飞?这算你赖我了。"言毕,催马进庄。

到了门首,一齐下马,彼此谦让。上厅分宾主坐下,献茶接盏。施忠留神瞧出破绽，又见地下水痕，莫非施公丧命？观此光景，像是祭奠，一定凉水浇头摘心。细看不错，意欲使急追问，又恐不合反伤和气，除非如此这般。主意已定，勉强带笑说："二位兄长，黄天霸今见灵牌心酸，想起众朋友在江都丧命，内中可恨九黄僧。他们也算无才，都跟和尚胡行。兄长供奉灵牌必有缘故，想是到了周年应上坟之期？"二寇见问，不由吃惊。天虹答道："老弟既同在江湖，全凭义气。咱们香烛纸马人前一拜，他们虽说升天去世，人死情长依然。向前人敬酒，后人见之，好叫宾朋敬服。厅前常设牌位，见了姓名，如睹故人。"天雕说："不必闲谈，何不饮酒？"顷刻设摆上来，众寇左右相陪，小卒上前巡杯。天虹望施忠说话，口呼老弟："你不在江都跟官享福，未知到贱地何干？想当初愿结生死，都在绿林很好。偏你要妻荣子贵，洗手不干，又不趁愿？"施忠闻言气恼在心，为施公忍耐在心，带笑说："三哥，你的话讲得不是。我天霸虽作绿林，人所共知，专截贪官污吏，爱劝孝子贤孙。当日因众友，才到江都县里行刺。施老爷是位俊杰，见害不怕，言明大义，说透心怀，我才改邪归正。众家弟兄江都丧命，因随九黄和尚而行，才遭毒手，缘何怨小弟？施公现今进京面圣，我要跟随何愁高升？小弟因祖茔在此，岂肯弃墓断了祭扫，故此辞施公未去，为的庐墓守孝。三哥言我天霸之过，岂有此理！"天雕听此急话，连忙高呼："小卒，换大杯上来。"小卒答应，登时拿到。天雕说："老弟休要介意。"好汉见酒，用手接盏。看光景难问实话，故意连饮数杯，带出酒形。天霸站起来乱晃，口内说："我可醉了。众位兄长少坐，小弟告便。"出席一溜歪斜往外而走。众寇说："老弟量如沧海，缘何说醉？千万别要逃席，我等候驾。"施忠回答："少陪就到。"迈步出厅，闲步瞧看。至旧马圈，从门缝细观，被他看出破绽来了。下文分解。

国学经典文库

中国公案小说

· 施公案 ·

图文珍藏版

第六十五回 见骡夫驮轿心惊 越墙找寻施县主

话说施忠，隔着门缝一望，瞧见驮轿骡子都在院内。又望那边马棚内，倒剪几人，躺在地上。好汉吃惊，酒气全无，说："不好！恩公有难，大约丧命。恨我匹夫粗心误事，早来焉能落空！"心内一急，嗖，将身纵在墙上，顺墙翻过那边，脚站尘地，忙至马棚，打听施公吉凶。瞧见骡夫，问道："你知老爷现在何处？快快说来，好救尔等之命。"骡夫见问，说："老爷无有伤命，口内塞棉，用绳剪背，锁在那边空房之内。"施忠听见贤臣有命，减却愁容，连忙上前回手取刀，把绑骡夫的绳挑断。二人爬起，施忠说："你二人不用远离，我去救老爷要紧。"言罢，好汉迈步竟奔空房。

且说跟施忠的那名小卒，见好汉隔门越墙而过，不敢怠慢，跑至前厅一声大叫："众家寨主，不好了！黄寨主见锁着马圈之门，隔门缝一望，越墙而过，进圈去了。"天虬、天雕闻听，就知事情败露，二寇恼羞成怒，大叫："好个负义囚徒，安心要来寻气！"站起，用手把桌子往栋、梁一推，只听"哗喇"，碗盏杯盘落地粉碎，豁了栋、梁一身菜汤。两家好汉，气往上撞，随身都带着兵刃，不由怒从心上起，连忙站立，上前动手。地方狭窄，二人瞅空，各使飞步跑出当院，回手"刷"抽出兵刃。武天虬一见大叫："二哥，你去擒拿这两个鼠辈，我去捉拿黄短命，好一并摘心。"天雕等答应，各抓兵器出厅，围裹栋、梁动手。

天虬今日竟把施忠的厉害忘了，伸手打架上忙取亚靶枪，迈步忙至圈门首。心头有气，也不顾叫人开门，用力一脚，"咕咯"把门踢开。雄赳赳闯进圈门，高声大骂："我把你无义之贼，吾来拿你！"好汉一见武天虬要动粗鲁，不由也动杀人之心，回手忙取镖枪托在掌上，大叫："武哥休得撒横，今朝小弟难顾刺血之盟。"两下阻隔数步，施忠哪肯容情，单背一僭浑身之力，镖枪对着天虬，照心"刷"的一声响亮。武天虬"哎哟"，"咕咯"倒在地上，镖穿前心，魂魄飘荡，手脚乱动，命归泉下。施忠也觉伤心，为施公难以顾义，不免从今江湖落下骂名。

好汉叹惜，上前，猫腰取镖，擦去血迹，收在皮鞘。忽见家人王虎赶到，施忠叫声："王虎，小心看守房门，倘有舛错，追你的狗命！"好汉嘱咐一毕，迈步往前院来帮栋、梁成功。下文分解。

第六十六回　镖死武天虹　自刎濮天雕

话说后跟小卒,看见天虹丧命,吓得惊魂失色,跑至前院,说:"不好了!武寨主被黄寨主一镖,穿心而过,死在马圈之内。"天雕闻听,大叫一声:"啊哟,气死人也!"天雕抛下栋、梁,竟奔施忠,搂头一刀,好汉侧身躲过。天雕一刀砍空,气得破口大骂:"狠心贼徒,你为不全一人,伤许多朋友,我与你势不两立!"高叫:"众家兄弟,大家拿住匹夫!"众寇答应,一齐都奔施忠。好汉能飞檐走壁,身轻体健,并不招架,蹿到那边。天雕砍空,使的力猛,往前一栽。施忠说:"仔细栽着贵体,小弟又要惹不便了。"天雕闻听,只羞了个面红。施忠又见余寇,忙使退步,窜到墙下,复又将身纵起,上在墙头。展眼之工上了大房。天雕一见,只急的怪嚷,众寇心惊。施忠坐在房脊上面,故意哈哈大笑,叫声濮兄长:"听小弟拙言奉劝,休要动气。小弟当初既为县主,难顾朋情。古言为人须要始终如一,半途而废,算是什么人物?小弟既然骑在虎身,要想下虎万万不能。我天霸若无擒龙手段,焉敢长江把浪分。我的本事众位深晓。寨主留情,黄某有义;放了施公,领你大情。众位若无义气,以天虹为样,一镖一个,谅无处可跑,试试天霸狠毒手段。列位允与不允,快快讲来。"

群寇闻言,齐说不好,惟天雕一声怪叫:"待我擒拿于他,今日先叫他试试我的箭罢!"房上施忠闻听,"我何不先下手",取出镖枪,托在掌中。天雕才要去取弓箭,施忠此时不肯稍停,高叫:"兄长莫要怨我,你不留情,谁人有义!"只听"刷"的一声响亮,盗寇臂上受伤。濮天雕"哎哟",往后一仰,险些跌倒。钢刀难举,抛在地上,疼得浑身是汗,眼望房上,开言就骂:"断义绝交,你心太狠!彼时原说同生同死,有官同作,有马同乘。今镖伤同盟,理上欠通!"说着,拾起刀来,天雕心横自刎而死。众寇一见,登时散乱,不顾围着栋、梁。

房上施忠,心中暗叹自己绝情,因为施爷一人,忠正感动天霸,绿林全伤义气。房上一声喊叫:"哪个再动,黄某不容!"手捏房椽翻身下落,脚站实地,满面带笑说:"众家寨主休要见怪,人生天地之间,全凭忠孝节义。当日天霸归顺施爷,既有当初,必有今日。小弟全忠,难以全义。万望众位包涵。"下文分解。

第六十七回　好汉救贤臣　天霸叙旧言

众寇闻施忠之言，一齐弃棒并棍，口呼："黄寨主，我等原系武、濮二位手下。他俩既亡，我等愿弃绿林，各自四散。"施忠闻听，带笑回答："众位各随其便。"

好汉望栋、梁说："二位兄长，快跟我来，搭救施爷要紧。"二人答应，众寇相随，全进马圈。来至空房门首，家人王虎持刀把守房门，小卒将门开放。施公与施安等主仆四人，口内塞棉，二手反捆，正都愁死。忽听人声门开，心下着忙，腹内说，不好了，要命人来也。闪目细看，见是施忠、栋、梁，心中纳闷，肚里又说，他三人打哪来，莫非我想的心迷了？正自惊疑。施忠赶上前，见贤臣光景，心里叹惜，口呼："恩公在上，恕小的等救护来迟。"贤臣闻听，急的口不能言，张嘴瞪眼。施忠纳闷。众寇知道，几人上前伸手与他主仆把塞口棉花掏出，又用小刀挑去绳缚。贤臣活动，心中羞愧，不觉泪下。施忠解劝："恩公不可悲伤，请老爷前厅一叙。"吩咐小卒立刻把衣服取来，与他主仆穿好。

栋、梁左右搀扶贤臣，迈步回转西厅，让施公上坐，众寇两边站立。贤臣眼望施忠、栋、梁说话，叫声三位好汉："救我之恩，何以答报。容日结草，刻骨难忘。"施忠口尊："老爷，容小的一言奉禀。小的三人，只知老爷回转京城，朝王见驾，就要升官。那晓路遇无情之寇，把爷诓进恶虎庄中摘心祭灵，逢此大难，老爷命在眼前。天使其然，小的等到此救护，也是忠心感动天地。今日小的几句不智之话，当着绿林众友表说心怀。我天霸为爷伤却江湖朋友，四海忘交。此时为爷镖打天虬，天雕着伤自刎。小的今不顾人之秽骂，愧见天下弟兄。小的为爷所谓图名上进，孰知劳而成空。当年为友行义，施展飞檐走壁，夜静更深进衙，书房以内提刀行刺。老爷见小的，并不心惊，言明大义。小的醒悟，方知恩公是位能臣。要留姓名，小的即说叫'我'，无伤爷命，是以留情。手拉爷手送出房门，上墙而走。嗣后小的带酒遭擒，王家弟兄押进县衙，小的自知性命难保。恩公并不动怒，舍职释放，亲解其绑。老爷当堂言讲，说道：'一人成名，九祖荣光。做贼为寇，究竟不久，哪个江湖害人者庆过八旬？'小的听透金石之言，情愿投拜恩公台前。小的为报恩，访过黄河擒拿水寇，关家堡救爷，捉拿恶豪，定计斩决十二寇。小的使碎心机，总买不动恩公之心。老爷只顾不用我天霸，闭塞喉引，以挡后人。"好汉越说有气，颜色更变。栋、梁旁边连忙相劝："黄老弟，使不得。不必刚暴，皆因命小福薄，难怨贤公。再往下讲到恩公相待情分。"施忠点头后悔，暗说错了，岂不叫别人瞧不起吗？回嗔作喜，吩咐小卒："快杀猪宰羊，收拾酒饭。"小卒答应，顷刻停当。天色将晚，秉烛，小卒摆桌设椅，让贤臣上坐，众寇下陪。摆设肉山酒海，小卒巡酒。酒过三巡，菜过几味，施公这才答应，心里还想施忠上京，未及开口。下文分解。

第六十八回　施忠见二嫂　火烧恶虎庄

施忠高叫："众家仁兄老弟，今晚听小弟有几句拙言奉禀。只因为信即难全义，镖打三兄，二哥自刎。小弟心中牵挂二位嫂嫂，叶老归根究靠何人？众位，二位长兄若是有后，何用悬心，日后成人长大，知道我伤他的父亲，报仇雪恨，黄某却乐。我伤人，人杀我，倒也理当。惟二位嫂嫂正在年轻，咱们若是不管，又恐伤了亡者之情，且是难见众友。请出嫂嫂，问问归期，我才放心。小卒快去请二位夫人，前厅有话商议。"小卒答应，登时将刘氏、李氏请到。众寇同施礼相见，观他雅淡梳妆，都在二十外。施忠带笑让二位佳人正坐。好汉上前行叔嫂礼拜见，躬身说："请二位嫂嫂相谅。小弟原本耿直，方才镖伤武兄，濮哥自刎。可惜二位兄长无后，嫂嫂倚靠何人？"二家夫人回言说："黄叔叔不必多言，我们甚懂，你哥已死，我等坤道冰霜节烈，何须多虑？我们寻死，以报汝兄英名，少时便见分明。"施忠闻言，自觉惭愧无地，勉强答说："二位嫂嫂，你去升天，我却放心。"刘、李二氏，拜辞便行。少时，小卒来报，二夫人自缢窗棂之上。施忠暗叹，复又归座，高叫："众家寨主，此事并非我天霸心毒。出乎自然，以尽他夫妻之情，倒也罢了。"吩咐掩埋此庄，天明四面放火烧之。众寇答应，搬运柴薪，依言埋尸。

且说贤臣羞愧，又见众寇饮酒，眼望施忠，叫声好汉："我还有一言相商。施某蒙你救命数次，兼承贺壮士答救之情。只因官卑权小，暂时委曲。而今圣旨召我进京见驾，倘能升擢，补报大德，也未可定。壮士若肯同我前去，管保有始自能有终。但可尽意之处，也免人传我之不仁，还请三位细详。"施忠闻听冷笑，口尊："老爷快快歇心，休提上京之话，小人们不敢从命。无如福薄，灰却名利之心。想起老爷未上任之先，带领施安装扮出门。熊家遭难，命在顷刻。若非佛保，天差来一壮士，外号傻三，名字李升，贪夜救出险地，不过得一马快兵役。黄河出水寇，上司行文到县，限期一月捉齐，违限革职。彼时命傻三去访，命丧水中。嗣后老爷闻信，也属平常，赏银数两而已。他妻无靠，嫁与别人。算是跟官一场，白白丧命，痴心妄想，总成画饼。老爷恩收天霸，小的并擒水寇，保住老爷前程，后来累次尽心。细想世事，如做春梦。临危回头土一堆，因此心灰意懒。恩公免此设想，小的从此再不跟官了。"贤臣闻听，愧汗交并。栋、梁听不过意，叫声黄老弟："不必讲了。古云，尽忠而不能怜下。恩公得你我三人，情出恒常，只是命途不济。大家畅饮，堪堪天亮，各干其事。"

且说施忠闻言，回嗔带笑，让贤臣用毕酒饭，撤去碗盏。吩咐先把贤臣送出庄外。又叫小卒,自家养的,各把家资领去;无家口的小卒,等候分资。诸事齐毕,小卒放火。施忠又出庄,至贤臣驮轿以前,带笑说:"老爷此去上京,路上平安,指日高升。小的等不能远送,就此告别。"言罢,乘骡而去。

贤臣一见,心下难忍,叹惜不已,吩咐起程。骡夫答应,催动牲口。施安、施孝、得禄三人尾随,入官塘大道。晓行夜住,饥餐渴饮。这日天晚,进了彰仪门。至西河沿,离前门不远,下住三合店内。茶饭用毕,骡夫喂料牲口,施孝看守骡子驮轿,施安等伺候。贤臣灯下正看面君的律例,耳内忽听丝弦之声。贤臣不解,莫非店中有家眷?既开店,就该回避。贤臣正自思想,又听娇音接耳,男女欢笑。贤臣吩咐施安伺候。下文分解。

第六十九回　贤臣心下疑
侧耳细听音

贤臣说："施安，你去打听，正房内是什么弦唱，访真回话。"施安答应，转步出房，走到院中。听店外锣声三棒，瞧见门房内闪出灯光。至门首，把门一推推开，一人在灯下写帐。听见门响，停笔一看，慌忙站起，口呼："客官请坐。"施安带笑："借问上房是什么人饮酒？"店东在施安耳边低低说了几句。施安点头，起身就走，说："请了。"回步进东厢房。贤臣一见，就问："打听真了吗？"施安说："小的禀老爷，正房内是前门里西兵部巷的黄带子八老爷，与东交民巷的红带子三老爷，把海岱门外、东边便门以里、雷振口下边双杨树的赛昭君八姐、赛天仙五娘子两名秧歌脚，接到店中取乐。"贤臣闻听，说："京都大邦之地，也容这宗人混闹？可笑朝中文武，都是畏刀避剑之人。不管闲事，岂不有负皇恩！我今既遇此事，明朝朝王必奏。"夜深，贤臣安歇。

次早，净面更衣，上驮轿。一应驮子收拾妥当出店，家人一齐扳鞍上马离店。霎时出了西河沿的巷口，转弯。忽听城门点响，东西门大开。家人尾随，骡夫加鞭，拥进前门，来到镇海侯施太爷门首。看门人一见，哪敢怠慢，跑出多人搭下驮子，抬下驮轿。贤臣下来入内，正遇太老爷与夫人闲坐。贤臣上前请安，太老爷吩咐坐下。太老爷说："仕伦，你把江都做官情节陈与我听听。"贤臣将自始至终，一一告禀。太老爷叹息一会，说："我儿，你乃皇亲题奏。明晨逢五大朝之期，带领引见。为父身体不爽，今日早发家人送告病职名去了。你今歇息一晚，明早须得先见国舅，好带你面君。"贤臣答应，站起告退，回自己房内。夫妻相见，欢喜不胜。

次早，贤臣净面更衣，出来门首上马，到国舅府门。事逢可巧，正遇皇亲出府。贤臣一见，慌忙下马，抢步上前行恭，口尊："皇亲大人在上，卑职乃扬州府江都县施仕伦，请国舅大人安。"皇亲闻听，带笑哈着腰，伸手拉住贤臣的手，叫声："阿哥请起，昨日皇上还问你。我今带你引见面君。"仕伦答应："卑职晓得。"言毕，皇亲先行上马，贤臣随后乘骡，竟奔朝门而来。登时来至外禁门。

早有引见官员等候，见国舅到来，手举职名手本，哈着腰儿往前紧跑几步，赶上躬身带笑，望皇亲翻着满话，说了几句。国舅闻言，说："我知道了。阿哥，你办事不错。少时面君，你们小心，皇上问什么奏什么，不许多话。"众官答应。国舅爷带领施公与引见人员同至内禁门，进了合勒阿思哈。皇亲回手接过职名，吩咐："尔等不必近前，都在此处伺候，听我回信，好带你等面君。"众人答应。

且说此日随膳奏事，等到辰刻进膳的时分。这日该梁、卫二位值日，卫公带人请膳。国舅哪敢怠慢，移步至梁九公跟前，躬身带笑，口尊："太府少停。"高擎官员职名，说道："各该引见，恳求尊驾将职名带进。面君牌子，写得甚清。借重你老，皇上若喜，官员无有不感高情。"太府闻听，含笑说："国舅免说客套，职分当为，敢不遵行。"伸手接过职名，头名江都施仕伦，闻听说此公做官清廉，转身进去。顿饭时分，只见先是膳盒子，后是梁九公出来，站立金阶，高叫索奈："旨下。"国舅闻听，领众人紧跑几步，近前跪听宣读。上面高声朗诵："这排人挨次升官补缺，今单宣施仕伦见驾。"众人望阙谢恩已毕，该官引领散去。

且说索国舅与施公上前，梁太府一见贤臣，心中不悦，无奈，说："跟我来。"二人答应，随后迈步，登时引到太和殿前。皇亲与施公，无旨不敢近前，站立金阶。只见九公进殿，不多时出来，点手。国舅同施公一见，打一旁哈着腰儿，紧跑几步，至九公面前。梁九公说："国舅候旨，仕伦跟我面君。"施公答应，随后进了太和殿。九公退在一旁。贤臣上前，行三跪九叩礼，俯伏在地。皇上叫声施仕伦："抬起头来。"贤臣挺声秉正。皇爷说："朕耳闻你在江都做官清廉，你今把所结之案，实奏朕听。"贤臣见问叩首："陛下，容臣诉奏。"下文分解。

贤臣就把江都事情，从头至尾奏了一遍；又把施忠好处奏了一番；又奏扬州刘元到任，索要礼物之事。皇爷听罢，说："请皇亲进殿。"梁九公答应，慌忙出殿，立刻把国舅召进金殿，跪在一旁。皇爷带怒说："索国舅，刘元本是无耻之徒，缘何保举到任？索勒属下银钱，施仕伦送礼八色不收，竟罚仕伦把守大门。刘元不忠于国，下虐良民，你因何保他？朕想来，其中必有弊端。"索皇亲闻听，吓得脸黄，摘了帽子叩头，口尊："陛下，奴才无此大胆，焉敢欺主。刘元唐县素日清廉，不爱民财，奴才始敢保举扬州州官。路隔遥远，哪知索取银钱。叩主天恩宽赦。"皇爷闻奏，带怒说："你欺君瞒朕，寡人有心归罪于你。且看皇亲，暂免不究，罚俸一年。"国舅谢恩，心内恐惧。龙腕一摆，国舅叩首，站起退出，痛恨贤臣。

且说万岁叫声："仕伦，还有何事奏来？"贤臣答应，又将捉风审鬼之故，件件细奏。皇爷听罢大怒，旨下，梁九公传出，即将刘元革职为民，查人另补。九公答应，传出不表。皇上带笑又问："还有何事，只管奏朕。"贤臣答应，奏道："那日主公钦差到江都县，召臣速即进京。新官到任，交代清白，星夜赴来。至彰仪门，天黑，难以进城，在西河沿三合店内住下。臣夜晚又逢怪事，丝弦嘹亮，妇人歌唱，淫乱男女，饮酒取乐。令人打听，乃是官家子弟，宿店荒淫酒色。这班贱人名曰'秧歌脚'，打扮风骚，惹得那些无籍之徒，勾引良家子弟。明唱暗淫，有害军民。"皇上闻奏不悦，说："朕不知近地竟有这宗事情，有碍国家风俗。卿家所奏，准行驱逐。"贤臣叩首谢恩。皇爷叫声仕伦："听朕加封，即升顺天府尹。外赐彩缎八端，白金千两。自今以后，许卿面君奏事。"贤臣叩头谢恩。皇爷带笑说："朕问你，不知黄天霸改名施忠，现在那里？快把他叫来，朕好重用于他。"贤臣连忙回奏说："自恶虎庄救臣一命，解围而去。蒙主圣谕，臣当差人找他前来，以受皇封。"万岁闻奏，说："卿家出朝，即速召来，朕好重用。"言罢，龙驾转宫。贤臣下殿，梁九公把贤臣、国舅送出内禁门，回身进宫。

且说索公见梁太府入内，带怒叫声施府尹："你且站住。刚才好参！纵然要参州官，也该想想，索某保举，荐你越升府尹，平地云霄，以怨报德。若非圣恩浩大，归罪怎禁！闻你性傲难缠，我还不信，从今倒要提防，也要你防备于我。"施公闻听，淡笑说："国舅，何必动怒，岂不知臣忠子孝？且是不知也系皇亲保荐，多有冒犯。"索国舅闻听气恨，回府而去。

贤臣也出外禁门，家人扶侍上马，手下家丁前呼后拥，到了自己府门。弃蹬进内，与施侯太老爷、太夫人请安已毕，赐座。太老爷即问引见之故，贤臣就将朝王升官，参倒扬州牧，索国舅动怒，奏赶秧歌脚，名封施忠的话说了一遍。施侯闻听，叫声仕伦："虽言你忠心为王，以后要你小心。你可叫人去找施忠，要紧要紧。"贤臣答应："为儿的晓得，随即着人前去。"父子正自言讲，外面报子到了。太老爷大悦，叫声仕伦："快叫人打发喜钱，办你的事去吧。"施公答应起身，出厅到院，吩咐管家打发喜钱，只见远近亲朋都来道喜，施公定日期庆贺。

　　次日天明，贤臣起来，净面更衣，出来大门外上马。就有顺天府的衙役都来伺候，迎接新官到任。贤臣进了顺天府衙，印绶供在上面。贤臣参拜已毕，升位坐下。属员书吏、内外马步三班人等，叩见已罢，复又喊堂。众役见贤臣身躯瘦小，暗笑，被贤臣瞧破，要想法惊众。忽然想起正事，伸手抽签，叫声陈虎，公差答应，上前跪倒。贤臣说："你领此签，速到前三门外，限月内把秧歌脚逐出境外。倘敢玩法不遵，一并处死。"差人接签出去。

　　且说差去找寻施忠下落之人，回来复命，说道："各处探问，并不知去向。"贤臣闻听，点头暗叹，随即奏明皇爷，不提。

　　且说贤臣升堂正坐，忽听衙外喊冤之声。闪目向外观看，只见门上人拦挡，急得那人喊叫。贤臣吩咐："人来，尔等把那喊冤之人带来。"差人答应，翻身跑去，大叫："老爷吩咐，你们不必拦打那人，叫他问话。"随即带进跪倒。贤臣留神下看，那人头上无帽，面皮苍老，须发皆白，尖嘴缩颈，浑身褴褛，泪眼愁眉。贤臣看罢，说："那一贫人，本府问你有什么冤枉，只管慢慢实诉。"那人叫声："爷爷听老奴细禀。老奴姓董，名叫董成，家住东直门药王庙西小街口，年七十一岁，妻六十九岁。主母五十岁，小主二十七岁。老爷在日，做过江苏巡抚，做官八载，得病。新官到任，盘查库饷，亏空数万银两，家产折变尽绝。后卖人丁转回京来。可怜只剩四人，又少亲无故，度日只靠折卖，刻下一无所有。纵有亲故，也是枉然。"董成一一哭诉。下文分解。

　　贤臣一见老奴悲伤，不觉慈心一动，说："董成，不必痛哭。屈情只管实诉，本府与你做主。"老奴闻听停悲，尊声："青天爷爷，老奴主仆坐吃山空，饥寒难受。无奈，老奴去做营生，常常做功挣几文钱，到家糊口。因此衣服鞋袜褴褛，年老腿迟，饥饿在家。主母看老奴奔波，不忍，说：'老爷居官之时，造金两锭，重二十两，上有团龙，原作传家遗金。现受饥寒难受，拿金一锭换银，度过光阴。'老奴接金去换，不料金铺小视董成，拿话盘问。老奴只得从实相告。他说：'今日天晚，明早取银。'"贤臣听说："董成，金子拿回，明日再换，何用为难？"老奴见问，说："老爷，金铺说将金子留下，明日取银，老奴就说：'明日取银，何为凭据？'众人说道：'换金老铺，远近无欺，留金自然与你执照。'财东提笔写毕，用一小印。也是老奴粗忽记挂主母忍饥，与他要钱一串，是以急急而回。主母怪老奴留金铺内。及次早赴铺取银，金铺竟装不认识老奴，怒目横眉断喝。老奴取出执照，放在柜上，不妨跑过一人，抢到手中撕烂，扔在火炉焚化。急得老奴浑身打战，与他说理，铺人反倒大骂。"贤臣说："董成住口，铺家瞒金情真，就该当众街坊，与其理说才是。"董成叩头，尊声："青天爷爷，金铺反到跳出几人，当着众人说道：'人生天地之间，总要良心。愚下小铺年代已久，生意并无欺人，那有黄金十两？若有不信，请进铺内一看。倘有金子，算是讹诈于他。分明穷急讨钱不给，他就生心。就便是换金子，又无执照，空口讹人。'众人听说，齐笑，都骂老奴。不容分说，又打了一顿。老奴无奈，送信与主母，倒说老奴昧下金子，屈情难伸。"贤臣听罢，察言观色，却像是真。吩咐："董成，本府与你察访，快快回家，禀报你的主母，五日到衙拿金。"老奴闻听，止泪，连忙叩谢："但能有了金子，申明屈情，纵死黄泉，也感厚恩。"言罢，站起而去。贤臣也未发签票，退堂回宅。书役人等，议论纷纷，不表。

　　且说贤臣到自己府门，下马进内，家礼已毕。远近亲朋至期都来庆贺，一连三天。这一日，贤臣早早起来，吩咐备马。贤臣至大门乘骡，到正阳门外郎房三条胡同。贤臣想着老奴董成说的换金铺面，留神细看，见有坐北向南三间门面，金铺相对。贤臣带领家人到铺门首，下马。贤臣到任日浅，钱铺内人俱不认得，只当换金赐顾之人，财东满面带笑让座。贤臣坐在柜外，敬茶，贤臣说："在下要换十两重一锭金子使用，正面有龙的才好。"伙计替应："倒有一锭。"这财东闻听，心中有病，忙说道："那锭金子早已兑换了。这位老爷，要正面团龙十两一锭的，容日惠顾。"贤臣见那人拦说，即参透他是昧金是实，故意带笑："请问贵姓？"那人问答："贱姓陈。"贤臣又问:"宝铺就是尊驾开的吗?"那人问答说:"是愚下开的。"贤臣说:"扰茶了,即无现成的,改日再换。"言罢告辞,出铺上马。

主仆正走之间,只见满街人都乱跑。贤臣心中不解,留神观看,勒马慢行。军民彼此言说:"咱们快躲,今日九门大人查看营城。陶提督在万岁前有脸,满朝文武都怕。自从作提督以来,更加威风。前次有人冲他马道,喝令手下用鞭子就打。"施公闻听,说:"九门大人查营,常有的事。"又见官厅上,官员都在台阶以下垂手侍立。那些巷口营兵,用鞭子赶打闲人。贤臣看罢,心里说,一个提督出城这等厉害,打的路绝人稀。要是王驾出都,就该把房子拆了。贤臣正想,催马前行。一名营兵上前,用黑鞭子拦住,说:"请回罢,让大人过去再走。"施公闻听,忍气说:"正要见见大人。"说罢,将马勒住,家人下马。贤臣一努嘴,家人把马牵进巷口。贤臣往前走了几步,在道旁垂手站立。又见一军冒冒失失跑过来,伸手把施公拉了一把,怒目横眉,说:"往后闪闪!"贤臣闻听,并不动怒,反倒赔笑,叫声上差:"不用动气,难道我不是清朝的人吗? 我也特来等候叩见大人的。"那军回答说:"既要叩见,小心着。"贤臣说:"知道。"只见对子马过去了五对,然后才是顶马。后面即是陶提督,尾随多人。贤臣一见,暗恨在心,一瘸一点,往前跑了几步,迎着提督的马头,双膝点地,高声报名:"臣顺天府知府施仕伦迎接王驾。"言罢,把头一低,俯伏在地。

且说九门大人正走,忽听说顺天府知府迎接王驾,陶公大吃一惊。一勒丝缰,低头认得是施公趴伏地上,吓得慌忙下马。抛下偏缰,紧跑几步,哈着腰,一伸手,拉住施公的手,口内说:"施老爷请起,吾乃提督,并非王驾。"贤臣故装不闻。下文分解。

第七十二回　　贤臣跪提督
陶公求贤臣

贤臣反装惧罪之形，口尊："陛下，恕臣之罪。臣今来此前门，为一宗公案，查访真情，求陛下赦免。"陶公闻听施公之话，唬的着忙，说："休要取笑，施老爷你言说'接驾'二字，其实不该。吾乃提督，并非王驾。今日出城查营，路过此间。贵府与我顽笑不大致紧，笑坏军民。施大人快快请起，须要尊重。"

贤臣闻言，站起身来，带怒说："尊驾官高威大，国家封疆大臣。你既食君禄，必须秉正理民，持法平等，总要遵礼。大人想，自身不正，焉能治民？圣人留书，周公之礼，天子至贵，理当遵行。庞周定律，萧何之例，古今法度，传到大清。圣上出宫，也不过如此威严断人行。要像尊驾无礼，就得拆房行路。再者，还有清朝仪制，亲王才放马五对。提督并非国戚皇亲，私越国律，罪名非轻。今日出城，私摆对马五对，威严惊众，与理不通。吓得我顺天府尹叩头，只当皇驾出城。施不全今日大胆，先行禀过，少不得惊动大人。且请放手，想你为冢宰显臣，长街闹市，焉得不惧怕？古语云：臣不奏，职之过也。既食君禄，理当报效。也算不全大胆，明早面君，必奏大人今日之事。请松手，尊驾只管查营。不全告辞进城，另有机密，不可明言，异日领教。"

九门提督一闻施公之言，羞得面红过耳，将手一摆，带愧叫声施老爷："留情要紧，须看同僚之分。晚上到府领教。"言罢，吩咐人来，告诉把对子马统行撤去，光要顶马，也不用威吓人了。该值答应，依言撤去。且言陶公带笑，口尊："施老爷先请。"贤臣闻听，也不肯久恋，回说："不全有罪了。"言罢，二公彼此哈哈腰儿分别。家人拉马，二公扳鞍乘驹，分南北而去。贤臣心中有事，连饭也不吃，带领家人进城回宅。

且说九门提督心中大慌，不去查营，也回城中。到门首下马进内，多官散去。该值官伺候，陶公进内书房坐下，茶饭懒用，心中犯想，这祸难消，长吁短叹。谁知查营撞着施府尹，须得提防。倘或明日参我，又当何如？左右为难，偶生一计，何不如此这般。想罢，吩咐管家进内传话，诸事妥当，拿至书房，陶公修书一封，递与管事家人。复又吩咐如此这般："疾去，不可使外人知晓！密到侯府下书，快去即回。"管家答应，照依主人行事，令人端定礼物出衙，竟奔侯府而来。

且言施公进内与太老爷太夫人请安已毕，回到自己住宅书房坐下。心中思想：明日面君参陶提督，事毕下朝，进顺天府，好断金子。想罢，手提逍遥，写参九门提督折子底儿。写成款式，誊清提奏。下文分解。

第七十三回　撞见陶提督　私放对子马

　　贤臣写完折底，预备明日题奏。

　　且说施侯这日厅上闲坐，忽见得禄笑吟吟走至身旁回话。口尊："太老爷在上，今有陶提督差人求见，口称还有书札投递。"施侯闻听，心中犯想，说："陶花歧与我并无来往，他今叫人下书，莫非有什么风声不好？"施侯叫声得禄："快把你大老爷叫来。"得禄答应。

　　不多时，贤臣上厅，走至太老爷身旁侍立。施侯说："坐了。"贤臣坐在下面，施侯就将下书之故说毕。施公闻听，心下明白，微微冷笑，不敢瞒父，将前事告禀。施侯说："为人不必过傲。陶花歧九门大人，权衡非小。而今满朝文武，不敢拦阻。久已私放对子马，科道各官，谁人敢参。依你如今怎样？俗云：踢人一脚，须防一拳。要看同僚之分，凡事和气，何苦为仇？"贤臣闻听，心中不悦。无奈带笑，口尊："父亲何用挂心，受禄不做险中险，怎能名传天下。为儿在街当人已经夸口，若不面君，落人笑谈。他既差人求见，看看来书，上写何言。要是哀而不伤，若过得去，就得大家平安。仗势威权，我不惧怕，叫他认认为儿的。父亲只请放心，为儿自有道理。得禄你出去，见陶府的管家，只须如此这般。"得禄答应，迈步至大门，只见陶府管家，上前带笑说："你就是陶府的人吗？"那人见问，回答："不敢，愚下就是。"迎至下处，带笑说："奉求替小弟进去回说，我家老爷请太爷的安。小柬一封，微礼一盒。先看书札，自然收礼。"言罢，打怀中取出书信，双手递过。得禄接柬，放在盒盖上面，猫腰端起盒子，揽在怀中。进去放在地上，把柬奉到太老爷面前。施侯说："与你大老爷看。"施公接过，拆开，闪目瞧看。上写：

　　陶花歧柬奉贤公面前。须念同僚一殿之臣。一时昏愦，行事稍错，私越国例律，罪名非轻。贤公若将我过面君启奏，重必革职，轻则罚俸，陶某怎见合朝文武？望贤公海量宽恕，特肃寸柬，如同亲造府门。微礼一盒，笑纳，纹银千两，聊表寸诚。数字不恭，顿首拜具。

　　贤臣看毕，哈哈一笑，站起望施侯讲话，口尊："父亲，此书竟是求儿恕他。"施侯闻听，叫声仕伦："他既相恳与你，尔可恕之，倒也罢了。这一盒礼物，不知什么东西？"下文分解。

第七十四回　见书收礼物　面君奏国律

贤臣见施侯相问，连忙回答说："是白银二十封。"施侯闻听，叫声我儿："九门提督与你下书送礼，恐其科道闻风，大有不便。参你受贿作弊，反为不美。我儿，难道只许你参人，不许人参你不成？必须三思而行，方保无虞。"贤臣闻听说："父亲大人何用担心，些微小事。他既送来，不收叫他反为担惊。明朝五鼓登殿，不参他越国法。为儿现有一计，收礼面君，不收礼更要登殿，以压众咻。"施侯点头。贤臣叫声得禄："打开礼物。"小厮答应，上前掀开盒盖，吩咐收进内室。贤臣又叫得禄把盒子拿出，见了陶府管家，说修书不及，如此这般，告诉于他。得禄答应，拿起盒子，转身下厅，至大门带笑依言说了。陶府管家接过盒子，递与跟伴，哈哈腰儿分别。得禄进内。

且说陶府管家回转，心下暗想，我家老爷职分不小，现今提调京管九门。大人威严赫赫，满朝文武尊敬，怎倒怕顺天府？拿着大盒银子，就只买了个"知道了"。我不知"知道"二字这么贵重，待回到府中，照样就说。不多时，来到府中，禀复主命。

且说贤臣提笔犯想：我已受人情，如何再参提督私放对子马之款，为难多会。不若明早面君，如此这般启奏，倘或准本，岂不是清室定例！倘若流传，也算我以公济私奏进一款。贤臣想毕，提笔唰唰立刻写完草稿。天晚秉烛誊清，从头至尾，看了一遍。折好，装入木匣。安歇。微亮，贤臣净面更衣，出门上马。穿街越巷，撞着王驾上朝，贤臣回避，让过轿马，复又前行。登时来到禁门，个个弃马下轿。王公侯伯、文武大人，进了哈勒阿思哈，齐至公议处，按品级而坐。

看看辰刻，请膳进宫，梁九公站立金阶等事。那些王公侯伯大人无事，只等御膳下来好散。

贤臣品小，在众大人下首坐定，让别人先奏。等够多时，他才出班，紧行几步，赶到梁公跟前，双手把木匣上举，带笑口尊："梁老爷，卑职顺天府尹施仕伦有本面君，求为代奏。"梁九公闻听贤臣奏事，心中不悦，说："施府尹，你漏着点子难缠。你果真的有胆，把我们现今四直上的穷老公也参上一款，我就服你。"贤臣闻听，回答说："容易，我不全但能面君，必奏就是了。"九公听罢，带气翻身进内去了。贤臣回身归班坐等。众王公侯伯大人、六部九卿、十三科道文武等见府尹奏事，都不散去。这内中唯有九门提督陶公心中有病，因放对子马之故，他见贤臣奏事，有些担惊。提督正在气恼，忽听外面大叫："施仕伦，旨下，单宣府尹面君。"贤臣闻听有旨，连忙答应，越众出班，一瘸一点，走至禁门，秉正双膝跪倒，口称"接旨"，俯身在地。九公正面传宣召旨。梁九公一见，说："快跟我来。"贤臣平身，随后进太和门，至殿台阶下。梁九公进殿，不多会只见站立殿外，望贤臣一点首。施公不敢怠慢，哈着腰儿打一旁走金阶，步玉路，同进殿内。九公退闪一旁。贤臣口呼万岁三声，行三跪九叩朝王礼毕，俯伏在地。皇上问曰："仕伦，朕看卿家奏章，真乃清室家例，依卿准奏。就命卿家亲自看验，晓谕八旗众家。朝臣对子马、顶马，自今规则已定，有人越律者听参。国家亲王，许放对子马四对。世子、驸马，许放对子马四对。贝勒、觉罗，许放对子马三对。黄带子并五爵，许放对子马两对。九门提督，许放顶马二匹。六部大人，许放顶马一对。八旗古塞按板沙依梅音，放顶马一匹。无荫封的各旗，许放顶马一匹。越律者听参。"皇爷说："即命卿家晓谕，钦此钦遵。越律者，按例治罪。卿乃治国能臣，还有何事，只管奏朕。"贤臣见问，正中机会，叩首说："谢主隆恩。臣启陛下，清室江山一统，万国来朝，海宴河清，军乐民欢。五谷丰登。唯有穿宫太监，恐致弊端。必得挨次查验，以杜彼等邪思。"皇爷闻奏，龙心甚悦，叫声仕伦："依卿所奏，就命卿家查验可也。"贤臣说："谢主隆恩。"皇爷一摆手，贤臣平身。万岁叫声九公："赏不全一年全俸。"言罢，驾转宫闱。

且说梁九公在一旁听得明白，气的眼睛直勾勾地瞪着。贤臣分明看见，只装不知。九公见驾已回宫去，气得迟够多会，方说出话来。叫声不全："跟我来。"出殿，下了御阶。梁九公瞧见无人，带怒说："施不全，站住！我问你，先不过和你说了句顽话，就给我们一个眼里插棒，参了一款。你先出去，少时我们与伴儿商议再讲。"贤臣一闻九公之言，叫声："梁老爷何用动气，且停贵步，听我一言。并非我成心参你，因你先叫我参，才敢斗胆。有心不奏，又恐老爷笑我无才。不过随口之言，何用嗔怪呢？"九公闻听，说："不用你巧辩，请罢。"贤臣下太和殿，高声说道："旨下。"那些王公侯伯等官闻听，不敢怠慢，轰然站起，走至贤臣面前，按品级跪听宣读对子马、顶马朝规定例。读毕，众公等望阙谢恩。下文分解。

第七十五回　皇上准题本　恩赏一年俸

众朝臣谢恩已毕，一齐站起，与施公拉手道喜。散出朝来，乘轿骑马，各回府宅。内中唯有九门提督有病，见贤臣并无题他，心中知情，哈着腰儿，与贤臣拉了拉手，彼此一笑，都不说破，分别各乘马回府。

贤臣顿辔加鞭，离府门不远，瞧见门前多人闹吵，原是内监。看见贤臣，一齐发怒，跑过拦路说话。叫声府尹："今朝咱们拼命。井水不犯河水，为什么无缘无故参我们一本！"众太监正然动粗，忽听背后有人断喝说："众伴们，不必混闹，有理讲理。"贤臣闻听，扭项观看，认的是梁、卫二位到了，说道："二位首领老爷来得正好，省得去请。"梁、卫二位太监回答："不用老爷你叫，我们特来领教。"又望众内监高叫："众伴儿们，不用混闹，回去各按次第办事，有我俩呢！"众太监不敢稍迟，个个气愤而去。卫太监叫声施老爷："我俩特来私宅相见。"贤臣回答："请到寒舍献茶。"说罢，一齐进府。贤臣让至内书房，分宾主坐下。梁、卫二位带笑说："府尹，令人进去，就说我二人请侯爷的安。"贤臣说："岂敢。"随教管家进去不表。

梁、卫二公眼望贤臣，说："府尹老爷，我们请问这宗事怎么个办法？"卫太监又望梁太监说话："早晨我先请膳进内，不知怎么个起见？"梁太监备述其细。卫太监说："岂有此理！叫声老弟，是你之过，话语不该小视于人。他乃黄堂，也算大臣。你我净身，虽当内监，随龙伴主，也秉忠心愿。咱自说轻话，其中有许多不便。你我时常传旨，自取灾祸，怨不得贤公。从今以后改过才好。"又望贤臣讲话，叫声施老爷："求恕我等，怎么想个法儿，把此事消灭，方感大情。"言罢，站起，望施公深深一躬到地。施公顶礼相还，带笑回答说："二位老爷，不用为难，我有主意。"忙把嘴伸到卫公耳边，悄语低言，叽叽喳喳。只见卫太监点头说："如此甚妙，只求老爷委婉些儿"，又叫："梁老爷走吧。"随即告辞。贤臣送出门外，卫、梁乘骥，哈哈腰而去。贤臣进内，太老爷叫声："我儿，方才不知梁、卫二位来此何故？"贤臣见问，将前事禀完。施侯说："仕伦，话虽如此，忠也要尽，和气也不可伤。"贤臣回答："为儿晓得，自有道理。"

且说告金的老奴董成，见施公准告，限五天当堂断明，心中一喜，哪敢怠慢，出顺天府到家，从头告禀夫人、公子闻听，才觉放心。且说施公心中牵挂董成告金之故，吩咐说："立刻进衙。"下人答应。用饭已毕，施公出来，到大门上马。家人跟随，登时到顺天府门。下役一见本官，不敢怠慢，青衣喊道进衙。至滴水下马，贤臣上堂升坐，众役喊堂已毕。只见去逐秧歌脚的公差陈虎，上堂跪倒回话："小的奉命晓谕堂园子的,限十天以内,把秧歌脚赶出境外。回禀大老爷。"施公一摆手,公差叩头退下。

又听衙外喧哗,见二人走进大门,上堂跪下,年纪均在三旬上下。贤臣说:"你两人来署何事? 从实诉来。"二人见问叩头,口尊:"大老爷,小的二人,乃系亲兄弟,父母早丧,兄弟分居。小的姓富,名叫富仁。他叫富义。因为弟家中遗失银子,他赖小的窃偷,因此争吵相打,告到大老爷台下断明。"施公闻听,下问:"你是兄,他是弟,你二人各住,他的银子怎么说你偷去? 不知你住在哪里,家中还有什么人?从实讲来,不许放刁。"富仁说:"太爷容禀,小的家住东直门金太监寺对过街南。妻子钱氏。女儿今年十二岁,叫他大叔。现小的裱行手艺。一家三口,小的年三十八岁,妻三十四岁。因无买卖,柴米短少,听见兄弟弃卖房子,有纹银二十两。小的无处借贷,无奈向他借银二两,未应。留小的吃饭,兄弟去买东西。小的等了多时,外房只弟妇一人,似觉不便,是以小的走出回家。刚然坐下,见弟找我来要银子。回说小的无见他的银子,即时动气。街居相劝,总是不听,把小的衣服拉破,是实。"贤臣闻听,叫声富仁:"你见过他的银子无有?"回答:"小的并没见过,是他凭空讹诈。"贤臣说:"这就奇了。你且下去。"富仁叩头下堂。施公又叫富义:"本府问你,家中有什么人,作何生意,银子放在何处? 从实言来。"口尊:"大老爷,容小的细禀。小的家住钟鼓楼后。妻何氏,年三十二岁,小的三十五岁,子名索住,八岁。钱行生理,因乏银钱,才把房屋变卖,价银二十两,心想忝在铺内。不料兄长前来借贷,有心周济,未从出口。小的留兄吃饭,出去沽酒回来,兄长就回家去了。小的随即拉开抽屉,就不见银两。妻子说:'屋中大伯独坐,又听抽屉之声。'自兄长去后,再无人来。是以小的无奈,去找问他。没见银子,倒动嗔怒,开口就骂,举手便打,打得鼻青脸肿。小的不敢还手,因此告他,叩恳青天老爷断明。"贤臣闻听,叫声富义:"你卖房二十两银子,共是几块几件,几分成色?"富义回答:"二十两银子,是三个半锞子零四块,九九成色。"下文分解。

第七十六回　兄欺弟昧银　告当官恢心

贤臣闻听，又问："你出门去买东西，回来不见你兄长，又找不见银子。本府再问，你怎么就知道是你兄长偷去？"富义说："小的妻说，在里间房听见外房中抽屉响声，又无别人进门。"施公说："真正哑子难鸣。"吩咐带富仁问话，公差答应。登时上堂，跪在一旁。贤臣说："你二人乃一母所生，私打闹上公堂。富义听妻之言，赖兄偷银。不思弟忍兄宽，都有罪过。"贤臣故意大怒："本府问你，到底见过他的银子无有？"富仁回答："小的无见。只听旁人告诉小的，说他卖房二十两银子。小的才向他求借。见其满口推辞，小的就回家来。"贤臣闻听为难，想计主意已定，回嗔变喜，带笑叫声："富仁，你家住金太监寺街南对过，你妻钱氏。"贤臣又叫："富义，你家住钟鼓楼后，妻子何氏。银子不用问，向本府要罢。本府想来，你二人未必吃早饭。实说，吃了无有？"二人见问，异口同音说："小的二人并未吃饭。"贤臣闻听，说："我说呢，不用你二人生气，银子向本府要。先赏你二人制钱二百文，先去吃饭。吃得饱饱的，回来好领银子。"言罢，吩咐："来人，把他二人带去吃饭，不许远离。"该值人答应。贤臣又叫施安给了差人二百钱，差人接过。二人叩首站起，一同往外就走。贤臣坐上高叫公差刘用："把他二人带回来！"差人答应，又把富仁、富义带回，跪在堂下。贤臣说："忘了一事。放你二人去吃饭，须得留下点东西。你们俩把袜子脱下，吃完回来好取银子。"弟兄答应，回身坐在地上，将袜脱了，当堂放下。二人穿鞋站起身来，贤臣吩咐："吃饭去吧。"二人出衙，不表。却闷坏堂下看瞧人等，不知其故。

且说贤臣叫差人来，近前附耳，这般如此，即去快来。郭凤答应，翻身走至堂前，猫腰把富仁穿的袜子拿起，出衙竟奔富仁家门而去。贤臣坐在上面，心内想法惊众。

忽见原告董成，带领少年人上堂，跪在面前。贤臣就问："董成，这少年人上堂何故？"董成见问，尊声："老爷，此人是老奴家主，名董凤鸣。今日拿金子以作证明。叩求爷爷明冤洗刷老奴，感恩匪浅。"贤臣说："董凤鸣，将金留下，本府好替你拿人。回家告诉汝母，不可难为董成。断回金时，在家听传。"二人叩首谢恩，主仆爬起，下堂回家。

且说公差郭凤，手提富仁的袜子，出顺天府，竟奔东直门金太监寺而来。不多时，来到富仁门首，用手拍户。只听人声答应："是谁？"钱氏移动金莲，往外而行。来至门边，伸手开门，闪在一旁，说："叫门那人是作什么的？我家男人不在家中，有什么事情,只管留话,等着回来好说。"公差开言,答话说道:"我与富爷时常见面,有个缘故,方来叩门。今早弟兄拌嘴,因为银子相争。他们两个告进顺天府里。现在弟兄俱受苦刑,我亲眼看见他忍刑不过,招认家有二十两银子,求我家中来取。向大娘要出拿去,免受拷打。恐其不信,又说二十两银子,是三个半银子另四块。这不是还有他穿的袜子一双,因挨夹棍脱下来的,叫我拿来作证。"郭凤叫声奶奶:"难道大爷穿的袜子不认的吗?"钱氏闻听,又看见袜子,信以为真。忙进内房,开开箱子,把银子一包拿出,回身出来,眼望公差说:"这就是我丈夫交与我的银子,小妇人也不知有多少。"公差接过点了点,块数不错,连忙回身,迈步出门回衙。自言自语说话:"府爷生的相貌虽丑,心性灵巧,良谋诡计,真真难得。谈笑得银,不费艰难。"思前想后,不觉来至衙前。上大堂,公案前边跪倒,打袜内取出银子,往上一举,口尊:"老爷,小的郭凤奉命把银子拿到,请老爷过目。"

　　贤臣闻听,心中大悦。将银包打开观验,块数、成色与富义说的相对。又见下役带富仁、富义上堂下跪。贤臣一见,带笑说:"你二人吃饱了吗?"二人回答:"多谢老爷赏赐,小的们吃饱了。"贤臣说:"你二人各把袜子穿上。"二人跪爬几步,拿袜子穿好,复又跪下。贤臣下叫:"富仁,把你这个迷徒!手足无情,昧心盗银。哪知本府略施小计,差人到你家中,向你妻钱氏把银取来。我问你,还有什么折辩无有?"富仁闻听,心中不信,只当假话,还想巧辩折证。贤臣大怒,吩咐:"人来,将银子拿去他看。"下役答应,上前接过银包,回身放在他兄弟面前。二人一看,分毫不错。富仁见银,只是发怔。贤臣坐上发怒,大骂富仁:"奴才!全不思千朵桃花,一株所生。你昧良心,本府若一时粗心,用严刑拷问你兄弟,岂不冤枉与他。略施小计,献出银子,断出黑白之心。"吩咐左右拉下重打三十大板。皂隶答应喊堂。富仁浑身打战。他兄弟又替哀怜,免责,枷号半月,在富义钱铺门首示众。开枷再处。银子交还富义,立刻把富仁当堂枷号出衙。施公才要出签拿人,听的喊声不断。留神一听,原是衙内门斗人家着火,满天通红,不由吃惊。下文分解。

第七十七回　拿火头门斗之妻　因奸情究出陈蛮

　　话说贤臣见火心惊，衙内书吏三班并瞧看之人，一齐害怕。贤臣不顾出签拿人，唯恐烧着堂库，一瘸一点，往后紧跑，站立滴水之下验看。都嚷门斗之家失火。街坊邻舍，闹闹哄哄。地方报火，登时来了救火众军，都是急忙将桶取水。一片哭声震耳。霎时九门提督也来督令救火。顷刻房倒屋塌，压下火头。又用水泼，烟消火灭。即拿火头之家，并无踪影。九门提督并四门大人，贤臣坐在下首，说道："救火之人，点名注册，都有赏赐。"

　　只见带来一个年少妇人。众官观其动作，非是良女。陶提督忙问："你们带来此妇何故？"大拨什库见问，上前打千回话："此妇就是火头。"陶公心中不悦，说："你们都是胡闹！难道他家无有男人吗？"拨什库说："大人，小的问过。他说他男人在顺天府当门斗，家中并无别人。他男人已在火中烧死，因此将他拿到。"贤臣一旁说话："本府问你，你既知火内有你男人，缘何不听见嚷着救人？"那妇见问，口尊："大老爷，火息之后，不见男人。小妇人估量着，必是火内烧死。"

　　贤臣闻听，哼哼了几声。扭项望陶公说话，口尊："陶大人，此妇大人不用带去，内有隐情。卑职带回衙门审问，内中必有缘故。"陶公闻言，回答说："使得。"贤臣随令人搜验尸首，果然搜出死尸。众大人说："贵府将妇人带去，我们也走。"贤臣相送。各位大人去后，回身升堂坐下，把那妇人带过来跪在堂上。贤臣叫声那妇人："你男人叫什么名字？从实讲来。"那妇人口尊："大老爷容禀。"下文分解。

第七十八回　当堂审张氏　张氏吐真情

那妇人叩头说道："小妇人男人，当顺天府门斗。姓孟，名叫文科，好酒。今日吃醉，不幸烧死。小妇人因为不知，失了喊叫。"贤臣闻言，大怒说："本府问你，与你男人还是结发，还是半路夫妻？从实说来！"那妇说："娘家姓张，今年二十三岁，自十八岁嫁与孟姓为妻。小妇人是女儿填房，迄今六载。男人今年四十九岁，他并无亲眷。小妇人父母俱在，父亲五十九岁，母亲陶氏四十岁。父名叫张义，现在换金铺内当伙计。"贤臣闻听提起金铺，又问："不知金铺在于何处，铺家姓什么，哪里人氏？你父在铺作何手艺，劳金多少？"张氏见问，认为好话，口尊："大老爷，小妇人父亲金铺打杂，每月只挣身钱吊半。金铺在正阳门二条胡同，坐北朝南，姓陈。父亲住在琉璃厂东门。财东与父交好，他认母亲干姐。小妇人出嫁，花了他许多银子。今日来到，与小妇人男人饮酒。男人吃醉，不幸被火烧死。"贤臣闻听，眉头一皱，计上心来。叫声："张氏不用刁词。本府有心把你严刑重处，尤恐汝心含怨。管叫你片刻甘心认罪。"贤臣吩咐带过张氏。

贤臣坐上闪目往堂下一瞧，立刻得了主意。叫声："人来，你带至堂后如此这般。"该值答应。贤臣又叫："人来，你即出衙公干。"不多时，领命差人齐都办来。先领命的领了多人，立刻把倒墙的整砖搬了许多，堆在堂口前面宽阔之处。又见后领命的差人进衙，手牵两只羊，后跟两人，挑定两担木柴，同至月台以下，放在一旁。差人上堂，跪倒回话："小的禀太爷，将应用东西办到。"贤臣又叫人立刻把瓦匠叫来，用砖砌起四堵围墙。诸事完毕，发了工价，匠役散去。

贤臣吩咐把羊杀死一只，连那一只活羊，一并放在墙里，令人把木头用火引着烧羊。登时火着，烧得那只活羊怪叫。堂上书役，并瞧看之人，都不解其意，纷纷议论。且说贤臣闻报活羊烧死，吩咐衙役带领人去，如此这般。公差答应，翻身下堂，依言把墙拆了，将砖搬去，打扫干净。把两只羊挪到孟文科死尸一旁，上堂回话。贤臣摆手，公差退下。

贤臣离座，走到尸旁，叫声："人来，把座位拿来。"该值上堂，把座位搬至尸旁。贤臣坐下，书役左右伺候。贤臣瞧看，只见月台两边观看之人许多，并不赶撵。贤臣腹隐珠玑，烧羊展其才能。带笑高叫："尔等军民听真，你们瞧看，不许喧哗。"又吩咐："人来，传仵作验尸。"青衣答应，高叫仵作。下面答应，走至贤臣身旁跪下。贤臣吩咐："你去把死者孟文科的嘴，两只羊的口，都用木棍支开，仔细看嘴内或是干净或是泥土，不可粗心。"仵作答应，迈步至死尸、死羊跟前，仔细验看明白。回说:"小的将死尸、死羊都验明白。烧死的孟文科,嘴内干干净净。死羊口内,也是干干净净。唯有活羊烧死,口内都是灰土。"贤臣闻听,带笑望月台两边瞧看之人说:"本府审案,不过推情评理。今日烧羊,有个缘故。常言良马比君子,畜类也是胎产。比如无论谁人,身遭回禄,四面全是烈焰围烧,岂有束手等死之理?必然四处奔命,口内喊叫。无处逃奔,才能烧死。你们想,烧得房倒屋塌,灰烟飞起,人要开口喊叫。至于死后,焉能口内无灰之理?方才本府叫仵作验看,孟文科口内干净。他乃死而不明,闭口瞑目,是以口内无灰。杀死的羊,也是如此。唯有活羊,众目同观,烧死在火内,乱逃乱叫,不知无处可逃,烧死,因此满口都有灰土。"

　　言罢,贤臣站起升堂,叫人把张氏带过,跪在下面。贤臣叫声张氏:"你男人死得不明,从实讲来,免得受刑。"张氏口尊:"大老爷,丈夫醉后烧死的。"贤臣闻听冷笑,又将烧羊之证,从头至尾分解。张氏闻言,面色惊惶。贤臣看见,心下明白,说必须如此这般。想罢,大怒,一伸手,把惊堂一拍,断喝:"把你这个刁妇!本府已经分解明白,烧羊与你夫同样,分毫不错,还敢强辩!"吩咐看刑。立刻把张氏上拶动刑,又将恶妇拶起加拷。那妇忍刑不过,大叫:"爷爷,小妇人招了!"贤臣闻听,骂声泼妇:"招来!"张氏说:"求大老爷松了拶子,小妇人实说。"贤臣吩咐卸刑。张氏尊声:"大老爷容禀,此时小妇人说也无用,只求恩典,叫人把妇人父母,金铺陈魁一并传来,当面一对,立刻就明。"贤臣闻言,说:"人来,尔等把死尸,两只死羊一并看守。你们领他到死尸、死羊之前,叫他瞧瞧口中有无灰土,好叫他情甘认罪。"衙役答应,上前带下张氏去看。贤臣又往下叫"人来",朱桂、言玉、刘国柱上前。贤臣说:"你三人,立刻到前门外郎坊二条胡同路北换金铺,把陈魁领来。再到琉璃厂东门,将张氏父母锁拿对词。本府立等。"三人答应,领票下堂。下文分解。

第七十九回 瞎子生心讹钞
清官审断铜钱

且说三名公差，领票出衙而去。贤臣坐在堂上，查看招词。听的打角门走进几人，贤臣细观，都是年老的太监。一齐上堂，大嚷："我们是朝中内监，奉梁、李二位首领之命来见，共十二名。首领们说，来府看情也在你，不看情也在你。"贤臣闻听，就知是那宗缘故。带笑说："众位不用动气，我有道理。此乃奉旨之事，少不得验看。"言罢站起，带笑说："老爷们跟我来。"吩咐人外面伺候，不必跟随。差人答应。内监同贤臣迈步来至二堂，让座，贤臣带笑说话："梁之错，瞧不起施某，拿话堵我，我才启奏。皇爷准批查验，不全有心不验，又恐背旨；要是验看，伤了众位体面。驾到府衙，少不得施某私通看情。老爷们出衙，只说都已验过净身。太府好好回朝，多多拜上二位首领，万望担待。明早朝王，必然启奏，包管大家无事。"内监闻言，心下欢悦，带笑齐尊："府尹，从今以后，才知太爷是正人君子。都是我们首领之错，无事寻非。我们个个知恩感情，容日答报。"言毕告辞，同至前堂。复升公位，贤臣故意高声讲话："施某亲验非假，明晨五鼓面君，列位请了。"太府上马回朝。

且说贤臣正坐，从外跑进两人，手拉手儿向里面行。皆因贤臣吩咐过，凡有告状之人，不许拦阻。但见两人手拉铜钱两相争闹，上堂跪下。贤臣留神看明容貌，一个年老，一个像似瞎子。贤臣用手一指，骂声："刁奴才！有什么冤枉，快快实说，本府好与你俩公断，何用吵嚷！"二人见问，有年纪的先说，口尊："大老爷容禀，小的是教门中回子，这个瞎子也是回子。小的俩乃表兄弟，小的是舅舅跟前的，他是姑妈生的。小的姑夫死了，他在齐化门外礼拜寺住，算命为生。小的现在顺天府西边鼓楼弯里，开一座小羊肉铺生理。昨晚这瞎表弟进城到铺。小的问他来意，说他买卖不济，短少日用，姑妈叫他来找小的要点费用。大老爷上裁，一个姑表至亲，小的留他住在铺内，想着今早给他几百钱拿去使用。哪知睡了一夜，变了心肠，把小的血本铜钱两吊，拿着硬走，因此告到仁明大老爷台下。可恨他瞎眼迷了血心，欺负年老，与小的讲打。"贤臣闻听，说："何用争嚷。"叫声瞎子："我问你，二目双瞎，还行坏事？人家的钱，你拿着便走，也使得吗？"瞎子见问，口尊："大老爷，他说完了，小的细禀。小的名叫王兰芝。大老爷看小的眼瞎，心却公道。虽说姑舅亲，各衣另饭。实回大老爷说，人生天地间，不过是凭的'良心'二字。清平世界，岂有硬拿人钱就走之理？有眼睁的讹瞎子的倒有，世界上从无听见瞽目倒赖有眼之人。大老爷评理，谁人肯信。"贤臣说："王兰芝，依你说来，两吊钱真是你的了？"瞎子回答："不是小的钱，小的就敢拿着走去？内有缘故，这两吊钱小的也不是容易积的。

终日游街算命打卦,挣不得几文钱钞,省吃俭用,攒够两吊。小的心里想着要买两件衣服遮体。有心烦别人买,又恐赚小的钱文,是以想到表兄身上。闻他在鼓楼弯里开铺,典衣铺他很是熟识,烦其替小的买买。因此把两串钱拿进城来找他。适遇天晚,未买,表兄留小的住在铺内,说今早去买。小的夜间思量,天气和暖,一时还用不着棉衣,何不把钱拿回家去,放给人使,生几文利息,养赡小的寡母,到冬再买衣服未迟。所以才不买了,一早起来拿钱要走。不料表兄为财昧了血心,只用他说一句良心话。求大老爷公断。"

施公闻听,心中为难,无据无证。沉吟多会,又问那个回子:"你什么名字?"回回见问,叩头口尊:"大老爷,小的名叫洪德。"施公说:"你铺中还有伙计无有?"洪德回答:"铺中有个伙计,他白日挑出羊肉担子去卖,到晚回铺归钱。"施公说:"既是你的钱,可有记号无有?"回回尊声:"大老爷,小的串钱,不过是见数串起,那里来的记号呢。"贤臣又问王兰芝说:"你的钱,可有记号对证没有?"瞎子见问,说:"大老爷,各人的钱岂无记号,小的穿的钱是满底子。"贤臣闻听,灵机一动,吩咐施安:"将钱数过。"不多时,施安数完,回禀:"小的数过,分文不错。"施臣一摆手,施安退后。施公早有良策,乃叫洪德:"古言,人老自多忘事,大略你串之钱也是满钱。"回子说:"小的不会说谎,做一日买卖,手忙脚乱,哪有工夫检点,穿两串满钱也是真的。叩求大老爷审断。"施公吩咐公差:"快取新砂锅一口,拿净水上来。堂口架起干柴,砂锅放入水,放在火上,把钱放在锅内,去煮。"公差答应,遵照吩咐办理。办完回禀,施公吩咐随即将二人带上堂来听审。

公差答应,将回子、瞎子带到,一齐跪下。施公说道:"你二人争吵,告进本府衙门。本府用刑拷煮铜钱,他又不会说话。本府自有妙处,叫你二人心服。"施公说道:"人来,去到锅边,细看锅内水面上漂的是什么东西,用鼻子闻闻是什么气味。看明白,报本府知道。"差人答应,走至砂锅跟前细看:水底是钱,浮面飘着一层油。端起一闻,膻气之味。放下回身,上堂跪到回明。贤臣又叫:"王兰芝,你可听见了吗?"瞎子说:"小的听真了。"贤臣说:"你既听见,快些实招。"王兰芝又信口胡言,贤臣把惊堂一拍:"与我动刑,夹起狗腿!"青衣答应,将王兰芝夹起。随说:"小的实招。"贤臣听说微笑,骂声奴才:"不怕你不招。"吩咐去刑,容他招来。众人答应,卸去夹棍。下文分解。

第八十回　淫妇王八进衙　母女当堂对词

　　贤臣说："王兰芝，快些招来！"瞎子口尊："爷爷容禀。"就将见钱起意，昨晚酒后，打发表兄睡熟，把钱摸着，讹也是真，从头诉完。贤臣闻听，骂声刁奴才："本府分解你听。若是你的钱，无别味。要是回子之钱，他不住的卖羊肉，接钱，手上有油，钱上必有油气。不然皂白难明。哪知本府专判奇怪之事。本府定你讹钱之过，有必重处，号枷在羊肉铺门首示众。姑念你母孤寡无靠，拉下重打二十大板，免枷。"青衣答应，用头号板打得两腿崩裂。打完，跪在一旁。贤臣又叫洪德："本府恕你苍老，免打回去。"叩头谢恩。回子见他表弟挨打，心内不忍，将两串钱领出，与瞎子一串。王兰芝摸着，不顾疼痛，一齐叩头，欣然而去。

　　又见从角门进来男女几人，上堂跪在下面。公差上前回话："小的等，将陈魁、张义、陶氏带到。"贤臣摆手，公差退下。贤臣说："报名上来。""小的金铺陈魁。""小的张义。""小妇人陶氏。"贤臣听毕，叫声人来，把陈、张二人带下。说："陶氏，快快实说。"陶氏口尊："爷爷请听，小妇人夫主贸易为生，金铺打杂。小妇人终日闭户家坐。单夫独妻，度过光阴。无故招灾，拿进衙门，莫把旁言信以为真。"贤臣闻听动怒，说："刁妇住口，少得胡言！"吩咐："与我拶起来。"青衣答应，上前拶起。恶妇疼痛难忍，满口说招了。贤臣闻听，冷笑大骂："狗妇，不怕你不招。"吩咐松刑："快些实说。"陶氏口尊："大老爷，是小妇人害了女婿。祸起陈魁，却是张义之错。夫主无能，家道贫寒，金铺手艺，引诱东家入他之门。张义爱酒吃醉，陈魁又将女儿灌醉硬奸。陈魁又定计，门斗孟文科缺少三亲六眷，生心谋死，好拐女儿同走。安心把张义撂在京城，所以又请女儿叫他应允，小妇人母女同着他去。陈魁唯恐小妇人女儿不去，取出团龙金子稳他。"施公闻听，叫声陶氏："金子不知有多重，快快说来！"陶氏说："陈魁言及足足十两八钱，正面显着玲珑。又说：'金子为定，再无更改，你母女跟我回南，快乐无穷。你们母女害死孟文科，金子为聘，不必烦媒。若不允从此事，金子退还。'是以母女当时满口应许。小妇人三人定计：将文科灌醉，命根上用手一攥，孟文科立时丧命；放火把他烧的囫囵，料的真假无处去辨；随后掩埋，神不知鬼也不觉。哪知大老爷神目如电，看透其中情节，所招俱实。"

　　施公详理不假，内中又供出董成之金。施公想毕，又骂："陶氏狗妇！叫女谋婿放火，带累邻佑又遭回禄，心下何忍！"吩咐："人来，先把他母女带下看守，不许交言串话。"公差答应，带下。

　　施公复又想起一事，叫再把张氏带回问话。下役答应，带上跪下。"本府问你，放火之先,怎么谋害你夫?"张氏见问,回答:"小妇人回过,陈魁早把夫主灌醉,同小妇人抬到房内,他掐着颈子抱紧,小妇人伸手揪他的性命根儿。用力连揪带攥,只听哼的一声气绝,陈魁才去,留话再听消息。小妇人害怕,无奈放火烧房。"施公闻听,骂声:"狗妇下去! 不许与陈魁答话。"公差带下。

施公又叫:"人来,尔等去把孟文科邻佑传来。"下役领命而去,立刻叫到。上堂跪下报名:"小的是门斗左邻张志忠。""小的是孟文科右舍李有成,见大老爷叩头。"施公说:"本府传你二人并无别故,不用心惊。既是孟文科紧邻,张氏谋夫,难道无听见响动? 应实说。"二人见问,异口同音说:"先并无动静。平日只知他素行不端,忽然今日起火。"下文分解。

第八十一回　　贪色借年貌
替娶亲得妻

张志忠、李有成说："孟文科之死，实不知其故。今日忽然起火烧房，实不知别情是实。"言罢，叩头在地。施公听罢，说："此事与你们无干。不许远离，少时定案，解部对词。"二人答应，叩头退下。

施公吩咐："把陈魁、张义带上。"青衣答应，登时带到跪下。施公叫声张义、陈魁："你们的事情败露，从实招来，免得受刑。"张、陈二人见问，不肯实招。施公吩咐"夹起"。登时上刑，昏迷，用水喷醒，仍然不招。施公又说："把陶氏、张氏带上。"二人跪在一旁。施公说："你母女把孟文科之故，当他二人说来。如若不讲，立刻上拶。"张氏复又说了一遍。张义闻听女儿一派实言，心中后悔。陈魁听张氏供招，无奈才说："小的情甘领罪。"施公吩咐书吏，把口供记了，与他卸去刑具。施公又叫人去到东直门北小街口，把董成传来圆案。下役即领命而去。

施公又叫张义，说："他母女与陈魁实招。本府问你，他母女与陈魁奸情，你知情不知？"张义见问，还要嘴硬巧辩。施公又问陶氏、张氏："你们与陈姓奸情，他说不知，须得你俩问他，不然又要动刑。"这贱人已经拶怕，听见动刑，心中害怕。陶氏望男人说话，骂声："哈拉货！我问你，你说不知，那日你回家，撞见我二人云雨之际，你为什么抽身回去？"张氏一旁接言，叫声父亲："我们已经三曹对案，全都招认。"张义听他母女之言，无奈大叫："太爷，就算小的知道罢！"施公闻听，忍不住哈哈大笑，吩咐书吏作稿，拿下四人画了手字，呈上施公过目。一边吩咐："陈魁，你定计留金，交与何人？""小的交与陶氏。"施公叫声陶氏："那锭金子现在何处？快快实说！"陶氏回答："现在腰内边。"言罢，忍痛回手，取出上递，青衣接过呈上。贤臣叫施安取出那锭金看，一样分毫不错。吩咐把陶氏、张义、张氏带下。

只见公差把董成主仆传到，跪下。贤臣说："董成，你看这下面受刑人，是开金铺的不是？"董成闻听，望那边一看，回答："就是他。"贤臣又叫陈魁："你把昧金之故讲来。"陈魁怕刑，不敢强辩，口尊："大老爷听禀，小的见他贫寒，金子未知是他的，借此欺他年老，安下歹心。只知肥己，无人晓闻，哪知上天鉴察。小的贪色，给予陶氏。今朝事情败露，献出金子，原是董成之物。小的情甘领罪，叩求爷爷免罪。"说罢叩头流泪。施公又叫凤鸣："董成换金，若有歹意，焉敢告进衙门？若非本府审陶氏母女奸情，只怕屈死董成，作了怨魂。果要昧金，势必逃走，岂肯送信，又转家门？今朝本府断金复归本主，倒要你另外加恩于他。"凤鸣答应说："是。"施公含笑说："董成，此事皆因粗心招祸，莫怨上人。回家千万莫改忠心，上天不负好人。"老奴叩首流泪,说:"大老爷训谕,自当遵行。"施公大悦,伸手把两锭金子拿起,叫声董成:"把金拿回家去,见了你的主母,意勤莫懒,商议度日。去吧!"董成谢恩,答应爬起,上前接金。主仆下堂,欢天喜地出衙而去。

施公吩咐书吏:"立刻办文,内有人命重情,送部定罪。"诸事齐备,施公令该值人役,将陈魁、张义、陶氏、张氏带出衙去解部,不必细表。施公又叫人抬出孟文科死尸掩埋。施公又把两只羊赏了众役。才要退堂,又见堂下走上一人,跪倒。下文分解。

第八十二回　小西来报机密　男女进衙告状

话说那人跪在公案一旁，说："小的来报机密。"施公打量来人容貌，年纪三十以外。施公看罢，开言说："有何机密？快讲。"那人见问，口尊："大老爷，小的在京都居住，原籍山西太原县人。父母双全，兄弟三人。小的姓关，名叫关太，懒在家中，安心在京。父母给小的银子千两，来京搭伙计经营。不幸本钱赔尽，无奈学走黑道，全凭折铁单刀护身。那晚，刚进高山寺，谁晓刚进空房，撞见遭难一人。太爷，其中详细，小的有诉呈，一见便明。"随即呈上。贤臣接过一看，大惊，叫声关太："本府问你，此事都是眼见吗？你且起来，下堂等候。少时到我私宅，有话问你。"关太答应，退下。贤臣回手把呈词放在靴筒。

又见打外面进来几个男女，嚷上公堂，纷纷跪下。贤臣看毕，吩咐："你们男女既到本府衙门，不许乱说，叫哪个，哪个说。"贤臣说："那老妇人先讲。"老妇闻听，口尊："大老爷容禀，小妇人家住后门火神庙边，后河沿临街大门。夫主姓张，名叫张大，终日挑水，五十八岁，并无儿女。小妇人今年六旬，常与人家说媒，又会接喜，在渣子行程住。这位奶奶与小妇人相好，当日做过邻舍。去岁叫提亲事，说的朱家闺女，今岁二月过礼，三月间娶亲。昨晚半夜，出了怪事。今日告状，内有隐情，这是一往之故。要问别情，只问他便知。"

贤臣又问第二名说："那妇人，把你的情由讲来。"那妇人答应，说道："小妇人家住火神庙对过口内，天师府斜对过。亡夫姓冯，名叫冯义，在日教学为生。不幸病过三载，撇下儿女。女儿今年十八；儿子十二，名叫冯昆玉。现今母子耐守清贫，小妇人五十三岁，亡夫五十岁去世。无靠孤苦，做些针线度日。儿子作小本买卖。张媒与女儿提亲王家之子，今年二十。寡母性善，并无妯娌。公公去世，也无亲戚，在日布店经营。此子品貌端方，家道殷实，母子和美，其人正道。小妇人想我家贫寒，女儿长成，无奈应允，行聘过礼，择期就娶。郎才女貌，倒也罢了。不料昨日过门，今日偶出怪事。女儿发人来叫，提起情由，真真羞煞。下情只问亲家母罢！"

贤臣闻听，话内必有大变，又问第三个。说："那妇人，把你的情节禀上。"郝氏口呼："大老爷，小妇人郝氏，今年四十四岁。亡夫四十八岁，姓王，名叫王麟，在日布店贸易。子名王振，年二十岁。他父死后，也在布店。多蒙财东看其父面，周济我子娶亲，算一番好意，哪知其中有变。小妇人家住后门方砖口内。夫主去世四载，儿子在店，每月工银一两。昨日娶媳进门，晚上亲朋散席，而后小夫妻入洞房。小妇人睡觉熄灯。半夜光景，忽听媳妇喊叫，当是他夫妻不和。小妇人连忙穿衣，跑出房门,看见一人往外飞跑,天黑看不真。却又见儿子从门外而进,劝他媳妇莫要作声。新人痛哭,拉住小妇人叫娘,只说坑杀人了。小妇人追问其故,说道:'你儿出去,后又进房。摸着他满嘴胡须,欲要成亲。媳妇抓脸,此人就跑,面目无从看真。'媳妇就要寻死。小妇人害怕,看守天明,请他母到家,共同伸冤。叩恳大老爷高悬明镜,判断详细。"贤臣又问:"你家除汝母子还有何人?"郝氏回答:"并无别人。"贤臣说:"少妇不必含羞,那人沾身无有?"少妇见问,羞的摇头不语。贤臣深知其故,也就不问了。又叫王振:"本府问你,小小年纪,快说实话。"王振口尊:"大老爷在上听禀,事到其间,也顾不得羞耻。祸都由郭东家所起。"下文分解。

第八十三回　王振吐实情　玉山道真语

王振说："郭东家原籍太原府,名叫玉山,开布铺。小的父亲在日,每月工价二两。父亲去世,小的进铺接续。去岁小的商议亲事,一应费用,许以相助。小的回家告诉母亲,是以央媒提亲。他说:'我早与你看中一女,住天师府对过,可着媒去说。'小的应允,烦张媒一说,即妥,择吉三月娶亲。财东又说:'我离家日久,欲要娶妻,奈本处不许外乡之人。自从看见冯家之女,想成疾病。此亲算我所娶,给你纹银五十两,另续新婚。再加工银三两,管你一世不受贫寒。若要不允,还我财礼,逐出铺外。'小的无奈应承,瞒哄母亲。昨晚小的成亲之后,故装出外,他在门首溜进房中。新人哭喊,手抓口嚷,抢天呼地,玉山吓跑。以是今日告状,全是小的之错,情愿领罪。"贤臣听罢,大怒,骂王振:"你这畜生该死!世上此事岂可允得的吗?"

往下又叫郭玉山:"本府问你,偌大年纪,行此伤天害理之事,难道你家就无妻女亲眷吗?要妻何难,明媒正娶,才是道理。缘何暗起亏心,图谋幼女,良心何在!把你生心之故讲来。"郭大叩头:"大老爷在上,容小的细禀。小的一时不明,自取飞灾。小的祖籍太原府,姓郭,名叫玉山。那日讨账,路过彼处,瞧见其女端庄,嗣后得病待死,因是定计。都是实情,小的该死认罪,叩恩大老爷恩典宽免,以后痛改前非。"说罢叩头。贤臣微微冷笑,骂声:"囚徒!倚势图奸,该当何罪!看大刑伺候。"青衣答应,咯喳一声,丢在当堂。贤臣开言,下叫:"尔等男女六人听真,国法无私,本府按律治罪。祸因郭玉山而起,刚才本府听你六人之言,前后倒也相对,就只郭玉山其情可恶。郭玉山,你替王振娶妻之事,实是愿意助他银两,又外给银五十两安家,每月加工银三两,再无更改。"郭玉山答应:"不错。"

贤臣闻听,又叫冯朱氏:"你女儿给王振为妻,乃系明媒正娶。内里生端是郭玉山之过。可喜你女儿辨出鱼龙,保住节操。本府隐恶扬善。你女既为王振之妻,还有变动无有?"冯朱氏见问,连连叩头:"大老爷听禀,先嫁由父母,后嫁由自己,小妇人不敢做主。大老爷只问女儿,由他自专。"

贤臣又问冯氏:"本府问你,一生大事,不可不说。只顾含羞不语,岂不耽误自己?当堂实说。"冯氏见问,无奈叩头说道:"可叹奴运蹇不幸,遇此歹人。母亲恩养十八岁,许配婚姻,妇人如何见的周到,难怪母亲误奴。都因夫主见短年轻,听信邪言,生米已经成饭,母亲后悔也是枉然。将错就错到底,小妇人嫁鸡随鸡,终无更改。好马不备双鞍,要是重婚,怎么见人?皆因婆母不知,才生祸端。夫主纵虎入门,小妇人不恨别人,可恼贼徒。求老爷严加刑具追问。"冯氏越说越气,"欲求一死,又怕人说,唯有夫主知小妇人之意。瞒人容易,哄神却难。"言毕叩首。贤臣带笑说:"好一个将错就错。今日节操,对天可表。本府无私,不用含愧,包你意足无怨。"

贤臣下叫张媒:"你是愿打愿罚?"张媒闻听,尊声:"大老爷,小妇人请讨示下,怎么愿打愿罚?"贤臣微笑说:"愿打,责你个不见真实,十个嘴巴。说媒陷害良女,再打五十大板。愿罚,媒银退还原主。"张媒回答:"小妇人领罚,算是运气不济。银子无动,还在腰里带着。"回手把二两银子取出,递与公差。公差接过,送上公案,退下。

贤臣叫声:"人来,押郭玉山到铺,立刻取银五十两。三十两一包,二十两一包,即等要用。"公差下行,郭玉山也不敢稍违,叩首爬起,同公差前去。不多一时拿到,公堂交银,差人退下。玉山跪倒。贤臣下叫:"郭玉山,听本府定你的罪过。尔愿替王振娶亲,并无反悔。余外帮银五十两,每月长工银三两,因你自招,算你赎罪之项。本府今且宽恩,快写无更改执照一张为凭。自今以后,不许你与王振穿房入户来往。倘自不遵,加倍罚银重处。"玉山闻听,只当领罚免刑,连忙讨取纸笔墨砚,铺在地上,趴伏立刻写完,双手递上。青衣接过呈上。贤臣从头至尾看了一遍,写的倒也通顺。看罢,又叫:"郝氏,你领银三十两,朱氏领银二十两,听本府吩咐:你二人领银以为安家之费,自今安分度日,妇道不可门前站立。"又叫玉山:"本府今日恕你,解部重处之过,轻罪难饶。人来,拉下重打三十头号大板。"皂隶答应,不容分说,拉下,登时打毕。又叫王振:"把执照赏你收去。自今以后,小心留意,不可生事。"王振答应,接下执照,回手揣在怀中,又复跪下。贤臣说:"王振,本府瞧你妻母,恕你重罪。年轻不思前后,败坏人伦,轻罪难饶。人来,把他拉下重打二十大板。"贤臣又叫郝氏、朱氏、冯氏、张媒四妇人释放去吧。一齐说:"叩谢大老爷天恩。"言罢站起,下堂而去。贤臣又叫王振、郭玉山二人取保释放。贤臣断罢这唤虎入洞,将错就错之案,那堂上书吏人等,无不称奇。

天色将晚,贤臣吩咐书吏作文一道,立刻行到宛平县,把弄妻不见一案用文关来,带到私宅问明其故,请旨定夺。即将文书作成,命该值入役,持文到县提人。

且说贤臣离坐下堂,乘轿出衙,关太跟随至府。贤臣入内,与太老爷、太夫人拜见。礼毕,进外书房坐下,秉烛取出关太诉状,重新又看,上写:

具呈:小的关太,因无生计做贼。半夜挖窟,逢着怪事。撞见一位公子,系旗军,在密室遭难,偏遇小的挖窟进屋。房内空虚,并无银钱。小的抱怨时,旗人听见,魂胆俱裂,当杀他之人,跪在地上哀告求生。说道,他是本京官宦子弟,太老爷旗下作官,初品梅林章京,内为大人外辖曰旗都统之印。膝下无子,只他一人,名叫巴个布。山名曰桃花岭。此庙桃花古寺,僧唤慧海,春秋二季上京,与伊父常常来往,宾客相待,供其银木,每到夏天避暑,住在山上。今岁来寺攻书,此时山果满树,恶僧上京发货。缺少人伴，散步到庙后闲游，遇些青春少妇，随即回避。欲要走脱，又不识路。恶僧转寺之后，同用茶饭。恶僧回后复出，把伊拉到空房，举刀要命。跪求，看其父情，留下毒药等物，令其自死，免漏风声，将门锁上。如天明不死，仍是刀下倾生。小的闻言，气愤在心，随将来意备述。公子叫小的救命，又说恶僧万恶，"流星"无敌，还有众僧，武艺精通。劝小的动不如且静，今夜搭救逃生，到京告诉他父，奏调将领兵擒拿恶僧。小的听言有理，当即救公子出寺，送至京城。到家几日，并无音信。小的不平，是以我单投青天控告上禀。

贤臣看毕诉呈，吃一大惊，说："好一个可恶的凶僧，不亚于成龙私访红门寺一样。想来非请旨动兵擒拿不可。"贤臣收起诉呈，又叫关太进书房，复又追问一遍。说："你有家传武艺，宝刀一口现在那里，拿来我看。"关太答应，打腰间取出，只听当啷。贤臣闪目细看，有刀词为证：

刀柄可把，利刃吹毛。

倭铁折就，上将魂消。

传家至宝，避邪降妖。

关太双手上举："请大老爷过目。小的此刀，传家七代，名曰折铁倭刀。"贤臣闻听，带笑又问："壮士单刀精否？"关太回言："小的门里出身，祖传三十六路，变化多端，无穷奥妙。"贤臣说："拿住恶僧之后，我必重用于你。"关太说："小的谢大老爷之恩。"叩首站起，重新将刀收好，一旁站立。

忽见守门人进书房回话："外有顺天府衙役求见。"贤臣吩咐："令他进来。"不多时带进，下跪报名："小的郭起凤，给大老爷叩头。""小的王殿臣叩头。小的二人，奉命到宛平县，把弄妻一案关来，现在门外，禀讨示下。"贤臣说："带进听审。"二役答应，回身立刻带进。老少二人跪在左右。公差退下。贤臣观瞧已毕。下文分解。

第八十四回　翁婿当堂实诉　贤臣问得隐情

　　话说那人见问，口尊："大老爷，小的住在护国寺东廊以内。小的房主，官名都称按大爷，现是梅林章京。小人做工，住房一间，工钱五百，夫妻两口度日。老妻与房主煮饭，暂作月工。所生一女，名叫关姐，今年二十过门，这个就是女婿。偶出怪事：小的女儿过门未满一月，忽然，那日他到小的家要女儿。回说未回家。他竟不依，反赖小的将女藏了。翁婿之冤，因此断不明白。告进宛平，三月有余。幸喜青天提问，好似拨云见日。小的名叫马富，妻子秦氏，五旬。这是以往真情，望大老爷秦镜高悬，判断。"言罢，叩头。贤臣说："年少之人讲来，不许隐藏。"那人见问，尊声："老太爷，小的名叫胡六，白塔寺后住。寡母今年五十一岁，小的二十四。父亲在日定下亲事，因穷耽缓，今岁方娶过门。尚未一月，那晚忽然不见。小的次早去问岳父嚷闹，竟赖未归。告进宛平三月有余，小的手艺耽误时日。叩求爷爷速判冤枉，可怜寡母无靠。"言罢，叩头，哭的可伤。

　　贤臣闻听，忽然想起一事。叫声马富："有一个桃花寺的慧海和尚，与按大爷家往来，不知你见过没有？"马富说："大老爷，若提慧海和尚，小的怎么不认的呢！是女儿的干舅舅，认妻为干姐。女儿出嫁，曾来帮了好些东西。自此以后没来。"贤臣闻听，言言对景，心下明白。吩咐胡六、马富："你二人不用胡赖，本府另有裁处。放你二人讨保，只管营生度日，汝女自有下落。暂且回去。"又叫郭起凤、王殿臣："你等将他带到衙门，告诉书吏，如此这般，事毕回话。"公差答应，带去办事。

　　且说贤臣吩咐施安款待关太酒饭，即留外书房住下。贤臣进内用毕茶饭，灯下修本一道，用木匣装好。诸事停妥，安歇。次早，贤臣净面更衣，吩咐备马上朝。来至外禁门，乘骧进了朝房，与王公侯伯次第坐定。看看辰时，只见四值太府请膳进宫，专等盒出好散。贤臣见王公等并无国事，随即站立，越众出班。紧走几步，赶至梁九公跟前，带笑说："梁老爷，少停贵步，卑职有机密事转奏圣上。"把本匣付与梁九公。

　　太府接过匣，转身进太和殿。不多时膳盒下来，九公一见，忙把本章呈上。皇爷接过，闪龙目细观，原来桃花寺凶僧慧海和尚作怪，隐藏妇女。看罢，龙心大怒，命内侍拿过文房，皇爷在本后批写了几句。九公接过御批，装入本匣捧定。转身至金阶，高声说："旨下，宣府尹接旨。"贤臣答应，出班跪听宣读。梁九公带笑说："皇爷准奏，照批行事。"贤臣谢恩站起，接过本匣。又说："梁老爷，你把那数名老伴伴，多拿盘费，打发到顺天府，起路引，叫其回家。不过压压耳目，再上京来。也算遵旨办事。"梁九公说:"承情,知道了。"言罢,进内缴旨。

贤臣见众公俱散,也就乘骥回府。下马,至外书房,展开本章,批写着:"依卿行事私访,调将提兵。若有不遵旨者,立即拿问,带进京城。"贤臣看完批语,甚喜。只见施安带进关太,郭起凤、王殿臣随后而入,三人上前叩见。贤臣说:"你三人来得正好。听我吩咐:今日本府起身,赶到桃花寺。明早你三人到寺,可要如此这般,千万莫误。"三人说知道,贤臣回手提笔,写了一张批文,用印封严,叫声郭起凤、王殿臣:"此批乃奉旨之事,你二人赶至卢沟桥飞虎厅武职衙门投批,不可错误。投批之后,与关太会齐,即于次日赶进桃花寺,这样如此打扮。见我报信,不可明说。大事定妥,自有重赏。"二人答应,伸手接批,揣在怀中。贤臣又叫关太:"你把本府送到桃花寺交界,就赴卢沟桥与他二人会面,明日事情莫误。"关太答应。施公又叫施安,取钱三串,赏他三人,以作路费。三人领钱,谢毕。

施公进内。家礼已毕,禀辞太老爷夫妇。更衣打扮香客,行李搬出,搭在马上。施公至大门乘驹,关太引路,登时出彰仪门。一路野景,观看不尽,饥餐渴饮。正走中间,关太口尊:"大老爷,此离桃花寺不远,西北山口就看见了。小的不用前送,小的还要赶到卢沟桥,与他二人见面。"施公说:"谨记我言。"关太答应而去。

施公催马,施安、施孝跟随,竟奔桃花寺山口而行。顷刻来到山下,忽见茶棚里面走出一个僧人。施公端相已毕,下马。僧人引着进棚坐定,吃茶歇息。和尚口尊:"施主,明朝初一开庙,半月山场。请问施主贵处那里,进荒山何往?"施公见问,回答:"贱姓方,特来进香。"僧人闻言,回说:"施主少坐,待小僧禀庙主知道,好迎接进寺。"施公回言:"请便。"不多时,又同一僧转来,让施公进庙。施安跟随。施公闪目细瞧,山门以里钟鼓二楼,配殿群墙、穿廊隔扇、天王殿粉壁新鲜齐整。看毕,上了台阶。房中慧海出来,打量施公容貌,带笑说道:"有失远接,望乞恕罪,请进云堂用茶。"施公闻听,带笑说:"愚下闲来搅扰,甚是惹罪不便。"僧人连说不敢,彼此分宾主坐下。施公留神看这凶僧举止。凶僧带笑口尊:"施主,驾至荒山,莫非还愿进香?请问贵府何处,贵姓何名,好容致照。桃花寺近来官府查得甚紧,明辰初一,好开山门。"施公见问,说道:"愚下姓方,名叫忠义,在南城琉璃厂路南居住。宛平县生员,参铺买卖。"正话间,门头和尚进房高叫:"当家的,今有仓平川太爷与房山县老爷出告条,贴在寺前,所行规矩照旧。已打发他去。"下文分解。

第八十五回　二衙役投批　开中门迎接

话说打发送告示差役去后，又有飞虎厅的人到。照应而走，凶僧又与施公讲话。施公假称明早还愿，慧海闻言点头，又叫僧人把老奴施孝唤进，立刻款待主仆。

且说郭、王二人往卢沟桥投批，即于午错的时候到了卢沟桥稍门，在茶铺吃茶歇息一会。出铺，至飞虎厅门首，说："借问这就是飞虎厅吗？"门上答说："这就是林老爷的衙门。"王殿臣接言："请众位替我们回答一声，说京都顺天府施大老爷奉旨遣役，专投批文。郭起凤、王殿臣求见。"门上人不敢怠慢，进内回禀。林公闻听，心中纳闷："我与他文武无辖，奉旨投批，不知取何缘故？"慌忙正冠，吩咐快开中门。鼓手站班，吹吹打打，威风凛凛。林如虎率领千把，外委分为左右，接出仪门。王殿臣怀中取出御批，双手举起，站立居中。林公一见，上前跪倒接批。拜毕平身，叫声上差："请批前行，官员后跟。"王殿臣同上大堂，将批请下，供奉公案，两名公差转在一旁。林公领众官参拜毕，林公

展开批文，上写"皇王御批。府尹示：此乃奉旨批文。卢沟桥西北有座桃花寺院，即在桃花岭内。庙大寺广，隐匿一群恶僧。为首和尚，法名慧海，无端悫赖，任意胡行，寺内窝藏妇女，吃酒荒淫，苦害良民。总因尔等失误觉查之故，搅乱地方。今有人告到本府衙门，施仕伦奏明皇上。当今准批私行进庙探访凶僧，专等四月初一，飞虎厅调发人马，我与你并力擒拿凶僧慧海，解进京都严问。倘有风吹草动，延误其事，走漏消息，及过午不到，拿不住慧海，听参。"林如虎看完吃惊，收起批文，叫声上差，郭、王上前，这才双膝点地，口尊："老爷，郭起凤、王殿臣叩头。"林公说："上差请起，原批请回。见施大人，就说我即率兵前去。"二人站起，接批退出，堂口寻找关太，不提。

且说林公打发二役去后，即挑选马上弓箭手一百名，藤牌手五十名，梢棍手五十名，都要年力精壮，器械鲜明。那个故违，按军法重处。该值将校答应，回身出衙办事。林公回后，即命内丁准备，那些将佐、千把等官，军器半夜俱要齐备。林公又把将佐叫进书房，附耳说："你等如此这般，不可泄露机关。"众将答应，领命出衙。只等天明令下，人马进山。言明奉旨镇压恶僧，举凡进香之人，不可惊扰，以免狼虫

虎豹之虞。

且说施公在庙，凶僧侍斋已毕。凶僧吩咐小僧秉灯。慧海说："小僧失陪。"施公回说："请便。"凶僧起身，回至后房，与众妇人取乐饮酒。小和尚陪侍，施公倒茶，又坐了一会。小秃驴也是色鬼，步出云堂，把秘处小院门咯嗒闭上，贪欢行乐，重门都无关锁的。施公心下沉吟半晌，已经参透八九。又暗察里面，有男女喧哗之声。贤臣同施安望喧哗处，只听淫喋欢笑讴歌。施安挽扶贤臣上墙观看，忽听一僧提顺天府之故，心下着忙。又听众僧接言要害性命，又闻慧海僧说要盘问，吓得惊疑不止。复又细听，贤臣不料失脚，被众僧听见，一齐秉灯站起外走。贤臣听得明白，叫声"施安"，同跑在菜池藏躲。醉和尚开门出院，四下观看，并无人影，只有两只山羊。众僧也不细照，回身关门，安寝宣淫。不表。

且说贤臣同施安躲避菜池，听得和尚进去关门，说："勾了，勾了。"主仆回到房中安歇。次早，贤臣净面整衣，吃茶拜佛。站起，留施孝看守行李。带领施安，手擎香火，各处上香。就有上香那些老少，男男女女，闹热无比。慧海和尚贪看烧香妇女，色眼不转，贤臣暗恨在心。上殿烧香，僧人接过疏文。施安把香点着，递与贤臣。贤臣双膝点地，暗暗祝赞："圣母娘娘，保佑弟子今日拿住凶僧，方显天地无私。"祷告已毕，上香叩头。站起，叫施安将疏文送在火池焚化，送香资银五两。贤臣回身，忽见关太、王殿臣、郭起凤三人进庙，找到贤臣跟前。贤臣一见，心中大悦。恐怕被人看破，走漏消息，连忙把头一摇，说："跟我来。"三人答应，跟定贤臣，一同走至僻处，悄语低言，将调兵之故细说一遍。贤臣低言吩咐王殿臣："你去唤一老者，搀一小妇，带一小童，紧跟在后。倘有人啰唣，命飞虎厅兵丁锁拿。"又叫郭起凤："你去，有个游庙的棍徒，名叫李太岁。叫他出庙，令飞虎厅官兵锁拿。"二役答应刚去，只听庙外山下，咕咯一声，神器响亮。贤臣知道人马到了。贤臣在前，施安、关太随后，回进云堂，与恶僧慧海讲究一会。

恶僧又推故，告辞出云堂，又到僻处。慧海叫声："性本，了不得了！你说那香客果是施不全？哪里等得天晚害他，恐后兵到。"性本闻听，吓地倒抽凉气，欲要逃走，又舍不得那些美娘。慧海说："这有何难，不用胆怯。所仗着咱俩的流星双拐，有何惧怕！"忽见门头僧慌慌张张跑进，叫声当家的："将爷的前站，到了山门，快去迎接。"

慧海和尚不敢怠慢，连忙站起，走至山门。只见闹哄哄，人马到了。满壶弓箭，腰悬利刃。步下藤牌画虎，带着红缨。个个长袍短褂，手拿枪棍，耀武扬威，好似天神。又见老将搂马迎面站立，威风凛凛，令人心惊。二僧紧跑几步，双膝下跪："老爷在上，僧人叩头。"林公马上含笑说："请起。"林公来至山门，弃鞍下马。二僧引路，进寺参神，稍坐吃茶。林公说道："此来，我奉旨搜山，焉敢久羁。兼之领兵，还要找寻野兽，以是散步来此。"又到云堂，林公看贤臣，认得，上次贤臣进京之时会过。才要伸上去拉手，见贤臣着忙说："我乃香客，失迎老爷，求恕。"林公闻听，深知其意,将计就计,说:"香客请坐,此处乃善地佛门,何论官民,都是一体。"贤臣闻听,点头会意,躬身接话说:"老爷此言,折死小民了。"两个凶僧,见他光景,信以为实,心中暗喜。林公带笑望二僧说话:"和尚与香客都不必多礼。"又议论些闲话,用计稳住二僧。且说庙外马步兵丁,见将主与僧人进寺,他们哪敢违令,个个刀出鞘,把座桃花寺门围个水泄不通。下文分解。

第八十六回　凶僧掳少妇
锁拿李太岁

话说众兵丁,把座桃花寺围住。只见那些进香的男女、作买作卖人等惊慌。

且言林公坐谈,专候机会拿僧。忽见兵丁进房,至林公身旁跪倒:"小的回老爷,小的兵头见有四僧人戏弄良妇,小的俱提拿上,现在寺外,启爷定夺。"林公闻听,故意变脸,断喝:"你等大胆,出来多事,无令擅自拿人。本欲捆打,又恐佛地不恭,暂恕你等之过,带进寺来,问明治罪。"小校答应站起,假装惊慌,往外行走。慧海和尚一旁恐惧。且说兵丁登时带进老叟、少妇、僧人跪倒下面,兵丁闪在一旁。林公坐上打量已毕,向僧人说话:"尔等身在佛门,不守清规胡行,何人主使?快些说来!你们若不实说,解进官衙,动刑拷问!"四僧见问,假捏虚词,口尊:"爷爷听禀,小僧等均已受戒,焉敢胡为。今日初开庙门,人烟稠密,山路崎岖,老者引领少妇、小童下山。小僧上山,挨肩过来,少妇吵嚷不肯休,被老爷的巡兵听见,锁拿进寺。叩求老爷看佛怜僧,莫冤佛教弟子。"林公用计提僧,不肯深究。又问少妇:"僧人怎么胡行,快快讲来。"少妇见问叩头,尊声:"老爷听小妇人细禀,小妇人不敢虚词。老叟是小妇人父亲,母亲金氏,五十三岁,小妇人十九岁。夫主就在山下居住,姓李名辉,耕种为业。公婆去世,却有妯娌,小童即是侄男。旧岁夫主染病,小妇人许愿上山拜佛,今亲丁四人前来。下车之时算是粗心,撂下父亲,手扶小童进门,拜佛烧香还愿。不知夫主心恼不等,竟自赶车而去。父亲找着,一同出庙。瞧见无有车辆,心下为难,无奈,扶父步行回家。忽见四个凶僧,一齐上前。父亲年残,拦挡不住,侄儿叫喊,小妇人着急大嚷。幸喜官兵跑上,锁拿搭救,是以同来见老爷,叩求公断。"林公听罢,故意含笑说那老者:"我问你,偌大年纪,难道还是不知世路吗?上庙烧香,古人所禁,你该阻拦才是。我自有道理。人来,把他父女、小童送下山去。"兵丁答应。老者、少妇,一齐叩头,站起,随兵下山。又把四僧拉到僻处,每人重责二十棍。

又将光棍李太岁带到,跪在下面。兵头闪退。林公观看,说那棍徒:"家住何方,姓甚名谁?"那人见问,口呼:"老爷,小的住在山下李家村,父母双全,只生小的一人,名叫李宾。奉公守法,不知犯了何罪,无故锁拿进寺。俗云:国家刀快,不斩无罪之人。"恶棍说话,摇头晃脑。林公大怒,一声断喝:"唉!该死的奴才,看你光景,必是光棍!人来,掌嘴。"兵丁答应,一拥齐上,打了二十个嘴巴。又见一人跪在下面,说:"老爷,今有部文到衙,限期紧急,不敢迟误。"双手奉上。林公拆开阅罢,说:"国母开恩,普济天下庵观寺院。林某所辖地面,必须查明。先将桃花寺中共有多少僧人写明，以便造册领赏。"众僧闻听，反为欢喜。林公同僧人查点已毕，写明清单。

且说贤臣吩咐施安，将行李搬出。诸事俱备，施公告辞林公。贤臣迈步外行，出云堂小院，在外专等消息。

且说林公见施公主仆下役出去，随即站起，使二僧不防，猛纵身形，剪步向前。兵丁一见，不敢怠慢，一拥齐上，岂容动手。不料二僧暗藏器械，七手八脚，闹斗多时。贤臣闻报，遂使关太、王殿臣、郭起凤三人进寺，与二僧征战。二僧虽则慌忙，使得流星双拐井井有法。关太等三人使倭铁吹毛刀、铁尺、攘子，五人蹿跳迎跃，叮哨招架。看看天黑，林公吩咐兵丁秉起灯烛，点着柴薪，又用火把照如白昼。关太瞧出慧海一个空子。下文分解。

第八十七回 关太施英勇 倭刀破双拐

关太随跟进用刀背打中慧海和尚的脖颈。"哎哟"一声,栽倒地上,"流星"掷丢一旁。翻身还想爬起,郭起凤临近,用力把一铁尺打在凶僧拐子骨上。又连打几尺,把个慧海打得哀声不止。关太复用刀背在凶僧的两膀打了几下。慧海不能动转,趴在地上。

关太等撇下慧海,三人围住性本,攮子扎去,铁尺又打。关太倭刀举在空中,性本忙来招架,心中害怕,架势散乱。只听慧海说话,大叫:"性本,休要动手。依我劝你,自受其缚。"且说三人围住性本,王殿臣见性本手法漏空,跟进一步,"哧"一攮子,扎住性本的手腕。"哎哟"一声,疼得掷拐在地。又被郭起凤铁尺打中肩头,栽倒在地。关太赶上,耳边跺了一脚,凶僧发昏,不能复起。

外面二公一见,心中大悦,吩咐兵丁上前,立刻把二僧捆绑起来看守。又令兵将淫妇搜出,并把余火救灭。此时东方大亮。贤臣大笑,尊声:"林老爷,施某奉旨私访,调动兵将事,亏贤公良谋。兵围云堂,将勇兵强,借仗虎威,拿住二僧。起解回京,施某转奏圣明,加官增职,兵丁有赏,旌奖谋深略广。"那林公闻听吃惊,愧颜通红。躬背行礼,口尊:"施大人,末将无才,全亏贵役,恳求包容。"贤臣见此光景,说:"我面君之际,自有道理。"林公又打一躬,说:"多谢大人宽恕之情。"言罢,二公复回大殿坐下。贤臣吩咐留十名兵卒,看守庙宇,又命潭柘寺僧人照管。令下,即刻下山。拨车三辆,立即押到僧人、淫妇,一齐上车起解。二公乘骑。贤臣说:"林老爷,不用送了。离京不远,请罢。"林公闻听,随即告辞,领兵回汛。

贤臣率领关太、郭起凤、王殿臣押解,顷刻进了京城,竟入顺天府衙门。升堂,差役站班。吩咐把众僧、妇女收监,派役监守。贤臣见天色将晚,退堂出衙回宅。到了门首,下马进内。父母前请安已毕,一旁坐下。施侯说:"我儿可喜,获住恶僧。"贤臣随将始末细禀一遍。施侯说:"你也歇息去吧,明日好办事情。"贤臣退出,到自己房内安歇。

次早起来,净面更衣出来,至外上马。到了衙门,升堂,吩咐:"人来,传那告状的翁婿上堂对词。"又叫人立刻提慧海和尚、众妇人听审。众役答应,齐往下跑,从监中提出慧海、众僧、妇女,上堂跪下。贤臣叫声慧海、性本:"你二人把诓骗众妇之故快快实说!"二僧见问,总而言之,混推胡赖,不肯实言。贤臣不由大怒,把惊堂一拍,说:"人来,把慧海夹起再问!"众役答应,一拥齐上,连忙夹起摆刑。慧海昏迷,用水喷醒,大叫:"青天,僧人招了。僧人在桃花寺内作恶,师父屡屡相劝,一怒之间,害却他命,埋在寺后。又与性本商议,诳买妇女上山。唯有桂姐,是僧人拐带来的,他父母在京。有位梅林章京,名叫按大,护国寺旁边居住,小僧常往他家走动。桂姐父母就在门房里住。与其母私通,因奸套奸,嗣后索性拐去。只知快乐,无人知闻,岂晓神佛不容。巴个布在寺攻书,闲游山景,看破机关,走漏风声。这是实情,愿领一死。"贤臣闻言,吩咐下役卸刑。书吏提笔写明口供。青衣答应,卸去刑具。贤臣叫声"性本招来",性本口尊:"爷爷,慧海作恶是真,小僧主谋不假,甘愿领罪。"贤臣吩咐书吏写招,拿下二僧押了手字。贤臣又叫众僧:"你们既入佛门,不守清规,从实诉来!"众僧见问,齐尊:"大老爷听禀……"内中说游方、挑水、烧火、撞钟、擂鼓僧等有心修道,恐怕慧海撵逐,没奈随着胡闹,迷性,贪花、恋酒,都是慧海作恶,不知别情。诉罢,叩头。贤臣吩咐书吏写招,拿下,众僧画了手字。贤臣吩咐:"众妇女听判。"下文分解。

第八十八回 施公回奏圣君 顺天当堂发放

　　贤臣说："尔等失身之故，本府眼见，不细追问。内中除桂姐，其余各报家乡、父母姓名上来。"众妇见问，各把姓名报完。贤臣闻听，叫书吏记写。又传下役，把告失妻的翁婿传来。贤臣叫声："人来，尔等把众僧、妇女带下，留慧海、桂姐对词。"众役答应带下。公差上前回话："小的将护国寺住的马富、白塔寺住的胡六传到。"贤臣叫声马富、胡六："本府传你二人，来认认那边跪的是你什么人？"二人见问，抬头一看，回答："是小的女儿。"胡六说："是小的妻子。"贤臣大笑："你们认得不错？"一齐说："不错。"贤臣叫声马富："全是你妻之故。本府不究，你就明白了，才引出你女儿私逃之事。"又叫："胡六，你妻被和尚拐去，本府奉旨访真拿来。明辰回奏，请旨正法。你二人下去。"二人答应，叩头含愧而去。贤臣又叫："人来，你们把僧、妇下监。"众役答应。

　　且说贤臣起身退堂，上马出衙。不多时，回到私宅，灯下修本一道，事毕安歇。次早黎明，贤臣上朝，奏明皇上。旨意："慧海、性本二僧，败坏佛门，应斩；余僧按律治罪。众妇除桂姐外，令本家认去。桂姐与翁婿之案，任其婿自主。钦此。"再谕："施仕伦为国勤劳有功，应升通州仓场总督。"贤臣望阙谢恩，领旨出朝。上马，到顺天府监中提出慧海、性本，令役解送，交部斩首。贤臣又提众僧，每人重打三十大板，定年半徒罪，期满各州县重递起解本家，还俗为庶。又提众淫妇，每人三十头号大板，责罢收监。贤臣行文各州县，传其本家来顺天府领人。堂上留桂姐，以完翁婿之案。按律议定梅林章京按大家教不严，纵子知情不举，回奏罚俸一年。

　　贤臣吩咐："人来，传马富、胡六对词。"青衣答应退下。不多时，翁婿上堂跪倒。贤臣叫声马富："皆因汝家教不严，妻子私通和尚，因奸引出拐带之事。你女儿同慧海上山，就有心赖你女婿。若不亏有人首告，岂不笑死贼徒，屈了好人。本府按律公断，先问你赖人自图重罪。妻子之丑，本府宽恕。"马富闻听，心内明亮，自知己过，带愧叩头，口尊："大老爷，小的知罪，求乞饶恕。说我女儿，任凭女婿，自今再不欺心。"言讫痛泪悲伤。贤臣悯其开恩，眼望胡六："本府问你，那妻要否？"那人见问，叩头说道："小的颇知其女已坏，自甘一世无妻，也所深愿。小的叩求大老爷判断，只恳无事回家。"施公提笔定案，叫声马富："责尔家教不严，以致丑事，图赖良民。人来，拉下重打二十板。胡六免究。"下役答应，拉下重打二十放起。贤臣又叫胡六："汝妻还要不要？"胡六说："不要。"贤臣又叫马富："你女婿不要你女儿了，你可领他回去。"马富叩头，口尊："大老爷，小的无脸领女，求大老爷公断。"贤臣闻听,吩咐传官媒带去桂姐,官卖价银,着胡六跟去领银,由他自便。二人遵结免究,胡六释放。下役答应,立刻把官媒传到,将桂姐带去。马、胡二人,叩头爬起,下堂讨保具结。胡六跟媒领银,不表。

且说那顺天府尹新任官进衙,把已结未结之案,接交明白。贤臣告辞出衙,上马回宅。禀明太老爷太夫人升官缘由。二位老亲闻得,暗想儿子为官清正,圣天子贤明,所以圣恩隆重,才得高升。以后再能忠心报国,圣眷还不知要怎样优渥。想来好不喜欢。下文分解。

第八十九回　为政有功升仓厂
行路偶遇盗官粮

诗曰：

九霄谪下一星君，为佐兴朝落世尘。

初任江都称令宰，终升漕运作良臣。

阎罗施老名何愧，宋代包公品亦真。

姓字直须留画阁，铭功应合上麒麟。

话说施公自从关小西来投禀说这桃花寺淫僧恶迹，暗中采访确实，奏明康熙佛爷；复派关太、王殿臣、郭起凤调动卢沟桥飞虎厅官兵，将淫僧慧海、性本俱行擒拿，锁解进京。到顺天府衙门，审明口供画招毕，俱各收监。施公见天色已晚，回到宅内父母面前请安。来至书房，急忙修本。写妥，装入本匣，安歇。

至次日，五鼓入朝，将本章交付梁九公转奏圣上。康熙佛爷龙目览毕，御批："慧海、性本败坏佛门，摧残人命，即行处斩。其余众僧按律治罪。寺内所藏妇女，除马桂姐之外，着本家亲丁认明领去。桂姐完毕翁婿之案，任其婿自便。施仕伦为国勤劳，有功应升通州仓厂总督，即日赴任。钦此钦遵。"施公接了此旨，望阙叩头谢恩。领旨出朝，到顺天府。吩咐书吏，连夜会同刑部，遵旨将慧海、性本二僧正法。其余众犯，亦各按律定拟。发落已毕，新府尹前来上任。施公即至衙门，将已结未结案卷，交代明白。诸事办完，出衙门回府。来到门前，但见报喜之人，来往喧哗。施公走至厅堂，父母面前问安已毕，将奏事升官缘由禀明太老爷、太夫人。俱各心中大悦，吩咐管家开发喜钱。此时合宅庆乐，不表。

且说贤臣派人将王殿臣、郭起凤、关小西寻来。不多时，三人齐到，来至书房。见了施公，一同跪倒。叩喜已毕，侍立一旁。贤臣心喜，因三人破杀案有功，俱各加厚赏。复说带他们通州仓厂当差。三人闻听，情愿同去。分派已定，即到各处拜客。府内演戏三日，亲朋齐来庆贺。

贤臣应酬几日，有通州仓上人役前来，接到府门。施公不带家眷，只叫施安、王殿臣、郭起凤、关小西四人，收拾行李包裹。诸件齐备，叩辞了父母，告别了兄嫂，往外面就走。众亲友遂到府外，俱各哈哈腰儿。施公乘上坐骑。内司人役前呼后拥，跟随着大人去往通州进发，要赶吉时上任。

不多时，到了齐化门。贤臣马上观看，只见车马往来，拥挤难行。留心细瞧，大车上装的全是粮米。正在前行观望，听路上车夫喧嚷，因为争辙相打，各道字号，不肯逊让。这个说："你敢来欺我，该探问探问。外号儿人称显道神，谁不晓得，祖宗让过谁!"那个说:"小子,你别吹牛腿,大太爷在轮字行京通湾卫,朋友甚多。提起大号黑塔赛孟尝,那个不知!"只见彼此骂着,扭结不开。那时康熙年间,石路上未修齐,所以车辆难行。

却说两个车夫只顾揪打,车上粮米撂在道旁,并不经管。猛见从四外跑来一群男女,并非近前劝解,轰的一声,竟抢了米车,一齐动手。贤臣不解其意,勒马细察。但见这些人奔到车前,从袖内扯出明晃晃的尖刀,照着米袋往下就扎,登时粮米顺着穴窿直淌莫遏。那些人各从腰内解下布缝袋,撑开袋口对准穴窿接米。收盛满了,扛在肩头上飞跑而去。还有用簸箕撮的,衣裳兜的,乱纷纷,如蚁盘窝。不多时,车上米粮约去大半。贤臣马上看得明白,甚为恼恨。正要分派人役前去锁拿,忽见有几名官兵手举马鞭,将盗米之人一顿乱打,打的四散。又将车夫喝开。二人不打斗了,回来见车,只见粮米被人盗去许多,口袋被刀扎了稀烂,满地撒白花花的粮米。二人这才着忙后悔,大骂几句。只得把车上口袋一齐搬在地,连忙从近方买了些号粮,将口袋余剩的,倾出掺和完毕,连泥带土提在一处,比够凑足,复装在口袋,用绳捆紧,扛在车上。摇鞭赶车,恨恨而去。施公俱看在心,暗中说道:"难怪在京八旗人等抱怨,好容易等到开仓,关了米去不值钱。原来竟是这些奴才弄弊。如此看来,真是可恨!"施公思想往前行走,但见扫米之人,成群搭伙,满路穿梭。

贤臣看罢,甚是带怒,暗说:"此等人万不可留,到任后必先除净。"正在心中思想,不觉马到通州西门。抬头一看,前面执事甚是鲜明,属下官员排在两旁,前来迎接,吏役官员报名已毕。锣声震耳,青衣喝道,一直行到仓厂总督衙门。只见内外悬红结彩,鼓乐喧天。众人衙门外跪接。亲随人等跟定贤臣,乘马来至大堂滴水檐前。人役伺候,连忙搀扶大人下马,即刻升堂。前任大人交代明白,告辞出衙,归驿等候盘查。不表。

且说属下官员吏役前来,接连叩拜已毕。天色将晚,众官等方各散去。贤臣退堂歇息。次日清晨,净面用茶已毕,这才穿戴齐整,叫家人施安往外去传轿夫人役,外面顺轿。将执事列住两旁伺候,贤臣乘轿,带领从人,执帖回拜已毕。大人回在衙中升堂理事。人役两旁站立。说到仓上成规,吩咐书吏按律出示晓谕:如有仓厂内外舞弊之人,访查明白时,重责治罪。又用朱笔标了几张手标,派人役于沿河一带,雇各帮船户,倘有无故停留淹滞者,如被查出,立刻锁拿问罪。将王殿臣、郭起凤唤到,吩咐道:"带领兵丁差役人等,在旱路上来往,察访扫米之徒。如若见扫米之人,不分男女,一并锁拿。"分派已完,贤臣退堂。

且说郭、王二人各遵宪谕,带领一干人众,出衙而去。未及三日,将扫米之人拿住许多。二人进衙门禀明大人,立刻升堂。衙投押到公堂,俱已下跪。贤臣一看,满脸含怒。用手一指,高声大喝道:"尔等这些无知的奴才,真是可恨!你们何得起意,私抢皇粮,也该想想国家的法律。从南边运来的米粮,俱是万岁爷着八旗兵丁之储,国家需用孔殷,那许尔等妄行私窃的道理!清平世界,不务正道,竟敢大胆胡为。尔等只顾用刀扎破口袋，盗米肥己，岂知漕船比你们偷的更多；那些狗才车夫，恐怕米粮数目不足，难以交仓，掺些泥土。仓上官吏并不留心查验，下入仓廒。等到八旗人等关粮之期，以致关去，不能食用，岂不反苦害军民？在京旗人，年月演习弓箭，保国当差，并非容易。这米乃是老幼的口粮，似此连灰带土，原来尽是你们这些奴才闹的诡弊。快快的实说，何人与你等做主，竟敢如此胆大？尔等从实招来，免得皮肉受苦。"众人见贤臣大怒，俱各往上叩头，哀求道："大人开恩！小人们皆因实系家中寒苦无人，扫些土粮度日，并非受人主使扎口袋，盗官粮。欺心妄作，小人断然不敢。恳求大人开天高地厚之恩，小人们实在冤枉！乞大人恕罪。"贤臣一心要断此等之人，遂大声喝道："你老爷亲自眼见，尔等还敢乱道。空口问贼，焉肯实说。"喝打，吏役差人随即答应着。"每人重打三十大板"，皂役不敢怠慢，每人重责，登时打完。众人带泪望上叩头，求大人施恩。贤臣吩咐人役，由众人之中挑选几个，号枷在冲要之处示众三个月。从此扫米之人都知利害，粮米堆在地上，无人敢来动。大人将书吏传来，随吩咐出示晓谕：车船之上，凡运粮，不拘水陆粮米到仓，监督收阅，查足数目，再看成色过斛。倘有成色不佳，斛口不足，将押运官同船户、车夫一齐治罪。书吏拟写已毕，用上巨印，派人粘贴要路。

大人退堂，关小西、王殿臣、郭起凤进内参见，大人说："你等三人，明日出衙分路前去暗访。如有贪官污吏、恶棍土豪把持仓中之事，播弄是非，并同水陆粮路上盗米之徒，访明速来禀报。倘有，立即锁拿。"三人领命，各去查访。

大人闷坐书房，正思仓中私弊该若何办理，关小西、王殿臣、郭起凤三人约在一处，走上前来与大人请安，站在一旁。大人坐上问道："你们三人在水陆粮道，查访事体何如？"三人见问，躬身禀道："小人等前去各路查访，凡官吏、车夫、船户，而今都畏大人法令整严，不敢私弄情弊。"关小西禀道："小人风闻一件奇事，查访确实，特来禀报大人得知。"贤臣连忙问道："你等三人不知风闻何事？细细说来。"关小西上前禀道："小人打听着，乃是八旗放俸的时候，王公、贝勒与官府人等，各旗掌档子领催，串通通州仓厂书吏、花户作弊，每逢二、八月开仓，必出许多黑档子。小人们特来禀大人，候开仓时当心密访严查，以除此患。"贤臣说道："既然确实，必须禀明。无论王公、侯伯、贝子、贝勒，只管说来。他果然是搅乱妄行，你老爷自有办他们之法，管教他情甘认罪。"不知关小西到底说出何人，且看下回分解。

第九十回　访恶霸仓厂除害
行善事罗汉临凡

　　且说施公听关小西一番言语，忙问道："你们访出仓上弄弊之人，不知是何人，姓什名谁，住居何处？只管说来。"三人闻贤臣究问此事，小西回道："大人若问根由，提起来这些人名头，俱皆不小。皇亲索国舅有一个管家，姓路名通，五府六部衙门，俱皆相熟。夙日结交官吏，拘串仓上花户，逢二、八月开仓之时，暗行舞弊，诸事横行，黑档子米，竟敢大车小辆，任意运出仓门。还有几人皆是八旗满、汉、蒙古人，京都著名的。横行无道，仗着皇亲国戚府门上的管家、太监，时常往来，所以大胆胡为。有一人，名叫常泰，也是国舅府中的恶奴。满洲骁骑阿逮敦的蒙古领催花拉布——外号人称臊鞑子。一名额士英，汉军领催——外号人称钻仓鼠。这些人走眼甚大，合仓大小官吏皆通，黑档米出来的实系不少。小人等访查俱已是实，并不敢妄言。大人必须在开仓之先，早做准备，摘去其私弊，使这些土豪恶棍，惧怕大人法令，仓内之事自然严整。"

　　贤臣听罢，满面含怒，连连说道："可恨哪可恨！仓库乃国家重地，此等鼠辈，竟如此胆大欺心，做此蒙蔽之事，实属目无法律。我施某若不治绝这些恶妖，我徒食国家俸禄。能再不与国家出力，与军民人等除害？似此等之辈，候开仓之时，擒住恶棍，严刑审讯，重责不恕。那时事了之后，你三人再加升赏。本官自有办法，你等三人照常办事，四处访查。口齿要紧，不可走漏风声，事毕有赏。"关小西听罢，连忙答应，转身出了书房，仍然各处查访。三人去后，施公坐在书房，吩咐施安取了一部《纲鉴》。大人观看，不提。

　　且说通州城北，出了一件奇事。此庄离城三十里，地名叫贤义村。村中有一家姓刘，只有夫妻二人，家中小富，娶妻郝氏。平日吃斋念佛，广行善事，近方的人多称为刘好善，半世无嗣。年至四十岁，忽生一子。夫妻二人，甚为欢悦，以为有了后嗣。更加修德，诸事谨言慎行。老夫妻二人总要教训儿子成名，才合心意。不料长成是个傻子，夫妻因此闷闷不乐。郝氏时常含泪叹气，刘好善劝解郝氏，随说道："你我总要望长处想。常说'有子莫嫌愚'，愁闷也是无益于事。你我虽然子傻，尚不绝祖上香烟。倘然你我死后之时，任他去吧。凡人生天地间，各有一定的造化，儿女不能替死。纵然千思万想，也难逃幽冥之鬼。无儿女也不过如此。那里黄土不埋人？你今太多此一举。"郝氏听罢，只得忍泪含悲道："夫主，我岂不知'眼前欢乐终归土，谁能替死见阎君'。话虽如此，可惜你我吃斋念佛，修个傻子，看来天公无有果报。"好善说："贤妻言之差矣！常言道得好，一人总有一种的造化，又何必多虑。"夫妻正在闲谈,忽听门响,傻子叫声:"妈呀!我饿了,吃点斋儿。"连喊带走,进得门来,站得在夫妇面前,只是哈哈傻笑。夫妻见罢,不胜郁闷。又过了几年,老夫妻双亡。村中人怜恤此傻子憨,又念老夫妻行善,合村人帮助发丧殡葬已了。剩下傻子伶仃孤苦,村中现有三官庙,村中人公议,将他送在庙中当了和尚。

庙中有一位老和尚,年已七旬,把傻子收为徒弟。又过了几年,傻子长到十七八岁,还是人事不懂,就是傻笑。老和尚教授他经卷,只会一句:"我的佛。"一日,天色将晚,老和尚命他关上角门。师徒只二人在禅堂对灯而坐。老僧想起傻和尚自家的苦处,不由点头叹息:老僧屡次的望他说话,全然不懂,就是傻笑不绝,却是心无二意。老僧正然思念傻和尚之事,暗自思想,忽听外面有人敲门。老僧只当是庄主前来闲坐,叫傻徒弟:"你去开门,问是何人敲门?"徒弟应声而去,来至角门把门开放,问:"是谁打门?"也不等人答话,往内就跑,对着师父只是哈哈傻笑。又听外面有人叫,老僧无奈,只得自己出门去看。随问了一声,乃是借宿之人。

老和尚往里相让,抬头一看,原来是两个僧人,其俊无比。又细瞧,却是一僧一尼。老和尚看罢,也不说破,叫声徒弟:"你送他二人到西配殿去安歇罢!"此时月色当空,不必点灯。老僧见傻子领他到西配殿,刚然转身要走,忽听女僧"哎哟"一声,口内只嚷:"肚里疼!"老僧走到门外,只见女僧坐在地上。老和尚连忙问道:"所为何故?"那女尼言:"是到了临月之期,求老和尚发一慈悲,借一席铺地。"老和尚听罢,暗自说道,事已至此,那不是行善?叫傻弟子取了两把干草出来,交给与他。老僧与徒弟回到禅堂。不多一时,忽听小孩啼哭之声,老僧知女尼已是分娩,这才双手合掌,念了几声"救苦救难观世音菩萨",又叫徒弟熬了些饭汤,端着一同拿至配殿。走到门首,只见殿门紧闭。老僧叫声"小师父开门",连叫数声,并无人答应。老和尚心中纳闷:莫非殿中僧尼自缢?待我瞧瞧如何。随叫徒弟拿灯来。徒弟答应,端灯引路。老僧仍扶他肩膀来到角门,看了看,各门皆是闭着。只得复回到配殿门外,又叫几声,仍不见答应。

正在猜疑之间,忽听殿内有痰声。老僧听罢,大吃一惊,说:"傻子快放下灯来,殿前去救人!"傻子忙把灯放下。老师父双手把门开放进去,叫徒弟拿起灯来照看,并不见人影。满殿内唯有香烟缭绕,隐隐闻有音乐之声。老师父诧异,又复振目一看,并不见血迹婴孩,连干草却也都不见,地上并无别物。老师父叫徒弟:"你且带上殿门。"徒弟答应,刚要用手带门,只听门后草声响亮。老和尚忙拿灯来观看,只见门后一边一束干草。老和尚暗想,这必是把孩子弄死,裹于草内,他二人逃去。随叫:"傻子,打开草捆。"忽闻一阵香气扑鼻,又细一看,内有一物放光。老和尚走至近前,原来是一部经典。

老和尚看罢,心中甚喜,知是神物所赐的珍宝,连忙念一声"阿弥陀佛"。打开看时,上面并无字迹。老和尚暗自吃惊,说道:"奇怪!"哪知这经是刘好善善心感动菩萨点化送来的。傻子本是罗汉临凡。一人得道,九祖升天。刘好善夫妻一世行善，所以感动神佛罗汉下界，是以神人送来金字真经点化他。老和尚不知，拿着经卷去，说："是何缘故，为何经卷无字？"傻子一旁站着，哈哈大笑，说："师父，那上面不全是些大黄字，怎说无字？说他奇怪呢！"老和尚听罢，忽然醒悟，说："是了，这经原来是这傻子的造化。"想罢，师徒回至禅堂，将真经供在佛龛之内。虔诚拜毕，天已黎明。老僧坐在炕上，因夜间受了点风寒，第二日便就卧病不起。不多几日，竟自呜呼哀哉。合村公同帮着傻子，将他殡葬已毕。从此，庙内只剩傻子一人。

这傻子，自得了金经真经，暗有神圣传法，教他这部经典。傻和尚日夜虔修，便得了佛法，深明道理，往往说些个隐语。村中人看不透，只当作疯癫傻话，全不理论。和尚也不肯明彰异迹，终日在庙中傻说傻笑。

这年，到了康熙四十三年。天下大旱，直到五月中旬，尚未落雨。军民人等着忙，各处督抚进折表奏。佛爷览毕，降旨御驾亲临，拈香默祷。王公侯伯、五府、六部、十三科道，各衙门文武官员，俱沐浴候随圣驾。京都庵观寺院，僧道尼跪奉皇经。又颁行天下，各省禁宰杀，一体叩祈甘雨。顺天府转详各州府县文武官员，于各庙宇设祈雨坛，令高僧、高道叩拜神佛。各衙一例遵办，禁荤食素。

且说贤臣在通州，会同合郡官员，连忙派人到城隍庙设祈雨坛。僧、道扬幡挂榜，法器齐鸣，僧、道上坛各奉真经。贤臣蟒袍补褂，同众文武，每日焚香，佛前拜祷，叩求甘雨。这日，正同文武佛前行礼，只见有人前来禀报，说："有巡漕御史在城外下马，现时到了馆驿，小人们前来禀明。"不知这位御史姓甚名谁，且看下回分解。

第九十一回

索御史潞河巡漕
众官员射箭赌钞

　　且说这巡漕御史，正是白旗满洲四甲的人。本姓赵，叫索色，人称索五老爷。他身后跟随十数个家丁，拿包袱、携坐褥，提定烟袋荷包，俱是穿着纱袍、腰束凉带来到。贤臣一见，连忙一瘸一拐，走至面前。彼此各施一礼。忽听通州州官道："索大人，不认识施大人吗？这位就是仓厂总督大人。"索御史闻听，仔细将贤臣一看，只见头戴纬帽，身穿蟒袍补褂，足穿官靴，左带矮拐，右带点脚，前有鸡胸，后有斜肩，身体瘦小歪斜，十分难看。索御史心中暗笑：怪不得人说称他"施不全"，真名不虚传。皇上怎么爱惜他这等人品？看罢，假意带笑说："彼此见礼。"往里行走，直至庙堂。一齐各按次序落座用茶。不表。

　　且说满洲人，最爱喜的弓箭。索御史见施公身带残疾，心中暗生一计，打算叫施公人前出丑，说射鹄，施公带笑道："大人出的主意甚妙，却是一宗解闷之事。但只一件，我施某有一句拙言，在众位面前先要说明。我夙有贱恙，两膀无力，未免弓箭不堪。众位要莫见怪。"索御史闻言，不容分说，拍掌大笑，说："施大人，算你输咧，少不得择日奉扰你的酒席。"施公见索大人自以为得意，慌忙说道："索大人休得见笑，既是设局射箭赌胜负者，需要再大众面前言明。众位身体强壮，胜十倍于施某。可有一件，望求担待，才敢允承。"索御史道："施大人不必太谦，无非取笑而已，免得在此闷坐，输赢何必挂齿。大人不必推辞。"说罢，吩咐他的跟人到馆驿将弓箭取来，又派人将鹄子取来，就在庙内宽阔之处，量准步数，将鹄安置停妥。家人前来禀明。索御史说道："箭厂收拾已妥，众位可派人取弓箭，各带钱数串。"众人听罢，各派人而去。施公见众人家丁下去之后，即将施安唤到跟前，吩咐如此如此，急去快来。施安答应出去，似箭如飞往衙而去。

　　不多时，众家丁陆续而至，此时僧道将经止住，前去用斋。州官说："索大人，既然佛事已毕，大家该取笑解闷了。"索御史道："很好，众位请！"这才大家一同往箭厂而去。各有亲随跟着，放下坐褥，按次而坐。索御史说道："我有一言说出，大家莫要见怪。今日既然取笑，赌赛输赢，不论官居何职，只要精熟箭法，射的妙就赢。即刻将钱拿来排好，言明赌钱若干，免得临时咬嘴。"众官员说："有理。我等谨遵大人台命。"言罢，各吩咐家丁拿过包袱，换了衣服。

　　索御史道："不知那一位先来比较头一支箭？请上来！"索御史言还未了，忽听一人答道："大人，卑职不才，情愿先讨一箭，与大人要上一箭。众位休要见怪。"贤臣一见，却是通州知州名叫计拉嘎，系正白旗蒙古领下人，素日与索爷相识。索御史听罢，连忙说："既然尊州取笑，何必太谦。不知尊州要赌输赢若干。"知州答道："卑职与大人赌一串。"索御史闻言，带笑开言说道："计老爷，你也过于小气了，一串钱那里值得说赌？还不够抽头呢！此乃头一箭，是开张市，我与计老爷赌上了二十串钱。你若输了，就按此数目；我若是输了，按着此照加倍。但不知计老爷尊意如何？"知州见索御史追问，心中打算，若要应允，又怕一堆钱输了；欲说不允，此言出口，叫众人看着轻薄。实出无奈，尊声："索大人，既然如此，卑职从命，请大人先赐一箭。"索御史叫亲随取过弓箭，往前行了几步，对鹄子，擎弓在手，两足站定。但见他不慌不忙，拽满弓弦，后手一松，一箭射去，忽听哧的一声响，这支箭正中鹄子上红心。众人喝彩。

索御史赢了这一局，扬扬得意，说道："计老爷与索某耍了一局，还有那位出头，索某情愿领教。"话言未了，内有一人走至索爷面前，口尊："大人，卑职斗胆请付一箭。不过取笑，并非特为开赌，望大人切莫见罪！"随说着满脸带些小殷勤，众人一看，原是通州司务厅札向阿。索爷道："札老爷，你要射箭耍顽，不知要赌多少钱？大概也是二十串罢。"札向阿连忙说道："卑职言过，原为消遣，赌钱五百。多了，实不敢奉命。"施公与众官尚未答言，索御史说道："札老爷，你这五百钱的话，也说得出口来！你也是此处官员，不比庶民下役，三五百钱看得很重。你我大家俱受万岁爷爵禄，说出此话，岂不怕旁人耻笑？况且也就不能预定谁胜谁负，难道说札老爷有先见之明？"索御史这一片言词，说得札老爷面红过耳，带愧说道："索大人，卑职不过说的笑谈，大人就信以为实。依大人要赌多少呢？"索爷道："赌上十串何如？还先让你射头箭，若果中红心，你将这二十吊钱都拿去，你看如何？"札向阿暗想是个便宜，说是："卑职怎敢大胆，有僭钦差？"索爷道："札爷不必太谦，就请罢。"札向阿回身拿过自己弓箭，走至红鹄对面，认扣搭弦，将弓拽满，看准了往后手一松，只听哧的一声响，扑通一响。连忙观瞧，原来射得太高，从鹄子上冒过，约有一尺，射到席上。众人看罢，俱皆暗笑。这样箭法还下场，何苦丢这个丑呢！札向阿见箭落空，一则输钱心疼，二则被众人耻笑，两气夹攻，急得二目发赤，鼻凹、鬓角汗出直流。迟了半晌，没奈何的，叫跟随一人拿过十吊钱，放在那里地下。瞧着那钱，口虽不言，暗中直是叹气恨。

但言施公坐在旁首，只见索御史箭不虚发，心内暗自说道："索色，你虽然箭法纯熟，只是一件，未免目中无人，眼空四海。这些无能之辈，俱都教他将钱赢了，这虽小事，岂不以后更教他夸口？况且他的主意，与众人比较是个题目，原是安心叫我在大众的面前现丑，因此他才出这个主意。"施公想罢，暗说：若不如此这般，他们如何肝胆佩服于我？站起身来，又勉强带笑，口尊："钦差，我施某与大人讨一箭，对要一局如何呢？"索色见贤臣说要射箭，正合其意。连忙带笑开言说道："很好。我陪着大人就是。"众官要瞧施公出丑，一齐说道："二位大人上场，我等情愿监局打箭。"贤臣明知众人凑趣，心中暗骂："好一群趋炎附势之徒，竟敢如此欺我，那岂不是妄想！尔等既如此，我若不叫尔等甘心认罪，尔等岂肯佩服？"叫声钦差大人："你我今日入局，乃是初次，必须要多赌几十吊钱。我射中了赢三十吊；我若输了加倍。索大人你看如何？"索爷闻说，连连道："是，还是施大人爽快仗义。就请大人先发一箭，我等领教。"

　　施公听罢，并不推辞，吩咐施安拿过铁背花雕弓。宽去官服，随人接去。大人忙将弩箭下入槽中，弦搬在搬子之上，安置停妥。大人走至鹄子迎面，双足站定，对准鹄子红心，张弓搭箭，雕翎发出。只听哧的一声响，不料箭头略偏，那枝弩箭射到鹄架柱上。众官见他开弓的架势，不敢明言，暗中发笑。施公早已明白，遂即走到堆钱之所，上前伸手就要拿钱。索爷连忙说道："大人，你输了，怎么反倒来拿钱？"说着用手拦住。正在乱忙之际，下边用脚将钱踩住。施公忙把索爷的双膝抱住，跪在地下。不知索御史如何，且看下回分解。

第九十二回　施贤臣设计请客　索御史暗恼忠良

且说索御史见施公跪倒，抱住他的腿，大声喊道："救驾！"索爷大吃一惊，一时心中醒悟，连忙将脚收回，双手将施公搀起。尊声："施大人休要如此，你我不过取笑散心而已。"施大人站起身来，含怒说道："钦差大人，官级极品，为何知法犯法？此钱乃万岁的国宝，上有'康熙'二字。用脚踩住，岂不欺君太甚？"说着扭项对众官道："我施某上本，少不得添写众位作干证，由万岁发落！"众官听罢，一齐吃惊。众官一齐走至施公前，拱背躬身，带笑说道："索大人实出无意，望求施大人贵手高抬！"

大家见施公出了庙堂，俱各哑口无言，心内害怕。索御史更加后悔，暗自说道："倒是我时运不至，自引火烧身。这事看来，必须如此这般，方能解释。"想罢对庙内老道说："这堆钱，你们拿去作为香资。"复又吩咐亲随，将鹞子、弓箭收拾起来。家人答应，登时收妥。索爷迈步出庙，上马回至馆驿。众官见天色已晚，俱各散去。不表。

且说施公回到衙门，用茶饭毕。家人秉烛，连忙修奏折稿。大人尚未写完，忽听外面叫"爷"，施公停笔，叫施安："你去到外边看看，有何事故？"施安应声而去。不多时，上前禀道："回大人，方才小人问明，言说索老爷特遣家人前给大人请安。有封手书，前来投递。"施公听罢，点头说："施安，你将来人唤进来。"施安应命而去，将来人唤到贤臣面前。那人跪在下面，口尊："大人！奴才是索宅的家人，名叫来喜。小人奉家主之命，前来给大人请安。"施公看来人身穿青衣，头戴凉帽，年约三旬之外，甚是强健。大人看罢，叫道："管家起来。"那人站起身来，从怀内把书信取出，双手交与施安，转呈与大人。贤臣拆封观看，但见上写：

索色谨呈。前者在大人台前，实因粗心草率，误踩国宝，以致冒犯台驾，有越国律。大人若奏明圣上，索色难逃欺君之罪。拜恳大人，施天高地厚之恩，容恕过愆，绝不敢有负深恩。如蒙见谅，现有薄礼一盒，望祈笑留。如不嫌弃，黄昏后遣小价奉上，幸遮合郡众人眼目。特此致意，万望勿却。

贤臣看罢，不好明言，心中暗自说道："你索色倚仗钦差二字，眼空四海，原来也是胆小之辈，惧怕提参。我想了，此礼若不收他，但放心不下，反怨我过于刻薄。这并非国家大事，参与不参，无甚要紧。但只一件，收下此礼，难免合郡官员不知。那时风声传出，圣上知道，岂不败坏我为官清廉正直之名，说我贪财受贿。"左思右想，忽心生一计，除非如此这般，方保无事。想毕，连忙提笔，写了一封回字，装在封筒之内,吩咐施安交与来人,说道:"管家此书持回,呈与你家老爷,说施某多多拜谢。"来人转身而去。

不表来人。且说施公自将银收下,寻思将众官口舌缝住。坐在书房暗想:"拿住他们款迹,还得叫他们感着我的人情。纵然日后传说,便也毋妨于事。"想罢,叫施安:"你速去吩咐书吏,写几个请帖,差人送到合郡衙门文武官员:明日在城隍庙请吃午饭,不可有误。"施安领命,办理而去。片刻,施安上前回道:"众吏役伺候齐备。"

贤臣出衙上轿,顷刻间到了城隍庙。贤臣下轿,复又走到配殿。只见厨役人等,将座位设排的整齐,桌椅收拾停妥洁净。贤臣看罢,吃茶落座。等候,不表。

且说众官接了施公请帖,猜疑不定。暗想,为射鹄与索大人闹的不睦,曾说要上本提参,还要带写我等为证,怒不可解。出了庙门,今又反请吃饭。已听人说,他是惹弄不得,做事真叫人测摸不着头绪。既然相请,只得前去,到临期之时,再辨吉凶。

不表众官纳闷。且说康熙老佛爷祈雨之际,奉旨断屠,到处文武官员,俱皆奉旨吃素。故此,施公派人命厨役全的是备办素蔬素面,俱往了城隍庙而来。这内中有位八老爷,官名厄尔清厄;有位五老爷,官名伊昌阿。二人俱守备之职,彼此同行,互相谈论。走至庙前,只见众官下马下轿,一个个鱼贯而入。到了庙内,俱各先至雨坛参拜佛像,然后来至大殿。施公站起相迎,俱各见礼,各按次序而坐,从人献茶。施公含笑说道:"众位老爷,施某一时刚暴,以至如此。回衙自思,甚为后悔。今日特备一粗蔬,少伸致意,望众位大人海涵,休要介意。"众官听罢,大家连忙站起,说道:"我等实系不敢。还是大人量宽容恕,我等深感大德。今日又蒙赏赐筵席,卑职有何德能,敢领此盛意。"贤臣说道:"不过几件粗菜,不知好与不好。众位不必太谦,望大家休得见笑。"彼此谦让,将要各按座位,不见索御史在座。施公道:"钦差不到,其中必有所为。待施某想个妙策,必须将钦差请来。"怎样设法?且看下回分解。

第九十三回　索御史惧参请罪　施贤臣假审庖人

话说贤臣，见钦差大人未到不能摆筵，叫施安："速取我的名片，到金亭馆请钦差大人，就说众位大人端候索大人驾到呢！"施安答应，出大殿，行至雨坛，已见索御史入来。他先到雨坛参拜神像，往前紧行几步，与施公行礼，说了几句客套，又与众官相见已毕，齐进大殿。茶罢，施公、索御史入座首席，彼此谦让，只得各随品级坐定。施公下席相陪，吩咐道："施安，你快去厨下传与厨役：天气炎热，苍蝇甚多，务要叫他们小心洁净。如若齐备，就摆上来。"施安答应，高声传给厨房。厨役不敢怠慢，派人撤茶盘，设下酒壶杯筷，摆上各式素菜。众家人，俱在一旁侍立。施安轮流斟酒。贤臣坐在末位，含笑说道："承众位不弃，薄酒一杯，诸公须要尽量，切不可拘泥。"众官道："大人既赐盛馔，美意深情，我等何敢自外。酒足饭饱，各自随饮，何敢劳大人深让。"众官正在开怀畅饮，不表。

又说座内有位多六老爷，乃正白旗人，素常为人心直口快，最喜奉承，爱戴高帽。若知他的性气，须着给他几句好话，你说要什么都行；你说他那件事不能办，他偏要去办定呢！他见施公陪着众人殷勤相让，又不住嘴的吩咐厨子小心，这达子老爷心里甚喜。大声言道："我等蒙大人赏赐，大人不用费心照应。"只见他说着，并不等让，吸溜溜、呼噜噜就是几碗，真是爽快。可巧挨着他座位有位九老爷，系镶黄旗满洲人，官名怀忠之，因声讹同，叫"坏种子"。平日与多六老爷有些戏耍，深知多六老爷的禀性，今日见他这般粗鲁，安心要给他个炭篓鬼戴。故意望着这位达子老爷点头夸好，说："还是我们多六老爷，生成的福大量大。我看着吃的实是爽快，真叫我佩服。我出个主意，不知多六老爷允许否？我料你大概不过四五碗面之量，你果再吃三碗宽卤面，我情愿输肥猪一口，美酒五坛。候开屠之后，奉请众位作陪，仍然在此筵宴。吃不了，作为取笑。你看如何？"这位达子老爷本性高傲，听说此言，他不思忖能否，便满口应承。带笑道："请众老爷作证，我如不能，加倍认罚。"众官齐说有理。施大人吩咐厨役，速速端面上来。这位六老爷本来食肠甚大，才见施公这等厚情，已经吃得十足了。今又被怀九老爷这一激，复逞能赌胜，还要吃三碗。哪知连一口尚未咽下，忽然"哇"的一声，连新带陈，张开口一喷，溅了怀九老爷满脸一身，急的九老爷大声嚷道："你这是何苦？"话还未完，将衣服一抖，自己也觉撑持不住，一张口吐了个满桌子。众官正在嫌憎，他二人这宗气味难闻，又被恶臭一冲，忽然都反胃恶心，难以忍耐，登时一个个吐了满地。俱是头晕眼花，有隐几而卧的，有靠椅而坐的，有蹲在地下，有伏在板凳的，等等不一。

施公看罢，连忙大声喝道："这一定是众厨役粗心，卤菜不洁净，故此吃了恶心。众位请坐，施某判个笑话，大家听听。"只见施公满脸带怒，叫道："施安，将厨子传来！我要问问他们口供，因何面里如此？"施安答应，就将厨房人役叫到八名，一齐跪在殿台上。施公故作含嗔，用手一指，大声喝道："好！你们这些奴才真乃大胆！调卤煮面，你老爷曾不住的吩咐。为何众位老爷吃面之后，这样乱吐？叫你们小心，还敢如此！"厨子听了这一片言词，禀道："这炎热天气，小人唯恐苍蝇乱飞，看着仔细留神。众位老爷吃了呕吐，小人们实不知情。"施公仍不息怒。众人一齐相劝，说："卑职等是无福消受大人的赏赐，求大人看我等面上，恕过厨子。大人为卑职责罚他们，倘日后传说难闻。"施公听罢，故意点头大声说："若不看众位老爷情面，定将尔等重处。但只一件，施某暗想卤内，即便落下苍蝇，不过一两位误食而呕吐。不知今日为何竟是如此，其中大有情弊。我幼年看过药性赋，待我当面一试，便知分晓。"说着，满脸带怒道："尔等记打一次！速速下去将众位老爷吐的东西，拣来我看。"

厨子答应，连忙叩头，谢老爷饶恕之恩，一齐站起出殿。不多时各持油盘，用筷子在殿地把所吐之物，俱挟在盘内。每人擎着一盘，走至施公面前，一齐放在桌上。口称："老爷，小人遵命把各处秽物，尽都拣在盘内，请老爷过目。"说罢，一旁侍立。

施公闻听，故装闪目观看，但见未化的肉食甚多。验罢，对着众官把脸一沉，哼了两声，复又开言说道："众位老爷，请听施某有一言。并非施某多事，常言说，作子要孝，为臣要忠。看着众位皆是明知故犯，少不得用本提参。"言罢，吩咐厨子："尔等快些将这秽物撤去。将那肉物等类，俱用水洗净。我明日奏明圣上，好拿你作证。"厨子这才知用反胃药，为的是要拿各位老爷错处。众官彼此相看，后悔不及。正在慌张无计可施，索御史从殿外摆摇而来。到了施大人面前说些什么，且看下回分解。

国学经典文库

中国公案小说

·施公案·

图文珍藏版

第九十四回　至尊下郊祈甘雨
　　　　　　番僧妄想讨御封

　　话说索御史吃了半碗，觉心腹发闷，连忙吃些槟榔、砂仁、豆蔻，压将下去。后来见众文武一齐呕吐，便即走到殿阶之下。候众官吐罢，忽听施公在里边闹谣言。他领教过施公利害，一听，心中早就明白。走进殿内，至施公面前，满面带笑，尊声："施大人，索某今日望大人跟前讨个全脸，望求大人开恩恕过，切莫奏闻圣上。不知大人肯赏脸否？"贤臣见索御史如此求情，连忙站立，满脸含笑，口称："钦差大人请坐，众位请坐。既都知过却好。适才施某一时刚暴，众位莫生嗔怒，还望涵容。你我既食君禄，必当报答君恩。皇上为国忧民，亲身祷雨，用素膳步行入坛；又颁旨各府州县遍贴告示，禁止屠宰。咱众文武，同受雨露之恩，应遵皇上谕旨。咱们先违背圣谕，何能管理军民？知法故犯，罪加一等。众位既然知过，施某只得钦差面上念通家之好，不行深究。"众官听施公之言，一齐打恭，这才将心放下，回衙安息。不表。

　　且说康熙老佛爷，自颁旨祷雨后，仍不见甘霖沛降。圣心深以为忧，暗想："民以食为生。五谷不能播种，小民何以为生？自古商汤祷雨桑林，引事自责。朕登九五，海晏河清，年丰岁稔，为何这等亢旱，缺雨苦民。莫非朕有失德之处，上帝震怒，警戒于朕？"老佛爷忧虑民间疾苦，日日斋戒，并不骑马坐辇，步行入坛，光头不戴帽，率领文武虔心拜祷上帝。众文武官员见主上如此，俱都是光着脑袋，跟随圣驾就在太阳殿里晒着行走。五鼓进殿，黄昏圣驾还宫。这等虔心，传扬天下，军民无不感念圣恩浩荡，替圣上念佛。

　　此时，惊动了一个水内精灵，他要借此机会，讨一金口封号，好修正果。他算计一定，慌忙化作番僧模样，黄夜到了京都德胜门外，投在黑寺庙内住下，自称黑面僧人。这精灵修炼，颇有数百年道术，心灵性巧。暗想无由自荐，不能朝见圣主，暗中串通喇嘛僧，外面代他传扬，善能呼风唤雨。又打点庙主，代奏明圣上。喇嘛僧受其所托，使委婉奏明，庙内有一个番僧，善能祈雨。圣上爱民恩重，并不深究，降旨准奏。这黑面僧亲手画了一张法台图样，奏呈万岁御览。圣上龙目看毕，降旨将图发交工部，遣官监验，照式起造。钦天监选择吉日，命僧人登坛，起造如有违误，交部议处。工部官员依旨，率领匠人在地坛布置既妥，立刻兴工。只见图样开写明白：

　　法台一座高七尺，面宽三丈要见方，上要天花，下辅地平。台下每一面放大水缸七口，每口盛净水半缸，其中各插柳枝七根。台上下四围，俱是悬花结彩。

众官吩咐,匠人不敢迟误。治造齐毕告竣,专候选择良辰,黑面僧入坛,此话不表。

且说江西广信府,天师洪教真人,一日正在丹房打坐。有值日神来到面前,控身打一躬,口尊:"法师,今有一岔事:只因上帝不降甘雨,真命天子恐其黎民不安,颁旨设坛求雨。惊动了黑旗角下一个妖精,化作番僧形状,以法术自炫。圣上降谕,强求甘霖,不但无济于事,徒耗精神,反致招引邪教暗入京都,惑乱君心。我若隐匿不奏,岂不辜负圣恩。"洪教真人即刻吩咐法官道:"尔等速备应用之物,明日起程入都面圣。"

真人朝行夜宿,一路无话。这日来至通州,真人下船乘轿,法官骑马,到了齐化门,穿城而过,一直奔至九天宫住下。因恐惊走妖邪,不去朝见;只好临期陛见,与僧人赌面。又写封牌一面,诸神免见。又暗差法官,探听番僧何时入坛。法官讯问已毕,对天师禀道:"后日十三日,良辰吉时,番僧上台求雨,万岁御驾亲临,众文武一齐随驾。"真人听罢暗想,必须如此奏明,方为停妥。想罢,眼望法官说道:"尔速行安置,以备朝见。"法官答应。

这日正是朝贺之期。钟鼓齐鸣,笙箫细乐,檀香扑鼻,金鞭三响,老佛爷驾登龙位。文武朝参已毕,分班侍立。当值官上前跪倒,口呼"万岁"三声。"臣启奏我主,今有江西龙虎山洪教真人来京朝见,候旨定夺。"老佛爷降旨召见。龙颜一见大悦,问道:"朕未出旨宣召爱卿,卿家何事来京,可细细奏明。"真人见问,连忙叩头,口尊:"万岁,听臣启奏。微臣并非擅自来京。臣既食君禄,应当报答君恩。降怪除邪,臣之道也。有事隐蔽,即便欺君。只因京师妖气甚盛,臣恐主公被邪惑动,为臣不敢不奏闻我主得知。"天师奏罢。老佛爷闻奏,甚是惊疑。连忙说道:"朕降旨设坛,祷求甘露,为救黎民。正在望云思雨,朝臣奏闻,有一西方僧人善能祈雨。朕当准奏,命番僧求雨,以苏民困。并未闻妖异之说,卿家不知有何风闻?可细细奏闻。"天师听罢佛爷之言,复又奏道:"臣自汉至今,祖居龙虎山,世掌洪教,蒙恩封正乙真人。臣家世代相传,奉天敕命,每日有值日神轮流听事。臣在丹房净坐,值日神报,臣才得知。言:'苍天未能下雨,圣上怜民,宸衷切虑。圣驾率领百官,日日进坛祷雨。龙恩远播,军民仰望念佛。故此惊动妖邪,潜来帝阙。'伏我主若命他求雨,不但无益于民,而且有害稼穑。雨露飞霜,自有定期。年岁丰歉,系奉上帝旨所定。天意难测,大力岂能相强?臣故连夜来朝,奏明圣上,赦臣胆大无旨进京之罪。"

且说康熙老佛爷,乃是马上皇帝,本不信邪言。天师奏罢,未免龙心不定。暗想,清平世界,白昼之间,妖怪何敢变化人形?转想:天师敕封洪教真人,受五雷正印,历代所传,保国佑民,斩妖除邪,岂敢妄奏,自寻其罪?朕想那年朝贺,寡人方十二岁。朕见他童年称天师,不过是江西一个小蛮子,借祖上之名,他还有什么法力?朕要想难他,打着满洲话,叫梁九公擎过三杯茶来。先赐他一碗,用左手接过。

又赐他一碗，用右手接过。朕安心试探，复又叫人送过一碗。朕思他必定放下一碗，接第三碗。谁知他将右手那一碗，往空中一送，便将第三碗接在手内。那一碗悬在空中，竟是有人托住一般。朕见他谢恩，将手擎两碗饮毕，处与内监接去。复又伸手，将空中的茶碗擎在手内。朕只当他一饮，谁知他向空中一倾，却未见水点。彼时，朕心甚是不悦，以为他卖弄法术，轻视于朕。只见他不慌不忙，递过茶盏，连忙跪倒叩头，口称："万岁！微臣有事启奏。适因扬州天心府城十字街，偶遭天降火灾，微臣倾化落了一阵茶雨，已将回禄泼灭。"朕又想起乘船，坐在船头，但见海水波涛陡起。浪比船高，几乎将船打翻，文武一齐皆惊。朕见他将小手一摇，喊道："龙神免朝！"一声未了，水既归源，波平浪静。朕因心中甚喜，不枉天师名号，时时赐些珍珠彩缎，又加公爵，以垂永久。天师回去，约至三年，忽有九个番僧来到朝门。该官奏朕说："北京乃兴隆之地，就只气脉不通。若能挑通河道，气脉流行，可以千年永固，国运日强。"朕思奏得有理，一时误信邪言，将要降旨动工。天师忽然来京午门候旨。朕将他宣至金殿，谒朕已毕。他口呼万岁："微臣伏闻主上降旨，京都挑通河路。此事于我主国运大有不便。九个番僧，乃九条泥鳅精所变。我主不可被其蛊惑。"朕彼时闻奏，问道："依卿如何将邪物治住？"他奏："微臣自有方略。此时如用法力擒捉，不但摇动军民不安，反觉费力。我主降旨，止住兴工，这怪皆修炼年久，其性灵通，知微臣来京，即行暗遁。"朕因降旨停工。三日后，果然九个番僧不见踪迹。这几件事，皆朕所亲见，足微先知之异。今日之事，仔细来详，大约不错。

老佛爷想罢，复又慢开金口，说道："朕承天道，唯恐百姓流离，今因荒旱，以至误信妖言。据卿所奏，番僧必是妖物显化，不但无益于民，反受其殃。此乃朕不明之故。若非爱卿护国来朝，未免堕其术中。不知卿家有何法术擒捉此怪？"未知后事如何，且看下回分解。

第九十五回 张洪教擒拿妖怪 甘忠元控告潴龙

却说佛爷听天师所奏,即欲降旨,把番僧擒至金殿,使天师法力,叫他现出原形,看他是何妖物。天师连忙叩头,口尊:"万岁,且擒住妖怪,叫他真形现出,方免叫我主龙驾受惊。事了毕,臣自有佛法求雨,以救生灵。"天师奏毕,俯伏金阶。老佛爷龙心大悦,叫声爱卿:"果能求下甘霖,普救黎民,朕不负卿,依卿所奏。"

天师随众步下金阶,出了合勒阿思哈门。轿夫搭过金顶钢人轮,到了内东华门。路旁有人大叫"冤枉",嚷着跑到轿前,横拦去路,跪倒不住的叩头。天师在轿内沉吟不语。法官一见,连忙说道:"你这人,好无分晓。"天师看罢,轿内开言说:"你这人,本爵看来,并非庸愚,难道你不知洪教天师专管擒怪,并不代理民词?有什么屈情,快到那有司衙门去告。"此时,众军民见有人在天师面前告状,一齐拥挤观看,但见天师轿内说话。那人复又连连叩头,口尊:"真人,晚生自幼读书,世务不明,冒犯法驾,应该万死。无奈其中实出不得已,只得冒罪前来,拦真人法轿,叩求天师老爷救命!"天师听那人口称晚生,知是儒门之士,连忙说道:"你既是文人,不必下跪。你且站起,慢慢说你的冤枉,本爵看是如何?"那人听天师之言,口尊:"真人,晚生告的是城西河内潴龙。现有呈状在此,请天师过目。"真人接过,逐字看了一遍。只见上面写道:

具呈人甘忠元,祖居顺天府昌平州,庚子科举人。为潴龙肆横,良田变成泽国事。窃生有祖遗良田数顷,坐落在卢沟桥浑河上梢,距西岸五里,满门借此衣食。不意九年前,忽被蛟龙霸据,竟成水族之窟。嗷嗷待哺,几致九死一生。因为此幽明结怨,含忍数年,抢地呼天,沉冤莫诉。今闻真人法驾到京,冒死奉渎,叩恳开天地之恩,施无穷法力,俾恶畜敛迹,沧海仍复良田。则生合家均蒙再造之恩,万代衔结不忘。上诉。

天师看罢呈词,沉吟多会,叫声贤契:"不必伤心。本爵既接了你的呈词,自有道理。你今日暂且回去吧。明日不出红日,速来敝观,本爵自然将你这段事,判个水落石出。"甘忠元闻听天师之言,心中暗自欢喜,慌忙与天师跪倒,往上叩头,说道:"多谢真人天恩。"天师在轿内,连忙命人相搀,说:"贤契请起,不必多礼。"甘忠元只得平身站起,告辞而去。

天师既至观中,先在丹房静坐,吩咐法官收拾上坛法物,以备随驾擒伏番僧。法官应声而去,不表。只见守门军役前来跪倒,启禀真人:"昨日告潴龙的人求见。"天师听罢,吩咐法官到观门首,将甘举人进来。法官答应而去,不多时一同甘举人来至丹房。甘忠元见真人深打一恭,将要屈膝下跪。天师连忙拦住,吩咐叫人看坐。亲随不敢怠慢,就在旁首设坐。天师道:"贤契,如今贤契这一段冤屈,本爵与你判明:此事实由贤契言语轻薄所致;又当运陷不通,所以他借此为由,将你田地强占了去。这个仇怨,本爵只得与你们讲和。"说着,吩咐看茶。

忽然门外有人答应一声,其音洪亮,韵似沉雷,把甘忠元吓了一跳。连忙闪目一看:但见一人手擎茶杯,往丹房而来。长大身躯,约有七尺。扫帚眉,窝扣眼,驴脸长腮,两耳厚轮,噘着尖嘴,大牙露显唇外,胡须亚似钢针。满身穿着,全是皂色,足登靸靴,打着裹腿。气昂昂走到天师一旁站住,一语不发,躬身侍立。甘忠元看罢,心中纳闷。暗想南方人多是生的清秀,何为如此这样凶狠?正在猜疑之际,只听天师说道:"甘贤契请茶,是客必须先敬头碗茶,方显本爵恭敬圣门弟子。"这甘忠元,心中正在不解其意,及听天师说道甘贤契请茶。甘忠元将茶饮毕。大汉气冲冲的接了茶碗,手托茶盘,扬扬而去。天师说道:"方才送茶大汉,你果认识此人否?"甘忠元回说:"不识。"天师说道:"这就是你的对头浑河潴龙。本爵将他拘到,一者判断此案,不能单听一面之词;二者使他献茶与汝,作为赔礼。贤契自此,言语须要谨慎,不可再为毁谤龙王了。本爵看你应该是灾消难满,目前虽然是遭困,将来自有升腾之日,与本爵同为一殿之臣,须加奋勉,修德为善。你的田地,候明日开河之日,有自分晓,绝不能短少。但是地近河岸,更须敬重河伯龙神。果然虔心供奉,自此家门清泰,地亩丰收。非是强派汝事敬龙神,本爵与你既然判断呈词,总要公平正直为是。贤契须要牢记。"甘忠元听毕,站起告辞。真人送出观门。

且说真人见甘忠元已去,将法官叫到丹房问道:"尔将雨坛应用法物可齐备?"法官道:"俱已备下。"真人一回手,取出五道灵符。未知天师如何擒妖,且看下回分解。

第九十六回

张洪教暗进雨坛
傻和尚明警世界

话说洪教真人将甘忠元告潜龙一案办明。吩咐法官:"明日是妖僧祈雨之期,陪驾进坛,与黑面僧相会,须要留神。各按方位,守住汛地。候邪僧上台,即刻把符焚化。我在龙驾伴主。尔等千万仔细,莫要惊动圣上。那时擒住妖僧,也显洪教道法高。"

不多时,万岁驾到午门。众人跪接,山呼已毕,一齐相随御辇,真人隐在众人内。前呼后拥,出了正阳门,霎时进了雨坛。到了龙棚,佛爷下辇,升了宝座。众文武复又参拜,分为左右侍立。此时番僧尚未来到。天师同法官进坛,暗中布置齐毕,专候着番僧进坛,好焚符咒。此话不表。

且说圣义村三官庙傻和尚,自从观音菩萨与善财童子点化,授了金字真经。因他的根基本深,一至夜静,自有神人指教。不上几月工夫,不知不觉,醒悟的万法皆通。说的禅语,俗人一点不懂的。这夜至三更时,他在三官殿中静坐参禅,圆觉之际,毫光四起,竟将庙院照的通红。村中人皆以为庙内失火,火光冲天。众人约齐,说道:"咱们往庙里看看,到底是何缘故。"一同走至庙前,门却未闭。一齐走入,打算要问问傻僧。走到殿前,只见傻和尚赤着身体,独坐三宝殿供桌之上,闭目沉睡,浑身淋汗。此时正在隆冬,天气甚为寒冷,他乃赤身大汗淋漓。众人看罢,说道:"有些奇异!"从此,合村人无不供奉。

到次日早起,合村人约齐老少男女,同奔到三官殿内。见了傻和尚,一齐参拜。傻僧一见,先傻笑了一阵,疯疯癫癫,眼望众人说道:"我的佛!你们都是胡闹!要祈雨该求龙神,求我,会下雨?要求我本事,只会这吃斋。雨已降下,就到。我要驾着乌云,入山去找龙神,那时你们求他。我的佛!"满嘴胡念了几句,复又傻笑了一阵。众人俱不懂他的话,但见他放倒身子,仍是酣睡,打起呼来。众人看看,一齐赞叹,互相报怨走着,彼此暗骂秃驴可恶。傻和尚见众人去后,到了天晚,上课已毕。至次日清晨,把老和尚留下的破衲头,斜坡肩上,手拿木鱼,举步出庙,回手倒扣庙门。因感庄主之恩,绕庄走了三遍,高声朗喧佛号。又将木鱼敲的声响震耳,念了几句偈语,道:

> 天龙不慈悲,晴天大日头。
>
> 要祈甘露降,还得善人修。

声音不断,绕村念了三遍,招得犬声乱咬。此时,天气尚早,村人俱未起来,梦中惊醒,听了俱各不解。及至起来寻觅,傻和尚踪影不见,众村人纳闷。

且说傻和尚围村念罢偈语，又到他父母坟墓之上磕了几个头，两腿如飞，竟扑奔通州北关。不多时，到了关庙热闹之处。一边走着，手敲木鱼，一面高声念道：

方相逢，不相逢，悟透繁华转眼空。天公震怒垂旱象，只为人心太不公。傻也傻，聪也聪，前生造定难变更。凡人若能识透我，阿弥陀佛！天下安宁五谷丰。

傻僧念这几句，原隐着"方人也"三个字。当初贤臣作江都知县，假扮道人私访，将"施"字拆开，号称"方人也"。今傻僧安心显应，惊觉贤臣，故把这三字编成口号，满街念佛。军民不知，以为妖言，俱不在意。

此时，施公仍是每日同合郡文武齐集城隍庙，参神祷祝。众官正在拈香已毕，忽听庙门外敲的木鱼连声响亮，口里念的，听不出是念经卷，是诗词，众官全不理会。唯有施公，听他念的有因，不觉心内怀疑，将要派人去看问，忽听诵的又改了话语。施公与众官复又侧耳细听。只听外面大声念道：

好哇哇，绝不该，我不傻来又不呆，昊天遣我下瑶阶。世人不公心太狠，感不动龙天泪下来。"方人也"，不明白，不拜灵山好怪哉！阿弥陀佛，可笑你，再迟时我转天台。

傻僧在城隍庙外喊念，贤臣在庙内听的甚为真切，一时心中不解。又听木鱼打的震耳，只在庙前来回朗诵。众官听了，俱都不理会，仍去闲谈。施公心内暗想，忽然醒悟，说："哎呀！这内中分明隐着'方人也'三字，应了我初任江都县，暗访五虎恶棍，路途甚远，此人如何得知？"施公想罢，暗自说道，何不叫他进庙内盘问盘问？叫声施安："你去把那喊叫之人唤他进来。"施安答应，走出庙门外面，大声叫道："僧人！我们老爷唤你进庙有话说。你快随我去。"傻僧闻听，也不答言，随着往里便走。到了大殿之外，即便立住。贤臣与众官在殿中闪目观瞧，怎生模样，有诗为证：

发蓬足赤真不堪，破烂衲衣身上穿。
憨相面上油泥厚，点头傻笑带疯癫。
虱子浑身爬又滚，斗大木鱼挂胸前。
化现所为求甘露，安心惊觉施不全。
借此为由欲远遁，俗人哪识此机关。
可叹迷人参不透，真假不辨作笑谈。

施公与众人看罢，俱不知何意，当作挂单和尚看待。众官因知施公最难说话，俱不多嘴，暗暗好笑。施公叫声傻僧人，"你进庙来，我有话问。"但见傻僧在殿外答应说："来了！特来问你，何必问我？"说着，疯疯癫癫来至殿内，那种气令人难闻,众官各掩鼻躲到一旁。施公只得闭气问道:"你这僧太也胆大!'方人也'三字,原是我的姓氏拆开,因在江都县任上,暗扮道人,私访恶霸。你何以隐在禅语之内,细细说来。"傻僧见问,说道:"不用究问,听我说来:

你说你忠不算忠,你说你奸不算奸。好哇!忠奸二字难分辨,摄款提钞入私囊。忠呀奸!"

施公闻听隐语戳心,不觉恼怒,高声大喝道:"我听你这疯僧满口胡言,就该掌嘴!"众官见贤臣发怒,俱替傻僧担怕。那傻和尚却全无惧色,仍又傻笑。此时施公见他这等形状,隐语之中似有奇异,连忙问道:"你能求雨吗?"傻僧笑道:"那是我的拿手戏。"施公听罢,说:"能够求雨,恕你无罪。若要是无雨,一定重责不恕。"

施公与众官谈论,只听殿房内把木鱼敲得连声地响,憨声憨语,跪着宣读佛号。众人听着,都不甚懂。到了天晚,贤臣与众人议论,都不回衙,就在城隍庙过宿,候着明日午后应验否。此话不表。

且说正乙天师,随着圣驾到了雨坛,吩咐法官诸事备毕,仍然退在文武班内。圣上在宝座上闪龙目观看,但见正面高台一座,搭造得甚是齐整,悬花结彩。法台上下一概应用之物,俱已备好,甚是鲜明。蒙古包搭在台后,还有许多喇嘛,穿各样套头,在那里正候着番僧。万岁看罢,传旨问天师话。真人连忙越众上前跪倒。老佛爷问道:"今僧人上坛,不知卿家怎样行事?"真人口呼:"陛下降旨,令僧人登坛,臣自有法术擒他。"万岁闻听,说:"卿家暂且退下,朕自有道理。"真人仍然隐避在众文武官员身后。

此刻吉时已至,番僧来到。圣上传旨,命通事问:"僧人辰时进坛,何时落雨,可以下几个时刻?"通事官领旨,回身行至蒙古包内,见黑面僧问明,复到龙棚回奏万岁道:"奴才讯明僧人,他说辰时登坛,巳刻布云,午时落雨,可以落到日落黄昏,包管足用。"万岁准奏,传旨命僧人上台。番僧从台后上了雨坛。

老佛爷在龙棚对面,看得甚是分明。但见番僧重眉大嘴,黑面红须;身躯矮胖,大肚累堆,长得甚是凶恶。又见他上了法台,对龙棚谢了圣恩,退在一旁。着令众喇嘛绕台已毕,好去作法。众喇嘛锣鼓齐鸣,犹如嵩祝寺、雍和宫、黑黄寺打鬼的一般。众喇嘛扮着二十八宿、九曜星官。今日番僧求雨,众喇嘛穿用那些物件,为的是显着威风好看。圣上看罢,一扭龙项,暗自传旨,叫声张爱卿:"你看番僧胡闹求雨,要这些何用?"真人见问,连忙跪倒,口尊:"万岁!番僧如此,无非枉劳气力,他如何能求得下雨来?臣启我主,容臣前去作法,以擒妖孽。恕臣慢君之罪。"佛爷说:"休令妖僧走脱!"天师复又进了龙棚,回奏道:"臣启我主,微臣俱已备妥,大约妖邪插翅难飞,少时我主自明。"番僧是何怪物,且看下回分解。

第九十七回 众水怪行雨助威
金甲神持鞭保驾

话说番僧原系水族之物,窠巢同类甚众。其居水深千尺——即世所传海眼。近方之人时见有水怪出现,都不敢近岸窥探。那里边水怪尚有道行浅的,因未能变化,只在沼内埋头,不敢出来滋事。

这番僧未求雨之先,曾与众水怪计定。说道:"天下干旱,真命帝主怜民,望雨甚切。趁此机会,讨一金口封号,日后得成正果。愚兄前去,只要感动人王帝主,事必可成。如到求雨之时,众位助我一阵风雨,不必管禾苗损益,五谷生与不生,但能应点,搪塞过圣朝天子。龙心一悦,必然钦加封号。愚兄果能得到好处,必要携带众位一齐飞升,同入仙班。"众水怪听说落一场雨,受了御封,便可成仙,俱各欢欣无限,叫道:"兄长只管前去!"

却说那怪听罢同类之言,方化作番僧形状,来投黑寺;并未算着天师来京,故此任意胡为。他要早知天师在此,慢说还来登坛,也就潜逃远遁了。只因他虽修炼多年,可以化人形,吐人言。但只一件,他虽闻知洪教真人之名,未曾会过洪教真人之面。又无人对他言讲,所以他不能知道。这番僧又自觉一概安置,众朝臣又不识他的根底,谁能破他的虚诬? 所以他登坛之际,竟大着胆卖弄猖狂。

且说番僧分派雨坛上摆设的甚是齐整。只见番僧上了坛,先朝龙棚行朝驾之礼,随后椅上坐着,众喇嘛各打钟鼓铙钵,顺着雨坛绕了三匝。敲打得声音聒耳,言语却听不出来。番僧趁着音乐嘈杂之际,连忙又从左边椅上站起,行到正面向北稽首礼毕。见他又将铃儿摇了三下,口中念了几句,如鸟语一般,也不知是经是咒,听着难解。念罢,放下那个铜铃,掐着口诀仍是嘟嘟喃喃。拿着一道符,往香烛上一点,顷刻焚化。那符焚讫,果然一股浓烟,飘飘摇摇直扑了西北。番僧暗通了他的水族,仍又退到椅上坐候等雨。

且说水中那些蛟、螭、龟、鳖、鼋、鼍、鱼、虾、蟹,这日正在沼中探头缩脑,忽然来一阵阴风刮到水面。众妖知是信符已到,不觉欢腾跳跃,一齐呼唤弟兄,说道:"大哥的信符已到,必是哄信人王帝主。咱们快去辅助他,得了御封荣归,你我都证仙班。"说罢,各显术法,各驾妖风,乱哄哄吐雾喷云,从水沼起到半空。转眼烟雾迷漫天际,真正是狂风滚滚,大雨冲冲,霎时到了京师地面。看看离龙棚不远,众妖更加精神百倍。高兴之际,猛听对面如雷响之声,喝道:"呔! 好孽畜,还不与我退去,前面有真命帝主! 我等奉洪教真人敕命,在此护驾,孽畜速退! 少迟片刻,立即叫尔等金鞭碎顶!"那众水怪之内,原是王八精领头,虾精紧围,随身后蛟精督队。这些怪物如乡屯浪子一般，初入北京，迷恋住烟花柳巷，不顾父母，乐而忘返。正在适意鼓勇前进，忽听这么一声如雷，那乌龟精先就吓了个倒仰，把小青果脑袋一哆嗦。猛又一抬头，见有位金甲神横阻去路，相貌十分凶恶可畏。那怪知道是一位天神，怕的倒吸了一口凉气，连忙将长脖扭转，对后面众怪道："快回去，快回去！不好，不好！幸而我耳灵眼快，颈子能屈能伸，要不是颈项快缩，那鞭早就落在顶梁上咧！我倒想着领你们在京师地面，秦楼楚馆，叫你们在前三门见见世面，开开眼界。再者，我这几年保养颇好，打算在人烟稠密之处，出现我的伟胖身躯。不料正在兴头之际，忽听似雷的一声，先就惊了我目瞪痴呆；又一昂头，竟似汗蒸如雨。敢只是奉天师法旨，护驾的金甲天神喝说'不行疾退，立刻便叫轻生'，我听罢惊慌无措，几乎把尿溺吓出。我想识时务者，呼为俊杰。咱们总有些道行，料也敌不过天师。我故把脖子一缩，知会你们一声，赶忙跑回。从来交朋友，虽然患难相扶，亦不过尽其心力而已。现今世上都是你狼我狈，又有几个信义君子？何况我辈从此再不想脱凡壳成仙作祖咧！我自幼在龙宫里，每日当当散差，吃碗闲饭罢，凭谁邀约，再也不去受这惊怕咧！"王八精说着，尚吓得嘘嘘牛喘。

有一鲇鱼精听罢，暗想："总不敢擅作威福，滋生事端，今日为朋友连累，险些遭杀身之祸。自今以后，我就在这深潭里。"想罢，大笑道："乌大爷，平日见你雄赳赳，自夸体壮心高，不亚铜头铁背。常说要出外去叫叫字号，闯闯光棍，遨游五湖四海，却原来是个银样蜡枪头，前紧后松的软盖儿。见了真章儿，就有些虎头蛇尾咧！"又一虾儿精跳着说道："姥姥，你别张着大嘴笑人咧！今日还算乌大爷的运气旺，一眼瞧见那金甲神，急流勇退，忙叫撤步。要不然，惹恼那位金甲神追赶下来，还许连巢窠里，闹个翻江搅海，一齐抄讨入官呢！我只顾瞎抢似的，喊着前奔。猛听了那么一声，几乎把我的虾心惊落，虾魂惊散，真是可怕！"众水怪听罢，齐说道："算了罢，算了罢，咱们也休瞎想咧，也别瞎说咧！再要瞎闹，只怕大家都不安生。咱们不必讲交情厚薄咧，各保性命罢咧！"

不言众水怪被灵官赶散，不敢出头。且说番僧，自焚罢信符，一心盼望同类相助。果然功夫不大，黑云直矗，疾风暴雨从西北直奔龙棚。番僧看罢，更是精神雄壮，暗喜道，还是我们龙潭中朋友，真不失信。只要在京城多落几刻，得了封号，何愁不身列仙班。番僧正想得心满意足，猛然抬头，不觉吓得惊疑不定。暗说，不好，这事有些奇怪！怎么下了这几点儿就住的呢，这如何遮得去龙目？我的朋友平日不是这样无信实的，为何今日言清行浊，将我撮上台来，拔了梯去。莫非其中有什么错误缘故？领队的乌大哥与谁口角，作了气恼，赶忙回去？介士跌了个折腿，不能前行？长须公公姥姥，都被渔人网去？真乃叫我着急纳闷，不明其故。莫非他们等着？去一道信符，再求下一次雨。待将三道符一齐焚化，看是如何。且看下回分解。

第九十八回　惧诏问妖僧谎奏　破邪术天师出班

话说黑面僧见他自己说的时刻已到，不见雨下，急得坐立不安，心中怨恨同类。暗说，这事分明把我坑害。他们果真不来解救于我，人王帝主要是问将下来，有什么言语回答？龙心一怒，根究出破绽，那还了得！心中暗自踌躇；偶然又想起一片欺诳之词，腹内说有咧！我何不这般如此，暂且掩饰过去。

且说佛爷坐在龙棚，候着落雨。起初看见僧人焚罢了符，果然陡起了浓云，烈风骤雨随着，登时点点滴滴，地皮尽湿。只见坛外围着许多的军民，大声念佛，复又欢声说道："还是万岁爷洪福齐天，感来这位神僧，佛法广大。有了这场甘霖，四方自然安定了。"众军民议论纷纷，佛爷龙心大悦，对着众官说道："朕看这僧人似乎有些来历。虽非正道，这雨却不能假。如果田禾足用，朕也不究他的根基。但这雨中气味触鼻，仿佛硫磺味似的，朕心直觉发闷。"

众文武听了佛爷之言，有亲王侍卫大臣，齐行奏道："臣等俱觉头晕心乱，颇有可异。我主可诏洪教真人近前一问，自见分明。"老佛爷叫一声"爱卿平身"，天师遵旨立起。皇爷道："适才僧人所行，料爱卿目睹其事。雨中带有腥膻之味，甚觉难受。且又所下无多，即便云消雨止。卿试言明其故，好展仙术擒住，免其祸民。斩馘市曹，以清妖孽。"真人奉谕启奏道："此雨，实非四海龙神奉上帝救命所降，乃是妖物暗用邪符，通其成精作耗的一党前来弄的狂风暴雨，所以腥气难闻。这雨不但于田禾有损，兆民受了这一股邪气，还怕要有瘟疫之灾。"皇爷听说如此，不觉惊异道："这事据卿所奏，甚为恐惧。朕特虔诚至祷者：原为虑民疾苦，冀上苍速施膏泽，以免百姓倒悬。若叫妖僧这样妄行，朕却不为救民，反为陷民。爱卿须速行设法解散妖氛，朕于卿家必不有负。"

却说真人见皇爷这般忧民孔亟，复又跪倒叩头奏道："老佛爷，传下谕旨，召那番僧前来问话。"侍官出了龙棚，即刻至雨坛蒙古包搭，先对通事谕知旨下，速召僧人。通事闻听，不敢延缓，登梯上坛，对番僧说明圣上谕召龙棚见驾。番僧正在心中想计，暗说，皇上总恼怒，不过累黑黄寺喇嘛吃个误举之罪，也就罢了。想要拿我，万不能够。番僧想罢，随说道："圣上既要召问，只得依旨。"说罢，随定通事顺梯而下，直奔龙棚。侍官先回明。皇爷传旨，即令带进龙棚。侍官连忙引领而入。到了龙棚，通事带番僧一齐跪倒，参驾礼毕，跪在尘埃。

皇爷端相番僧，迥非人类，在宝座用龙腕一指，说："你这僧人，何故罔朕？你奏明辰时登坛，午时下雨。为何时刻已到，只落了那么几点雨，便就天晴？你必须明白奏来！"番僧见问,连连叩头,道:"目下吉时已过,叩乞龙恩,准其至明日午刻,再行上坛祈祷一阵足雨,普救天下禾苗,以赎不验之罪。乞佛爷开天地之恩,赦其毋咎！"通事奏述已毕,皇爷尚未处分。见天师从御座之后,转到圣驾一旁站立。眼望番僧,用手一指,叫道:"怪物！你可认得我吗?"番僧正在俯伏,忽听有人叫他怪物。急抬头一看,只见御驾旁首侍立一位道教:年约三旬,精神满足,生成仙风道骨。番僧看罢,把两个大眼一翻,头一晃,复是满嘴咪哩哇啦说了几句。天师也是听不分明,忙问通事。通事答道:"僧人说,是未曾会过,不识是谁,请问姓字。"天师听罢,微微冷笑道:"料你也不知。我乃祖居江西龙虎山,敕封正乙真人。自汉迄今,护国佑民,荡魔除怪。姓张,料你不识,亦许闻名。我今特来看你求雨,问你求的雨在何处?"番僧一听说是天师,犹如半空中打个霹雷,登时魂飞胆落,伏在地下如木雕泥塑,一言不发。天师见他默而不答,说道:"孽畜,你可知罪！老佛爷为国忧民,设台祈雨。你胆敢借事生端,来到帝廷欺蒙主上,竟敢痴心妄想。应该回思已往,罪犯天条,叠遭雷击。既然躲过,就宜潜心苦练,改过自新。仍乃肆行不悛,妄起邪心。你想太乙真人,有几个贼子奸臣、旁门邪教能成此正果的?况且这畜类所行,不想出身根底,妄想金口御封,要成仙道。若叫你这等列入仙班,恐天下惑世诬民之术,皆成蓬莱三岛仙人矣！你求不下雨来,就该请罪,你反安奏有人冲破你的法术。我早知道,你纵然求得雨下,亦是无益禾苗,有害百姓。兴妖欺主,该当何罪！你既自寻死路,料难再事姑容。依我说,你速往圣驾之前,将你原形现出。本爵慈悲,代你叩乞主上体上天好生之德,赦你一条活路,速回水沼苦励潜修。若仍是痴迷不醒,圣主一怒,只怕你性命就不保了。那时休怨本爵不施恻隐之心。"却说番僧听罢天师的一番言词,悚惶之极。要知如何事?且看下回分解。

第九十九回　张手雷法台驱邪
掷铁牌龙潭致雨

　　话说黑僧伏在龙棚御座之下，被天师切责。因疑信参半，要试真假，他便暗怀毒计。偷眼看着，觉离他切近，便运足腹中黑气，对准真人直喷去。

　　哪知天师见他跪在地下不哼不语，早预防他不怀好意。看他那边把嘴一张，真人不肯容情，把手一撒，呼噜噜！如雷声振响，万道霞光，直奔番僧而来，倒将那股黑气反行卷回。番僧大吃一惊，知是天师无疑，双足一跺，旋起一阵黑风，到了龙棚之外，飞奔云霄。

　　众文武正然惊讶，见从御座后复起一阵香风，金光一闪，随着黑风直赶将下去。皇上同众文武，尚不知何故。宝座上，龙颜大怒，望天师说道："哎呀，不好！番僧逃脱去了。爱卿作速使方略，休叫伤了朕之子民。"真人连忙跪倒，口称："万岁！微臣有惊圣驾之罪，乞我主宽恩！"老佛爷龙腕一摆，说道："此乃爱卿降妖，何罪之有。速平身，施法术擒妖邪要紧。"天师复又奏道："万岁且宽圣忧。怪物插翅难飞，微臣早已暗遣神将各守方隅。适才金光所起，乃是护法灵官追逐妖邪，绝不致贻害百姓。"皇爷宝座上点头道："但愿如此，无奈亢旱依然，朕甚觉有愧于心。爱卿保国佑民，速行施法，祈得一犁甘雨，慰朕如渴之望。"天师叩头奏道："臣食君禄，当报君恩。臣托我主洪福，仗祖上传遗，祈一场雨露，以救禾苗枯槁，以安万民之心。"皇上听罢，反忧为喜，道："卿如此，可登雨坛祈祷，快施无穷法力，前去致祷！"真人奏道："微臣不须登坛，自能致甘霖下降。"老佛爷问道："爱卿不用上台，如何求雨？"真人回身取来一物，尊声："万岁，速遣大臣一位，手持此物，飞马到黑龙潭掷在水中。不过一二刻，有细雨清风纷纷而降。"

　　皇上听天师所言，不知是何法宝，这等奇验。老佛爷接过仔细一看，原来是一黑漆铁牌：长有七寸，宽约三寸，正面上写着"洪教敕令"四朱红字，背面画着一道符印。老佛爷看罢，龙心暗道，这样一个小铁牌，如何说便能求得雨下，看来也是难测。若是不灵，天师岂能虚谎？想来天下孔、张二家，皆有祖传至道，使后人不能不尊崇奉敬。朕今看来这个小铁牌，定有灵应。却说天师见皇爷看牌沉吟，连忙奏道："启我主速降谕旨，派一大员持此物捺在黑龙潭，不可回视，策马速归，雨便随落。"老佛爷龙心大悦，忙对马五格谕道："张爱卿适才所言，卿可曾听得明白？"马大人见圣上问话，连忙到驾前跪倒叩头，口尊："万岁，奴才皆已闻知。"老佛爷道："你既知道，即刻擎这铁牌，速去黑龙潭。"马大人叩头说："领旨。"复身站起，接过铁牌，退步出了龙棚，忙吩咐家人牵过能行的坐骑，带一名仆人，一齐扳鞍上马，如飞而去。转眼之间，已到了黑龙潭近处。弃镫离鞍，跟人将马拉过一旁。马大人自己走到潭边。但见水势潆洄，清鉴毫发。看罢，急将铁牌捺在潭里，连忙撤步回头，扳鞍上马，奔回雨坛。

且说黑龙之水，原系与海水相通。那时龙宫内的水卒，正在潭中巡哨，忽见有一物沉下。水卒接过一看，乃是一面法牌。水卒不敢耽搁，连忙双手捧定，行至水府禀知龙王，呈上铁牌。龙王一见，知是洪教真人的救命来到，即刻差巡海都尉到处知会雷公、电母、风婆、雨师，众神会集一处。龙王同众神率着水族，一齐到了空中。顿时布云掣电，发雷行雨。

不言龙王奉天师救令。且说圣主，自遣马大人黑龙潭去掷铁牌，坐在龙棚，复与天师言谈妖物。未二刻，只见马五格已走入棚中，驾前跪倒，口尊："万岁！奴才遵旨，将铁牌捺到龙潭。回马行至半途，知铁牌果然灵应：漫天乌云，油然四起，现在雨亦沛然降下。奴才特行奏明。"老佛爷闻奏，龙心大悦，将龙腕一摆，马大人站立，退归班内。老佛爷随即欠起龙体，离了宝座，忙步到龙棚之外，闪龙目四面观看。众王大臣亦俱相随，仰天而望。但见满天云气蒸腾，电光闪烁，清风拂拂，雷雨交加。佛爷不觉龙心大悦。众文武跪倒齐呼："万岁！万岁！圣寿无疆！"老佛爷一见，连忙说道："众卿俱各速起。此乃张爱卿道术之神，朕心甚加愉快，亦不枉众卿相随劳碌。但雨虽然落下，不知怪物如何？张卿家再速施法擒来，使他本形现出。朕看他到底是何妖物，胆敢前来惑朕。"言罢，仍入龙棚，复归宝座。众文武亦各随入，排在鹭序鹓班。天师进前奏道："微臣已召请马、赵、关、岳四位神圣，各按东西南北把守汛地。复有六丁六甲、值日功曹诸神，各把方隅，犹如铺下天罗地网，一直在云端里守候。妖物料亦无处藏躲，不久便擒到驾前。"此话不表。

且说番僧足登黑云，从龙棚直起到空际，心内打算逃回沼去。猛一抬头，往回里一看，只见有道金光，紧随在后，又听如雷似的大喊道："精物那里逃走？速速回去现你原形！不然，吾神鞭下立刻叫你惨命。"那妖正在惊慌之际，忽听怎样一响，吓了个走投无路，只得停住。偷眼一看，但见那追来的神圣甚是威猛，赤发红须，朱红面色，两只巨目；头戴金冠，大红袍衬黄金甲，腰束黄绒宝带，胸挂紫金牌，靴登五彩，手执金鞭，声音洪亮。妖邪看罢，知是灵官爷追将下来，几乎惊跌下来。道教之中，就是这位灵官王元帅；到了佛门，就是韦驮。凡妖魔鬼怪皆怕这个神圣。

有人阅看及此，问说这话前后叙的不符。他道，先前说黑面僧不认得天师，怎么就认得这灵官呢？即便见过说是认得，为何先在龙棚之际，天师将灵官请下，在御座后保驾，众官看不见？因俱是凡目。妖僧他是妖怪，那时看不见，这会子在云端内就看见咧！即有此问，只得叙明。众妖大抵俱知。孟子说道："大而化之之谓圣，圣而不可知之之谓神。"既为神圣，自然令人莫名其妙，有不可思议之处。不要说妖怪，假如凡人，神圣要叫你看见，把金光一闪，你便看见；要不叫看见，把金光一隐，你想要看见万万不能。灵官爷先在龙棚，原是暗中保驾，隐闭金光。妖邪低头伏在御座之下，所以未能见法相。此时到了虚空，灵官爷现出金身，妖邪自是看得详细。从来天下奇奇怪怪之事，叫人想不来解不出的尽多，若以平常情理较论，往往骇人听闻。殊不知天之高，地之厚，万物之多，风土之异，人情之殊，年月之久，其间无奇不有，无怪不生。若以自己未闻未见，未曾做过的，便说世间并无此理，并无此情，并无此等事，究竟那是坐井观天，浅见薄识，知其一不知其二，少所见多所怪之人耳！况且仙佛神圣，道高德重，自能变化毋穷。不是那异端邪术，惑世诱人的障眼法儿，说出来荒唐难信。闲言叙过不表。

且说妖怪，见了灵官爷圣像，意乱心迷，恨不能立刻钻天入地，得全性命。暗说："不好！料是多凶少吉，难逃公道。我实指乘机借求雨得点好处，归入大罗仙，得预蟠桃会，多么逍遥自在！那知心高命蹇，晦气临头。不知遇了这个鸟天师来破了我的机谋，倒弄得引火焚身。这个时运，真乃不利。那个灵官，真紧紧跟定，倘被他金鞭一击，恐难保这个残生。早知此来这样结局，何必跑到北京，担这个惊怕？倘要出了丑，不但贻笑江湖，怎么再回水沼见同类朋友？"垂头丧气，心中抱怨。只见灵官爷紧紧赶到，扬着金鞭往下要落。吓得妖怪浑身乱抖，不觉急中生智，暗想："我纵然跑到何处，他一定也是要追到何处。自古未有不慈悲的神佛，我且上前恳求一番。倘灵官爷发了善心，暗放了我逃走，免得如飞奔命。若是不允，再作道理。"只见灵官登时冲冲大怒，骂道："好孽畜！胆敢违吾法令，看鞭罢！"说着，那金鞭照那黑面僧头上，一直落将下去。不知妖僧头颅被灵官爷击的如何，要知端绪，且看下回分解。

第一百回 王灵官拿妖缴令 番僧法坛现原形

话说妖僧哀告灵官爷,忽听怒声大叱,抡动金鞭照头便打。妖僧一时心内着忙,想已躲避不及,连忙将大嘴复又一张,吐出一股黑气,托住金鞭,撒身驾起妖风,往北逃走。

忽然,又遇天神相阻,更觉魂迷意乱。猛一抬头,乃是一位黑脸神将,坐骑斑斓猛虎,手擎竹节钢鞭,身穿黑袍,肩披黑甲,腰束乌玉宝带,足踏乌底官靴,头戴幞头,面如锅底,熊眉豹目,满面胡须,在一片祥云瑞气之中,举着钢鞭如疾雷似的,大声威喝,横拦去路。妖邪看罢,认得是黑虎玄坛。妖怪手无器械,不敢相斗。倒退了几步,连忙转身,强打精神,复弄妖风,狂奔南方逃走。此时玄坛爷见妖物前来,正要纵云擒捉,忽见一阵黑风向南疾下。玄坛往前追赶,到了龙棚,见妖物已经过去,只得停云守住汛地。

却说那怪跑过龙棚,想从南方暗遁,急得心似油煎,汗如雨下,暗说"利害"!回头一瞧,但见玄坛爷不复紧追,微觉心定,恨不能一时得一藏匿之所。

正在兴风一直南下,算计转弯脱身,忽听正南上也是一声大喊:"妖怪休要前来,今有正乙真人法令,防你窃蹿,令吾神把守南方捉获于你。你若求不死,速至圣天子御前化现真形,还可活命。不然,刀下无情,立地叫你身首异处!"那怪正在攒力借风,猛然迎头又听这一声威叱,更觉魂不附体,暗说,不好!南北俱有天神阻住。连忙闪目从对面一看,但见那天神头戴五凤金盔,身披黄金宝甲、云里织锦绿征袍,腰束碧玉红绦带,胸挂护心宝镜,足登五彩云靴,坐下赤兔胭脂马,手持青龙偃月刀;面如重枣,丹凤眼,卧蚕眉,五绺美髯,飘飘颏下,英雄浩气,冲贯太虚,左右侍从尾随前后。那怪看罢,知是伏魔协天大帝,不觉打个寒噤。暗想,这位神圣,更是伏魔上将,万事难以闯过,不如早奔他方。妖怪将要转身闪避,只见前面一声大喊:"呔!好畜生!看见我家老爷,还不速现本形,前去请死?真乃大胆,有吾圣取你的命!"说着,一纵祥光,手提大刀,直扑那妖邪。那怪一见,连忙拨转风头,斜刺里又往正西扑去。周仓见妖物逃去,才要乘云头追赶,但见圣帝把手一摆,周爷收住云光,仍在龙棚正南守住汛地。

且说妖物暗想,这四面八方,俱有天神把守着去路,只怕今朝合该吾命休矣!此话慢表。

且说灵官爷自纵金光,暗回龙棚,等候众神将怪物拿到驾前,好交法旨。迟了一刻,不见动静。灵官爷恐妖物哀求,众神慈悲将他释放。急忙复起香风,到了龙棚之外，用圣目遥看。但见众神虽围住妖邪，尚未动手捉获；妖怪站立中央，四顾发闷。灵官爷看罢，纵起祥云，直升碧空，到了妖怪切近，大声喝道："畜生，真仍胆大！吾神良言示你明路，竟敢违背，料你是要吾神动怒。"说罢，抡起金鞭，按着妖物项上落下去。那物见灵官爷鞭到，无处可奔，连忙侧身躲过，趁势起阵黑风，来回与灵官爷旋转。灵官爷心中大怒，威声喊道："众位神圣，既奉真人敕令，捉获妖邪，还不齐上，等待何时！"众神一齐喝道："妖邪休推睡梦，我等奉天师法旨，特意在此捕捉于你。若非真人法令，要你的活口，此时早叫你骨化飞灰。要是自知罪孽，快到龙棚见了人王帝主，化现原形。真人开菩提之心，求免你一死，也不枉你千年道行，付于流水。要再痴迷不省，难免尸骨寸碎，性命不保！"

却说那怪听众神圣之言，身摇心荡。仰首四望，天兵天将围绕得密密层层，无隙可脱，不禁泪痕满面。暗叹一着之差，灾祸临头，何苦当初生此痴想！连忙跪倒，哀求不已。灵官爷一见大怒，骂声："好妖孽，真乃胆大！众神圣怜你千年道术，用良言指你明路，你反装聋作哑。料你这东西不知好歹，不遵法令。"说罢，大喊一声："众位不必善劝。这孽畜自己寻死，何必容情？"那怪听灵官爷喊罢，只见四位天神挥动天兵，刀枪并举，齐往上攻。看罢心慌，暗自想道，不好，我若再不说是速转龙棚，必遭他们的锋刃。少不得再去求见真人，不叫我现出本形，少丢颜面，逃回去免得同类轻薄。要是圣主不赦死罪，那也就无法可说。料是在此哀恳，亦是枉然。想罢，连连叩头，口称："众神暂且息威，听小畜一言上诉：众圣既悯小畜，不即诛死，是要小畜得留活命。小畜何敢再违慈谕，不听善言？小畜唯求众圣开恩，使小畜见了天师，到了龙棚之外，然后再化原形。"灵官爷不等妖怪说完，大喝言道："即速到龙棚现出本形，吾神好交法旨！"那怪为难多会，算到别无良策，将心一横，两眼一闭，收住风头。暗想，丑妇难免见公姑，任凭运数罢了。呼的一声，从半空落到平地。众圣犹恐那妖欺诈，复从下方逃走，暗中紧紧拥跟。只见那妖物已伏龙棚之外，遂一齐用金光隐住法相，在云中候着天师发落，好符送归位。

不表众神暗中卫护，且说皇爷自从天师铁牌求下蒙蒙膏雨，龙心大悦，坐在龙棚，正与文武群臣，称赞天师祖代灵迹。群臣将宁献王送天师的七言律诗，述诵圣听，有"黄金甲锁雷霆印，红锦绦缠日月符。天上晓行骑只鹤，人间夜宿解双凫"之句，老佛爷听罢，说："这诗赞美的诚非虚语。自汉迄今，天师道术至高，仙踪之异，果然不枉上帝敕封之位。朕今看来，深自确信。"天师听罢老佛爷御言称赞，连忙跪倒叩头，道："为臣有何德能，敢劳我主过奖。"龙棚之内，君臣正在谈论着妖僧被获，忽听从云雾之中，下来一阵怪风黑气，见一物跌落龙棚门首。皇爷同众臣齐吃一惊，离宝座闪目观瞧，原来就是那求雨番僧伏在地下。

老佛爷一看，刚要开金口下问，只见天师一转身躯，用手一指，喝声："孽畜！真乃死有余辜。本爵用良言警戒，你胆敢违吾法谕。不但不悔罪现形，反倒喷毒逞恶，窃逃法网。不想你这点本领，焉能脱出吾指掌之中！今既被擒，可也再轻饶不得你过去。依本爵说，还是快现原形，然后再请圣上下旨发落，判你的重罪。"

此时，众文武随驾观看。但见番僧跪在龙棚门外，战战兢兢，低头受责。从来没有不贪生的人物。那怪从空坠下，不知老佛爷叫他是死是活，心内不定，喘作一团。今听天师教训一番，又见皇爷围着多少侍卫，那等威严，更觉恐惧。那怪眼含珠泪，连连叩头求饶。敢则是人是畜生，到了将死关头，心想得生，唯恐言语错乱惹祸，恼了生杀之权的立刻怒发，叫他废命。所以那怪到了此刻，恐防一时说的不明白，立即要命，此时说话，竟不似先前咿里哇啦，也会说出清白的官话来了。但见那怪听罢天师之言，连连叩头求饶，口尊："真人，小畜一时不明，迷了心前来，致生罪孽。小畜实非有心贻害百姓。望求真人垂怜物命，婆心救免，使小畜得不出丑，小畜再不敢生事害民。望求真人开一线之恩，永不敢忘大德。小畜要是心不应口，将来必遭雷击之报。"那怪说罢，仍是叩头不已。

却说皇爷见妖怪哀求，复归宝座。天师听罢那怪之言，俯首暗想，沉吟半刻，转身进了龙棚，连忙跪倒叩头。老佛爷一见，叫声："爱卿，速起平身。有何言词，朕无不依，卿只管奏来。"真人听毕，谢了恩，侍立，躬身奏道："臣启我主，这个妖物虽有邪道蒙君之罪，不过畜类之心，不明国法。原其情，是为急成仙道。不该妄起贪心，前来钻谋营干，诳蔽朝廷。并非安心生灾作耗，惑世诬民。臣启万岁，赦他死罪，使他改过自新。臣算将来这孽畜身上，还有一段因果。"龙心默定。真人亦不敢预言，使天机泄漏，日后自见应验。凡物不该遭劫，一定将他治死，诚恐逆天不利。存他活命，现出原形。且看下回分解。

第一百零一回　施贤臣遵旨求雨　傻和尚闭锁空房

话表黑面僧现出原形，伏在龙棚。老佛爷闪目观看，是一条金色鲤鱼，趴在地上。老佛爷看罢，对文武用手一指，将要开口责说，忽见一阵腥风直扑面目，黑气上起。老佛爷觉腥膻难闻，忙往后退，复归宝座。又听呼的一声，那怪风仍刮的旋转天地。老佛爷复注目一看，还是那怪伏在旧处。看罢，未及开言。天师连忙前行几步，大声喝道："你这畜生！真乃野心不退。为何这等性急，陡起妖风，几乎有惊圣驾。你不想本爵未曾送神，你焉能脱身？今日本爵一片慈心救你，你这孽畜便该捐除兽心，牢记誓愿，要是再蹈前非不改，必逢天怒，定受天诛！即犯在本爵之手，难再想轻饶放过。"畜类也具羞恶之心，听着真人切责，直是低头蹙缩，觳觫之状，甚觉可怜。老佛爷本是仁德之主，看着，不忍将他处死，叫声妖物："今朝若非张爱卿代你说情，朕一定将你碎尸寸磔，以为兴妖祸世者戒。既洪教怜你修炼不易，概不根究，留你一命，再不可贻害生命。修的功圆行满，何愁不得归正。如今赦你无罪便了。"那怪听老佛爷圣谕，不住头点。真人见圣上已竟发落，急命法官符送众神归位；又转身叫声妖物："以后莫负圣恩，速去！"

那怪听真人开了活命之恩，真是漏网之鱼，连忙驾起风奔回水沼。见了同类，又气又怒，怨说众水怪无义。那些众怪述说有神阻路利害，才知是天师预遣天神空中阻挡，不能前进之故。那怪自讨了这场没趣，俱各相戒，再不轻赴北京，每日在沼内纯修，后话不表。

且说老佛爷见雨已落，妖物现形，龙颜大悦。对天师叫声爱卿："适才求雨的那面铁牌，朕想颇有灵效，可称是仙家宝物。今扔在龙潭，必是不能再得。卿为祈雨济民，却将灵牌遗弃，朕甚惜之。这等仙传之物，爱卿果能还有几件？朕想用金牌更换，备存在龙神庙内。倘有时逢着旱灾流行，朕便派人用牌祈雨。"老佛爷言罢，真人连忙跪倒，口尊："我主，臣那面铁牌，更不过是符印之灵，并非仙传宝物。虽已掷在深潭，到了夜静，龙宫自差水卒前来缴送。我主圣谕存留，微臣遵旨。当遣法徒，奉上龙神庙内。如逢时旱，我主仍命一位大员，不论何地龙潭，掷到水中，都有神验。天意所在，最忌宣泄，微臣不可预言。"老佛爷听罢，叫声爱卿："所奏确为至理，朕为忧民事，亦当顺受天命。不知今日这雨落到几时？"天师道："微臣敕令龙神行雨，就在一日为止。但微臣复有一事启奏万岁：适才微臣仰观雨景，只见正东甲乙方，忽起祥云瑞霭，笼罩一方。据臣看来，定有神人降凡。"

老佛爷闻听，忙问道："爱卿既然看出有神仙降世济民，不妨这事明奏，生在何处？日后访出实迹，必要钦加封号，不枉神仙降世临凡。"天师听老佛爷追问，连忙行礼，至龙棚清净之处，召遣值日神查明回报。值日神起到空中，霎时一看，便知就里，到天师面前报明。真人听罢，复对老佛爷奏道："微臣已悉其事。这灵光瑞彩，乃是佛门慧根发现，在通州郡内。始因本地刘姓夫妻。吃斋念佛，积善感动西方世尊，说他夫妻行善不懈，该生一佛子，将来使他夫妻终归极乐。因遣罗汉降生，化成痴傻。刘好善夫妻故去，村人怜他憨傻，送到本庄三官殿内为僧。后来有菩萨与善财童子幻化僧尼，授他无字真经，又默有神人点化传法，遂悟澈佛门微妙。如今这傻僧要遁入深山，欲报本处供养之义，暗用佛法度化愚迷。他知我主颁旨求雨，通州官员集在城隍庙内。他便前去惊觉官民，在众官面前，许定今日午时求雨济众。合郡官见他疯傻，锁在空房之内。那僧先知此处微臣敕令龙神求雨，他暗中诵经相助。现今雨已应候，众官说他有异，俱各信服。雨落，禾苗悖然生长，一方共乐岁丰，万民欢声遍野。一为积些善功，再为报答乡里。从此便匿迹藏名，脱身世外幽岩古洞，以待脱了凡骨，复返西方，移带刘好善夫妻齐升仙界。今这傻僧，还在空屋奉经劝世。值日神回报如此。我主暗访通州城内，自有实迹。"佛爷听罢天师所奏，龙心暗道，今民间有这等善人，能感动神佛，亦是国家祥瑞。朕还宫后，必须着去访明，看看这个神僧是何形象。想罢，对张天师说道："今日妖伏雨落，皆是爱卿之功力，候朕加封便了。"不须烦琐。

且说通州傻和尚，自从锁在静室之内，那一夜把木鱼敲的梆梆不住，吵的众官俱未得安。到了次日清晨，施公同众官净面用茶以毕，仍去照常行香，参神拜圣。众僧等仍然各依本教科仪，修醮念经，吹打法器。

此时，通州那些军民，听说有一游方傻僧，许定当日准能落雨，俱走来观看怎么求法。来到庙内，闻说和尚锁在空房，一齐纷纷说道："京都皇帝，派本处官员求了这许多日，并未求得龙神落几点儿雨。不知那块来的个这傻秃，就敢说是行得了。现在旱得人都编出口号儿来咧！满街上作曲儿，唱什么'朝也拜，暮也拜，拜的日头倒干晒。早也求，晚也求，求的水滴都不流。'看这个傻和尚，也是白捣乱就完了！"军民乱谈。

忽听傻僧木鱼儿梆梆加力的击了三声，大声念道：

叹世人，真可惜！作贪官，为污吏。不积福，不克己，不忠不孝还不悌。口头言，甜如蜜；坏良心，黑似漆。坑拐谋骗把人愚。逞强梁，生巧计，机谋费尽千钧力，真可惜！并不顾头南脚北，倒成了手指东西！

嘴里念着，木鱼敲的声音略小。念罢，又大击三声，往下又念道：

十方佛，他是谁？谁是我？黄粱大梦谁能脱？邀龙神，不得闲，布云童子哄了我。午时三刻不见云，未时六刻难救我。灵山佛，苦煞我，早沛甘霖慈悲我！

憨声憨气，流水的朗诵。那些军民听了，也有笑的，有说编排得好听的。此时众官拜毕众神，庙院散步，听了都不为意。只见有一下役上前禀道："回众位老爷，西北起了黑云向东飞来。"众官闻听,各去纵目西望。果然,云遮天日,似有风雨来到,俱各盼望。不料迟了片时,又一昂头,云已散尽,那红日炎炎如火一般,晒的大地更加炎热。看罢,俱各烦闷,齐说:"可异!明明雨已落下,转眼又雾退云消呢?这傻僧说的甚妙。难道见着一片云,便算求了雨咧?分明是饿疯了,前来调谎骗食,还大着胆自定时刻,看他到底怎样?"施公听着众人所说,暗想,这傻僧果然不下雨来,他岂肯特来找打?要说他一定可行,却又午时已到,不见有雨。贤臣猜疑不定。忽听傻僧又打那木鱼更加乱响。众官道:"这傻僧也算有异处:精神不小。一夜闹得众人都不能闭目,咱们俱觉困倦。"只听他又在屋内傻声喊道:

人人同说不着迷,一说善事便是疑。晨昏恶气冲天地,怒了龙天雨露稀。天不雨,你们急,怨说阴晴天不齐。天虽远,却难欺,人间善恶老天知。要求感召风合雨,一念之善起云霓。

众人听他念罢,刚要转身回去,只听空房里木鱼儿又大敲了三声。不知往下还有什么话语。要知后事,且看下回分解。

第一百零二回

念歌谣助雨济世
种银苗遁迹归山

话说傻和尚停了片刻，复将木鱼大敲三声，改了言词，念道：

人人皆笑我痴傻，我笑乖的瞎作耍。来复去，这一朝，今朝无雨来你不饶。我的佛法无边，快来救我把雨洒。我自傻，你自乖，乖的求雨雨不来。我的佛，快显灵，慈悲我一念诚，送来风雨作交情。

众官在窗外听他念了又念，打着那木鱼似甚得意。有位守备说道："这分明是唱的谣言歌儿，焉能会求得来雨？似他此等样式，到乡村讨碗饭吃，岂不胜在此叫人监守！我看不如趁早赶出庙去，免的讨人不安。果真要有大本事，又不致那样的衣不衣，履不履，饿疯了前来乱道咧！"说着，众官到了施公面前，述说了他念的话说，请命撵逐。

施公听罢，说道："众寅兄，不必气恼着急。他念的并非好言，又非讥刺众人。常言，匹夫一念至诚，便可感风雨，召鬼神。果然说大话，小结果，有头没尾的，空来阔扰，再责逐他。再等稍迟一刻，不见有雨，叫他心服口服的领责。"施公说罢，众官看了看天色午刻，都要过去，那日色热的，真是可畏。众官民此时，都知和尚说的时刻不曾有验，全在庙里围着，等看施公怎样摆布他。

众人正在交头接耳的乱说，猛听傻和尚大嚷之声，把众人倒吓了一跳。又一细听那傻僧嚷的，乃是："黑龙黑龙，快把雨行！甘露三尺，慰彼三农。"他那里嚷罢，忽来一阵轻风。众人对天远瞧，那浓云已满九霄，登时大雨直倾，雷电交作。军民见那雨从未初直落到酉正，微止了半刻。众僧道各回本庙，天到黄昏，用罢斋饭安歇。不表。

却说那雨先前瓢泼的直倾，停约一刻，复又蒙蒙，一夜未止。到了天明，四外一望，真落了个池满沟盈，运粮河中，水平添三尺。

众官晨起，吃茶已毕，见知州到来。众官俱对施公相庆贺，贤臣说道："此是傻僧的功德。众位寅兄不知有何定论待他？"众官道："还是大人做主。"此时，施公已测透傻僧的出处，不是凡庸和尚。只得说道："你们先摆上斋饭，再叫他前来，问他所欲，再作道理。"州官道："求雨乃有益地方之事，下官的责任，卑职奉命请他到来。"说罢，带着跟随人，行到房门外。只见门尚虚掩。吩咐跟人将门推开，到室中一看，那傻僧卧在地下沉睡。忙令跟役呼唤。

只见那人挺身爬起，朦胧二目，憨声说道："你们为何惊了我的瑶池圣宴，使我不得吃饱？"州官听了，猛然不解。暗说，这傻僧必是疯梦未醒，不然为何说出混话？

又知他憨傻无所畏惧,连施大人他还不怕。无可奈何,只得说道:"下官奉施大人命,特来相请说话。刚才至此,何致唐突有惊赴宴？和尚快出去吧,莫令大人见怪。"那傻僧听罢,不说去否,先翻着眼问道:"你是谁呀,前来搅我？"跟随人役见他直说疯话,恐怕再说出不受听的言辞,忙接口道:"这是本处的父母官大老爷。"那傻僧一听,先哈哈大笑了一阵,道:"我当是谁,这么拿搪作势,敢是州尊？那你们说他是父母,就应顾子妇,怎么不疼子妇,就爱那姓铜的、姓钱的方眼孔呢？"说罢,站起来又笑,拿起木鱼往外便走。将州官闹的面红耳赤,无法可施,只得随着来到前面大殿。

只见傻僧与施大人也不行礼,众官倒起来让他坐。他并不推辞,便坐在施大人对面。州官想着施公必要怒他无状,哪知施公一见便道:"这场雨,幸和尚求下,救济万民,有此善功不小。今备蔬斋,暂用一餐。再者,请问禅林住来何处,将来好派人赍送斋粮,使百姓尊礼。"施公说罢,吩咐修斋。下役答应,叫厨子制造些蔬菜素面送上。刚摆在桌上,那傻僧一看,说道:"大人要请我吃饭,就是不吃那素物。"州官先前受他奚落,正在心里恼恨,忙接口道:"皇上自求雨以来,便颁旨断屠。"傻僧听了,复大笑道:"你这州官也倒不错,分明当着施大人说谎遮掩。要不为吃肉,何能叫人捏住款柄？"内有位武职,说道:"你这傻僧直是妄口诬人,有何凭据？"只见傻僧大笑道:"你们不服,派人到鼓楼南街上,张、许二屠家内,他那地窖中蒲草盖着,现有豚肩猪腿。就说已经下雨,官不计较,按价给他买上几斤,他必肯卖。"州官听罢,忙忙说道:"要是不准如何？"傻僧道:"要是不验,将我这化缘讨饭吃的神木鱼儿输给你,叫你衣钵传世。"州官怒气说道:"真乃晦气！这僧人过于憨,不畏法,满嘴说的是些什么话语！今倒要依你买去,如不准时,再行算账便了。"说着,吩咐下役而去。不多时,把肉取来,回说:"小人去时,屠家初还抵赖不承,后来说破他们藏肉之处,才心慌取出,并未讨价。"众官听罢,彼此相看,都不敢说嘴咧！

施公在一旁,也觉惊异。暗想道,这和尚大是神妙。将他求雨济民所行神迹,具表奏闻圣主,加他个封号,大修寺院,使一方不湮没了佛门显应的善缘。贤臣想罢,将内司叫到近前,说是如此这般,急去快来。内司答应而去。此时天色尚在阴晴相半,施公吩咐摆上筵席。众官笑道:"时已过午,和尚既要酒肉,叫他先用罢！"施公明知是憎傻僧多话之故,难以相强。

看那傻僧,并不逊让。手把木鱼槌,将木鱼儿打了几声。众官又不知何故,腹内窃笑。忽听他叫道:"施大人,我有个小曲词儿,能知人心事,你们将耳朵伸开,听着我唱。"唱的是:

众位官儿休暗恼,官场规矩我不晓。

直言说的人怒了,低骂秃驴我不好。

从来都不知颠倒,吃斋睡觉合傻笑。

雨足田野匪我功,敕令龙王张洪教。

爱敬忠来爱尽孝，不求御口加封号。

有心为善如不赏，你的金银我不要。

一步自比一步高，他年相会作总漕。

龙潭虎穴防惊险，不倚英豪恐不牢。

我本佛门一傻僧，人生定数我难明。

要求未到先知事，钦命东巡问孔生。

去来不必问行踪，佛法因缘异日逢。

去处来时来处去，黄金布满祗园中。

吉人天相忠与孝，真经一卷动天庭。

莫怪憨僧多管事，佛心无处不多情。

那傻僧念罢，走过去，便坐在正面椅上。众官认他去吃筵席，暗说，这和尚怪极，心里骂他，都能知道，莫非是真神人，怎么又饮酒食肉呢？实在使人猜疑不明。

不言众官纳闷。且说施公听罢他念的言辞，心内也觉猜疑。暗说，这僧莫非是济颠重来下界？我心想的事，他都念出。其中又有令人难解之处：我想给他奏明皇上，并想送他银子，只是方才的主意。说是恼他骂他，又说有人怨他，刚才说话、詈骂都是有的。那山东孔生，乃是在江都县之事，今日怎么说是要知过去未来。去向山东问他？又说是钦命东巡，又说有龙潭虎穴，还说是异日相逢，这些话，不知又说到何处？难道皇上命我去山东访孔圣后裔？此话断无此理。等着施安回来，赠他银子，看他如何，再将他带到馆驿，问他个确实。贤臣正然思想，只见内司到来，将银呈上。贤臣命放在桌旁。

且说傻僧对着那酒肉并未下筷，他看见银子送到，仿佛长了精神一般，慌忙站起，到那银子近前，大声说道："众位老爷看着，我能借这大块银子种在地下，展眼长出银苗。"嚷道："此项白银我无用，舍在山东济万民。"不知傻和尚之术如何，且看下回分解。

第一百零三回　众仓户巧蒙作弊　施大人复申牌示

话说众官听说傻僧去种银子，都坐着等看如何变法。哪知他乃借此脱手呢？这傻僧，早知施公心内之事，不欲明说，宣泄天数，所以借唱儿叫人听着，已经算是含糊对付了。他又知道，施公还要往下详问，故此他见施安将银取到，便趁机会，说此种银生苗，哄的众人信了，要看他的异法，他才往庙后走出。他那里真去做那无益之事？到了院后，便将银倾在地下，又从庙的后院绕到门前，徜徉而去。

众官候了多会，不见动静，就有那心急地说道："这和尚怎么不回，莫非拐银逃走？"施公道："不要妄口诬人，他与其拐走，我既说送他，何妨明着拿去呢？那银子，许未长出苗儿来，不好意思前来，却是有的。天色已晚，不论那位贵职前去看看，叫他不必做这法术了。看看如何，速来回话。"施公叫施安同着几人刚走到了那里，只见白花花一堆银子捺在地下。吩咐众役拣起，又到神殿禅堂找了一回，并不见傻僧，只得回来禀明施公。施公心中才悟，想他唱的话语之内，已经说着是不要银子，不必问着来去行止。

且说贤臣自与众官求雨已毕，回到衙中安息一夜。天明起来，王殿臣、郭起凤、关小西进衙叩见，侍立一旁。贤臣问道："你们访查之事，何妨对我说来。"三人见问，连忙答道："小的等这几日在仓里仓外，水旱道上，留心踩查，并未见有实在情弊。只是听人传说，先前仓廒官吏，并车船人役，相沿种种弊陋，不一而足。说是虽有正直无私的，又皆怕招嫌怨，互相隐瞒，不肯出首。那等奸猾仓吏，往往与皇亲国戚、各府的豪杰勾连，于中蔽混。每逢到了二、八月，放各旗的米石，便生出许多鬼弊。说是历来廒中之米，都该出陈入新。他们生心先暗通奸商，将上等的好米侵挪抵盗，又暗与各旗的承领串合一气，捏造虚报，欺蒙冒领，乘机走出仓外，卖与米铺，分价各饱私囊。到了亏欠米数，复生奸计掩盖，不是用红朽的支应，便是用掺和沙土的搪塞。八旗兵丁，老实朴讷的，无法可使，不但领些红朽米，还被他们七折八扣的克落。小的等听说这些个弊病，全由奸诈花户，并著名豪匪做出来的缘故。听说那些官员不是不能详察，皆因有等贪鄙的，希图分肥，以为凭空内里得利，所以明知不举，反与他们掩遮奸迹。瞒得一年是一年，隐得一季是一季。此是小的在仓廒左右访闻的一派话语，特来禀知老爷。如今眼看又到开仓日期，小的先前访明的那几个积豪恶匪，还许仗着他们主人的势力，诱花户结成一党，照旧的前来行欺作私。准否，老爷再行裁夺。"

且说贤臣本来就好管闲事，今听关小西等这样一说，未免心中气恼，点头说道：

"非汝等再来详言,我几忘之。吾想到任之后,应该例有条陈。先前出的那几道牌示,皆是书吏仿仓厂从前的故套。如今既知还有这宗许多弊处,只得再自拟一道牌示。你们三人暂且下去,照常的缉访,吾自有主意惩办他们。"关小西等听了,一齐退下。贤臣见三人退下,吩咐摆饭。用毕,心中思忖:一等到开仓,须得认真留心,务使一切仓弊尽绝。这些个蠹吏棍徒,非要叫他们望影而逃,不能不消除了后患。贤臣想罢,立刻吩咐内司,将纸笔放在桌上,将墨磨浓。贤臣提起笔,不多时,自拟了一道牌示。将稿做完,叫施安交明仓书,另行缮正。施安即刻吩咐缮清送进,复呈与贤臣,施公阅看了,用朱笔标过掷下,叫仓吏传木匠造木牌,粘贴上面,悬挂仓厂门首,并要路之处。要知后事如何,且看下回分解。

国学经典文库

中国公案小说

·施公案·

图文珍藏版

第一百零四回　奏条陈仓上守法　施大人领命出巡

　　且说仓上官吏，皆知施分新添了牌示，传说的人人皆来观看，一齐走到近前，只见上写着：

　　钦命仓厂总督施，为再申牌示，以防纰漏，而重国储事：照得国家设立仓廒，积存粮米，原为八旗官员兵丁日食至要之需。一出一入，该员弁等，均宜谨防留心。稽查升斗之米，不准营私，须要执法如山，秉心若水。倘有吏役舞弊，即宜禀明惩治，不得微徇情面，隐忍不言，总期不负朝廷恩用人才之至意。近闻有等豪恶，影借主人权势，窥伺春秋二季，领放俸米、甲米，以为奇货可居，前来煽动胥吏，行欺行诈，弄鬼作奸，内外勾通，虚捏重领，恣意将黑挡子米窃运出仓，瓜分肥己。种种弊习，闻之殊堪令人发指！更有等贪婪之员，不思洁行供职，反图分润私囊，知而不举。已先不正，故不能正人，致令此辈肆无忌惮，所以仓务日愈久而弊愈深也。本院自莅任以来，知从前牌示，尔等视为旁文，故流弊至今不净。今本院访闻已确，不惜舌敝唇焦，再申示谕。大概本院之声名，莫不知之有素，尔等须将从前心肠，早早收拾。倘再仍蹈前弊，一经密察，定即按例严绳以法，绝不稍宽。各宜禀遵自爱，毋致噬脐。特示。

　　康熙 年 月 日 示 实贴仓厂

　　那些军民人等，看罢牌文，个个赞美施公的贤能。那仓上官吏，平日不作弊的，便说有了这牌，往后即可止住弊病，免得日后查出错处，受其拖累。那等先前作弊的，看了这牌，未免恶其害己，心内便生暗骂，说这个歪骨头，真正可恶！莫非打算着要在仓厂一世，无故又添了这道牌示，即便他走了，后任也必要较准，何苦挨这空心骂。众人好恶不一。

　　且说贤臣自出了牌示之后，每日将仓上之事，与那有才能的属员，议论讲究，凡仓上诸务，莫不悉心谘访。一日心中想起郭起凤等禀明有皇亲国戚的家丁煽惑花户弄弊之事，遂唤内司，取过文房四宝，拟了一道奏议——皆是深切仓厂利弊条陈诸务，俱是正本清源。那时，康熙佛爷正在励精求治，看了这个条陈，龙心甚喜。暗说，施仕伦之才能，真堪大用，不枉朕越级擢用，畀以重职。遂朱批道：

　　施仕伦所陈仓廒条款，均系慎重仓务，有益国储。着该户部定为成案。自此次订立章程之后，务各秉公实心任事，以赎前罪。果然始终奋勉，着该督随时奏请，即予升迁。其贪赃舞弊者，该督随时确访，按例严办。至花户舞弊，系监督自行察出，即专治花户以应得之罪。如系通同，即照犯赃例议处。至开仓放米，再有恶仆豪奴,并肆横积匪,串诱吏胥,行飞诡之弊,该督查明据实参奏。不拘王公贝勒、国戚皇亲、文武宅第,即按约束家人不严之例,处分示罚。其奴仆即照恶棍匪徒盗窃仓库之款定罪。施仕伦视国事犹如家事,竭尽勤劳,整顿仓储,纤悉备举,不避权势,杜弊除奸。其才智心力,颇有古大臣之风。着加赏一年双俸,并颁赐荷包一对、折扇一柄,用旌其能。钦此。

自朱批旨意下,施公看罢,立刻望阙叩头,又上了一道谢恩赏的折子。那些仓上官吏畏法,再也不敢舞弊。果然那年到了开仓,一概事务被施公治理的条条有款。先前索御史来查仓廒,半途回京,今又复来到。开仓之日,同着监放米的各旗员,一齐来至通州,见了施公俱各赞美,并监验着放米。这一次放米,各人激励,一毫陋处皆无。

不言施公的法令名声传遍京、通、湾、卫。且说那年各省,也有风雨调和之处,也有旱涝遭灾之处。先前表过,年成不能到处一样,各省督抚按例具折奏报。唯有山东一省,有数州县,由春及秋并未见雨,旱灾之甚,人民莫不惶惶。山野之处,半为盗薮。山东巡抚特疏奏知皇上,请蠲请赈。

老佛爷见了表章,即在龙案上展开。观看罢,龙颜便带忧愁,对两旁众位大臣说道:"不料山东遭灾如此,饥民不堪。据抚臣所奏,如今已是草食不济。朕览之殊觉忧思。想万民嗷嗷待哺,不急加抚恤,必致流离失所,为匪为盗,地方不安。但施赈必须得人公正廉明,方保地面官吏无克漏之弊。倘不遴选才智素优之员,前去总理监察,百姓即不能得沾实惠。众卿等可保举一员,深悉民情疾苦,不负朕倚任的,速行前往,朕乃放心。"此时众公卿听罢老佛爷圣谕,遂乘机奏道:"我主要赈济山东数百万饥黎,非专差大臣监察不可。若用偾事贪庸、职分卑小之员,必不能震慑官吏,洞悉民情,亦不能有公无私,宣布国家恩泽。查有仓廒总督施仕伦,才具明敏,廉洁贤能;又系任过知县,深谙民间之事,此时又总理仓务。若用施仕伦前往放赈,凡赈用的帑款米款,该由何省拨发,自能熟悉胸中,办理周到。臣等想来,非此人不能任此大事。果然臣等所举,有当圣旨,祈我主降旨,召施仕伦来京朝见,命他前往。"老佛爷心中哪能想到他们暗藏奸计,要叫施公远离京都?

且说光阴似箭,日月如梭,转眼已过中秋佳节。施公在仓上已将那俸米、甲米,并补领的零档米石,俱一同索御史、众仓监督,将米放完。那日正在纳闷,闻听内司来禀说:"有圣旨到来。"贤臣听罢,连忙吩咐摆下香案,整理衣冠,前来接旨。此时差官已至仓厂衙门。只见那里摆着香案,施公一瘸一点,前来迎接。差官一见,勒住行脚,下马进衙,将旨意先供在香案。施公朝着圣旨行了三跪九叩首礼,然后跪听宣读。差官复又请起旨意,开读道:

奉天承运皇帝诏曰:贤能廉介,国之股肱;尽瘁鞠躬,臣之本分。兹尔仓厂总督施仕伦,前者,卿任知县,朕即知尔吏治才长;既迁府尹,治国治民,尔更能多筹广略。今复略陈仓务,不避威权,力除恶习,洞达利弊。卿之屡著劳绩,诚不愧为治世能臣。兹因山东一带赤旱成灾，禾稼无望。山东抚臣奏请颁赈。朕思保恤灾黎，必须精察廉明，方能震慑不肖官吏并刁绅恶监势恶盗徒。朕总期穷民得沾实惠，免贪吏侵克弊端。尔施仕伦才力有余，算无遗策，国计民生，谋尽周到。兹钦加尔太子少保之衔，前往山东救灾放赈，勿令一夫不得其所。倘有贪官污吏、恶霸土豪，尔只管认真惩办，莫使流毒害我良民。所有赈用银米若干款项，该由何省仓库拨用，料尔自能审时度势，随时制宜。察看民情，该如何措置，任卿便宜施行。尔拜受恩命之后，即便来京，请训驰往。其仓厂事务，朕另派员暂行护理。尔其勿滞。钦此。

施公跪听读罢，三呼谢恩毕，方站起与差官相见，让到官厅吃茶款待，叙谈闲话。

不表差官回京。且说施公心中想道，都中许多臣僚，老佛爷不肯差用，怎么转想到我施不全呢？莫非其中有人保奏，也未可知。想到此，施公即刻吩咐施安，叫进关小西等，收拾行李起身进京。

从此，这一进京，往山东放粮，施公的名声，人人传布。一路上又出了许多奇冤异事，除了许多恶霸强贼。这正是天生贤臣，辅佐圣主。未知后事如何，且看下回分解。

第一百零五回

入京师贤臣陛见
扮客商私访民情

且说施公自从接旨,即刻吩咐关小西等,收拾行囊,诸事安置已毕。贤臣出了仓厂衙门,施安等扶持上马,王殿臣、郭起凤、关小西等,尾随在后,星驰起程。仓上官吏,送有里许,贤臣便吩咐:"众位回衙,须要好好当差,报效国家,无亏臣职。"众人听罢,方才回去。贤臣带领着亲随,进了齐化门,吩咐关小西等,暂押着行囊,且先回宅。自己只带着施安,从东华门直入。进了禁地,叫施安往外等候,闲言不表。

且说施公那日到了朝房,众朝臣俱已朝散。彼时老佛爷正在南书房翻看史书,思想山东灾荒,求所以补救之策。当值的卫太监,只得到龙驾前跪倒,说道:"叩启我主万岁!现有仓厂督臣施仕伦来京陛见,在朝房候旨定夺。"老佛爷传旨,命宣至宏德殿问话。卫太监叩头下去,来到朝房,对施公高声说道:"皇爷有旨:宣总督宏德殿见驾。"

施公听罢,不敢怠慢,即刻随着卫太监,从金阶一旁往里面走不多时,到了殿前。只见老佛爷已经走到那里,在御座上坐着呢。两旁有几个随驾的太监伺候。此时卫太监只得退闪一旁。施公上前,低头朝着老佛爷行了三跪九叩首礼,又跪伏在地。老佛爷一见,那等歪歪扭扭的身躯,也觉着可笑。天颜可喜,叫声仕伦:"尔不愧为国之能臣,看你这形体,实在的跪伏不便,朕今赐你一个锦墩。"说着,命内监取过。施公连忙谢恩,仍是半跪半坐。老佛爷又叫声仕伦:"朕前者观尔条陈仓务,深切利弊,足征尔劳心国事。今因山东奏来荒旱,民间遭此颠连,殊堪悯恻。今将颁赈救恤,诚恐不得其人,百姓难得实惠。今特命卿前往放粮,并巡察贪官污吏。如有奸佞强恶之徒,任卿酌处。至该赈用粮米帑物,该由何省拨用,卿只管便宜行事。料卿此去,必能筹策得宜,万民不致呼号失所。兹特加卿太子少保职衔,出巡稽查。俟回京之日,另加升赏。卿宜速速起行,勿令小民流离载道。"施公听罢老佛爷圣谕,连忙奏道:"微臣是无才能,只不敢负我主厚恩,有误国家政事。微臣明日即便登程。"老佛爷听了,即命退朝。

贤臣受命,至次日连忙起身,辞别了父母兄弟,并宅内一切众人,登程就道。且说贤臣出行的日子,乃是到了九月初一,金风凉爽,暑气全消,一路上逢州过县,轿马仪从,俱接驿站住宿。地方官送迎,并预备公馆,不必细述。

过了卢沟桥,贤臣、小西二人先走,大轿在后,按站住宿良乡县。这日到了涿州地面,遇着一件可异之事。施公与关小西闪在路边,偷眼看着。只见乃是一家发殡的,车上送殡的是个少妇,旁边有一男子相随。那个少妇哭的声音并不哀切,坐在车里，直是与那男子眉来眼去的，一阵一阵的传情，不像丧家的气象。贤臣看罢，心中有些犯疑。抬头看了看，天色到未申，叫声小西："天气不早咧！你去找个洁净旅店，住宿一宵，明日再走。"小西答应，往前边找去，不多时找着了。贤臣同着小西一齐住下。到了店内，便叫小西出去访问，是何等人家出殡。

好汉闻听，连忙前去。不多时，走回店内，慢慢对贤臣说了一遍："那少年男子，是个皇粮庄头。家业广大，倚财仗势，结交衙门吏役。好色纵淫，欺压良善，无所不为，全作的没天理的事情。此人姓马，外号人呼为马鬃，本名叫马大年。送殡的那妇人，是他的家人媳妇，娘家姓柳，外人呼他叫柳细腰。因她丈夫冯二点，不知所因何故，前日自缢而死。这个庄头，今日拿出钱来，发送他媳妇送殡，所以马鬃跟在后面。"小西说着，贤臣心内早已明白，对小西说道："这件事，我看定有缘故，不用说是淫妇与那男子通奸，日久情热，谋害了亲夫。按理，这淫妇立刻究问明白，就该一齐治罪。只是钦限紧急，要一详审，未免误了行程。只好赈济回来办了，暂由恶人多活几日。"说罢，主仆用罢晚饭，安息了一夜。至次日清晨，店小二送来脸水，净面已毕，就势儿要了茶饭。用罢，小西算清店账，付了钱，扛起行囊，告辞店主，迈步出了店门。

贤臣歪拐的跟随在后，关太前行，复又上路，一直的穿过涿州城去。贤臣身带残疾，焉能行走得动，只得又雇了两个赶程驴，搭上褡套。小西扶持施公骑上，然后自己就势也就乘上，前后顺着大道行去。那贤臣骑在驴子背上，就不是步行那等样儿咧，也有了精神咧！瞧了瞧左右无人，遂叫声小西："常言说'多能多干多劳碌，不得浮生半日闲'，这话说得点不错，只是人生都有个定数在内。有通州求雨，那傻僧已竟说明。当下我尚纳闷，今日果然钦命出巡山东放赈，岂不是个前定？可巧今日到了此处，便遇着这等怪事。我有心在涿州立刻升堂，审问来历，又怕耽误钦限，有碍被灾之民，辜负了老佛爷轸念穷黎的恩惠。"关小西说："此事小的与大人，乃是暗行私访，不好明去札委知州。且又过了城池，不容易再返回去了。"贤臣听罢，叫声："小西，你这主意，却到不差。除恶安良，本地州官既然廉明有胆，大概足能审出这个冤情，除了这一方祸害。虽说咱们已经过了城池，我想着轿马人夫，尚未能过去，昨日一定也住在涿州公馆。由京起身之际，我已吩咐明白，令施安坐着大轿，逢州过县，俱按钦差的礼节，应对地面官员。料他习见熟惯，谅不至走漏风声，被人看出破绽。今日咱们起程甚早，料他们尚未动身。小西，你看前面，必是个村庄，索性赶到。"

贤臣与关小西进了村中。四顾一望，只见路西里挂着茶牌，上写着："扬子江心水，蒙山顶上茶。"粉皮墙上，还写着："家常便饭。"小西看罢，说是"咱们就在这里吧！不用往前再走咧"。说着，好汉从驴上下来，扶持贤臣也落了平地。茶馆门外，有两根木柱，将驴拴好。主仆二人走进去，只见那里面甚是清净。原是一个年老的妇人，并一个十三四岁的小童，应酬茶客。贤臣一见，心中甚喜。小西上前找了一张桌子，将行李放下。主仆二人，一齐归座。那小童送过茶叶。小西放在壶内。小童将开水泡上，徉徜而去。小西说："老爷速写札谕，小西好赶着前去。"说罢，因带有现成纸笔墨砚，在褡套之内，掏将出来，放在桌上。贤臣提笔一挥，登时写了一道"详审奸情，以重民命"的札谕，让小西好赶着前去。又写嘱知州：暗中访明奸夫淫妇的缘由，以及该当如何勘验，如何申详，只管细心问拟，如有错误，自有本院做主。贤臣写罢，即交与小西。英雄接到手中，如飞而去。

　　小西到了涿州公馆，可巧施安那里果然尚未动身。小西到了公馆，对施安等如此这般，说了一遍。王殿臣、郭起凤一齐说道："不须再奔州衙，大概知州必前来相送。'钦差'回头交与他就结咧！"说罢，小西将札谕递给王殿臣，仍旧大踏步去保护贤臣。后来施安见知州来送，即命王殿臣将札谕暗交州官。那知州本来不避权贵，又兼有施公札饬，果然将奸夫淫妇究出实情，按律治罪。施公以后知道，上折子将知州保举，升任知府，此是后话。

　　不表施安坐着大轿而行，且说关小西急忙赶到茶馆，只见贤臣尚在那里吃茶坐等。一见英雄已到，便问办的如何？小西如何对答，要知后事如何，且看下回分解。

第一百零六回　少妇送殡露破绽
恶霸行路逞威风

　　且说关小西听了施公之言，连忙问道："老爷，这奸夫淫妇害了本夫，今日如何看出他们的破绽？"贤臣说："我并无别的法术，不过私访民情，处处留心。见闻之际，暗察声音动静。凡人于其亲爱之人，必是始病而忧，临死而惧，及其已死，哀切哭泣。适才见那妇人，哭已死之夫，声音不哀而怀惧。又见与那男子眉来眼去。闻声察色，知其因奸致杀，一定无疑也。"小西听罢，心中叹服，说道："老爷真是烛照如神。"说罢，给了茶钱，主仆仍然骑驴就道。

　　且不表五里遇着桃花店，十里过了杏花村。小西催赶着两匹驴，甚是快速，顷刻走了三十里程途。那里有个地名三家庄，主仆喂罢脚驴，找了一座干净饭铺，吃了饭食，复又登程。只见路上来往行人，也有骑马、坐车的，也有推车、肩担的。贤臣一同关小西骑在驴上，听这些人言讲。

　　贤臣眼望好汉，把头一摇，将驴一勒。好汉更会其意，只得也将驴暂住，让众人的驴过去，慢慢跟在后面，果窃听二人谈说："我倒有个兄弟，亲眼见他对我说来：这位施公大老爷，原籍是南方人儿。只因祖上挣下功劳，皇上加封，入在镶黄旗汉军之内，世袭的镇海侯爵。初任江都知县，代署过州印二任，顺天府三任，便升到仓厂总督官印。仕伦这个人，听他说的不差，可见皇上重的文才，不是取的相貌。"那人听了，更加不服，道："我说这句话罢，尊驾再要夸奖他，不如先骂我个猴儿崽子！不是在下夸口，愚下乃茂州人氏，我姓牛，外号人称牛腿炮，在茂州小小有个名望。不论几时，众位要是走着我的贱地，打听打听，没有个不知。列位往后撞着我，不必理我。常言'人不辞路，虎不辞山'，将来众位总有到茂州去的。我们结拜的有四个弟兄，每日同在一处，义气相交，人人皆晓。我大哥姓武名貌，绰号人称铁金刚。我二哥姓金名玉山，家中广有产业，终日眠花宿柳。三哥姓赵名大璧，爱交江湖朋友、衙门官吏，人称独霸茂州。在下本名牛玉璜，皆因说话行事，没有板眼，所以人送外号牛腿炮。我们哥儿四个，不敢说有点小字号，就是皱皱眉头，那一个都称'乖乖的'！众位有时到了贱地，倘有个大事小情，只管提说我牛腿炮一声，什么事情都可了结了。如今，我这是从涿州探友回来，路过此处。你们说这些言词,实在叫我听着可恼!施不全果然山东放粮,必要从此路走,我看他将我怎样!他行的事,我都知根知底,贪财害众,奸诈欺人,怎么算得忠臣!在江都县,有个黄天霸,却是一位英雄杰士,被施不全甜言巧语哄的跟他捕贼办事。那黄天霸做官,心甚怕死望活,挣功立业,把他结拜的弟兄,为救施不全,都用镖镖死。你们猜后来怎么待遇黄天霸?竟如家奴一般驱使,并无一点儿提拔之处。黄天霸跟的日久咧,不知他是最奸不过的坏骨头!"众人只见他满面通红,带着酒气。众人瞧他是个醉汉,瞧是满嘴里胡须,全不理他,一齐催驴,各自走去。

此时贤臣与小西俱跟在后,听了个详细。施公恐人看破,并不愤怒,仍是坦坦然地骑着驴行走。那关小西本来不曾念过诗书的,又兼手有艺业,英雄气象,自是粗鲁。听见人谈论贤臣,登时怒发冲冠,按捺不住,就想上前动手。刚一抬头看贤臣,只见施公那里摇头。小西看罢,也就知道贤臣怕是泄漏机关,不肯叫他闯祸。复又把驴勒住,离那伙同行的,约有一箭之遥。贤臣又回头一看,并无人跟随在后,遂叫声小西:"将才我见你面红耳赤,似乎有些气恼,那如何使得?你想咱们未行之先,我就吩咐过,一路须耐性,不可妄动火性,自蹈危险。凡事我自有裁处调度。适才天使其然,叫恶人自诉供招,不过令他们多说几日,然后自然叫他们知道。"一路上,二人闲言。不表。

却说主仆催驴前进,过了三家店,又走了三十里,至新城县过站。由新城雇驴上路,又走了三十里,至白沟河。这日共走了九十里。到了天晚下店,用毕茶饭,安歇不表。至天明给钱,出了店门,复又雇驴前走。这真是朝登古道,暮宿荒村。主仆虽是雇驴趱路,却不论到了何处地面,要遇着行人众多,便将驴慢走,一为探听本处的官员贤否,二者为的是访察各处的土豪。

这日施公上了驿路,但见男男女女,扶老携幼,四路奔走,如蜂似蚁。听说那些人全是由山东出来逃难的,也有说是投亲,也有说是访友。又有那多嘴的说道:"你们这些逃走的,难道你们没有耳风?现在老佛爷知道山东灾旱甚重,特发帑米,钦派大员前来赈济。你们就到那里,谁能给你们蒸下包子煮下饭?不过也是忍饥受饿,乞着讨饭。常言说:'在家千日好,出外刻刻难。'在本处喝碗水,尚不至作难。若到了他乡外郡,只怕一口水想喝热的,都不现成。据我说,你们不如回去。带着少女幼妇,离乡背井,那里都是那等好人?倘遇着凶霸之徒,不讲情理,看见你们饥饿,假意怜悯,生出主意。看见妇女面貌生得稍有姿色,或用银钱饵诱,或用强横欺凌。一入了牢笼,只得由他摆布。或是拐卖,或是强奸,许多的恶处,说不尽他们的阴谋。到那时虽然后悔,也就晚咧!现在听说康熙老佛爷,派的一位清官,钦赐国帑,救济饥人。这位清官,乃是三甲荫生出身,皇上都知道他刚直,不怕势力,专除赃官滑吏,恶霸土豪。并不是那等'养汉老婆穿裙子——假装正经人'那样子行事。判断公案,真是神钦鬼伏,才能更不用说。作顺天府尹,作仓厂总督,专与国家去弊,行那利益之事。王公、侯伯、驸马等,要叫他寻出过处,也是不肯饶恕。傲上

图文珍藏版

怜下,朝野知名,真是一位有才学的清官。如今可就是差这位老爷前来放粮,他要一到,那个官吏还敢通私作弊,坑害良民!一定能沾实惠。你们快赶回故土,等着去吧。"

不言行人在途议论,且说贤臣听罢行人私语,自己点头暗想,据这人说来,却不枉我为民劳苦。可见善人说恶人不好,恶人也是说善人不好。张献忠论古今人物,他说西楚霸王是天下第一。真是物以类聚,人以群分。出都门未经几站,说的我便是好歹不一。但只一件,那说不好的,本是恶霸强徒,我偏访恶治他,岂肯还说我好的道理?这说我好的,一定他也是好人,到底不埋没了我为国为民之心,这就是了。

贤臣想着得意,心中一喜,精神陡长,三十里路,不多一时,便到雄县。那驴到关厢,驴夫接去。主仆进了饭店,吃茶洗脸毕,吃些东西,会了钱。小西扛起行李出铺,越过关厢,进了雄县。但见人烟稠密,街道上铺户甚多,主仆也无心观看。只因钦限要紧,贤臣也顾不得残疾劳碌,饥餐渴饮,夜宿晓行,按站雇驴,盘桓前进。贤臣一边走着,对小西说道:"据我看沿路之上,听来往行人话语之中,负屈含冤之民,到处不少。有心细访严查,立刻审问,又恐违了钦限,饿坏许多灾黎。我料施安此时已经过去,比咱多走着一程。如今咱们也只得快走。倘遇说话——有些隐情的,留心记着,俟放粮完毕,再行判问公案。"小西听罢,道:"但凭老爷尊意。"说着,主仆不敢迟滞,真是往前一程一程的行走。一日由任丘县一早起程,走不四十里,到新中驿打尖。还是雇驴,又走三十里,来至河间府。换了驴,又走三十里,至商家村,天色到黄昏之际。这日,走了一百里,方才歇在店内。不知又甚事,且看下回分解。

第一百零七回

走漫洼小西取水
逢贼寇贤臣遇灾

话表施公与关小西只因赶路,错了站头。主仆商量着步行,走出十五里之外,到了献县,再雇脚力。贤臣此际,也是无可如何,只从权缓步当车,往前行走。小西扛起行李,不敢快走,知道贤臣是身带贵恙,腿有残疾,只可款款而行。主仆二人,也顾不得风尘扰扰,顺着大道,一直行来。

走了不到二三里的光景,施公那步履便觉艰难,一拐一溜,一步挪不开两脚。小西一看,只见贤臣浑身淋汗,满面通红,不要说是那残疾腿,连那好腿都似发胀的样儿。他歪着嘴,一言不发,直是哼个不止。小西偷眼观瞧,累的他鸡胸越显,锅罗子越大。虽然如此,却无一言抱怨。好汉看罢,暗暗点头,赞叹贤臣忠心为国。

不言小西暗赞,且说这漫洼之地,并无铺面,行人也都稀少。好汉心疼贤臣,抬头远望,但见前面有个古庙,相隔尚不甚近。贤臣无奈,叫声小西,"罢咧! 也不必往别处再赶,咱就在这庙内歇息歇息。倘有住持,就势儿借杯茶吃。"说罢,主仆一齐进庙。其中并无僧道,前边禅房俱已倒坏,只有中间正殿尚存。贤臣抬头一看,中间挂着模模糊糊的一块横匾,上写着是"三义庙"。明柱上还有一联挂对,只见被风雨淋的也不清楚了。贤臣细看,方能辨认,其联云:

若傅粉,若涂朱,若泼墨,谁言心之不同如其面?

为君臣,为兄弟,为朋友,斯诚圣不可知之谓神!

施公看罢,知是祀的是"刘关张",连忙上前叩拜。小西放下行李,也叩了三个头。又将息将息,行李铺在就地,让贤臣坐在上面。施公喘息多会,方才神定,忽觉着一阵干渴,说道:"是怎么得口凉水喝喝才好。"小西是个义士,惜施公是干国忠良,连忙答应说:"这却不难,只用老爷略等片刻,我近方寻取些前来,老爷好用。大约此处离献县就在六七里路,纵然少迟一刻,到那里也不很晚。"贤臣只得应允。小西如飞前去找水。这话暂且不表。

且说这漫洼地面,虽说离着献县不远,却是个荒僻之处。前不靠村,后不靠店,孤零零一座破庙,时常暗隐歹人,窝藏匪类。又兼那年山东大荒,盗寇如林,抢夺财物,皆因郑州是天下冲要之区,四方的余寇,全来奔聚。那年郑州地面著名之寇,乃是:亚油墩李四、弯腰儿赵八、杉高尖周五、独眼龙王七、笑话儿崔三……他们的姓名不必全表,统共一十七个。因为踩盘子的踩着了有往郑州贩红花紫草的客商,本钱重大。他们知道大客人,全有保镖的护送。探听明白,保护客商的,有十来个达官。亚油墩恐怕达官扎手,抵挡不过,又再三哀求一位有名的豪杰,出来帮助。

那日他们踩准了那伙客人经过，亚油墩李四约会齐了，便去动手。他们邀的帮手，武艺高超，一阵将达官杀退，得了包赃而归。这漫洼三义庙内，他们作为分赃之所，知道的都不敢从那里经过。

今日贤臣自打发小西去找水去后，自觉遍身走的筋骨疼痛，随便在铺的褥套上，靠着神台，闭目养神。不料每日行程，过于劳乏，不知不觉，便将躯倒在行李之上，合眼睡着了。常言说，人睡如死。外面众寇一见，心中大怒，一个个七手八脚，奔了贤臣。这个说："一定是只孤雁飞乏咧，藏在这里息腿呢！"那一个说："莫非是个奸细罢？"又一个说："不管他是作什么的，先把他收拾起来，出一出咱们的气。头里只顾与那达官厮杀，不料那大汉保镖前来，真算有他的黑蛤蟆劲儿，冷不防他给了我一家伙，险些儿把我弄倒。如今有了这只孤雁儿，你们让我先出这口气罢咧！"常言说，人利害叫作狠贼。这个强盗一边说着，赶上去按着贤臣的大腿，用力往下一拉，咕咚的一声，掼在地下。摔的那贤臣叫"哎哟"，连忙睁开眼观看，只见满殿中是人，只不见小西在内。先前睡的两眼迷蒙，此刻添了个二目昏花，忙忙哀告道："啊呀！列位把我拉醒，所为何事？快快撒手。"再说众寇闻听，一声大喝道："你别做梦咧！拉醒了你，只是便宜你。实告诉你罢，如今你遇了催命判官咧！"说罢，不容分说，就又动起手来。贤臣一见，说是"不好"，自觉吃惊，暗道："我这命怎么这等多磨多难！果然是前来特访恶人，遇着灾星，那是自招，无处可怨。今日走着道儿，无缘无故的来到这里歇腿，会碰见这伙强人，难道这也算我自投罗网，怎么说这等的凑巧？此站并无牲口，走的遍身酸痛，来到破庙安息，忽生焦渴，命小西去取水，以致离开。小西取水，去了好久，为何还不回来？莫非这是前因后果，老天注定我该当此地逢绝？壮士呀！你早来一刻，还可相见，不然，我命休矣！"不知小西立刻来否？后事如何，且看下回分解。

第一百零八回　众盗寇嘲笑对句　关小西闻信惊心

话说贤臣盼望关小西，不见来到。无法可施，只得还是哀求。此时也不顾官体咧！想着迟一会是一会好，候着小西回来。想罢，叫声众位大王："暂且息怒，听我一言。"只得假意说道："列位好汉请听，在下是京都人氏，今来献县，探望至亲。只因身带残疾，走到此处，步履难行，故此来到庙里暂息片刻。可巧忽生困倦，不觉睡着，以致好汉贵驾到临，有失回避，罪实不轻。今既冒犯众位，就是碎剐零割，无处可怨。只是可怜，在下是远方人氏，我一命不值蒿草，可惜我一双父母，必然饿死家中。好汉若肯饶恕我一命，连我家中父母，也不致饿死。好汉们算是赦了我的一家三命。常言说'救人一命，胜造七级浮屠'，大王等不杀三命，更是功德无量了。日后在下还家，每日烧香拜祝，愿大王们日日添财进宝。"贤臣哀告了会子。

只见那独眼龙对众寇说道："你们别瞧这个孤雁，长得虽然不甚够本，却倒舌能嘴巧。你们看这一派的蜜拌糖的话，我直觉心软咧！"那杉高尖，也对着笑话崔三道："万留不得！把他绑在柱上，取一把牛耳刀，开了膛，吃点心血，大家先喝了解解渴。等着大哥来到，拿出你们带的酒来，大家再就着尝一点儿，开发了他。同着大哥，连他的东西一总分了，咱们好各散。我今晚还要到阜庄驿，会会我那得意的人儿去呢！"周五、崔三二寇闻听，叫声四哥："你真也算越老越少心咧，那么一个养汉老婆，也值得这样挂在心上？这算什么事情，还说出口来。就是那样猪八戒的破货，也称'得意人儿'？要真好，古来说的西施、昭君，生成一朵鲜花样儿的，还许买张八仙桌弄在家里当香花供养呢！你这才叫'情人眼里出西施'。今日说的这好话，比作'见了骆驼容长脸，抱着母猪唤貂蝉'。叫我们说，不如先将那心收了罢。等着大兄来到，诸事已毕，我们有个巧当儿，领了你去，管保叫你乐个有余便罢！"亚油墩李四便吩咐将施公上身衣服剥去，绑在柱子之上。

登时将贤臣吓得眼似銮铃，面貌失色，直望外瞧。心内暗暗叫道："壮士呀，我的命只在眼前，你怎么还不见到！早知今日有祸，虽然渴死，也不叫你取水。纵然困死，也要挣扎着前行，赶过此处，何致今朝废命。"贤臣心中一急，气往上撞，大叫一声："老天哪，真真的太不睁眼！"此是贤臣害怕，不知不觉叫出这么一声来。

哪知众寇一听，更加气恼。其中有一个叫白脸狼马九的，他见贤臣失声怨叹，便大叫一声，说道："好这个不知死的东西！你既大胆前来，甘心纳命，你还敢怨天怨地的？多出言语，先割了你的脑袋，吃了你的窝窝头！"说罢，照脸就是一掌。只听吧的一声响亮，又听"哎哟"，打的贤臣眼冒金星，鼻流鲜血。登时忍气吞声，不敢言语,只是点头自叹,暗痛在心。且说李四,见白脸狼马九打了贤臣,还要上来再打,连忙阻道:"马九弟台,且稍停手,忍着些。少时,就要他的活命,那消与他生气。不必打他,你们老哥儿们不拘谁动手罢咧!"亚油墩话才住口,只见独眼龙与杉高尖二寇,一齐大声嚷道:"四哥,今日这点小事,让给我们开开利市。往后打仗迎敌,免的胆怯,叫你们众位老兄笑话软弱。如今壮一壮胆子,再要杀人,也就容易咧!"二寇言罢,俱扯出明晃晃的利刃,手内擎着。杉高尖说:"七弟,今日你先让我罢。"独眼龙说:"五兄,你让兄弟今日试试,好不好?"李四复又开言,叫声:"二位也不用再争咧,左右咱们还得等着大哥。即有这个工夫,再容他一会儿。七兄弟,你素常对我说,会什么酒令儿,什么诗句。我如今出个主意,你们两个都得依着我,说一个对句。上联还有个曲牌名儿,你们哥俩对下一句。谁要能对上来,谁先动手。对不上来的,不但叫他不能动手,还要罚他个东道,吃喝时叫他给众人斟酒。免得二位争论。"二寇听罢,只得将刀一齐入鞘,都说:"四哥说得最好,你先说一句,试试我们的才学,谁高谁低。"

　　亚油墩见二人应允,叫众寇一同团团坐下,说是:"众位听着,如今我说得不好,众位也罚我个东道。"只听众寇一齐答应,都说:"四哥快说,我们好听着,有味没味。"李四道:"我就指着这只孤雁说罢:'雁落沙滩,撞着打牲人必死。'"众寇听罢,齐都咂嘴,连声夸好道:"真是比得不错,我们听着,这才学比那醉写的李白,不在以下。这该周五你们哥俩的咧,快对呀!"那周五本来斗大的字认不得了七升,那能会对对联?急的张口瞪眼,抓耳挠腮。那王七却念过四五年书,心内灵透。他住家又挨着学堂,常听市村的那些学生,讲究什么对字,所以他懂的个大概。且说王七见周五对答不来,便得意说道:"五哥,你先慢慢地想想,我先对上一句,试试合四哥的意不合?"周五听了,并不言语。众寇一齐开言,说是"很好"。王七带笑说:"众位听着,不要见笑:'劈破玉龙,飞彩凤任意高腾'。"众寇闻听,一齐大笑道:"好的,好的,四哥说了个'雁落沙滩',王七弟的对了个'劈破玉龙',活的死的都有,又有两句曲牌名儿。"说着,又一齐掐着指头,算了一算,都是十一个字数儿,遂哄然共赞道:"大才,大才!吾等不敢不服你的。"此时,周五急的面通红过耳,说是:"你们可再等等。我对了,也对上句,看好不好。"众寇说:"使得,你快想就是了。"

　　不表众寇咬文嚼字。且说贤臣,被白脸狼击了一掌,不敢言,只得任其捆绑。低头思想,暗暗叹气道,我的恩重圣主,只知微臣山东放赈,哪知我半路亡身。微臣一身死无妨碍,只可惜误了国家大事,有关亿万民命。不能实受国恩;高堂父母,不能侍奉。

　　且不表施公。却说壮士小西,自从往近方的去处取水,不敢迟慢,如飞地奔了村庄。走约三四里,但见前面有村子。好汉走上前来,瞧见偏东一家庄院,门前有座菜园,旁边一眼砖井。小西看罢,举步走至井边,并无汲水之物。刚要前行求告,忽见从里边走出一个老者,年纪五旬,肩担水桶,手内拿着细绳,来到井上。小西一见，连忙近前拱手，带笑开言，叫一声："长者请了。在下是行路之人，从此经过。因伙计身有残疾，步履艰难，一时焦渴思水，在下故此前来。万望发善心，赐一器皿，取点水回去，好去救伙计之渴。"那老者听了，说是："客人不必太谦，从来水火不算什么。这里有现成的水桶，你自己汲些儿上来。我去给你找一水罐，你好盛了，拿着回去。但不知你们那伙计今在那里等候？"小西答说："现在漫洼三义庙内。"那老者听罢，说道："客人，你快着汲水，我去给你拿水罐。"说罢，老者慌慌张张，须臾拿到。小西此时将水已经汲到桶内。那老者说："客人，我有一句话告诉你。依我说，你快着取了水去吧。你那伙计，时运要好，还许无事。要是走着低运，只怕此时早就没了性命。你们远方人，是不知道。那三义庙内，好似杀人场，陷人坑，时常强寇那里歇马，害的行人不计其数。青天白日，鬼神现形。不遇着他们，那是万幸。若时巧了，一时碰上，只怕你说破了唇舌，也不肯饶放。你快回去看看罢，不是玩的！"

　　小西听罢，登时吓了个真魂失散，连忙拿着水罐，说是"多承指教"，告辞老者，流星似的往回里便跑。一面跑着，一面游疑。及到离庙不远，连忙闪目观瞧。但见庙外闹嚷嚷的，约有一二十匹马，拴在树上。许多的小卒，坐在树下，树旁挂着几十个袋。先前小西走过黑道儿，一见这光景，就知是江湖上的。众人都在那里席地而坐，一个个指手画脚，不知说些什么。看来看去，只不见贤臣的影形。好汉登时心下着忙，口内连连说道："不好！一定应了那老者的话。"心中一急，怒气一攻，往庙里便闯将前去。不知关小西的性命如何，且看下回分解。

第一百零九回 商家林贤臣被困 三义庙义士发风

话说关小西惊忙带怒，便闯进庙去。舍生忘死，找寻贤臣的下落。好汉站起身躯，大踏步往前走去。走了不远，心中忽然想道，俗语说"事要三思，免劳后悔"。我这一进庙去，若论武艺，他们总有二三十人，要说擒住我，料亦费事。只是个"能狼难敌众犬"，果然我的恩主已经遇害，我今闯进去，或是我伤了他们，或是他们伤了我，不过拼着一死，倒也壮志，不负主恩。倘若主人未曾遇害，我今一粗心进去，与他们拼命，他们必定先害我的主人。若是如此，日后令人笑我，不但不能救主，反是送了主人的命。不如我往近处，偷着看上一看，再作道理。好汉想罢，复又找了一个土坡走上去，找着庙墙缺处，仔细观瞧。

先前皆因众寇乱哄哄的，或起或坐，并庙外小卒们，与树上拴着的那几匹马遮掩住了；又搭着那时好汉，也正在走的头昏，急得两眼迷离，所以未能看得真切。这时，将心神略定，更加着留心察看，故此瞧见贤臣，小鸡子似的绑在那殿柱之上。好汉看见贤臣尚未被害，稍觉放心，只是无法解救，进退两难。暗说这事幸而不曾冒失，那时要是一冒失，杀将进去，倒是害了恩公。如今须得想个万全之策，才能救得出此火坑。好汉一面思想，只见旁边有株柳树。回身将取来的凉水提着，走到树后，自己喝了几口，仍然放下。蹲在树旁，思想妙计，此话暂且不表。

却说众盗寇，只因等杉高尖思想那副对联。他满庙里乱走，忽然起来坐下，坐下起来，要想着往下对答，又无那等才学。正在急的坐卧不安，可巧有一卒前来报事。众公你道报的何事？只因关小西先前蹲在树下，心中想计，短叹长吁，急躁多会，总盘算不出计策。一时浑身发着热汗，亚似蒸笼，淋漓不止，刚要想着站起身来凉快凉快，偏偏的那小卒前来撒尿，见一大汉在树下乱晃。这小卒也不顾出恭，一路乱跑，便喊叫着回庙。小西一见，知道形迹已露，不得不出头前去。又暗想，大丈夫死则死耳，纵然在这里蹲到明年，也保不住恩主残生，如今不如进庙，如此这般，再见机行事。好汉想罢，将主意拿定，随后跟着那小卒慌忙迈步前往。比及小西到了庙前，那小卒已经将撒尿遇着大汉的话，先对众寇说了。那时杉高尖想对子，想的又羞又气，正然无法可施，忽听小卒如此这般一说，便趁这机会，拉开了回钩儿咧！众寇俱未开言，他先一声怪叫："哎哟，那里来的狗男女，敢来此处窥探？"

且说好汉心中拿定主意，进庙去看风使舵，忽见先前进庙的那个人，跑将出来。他见好汉已在庙前站着，便叫道："呔！你这厮做什么来在我们这里张望？我们寨主已经知道，叫我传你进去，有话问你。我认你还在树下偷看呢，敢则自己投来。

很好,看你倒是根棒子,还不怕死。"好汉听了,未及开言。那些庙前的众卒乱说道:"好好好!他自来在这里找他伙计的,还不肯殃及着我们给他禀报呢!我们想着留他一条生路,劝他逃出,他还扭着性不肯。幸而没叫他跑了,原来你已对大王们说咧!你快带他进去,我们也不私作这主意了。他说'生死情愿同伙计一处',看来却倒是个耿耿朋友。进去吧,回来给你肚子上大大的拉一道口子,把心摘出来,再叫你波罗里睡觉。"这些小卒,狗仗人势,认好汉是那贪生怕死之徒,并不放在眼里,故说这几句谐话。好汉想着他们都是无能之辈,空长着眼睛,不过是个配搭,那里能认出石中璞玉,人中豪杰来。所以按捺风火之性,任凭他们乱道,总是假意带笑,说道:"借仗众位,领我进去一看,见见寨主的尊容。再者,会会我那伙计之面。生死存亡,无可抱怨。"只听先前那小卒说道:"你不用忙,有屁股何愁挨打?待我领你进去。"说罢,那小卒在前引路,好汉紧随在后,进了庙门。那小卒说:"你先在此略站,待我禀明众家寨主,说你为找伙计来的。凭你的造化,听我们大王令下。"小卒说罢,奔到殿阶之下,又如此如彼,大声回禀了一次。

却说那众寇,自派小卒儿出庙之后,你言我语,都在一处等看来人什么光景。如今听小卒儿说,是为找伙计前来,众寇便知与那柱上绑的是同伙儿,登时就怒恼了几个,吩咐道:"你们须要小心,看守前后,休叫那厮跑了,快叫他前来!"小卒连忙答应。此时好汉就在庙门,俱听明白,并不言语。只听那小卒嚷道:"那只孤雁,我大王有令,唤你近前。"此时,好汉真将火性压了又压。心想,到此处,遭此事,遇此人,不得不低一低头,遂昂然往前厅走。众寇一齐闪目观瞧,但见一人穿着随身便衣,买卖人打扮,年约二十多岁,紫膛面色,齿白唇红,膀窄腰圆,身体雄壮,赤手空拳,并无一毫惊惧,大摇大摆,带笑往里直走。毕竟不知小西进去没有,且看下回分解。

第一百十回 施大人被绑明柱
关义士独闯贼巢

话说小西撅下取来的凉水，从庙外墙缺，瞧见老爷在明柱绑着，心下着急。走到庙门口，听了会子消息，遂大摇大摆，赤手空拳，走将进去。众寇看见小西一人，赤手空拳进庙，毫无惧色，齐来观看。

不言众寇观瞧好汉。单言施公自从被绑，虽说一心等死，心内却也想着求生，正在暗祝。那名盗寇对字答不上来，耳轮内忽听小卒禀报，说是庙外柳树下有人探视。贤臣听了，知是小西，腹内暗中念佛。以后又听那名盗寇，要拿兵刃出去寻找，心中不觉又是惊恐，唯怕小西也被他等擒来，那就无一点盼望了。及听到众寇拦住，不叫去找，只命小卒将他唤来，贤臣遂又将心略略放下，却仍是暗自沉吟，想着神圣保佑。救命星虽说来到，就只一件，怕他不能计出万全，仍是吉凶两可，不能预定准脱此祸。常言寡不敌众，这许多盗寇，小西一人，焉能阻挡？但愿想出个奇妙之计，那还可免遭擒之患。倘要被他们捉住，或是孤身空手撞来，纵有些艺业，一人难当那众手。贤臣正在思想，无奈心中左右旋转。只见报事的那小卒，从庙外回来，对众寇禀说："树下那只孤雁，是为前来寻找同伙的伙计而来。现在庙前，情愿进来，要见寨主。我已将他带进庙门，望大王等示下。"贤臣见众寇皆嗔怒，听说叫那小卒带进来，又听小卒答应，传唤之声，贤臣也就连忙偷眼细看。不看便罢，一看见是好汉，倒不由的心下着忙，吃这一惊更是不小。暗说道，哎哟！小西你太草率，为何器械不备，寸铁不持，便遽而闯进庙来。倘若与众寇变起脸来，如何遮挡？你分明不是前来找我，却是自来送死。贤臣急的心中乱跳，二目如灯，又是怨恨，又是惊怕。瞧着好汉，暗暗叫苦不绝。

且说好汉关小西，随着小卒往前行走，心内虽是着急，外面不带声色，竟如无事一般。偷眼看了看绑的贤臣，那残疾身子，仍然乱动，知道不曾伤了性命。心里暗暗说道，还罢了，幸而不曾粗鲁，以致误事。看这光景，只得用柔计，凭我的嘴巧舌辩。想罢，又暗瞧众寇，高矮肥瘦，虽是不同的体貌，却都狰狞健壮。一个个肋下悬带利刃，面上含着嗔怒。好汉看罢，暗道今日吉凶，定在两可。我关某但凭主仆之命便了！好汉拿定主意，故装作老实之状。

只见小卒往前，对着众寇打千儿，说道："禀报众位寨主，孤雁捉到，请示吩咐。"众寇一摆手，小卒转身，退在一旁。好汉此时随着进前，假意礼貌，满面带笑，把手一拱。口称："众位寨主爷在上，过客有礼。望众位包容一二！"从来做好汉的，不肯屈膝强寇，这正是用那不卑不亢的礼数，一者不致激怒众寇，二者使众寇也不敢轻视。却说好汉对众寇说罢，不慌不忙，安安稳稳，站在一旁。那些众寇见好汉正在面前，有那和平的，看了这番英雄光景，单身前来，就知不是个酒囊饭袋，心中便生喜爱。有那粗俗混浊的，未免动气，一声怒喊："呔！你这厮真乃胆大包天。见了大王爷，不肯下跪，你还说有礼咧！你有礼，大王爷没礼？你既胆大前来寻死，要不叫你瞧个利害，你也不知大王爷的手段：能摘人心，能喝人血！"说着卷袖摩拳，奔好汉就要动手。

此时，那亚油墩李四，也看出好汉胆量过人。明知伙计入了虎穴，胆敢硬来寻索，必定有勇有义，不同寻常之人。因此连忙上前相劝道："众位弟兄，暂且住手，先问问他。他既来问咱们要人，就是老虎口里夺脆骨。看这光景，必定有些武艺，该当先叫他施展施展，老爷们瞧瞧。果然也好，算他是个棒子，也有个交头儿，也免得我们绿林闭塞住了，往后叫那些英雄好汉闻名，好来入伙。你们想他要无惊人艺业，必不敢擅自进庙，自投死路。这也用不着动那真气，看他不过是笼中鸟，网内鱼一般。"那几个盗寇，听罢亚油墩所言，还是带着气愤，答道："如此便宜这厮，且叫他多活一刻，料他插翅也飞不去。咱们就看看他的本事。可也是呀，一人敢来寻找伙计，也算有他的黑蛤蟆！"众寇只顾你言我语，贤臣听着，暗暗念佛说道，这还许有点指望儿，小西的单刀，我是见过的，倒也很可以的。但不知他事到临头，未识怎样？贤臣想到这里，却又担惊起来。只听那几个盗寇，又一齐大叫："呔！那厮休要推睡里梦里。大王爷说了会子，你是怎么样罢？也不用尽自发愣咧！你既敢来找着伙伴，你说说有什么本领，讲究讲究，叫大王爷爷听听。"

好汉站在旁边，将众寇所言所行，俱看得明白，记在心中。总想着以柔取胜，好慢慢地看事行事，所以不透半点怒气。今见众寇这等追问，连忙抱拳，复又赔笑，口称："寨主，不劳发动虎威，从容且再听小人奉禀。在下并非此处居住，乃是山西太原府人氏。只因在京贸易，搭的伙计，他是北京顺天民人。只因我俩茂州置货，路过此处，在庙歇息。我去取水，回来才知他冲撞众位寨主。但求爷台，怜他家有双亲，年老无靠，赦其冒犯之罪。使我两人同来同去，免的小人不好回去见他二亲。倘若伙计命丧此地，北京亲友，必说小人暗行谋害。故此斗胆前来，叩恳众位寨主爷开恩，饶放这个残疾之人。我二人果得生还，回去必要早晚焚香，暗祝众位大王爷，增财多寿。"言毕，复又弯腰，深深打了一躬。

众寇听罢好汉之言，登时便怒，高声喊道："呔！你这厮快快住口，不必弄这巧言。谁问你这些家常话来？唠唠叨叨的，信口胡诌。谁有那些功夫听你的闲话，真欲立刻要你的活命！爷赏脸问你的是正经话，是要会武艺，你就立时出现出现，我们看看。要不懂什么，那也就不必说咧！叫我们人将你绑上，一并诛死。你也不必含怨。你想唠叨会子，难道就算咧？快说吧"！好汉见问，复又勉强回答道："众家寨主请息威怒，要问小人的武艺，在众位寨主面前，不敢言会，不过略知一二。"亚油墩李四闻听说："我知道你必是个挠儿赛。算计着你不会武艺，你也不敢独自进庙。你说罢，会使那宗兵器，咱们好比并比并。"好汉说："寨主要问小人准会那宗，却是二九十八般兵刃，都晓得些。"不知好汉性命如何，且看下回分解。

第一百十一回　关小西轻冒锋刃　施按院暗惊魂魄

　　且说那名盗寇扯出一把锋快的攮子，大喊道："呔！那厮你既常走江湖，可知道孤雁前来撞虎，用攮子扎肉试胆。今日也无酒席，有把空攮子叫你试试，你可敢应吗？"表过小西，本是门里出身，又在年轻力壮，心想，倘若不允，又怕众寇看轻了。故意把两手倒背着，带笑说："即承寨主赐光，何敢不领？"说罢，只管将口张开，却目不转睛，留心看着贼人那把攮子来的是好意歹意。暗想，若是有心要命，那攮子必奔致命之处，一觉来的力猛，也就不肯留情，暗使办法闪躲开了，再与他们拼命相撞；若觉来的不是歹意，那就另作一番举动。此乃好汉心里算计的。今见盗寇的攮子，果然来的不恶，一直奔嘴。所以好汉背着手，张着口，等着锋刃来到，浑身一攒牙劲，用牙巧力咬住。两眼却仍不住的瞑瞧着他，怎样用力。众寇本是心爱好汉，为试他胆量，若要安心要命，枪刀并举，一齐拥上，任凭你有泼天本领，也是枉然。好汉把攮子咬住，众寇也有喝彩的，也有赞念的，走上前去，叫声老弟："回手罢！这人胆量大，有英雄气概，不枉久闯江湖。果真再有出奇艺业，邀他入伙，又济一只膀臂。"

　　常言一张嘴不能言两宗事。单说贤臣绑在柱上，见小西空手进庙，心内已觉着忙，今又见盗寇拿着攮子，直奔好汉，好汉并不提防，反倒背手站立等候，更加惊魂失色。暗想道，罢咧，罢咧！不用说，一攮子扎个双关透，先收拾了他，然后再收拾我定咧。及略一定神，但见好汉已把攮子咬住，倒又吓了一身冷汗。暗道，够了，够了！不料小西有这等惊人的武艺。看起来，先前倒是我的过错。就据这样，总算好汉之中，出类拔萃。少时就敌不住众寇，施某虽死不怨。

　　不表贤臣暗中称赞，且说那拿攮子的强盗，瞧得明白，见好汉咬住刀尖，脸上毫无惧色，不由得心中也觉佩服。又听同伙多有夸奖之声，说是要约他入伙，劝着回手，只得连忙抽利刃。好汉把嘴一松，那盗寇撤回攮子，插在鞘内。大叫一声："众家兄弟，这位朋友真是罢了！就不知武艺怎样？"那名盗寇，话未说完，忽见又有一寇不服气，嚷道："你们何必长他人威风，灭自己志气。口咬攮子，又何足为奇！他既说十八般兵器都会，问他熟习那宗，待我与他见个高低，分个左右。"一面说的，大声喊道："呔！那厮还敢来与你大王爷比并几合？"却说好汉，张口松了利刃，正听众寇互相赞美。又猛听一寇怒声大叱，连忙抬头一看，只见那人年约二旬，白面无须，身形壮伟，那等高傲样儿，远出相外。此人姓刘名虎，外号人称小银枪刘老鼠。自幼学习罗家枪法，使一根短戟杆，果然武艺出众，所以专要来与好汉较量。

且说盗寇刘虎说着就走至墙根,一伸手抓起他惯用的那杆枪来,扯去布袋,掖在腰间,拉开架式,走了个门户。又望着好汉,把手中枪一抖,只见枪尖上有许大的一块光华,射人二目。只听他大叫:"那厮快来比并!不然,你大王爷先就刺你三枪。"好汉闻听,连忙抱拳,赔笑中尊声:"寨主停手。我有几句浊言奉禀,万望众位海量见纳。小弟不过微浅艺业,焉敢与寨主较短论长?常言说'班门弄斧,太不知分量'。今日怎敢在圣人面前来卖经文?再者,古人说'刀枪无眼',到那时倘要失了手,寨主伤了我们,可怜我们是他乡在外;要伤了寨主,我们更是担罪不起。还求寨主高抬贵手,饶放伙伴,免得他一门老幼,把眼望穿。若说比武,小弟愚蒙,实恐一时有伤尊驾。"说着,仍是带笑打躬。那盗寇刘虎听了,登时怒喊:"呔!你这厮不必在大王眼前闹这习熟的利口。这里有的是兵器,任你拣择。大王到底试试你的本领。再要唠叨,大王这杆枪便是你的对命。"说着,拧枪便要刺去。好汉一见,忙说:"寨主,暂且停了。既承吩咐,情愿遵命。就是倘有不到之处,众位休得见笑。"嘴内虽然答应,腹内就知不妥。暗说,罢了,罢了!这一比试,定是凶多吉少。复又偷看贤臣,但见老爷面带惊惶,目不转睛地瞧他。好汉看罢,心如刀绞,暗暗叫苦说,恩公啊!咱这性命只在旦夕。果然神天保佑,小的万一治伏众寇,咱主仆便可死里逃生。倘或众寇都动起手来,那就难保胜败。好汉顷刻急的汗流满面,愁思无计,只得道:"斗胆献丑。但是寨主的兵刃,却不敢擅用。我有随身一口单刀,现在腰间,容我取出,与众位过目。"言罢,回手从腰中解下一条搭膊,取出那口刀来,先拿在手内,复又将腰紧好。然后,去了裹刀那块青绢,使个怀中抱月的架势,抱定宝刀,好汉一晃在手。你看那等英雄气概,足使群寇钦佩。何见之,有《西江月》,单赞小西捧刀之妙:

　　本是家传至宝,倭铁折就吹毛。能工巧匠细锤敲,刀柄有把无鞘。利刃挥动头落,上前一见魂消。霞光闪烁助英豪,捧定专候此较。

　　常言说,伶俐不过光棍。先前关小西见施公被绑,命悬呼吸,一进庙门,何等的谦恭,那时惟怕众寇恼怒,所以用那一派的忍劲。及至央求会子,总是枉然,也便不肯竟用柔和,打算生死凭命一撞。今又见兵器到手,直似杀星附体一般,那等柔弱之话,一念全无。雄赳赳的昂然站立,抱着刀,大声喊道:"众位,前来与我见个胜负!"好汉说罢,小银枪刘虎说是:"那厮不必再问,大王已久候多时,快来比并!"说着,便急急地把枪展开。不知胜败如何,且看下回分解。

第一百十二回　小银枪鏖战关太　众绿林箭射施公

话说众寇见小西轻冒刀锋，张口咬住利刃，个个喝彩，都说倒是硬汉子，不愧久闯江湖。盗寇内中唯小银枪刘虎不服，要与小西比试比试。小西也就亮出刀来，一个箭步，蹿出殿来，抢了个正上首，二人即便交锋。小西招架着，眼内留神，只见那寇来回蹿跳腾挪。此时众寇观瞧，俱鼓掌欢笑，夸奖刘虎枪法精通。哪知施公听着，却似冒了真魂，暗说，你哪里知道我施某命尽贼手，前途再不能与你见面。施公只听众寇贼乱嚷，所以心中害怕。那些众寇都认着好汉武艺不济，未看出用的是诳军之计，所以欢喜。无能之辈，心中藐视，蹿蹿跳跃，尽力地奋勇争先。大抵人生全仗父精母血，凡先天足壮的自不同，先天虚亏的自然单弱。一说比武交战，不是杀三昼夜不离鞍。这等荒唐之言：慢说人无那样精神，大约马也受不了。闲言不表。

且说刘虎与关小西战约食顷，把刘虎累的筋麻力竭，声如牛喘，急得两眼都红咧！又怕伤脸，虽然气力不济，还不肯认输，喊叫如雷，勉强着拧枪上撞。好汉早已见出他那番意思，暗骂道："好强盗！你也有力软身份，看我怎么收拾你个样儿。"想罢，将刀慢慢展开，更了门路，闪砍劈剁，上下翻飞，行东就西，引得刘虎满院里来回奔走。众寇见他不能取胜，俱急得搓手。好汉一边心中暗度道，我只管与他这样比较，何时了？不如生个方法，败中取胜，也不伤他，叫他出丑。想定主意，故漏一空。小银枪不知是计，心中大悦，把枪一弹，照着好汉一直刺去，眼看枪尖离身不远。众寇又齐声喊道："好哇！到底刘寨主的枪法无敌呀！"施公一听，连忙抬头观看，心中乱跳，说："不好，小西之命休矣！"

眨眼间，忽见好汉使了个黄龙翻身的进步，那枪尖从脊背上擦将过去，刺空从左肋扎过。单说好汉让过枪尖，不肯容强盗称能，急忙跟进一步，大声嚷道："寨主看刀！"那刘虎正在将枪刺空，一时难以抽回招架，忽听一喊，那刀已到头上。只见他把枪往地下一捺，脖子一伸，大叫道："我不要这命咧，你砍罢！"呼吸呼吸，发喘不止。好汉见刘虎撒赖，忙把利刃抽回，叫声寨主："只不过取笑而已，在下吃了熊心豹胆，不敢有伤尊驾。"小银枪闻听，羞得面红过耳。复又歇了片时，方才屈腰将枪抬起，立在原处，将那豪横之气，减去大半。眼望着好汉，对众寇说道："这位朋友的刀法，真是罢了！称得起江湖好汉。众位老哥儿们，休要轻视这样武艺，总算数一数二的分儿。我今在众哥们跟前，先使个礼儿；看我分上，放了那个绑的孤雁，叫他们伙计二人去吧！这样的汉子，日后做个宾朋相识，也不辱没咱们绿林的名气。"

刘虎说罢，众寇似乎有些不愿。亚油墩李四说道："今日咱们遇着硬风，幸而邀出大寨主,得了这注资财。从此之后,咱还是洗手不干。今日我瞧这人的武艺,却倒不错。常言说,'捉虎容易放虎难'。要是轻易将他放了,传扬出去,说咱们败在他的手内,未免这话不大好听。依我说,还是劝他入伙为是。一来免他在外传说,二来免的害伤人命,三来添上他做个膀臂。日后再遇硬风,自然无惧。"众寇听说,齐声道:"好!但有一件,只怕他不允。"李四说,只需如此这般,管叫他坠入计中。

众寇商议停妥,一齐来至殿前,把殿门堵住。一个个带笑说:"朋友,不知你贵姓高名?问明了你,咱们公同商议件事,管保大喜。"好汉不知众寇什么主意,听罢,连忙抱刀赔笑,口尊:"寨主,饶放我们二人,就是天大的造化。要问贱名,姓关名小西,不知寨主说的喜从何来?"亚油墩先说道:"并非别事,只因我们现有十七位同伙,打算圆成十八罗汉之数。今见你是个朋友,我们心里想邀着你入伙。"小西故意满面堆欢,叫声众位:"既然抬爱,小弟慢慢入伙,纵然牵马执鞭,也愿相从。只有一件,须将我这伙伴送回北京,叫他父子、夫妻相见,然后我再回来,任凭东西南北,随着众位,我心才安。"亚油墩说道:"朋友,你不必胡思乱想,从不从在你。实告诉你罢,绿林的规矩,起义时须要三牲福礼,纸马飞空。人人都把中指刺破血滴入碗中,斟上酒搅开,大家盟誓,挨次而饮。如今不用费那些事,只要你自己刺破中指,盟心发誓,我们才信你是真心。"好汉听了这番言词,又对众寇说道:"我关小西从不欺心。寨主如果放出,我来绝不失信,如叫在下此刻滴血设誓,这件事纵舍残生,不能从命。常言说:'爱之欲其生,恶之欲其死。'"

众寇听说好汉不肯入伙,登时大怒。齐说道:"四哥,不用任他唠叨了,合该他两命已尽。"言罢,齐拉兵刃,堵住三义庙门。又有几个早走出庙外,从树上把四副撒袋取下,挂在腰间,复进来站在庙前。一个个擎弓在手。好汉听众寇说要用箭相射,心中大怒。暗骂这一群可恶的强盗,我若非恩官累手,你们的弓箭何足惧哉?杀条血路,便可闯出重围。想罢大声喊道:"哎呀!罢了,罢了!大丈夫生而何欢,死而何惧。纵然射死,不落臭名。"众寇听见好汉这等大叫,一齐说道:"四哥他既愿死,说不得先射他几箭。"说罢,那持兵刃的盗寇,往两旁一闪。只听嗖、嗖、嗖,雕翎乱响,箭如飞蝗,照着好汉一直射去。

表过贼人十七名,各样兵器虽然皆有,却只四副撒袋。好汉见贼人射的甚是凶勇,恐其伤着施公,连忙站立贤臣之前,挡住老爷的身体。手舞单刀,打的那箭满殿乱飞。此时施公吓得面如金纸,叫声壮士:"你不用顾我了,我死尽忠,理之当然,不可带累于你。依我看来,你有这口单刀,足可杀出,快快逃命要紧,莫误报信。"小西听了老爷一席话,好似万刀攒心,忙乱之间,不觉失声大叫:"哎哟,老爷说哪里话来?小的报恩主,虽死无恨。"好汉说着,挥动单刀,遮前挡后,全无半点忧容。

却说亚油墩李四,听见好汉喊的称呼不对,即刻吩咐众寇止住弓箭。说道:"众寇哥儿们,你等听见了他俩的言语,前后不符。先前这只野熊与那孤雁伙计相称。方才又叫恩主。其中定有缘故,令人可疑,须要问明白,免得误事。"说罢,望着好汉说道:"朋友!听你的说话,里头有些差异。你既说是伙计,怎么此时又称主仆?你务要说实话。"亚油墩话未说完,好汉怒不可遏,大叫一声:"呔!众强盗,从来大丈夫不能更名改姓。你们既问实情,实告你们吧!那绑厅柱上的,他乃是皇上钦命的仓厂总督。只因到山东放赈,我家老爷,是赤胆忠心,扮作客商,沿路私访民间冤枉。现今接了许多状词,专等赈济回来,与民判白。不幸走到此处,被尔等所绑。我家老爷姓施,做过江都知县,料尔等也不会不知。如今你们放了我们主仆,万事俱休。倘要痴迷不醒,害了我们主仆,将来动了官兵,叫你们俱遭横死!"

众寇当日闻施公在江都县,志断十二家盗寇,人人知晓。如今众寇听了关小西之言,个个想起旧恨。亚油墩李四先就一声怪叫,"啊!众家兄弟,你听明白了?咱们也不必叫他入伙咧,也不用往下再问咧!快快开弓放箭,要了他俩的命罢!要是放了他,久闻施不全最奸诈,倘若负恩怀仇,只怕咱们必有后患。"众寇闻听,齐说有理,一齐开弓放箭,复又唰唰唰一阵乱射。常言说,"一任重瞳勇,难敌万刃锋"。好汉那口单刀,虽说抢开可挡乱箭,只是一口刀不能护卫两人。好汉顾了贤臣,顾不了自己。一见众寇箭如雨点,不禁圆睁二目,热汗直倾。心中着急,一散神,猛听唰的一声,左膀之上,中了一箭,好汉疼得半边膀子发麻。施公看罢,心似油烹,大睁双睛,候着等死。

主仆正在急迫,忽见一名小卒,咕咚咕咚,如飞跑上殿来。口中大嚷:"报与众家寨主得知,现有大寨主的马,看看来到。"众寇听罢,亚油墩说道:"众哥们,暂住手。迎大哥进庙要紧。"说罢,十七名盗寇,留下一半,各持兵刃,阻住殿门。那几个一拥出庙。不知果系何人,众寇那等敬服。要知端的,且看下回分解。

第一百十三回　飞山虎喝退群伙　众草寇拜叩大人

话说好汉关小西，正要舍命搭救贤臣，忽听有人喊声。侧目一看，只见从庙外进来几人。内中为首的，是一未曾见过之人。暗说，这必是众寇迎接的大寨主，但不知他嚷道"刀下留人"，所因何故？正自不解。又听与他交锋的那几名盗寇，大声嚷道："老哥们快来，这只孤雁蹿出殿外，与我们动手。我们竟有些'耗子啃旗杆——吃不躺'咧！快来帮着共擒那人。"好汉心内游疑。

忽见那为首的走进前，大声说道："兄弟们不要动手，我有谈话。"又对他含笑说道："朋友！你也住手，我有道理。"众寇闻听，一齐止住器械，好汉只得站在一旁。众公，你道来的此人是谁？正是飞山虎贺天保！暂且不表。

且说贤臣听说那名盗寇先要杀他，正在等死，耳内忽听熟人讲话，偷眼观瞧，那人甚是面善，暗道莫非是贺天保吗？果然是他，吾命生矣。是不是叫他一声。凡人最怕到急难时，此时贤臣竟顾不得羞耻，说是："来者可是贺寨主吗？"飞山虎闻听，连忙举目：只见绑的果是贤臣。一面答应，走到近前，亲手解去绳绑。吩咐小卒，取过衣服，给贤臣披上。又叫取被套，让贤臣坐定。扭项对众寇说道："众家兄弟，大家快来请罪！"施公再三推辞。贺天保道："老爷，若不受我等之拜，他们也不放心，老爷必定有挂怀之处。他们擅绑老爷，罪该万死。只求老爷开恩，我等赔礼。"施公料难推脱，只得应允。贺天保率领众寇，一齐拜倒叩头。众寇俱不敢违拗。拜罢，站在两旁。众公，你道飞山虎为何这等尊敬施公？只因素与黄天霸八拜之交，总要成全他黄老兄弟，看着江湖义气深重。

且说贤臣受拜已毕，说了几句谦辞，连忙叫道："关小西，快来相见。"此时，壮士站在殿外，俱已听见老爷唤呼，连忙往里行走。贤臣叫他二人相见。关小西道："久闻恩公讲说，仁兄乃当世英雄，今幸相见。"贺天保道："不敢！不敢！此乃老爷过奖之言。"彼此礼毕。贤臣道："众位寨主，俱各坐下，有话好讲。"众人一齐就地而坐。贺天保笑说道："小人与老爷别后，贤公进京引见，自然位极人臣，官居极品。但不知这样打扮，从何处起身，又往那里访事？不知为何进入此庙，叫老爷受此一惊。仔细想来，皆是贺天保之罪。"贤臣听罢，说声"不敢"，随着又将前事大概说了一遍："今幸遇寨主，施某得了活命。但有句不知进退的话，请问壮士，休得嗔怪。今日众位饱载而归，不识从那条路得来的买卖？"飞山虎见问，并不隐瞒。即将从郑州道上，打劫富商，告诉贤臣。施公听了，带笑叫声："贺义士！你可记得关家堡同黄壮士救施某之后，你说过的话呀？那时因施某官卑，恐怕招摇耳目，未曾叫义士相随。你亲口说过，弃却绿林，候着施某进步，下书相邀。为的是久后挣个功名，轰轰烈烈。不料贺义士答不应口，复又做起这个营生。大丈夫生于世上，应当全信，方是英雄。"贺天保听到此处，不等施公话完，叫声："老爷有所不知。小人虽然不是奇男子，却也自负是个人物，绝不敢无信。"说着遂将别后之事，并这次为全江湖之义，实非入伙的话，也对贤臣说知。施公听罢，知义士不肯撒谎，点头说道："义士，你与众位，自是不同。施某此去山东放赈，正在用人。今义士若肯相随，立几件功劳，施某定然启奏当今主上重用。豪杰自不愁身荣贵显，一来施某可报救命之恩，二来可全始终之信。不知义士心下如何？"贺天保听说，叫他随往山东放赈，忽然想起一事，暗吃一惊。

此是为何？皆因山东有座大芽山。列国时出了一位好汉，姓柳，名展雄，曾在那山上聚草屯粮，招军买马，故名红雀山。杀上邦，封赠不受；杀下邦，让位不坐。名闻天下。到了大清，那山上又出了两个小芽儿，虽说未成大事，也算山东的一宗祸害。一名于六，绰号叫赛袁达，手使一柄混钢枪，甚是利害，习就的飞抓，可以败中取胜。一名于七，外号小野龙，生来的心性灵巧，使两柄铜锤，一柄软鞭，施展开，人难招架。有一个谋士，名为方小嘴，颇有智略，外号人称赛姜公。只因那年山东大荒，他三人为首，召集了数百无业之徒，隐在大芽山圈之内，时常出来作乱。本处官员，自保前程，不肯呈报，竟至任意抢夺商民。贺天保乃是南方一带豪杰，虽然不做绿林，久知此事。今听施公之言，猛然想到将来赈米一至，难保这伙人不生搅扰，所以心中着忙的急将此话对施公说了一遍。

施公听罢，不由得又惊又恨。惊的是，到了山东，一时间防备不到，皇粮有失，其祸不小；恨的是，本处官员，有此大盗，做哑推聋，不趁微小之时速治，到了盘根固蒂，欲治不能，致使倾害黎庶，搅乱村庄。如今幸遇贺天保，得闻此事。不然，真受其害，怎么回京交旨，老佛爷岂不嗔怪？看来这事，非带着贺天保前去，不能放心。想罢，复带笑叫一声贺义士："你可知常言说'猛虎不吃回头食'？适才施某对你说的一片话语，你是怎么样呢？你如若果然跟我前去，据施某看于六、于七，不过疥癣之疾，容易擒灭。"施公说后，不知贺天保去与不去，且看下回分解。

第一百十四回　贺义士随往山左 施钦差住宿济南

话说施公,听贺义士所说于六、于七等在山东作乱一片言词,带笑开言说:"据施某看于六、于七,猫贼鼠辈,不足为患。义士,你若不符前言,就算是失信。不然,就是怕山东于六、于七,不愿跟施某前去放粮。"看官,这是施公怕贺天保不去,故用话激他。

贺天保听了,果然又羞又恼。羞的是再入绿林,被施公撞见,面上觉着发羞,无地自容。恼的是施公说他怕于六、于七,羞恼交加。大声说道:"老爷,若提当初之话,他们也俱不知所行。今日说个明白,叫众位听听。"你看他带着气,滔滔的将初遇施公,及看黄天霸弃邪归正,他要相随,未得如愿,当时说过"后会有期"的话,又对着众人说明,道:"要不是众位说是达官扎手,再三请我相帮,贺天保怎肯又行此道?可巧被老爷撞见,不是失信,也是失信。方才老爷说我惧怕山东于六、于七,不敢跟去,岂不可笑吗?为今虽赴汤蹈火,就死在山东,我也是去定咧!我也不管众位哥们怎么个主意,我只得跟着大人,洗清了贺天保不是贪生失信之人。"众寇听天保这等重信,又见施公爱惜英雄,都愿改邪归正。齐说道:"天保既然跟着大人,我等情愿一同与老爷牵马坠镫。"

施公见天保已经允从了,心中暗喜,带笑说道:"众位寨主,论理施某当奉请相帮。奈众位现在劫夺客商。他等失了金银,必要到州县禀报。倘若动了详文,说是钦差带着强盗,恐其中大有不便。施某放米回京,再行相邀。"贺天保知道施公是推托他们,听罢此话,叫声老爷:"既然不带他们,小人就有一难事,请老爷示下。"贤臣不解其意,忙问:"壮士,有何难事?快些说来。"贺天保道:"劫来的这些资财,还是叫他们拿了去呀,老爷还是另有个主意呢?"

贤臣这才明白,暗说贺天保这是要把重担子放在施某身上,我有道理。想罢,带笑叫声壮士:"论理这些资财,很该叫他们分散。但这一件,被盗的商人,必往本处官府呈报。这文武官必差兵丁衙役,踩拿原案。日子一多,你我前程难保,也是不好。欲待把这些资财交与地方官,给还失主,众位寨主白辛苦一次,也是不好。若依施某,列位无全空之礼,多少叫他们拿点儿。我有方法赔补失主,失主得赃不究,列位也无后患,倒是两全其美。"贺天保听了施公这一片话,他也不管别人依与不依,口内连说:"使得。很好!很好!列位哥儿,你只当认了嫖赌罢!"亚油墩李四,见飞山虎这等发落,说:"大哥少礼了。别说是大人的话,就大哥你说一声儿,谁敢不依?"贺天保闻听,满心欢喜,上前伸手解开褡裢,拿出了四封银子,递与李四道:"众家弟兄拿了去,做个盘费,大家好早离此地。"此时,众寇见李四接了银子,人未免不得一样,也有愿意的,也有不愿的。虽然贤愚不等,只是皆惧飞山虎,敢怒而不敢言,一齐站立两旁,候着贤臣的吩咐,好去分赃四散。

飞山虎与众寇正然说话,忽见一名小卒,往里飞跑,到了殿内。只听叫声:"众位寨主得知,庙外边来了好些人马,还有一乘大轿。"众寇闻听,疑是官兵前来捕盗,心中正自不定。只见施公开言,叫声关小西:"你出庙去看看,想必是施安行到此处。"关小西连忙答应,返身来至庙外一看,果是施安坐在轿内,放着轿帘。王殿臣、郭起凤众人尾随。还有河间府的文武官员,也随在轿后,都是全副的执事,在前引路。

关小西看罢,料众官不知就里,必须假做一番礼节,好掩众人耳目。往前紧跑几步,在轿前跪倒,口中说:"小的关太,迎接大人。"郭起凤、王殿臣一见关小西,就知老爷在此庙内,也不敢漏了形迹,在马上说:"起去,大人正要到此庙内行香。"好汉答应个"是",平身站起,引着轿子,进了三义庙。

众官先在庙外伺候。施安到了大殿,留神一看,但见大人坐在殿上,居位两旁,有许多人围住。看罢不明何故,只得同着郭、王二人,上前行礼。郭起凤又将众官庙外伺候的话,禀明贤臣。施公吩咐取过衣服,更换好了,传出话去,与众官相见。霎时文武齐到大殿,按仪注行礼。仔细一瞧,坐轿的人,站在一旁,那丑陋不堪居中坐的,才是真正钦差。看罢暗暗吃惊,就知是大人假扮私访。众官正在心耽恐惧,忽听贤臣说道:"众位前来迎接本部堂,我早来此地。现今访着贵处多有盗案,不知众位知与不知? 施某既是奉旨前来,少不得上本启奏。"河间府众官员,见贤臣说他们地面不清,一要提参,俱难免罪,未免心中害怕,个个曲背躬身,口尊:"钦差大人,卑职一时疏忽,失于觉察。万望大人宽恕卑职等,再不敢覆蹈前辙。"贤臣闻听,复说道:"尔等自知己过,本部堂也不深究。但只一件,我想失盗之人,必不甘休,你们看那地上,放的就是原赃。内里短银二百两,你等须要补上,叫失主领去。再者,这些好汉,都愿弃邪归正,不敢为匪,你们不必再行追捕。施某吩咐过他们离开此处。"众官听毕,齐声说道:"钦差大人格外施恩,卑职不深究彼等,遵命。"说罢,领着原赃各自回衙。后来,果照施公所说,完了此案。众寇见河间府官员去后,也俱告辞而去。此话不表。

且说贺天保、郭起凤、王殿臣,大家通了名姓,见礼已毕。伺候贤臣坐上大轿,他们俱各乘马随行。沿路上按着站道,有官员迎送,甚是威风。夜住晓行,不多几日,到了山东境内。贤臣在轿内,用目观看,店道村庄,甚是荒凉可惨。看罢,点头暗叹:幸而老佛爷龙恩深重,不然这等年景,此处之民,何以全生? 一面暗想,离着济南省城不远。只见文武官员,郊外迎接。贤臣吩咐进城,不多时,到了公馆。文武官递了手本职名。贤臣叫暂且退去,次日相会。当下施公与贺天保等,用饭已毕,安歇一夜。到了清晨,施安伺候,贤臣净面用茶更衣。

此时文武齐到公馆相候，只听炮响三声，奏起音乐，内丁请大人升堂。贤臣出厅，升了公座。众官进见，行礼已毕，分左右侍立，候钦差示下。贤臣一一接见。先将老佛爷之恩，对众官颂扬了一遍。随后带笑问道："此处这样年岁，幸而人心安靖，盗贼不生。将来河粮运到，大概不用防范，也可放心。"济南府众官，不知贤臣暗中访明白，是以话夺话。听罢，一齐曲背躬身，尊声："钦差大人，将来拨运皇粮，须得加紧防守。此处有一大患，闹得甚凶。"如此如彼，对施公尚未曾说完，贤臣大加嗔怒说："尔等这些言语，还竟敢对着本部堂讲说？施某早已知道！这伙贼匪，闹的凶恶。众位既怕呈报，有干罪名。本部堂不敢徇隐，明日只好飞章入奏。众位休怨施某无情。"不知后事如何，且看下回分解。

第一百十五回　请天霸行路遇险
施贤臣住店逢贼

且说这些官员,甚觉无趣,面面相觑,只得散出公馆,各自回衙,耽惊骇怕。不表。

施公回至后面书房,叫人看坐。令天保、小西、殿臣、起凤等,一同落座,有话商议。四人告坐。贤臣带笑望天保说道:"义士,如粮船来到,时至放赈,倘于六、于七真来搅乱皇粮,若有疏失,如何是好?"天保见施公有难色,随说道:"此事大人不必为难,小人保举一人,可保无事。"施公闻言,忙问何人。贺天保说道:"要降服于六、于七者,必得复请黄天霸出世。若论黄天霸本事,乃是祖传武艺,比我等强盛百倍,真乃是心直气爽。"施公说:"烦贺壮士同往如何?"天保说:"大人若不弃小人,情愿效劳。"施公吩咐殿臣,去外面访问粮船何日得到。王殿臣领命前去。大人又吩咐施安、郭起凤、关太:"你等在公馆内,勿得泄漏。有人若问,就说施某身体不爽,等候痊愈,才出公馆。"

施公安排已毕,一同天保更换衣服,扮作行客相似。被套盘费,应用物件,俱都装好。到了天交五鼓,吩咐备马十匹,命八人跟随,一同混出城去。只说有公事出城,各要小心。吩咐已毕,王殿臣前来禀道,说:"小人探访粮船,十日之外可到。"大人摆手,殿臣连忙站起。施公催促起身,王殿臣同亲随人等共八人,跟着施公、贺天保出门。大众上马而去。施公与天保二马,匆匆行有二十余里,堪堪红日东升,清气凉爽。施公只是两眼望着遍野荒村,不住的长叹,说道:"年岁饥荒,黎民涂炭。可恨赈济被那赃官污吏,俱是尽力私卖折扣,不顾民命。此皆酷吏虐民者也。纵不想阴骘,下民微贱,虽易虐命,对上苍造下罪孽,寿命不保,银钱何用? 此乃迂之甚者也!"这样施公对景伤情,见得荒村寥落,民多面黄饥瘦,有感于官民之际,不觉发声长叹,原无意与贺天保言。天保闻言,说道:"想我等小辈,屈身于绿林,亦非本性,究竟是出不得已而为之。"施公闻言,自觉失言,安慰说:"你们原是无罪之民,干系者小。再者,你们诸人,皆有向善之心,改过之念,转正破邪,即所谓安分者也。其功亦非浅鲜。且人孰无过,改之为贵。除恶安良,致君泽民之道,亦在其中矣! 必当尽其力而为之,自有福荫子孙后世。今日若请得天霸来了时,那时是你奇功一件。施某得一臂膀,康熙老佛爷得一忠臣。保住皇粮,即万民得了全赈。"此时天已昏黑,不见村庄。只得往前行走。

约有数里之遥,偏北有一座漫洼,名叫张家洼。原是张豹、张虎兄弟二人。张虎少亡,只剩张豹一人。娶妻刁氏,自娘家跟他父兄,学了一身好武艺。论他拳脚、刀枪、棍棒，也够八九。只是不守妇道，要讲穿吃玩耍。张豹本是务农，家中衣食丰足。自娶刁氏，日日教习枪棒，田园荒芜。张豹武艺学成，家业凋零。刁氏叫他开座劫客小店，有人投宿，夜间杀死，得些衣服行李，变卖度日。当时贺天保同施大人赶路，时至更深，正自心中焦灼，远远望见灯光，偏北不算甚远。天保与大人忙说道："前面必是村庄，暂且借宿一宵，明日再走。"大人在马上，蹾的身体瘫软，四肢无力，连说："甚好。"主仆竟向灯光而来。及至近前一看，不是村庄，只有一家草房数间，开了一个大门，两边白灰的墙，大书"张家老店"。贺天保下镫离鞍，下了坐骑，前来搀扶大人下马，转身上前叫门，说是行路人前来投宿。可惜施公忠正，天保义气，此一叫门，祸灾不小。此处好比当年的十字坡一般。正是：远方涉水，深浅不辨；异乡投宿，祸福不知。

且说店主张豹合刁氏，正在灯下饮酒，听得有人叫门，便觉喜从天降。张豹说："来了，来了！我去开门，先瞧瞧肥瘦。"起身就走。刁氏怒道："回来！你知道怎么瞧法？还有个住不住呢！你等我去看，自有主意。"张豹不敢多言，躲在旁边说："你就去看，你可别出大门。"刁氏说："出门怎样？"张豹说："你出门，怕你瞧着顺眼的，可就不好。"刁氏说："你不准我瞧，我偏偏要去瞧瞧。"说罢，点上灯笼，走到院中问道："外面叫门的，可是住店的吗？"

贺天保听得妇女声音，心中有些不安。只得问道："你家可有男子吗？"刁氏说："没有，只我一人。"天保望施公说道："没有男子，却不可住。"施公闻言，倒觉为难，也不答言。刁氏恐怕散了买卖，又连忙回道："有的呔，你快出来！"张豹连忙跑出去，招呼众客人。施公往前行，天保后面拉马进院。刁氏手执灯笼，说道："客官爷不要见怪，我们是两口子开店。他们说我伺候人不行。我说，有客来，我独自伺候。他说这个不便，家有男子，客人岂不要问？正说之间，贵客叫到，我叫他藏在一边，不许他出来。故此才说家中没有男子。偏遇客人，是正大光明的君子，就说不住。我想着黉夜更深，道路难行，因此连忙叫他出来，好留贵客。"天保说："既有男子，可都方便，不必多说。"

张豹早将马拴在挨墙的槽头之上，引客到了西厢房内，说："就是这屋。"施公上炕里坐，天保坐在下面。刁氏赶紧端来一小盆净面水，说道："客官洗脸罢。"大人在灯光之下，看那妇人，甚是凶恶：满面大麻子，宫粉涂了有钱厚，扫帚眉，母猪眼，巴掌似的大耳朵，蒜头鼻子，紫又红，两膀宽厚，身体肥胖；绿布中衣，蓝布褂。施公说："你家有男子，叫他来伺候，方才是理。"刁氏说："客官不知，这是个偏僻小路，也没有多少行客，也雇不起伙计。我夫妻二人，开此小店。"天保说："一家居此开店，岂不孤单？若遇歹人住店，便怎么？"张豹说："是祖居在此，父母、哥嫂去世，剩我夫妻二人，故土难离。皆因年景不好，开店度日艰难，就有歹人，看我家穷，也不生心。"天保又问道："这里一灶二锅，这是何故？"张豹一惊，怕是问出破绽，有些不便，说道："一个锅台，安两口锅，不过省钱之法。这里做菜做饭，那里添水洗菜洗脸，就全有了，不过为省些柴草。"天保闻言，心中想道，别忙，少时必要搜出你的弊病来。一面念叨着，想鸡肉必得，伸手把锅盖掀起一看，果熟。便叫："张大哥，拿些盐来。"张豹把火止灭，取了一碟子盐，放在炕桌上。天保亲自动手，把鸡捞出，放在盘内，回手取出尖刀，将鸡拆开。他二人连吃带喝。施公用了不多，剩下的天保都将他吃尽，才叫张豹将家伙收拾下去。天保道："我们不用什么东西。实告诉店东，我走乏了，也要早些歇息。"张豹自去。天保说："老爷请睡吧，我丢了东西，找着便睡。"

施公不解其意，放倒身体自睡去。贺天保见大人睡下，又伸手把那个锅也捧下来，放在地下，掌灯细看，又惊又喜。乃是砌就的夹壁墙，隔开火道，那里任凭烧火多少，旁边总无烟气，也不热。往里看，却是黑暗的大窟窿。天保想道，此贼合该倒运。从此处上来一个，就杀一个。把锅搁上，将身倒在锅台上，手内拿着兵刃，竟等拿贼。不表。

再说张豹回到自己住房，叫声："贤妻，今天来的这宗买卖虽好，只怕有些棘手。那残疾瘦羊，手到成功；那个肥的，只怕有些费事。"刁氏闻听，说："你也知道买卖了。起初我也不给你出这主意，做个营生，只怕你早就讨了饭了。你看行李马匹，都送到家来，你说倒是好哇不好？"张豹说："好是好，就是这个肥的，生成的雄壮，且又精细。咱们也得留神，别弄的发不成财，惹出大祸来。"

且说张豹来到西房门口，但见里面有灯，知道未睡，即来叫门。天保早知其意，将门开放说："你这才要去，为何又来？"张豹说："方才忘了水瓢，故此又来惊动。"说着把屋里看了个一遍，方才出去。天保复又把门关紧，来至大人面前，附耳低言。告诉施公，须得留神，你不可头向锅台，往里挪挪才好，随着用手将大人往里推了一推。施公虽不知他心意，料想也必有事。贺天保脱去长大的衣服，头向锅台，倒在那里，手执吹毛利刃，也是鼾声不止。要知如何拿法，且看下回分解。

第一百十六回

刁氏女儿年得利
张豹儿一旦遭擒

且说张豹夫妻二人商量动手。刁氏说："你看见肥羊在那边睡，瘦的在这里。"张豹说："肥的，头充着锅台。瘦的，必在里面了。"刁氏说："你看真切，千万不可撒谎。"张豹忙说："我看准了，那有撒谎之理？"刁氏说："你快去把顺刀取出来，老娘好去办事。我再去听听动静如何。"遂蹑足潜行，来到西房窗棂外面窥听。听罢，又用手暗暗推门，门也紧闭。抽身回来说道："方才我听得明白，俱都睡熟，门户也是紧闭。老娘不得动手，你去从地沟进去，先拣肥的下手；剩下瘦的，我好试刀。两匹大马鞍鞯，合那褡套内，必然银钱不少。你要发财，就在今日。但有一件，你可在那肥的身上，多加小心方妥。"张豹见贺爷雄壮，又兼精细，早就怕在心里了，却又不敢明言。听得刁氏叫他在肥的身上多加小心，更觉着担惊。说："贤妻，从来咱们两口子度日，全是商量，你出主意，我无不从。今日你去杀那肥羊，瘦的你便一就势儿办了。你看如何呢？"刁氏闻言，骂道："我把你这自在乌龟，你去忙置办酒菜，好给老娘庆功。"张豹答应，自去收拾。

刁氏换了一身青衣，带了兵刃，入了地道。慢慢来至锅腔底下，伸手取过一个替身——何为替身？就是地沟一旁放着一个葫芦，大如人头，拿在手中。又往上走了几步，摸着锅底，轻轻把锅挪开，放在一边。不敢就出来，拿着替身，往上晃了几晃，蹲在一旁，听听动静。

且说施公在炕里头，口中打着呼声，眼不敢闭上。影影见锅台上有物件挪动，施公吃一大惊，心中也是乱跳。天保早看准了，如何挪锅，如何晃替身。他想着暗笑：这是你爷爷办的旧招数，今天若不拿你们开张发市，枉为世间英雄。遂轻移身形，蹲倒挨墙，站立不动，圆睁二目。施公暗瞧天保离炕，心下着忙，身已无主，却也轻轻地起身，慢慢地走到炕后面蹲着，口中仍不住了打呼噜。

且说那地道里面的刁氏，听了片刻光景响声，暗自欢喜。手扒锅台，往上探身。听着打呼之后，由锅腔内抖身上来。轻移莲步，实指望临近，就是一刀，断送他们的性命。也是恶贯满盈，大数将终，他万没想到有人暗算。适才贺天保目不转睛，瞧定见他出了锅腔，未上两三步，贺爷把刀抢起，只听噗咚的一声，顶门上着了，脑浆迸裂，刀已落地，身子倒在尘埃。天保趁势又是一刀，结果了他的性命。将刀掖好，连忙打火点灯，低头来看，果是那恶妇，连头带脑，削去大半。天保劈腿站在矮墙之下，抬头见施公蹲在炕后面，圆睁着那只好眼，口内仍是打呼，还带着哼哼之声。连忙上前安慰，禀道："大人休要害怕。此店只有张豹夫妻二人。方才杀了个女的，剩下男的,也不过手到成功。千万可别开门。我从锅腔下的,大人把锅安好,坐在锅上面。"

单说贺爷顺着地道,摸着墙,慢慢地而行。到了上房底下,洞口透出灯光,不敢出头。只听上面有刀板之声。探头一看,只见张豹面向里边切菜,口内念着说:"此时必定杀完了回来。若是酒菜不得,又要我晦气。"正想那先前的几个行客,阴魂必来缠扰,忽又听见有动作,却不敢回头看,口中只说:"贤妻回来,必然成功。"言还未了,在左胁下就挨了一刀。"哎哟"一声,噗咚倒在地下。天保说:"这是你怕女人的好处!你的余党,现在何处?快快地说来。"张豹哀告道:"并无他人,只我夫妻二人。求好汉爷爷饶命。"天保说:"你们杀了多少人?"张豹说:"杀的不多,只有四人。好汉爷爷饶命罢!"天保说:"你劫杀人的性命,这是报应循环,天理昭彰。"噗咚的一刀,结果了他的性命。这就是"人见利而不见害,鱼见食而不见钩"。

好汉这才开门,手执钢刀,来到院内。到了西房门首,就叫:"老爷开门罢,全杀完了。"话音未了,从房上跳下一人,抢刀便砍。飞山虎招架不及,往外一蹿,跳在院中,举刀相迎。又喊道:"老爷别开门,还有余党。"登时马棚上又跳下二人,一齐来战贺爷。天保前遮后拦,上下翻飞,如入无人之境。事虽如此,究竟心内也是纳闷。

且言施公锅上坐着,又不敢动转,恐怕锅底下钻上人来。方才闻得天保叫门,心内稍安。才要动身,忽听外面又喊不必开门。听得外面战斗的声音乱响,心中不由得又怕起来了。怕的是倘若战败,二命皆休。

不言施公耽惊。且说那三人却也不软,二人使刀,一人使棍,围住贺爷,死也不放。紧紧往上杀来。天保毫无惧色。正杀到难解之中,忽听一人喊道:"二位贤弟,你看这东西,有些扎手,你我须要小心才是。若拿不住他,咱们回去,怎么见得众弟兄们?"二人齐说:"哥哥放心吧,大约他也跑不了。"言罢,越加奋勇,上前围裹。飞山虎虽在垓心,倒也围裹不住。天保一口刀神出鬼没,来往冲突,并没有一点落空之处。抢开宝刀,如翻江搅海一般滚滚的浪,无奈众寇紧跟不舍。飞山虎想着不能伤他们,心中着急,喊道:"小辈们休得逞能,今日若不斩你们这些狐群狗党,枉称四霸天之名。贺祖宗如何惧你们,来来来,咱们决一死战!"忽见二人停刀,一人止棍,遂说道:"莫非是贺大爷吗?"贺爷闻听,倒觉吃惊,遂说道:"你们是何人?"不知后事如何,且看下回分解。

第一百十七回

飞山虎贼店遇友
施大人觅径求贤

且说三名强盗与贺爷动手,不分上下。忽听说四霸天姓贺,三人收住了兵刃,内有一人,问道:"你可是飞山虎贺天保吗?"好汉说:"正是,你等是何人?"那人说道:"我等是卧虎山飞熊峪黄老叔手下李俊、陈杰、张英便是。曾与大哥见过,你老人家可曾想得起来吗?"天保说:"你等到此何事?"李俊说:"因有人传说此处有个贼店,劫杀过往客官,有碍咱绿林之名。黄老叔差遣我们前来收拾了他。不料与大哥相遇,却不知大哥到此何故?"天保也将来意,说了一遍,彼此欢喜。

天保叫开房门,与施公说明其故。施公这才放心。天保带领三人,走到屋内,见了大人,见礼已毕。天保把酒菜取出,饮至天明。李俊等三人还有别事,不能亲送,把卧虎山道路说明。天保拉马,捎好行李,先扶贤臣上马,然后取火把店点着。不消一刻,那房屋俱成飞灰。又与三人告辞,大家分手。

贺爷上马,保着施公,向飞熊峪道路而来。忽听犬吠,料想相离不远。天保将马拉到树下,顺着崎岖小路,来到庄院门首,上前叩门。但见从里面走出十数岁的童儿,生的倒也伶俐,带笑开言说:"爷台是那里来的,到此何干,说明我好进去禀报。"贺爷带笑回道:"你说是贺天保,同着一位姓施的,前来拜望。"小童应声而去。不多时,天霸与王栋出来。天霸看见飞山虎,忙紧抢了两步,执手言道:"哥哥,你可想煞小弟了。不知那一阵风儿,把长兄刮来。不知恩公施大人现今在于何处?"贺天保遂说道:"现在外面团瓢之内等候,你我一同速去相见。"天霸、王栋说:"是!是!"三人一同前往,后面有几名伴当。跟随天霸。三人望见团瓢不远,只见施公早站起身,出外迎接。天霸、王栋急忙向前,走了几步,曲背躬身说:"恩公老大人,宽恕小人未曾远迎,望大人恕罪。"说罢,连忙跪倒。施公赶紧用手相搀,只说:"不敢,不敢,快快请起,还求担待。施某来得仓卒,殊为非礼。"说罢,用手搀起。二人站起说:"老大人太谦,我们都是蠢笨愚人,不晓得礼法。"言罢,让施公前行,大家跟随。从人后面拉着马匹,进了庄院。

施公今日观看那两层房,多是薄板盖的;又是两厢房相称,清静幽雅,另是一番世界。只见天霸、王栋躬身说道:"大人贵驾到此,我等礼仪不周,多求宽恕。请归正坐,我等好行大礼。"施公说:"实不敢当。"二人行一常礼,一同落座。贤臣坐到上面,左边是贺天保,右边是天霸、王栋。从人献茶。天霸说:"大人到此荒山,并无别物,请大人吃杯水酒。"遂吩咐抬开桌椅。不多时,从人摆设已毕。天霸掌壶,王栋把盏,满满斟上,双手擎杯,放在施公面前。又斟一杯,递与贺爷。然后,自己斟上。只见从人用油盘托来,俱是煎炒油炸的珍馐美味。施公带笑开言说:"我施某无故又来讨扰,何以克当?自从恶虎庄上,与三位壮士分别之后,时刻思念英雄救命之恩,刻骨难忘。无奈总未相会。幸得与贺壮士同来。"又向王栋说道:"不知令弟有何贵干?"王栋欠身说道:"大人不知,劣弟去年已亡故了。"施公说:"正在青春年少,真正可惜。"天保说:"恩公现今升了仓厂总督。"天霸二人笑说:"恭喜。"施公说:"何喜?虽说奉旨前来山东放赈,皆因大芽山中,住了贼盗。此人名唤于六、于七,手下招聚贼兵数百,独霸山东一带,打劫商民,施某日夜焦愁。贺义士替某分心,知道二位贵寓,这才舍生忘死,奔到宝山面请。"

黄天霸闻听,心中一想,原不是念旧恩,却为这粮怕贼劫,此来你是枉费心机了。压住怒气,带笑开言说道:"恩公,忘了恶虎庄中的话了?小人至今未忘:'命里不该朱紫贵,不如林下做闲人。'请大人不必往下言讲了。此时心灰意懒,情愿老死山林,永不出仕,誓无二心。"施公听了,半晌无言,只是发怔。手擎酒杯,懒往下喉。天保听得明白,说道:"大人,我等栖身绿林,大碗酒,大块肉,要分金银着秤称。情性狂放,举动俗野。皆因天霸遵父遗训,故弃绿林,归了正道,才投江都,保着贤臣。关家堡他合小人又救了爷台大驾。活命之恩,非同小可。黄天荡内,擒拿水寇,老大人才功高爵显。我们大众,成全天霸成功,也非容易。若说官卑职小,也是实话。因

为此,他不上北京。后来赶到恶虎庄上,他想大人必有危难,舍生忘死,救了大人,比着前次,倒觉更难。那天虬、天雕,本是同盟一拜。算他一片心痴念旧,失了江湖信义之真,逼死两家人的性命。江湖上的朋友,无不怨恨。大人请想,他为何情意?"施公连说:"是不错,贺义士说的句句全不假。此时官居二品,可以面君奏事,正好提拔恩人。你一定要安心苦守宝山,我施某也就无意于功名了。我也在此山,寻些清闲自在何妨。"天霸说:"老大人莫生退心,别比我等之辈。我们是生成的野性。"

贺天保心中暗想说,很好,你若不去,我与大人怎么出你这个门呢?想罢,开言说道:"老兄弟,不必着急动气,是事都有三说三解。"天霸带怒说:"兄长言之差矣!叫我好不明白。"天保专用反激之计,激动英雄。复望着施公说:"大人不知,小人与天霸自幼的朋友,他的性情,我一概尽知。不论谁有不平之事,叫他知道,他是闹个翻江倒海,总得他顺过这口气,才算撒手呢!这如今晓得事务了。"天霸说:"兄长,我自从十五岁出马,没玷辱绿林。兄长这话,小弟倒不明白。"贺爷说:"这个自然要说明白。自从你与那武天虬四人结拜,胜似同胞弟兄,先叫你逼死二位兄长,

剩下天保一人。江湖上最重的是信义,那时节你不顾信义,要救恩公。这时候你不顾恩公,更无信义。"这一句,黄天霸急的火星乱迸,说道:"兄长这些话,说死为弟了!朋友也算在五伦之内,死战荆轲,至今不朽。我天霸无父,就从兄长教训。背了人伦,枉生天地之间。生死存亡,皆听教训。就是跳油锅去也听命,哪怕立刻就走,又何必用反激之计!"天保说:"不然,日后如若见面之时,便知于六、于七利害!实有此话,他弟兄在大芽山落草,招聚数百喽啰。还有一个方小嘴,足智多谋,人称赛姜公,那于六使的是混钢枪,力大无穷,还有败中取胜的飞抓。于七使的是铜锤,蹿跳蹦跃,还有一把软鞭,更精巧。虽则传言,临阵必须小心。"天霸眉头一皱,说道:"慢说他弟兄两个,就有十个八个,我天霸也放不到心上。"现时天气不早,吩咐从人,将残席撤去。又吩咐从人,掌灯搭铺,各自安歇,不提。

次日天明起身,净面更衣,用过酒饭,天霸吩咐备马。手下人连忙将马备好。施公、贺天保、黄天霸、王栋四人,乘马出山,竟扑奔济南大路而来。一路无话。到了济南府,入城,进了金亭馆。贤臣下马,天保、天霸、王栋一齐下马,跟随施公,来至里面。早有关小西、王殿臣、郭起凤、施安等,齐来恭见。天霸、王栋见礼毕。施公吩咐排酒宴来。不多时,酒筵齐备。仍是施公的首座,大众各按次序落座。霎时间将酒吃毕,大家散坐,从人将残席撤去。天已不早,各自散去,安歇了一夜无话。

到了次日清晨,施公梳洗已毕,即忙升坐。文武官各按仪注,行礼毕,分左右侍立。施公眼望知府开言说:"贵府可晓得粮船何时可到济南?"知府躬身说道:"不过三五日可到。"施公点头,说道:"贵府把那已结未结的案卷备齐,一并拿来,本部堂看过。"知府答应,令书吏呈上。施公闪目观瞧,内有一案,是金有义无故杀死赵三。但死鬼与凶犯,素不相识,并无仇恨,凶器又不见。问成抵偿,现在案内。施公看罢,心中暗想,这宗事叫人可疑。正自沉吟,忽听一只雁落在对面房檐上,不住地乱叫,令人诧异。正是:

天理昭彰人不醒,报应循环物显灵。

这只雁,引出无穷的事故。且看下回分解。

第一百十八回　　鸿雁三声奇冤有救
新坟一祭旧恨方消

　　且说施公看得金有义一案,正自沉吟,忽听对面鸿雁来叫。施公暗想,这事定有屈情。伸手往签筒内抽了一根,见姚能名字,便叫:"姚能听差。"只见下面一人跪倒。施公说:"你拿此签,随着大雁前去。必要留神,落在何处,有什么人物,只管报来,倘有徇私,追你的性命。"

　　姚能大吃一惊,跪爬半步,往上叩头。口尊:"大人,下役这两条腿,怎能跟他那两个翅膀? 他是穿街越巷出城,从空而过。请大人开恩,他若展翅腾空飞没了,叫小人何处去找?"施公拍案,用手一指,高声大喝说:"好大胆奴才,你竟敢搪塞钦差! 本部堂自从初任审无头疑案,审土地,他会说话;判官小鬼都问清;石头、水獭猴儿能告状,虾蟆与狗都能诉冤。做知府,斗智捉旋风。顺天府断清人参案;锣鼓巷我审过皂君。今日,我看金有义这一案,必有屈情。偏遇大雁鸣之怪异,这乃信义之鸟,天差他前来鸣冤。叫你跟去,即当速往,竟敢抗差不遵! 给我拉下去,重责三十大板。"姚能见势不好,连忙叩头:"下役愿往。"施公即忙吩咐住刑。姚能起身拿签,来到鸟栖的廊檐之下,说是"老雁呀! 那有冤枉,快领我前去寻找。老雁只待慢飞,我才可跟了。你要一展翅,穿街过巷,明月芦花,可无处寻觅",说是"大雁爷爷,咱们走哇"。只见孤雁点头,飞起看看姚能。众人无不惊疑称奇,道:"异怪,不枉人称赛包公,真是不错。"

　　不言众文武衙役议论。众目观瞧那只雁,慢慢地飞转,真是等候公差的一般。那雁出城去,姚公差远望那雁,飞到大树林中。公差往上看那只雁,仍是对着他乱叫。姚能看罢,笑了一声,说:"老雁哪,你在馆驿中,没听见大人吩咐,要找到一个水落石出,也好消差。"只见那雁不动,只是点头。姚能不懂其故,不住的着急。正然胡思乱想,忽见林外来了一人。

　　公差连忙将身躲在树后偷看,却是半老的妇人,面目焦黄,愁眉泪眼。年岁在五旬上下,穿一件蓝布夹袄,青布单裙,鞋尖脚小,手拿香锞纸钱。来到坟头前,将壶放下,双膝跪倒,斟上酒,点着纸锞,带泪说道:"三哥,你死的不久,若有灵有应,听我一言。我丈夫名叫金守信,我娘家姓任。夫主已去世十数年,撇下孤儿寡妇。我儿名叫金有义,年方二十,素日奉公守法,贸易为生,孝养寡母,并没有行凶杀人。三哥,你是被谁杀了,亡魂该知道。你要有点灵,当叫杀人者偿命,为何冤枉好人?"直将那后来儿子如何入监,如何处斩,前后诉完。公差句句听得明白,心中暗暗称奇:大雁他会伸冤! 抬头一看,大雁早已飞去。又想,见施公怎么就说金有义这案冤屈呢？看这妇人哭的实是可怜，我去劝劝他。

　　忽从远地又来了个妇人，三旬上下，身穿重孝，白布漫鞋。满脸的怒气，走进林来，直奔那年老的妇人。不容分说，一把揪住那年老的妇人，摔倒在地，口中不住地骂道："你那狗种！金有义无故的杀我夫主，你老娼妇还不解恨，又来找到坟上，下镇物。"把掌抡拳，不住的乱打。那年老妇人，满地乱滚，口中不住哀告说道："不亲不友，无仇无恨，我来祭奠阴魂叫他显个灵应，拿住杀人的凶犯，免的屈了好人，并无别的。"少年妇人，仍是不听，直是乱打。

　　姚能出来，向前说道："这位娘子，不必动怒，方才是我先来的，看见这位并没别意。"年青妇住手，说道："你是何人，在此何事？"公差说："我叫姚能，在济南当差。方才我跟大雁前来，寻找屈情，领我到此。想你丈夫，不是金有义所杀。适才施总督在济南放赈，由公馆看过招呈，看出金有义这案必有屈情。就去了个大雁，叫唤鸣冤。大人差我跟大雁前来到此地。你们二人也不必争吵，跟我前去见大人。"

　　两妇人跟姚能进城，来到公馆。公差说："你二人略等一等，我进去禀明。"走到大人面前，双膝跪倒，口尊："钦差大人在上，下役奉谕跟雁出城，遇见老少两个妇人，正是金有义那案。现今将他带来，候钦差审问。"施公心中欢喜，先把姚能问了详细，然后叫带妇人回话。公差答应，站起身来，来到外面，说："你二人进去，把情由细细说明。"二人进角门，到案前跪倒。

　　施公座上开言说："你们各报姓氏。"妇人说："青天大人，小妇人丈夫金守信，十年前身亡。小妇人娘家姓任。所生一子，名叫金有义，年方二十，只因家贫，尚未娶妻，就是母子度日。儿子倒也孝顺，随小妇人苦守清贫。也是该当有事，住的是独门独院，三间正屋，一明二暗。小妇人住东首，我儿住西首。那日，母子晚间在东首闲坐叙谈。忽听西首有妇人说话声音，小妇人生疑，只当金有义在外面勾引无耻妇女，引到家中窝藏。金有义听见这话，急得跺脚捶胸说：'我要有这些事，叫五雷把我轰死！'无奈何，母子掌灯，往西屋去看。真是奇怪，有一铜锁木匣，锁上挂一把钥匙。小妇人一见，又起疑心。我想此匣来的奇怪，把锁开放一瞧，是五个元宝，各各缚着红绳。我儿欢天喜地，口中念佛。小妇人心中害怕，怕是来路不明，因财起祸。"施公说道："这银子乃是天赐，为何害怕？"妇人说："头一件怕的是我儿瞒着我。再说俗语'外财不富命穷的人'。我母子再苦，也是前生注定，岂能更改？老爷，你老人家请想，小妇人寡妇失业的，带着孩子，过这苦日子。虽然说夫死从子，却何能尽由着他一个年青的孩子！见了此事，如何有不追问之理？要是他偷来的，也就装不知道，跟着他吃喝，久后直是犯了事，我也有个教子不严之罪。这不是明中王法，就死后也愧见亡夫。故此屡次的追问，他又说不出来历。因此小妇人叫他捣出去，恐生出是非来。他金有义只是不舍。小妇人说，你要不说出这银子来历，连你带银同送到衙门去！金有义就依妇人，不要这银子，说：'自然有个来历。那日晚上刚睡觉，耳旁只听见人说话，唧唧喳喳，听不准。想这银子必定是说话的送来。

他就枕着匣子睡倒,试试他是财帛,可是邪怪。'小妇人只得听从他,把匣子抱到东屋去。他枕着匣子就睡了。小妇人熄了灯光,也是和衣而睡,不能睡着。那天不过三更时分,忽听金有义大叫'不好',说是'母亲快来'!小妇人连忙起身,点着灯,来到西屋一看:只见金有义惊惶失色,只嚷有鬼。他说:'我枕着金描匣子,合眼朦胧,并未睡着。看见五个白胖的小孩子,穿着红缎子兜兜,手拉手儿,笑嘻嘻地说道,金有义,可叹你大运不通,押不住我们五个。今日给你个信,你可记清去处:离此三里之遥,有个富家洼,我们俱在那里住。你要想到我们,那里去找。说完了话,手拉手儿出外去了。为儿惊醒,一身冷汗,回手摸匣子就不见了。'"

这些文武官员、差役听得直是发愕,都说奇怪。施公坐上开言说:"后来却又如何呢?"任氏说:"青天老爷,以后总是我儿财心太重,不肯听我说。那日,天有五鼓,一人出了门,找银子去了。小妇人在家候信,等到天亮,也未回程,恐怕冤家惹祸,倚门盼望。邻舍告诉,方知准信,把民妇人的魂也吓掉了。"说到此处,泪如雨下,大放悲声。施公沉吟说道:"金任氏再把邻人告诉你的话语,细细说来。"任氏止悲,口尊:"大人,那时有人告诉,说是:'金大妈,可不好了!你儿子在富家洼杀了个人,把脑袋装在匣子内,抱着走呢!正撞见府尊太爷,将他锁拿进城,送入监中,单等秋后抵偿。'民妇无法,自己回家,只是打点往监中送饭。今日想起儿子冤枉,预备钱锞,往赵三坟前祭奠,求他阴魂有灵,保佑拿住凶手,好叫金有义不遭冤枉而死。祝赞未完,不想他妻来到。他说民妇来下镇物,揪住就打,不容分说。多亏大老爷的公差劝解。他说有鸿雁鸣冤,带领民妇前来。这是已往从前的话,并无半句虚言。"

施公暗想前后的话语,沉吟了一会,说是:"贵府,你差人去把犯人金有义提出监来,本部堂亲审。"知府答应,连忙差人前去。不多时,但见公差锁来一人。施公说:"金有义!"有义看见他娘在公案前跪倒,金有义跪爬半步,口称:"青天大老爷,容小人细禀。"遂把始末缘由,细说一遍。施公听罢,母子一言不错,真是字字相同,一字不讹,可见真是实情。施公又叫金有义:"你不该贪心妄想,以致平地起祸。你枕金漆匣子,梦见五个孩儿,他既说不在你家住,醒来不见,就该他自去自来,你又贪心去找,不听母训。又你在何处拣那匣子?俱实禀来。"金有义说:"小人不听母言,走出门,到富家洼。三里之遥,顿饭之时,到了富家后门口。星月之下,瞧见匣子。小人怕人瞧见,抱在怀中,回头就走。走不甚远,抬头看见一片灯笼火把,原来是府尊太爷。吓得小人才要躲避,谁知已被太爷看见,叫公差把小人叫回头到轿前。太爷追问匣子里面是什么东西,贪夜孤身往那里去?小人见问,心忙意乱,吓了个张口结舌。待说是银子吧,又怕官府拿去算赃入库。那时小人话就迟了。太爷叫公差把匣子打开一看,并无一个元宝,原来是血淋淋的人头。府太爷叫人立刻给小人带上了锁子,跟到衙门。问小人为何害人,死尸存在何处,凶器现在何处,首级为何装在匣内?小人见问,心胆俱碎,本无此事,怎能应承?任凭说破唇齿,府太爷不听。各样刑法，全受到了。只急的无奈，这才招认。府太爷问成死罪，这才收监。"

施公眼望知府说："贵府，金有义杀死赵三这一案，诉词内有隐情，你听听怎么样？本部堂审问清浑，内中有不到之处，只管提说。"陈知府曲背躬身说："老大人才学深如渊海，卑职实不如也。又兼才疏学浅，卑职倘有不到之处，求老大人指教。"施公微微的冷笑，说："贵府此言差矣！府州官尽说'小的学疏才浅，不堪民命'，你不想这小民性命，都拿在府州、县令手内。屈枉民命，苍天不容！"施公又问："看见匣子又有几时？"说："天有二鼓。"施公说："叮咛睡觉，到了何时？"说："正到三鼓。"施公说："你儿去追赶银子，却又何时？"说："在四鼓。"施公说："你儿出门，手拿何物？"说："是空手而出。"施公说："贵府在何处与金有义相逢？是何时候？"陈知府说："卑职正是四鼓撞见。"施公说："这话就不明了，金有义四更离家，贵府四更拿的凶犯，时候不对。再说这四鼓夜已深了，手内又无凶器，难道他空手杀了不成？金有义倘挟仇把赵三杀死，再没有把人头盛在匣内，抱回家去的道理。本部堂不明，请问贵府，杀人是何凶器？"知府曲背躬身说："卑职把金有义拿到衙门内审问，他在当堂招认：忽因挟夙日之仇，把赵三用刀杀死，凶器撺在河内，打捞不着。就是画招，卑职才敢定案。"施公微微冷笑，说是："贵府，本部堂有几句话，请听明白。你我既食君禄，即当报雨露之恩。审问民情，当知仔细。人命重案，更得留神。待施某审明此案，自有分晓。"

施公又问赵三妻子说道："你夫被人杀害，其中必有情弊，你也该知一二。金有义与你夫不亲不友，那里的仇呢？男女一样，都有天理良心，不许刁唆。明有王法，暗有鬼神，今日在本部堂下，若有一字不真，本院查出，定是不容。"梅氏见问，往上磕头，口尊："大人，民妇年三十岁，父母双亡。十八岁嫁与赵三，算来十年有余。膝下无儿无女，公婆早已弃世。丈夫嫖赌吃喝，狐朋狗友，任他所为。无论怎么不好，总是结发夫妻，恩情似海。一旦被人杀死，民妇岂有不痛之理？要说金有义本是素不相识，非亲非友，无仇无恨，他倒有个朋友，甚是相好。"施公连忙追问。不知梅氏说出何人？且看下回分解。

第一百十九回　朱蠢妇直言无隐 郑公差应变随机

且说梅氏说出她丈夫有个朋友。施公问道："他那朋友是谁?"梅氏说："小妇人夫主在世,因为家贫,才搭伴去打牲以为糊口之计,那里还有银子? 那金有义因仇害命,必不是图财。再者亡夫那时,并未在外。"施公赶紧问道："你丈夫不在外,必是在家丧命。"梅氏说："皆因常去打牲,交了一个朋友,住在前村,名唤冯大生,比亡夫还大两岁。时常来往,穿房入屋,亲兄弟一般。往日进来,同来同去。这天亡夫带酒,睡在家中。他说打牲要起早,手拿一根闷棍,出门而去。说他去找冯大生,临行叫民妇将门关上。小妇人天明起身,有人告诉,说我丈夫被人害了,首级不见。民妇同乡保进城禀报。哪晓得天网恢恢,疏而不漏,凶手金有义,凑巧被府尊拿住,受刑不过,尽皆招认。民妇看见有人偿命,也就是了,不知其中别情。"说罢叩头。施公点头说："梅氏,本部堂问你,须要实说。这冯大生他住在那里? 你家叫什么地名?"梅氏说："小妇人家住后寨。两座村庄,一里之遥。"施公点头说："你夫被害,是何地名?"梅氏说："就在后寨村东富家洼,庄外有片芦苇。小妇人丈夫在那里丧命。"施公说："你夫主离家,什么时候?"说："是三更。"施公问金有义,金有义说："我出门就奔富家洼。富家的后门首,就瞧见了匣子;抱起匣子,就回头往北奔家,就遇见知府太爷。"说罢,往上叩头。

施公眼望知府,说是："贵府听见没有? 你是四更天拿的人。金有义却是四更天离的家。这赵三也是三更天出的门。这是死鬼离家在先,凶手出门在后。金有义是四更天离的家,拿了匣子,就被你拿住。这时辰前后不对,而且又无凶器。你把金有义问成死罪,真是岂有此理!"知府躬身说道："钦差老大人,是天才神断,卑职实不如也。万望大人宽恕一点。"

施公微微的冷笑道："赵梅氏,你说赵三实寒苦,打牲度日,还有伙计冯大生?"梅氏说："只此一位,并无他人往来。"施公说："既然同行,大概都有约会。还有你夫主先找冯大生去,还是冯大生先找你夫主呢?"梅氏说："他二人谁先起来,谁就去找谁,不分你我,总要同行。"施公说："你说那日才交三鼓,手拿一条闷棍,去找冯大生。但不知找着冯大生否?"梅氏说："民妇见他去后,将门关闭,睡到炕上。只不多时,忽听外面叫门,说是'三婶子,三婶子',连叫数声。民妇听来,就是冯大生。我说,他早就去咧。冯大生他说:'没找我呢?'他在门外念念叨叨就走了。"施公听罢,说是："梅氏,冯大生素日来叫你丈夫,他是怎样叫法呢?"梅氏说："他素常来到门前,便大声叫道:'老三哪! 该起来吧,不早呢!'就是这个叫法。"施公说:"这就是了。"伸手抓出一支签来,说:"速去锁拿冯大生来听审。"

公差接签,出了馆驿,直奔前村。进村见有几个庄民,内中有一个认的郑洪的。郑洪带笑开言说:"在下有一点公事,才到贵村。借问一声,这前村有位打牲冯大生吗?"那人说:"郑大爷,你问那冯大生哪!他先合死鬼赵三搭伴。自赵三死后,冯大生也不打牲咧。如今他连门也不出,终日在家,闭门静坐。郑三爷,你往北走,第六个黑门,便是他家。"郑洪带笑说:"多蒙指教了。"去走到冯大生的门首,用手拍门。

且说那冯大生坐在家中。他妻子朱氏,总算是造化的,得了一笔外财。忽听得外面有人叫门,把冯大生吓了一跳。说:"贤妻,你去瞧瞧是谁。若是生人,问他姓什名谁。若要找我,你就说这几天没回家来。"朱氏说:"不必叮咛,我自会说,你放心吧。"边说边走,来到门前,将门开放,出来一看,见一人头戴红缨帽,身穿蓝布袍子,站在门前,架子不小。看罢,将门一掩。那郑洪看这妇人,不觉暗笑。开言说:"我与冯大生,又亲又友。今日有件事托付他,大娘子把他请出来,我们哥俩见面好说。"朱氏本是蠢人,听着此话,不辨虚实,带笑开言说:"既是亲友,且请到里面叙话吃茶。那冯大生就是我的夫主,终日在家闷坐,常想宾朋。"郑洪久惯当差,见话便说"饶坐"。连忙走到近前打躬,叫声:"嫂嫂,头前引路。"

冯大生倾耳听得朱氏说话,听不甚真。又听外面呼兄唤嫂,直往里让,像是熟人。暗想必是来了亲友。顷刻抬头一看,却是官差,心中好不着忙,手足慌乱。朱氏说:"当家的,快出来接进去吧!我给你领个兄弟来,不用愁闷了。"大生只得出来迎接。郑洪作揖,执手赔笑说:"大爷,你好清静,坐家中许久不见。"冯大生无奈,说是:"不敢,在下实是瞌睡,一时懒得起来,望乞尊驾宽恕。请问尊兄贵姓高名,住居何处?"郑洪说:"你我相别不久,你就竟忘记了。想是你发了财了,不认得旧兄弟。有个衙门弟兄请你去。一提,你就想起来。我的名字叫郑洪。"冯大生说:"原来是郑大兄弟,总就是我的眼珠儿瞎,慢待你了。你可别恼人,都有个忘记。你说那个内司,倒是姓什名谁,我怎么总想不起头绪来呢?"郑洪说:"我也不知底细。大料既想他请你,你一见自然明白了。"说着脸色一变,满屋里瞧了一遍,腰内取出锁链一条。说是:"带上的好,我怕太爷逃席。"一伸手,把冯大生套上。大生立时变色,朱氏也自着忙。郑洪说:"他在外面做的事,想来嫂子也明白。"大生说:"既把我锁上,一定要打官司。"郑洪说:"把话语留下,我把你锁给开了如何?"大生说:"求上差开恩!"郑洪说:"好,依兄长的话。那里不交朋友?况且你这也是不要紧的事。我看你也有些朋友,解下来,叫乡亲们也好看些罢。"二人一同进城,来到公馆。

此时施公用饭已毕,正然喝茶。差人回话说:"冯大生带到。"施公即刻升堂。任氏、冯大生、梅氏一切邻居,俱各传到,方好结案。施公说:"你叫大生吗?"冯大生回道:"小人冯大生,给大人叩头。"施公说道:"你作何生理,有几个伙伴呢?"大生说:"小人原系前村人氏。父母双亡,娶妻朱氏。打猎为生。有个伙计,名叫赵三,每日一同来往,谁知他被金有义杀死。剩我一人,难以打牲,在家中闲坐。奉公守法,非理不为。今日大人差役,把小人拿来,不知所因何故?"施公微微冷笑,说是:"贵府,你细留神听听。你是科甲出身,与捐纳不同,问事不可粗心。赵梅氏自言金有义非亲非友,又无仇恨,赵三又系寒苦之家,他杀人为何?就是无故杀人,把头装在匣子内,去往家内抱,又是何意?再说更次也不对,尸首又有别的因由。从富家洼前屯到后寨,三处离河多远呢?"陈知府躬身说道:"离河有二里之遥。"施公大笑说:"贵府这话说来,益发不通情理了。"要知大人怎样发落,且看下回分解。

第一百二十回

　　且说施公问事,是一片爱民之心。明知情屈,仍怕有隐匿,故意惊喝金有义。金有义叩头说:"小人赶元宝是实,并不曾杀人。小人那知晓赵三往富家洼去,就往那里等着杀他去呢?少时大人叫了邻舍人来,一问便知。"施公说:"你今日堂上回的话,何不在知府堂上如此说法?"金有义叩头,说:"青天老大人,小人在府台太爷那里,也是这样回法。怎奈府太老爷一句不听,百般拷问。小人实是受刑不过,这才招认。"霎时间,差人跪倒,说:"回钦差大人,三姓邻舍,俱已传到。"

　　施公抬头,但见几个老民,跪在堂下。施公说:"传你们来,不为别的事,要分辨金有义这一案,是非曲直,全要实说,分毫不碍你们的事。若有虚言,保不住就有牵连。"又叫冯大生:"既是你伙计他被人害,你也必然知情。今日事犯,速行招认。"冯大生说:"小人虽与赵三是伙计,他被人家害了,小人实不知情。求大人详察。"施公说:"你们说来,谁是谁的街坊?"下面说道:"小的赵大、王二,是金有义的街坊。"施公说:"金有义母子,素日好歹,实回上来。"二人说:"大人请听:他母子俱皆安分,母慈子孝。"施公说:"是了。"又有二人说:"小的李永、孙昌,是赵三的街坊。"施公说:"赵三生前行为怎样?"二人道:"赵三生前吃喝嫖赌,无所不为。他妻梅氏,却倒贤惠。"施公说:"是了,是了。"又有二人说:"小的王四、张六,是冯大生的街坊。"施公说:"冯大生为人如何?"二人说:"冯大生为人也好也不好。怎么说呢?外面却会生事,家内倒还安静。"

　　施公吩咐六个人下去。又问冯大生说道:"赵三是你打牲的伙计,他叫人杀死,你知道不知道呢?"说:"回大人,赵三与小人一同打牲。他被人杀死,小人不知道。"施公点头说:"既是同伙,若打牲去,你叫他不叫他呢?"说:"小人两个做伴,他也叫我,我也叫他。"施公说:"那日呢?"大生说:"小人起早呢!约有四更天就出门。到了赵三的门首,高声喊叫:'三婶子,三婶子',叫够多时,里面才答应,说道'他去咧!'就回家等着他。"施公说:"赵梅氏,你夫主是几时出的门,你可记得清吗?"说:"亡夫离家,时有三鼓。"施公说:"冯大生,赵三三鼓离家,你去找他是四更,到了赵三门首,如何叫法,要你说来!一字有差,重责不恕。"说:"往常叫他:'老三起来吧!该走咧,天不早了!'"施公说:"赵梅氏,听冯大生之言真假?"说:"他说的倒是实。那日晚间,他来叫,民妇正在睡梦之间,忽听见叫'赵三婶子,三婶子,你把老三叫一声儿。'民妇说,'他早去了。'他在外面说:'怎么没碰见呢?我走了,碰见更好;碰不见,我在家里等他。'说罢,他就走了。"施公说:"冯大生,你同赵三打牲，是使什么家伙？"说是："飞禽走兽同打。打飞禽是下网下套子；打走兽，赵三一根齐眉棍，小的一口腰刀。"施公说："那日你在家中等他，他去了没有呢？"说："小人等他个大天亮，也没见他到。后来听见人说，他被金有义杀死了。"

施公冷笑，眼望众官衙役人等，说道："你们细听，凶手不是金有义，定是冯大生。不知因何将赵三杀死，又往他门首去叫，遮掩人的耳目。往日去找，叫赵三；那日去找，叫三婶子。分明是知道他不在家，假意去找，为的是瞒哄众人。再者，有赵三杀身之祸，也必去找冯大生。人头装在匣内，抛于外边，谁拾他那匣子，算中了他的牢笼计。你们详察是不是？"众官曲背躬身，说："老大人的高见，卑职等实不如也。"施公说道："还没有真对证，少时间便有分晓。"说着，提笔写了个红纸帖，用纸封好，说是："郑洪。""有。"连忙答应，跪倒。施公说："你认识字不认识？"说："认识几个。"施公带笑说："你拿此字去，照帖行事。不准叫旁边人。有走漏风声，从重治罪。""是。"

郑洪接了字帖，往外就走。后跟六七个衙役，全要瞧瞧，见见世面。郑洪把舌头一伸，说是："我的舅母，这可实在瞧不得。等我回来，自然明白。"说着，走到无人之处，打开一看，心内明白，出城竟扑前村冯大生门首拍门。说："大嫂子，快开门来。"朱氏赶紧出来开门一看，认的是公差。郑洪跟随就往里走。说："嫂子，可不好了！他杀赵三事情犯了，当堂招认，画了口供。这还算好，没说有你，只他一人。他暗暗的求我，叫我告诉嫂子，趁着你家有这点底儿，叫你快去打点。省的他受刑不过，连你也拉出来，那时也就不好了。"朱氏闻听此言，想着倒对。说是："你要不跟你哥哥相好，他也不叫你来。我实对你说罢，这宗底本可也有，我也瞧透了，你们俩人必是亲兄弟一般。你来罢！"说着，把这口缸一挪，那个底下，用刀铲开，取一个布包，拿到炕上。打开一看，看是五个元宝。朱氏才要说分银之事，那郑洪把脸一翻，将锁子掏出来说："快走吧，到衙门再说！"朱氏真魂吓掉。要知后事如何，且看下回分解。

第一百二十一回　冯大生图财害命　金有义提审出监

　　且说公差郑洪见拿出元宝，朱氏总要想分开。他说道："给他三个，也使不了。我留下三个，也使不了。不如他两，我两，郑叔叔一个。给他两个，打点官司。我这两个，买些嫁妆，好留着嫁人。"郑洪见元宝对了数儿，说："嫂子，这么分不行的，你跟我进城去，见了大人，那里分去吧。"说着，就把脸一翻，掏出锁子，把朱氏锁上，掏好了疙瘩，说："嫂子走吧，当堂等问口供呢！"朱氏自知难脱，遂把银包好，扛在肩上，将门锁上。二人竟奔公馆，直到堂前跪下。

　　大生一见朱氏，不住的着忙害怕。施公一见，并非善良之妇。遂问道："那一妇人，从实的说来，那里来的银子？若要与你夫主言语有差，便要重重的责打。所作之事实道。"朱氏闻听，跪爬半步说："小妇人不敢说谎。奴的夫主冯大生，与赵三是伙伴。那日他来叫我夫主去打牲。我夫主起来，拿了腰刀，出门去了。约有两个更次，天没亮，他回来叫门。小妇人将门开放，他走到屋里，连忙打火点灯，从怀内掏出五个元宝，用红绳捆成一包。"小妇说罢，磕头碰地。冯大生听了这一片言语，真魂早已吓掉。

　　施公说："冯大生，你有何曲折，你细细讲来。"说："大人容禀：那日赵三前来叫小人出去，那时天尚未明，不过三更以后。想着要回家，忽然想起一件事来。往常起早，路过富家洼，常听有小孩吵闹。小人去看，却是富家一个菜园子，里面有五个小孩，浑身精光，都穿着红兜肚。屡次走到切近，都不见了。那一天，小人就将此事告诉赵三。我们两人去追赶小孩，又不见。赶到芦苇坑边，赵三踢着个匣子。拿起来看，却有现成钥匙，开了一看，里面是五个元宝。我们二人看见了元宝，他也要多，我也要多。谁知财多是祸，我们二人争吵起来。我一刀把他砍死，元宝我独揣在怀内。把他的首级砍下来，放在匣内。小人想着这场官司，叫姓富替打，将匣子放在富家门首。我又去叫赵三的门，为的解人心疑。人是小人杀死，谁想青天大老爷的驾到，可巧又有鸿雁鸣冤，可见得善恶都有报应。这雁替金有义鸣冤，内中也有个缘故：小人那日与赵三打了一只雁，可巧金有义走到跟前，他用三百钱买去，放了生咧！哪知他遭屈，就有雁来鸣冤，救他之命。真乃是行好得好，作恶恶报。求老大人也不必追问咧！小人这都是实招，情愿领死。"

　　且说施公，听了冯大生所招的口供，料无虚假。带怒说道："金有义，你母子可曾听见吗？"他母子叩头说："全都听见。"施公说："金有义背母贪财，致有此祸，险些作了刀头之鬼。"金有义母子望上磕头，说："多亏青天大人，判明此案，我儿死去重生。不但小妇人深感大德，就是民妇亡夫在九泉下，也感念大人恩德匪浅。"施公说道："梅氏，你夫主赵三被冯大生杀死，你还不知，诬赖好人。"梅氏连忙说道："大老爷在上，此乃府尊老爷亲拿的凶犯，当堂审问，金有义当堂领罪，与小妇人无干。"说罢叩头。施公说："贵府，你可听见？请问赵三是金有义杀的不是？本部堂这等问法，是与不是？倘有不到之处，贵府只管明言，施某绝不自是护短。"陈知府深打一躬说："卑职无才，求大人宽恕。"

施公又提笔判断："冯大生杀死赵三，暂行收监，俟放粮之后，斩首示众。金有义贪财背母，应有罪过；念其遭屈冤，今释放回家。这几个元宝，虽然天赐，乃富家之物，也有金姓之分，赏与任氏两个元宝，以为祭奠赵三受梅氏痛打，为子悬心，家业困苦之费。"任氏连连叩头，说："金有义今日蒙老爷救了性命，就是莫大之恩。又蒙赏赐银两，叫民妇刻骨难忘。只是焚香叩拜天地，愿老爷世世官高爵显，扶保朝廷。"言罢，连连叩头。

施公说："梅氏，你娘家还有什么亲眷？"梅氏说："小妇人亡夫在世，尽交狐朋狗友，并没有连心亲人。小妇人七岁丧父。出嫁之后，我母亲身亡。并没姑舅两姨亲眷，无依无靠，孤苦伶仃。"言罢，泪如雨下。施公说："梅氏不必伤感。我看此事，是一举两得：金有义精明务正，他母亦有贤德，你的素行，道也守正。可与金有义成就夫妇，贤孝一家，倒也相当。赏你三个元宝，为你夫死养身、夫妇过活之助。愿不愿即刻言明，我不嗔怪。"梅氏哭道："青天大老爷，与亡夫辨明冤枉，得着正凶偿命，小妇人应当尽节才是。奈因赵三为人，也当不起尽节之妇。此时但凭青天老爷做主，恩深四海，愿依遵命，不敢有违。"施公闻言，满心欢喜。说是："金任氏，你子虽遭冤枉，总算是前因后果。元宝为媒，证梅氏该当入你家门的。"任氏说："叩谢老爷天恩，小妇人谨遵老爷之命。"

施公扭项，望知府说道："贵府，你问此事，乃是诬良，应该降罪。这是你粗心之过，还有可恕——并不是贪赃。本部堂念你是两榜，正非容易，姑开恩赦你。以后事事须得留心仔细。"知府唯唯的听从。施公说："罚你一宗银子：梅氏改嫁金有义，花烛之费，须得你办。"回说："卑职领命。"施公吩咐，将冯大生收监，余者尽释放回家。但见官属民役、闲杂人等，各各不胜欢喜，称扬施大人的天才。

施公退堂，归书房坐定，与天保、王栋、天霸、小西、殿臣、起凤等大家相见，言讲此事。说罢，更衣，吩咐家丁设坐，叫众好汉一同落座，献茶。茶罢，又吩咐安摆酒席。施公亲自把盏，奉敬诸位英雄。众人领谢，各按次序归座。手下人把酒盏酌上。施公带笑擎杯，说道："你们几位英雄，与施某情同骨肉。自从江都天霸行刺，被我一片纲常大义之言，劝他弃邪归了正道。本有志气，要争功名。关家堡同着天保二人，救我出了火坑。这黄天荡擒拿水寇，黄壮士真算一举成功。斩犯，多亏了贺天保酒楼上泄漏机关，杀了盗寇。恶虎庄上，施某堪堪危险，幸亏又遇英雄。后来不知那件事，是我的错，叫义士寒心。这如今康熙老佛爷，钦点施某前来放赈。

听说山东出盗寇，于家兄弟大有威风，施某心中为难。贺壮士一言提起，他又知道寓处，这才一同天保前去敦请。走张家洼投宿，又遇强盗。贺义士一夜未眠，才得拿住此贼。又到卧虎山，见了黄、王二义士，不忘旧义，幸来相从。这没的说，仍求众位扶保施某，放粮无事才好。上与国家出力，下能保养饥民。事完，回京覆旨，施某定要奏明圣上，绝不埋没英雄的功劳。施某若有一点忘恩负义之心，临危必不得善终。列位皆是正人君子，必是一样。"当时黄天霸不跟施公进京，以为施公负义，虽不能说，暗想跟到进京也不过白效力，所以心中有些寒透人。搭着王栋、王梁当中懈怠，彼时施公本无保奏之任，故此好汉辞了贤臣，云游山水。虽则如此，可总不提贤臣过处。想着既跟过大人，再说大人不好，岂不落江湖朋友耻笑？莫若自己善退了，彼此都不漏着方好看。这是英雄行事，过常人的地步。哪知他的命中，是个显发之运，不该闲散，又遇贤臣拜访，义不容隐，故又有这一番贤良相济。要知天霸如何，且看下回分解。

国学经典文库

中国公案小说

·施公案·

图文珍藏版

第一百二十二回　众官按户口造册
千总报漕运米粮

　　且说黄天霸，听得天保防备于六、于七的话头，不由心中火起，说："任他于家有多少狐群狗党，也不怕他。咱们只要同保恩公，各尽忠心奋勇，那虑他小小寇盗！"大家齐说有理。施公带笑开言，说："我也听见说于六、于七，招聚人马不少。附近居民，皆受其害。怕的是粮到之日，生出乱来。倘有疏忽，大大不便。上有愧于朝廷，下有负于饥民，何以尽为国为民之心？必得商量万全之计，方得放心。"贺天保带笑开言，说："钦差大人，须垂明训。我等无才，不能远虑，恐怕临期误事。"施公点头笑道："公事大家同理，不要拘束。谁有主意，说在当场，大家计议，可行则行，可止则止。"大家齐说："谨遵钧谕。"施公说："此事关系重大，倘然有差，可就不小。众位虽是武艺高强，总是人少势孤。不如调武营马步精兵，相与保护，方保无差。不知英雄以为如何？"天霸闻听，心中不悦，道："大人！小人不是斗胆，依我拙见，既有我们六人，也就不必调官兵。凭着我甩头一子，三支飞镖，众哥哥们齐心努力，拿于六、于七，易如反掌。皇粮若有失错，我黄天霸誓不为人也！"

　　常言说："艺高人胆大。"天霸这话，全是一味高傲，只知有己，不知有人。若论这话，施公听着欢喜。一则说的雄壮，二则忠良深知他的本领，这些话当真说的起。再者只为保护皇粮，施公不惜辛苦，亲身到卧牛山，请了他来，这件事十成仗着他八九。当时说出这话，施公闻听，暗自欢喜，口中说道："黄义士之言，果然是实在之话，真说的起。你的声名，天下皆知。从前说过，一件公事，大家商量，黄义士休要多心。不知你们几位，意下如何？有话须说到当面。黄义士万不能多心。"这一些话，道得黄英雄收起暴躁，使出和平来，带笑开言，说："大人，我是年轻的人，没有深谋远虑，不过是一味忠直热心，有勇无谋。原来这事，关系重大，不是一人意见可成的。贺大哥与众位，有话只管讲。只要保得无事，大家的脸面，都算有光。"施公大笑数声，连说好好："这真是英雄之言！无论上下，有话便讲。保住皇粮不失，不枉你们受辛苦，黎民可沾皇恩。"贺天保带笑开言，说："若无于家众盗贼，也不必费这番心机。皇粮来到河沿，贼徒聚众人来抢夺，黄老弟虽则英雄，怕的是首尾不能相顾。"施公说："'能狼难敌众犬'。于家兄弟人多，喽卒有数百，倘然一时防不到，必然皇粮有失。"贺天保带笑开言，说："在下倒有一计，可保无虞。"施公满心欢喜，说是："英雄有何妙计，快快说来。"

　　却说天保，带笑说道："老兄弟他不知于家虚实。不是我长别人志气，灭自己威风。今为保住皇粮，非比平常剿寇，别弄的顾了打仗，顾不得皇粮。贺某尽晓那于六,绰号叫作赛袁达,使一根混钢枪,门路精通,对面相争,管保取胜别人;外有一把飞抓,三十步之内,善能打人。于七的绰号叫作赛野龙,使两把铜锤,分量不小,善能取胜;又有一把软鞭,马上步下,全能取胜。还有一位姓方名成,因吃壮药,吃的牙关紧了,吃饭不能张大口,人都叫他方小嘴赛姜公。这人颇有歪才,机谋巧算,众贼中的谋士,有名的头目。还有二十余人,喽兵数百,在红土坡结寨,是个易下难上的去处。贤弟想想他的势力若小,本地官员岂不去征剿他们。不怕恩公嗔怪,若无我们在此,好歹却不管了。既有我们这些人跟随大人,要叫贼盗抢了粮去,不但是英名软透,还把前功尽弃。不但众人枉费勤劳,且耽误大人的事。若依我,明日大人升堂理公事,对府县官就说户口人名,全造成册,河粮到了好开放。男女大小,全要公平。再差人打听粮船,几时才到。那时我有一计,管保一阵成功。大人即差人上卧虎山,将陈杰、李俊、张英三个人叫来,作我们的帮手,好并力成功。”施公遂教黄天霸写书信一封,差人即往卧虎山去,叫陈杰、李俊、张英等三人前来,不表。看官,黄天霸一则重义,二则他虽耿直,可不是那宗浑浊闷愕的样子,偏不依人的话,必要碰硬钉子才算住手的人。英雄重义不是如此,听了贺天保的话,依计而行。

次日,施公升堂。文武官齐来伺候。吏役排班,文武接着仪注,行过了礼。知府陈魁,曲背躬身,口尊:“钦差大人,有催船的报信:三日之内,粮船当到。”施公闻听,说是:“贵府,这粮船到日,先从济南放起。各处行文造册,送至省城。看守堆房,多加仔细。本部堂放完济南,然后挨次放去,全要亲身验看。沿河速搭芦棚,多派官兵衙役。官斛官斗备好,定日亲身开放,严查行私有弊,先派你先行。本部堂文书,出示兖、登、莱、青,以及泰安、沂州、曹州、武定,挨次放去。”施公说罢,退堂回后更衣。来到书房,与众好汉相见。

忽又听该官回说:“明日粮船准到。”贺天保说:“大人如何分派?”施公还把吩咐知府的话,说了一遍。贺天保说:“粮船来到河沿红土坡,必无动静,再不肯登船抢掠。必待收完,堆到岸上,须得留神。于六、于七,他若抢粮,必着人家前打探消息,防备全在此时。”施公说:“这话却是不错,必是这样。但虑此时擒贼、保粮不能兼顾。”天保说:“船到,只管去收米,也得十天半月功夫。米若收完,贼人必来抢夺,多半是夜间。我管保临期无事,请大人放心。”施公更不究问,知道他的才能可当,遂吩咐摆酒饭,就在书房,六家英雄陪着施公共饮。黄天霸擎杯,带笑说:“贺天保是四霸天中头一位,不但武艺精通,而且机谋广有,见识颇多。既说敢保无事,大人请放宽心。”施公笑道:“但得放粮无事,回朝交旨,施某敢保列位都有高迁之望。”天保说:“蒙大人提拔,只要我等有命。”施公说:“义士何出此言?列位俱是功名有分的。”说着话,酒饭已毕,漱口喝茶。

且说陈知府奉钦差之命,先催促府内合州县差役,俱各全要精细公平。又往各府县,都行知会,速速造成清册,送至省城。河沿盖大芦棚,花红结彩。左右两溜小棚。斗行经纪有数百人。棚外席片堆成大垛,许多兵丁衙役看守。芦棚内设摆公案,新制朱笔砚签,大红缎桌帏椅垫,团龙飞凤,新绣鲜明,设摆齐整,不表。

且说施公正坐叙话,门上报道:"有运粮千总拜见。"施公说:"叫他进来。"门人退下。须臾,千总们进来跪倒。施公说:"本部堂明日出城收粮。搀糠使水,抛欠数目,俱各不准。"千总说:"全无此弊。"一个个叩头,出了公馆。施公又望知府说道:"明日预备,我好出城,一应天明齐备。"知府答应,告退而去。次日天明,只见轿马执事,摆列满街。施公坐上大轿,前面大炮三声,十三棒锣响,本府守备,骑马前引,参将跟赶,顺大路前往出城。众好汉俱在公馆,施公出城收粮。这个消息,早有红土坡细作报知于六、于七。必是一场大祸,且看下回分解。

第一百二十三回　　贺天保备兵擒寇
方小嘴设计抢粮

　　且说这日，于六、于七在寨内闲谈，闻听粮船不远来到。赛袁达说："兄弟，你我生在济南，家中富足。习学把式，吃喝嫖赌，不务正业，家业凋零。以致栖身绿林，打劫些行商客旅。"于七带笑开言，说："现在山东有赈济，若得了这宗粮米，足够吃几年。"于六说："别听你七哥一片浮言，你是诸事不深思量。"说罢，叫摆酒来。小卒设摆桌椅，三人挨次坐下。

　　这红土坡势派不小，足有喽啰数百余人。方小嘴分派得井井有条，各有执事，并不错乱。说声摆酒，须臾齐备。三人坐下，于七先满一杯，递与方成，又与于六斟上，然后自斟。于六说："赈济粮船，已经到了。依方兄弟是怎样抢法？必得想个万全之计，才好行事。"方成带笑说："兄长要抢这项粮米，事干重大，必得商议周全，方可行事。若依七哥，立刻就要行事，看得探囊取物一般，不想其中曲折，登船去抢，必不中用。"于六说："上船抢米，总是不成。必得容他堆上河岸，方可成功。但是那里必有准备，须得细心。"小嘴说："那散粮，一人能带多少？若有官兵赶来，还得捺了。抢过一次，若不济事，再去更是不成。他必添兵守把。"小嘴言还未尽，于六、于七各自发愕，倒想着没个主意。于六说："方贤弟始终都想到咧，句句说得不错。这个粮米，抢来实难。但是这山中缺粮，也是要紧。还得方贤弟再想妙计。"方成说："二位兄长，此事可就难了。这钦差仓厂总督是康熙佛爷最心爱的人。他是镇海侯爷的亲生子，官讳叫施仕伦，人人称他赛包公，在朝常参大臣。听他手下许多能人，武艺精通。咱弟兄下山抢粮，更得加意小心。"于七一旁发躁，说是"我有一言，贤弟不要嗔心。这粮若不去抢，岂不叫江湖朋友笑话，说咱弟兄无能，尽欺良民客商，遇着大买卖，不能去做。"他又说："为这事丧了残命，也是大大有名，叫江湖中称名道姓。"方成说："此时必要抢粮，须让他收完粮米，堆积河岸。静夜前去，攻其不备，事方可成。"于六说："全仗贤弟调用，为兄无有不从。"小嘴说："看他那米，得收些日子呢！六哥急速差人下山，治办所用之所，莫要迟挨。务要十日之内办来。"于六立刻吩咐头目，带领小卒下山，四路附近村庄，抢骡、马、驴、牛、车辆。十日之内，俱要回来听用。众头目领令前去，不表。方成又说："头目十日回来，我另有一番调度，管保抢粮到手，也令钦差心惊。叫他知道山东有好汉，知道于家弟兄是英雄。"于六、于七满心欢喜，说道："此事全仗你一人。"吩咐小卒："速摆酒宴，先给贤弟庆功。"

　　再说施公收粮，直到天黑，方才上轿回来。到了公馆后面，与众英雄相见，说些收粮的事情。每日去到芦棚收粮,晚上来归公馆。那日晚门上报说:"外面有人来见。"贺天保出来一见,乃是陈杰、张英、李俊三人。躬身问好。天保引进,见了施公行礼。施公赐座,合众英雄分坐两旁。不多时,叫摆酒宴,大家共用酒饭。次日天明,施公又收粮。

那日收粮已毕。红土坡细作报入山寨。这寨中于六、于七,自那日分派头目、小卒,四路抢夺牲口,俱是十日回来,见寨主缴令。各将抢来车辆、口袋、马匹,共有多少数目,各写一单呈上。三寇观瞧甚喜。方成说:"这些物件,不但劫粮,连山中也足使用了。"重赏头目小卒。又使人探听河粮。那日有人来报说:"粮米收完。"方成说:"二位兄长,小弟言过,若粮米收完,须待夜间行事。一拥齐上,他不知人有多少,自然心慌。趁势动手,再无不得之理。"于六点头说:"下山须得何日?"方成说:"这件事要做,还迟不得,迟则有变,就是今晚前去。叫手下将瘦羊、病马,杀了做饭煮肉,至天晚俱各饱食。我将年轻力壮会武艺的小卒,挑二百名,跟咱弟兄三人在前,赶散看粮人役。再挑二百人,一百赶车,一百随着运米车辆,以挡追兵。来回搬送,到天明,岸上米管保全完。"方成说罢,于六连声夸奖说:"有理,真有奇谋!不枉人称赛姜公。"于七说:"众家头目,就照着方爷的话,吩咐兵卒。"二十名头目,就去挑选四百兵卒。将方小嘴的话,又传说了一遍。满山中乱哄哄,杀牛宰马,喂牲口,预备兵器。余着在山上看守着寨堡。天色黄昏,俱各吃饱,备马套车,全俱停妥。不表。

且说施公收完粮米,在公馆中与天霸、天保、小西、王栋、陈杰、李俊、张英等商议防守粮米之计。贺天保说:"大人粮米收完,到了夜间,贼必抢粮。以后日夜严加防守。大人速传钧谕,拨精兵三百名,弓箭、挠钩、短刀齐备,天晚俱来馆外伺候,一齐出城。大人就在馆内,明天一亮,静听消息。只管放心,小人管保无事。"施公说:"义士,这些英雄,俱是帮我,我岂有在公馆安居之理。我要亲瞧着壮士立功才是。"天保闻听,心内着忙。欲要阻拦,话语来得结实;有心任他出城观看,众贼争战,料无轻敌,黉夜之间,若有闪失,如何是好?又想着大人话不可拦,说:"大人要出城看我等拿贼,借钦差的虎威,更又容易了。黄老兄弟,必须保护大人要紧。我们动手相争,你别管,只在棚中保护大人。"天霸连忙答应。天保眼望王栋说:"贤弟,你与李俊带领官兵五十名,看守米场东面,留心精细。炮响一声,速带兵到,奋勇先拿为首的人。若是被贼逃脱,须受处分。"王栋、李俊一齐答应。天保又吩咐说:"关老弟同陈杰,领兵五十名,在米场南面守住。炮响一声,奋勇杀来,务要先擒为首贼将。若有疏失,自刎人头来见劣兄。"小西、陈杰连说"遵令"。贺天保又望王殿臣、郭起凤说:"你二人,带兵五十名,出城散走,米场西边站住。炮响为号,杀奔中场,拿为首的强人要紧。若把强人放走,自提首级来见大人。"起凤、殿臣答应。又望张英说:"张贤弟,你我领兵五十名,在米场北方守把。"贺天保吩咐已毕,又说:"大家这一出城,都要小心。奋勇拿住贼首,便是头功。放走贼头,就是大罪。

各人不必恋惜。"看来个个答应。

施公一旁惊问说："义士此话，我不明白。定谋设计，所为保米，为何舍米擒贼?"天保曲背开言说："大人，这于六、于七、方成，红土坡的寨主，把他三人拿住，余者全都散心，粮米再无人抢了。即便抢去，一见寨主被擒，必然扔下逃命。大人请放心，小人管保无事。"施公点头，众人分列两旁。不表。

再说红土坡众寇，那天才一鼓，方成说："此刻就该下山。"于六便吩咐备马，各人带好兵器，一齐跨鞍上马，后跟二百名喽兵，一直竟扑米堆而来。未知后事如何，且看下回分解。

第一百二十四回　众官兵捆送方成
　　　　　　　　贺天保力追于六

　　话说方小嘴，传下令来：听他的哨子响，齐往上撞。众贼依令。方小嘴领着众贼，来到米堆不远，只见高搭芦棚，桅杆上高挂灯笼，十几处米堆，高似山峰。巡逻兵丁衙役，不住往来。猛听哨子一响，众人惊疑，不知其故。又听呐喊声音一片，似有几千人一般。兵丁衙役，吓得魂不附体。声过处，又听一人高声喊叫说："大王爷是太行山寨主，竟来借米，你们快快远走！若少迟延，尽死刀下！"兵丁衙役害怕，又不能脱身，也是乱嚷，只叫："拿贼！"早惊动施公，暗暗吃惊，想着天保真有见识。黄天霸暗恨强贼，真是胆大。正自思想，听得北面锣声响亮，他连忙点着大炮。二个炮响处，早惊动了四面好汉兵卒，各整器械，抖擞精神前来。

　　这里众寇如入无人之境，来到米堆跟前。那二十名头目，二百小卒，赶着车辆，紧跟进来。众人一齐动手，撮米的，撑口袋的，往车上装，七忙八乱。贺天保等八名好汉，带领二百兵丁，从四面围裹上来。那五十个火把，全都点着，照耀如同白昼；外有五十名，暗处呐喊。这众寇只顾抢粮，猛听似雷的大炮连响，又一阵呐喊声音，又瞧见红亮一片照眼。众贼不知虚实，大大吃惊，无奈不敢违令，只得拼命抢米。方成暗说，"不好！就白来一场！事到其间，只得闯着去了！"想罢，高声助威，说是："山上的喽兵，不必胆小！现有我们挡住官兵。六哥、七哥，把手下兵分开两路，只要奋勇当先，战败官兵才好！小弟这里催促小卒抢米，已经走了一起了。"于六、于七答应，忙把小卒分开两路，各领一支，迎将上去。灯笼火把，呐喊声音不断，真如大战外国、反叛一般，真杀实砍。猛见一人，马上高声大叫说："你这强贼，坐山为寇，打劫客商良民。官兵不征，也就是了。竟敢擅动皇粮，多么大胆！棚内坐着钦差，四面都有官兵，英雄好汉，二十余位。大太爷姓贺，名天保，四霸天中第一人——绰号人称飞山虎。前日曾在绿林，如今改邪归正，跟随施老大人，专杀土豪恶霸。"

　　方成听了，冷笑几声，说："姓贺的听着！我与于家兄弟，同称寨主，山东省人人皆知，手下喽卒无数。你等能有几个能人，狗党狐群，乌能济事！"天保听罢，晓得必是小嘴方成，先把他拿住，好见钦差。才要催马，张英答话说："哥哥，这件功劳让与我吧！"一催坐骑，更不答话，双举画戟，迎胸刺来。小嘴举刀相迎，一来一往，两马盘旋五六个回合。方成手快，张英些虚漏空，左耳着了一刀，削下半片，疼痛难忍，一倒身落下马来。天保见势不好，连忙催马，口呼："兵丁，快救张英！"官兵着忙，一拥前来，救起张英。二人扶着，退后去了。

贺天保敌住方成，与他交战，冲突十数余合。天保一心想道，贼人若战败逃走，黑夜之间，无处寻找。再者，自己有令在先。眼看方成刀法稍缓，天保奋勇，抢他的上首，提马跟紧不放。小嘴觉势不好，怕难招架。好汉越发逼紧，贼将方成心下发慌，手迟眼慢。只听"唰"的一刀砍去，正中左背，深有四寸，小嘴翻身落马。余者逃命，四散而去，全都顾不得要粮米。倒有些驴马驮着去的粮米，抛洒遍地。

天保带领官兵，押着方成，合那二十名小卒，竟奔官棚。黄天霸远远望见一群人马，直奔前来。天霸叱咤说："呔！何处人马，少往前进！"天保听准声音，说："老兄弟，天保来也。"赶至切近下马，就把拿住方成的话说了一遍。又说："此时我也不回棚，张英也不看了。留下三十名兵，看守贼徒。那二十人，点着火把，看守米堆，瞧着那边打仗，往那边高举。"天霸答应，叫官兵把贼送入小棚看守。天霸进芦棚，对施公说知。

且说天保重复上马，那二个官兵高举火把，跟随着好汉，接应众人，来拿于六、于七。

又说王栋、李俊二人，把赛袁达挡住，动手交锋。赛袁达于六，把浑铁枪挡住二人的刀棍，不放在心上。三人往来冲杀，有半盏茶时。谁知李俊漏了一空，被于六一枪，挑于马下。王栋见了，不由害怕耽惊，暗说，这名盗寇真是骁勇，二人并战不胜，何况一人？怎奈天保号令又严，欲战实难取胜，强弱不敌。正自为难，忽听盗贼大叫："那厮休得逞凶，我乃高山赛袁达，姓于，行六是也，特来抢米。大胆鼠辈听着，避我者生，挡我者死，你别枉送了性命！"王栋暗说，这就是于六，更放不得他了。只得跟他拼命一战。一着急，催马抡刀，直取于六。于六举枪相迎。王栋左拦右遮，来往五六个回合，气力又乏，只是招架而已。王栋心内着忙，一旁又来一骑马，耀武扬威。两支火把，头里直跑。王栋心中好不着忙，真是寻路无地。却听一片声喊："飞山虎贺爷爷来也！"王栋一听，倏然将心放下，精神渐长。

天保从旁一看，不见李俊。忙问兵丁，方知被枪挑死，大吃一惊！又见王栋刀法散乱，贼将越战越勇。进前叱咤说："王贤弟，请暂歇马，让我擒拿此贼。方小嘴早被我拿住，又来拿于家弟兄。"王栋说："这就是于六，哥哥须得留神。"天保催马抡刀，直冲上来，就是一刀。于六用枪，当啷一声架过去，复又旋转马头，唰儿的一声，钢枪高举，过去征战。天保又回头，一闪寒光，刀早砍去。枪复遮开。于六听说方成被擒，心中发惨，从怕中生出一股浊气，把心一横，就把生死置之度外，奋勇征斗十数回合，无奈天保刀法门路精巧。于六暗暗点头说，这口刀，与那二人大大不同。虽然不能胜我，我想赢他，也是为难。何不施展飞抓，早早成功为妙。于六拿定主意，拧转枪杆，催马如风。飞山虎抡刀把浑铁枪磕开，往来劫战三、四回合。于六圈回坐马，败将下去。天保一见，认作真败，战马如飞，赶将下去。且说于六却不是真败，掏出飞抓——全是活骨节，纯钢打造，打出去，可就张开，把人抓住；往回一摅，比如人捏上拳头还结实，再也摘不开。不知飞抓把好汉怎样，且看下回分解。

第一百二十五回　飞山虎被抓亡身　赛袁达中镖落马

且说于六熟习飞抓，贺天保久已知晓，今日却没想起防备。一则满腔忠义，一心恨贼，自己号令的甚严，心急立功，为是好对众人。二则好汉命该如此。两马相离几步，并不言语。贼人下了毒手，使飞抓对准打去，正中面门，抓住脖项，钻皮刺骨，鲜血迸流。贼人于六，双手劲力一拽，天保马上一晃，坐牢雕鞍，说声“不好”，伸手拿住绳，用刀一挑割断。于六只顾拽绳，绳断，猛然一闪，险些坠下马来。一见好汉中伤，忙勒马回来。正要加害英雄，只见灯笼火把，呐喊声音，官兵齐至。料想不能成功，抽枪催马回来，又想要打听方成真死假死，兼去接应他兄弟。不表。

再说贺天保双手摘抓，只觉疼痛难忍。王栋赶来一看，心下着忙，速跳下马来细看，已不成模样，真是浑身血染一般。吩咐官兵：“把贺爷搀下马来。”有几支火把照耀。王栋亲手轻轻摘抓，好容易摘下去，王栋收起。把好汉疼个昏迷不醒。王栋说：“大哥伤重，且请回棚歇息。”天保答应。王栋吩咐十名官兵去送，千万小心留神。兵丁答应，扶着天保上马，竟回官棚。好汉只觉风大，吹得脑浆子疼痛。不多时，来到棚前，官兵扶持天保下马。

天霸正在棚口站立，见官兵来到，连忙问故。兵丁将追赶于六，误中飞抓，王栋叫他送来的话，说了一遍。天霸闻听，吃了一惊，连忙说：“快搀下马！”施公细看分明，着忙用手扶天保依着东墙椅上坐下。施公低言问道：“义士想必是贪功，误中暗器，轻重快些说明。先回城去，好叫该官请医调治。”贤臣连问几遍，天保慢慢开言，说：“大人，小的因为追赶于六，误中飞抓，十分沉重。”那天保叫声：“老兄弟呢？”天霸连忙答应说，“小弟在此伺候。”天保说：“你我自幼结拜，情同弟兄。我今误中飞抓，死而无怨。但愿你侍奉恩公，不可懈怠，必要始终如一，方是正人。后来你必前程远大。先拿于六、于七，好报仇恨。破木为棺，便可就殓我尸首。烦劳仁弟走一遭，把尸首送到我家，交与你秦氏嫂嫂。你侄儿今年十四岁，名叫贺人杰，会使两把短链铜锤，异人传授。孩儿无父，就是犹如你儿子一样疼。贤弟啊！别说人在情在。你且过来，我摸摸你。咱弟兄还要相逢，除非梦里来。”这一派托付天霸照应贺人杰的话，言有尽，意无穷，真是倾心吐胆之言，并无半点虚假。说的合棚人等，皆不能止住眼泪。天霸不觉捶胸蹬脚，却不敢高声。施公也是恸泪直流。

天保说罢，“嗳呀”几声，须臾气断。黄天霸往前一扑，栽倒在地，痰气上壅，背过了气去。施公正想义士的好处，两眼垂泪，忽见天霸栽倒，大吃一惊，忙令用手扶起撅着。众人忙作一团，撅了半晌。施公附耳叫唤不止。天霸渐转过气来，叫声仁兄:"你可恸死我也!"上前抱住血脸,哭叫不止,立刻就要去拿于六,便恳钦差开恩:"小人暂告一时之假,去拿于六。"施公见问,连说很好。不表。

且说于七,但见迎面有支官兵,灯笼火把,拦住去路。这支兵,原来是王栋带领的。于七一见,心中大怒,说:"于七爷爷要回去,那个胆大敢来找死!"王栋听说于七,忙令官兵放箭。忽听一阵弓弦响处,于七早中了几箭。未伤致命之处,也是刺肉钻皮,筋骨疼痛。正在为难,没法可使。忽来一阵狂风,飘的不能睁眼,灯笼火把都灭。贼于七趁势逃走,是他命不该绝,才遇这个巧机会。王栋见于七逃了活命,欲想自刎,却又为难,蝼蚁尚贪性命。无奈何,对官兵说了原委。官兵答应,回去说明。

不言王栋隐姓瞒名退去。再说天霸心忙意乱,往前催马,正遇于六寻找于七、方成。迎面正遇天霸,此时两下相迎。于六先通姓名,这也是鬼使神差。天霸一见,两眼全红,恨不得一口把他咬死。取出支镖,恶狠狠对准于六,"唰"的一声,打将过去。后人有一段词句,专赞黄天霸的飞镖,云:

号飞镖,猛英雄,纯钢打就两三支。凭百炼,却非轻,昼夜操练苦用功。战败中,能取胜;纵百发,能百中。专取敌人命残生。父传授,子用功;远合近,都可行。流落江湖传美名。是暗器,都有名:回马锤,箭与弓,有飞抓,有流星,不是野史混起名。祭法宝,混天绫,串心钉,晃魂钟,念念有词就腾空。这飞镖,迥不同:手头准,腕下轻,浑如巧匠运斤风。门路熟,武艺精,保护贤臣立大功。

且说于六正在找人之际,遇见战将,手按枪杆,预备争斗,听的面门上一声响亮,头迷眼黑,翻身落马。恰好小西、陈杰带兵来到,把于六立刻上绑。又有王栋兵至跟前说:"于七逃走。王栋抱愧在心,往他方去了。"

此时,东方已亮。天霸令小西追赶余寇。小西等率众连忙追赶,跑至红土坡,烧了山寨,即回官棚。天霸自己押着于六,来到官棚,见了贤臣,回说一遍。就在棚中设下贺、李二位灵位,把于六、方成斩首摘心祭灵。复又备木为棺,将贺、李二人收殓已毕。把李俊择了块地埋了;把天保的棺木,存在古庙内。

忠良爷连忙差人上一道表章。康熙佛爷怜其义勇,就封天保世袭指挥之职。后人专赞贺天保义气,死后得世袭褒封。有七言律为证:

天保何惭义士名,一心报国顿忘生。
阵前奋勇曾无怯,身后追封亦有荣。
世袭指挥绵累祀,功昭史策显奇英。
至今浩气应常在,烈烈忠魂保大清。

且不言贤臣上表,皇上追封。却说黄天霸安置完了灵,忠良又嘱咐天霸送灵。一面分派众人回衙。

众人伺候贤臣坐轿进衙。将至衙,只见有一匹马跑到眼前。才要令人去问,忽听有人喊叫,说道:"快报钦差大人,前来接旨!"施老爷闻听,吩咐急速进衙。差官

下马,把圣旨请下,供奉在正面。众文武在圣旨香案前,行三跪九叩首礼。这位差官,手捧圣旨,高声朗诵云:

奉天承运,皇帝诏曰:谕尔放粮钦差施仕伦,据奏山东红土坡著名草寇作乱,一省被害,擅夺皇粮。幸而爱卿擒贼,保住皇粮,无负朕念民生之至意。贺天保为国亡身,追封世袭正指挥之职,赏银安葬。黄天霸等功劳,待卿回朝之日,另行封赏。本地文武官员,纵容贼寇,殃及平民,本应褫革,永不叙用。朕姑开恩,暂行革职留任,以示惩戒。倘再疏忽,依律治罪,决不宽容。钦此。

随读罢圣旨,文武山呼,叩头谢恩。拜毕站起,闪在两边。贤臣设席,款待差官。酒饭毕,不敢少留,起身告辞,回京交旨。不表。施公复派兵将,速领人马,剿灭红土坡散处余寇。武职官领命前去不表。施公出衙坐轿,文武相送。回至金亭馆驿,天晚用毕茶饭,安歇不提。

天明,施公带领合省文武,摆祭食祭奠贺天保,按指挥职分。祭罢,叫黄天霸送灵回家。施公率领文武,送出城外,才回到东门米场。州官早把饥民传齐伺候,此时真是人山人海。州官将册子呈上。老爷展开,按册放米。不消数日工夫,将赈放毕。大小应役员差,俱不敢作私弊。万民欢悦,无不称颂圣德,夸奖施公。

那日黄天霸送灵回来,参见施公,说:"贺天保一家大小,叩谢老爷天恩。"施公点头,说:"你坐下,我有话说。"吩咐从人摆酒。天霸陪着施公共饮。饭毕,撤下献茶。施公传出话去,明日便要回京。众官得信,连夜搭上送官棚,悬灯结彩。次日天明,施公吩咐免去执事。不表。

且说贤臣在路登程,逢州州送,逢县县迎,晓行夜住。那日来到德州境内,早有州官多远的就双膝点地,跪在道旁,口内高声报名,说道:"州官穆印岐跪接钦差大人。"内丁轿旁说:"起去。"州官答应,刚然站起。猛抬头见前面滴溜溜地起了一阵旋风。施公轿内,看得明白。

风定尘息。大人说:"跟着旋风走。"家丁内班一齐催马,赶到庄后,霎时旋风止息。现出稻田,轿到跟前站住。施公细看,并无别物,只见一丛稻米秧儿,穗叶全青。跟役连忙取来。大人接过一看,见稻穗甚是饱满肥大。又叫人来说:"你们进村去,找锹镢使用。"从人答应,进村找来。施公说:"从秧稻处往下刨。"跟役一齐动手,只刨有六尺深,竟刨出一具死尸。众人吃惊。毕竟不知如何,且看下回分解。

第一百二十六回

见稻穗拟名派差
听民词新闻恶霸

且说内丁在稻秧下,掘出尸首来,连忙回明大人。大人又叫埋上,吩咐州官派人看守。又叫:"穆印岐,快速派你手下能干的差役,速拿'旱道青'带到德州官衙,候着听审。""是。"吩咐已毕,排开执事进城。不表。

且说穆印岐见轿去远,忙叫人:"来来来!快着。"跟役答应,跑到面前报名说:"小的张岐山、王朝凤叩头。"州官说:"快起。去、去、去……,快拿去呀!"差人说:"老爷吩咐明白了,好去拿呀!"州官着了急,说:"你们耳朵里塞上棉花咧?没听见叫快拿'旱道青'吗?"公差说:"小的二人,讨老爷示下,什么叫'旱道青'呢?"州官一见差人追问,更急了,说:"你们这些糊糊涂涂的混账东西,我知什么叫'旱道青'?赶明日大人还要呢!"说完,便叫拉马过来,带领役人,赶上施公,跟随轿后而去。

那两名公差,见本官走了,爬起来,发愣说:"这是那里来的怪事?咱俩跟随十几年官,没见过这个糊涂虫。偏又遇着这宗奇事!合该是你我倒运。'旱道青',也不知一人,是一物?州官浑虫,不问明白,便要差人去拿。"王朝凤说:"不难不难,我有妙计,不用为难。"张岐山紧紧追问。王朝凤只说:"走走,进衙自有主意。"一人捣鬼,一人追问。进了大街,找一酒馆,二人坐下,要了壶酒,两碟子菜,喝着酒闲谈。张岐山放心不下,又问:"王哥有何妙计,快快说来。"王朝凤笑而不言,只说:"你多喝几杯,我才告诉你呢!"饮的时候不早,岐山忍不住又问。王朝凤手摸大腿,说是:"这宗差使,就得杠杠屁股,就算是妙计。"说着,二人大笑不止。

不言公差酒馆闲谈,且说施公坐定大轿,前呼后拥,甚是威严。锣鸣震耳,清道的旌旗,乡长、地方在前喝退闲散人等。大人在轿内观看,只见跑过一群人,道旁跪倒,齐嚷"冤枉"。施公闻听,忙叫:"人来!""有!"说:"快接喊冤状子。尔等众民人下去听传。"大人起轿入城,进了公馆。不题。

单言拿"旱道青"的公差,在酒馆叙谈。酒馆掌柜姓郝,名叫三道,其妻白氏。做这个买卖,带着卖豆腐、挂面。郝三道一见,就知是衙门的朋友,便就另眼看待。王朝凤说:"郝大哥,咱这村中牌头,怎么不见?"郝三道说:"他呀,老和尚代磬钟呢!"公差点头,又问:"郝大哥,你们这路北那三间房子无人住吗?"郝三摆着手,说道"休题,休题",低言说道:"那三间房,原是皇粮庄头盖的。有人曾住,无人敢问津。先有一家王姓,管家乔三爷常合他来往,住了二年,忽然不见踪影。里面并无值钱的东西,有些破碟烂碗,全都摔了。后又有人搬进去,夜里闹鬼,又走了。因此无人居住，关了有一年多咧！"公差闻言点头。郝三道说："这房主，是咱德州一路诸侯——有名的黄隆基黄大太爷，谁敢惹他？"王朝凤说："别说闲话咧，散散罢。这明日上堂，尝尝施不全的竹笋汤什么滋味，这是我的一条妙计。"说说笑笑，各人散去不表。

次日天明，公馆内施公早起，传出话去，今日进州衙办事。有司答应，立刻传到外面，公堂预备停妥。八人大轿，喊道鸣锣，不多时来到州衙。至滴水落轿，去了扶手，施老爷下轿，升公位坐下。文武行参已毕，两旁伺候。施公吩咐人来，带昨日那些告状人上来回话。州官一旁答应，着忙往下跑，到外面说："人来！来，来，快些把昨日告状的全都带进来。"公差答应，走出角门以外，高声大叫："快快带昨日告状人进见。"外面听见，哄的一声，跑过几人，领着那些人进了角门，高声叫道："告状人带进。"堂上接音："哦！"那等威严，不亚到了刑部，真堪畏惧。那些人进来，一字跪倒。施公留神一看，老少不等，各各愁眉不展，衣帽各别。看来诸民都有冤。

打头张状词一看，上写"小民马滕壁，呈控皇粮庄头，无故殴伤人命，不准领尸一事。强霸不遵王法，倚仗势力，侵占夺抢……"种种灭法，俱写明白。施公越看越恼，往下开言说："你这呈词，写的虚实，照此回话。如有假情，立追你命！"那人说："不敢虚写。"施公说："你再说上一遍。"

马滕壁两眼含泪，口尊："大人！庄头黄隆基，住在城外，万岁爷爷三等庄头。家有良田一千多顷，房舍城堡，墙壁坚固，磨砖到顶，三丈多高。村两头搭桥两座，磨砖大门，盖的齐整。桥上若有人走，先得通报打锣。家有獒犬如虎。都叫他霸王庄，又叫他恶狗庄。他绰号叫乌马单鞭尉迟公。上交王公侯伯、五府六部，还有个七星阿哥是朋友。招众天下绿林客，窝藏一群响马贼，州县官员不敢惹。霸占人家房子田园地亩，还叫房主交纳租银。若是不交，送到衙门，板打枷号，还得应承。此人专好美色，妻妾十几个不算，要瞧见别人妻女，略有姿色，叫人去说亲。本主若是不应，他说欠他多少银两，因不还才折算抢夺。若是出门，恶奴尾随。一群民人，见他全都站起。若是不遵，就是一顿鞭子，抽的满地下乱滚。有个管家，叫赛郑恩乔三。他一日能行五百里，见人妻女，有些姿色，他硬跑去强奸。小人说不尽他的过恶。那日我父赶集，茶馆坐定，并未留神，没瞧见庄头。恼他不站起来，乔三叫他家人拉下来就打。一时被他们打死，可怜他年老，又不禁打。打死不叫领尸首，拉到他家，说是叫狗吃了。小的告遍了衙门，全都不准。老大人可怜小人无处伸冤。"说罢叩头。

忠良听见，脸都气黄，暗暗切齿，说："哪有这样恶人，真是可恼！"又把别的状词，一张一张看过，言词虽是不同，却都是告他的多。施公暗想，此人万恶多端，无奈势力过大，若要明拿，只怕不妥，必须如此如此，方能除暴安良。老爷想罢，开言说："你们暂且回家，各安生理，五日后听传对词。"众人答应，叩头出衙而去。

施公眼望州官，开言说："你把昨日拿'旱道青'的捕快叫上来，本部堂问话。"

州官回身到堂外，高声叫道："捕快张岐山、王朝凤，速来进见回话！"公差答应："有。"来至跟前。州官说："随我上堂去见大人。""是。""要小心回话""是。"公差来到案前，左右跪下，自己报名说："小人张岐山、王朝凤给大人叩头。"施公点头，下问说："你二人拿的'旱道青'呢?"二公差口尊："钦差大人，小人领了钧谕，各处留神细访。城里关外，查了一日夜，并没见行踪。"施公见此光景，便抓了八支刑签，捵将下去。门子连忙拿起，指名叫道："某役某役，快请头号刑来伺候。"一齐答应。不知如何，且看下回分解。

且说施公摔下八支刑签，门子拿起，叫掌刑的伺候。皂班答应，齐说："有，有！"立刻将二人撂倒在地，退下中衣，皂班举起竹板，唱号五板一换，打的血流满地，每人二十。公差说："打死小的，也没处拿去，不知什么叫'旱道青'！"施公更加气恼说："再掌嘴！"又是每人五个大嘴巴，打的公差不敢出声。施公道："抬出去，五日之内，要交'旱道青'。如再违限，便加重责，连官都有不是！"州官说："是，是！"不提。

单言那受刑的二名公差，方才板子、嘴巴，却不过瞒哄本官眼目。他们一马三箭，喝唱的劲儿，虚打的劲儿，官瞧着打的劲，撕皮拢肉，鲜血外冒，只是肉皮受苦，伤不着筋骨。两人见施老爷去远，忙叫人打了壶烧酒，喷在上面，用手揉了一阵子，便觉好了多半。挣扎起来，走了几步。张岐山、王朝凤拍掌，各玩笑臭骂一阵。

内中有个班头，姓曹，名叫栋虎，搭言说："二位老弟，玩笑是玩笑，正事是正事。你们这差使，是奉钦差的命。依我想，这无名少姓的，那里去找？今日受了比较，刑又太重，又给了五天的限期，期内就要办好。如何是好？你们俩跟哥哥走吧。"说话之间，天晚，忽见小马儿跑进酒铺说："三位爷们，不用喝咧！官府回衙去了。"三人闻听，忙忙站起。张、王二人，也不顾疼了，同到柜上，曹栋虎写了账，奔至衙门，到里面回明了州官。

穆印歧也牵挂着这宗事情，由公堂伺候大人回来，到了衙中。听见差人回来，只道是拿住了"旱道青"，令人忙把差人传进。三人上堂，叩见州官已毕，站在旁侧。州官连忙说："你二人拿住'旱道青'？"这公差说："大爷听禀：这'旱道青'无影无形，实没法拿去。钦差大人传谕甚严，各处遍查并无影形。限满了，拿不到，大人必怒生嗔，打死小的不算，还怕的是连累了大爷的前程。求闪批出城，昼夜找寻。三天内得着'旱道青'，保住老爷前程，我小的免受重刑。别的呈词由他办，事到临头再理论。"穆印歧听说，思前想后，说："你们混账东西，哄我来咧！我出闪批倒不要紧,好比开笼放鸟,你们无影无踪无影信,捺下鱼头,还是叫我搞不清。我想你们三人这般心眼,倒不如我先下这绝情。"叫:"内丁!""有。""快快看大刑"!曹栋虎着忙,说:"二爷暂且止怒,容我三人细禀。"内丁止步,又递过一阵眼色。曹栋虎一见,满心欢喜。怎么说呢?从来官向官,吏向吏。又都知道州府是个糊涂虫子。三人紧爬了半步,口尊:"老爷,暂息盛怒,容小的三人细禀。求老爷开一线之路,我三人感恩不尽。"言罢,咕咚咕咚叩头。印歧闻听,眉头一皱,生出一计,说:"罢咧,既是你们苦苦哀怜,老爷从宽。你同他两人,立刻把你三人家人入监,本州这才放心。"遂吩咐内丁,立刻传出:将他三家人口入监,盘费官领。内丁答应。又吩咐书吏,写了闪批,急速拿进用印。霎时写完拿来,用了印。州官说:"他二人领批拿'旱道青',你随本州办事。"又吩咐:赏他二人京钱五吊,以作路费。三人叩谢爬起。内丁送出后堂,吩咐:快把他三家人口,押赴监禁。只吓得三家男女老少,不知如何是好。众伴们看着,俱皆叹息。

张岐山、王朝凤二人,看着光景,谁人不伤心?也是无可奈何。硬着心肠说:"曹哥,你老人家为我们受累罢了!连老嫂子跟着受些囹圄之罪,我等于心何忍?"曹栋虎闻听,带笑开言,说:"这不甚要紧。你们俩放心去办差。使他们姐们、孩子,要受一点委屈,我就不是朋友咧!"总而言之,一言难尽。直到天亮,分手出监。

曹栋虎随着官府,办着差使。张岐山、王朝凤散淡游魂,出了衙门,信步而行,说些前后事故,愁眉不展。王朝凤说:"老弟,依我说咱们离了德州,进北京城里。我有亲眷,咱们俩上那住几个月,再托人打听钦差信息。纵拿不住,差使完不了,还把家口定了什么罪名不成?施大人圣旨很紧,就不完案,他也得进京。咱们不管糟子州官,他坏不坏,将军不下马,各自奔前程。等他去了,咱们再露面接差;你看如何?"张岐山哈哈大笑,说是"好计,好计!施不全利害,他杀不了家口,是时候他得进京交旨。只有一件,俗语投亲不如访友,访友不如下店。现今的世态浅薄,见咱把差使捺了,不免冷淡。咱们想着禹城有座辛集镇,集上有座小店,店东与我相好,咱投了去。慢说住两三个月,就是住一年,他也不好意思要房钱。咱们临走,也不白他。快跟着我走吧!"

二人说话之间,走到太阳平西,到了禹城的北门之外。不多时,来到辛集。到了店门口,二人闪目观看,只见店门收拾齐整鲜明,门柜上有一副对子,左边是"兴隆客投兴隆店";右边是"发财人进发财门"。影壁上四个大字:"张家老店。"看罢,正往里走,店小二早瞧见,说:"大叔从哪里来?那阵香风,刮到贱地?"张岐山说:"相公,你可好?二三年不见了,你们爷们这买卖越发兴旺咧!你父亲在家,可是出外去了?"小二说:"我父上北京去了,目下就该回来。大叔先进店罢。"二人走到店内。小二说:"请上房里坐吧,待小侄灌茶去,打脸水来。"回身拿了,送到上房,说:"我到外面招呼招呼行客,你多住几天。"说罢,笑嘻嘻跑到店外去了。二位公差,净面,吃茶。随时就拿过酒菜饭。二人用罢,觉着困倦,早早安歇。

到了次日，红日上升。他二人早早起来，净面，吃茶。王朝凤说："你这里熟，你去弄只尖嘴来，再弄上三两斤肉。咱老哥俩解解愁闷。"岐山说："使得，使得。"遂拿了三吊京钱，去到街上，拐弯抹角，赶到集场。闹闹哄哄，只听吆喝："黑大豆、高粱、小米、大米、芝麻、棒子！"又往前走，瞧见驴马市，牲口不少。霎时又到鸡鸭市，成筐成担。也有几个杂货摊子，设立两旁，有干鲜菜蔬，筐箩、簸箕、条筐、竹篓，诸盘器用不少。暗说这是乡村小集镇，这么样热闹。忽瞧见鸡鸭市站着一位老翁，鬓发皆白，有六、七十岁，浑身褴褛，声声咳嗽。他抱着一只鸡，二目模糊，看物不准。岐山看了，良心发动，取出一吊京钱，叫声老者："你这鸡卖给我，给你一吊钱。"老者闻言，满心欢喜，说："我这鸡，那里值这些钱。爷们是行好的人，叫我多买几升食米。"千恩万谢地去了。

张岐山提鸡往回走，猛抬头，瞧见一锅猪肉，暗说我买生猪肉去。又走，见路南有两间土房，开着板搭，架子上吊着三四块肉，有几个人围着买肉呢。公差看罢，忙走到跟前，闪目看那卖肉的屠户：生的状貌凶恶，身高八尺，膀阔腰圆，麻面无须，粗眉恶眼，约有三十多岁；身穿蓝布衫，腰系蓝围裙，土色布的袜子，青布尖鞋，手拿一把砍刀，不住的割肉。这个一块，那个一块，只见那些人接过来就走，并不上秤，也不争论。张岐山看罢纳闷，暗暗称奇。这禹城离德州不远，怎么就两样呢，莫非是肉贵不成？正自思想，人都散去。张公差把鸡放下，用脚踏住，拿出小钱一吊，前来说："卖肉的大哥收钱，给我割三斤硬肋。"那屠户伸手接钱，也并不数花，随手捺在大钱桶内，回首把猪肉端详端详。不知怎样惹气，且看下回分解。

第一百二十八回　张岐山割肉见怪
王朝凤饮酒得差

　　且说屠户韩道卿，往肉上端详端详，喀嚓就是一刀，割了一块硬肋，回手递给了他，把砍刀插在架子上，回身就往里走。岐山一见，就说："大哥先别走。这肉可倒好，就是骨多肉少，没点油，怎么下锅炒呢？你再添上块油。"屠户闻听，心中不悦，说："尊驾必是远方来的。此处又是一样风景，买肉连油，此处不行。不信你去访访，外号就叫一刀，没有两样。"公差又气又恼，想着人在外乡，目下是个孤身，且又心中烦闷，压下火气说："大哥不用生气，买卖人有三分纳性。算我乍进芦苇，不知深浅。俗语说'现钱买的手指肉'，再者，古人留下斗合秤，为的是公平。我原是德州人，相离不上七、八十里地，就是两样行事？实告诉大哥，说要在我们德州，别说饶油，就是白要，还得给一块呢！我心不明，请示大哥，怎么就立下这个规矩呢？"屠户见问，回嗔作喜，说："哦，这就是了。尊驾原不是本地的人，这就莫怨了。皆因今人不似古人，公平买卖一例。小人花钱治了酒席，请来本地举监生员，军民人等，议合定下规矩，也学古人。尊驾知道，姚通砍肉煮汤。有个屠户叫黄一刀，不论人要三五吊钱肉，就叫黄一刀，再不用还手。人回家去秤称，每斤足有十六两。因此卖肉不用秤。"公差说："古人姚通买肉，遇见黄一刀罢了。如今我买肉，也遇见黄一刀咧。"屠户说："虽然我不是黄一刀，怎奈众亲友赴了我的酒席，公议也送了几句号儿，尊驾访访便知。"公差说："你把几句号告诉我，我也明白明白。"屠户说："你问此说，听我道来：'辛集韩道卿，卖肉不用称；准斤十六两，无欺更公平。'尊驾听真，并非我自夸，是此方乡亲们抬举于我，才定下肉规。请罢，不用唠叨了！"言罢，回身干他的去了。把这公差说的傻呆呆发了会子愣，无奈一手提鸡，一手提肉，只得回去。心中有气，暗暗思想：他论姚通，是《汉书》上有个姚二愣——招灾惹祸充军的人，马清、杜明陪着他住在店内。遇着恶屠户黄冈，割下一刀肉着他算。近方居民，不敢争论。他自称黄一刀，后终于恶贯满盈。如今又出了韩一刀。有心合他弄气，又怕耽误了大事。

　　正自道念，忽见店门不远，迈步进店，来到上房。王朝凤一见，带笑骂声："小猴儿崽子，去了这大半天，必定是叫黄莺撅伤腿咧！"张岐山说："你们瞧这只鸡三斤肉，买的如何？"朝凤说："好好，算你是吃嘴的好手儿。你快去吧，交了与他们白烫着。再叫他打一斤酒，烙三斤饼，叫他急快。"岐山说："都交与我咧！"拿将出去，到一顿饭之时，小二用盘端来，全都齐备。小二笑嘻嘻说："二位爷请用罢。要什么说话，小侄前面有事，不能伺候，担待侄儿吧。"二人说："咱是自家人，不怪你咧！请罢。"小二答应而去。

　　这二公差饮着酒，岐山说道："你方才怪我来迟了，我在外遇见黄一刀。"王公差笑说："什么叫黄一刀？"岐山说："不论多少钱，要买三五斤，只割一刀，并无回手之理。"朝凤说："你这全是鬼话，我不信。"岐山说："若有句虚言，就是个王八羔子。"王朝凤吃惊说："有此事？特奇怪了！你细说我听。"张岐山遂将买肉前后话，怎么接钱不许饶油，并屠户模样，怎样说话，细说一遍。王朝凤听了，也是气恼。二人说说笑笑。王朝凤猛然想起，说是："大喜大喜，咱今日吃的是喜酒，快着吃罢！"岐山纳闷说："这怎么算喜酒呢？"朝凤说："有差使，岂不是喜酒呢？"岐山说："又该你说鬼话了，这里哪来的差使呢？"朝凤说："只管开怀畅饮，要没有差使，我就是鸡蛋，叫你生喝了。"岐山仍不解，又饮数杯。王朝凤说："你想起差使没有？"岐山摇头。朝凤说："你方才说那屠夫名字，叫什么？"说："叫韩道卿。"朝凤说："咱正是拿韩道卿来咧，岂不是有了差使？"岐山又念几遍说："就是这字不同。"朝凤说："这个音倒是全同。他必定是霸道一方。就有点不同，这差使我想交得下去。"岐山细想说："王哥，倒是你参透，比我胜百倍。"二人遂低言商量一会，预备停当，叫小二收拾饼面，全不要了，说到外面走走再来。

　　二人遂即出了店门，直奔城里衙门投文。文、武官员，见是钦差公文，各派兵丁衙役前来，只言往辛集查集去。张、王二公差，忙的早就走下来了。二人共议，如何拿法。朝凤说："咱哥俩到那里，先把他稳住，再等他们文武衙门的人，料他插翅难飞。"一路说些前后的话，不觉来到辛集街上。看看天有响午，集尚未散。乱乱哄哄，男女老少，旗民僧道，买卖喧哗。二人无心观看，越巷穿街，走到肉铺门口。张岐山一丢眼色，低声说道："就是这个卖肉的大汉，他叫韩道卿。"王朝凤吃惊说："真长得凶恶！"二人一旁低言，定下了计策。忽听有人喊说："老爷、二爷来查集呢！"二爷是常在街上行走，众人也不大理会。有人就过去先把街口查住。王朝凤拿了五吊多钱，来到肉铺，说："大哥，我今日可不是唠叨，这可是好几分子呢！"张岐山说："韩大哥，真有你的。昨日我割那三斤肉，到家一秤，足有三斤十二两。怪不得不肯饶油，再给我割三斤。"王朝凤说："你是哪的，这么急呀？是我先递过钱的。"把钱往回一拉，串子断了，把钱撒了满地。屠户瞧看，就去捡钱。王公差说："捡钱不忙，你先割肉。钱丢了算我的。"屠户手执砍刀等候。王公差说："我割五斤，我二姨妈三斤，厢房三大妈二斤半，倒座房大嫂子二斤。"屠户一咧嘴笑了。说："我割一分，你再说一分。说了个乱七八糟，把砍刀撇到肠子里了！"王公差说："咱们先把钱捡起来。"屠户闻听，这就屈腰捡钱。岐山用大棉袄头上一蒙，掏出铁尺。未知胜负，且看下回分解。

第一百二十九回

激将法巧烦好汉
探隐情偶遇佳人

且说屠户韩道卿,屈腰捡钱,已是中计。张公差忙将大棉袄脱下,往屠户脑袋上一蒙。王公差踢起一脚,把他跌倒。张公差身后拔出铁尺,照手腕上打去,又照脚膀骨打了几下。打的那人大声喊叫:"乡亲们,快来救人!"王公差用脚蹬住,说:"你的事犯了!打你不算,还给你个地方。"但见铺外兵役一齐上来,绳缚二臂。登时人报官府来了。人忙设下座位。两名公差上前打千回话:"小的二人回老爷:此人乃是钦犯。多派几个人,押送德州去见钦差大人交批。"文、武官回答:"二位上差,略等片时,我们自有办理。"公差答应,站在两旁。

县官与守备,吩咐带过屠户来。下役答应,把韩道卿搭来。县官说:"屠户,把你所犯缘由说清,我好差人行文解你去见大人。内中干系我们考程。照直说,你如有一句虚假,文书轻重难分。"屠户见问,磕头碰地,说:"小人祖居河间府任丘县。父母双亡,并无弟兄。小的一人,漂流外乡,习学买卖,积攒数年钱财,娶妻许氏。丈人、丈母去世,并无别的亲眷。住在此地,卖肉为生,已有三年。童叟无欺,奉公守法,不知所犯何事?他两个人买肉,并不为什么,他们动手就打。叩求老爷做主,给小的鸣冤。"

列公,这守备乃步兵出身,幼年习学武艺,拿弓把子,捕盗拿贼,数立奇功,争到守备前程。这位老爷,姓张,名光辉。知县乃捐纳出身,姓周,名文魁。二位爷说:"屠户,你叫什么名字?"屠户说:"小人叫道卿,姓韩。"守备说:"周老爷,你听听名字,与来批不对,文书上写'旱道青'。"这位县爷,一肚子臭屎,自保身家,哪管别人生死,遂即答道:"张老爷,你我何用耽此惊怕?钦差、州官,俱是上司,德州来人拿的。不用追究,令人抬到车上。"又派地方看守肉铺。知县与守备一努嘴,早已交与内丁。送了些规矩,又求那两名公差交批。

且说张、王二公差,先跳上车去,县里的捕快丁兵全上车,半夜就到德州。官差进店歇息。那天将亮,忽听炮响,就知是开城,照旧上车押送,穿街越巷,来到州衙门外。

且说德州州官穆印歧出州衙,下役跟随。张岐山、王朝凤见老爷出来,忙忙上前,跪倒报名说:"拿住'旱道青'。"州官说:"好好好,快带他来。"下役答应,搀着屠户,来到角门。该值人喊报犯人进去。前有两人提着脖子,推推拥拥,到了滴水檐下,一齐用力,把屠户咕咚摔在地。众役退下。州官侍立一旁,容他苏醒过来,哼哼有声。施公说:"抬起头来说话。"屠户叩头说:"小的祖居河间府任丘县,搬到辛集,娶妻许氏。开猪肉铺度日,并不为非作歹。这公差何故把小的浑身打伤,拿着个大铁尺打人。不知小的犯了何事?无赃无证,是差役错拿人了。求老爷做主释放,得命归家,焚香念佛。"磕头碰地。施公坐上暗想,没有对证,如何招认?一扭头,说如此如此,速去快来。不多时,带进一个人来,跪在一旁说:"小人是地方,在黄庄居住。李家的房后,有个韩道卿,伊妻许氏偷跑,并没音信。房子里以后闹鬼,无人敢住。"施公一摇手。地方叩头,起身而去。施公发怒,说:"我看你满脸凶恶,定是个匪徒。应该先打后问,姑宽恕一日,自有公断。人来!""有。""带下去,暂且收监,明日再问。"下役把韩道卿收监。施公吩咐州官说:"两名公差拿犯人有功,每人赏银五两。家口受惊,不论老幼,每人赏钱一吊,免差一月。""是。"穆印歧答应,退步回身,出了公馆回衙。

再言施公与天霸闲谈,说些放赈红土坡的故事。又说旋风引路,掘出尸首的事,施公略有为难的意思。又说道:"本要拿'旱道青',虽则是韩道卿,三字不同,看他相貌,绝不是好人。没有对证,如何他肯招认?但听得他妻许氏;姓李的妻,亦是许氏。二许之中,或有隐情。但此事必须暗访,恨无其人。"黄天霸欠身说:"恩公这是何言,此事亦不甚难,小人情愿效犬马之劳。"施公惯用此法,明是满心叫他去,偏说不敢劳动。天霸改换行装。施公吩咐,传张岐山、王朝风示谕明白,一同天霸,暗暗出了公馆,直扑德州大路,关乡而去。

路上,张岐山说:"将爷,咱此去先奔黄庄。"天霸说:"先访李姓妻许氏的年貌,素日的行为,合李姓的形影。访真了好上辛集,再访拿韩道卿妻许氏,年纪形容。两下一对,便知详细。"岐山说:"我们听将爷主意而行。"天霸说:"是是,快赶路罢!"说说笑笑,来到黄庄。进村,进了酒店。岐山说:"大哥,给点现成酒菜来。"酒保说:"有有有,油炸果子,全都现成。坐下,坐下,我拿火,先吃袋烟。"

三位坐定,忽见又进来三人,公差认的是二个看尸首的,一个是地方周义。见了笑说一阵,坐一桌,让天霸上坐,众人一围。岐山说:"周哥,你是此方地理图。有偷跑的姓李妻许氏,你可知道吗?"说是:"上差,你不问我,我也不说。我是此方根生土长的,谁家我不知道?偷跑的男子,姓李,名贵,外号醉鬼,赶边猪为生。"岐山说:"李醉鬼赶边猪?"周义说:"不错,常不在家。他住的是黄隆基的房子。管家常来往,无人敢撵。不知因何逃走。他妻许氏,真是个风流人物。不是我说戏谑话,我倒常去。男的不在家,我们就去见许氏,叔嫂相称,爱斗个嘴唇,说些皮磕笑话拉倒咧!没别事情。那许氏的容貌,乡村之中,并无二个:长细软的杨柳腰,发如墨染,柳眉杏眼,耳戴排环,容长脸面似银盆,牙齿如石榴子,十指尖如春笋,玉腕佩金镯,满手的金银戒指,金莲不到三寸,曲儿唱的更妙。怎见得,有诗为证,诗曰:

漫道佳人事艳妆,不涂脂粉正相当。

柳腰软摆风中韵,莲步轻移水里香。

一点秋波含意味,十分春色泄行藏。

有情如此谁无感,除却无情不断肠。

这许氏岁数,今年二十六岁,他是三月初六日子时。就是一样,可恨月下老天不公平,配了一个丑汉李贵。我说并不是虚言,这里有个缘故。德州城东北有位黄庄头,他有两名管家。一个叫乔三,一个叫刘德。这个美人,就是乔三包着。"天霸说:"同有公事,酒要少吃。叫他们拣去,咱好赶路。"岐山说:"离辛集不远,咱到了,就住张家店。我那里相熟,好会店主人,打听打听事情。访着实犯,好回去夸功。大人一喜,至少又赏银五两。"天霸心中不悦,说:"大丈夫当求名节,赏银几两,我都不要,全是你们的。今晚我去,大事就成。趁夜我进内院,你俩在外听候。若有知会,不可怠慢,凡事要加小心。"公差连说"是是"。正走,抬头看见辛集,直奔张家店。

店小二笑道:"昨日得了美差,连被盖都不要咧!"岐山说:"昨日押着犯人回去的,那得工夫? 快拿脸水、茶壶。""是。"登时全都运来,说:"请问三位爷,先用酒,先用饭?"天霸说:"一齐用。""是。"答应着,随即端来。说:"爷爷,请用罢。这又是一只鸡,三斤肉白煮的,三斤饼随后就到。先喝酒吃肉。"

张岐山想起,说:"将爷,想跟我们走这一遭,还没有领教爷爷贵姓高名,那里人氏?"天霸微微冷笑,说:"祖上家乡,不必细表,子不言父讳。愚下姓黄,名天霸,初在江都跟知县。不说有名人尽知。黄某年幼习武,家传刀法,外有镖枪三支,百发百中。剿灭贼寇,飞檐走壁。方在山东,拿住红土坡贼人于六、方成。几百喽兵,全都赶散。今保钦差到此。"二公差吓得魂飞魄散,忙站起来,躬身施礼,满脸赔笑说:"我两人实无知,是失敬,求爷爷耽代恕我们愚蒙。"天霸说:"岂敢,岂敢。咱们同是当差,无分彼此,请坐请坐。"依旧坐下共饮,让酒让菜,倍加钦敬。

饮毕,三人出店。公差引路,登时来到韩屠户门口。天霸闪目观瞧,见两边有夹道,通后街,铺后就是住房。看罢,说:"二位少待,等我越墙而过,听听动静,千万不可声张。"二位说:"是是。"天霸遂走到墙根,一伸虎腕,纵身上去,轻便如猫。二公差点头,说:"他的话,果然不错。咱俩藏在暗处等候。"那天霸,在墙上移动时,听见房中有人咳嗽。爬身轻移后坡,依房脊伏身听了一会,院中无人,移身前檐,伏身静听。屋内有人说话,咳嗽一声,姣似鸟音,说:"相公不要害怕,拙夫被人拿去,并无别的亲故,只管放心。就是昼夜同欢,也没人来哼一声! 若同外人,就说你是我亲兄弟,还怕什么? 奴为你,常在门前望瞧。一时不见,我坐卧不安。忘了亲夫,废了人伦,总是爱你的心盛。"又听一男子说:"自从那日瞧见你,我的魂就飞了。"天霸在房上句句听真,只气了个肺炸,一翻身轻轻落地,回手拉刀,要把狗男女一刀一个,立时杀了。事后如何,且看下回分解。

·施公案·

图文珍藏版

第一百三十回　　李醉鬼冤沉得释
　　　　　　　　　　韩道卿恶满遭擒

　　且说许氏，勾引情郎，正说到情密之处。天霸那里容得，恨不能刀剁两段。又听娇声说："我的真心，都掏出来了。你可别对外人说。别嫌我残花败柳，侍奉郎君，管叫你称心如意。我那本夫，姓李，叫李贵，同着韩道卿做伙伴，赶边猪为生。因此人常到我家，不分内外。这就是奸从夫勾引。奸人入门，背着我夫，把奴奸骗。奴家不准，他就是要命。把奴拐到此处，叫奴家日夜愁思。那日看见相公，必是好人，你我到了一处，到老我也没二心。我叫许金莲，又叫三姐，今年二十六岁。本是屠户强占，我也没法。可喜他被人拿去，一定当堂拷打问话。"不表。

　　且说张岐山，自从天霸上屋，忍不住叫王朝凤托着他上墙来，探头听话。只听见有男子声音，心中纳闷：屠户被拿，该剩他妻一人，那里的男子声音？想是天霸也行苟且呢。必得下去瞧瞧，我才放心。想罢，双脚落地，咕咚的一声，惊动屋里淫妇，说道："有人！"奸夫怕的捉奸的，急忙站起，也不要美人咧！开门往外就跑。天霸见了，一个箭步，伸手抓住，说："你这娼妇养的，往那里跑！"只抓的他浑身筛糠相似。屋内淫妇，大声喊叫："街坊爷们，了不得了，有贼了！"这一喊叫，前面看铺子的二人惊醒。连忙爬起，穿上衣服，一个使铁尺，一个使攮子，忙开后门出来，竟奔天霸。好汉一见，忙把狂生往张头那边一捺，咕咚栽倒。张岐山上前按住。天霸回身，不慌不忙。瞧见攮子，就将身子一闪让过，随跟进步，去使了个黄莺掏嗉，抓住了复又一推，咕咚摔在地下，只是哼声不止。后面那人着急，一个箭步上来，抢起铁尺照脑袋打来，天霸一闪。铁尺打空，使的劲猛，往前一栽。天霸趁势一拳，打了个嘴按地："嗐哟，嗐哟"。张岐山按着狂生，猛然想起，那两人必是看铺子的人。连忙说："将爷，别打咧！问问他们，是作什么的。吠！我们是奉钦命前来公差。你们是什么人？"二人听得这说，连忙爬起，说："我们是县中捕役，奉命看守肉铺。忽听里面有贼，那有不管之理？那知道全是自己人。求上差息怒，算我们在圣人门前卖《百家姓》。"躬身连求恕罪。天霸带笑说："方才二位直撞过来，我若不急闪，早着了重伤。"捕役说："不知上差到此，求恕，求恕。"天霸说："天大亮，你们去一人到县，如此如此，急去快回。"回说："是！"一人先到肉铺，取了几条绳子。天霸吩咐把这奸夫捆上，再去捆那许三姐。

　　且说那三姐，早听见好汉告诉县差那一片言语，自料自己的事情，遮掩不住了。听得浑身冷汗，粉面焦黄，也不敢浪叫咧。又见公差进房，知道无法可使，只得任凭差人，绳栓粉项。此时衣襟没扣，把县差也招出邪僻来了，不住地给他拉衣裳，趁机摸他两乳,叫:"小娘子慢慢的,别穿歪着鞋尖。多蒙你昨晚上给酒喝,你敢是耍朋友,叫你瞒哄了许多。不是上差在外,早把你按下了。快些走吧,好给你我对词去。"拉过奸夫,拴在一处。

霎时天亮,招惹的闲人齐来观看。也有说武禄春宦门弟子,不该这样下贱的;也有骂淫妇欺夫偷汉的。众人正围着看笑话,忽见狂生的寡母跑来。见儿子犯法,一阵子大骂:"武禄春,好小子!放着书不念,干出这无耻之事,看你怎么见人!"又骂声小娼妇:"我好端端的儿子,叫你这无羞的小娼妇,引诱坏了。你心下何忍!"骂着,赶上去就打,被众人上前拦住。

又见县中那名公差回来,望天霸说:"将爷,我们县主说,多多拜上。县主有皇差,不能面会。令派大车一辆,马一匹,护送兵四名。这还有点茶资,望你将爷笑留。"言罢,双手送过。天霸一见,笑而不言,望着岐山、朝凤说:"你们两哥替我收着吧。"张、王闻听,满脸赔笑接过去——是一大包银子,真是喜出望外,入了腰包。黄天霸换了衣服,说:"我先骑马回州去见大人。你们随后押解速走才好。"二公差回答说:"将爷,诸事交给我们俩罢,放心先请。"县役引领出门,好汉上马,一抖丝缰,骑马如飞而去,先回德州。

且说天霸沿路加鞭,早进了德州城,来到公馆。正遇施公办理公事,看见天霸,满面堆欢。天霸单腿下跪,口内称恩公,把以往从前,细禀了一遍。施公点头说:"此事已定,且请坐下,多受辛苦。"黄天霸侍立一旁。

且说二犯人的车,到州衙门首。那些同事的,见张岐山、王朝凤得了差使,上前问明白缘故,无不欢喜。岐山叫声曹头:"你去替我们回一声,好交差销票。"曹头点头说:"交与我吧,少等片时。"言罢,回身进衙。不多时,只见他笑嘻嘻出来,说:"你二人大喜,官府很喜欢。少时出来,就带你二人去见钦差大人。"说话未了,只见州官乘马,带领跟役出来见了。朝凤、岐山带奸夫淫妇,跪在马前,把以往从前的事,回明了。州官闻听大悦,连珠般说:"好好好,起来起来。快着快着,带他们去见大人。"言罢,打马先走。青衣喊道说:"闪开,闪开!太爷来了。"吓得军民人等,往两旁一闪。张、王二人,带着差使下役,跟随来到公馆。州官下马前行,率领犯人,来到仪门,知会门上,通报进去。不多时,传出话来:"外面当值人听真,钦差大人吩咐了:州官急速回衙,全班伺候。大人立刻上州衙升堂理事。"穆印歧连嘴说:"是是是。"急忙回身出公馆上马,带着众人先回。内丁又吩咐:派执事全班,伺候搭轿。"哦!"该值答应。忽见仪门大开,走出贤臣,上了大轿。地方吆喝,青衣喝道,来至州衙堂口落轿。州官、三衙跪倒迎接。施公摆手,二人站起。

施公转上升公位坐下,三班喊堂。堂规已罢,站班齐整。州官、三衙站立公堂左右。施公吩咐:"带奸夫、淫妇!""哦!"三班答应,跑至堂口,大叫:"原差呢?带奸情!"张岐山、王朝凤一人站着,一人进角门,高声报道:"犯人当堂!"外接声,公差来至月台,手提铁锁,往前一摆,又往后一拖,把二犯咕咚摔倒,跪在地下。施公说："抬起头来。"两旁施威。奸夫淫妇,战战兢兢,一齐抬头。施公细看奸夫:年岁不过二十上下,白面焦黄,两眼垂泪,相貌透着斯文。又看淫妇:虽是惊恐,尚不甚怕,香消粉退,暗藏春色,不过二十多岁,像有淫行,举止不稳。施公说:"武禄春,要你实说原委。若要虚假,立刻就动大刑。"武生见问,垂泪说:"我父举人,早已辞世。剩下寡母孤儿。子不言父讳。文生武禄春,自十六岁入泮,今年二十一岁。闭户读书,不敢招灾。隔壁住着韩屠户,他妻许氏太轻狂。他夫被捕役拿去,家内无人。文生一时心昏,被勾引过去,说些淫词,勾引邪情。我想要跑,被他闭门拦住。这是实情,并无虚假。"言还未了,许氏听得,真气得柳眉直竖,杏眼圆睁,忘了在大堂上咧,大声骂道:"娼妇养的! 别混赖人。你常从铺前来往,见了奴家,就发浪声。几次调戏,我不理你,怕人耻笑。你见我夫被拿,你才安不良之心,黄夜跳墙去行奸骗。奴家不准,大喊救人。"未知后事如何,且看下回分解。

第一百三十一回 关好汉下帖吃惊
黄庄头闻名添喜

且说许金莲一派抵赖之词，惹恼钦差，一声吩咐："皂班，把他揪住！"扯开青丝发，用手扳住头，跪在地下。可怜他瘦小腰儿，雪嫩粉脸，挨着磕膝盖。掌刑的这位少年，曾受过他害，弄的家产尽绝，亲友稀少，时常抱恨。今日见此淫妇，不由心中发狠，说："我耿布顺也不顾大人嫌疑，我是要多费点力气。"只听吧吧几声，可怜打得他粉面含青，玉牙活动，"哎哟，哎哟"，连声不止。娇嫩脂肤，如何禁得住这样重刑？施公看得明白。

只见淫妇说："不用打咧，我全招了，等我从头实说罢。小妇娘家姓许，奴叫三姐，今年二十六岁。嫁与本村李贵，成就夫妻。夫因家贫，与人抱鞭赶猪。搭了个伙计，名叫韩道卿，常来常往，不分内外。那日李贵不在家，他硬行奸淫奴家。孤身妇女，实是无奈，才把贼从。谁知屠户大胆，把我亲夫杀死，暗暗埋在后院。他怕庄头知道，才把小奴拐到辛集。奴与韩道卿同床共枕，其实不是本心情愿。后来才勾引武禄春，郎才女貌。天意该当丢丑，并无一句虚言。"说罢，叩头。施公听罢，微微冷笑，说："不怕不招。"随吩咐把韩道卿提来。众役答应，登时提到。

韩道卿一见许氏，又一书生，就知他又续了情人，事必坏了。他跪在地下。施公叫许三姐，把前话又叙了一遍。施公叫声"屠户！"那屠户怕受刑法，俱各招认。书吏写了口供。施公提笔判断："韩道卿谋奸拐骗，伤害人命，该当斩罪。许氏通奸，谋害亲夫，照例应剐。文生武禄春，有玷孔孟，虽未成奸，应发本学，革退秀才。死尸掩埋，俟等尸亲再领。"判毕，拿下，把三人亲笔供招画完，立刻带下收监，解学的送学。

诸事毕完，正要退堂，忽见前面那一群告黄隆基的，一齐上堂跪倒。口尊："青天大老爷！小的们等了数日，不听呼唤。今日冒死前来，叩乞大老爷与民做主。"施公说："汝等暂回，我自然有个道理，你等听传。""哦！"众人站起退出，不表。

且说施公眉头一皱，计上心来，伸手取拜帖，放在案上，笔走龙蛇，顷刻写完请酒字柬，望关小西说道，你只如此如此，千万留心，不可误事，本院专候回音。小西答应，转身而去。施公这才退堂，上了大轿，复回公馆。不表。

单言小西上路，心中暗想，请皇粮庄头，他与我无一面之交，那时见他，须得见景生情，不可误事。才要问路，只见酒旗飘摇，想着喝几杯，壮壮行色，再去打听。遂进酒铺，要了酒菜，一边喝酒，就问皇粮庄头的住处。店主一一说知，小西点头说："多多承教，就此告辞。"又就大道前行，不多一时，只见城墙高大，树木成林，深沟绕墙，绿水旋流。走到临近，又见一座石桥，桥边有一酒铺。铺内出来一人，大声吆喝说："咉！你这厮要往那里走？未曾来到霸王庄上，也不访访。不是我看见，再往里走，还叫狗吃了呢！是什么人使你来的，做什么来了，快说！一字说错，先把你拴上。"好汉闻听，暗想说，话不虚传，他的奴才这等横暴，那庄头更不用说了。好汉又往前走了几步，压下火性，躬身赔笑说："乡亲请了。"那人说："谁合你是乡亲？有话快说，没功夫与你唠叨。"小西说："列位何必动气呢，我是奉大人之命，不得不到宝庄。"一人带怒答话："你说五府六部，朝郎驸马，王侯公伯，你叫了他来，那个我不认的？你说是那一家，我给你通报。"小西说道："我奉康熙佛爷钦点镶黄旗汉军三甲、巡按老爷施大人之命，到此下帖。"那人听见，把手往上一扬，说："哦哦！我想起来了，尊驾贵姓？"小西说："不敢，我姓关。"那人带笑说："关爷，要提这位施大人，我更知道他的根底。他祖上海岛称为寨主，招安平服水寇，主上大升赏世袭镇海侯，入了镶黄旗汉军。少爷进京受官诰，祖上镇海口，未尝动身。二爷升了知县；因拿桃花寺和尚有功，又钦点山东放粮。想着必是回京交旨，路过此地。他也知我们大爷根底，往来王公侯伯，还有位索皇亲七星阿哥，都是朋友。施大人必知道，你来的必是请帖。"小西说："不错，不错，真有先见之明。请问爷上贵姓高名。"那人说："我姓胡，名可用是也。"小四说："没的说，借重尊驾通禀。"那人带笑说："你们少坐片时，待我去禀。若是别的大人下帖，未必能见。这位大人很有听头，是我领你同去。"

小西遂后跟着，霎时来至濠边桥头。有土房二间，檐下挂一小锣。从房里走出一人问："胡哥带此人何往？"胡可用将一往从前，说了一遍。那人说："等我打锣通知，你好带他过去。"遂举手连打三声，回身往屋里去。好，小西跟随过了板桥，来到砖堡门首。又走出一人，问明来历，取槌敲点三声。门内又出来一人，问个明白。又说："胡大哥，咱俩进去，叫这位外面听信。"胡可用说："使得。"一人说："张大哥，你同此人做伴。一则看狗，二则叫巡风的瞧见，你好说明来历。"那人答应。二人进去通报。小西细看宅舍，真比王府威严。正在观看，忽见胡可用出来，笑说："关爷大喜，我们太爷喜欢这位老大人，一听说差人下帖来请，满脸带笑说：这位施大人德州下马，我当先拜望他去，他倒反来拜我。连说了几句'好一位知趣的施不全！我必得回拜他去，正是来而不往，非礼也。'吩咐叫你进见。我告你可得小心，见了必须下跪。太爷若一喜欢，必定有赏。得了赏给我一半，见面结个交情。"小西说："是了。"

胡可用在前，好汉跟随，暗暗说道，这就是龙潭虎穴，见面平安，明日准去。要是稳中计，我必先杀庄头，死也有名。拿定主意，来到南边一小门，倒厅五间，出廊舍满院景致。胡可用说："你就在台阶站住，别动！少时我们太爷就出来。"言罢，跑出一人说："小么们呢？""有。""快收拾干净，太爷来咧！"只见四个小童，扫掸灰尘已毕，从门内走出一人，衣服鲜明，仆人跟随不少。小西定睛一看，年有五旬之外,身体庞大,相貌凶恶,黑面大耳,豹子眼,连鬓胡须,鼻大口方,一脸黑肉;头戴西瓜皮帽儿,红顶青穗,迎面顶上嵌珠,又白又大。穿的是织就五爪团龙袍子,是天蓝的颜色。足登厚底官靴,倭缎蟒袍,一色鲜明,一步三摇。后跟家奴一群。到了倒厅,坐在椅上,吩咐说:"快带来人,叫他说个明白,我好回拜施大人。"毕竟后事如何,且看下回分解。

第一百三十二回　关小西假请恶霸　赛郑恩暗算忠良

话说关小西，看罢庄头黄隆基，原本生的恶相架子，款式倒不俗。腹内说，他虽乡下人，一切房屋陈设，甚是精致，比京都旗下老爷们不矮短。我刚才见他这一副凶眉恶眼，我今到此，还不知吉凶怎样。

不表小西暗自思虑。单言庄头在椅上坐定，笑着说："叫施不全打发来的小厮进来，我问他话。"家丁答应一声，望小西说："那人跟我来，太爷叫你呢！"好汉闻听，并不答言，举步上前，假充愕怔，两眼可直瞅着庄头；从怀中取出字柬来，往上一递。黄隆基有点心中不悦，"啊啊啊"了几声，伸手把字柬接过，摇着头说："小厮，见了你太爷，也不下跪，也不叩头。别说你哥哥儿，就是你主人施不全，见了你老爷，也得哈哈腰儿。罢了，打狗须得看主人，太爷今瞧施不全之面，暂且恕你出去，外边站着！"家奴一齐大声说："愣头青，听见了没有？太爷恕你不跪之罪，出去站着罢。快去！"小西仍不答应，暗说"爽利！"转身出门下台阶，还在原处站立。不表。

且说庄头用手从封筒内取出字柬，留神细看，只见上写着：

本巡按施奉请 台驾光临，明日候教，勿却是幸。

不全拜。

庄头看罢，点头扭项，望家丁们带笑说："施不全先作顺天府，我见过他，生了个四六不成材。可笑万岁就看上他啊，升为钦差大人。耳闻他有个听头儿，会想邪钱，故此我喜欢他。又是好汉的后代。他也知道咱家爷们，有个名望，因此才下请帖，请我相见。这要是六部九卿大人们，哪有功夫会他们呢？"言罢，把红柬放在桌上，站起就往外走。走着说："叫那小厮等着我。施不全眼内既有我，来而不往非礼也。我就此更衣，同他进城，会会施不全大人才好。叫可用陪着，赏他杯茶吃。"除却胡可用，余者跟着庄头，一拥而入。

且说胡可用，见众人俱去，左右无人，他上前伸手把小西一拉，说："你到台阶上坐着歇歇。"小西答应，二人一齐坐下。胡可用低言说道："关爷，你造化不小，你不下跪，竟免了一顿脚踢。那时老爷回来问话，你跪下罢。光棍不吃眼前亏。"小西故意迟了一会，说："我知道了，不用嘱咐。我有一事不明，说是院中狗多利害，为何不见狗的影响？"胡可用说："关爷不知，宅内恶犬足有一百多只。派四个人喂养，都在北角，白日圈起，更定这才撒开。外人给起了外号，太皇庄叫作恶狗村。"小西点头。

不表小西、可用叙话。且说黄隆基，家奴跟着，出了南院，来到自己住房，进内更衣。家奴都在门外伺候。忽见大管家乔三来到，众奴一齐站起，个个垂手侍立，如同侍候主人一般。乔三见众人侍立，便说："孩子们，坐着罢。"又问："太爷呢？"众人见问，即将施公下帖之事，回了一遍。乔三说："幸而我回来，他几乎投入施公套圈！等我进去说罢。"迈步入内书房，但见庄头更衣。乔三上前打千，回话说："太爷，不用更衣咧。奴才有话回明了太爷，可行可止，再细斟酌。"庄头点头说："有话起来讲。"乔三站起，侍立一旁，说："小的今早进城，到当铺盐店烧锅里算账，已闻施不全把告咱爷们的呈状收的不少。他差人下帖入城是计。太爷，此事恐有不利。"庄头说："依你那样办法？"乔三说："依小的拙见，先打发来人回去。咱到东院与响马商议商议，今夜叫绿林朋友去几位，潜入金亭驿行刺，如何？"庄头闻听，说："此计最妙，就先打发来人回去。"乔三答应，望众奴说道："你们跟我去见投帖之人。"众奴答应引路，霎时进了南院。

胡可用看见乔三，连忙站起，低言又望小西说："你快站起，我们管家乔三爷来咧！"小西只得站起，偷眼观瞧，但只见一人出来，进到厅中。叫声"尔等快请那人来"。一人答应出门，眼望小西说："乔三爷请尊驾呢！"好汉闻听，暗说道，这事有些差了！庄头说更衣出来就走，为何此人不来，打发管家出来呢？又加一个"请"字，其中必有缘故。见面听音，便知详细。想着，带笑说："不敢。"跟那人进去。乔三见豪杰，站起身说："看坐。"有一人拿过一张椅子来，放在对面说："上差请坐。"小西见恶奴带笑，以礼相待，只得赔笑回答："爷上请坐，我小的有僭了。"小西对面陪坐。乔三扭项，又说："看茶来。"众奴答应走去。不多时，托盘端了两杯茶，先让小西，然后递与恶奴乔三。茶罢，接茶杯。乔三望小西赔笑开言，说："家主进内更衣，才要进城，心疼不止，老病忽发，不能前去。尊驾回去，善为周旋。容日病好，必去赔罪。"小西回言："好说，好说。"就要告辞。乔三复又嘱托说："多有借重了。"胡可用送上差出村，小心恶犬。可用回答"晓得"，眼望小西说："我来送爷出庄。"好汉站起身来。乔三说："失送，望祈包容。"好汉回言"不敢"。乔三与小西哈腰而别。小西在后，可用引路，一同而行。到了庄外，二人拱手而别。

小西走着，心中暗想，我看恶奴言谈礼貌，强于他主百倍，他给家主托病，心内却藏奸诈。一边走着，一边想，霎时来到金亭馆。面见施公，将已往之事细说一遍。贤臣点头，心中为难：请他不来，拿他又费了事咧！众军民呈状无数，无人原案，如何是好？忠良眉头一皱，计生心来。一摆手，小西退闪。贤臣忽闻天霸在一旁冷笑，施公暗里察见。待小西出去后，明知故问："壮士冷笑何故？"天霸见问，只得上前打千，说："老爷容禀：想庄头那厮，不足为惧。久闻绿林中有人讲说，他手下有个管家乔三，外号飞腿。他手使单鞭，坐骑乌马，黑面目，满面胡须，文武都通。人送他外号叫赛郑恩，专爱结交盗寇，招聚能人，窝藏好汉，足智多谋，心毒手狠。庄头见帖，真心前来，打算是要与大人交好。忽又推病，必是乔三识破咱的机关，拦住不叫主人前来,其中定有恶计。依我细想,或者他夜遣贼人到驿馆来害老爷,千万提防才好。"贤臣闻听,心中不悦说:"壮士此言差矣!恶人不过叫贼人来害施某。我想就算他文武精通,怎奈有官兵昼夜巡查,何足惧哉?"黄天霸微微冷笑,说:"恩官所想,虽是如此,怎奈暗箭难防,他并不仗争战之勇。依老爷想,白日有兵将堵挡,夜晚有城守巡捕,但自古道'能人背后有能人',不可不防。想当初江都县,衙内巡逻,衙外有兵丁,恩公灯下观看案稿,我小人贪夜进内,谁人知晓?"

施公被天霸几句话,说的低头不语,心中有些恐惧,不好明言。暗想,明有防备,暗来行刺,令人难防。当日天霸行刺,不亏我三寸之舌,焉有今日思虑了一会,有些胆怯,可不肯带出惧色来,反倒含笑说:"壮士,依你怎样呢?"好汉说:"那用恩公挂心?古云:'年年防火,夜夜防贼。'就只小的与小西二人,自己防备。我在户上,他在地下,每夜如此。大约贼人有天大胆子,白日也不敢来。即便贪夜行刺,不过一二人,何足惧哉!"施公点头,即嘱小西一同防备。不表。

且说乔三打发小西去后,到东院见了众绿林,说几句客套话,一齐坐下。吩咐厨役收拾酒菜,与众寇饮酒闲谈。不知后事如何,且看下回分解。

第一百三十三回

朱光祖行刺遇友
黄天霸信义全交

　　话说恶奴乔三,与众绿林饮酒闲谈。正饮在半酣之际,才要提叙谋害之话,忽然跑进一人,走到乔三跟前,躬身带笑说道:"庄外来了一人,年纪三旬上下,身形瘦小。穿平常衣服,坐骑白马,身带弓箭,拔一支箍头眼,望空中射去,坠下,用弓梢接来,滴溜溜一转,接在手中。把弓箭插在囊中,下马躬身,口称'线上的来到,借重通报一声'。小人特来回禀知。"乔三尚未答话,忽见一位老江湖带笑说:"三弟,此人来得正好。我们正想趁施不全奉旨山东赈济,饱载而归,截他些路费,哥们也好各奔前程。连连在此搅扰三年,我们心下不安。"乔三闻听,知道这家好汉,乃响马的瓢把子。姓褚,名彪,年有五旬,浑身武艺。手使双拐,一匹甘草黄马,一日能跑三四百里。那马好像透骨龙,每日吃的都是小豆。恶奴见过他的本领,敬之如神,连忙带笑,尊声:"老仁兄,你我却似同胞,何言搅扰二字。不知来的此人,怎样称呼?"褚彪说:"此人姓朱,名光祖。我素知他是真正好汉,少时请进,须要接迎才好。"乔三说:"快请。"那人答应,转身出去,霎时回报。

　　那人到了门前。乔三连忙站起,同众接出门去。褚彪忙叫:"接马!"上前拉手。光祖带笑问"大哥好",褚彪答言说"三弟好",又说:"老弟过来见见,这就是我常提的黑马单鞭的乔三爷。"朱光祖闻听,松手往前紧走两步,与乔三拉手儿说:"久闻三太爷很圣明,今日特来拜望。"恶奴回答:"不敢,兄台过奖了。久闻大名,今睹尊颜,三生有幸。"朱光祖谦逊了一会,只得先行。一同众盗进厅,让座,分宾主位坐下,又添酒菜。敬酒已毕,席前乔三说道:"施公现在德州下马,不日回京。咱们借些盘缠,想烦劳众位,白日乔装扮作平人,混入德州城去,黄夜齐进金亭驿,杀了赃官施不全,抢去财物,众位只管四散。"朱光祖扑哧的笑说:"列位兄台,休生暴躁。古人云:'将在谋不在勇,兵在精不在多。'"乔三闻听,答言:"若依贤弟,怎样办法?"光祖道:"这点小事,何用大众进城?交给小弟,只需如此这般,便可成功。"褚彪说:"别说过头话,事若不成可奈何?"光祖闻听,微微冷笑,说:"仁兄,不必小看于我。我与仁兄一别几年,遍访名师,受异人传授,善能飞檐走壁。众位不信,当面打扮与众位看看。"光祖安心要显显本领与众观瞧,把众人请至当院。光祖蹿蹦跳跃,上房越脊,不亚如猴狲一般。乔三观之大悦,褚彪连声夸好。褚彪说:"愚兄与弟相别几载,哪知你强胜十倍。我们大家恭敬三杯。"光祖不好辞脱,带笑:"小弟谨领。"褚彪说:"千斤重担,老弟不得卸肩了。"朱光祖酒已半酣,站起来说:"我既献丑,就有心兜揽。杀了不全,回来好献功。"褚彪说:"贤弟把人头带回,方不负绿林好汉。"乔三吩咐唤酒,先与朱贤弟庆功。忽听朱光祖说:"小弟此去,不过天交了五鼓就回。"乔三与众寇闻听,不表。

且说施公与天霸计议停妥,酒饭用毕。不觉日晚,秉上灯烛,吩咐各去方便,非呼唤免到。众内丁答应出厅,回身把隔扇掩关,虽不敢远离,却去偷安躲懒。剩下施公一人,心中事烦,回手由案上取过稿案来展开,灯下观看。但见呈词上,庄头所犯,尽是十恶不赦之罪。暗想,下帖请他不来,怎么得完案?想了会子,"不如我明日亲身到霸王庄拜望,就中行事,何愁拿不住庄头?"想罢,不由心中大喜。

不言贤臣阅看呈状。却说朱光祖,与众寇谈至天晚。好汉复又换上那一副行头,外罩一件大衣,告辞众寇。众寇把他送出堡外。光祖两腿如飞,来到城下。看了无人,天黑无月,把身上大衣脱下,卷了卷掖在破壁之中。听了听,锣打一棒。好汉让城上巡夜兵过去,施展走壁之能,爬入城墙。复又纵下,脚踏实地。忽又想起,说:"哎哟,我好粗心!初至德州,又不知驿馆在那巷内,该问明方是。此时天黑,即便问信,我这式样,漫说讨信,只怕人一看见就准嚷喊拿贼。行不成刺,还把我拴上呢!这可如何是好?"为难多会,说,有咧,我何不溜着窃听私语?

看官,常说无巧不成书,光祖正在思想之间,那边来了二名更夫,一夫打锣,一夫打梆摇铃。此差乃大人下马后新添的,先前止一人打梆而已。且说好汉,让过二名更夫,暗暗溜湫着窃听。只听前边那个打锣说:"张老弟,你须要屁股摇铃,手打梆子。往年差使,定更打锣。今钦差到此,官兵不断巡逻。新近又添这些夜防严密,半夜必到金亭驿点三次卯。"说着,一直奔金亭驿而来。朱光祖跟着更夫,到了馆驿。更夫去到馆内点卯,他就在此围墙绕走。但见前面大门之外更房,那三面全是风火后沿。看罢,走到后拐角,脚朝上,顶朝下,双手抱住墙角,双膝用力,霎时上去,爬在墙上。双脚一挺,上身一拧,翻身走起。又用双手扶瓦,身形一挺站起,掌手遥望。但见群房前面有灯,后面黑暗无人;两边配房,一边房内有亮,一边黑暗。又看正厅三间,前有卷棚,屋内透灯光,门窗关闭,寂无人声。好汉看罢,暗说,施不全,合该你命尽。霎时一刀割下人头,带回好见众家兄弟。

不言光祖房上暗想。且说黄天霸、关小西二人,早已议定。天霸令小西暗里躲藏,抛砖为号;天霸在正厅抱厦之下扒伏。双双暗中提防。黄天霸此时早拿定主意,想着两边房后,并无进处,来人必得从前面进去,好汉忙把镖取出防备。不表。

且说朱光祖看罢,一伏身顺墙溜下,竟奔房后,打算必有进路。潜踪来到房后细看,但见沿下横窗一溜,下面是墙。腹内说,何不上去,隔窗偷看动静如何,再找别路进去。想罢,走到墙根,把身一蹲,往上一蹿,嗖一声纵起身形,伸双手搬住窗台。又把身子一拧,轻轻上了窗台。手拉上面,扭项,用舌尖破湿纸窗,一只眼往里偷看。从上往下一出溜,轻轻脚沾实地,绕过后面。回手腰内取出两把板斧来,双手把定,直奔抱厦而走,来进门前行刺。

且说抱厦下的黄天霸,地上暗处藏的关小西,他二人早已看真。天霸此时把镖擎在右手之中，暗骂："好个囚徒，竟敢来在金亭馆行刺，哪知有贼祖宗在此等你！"言还未尽，只见贼人相离不远，好汉一声大喝："呔！贼人休走，看某镖到。"把右手一扬，单撒手，只听吧的一声。天霸安心要留贼人活命，往下三路打去。镖中大腿，嚓！"哎哟"，光祖才要转身逃走。黄天霸听贼人中镖，忙忙跳下。小西听见"哎哟"一声，慌忙打了一箭步，从黑暗处吱一声，蹿至面前，举刀就砍。

天霸一见，连忙嚷道："留活命要紧。"小西闻听，擎住利刃。话言未了，忽听贼人大叫道："使镖的莫非是黄天霸？"好汉一听声音甚熟，连忙回答说："中镖者别是朱光祖罢？"小西一边听着发愣。但见二人，他一个丢斧，一个插镖，凑到一处，执手相亲。这个问"仁兄一向可安"，那个说"老弟近来可好"。小西听了听，这才醒过来咧，抱刀说："你们二位既然相好，乃是一家人。快请这位进房一叙，有何不可？"天霸回答："此言有理。"望着朱光祖，说："仁兄请。"朱光祖说："老弟且住，等劣兄把镖还你，然后讨坐。"言罢，弯腰用手拔出腿上那支镖来，双手一递，带笑说："劣兄的贱肉皮破了，老弟有药拿来。休怪，休怪。"天霸带笑回言，说："小弟斗胆，伤了贵体，求恕求恕。"忙回手从锦囊内取出一包灵药，打开与光祖，上在伤痕之处，立刻止血不痛。光祖弯腰拾起双斧，插在背后。天霸将镖入鞘。

他两个手拉前行，小西在后。三人进了屋内，分宾主坐下。小西将刀入鞘，挂在壁上，走出去。不多时，端进茶来，每人一杯。茶罢，黄天霸带笑说："小弟请问一言，不知仁兄受何人之托，前来行刺？"一句话问的朱光祖面红过耳，迟疑多会，说："罢咧！此事真把人羞死。老弟跟官，劣兄实不知情。闻听人说施大人赶到德州下马……"二人正在讲论，忽听有人咳嗽一声。天霸说："这必是钦差大人前来，商议此计怎样行法。"不知商议什么计策，且看下回分解。

·施公案·

图文珍藏版

第一百三十四回　赛时迁暗保贤臣
施大人诓捉恶霸

话说黄天霸正与朱光祖私相谈议,忽听窗外有人咳嗽。天霸一听,知是施公声音,低声说道:"大人来了。"光祖闻听心怯,望见天霸说:"老弟,我是躲避不躲避?"天霸说:"不用躲避,大家叩见便了。"朱光祖回答说:"遵命。"言罢,天霸、小西当先,朱光祖随后,见了施公,自己通名,双膝点地说:"小人乃盗寇罪人,今叩见大人。"施公闻听,不解其意。忙问天霸:"此乃何人?"天霸见问,打千下跪,忙将已往之故,细言一遍。贤臣闻知,如梦方醒,点头说:"原来如此,快请同到正厅相议。"天霸闻听,忙让光祖站起。

贤臣起身前行,三家好汉后跟,同进了倒座正厅。三家好汉侍立两旁。老爷带笑说:"关壮士,给朱壮士看坐。"小西答应,立刻设下座位。朱光祖侧坐。贤臣望天霸、小西说:"众位不必拘礼,一同坐下,好公议。"二人回答:"小人斗胆。"言罢,同在光祖右边一齐坐下。施公带笑开言,说:"三位义士,这事怎样? 施某领教。"表过天霸心直口快,一句话也藏不住,一闻贤臣之言,忍不住先就答话。施公也知他的秉性,但有点事儿,明用他又不肯明说,必须卖暴腌鱼,好叫他应承,即便赴汤蹈火,他也万死不辞。且说天霸见问,口尊:"恩官,这有何难? 小人倒有一条放水拿鱼之计,老爷只需如此这般。朱仁兄回庄,见了皇粮庄头管家乔三,只消随口说过,再与绿林朋友说明。借兄台虎威,替恩公美言一二。大家同心合意,明日保大驾临霸王庄,里应外合,拿恶人如探囊取物一般。此小人拙见,未知恩公与仁兄意下如何?"贤臣闻听,点头称赞。朱光祖亦哑嘴说:"妙,此计亚赛孔明。"正议论间,忽听更锣已敲三棒。施公要留朱光祖款待酒饭,好汉再三告辞。老爷同天霸、小西,送至院内。光祖告别,走到墙根说道:"吾去也。"但见他把身形一蹲,往下一扭,腰又往上一纵,嗖一声蹿上墙头,由墙越房,展眼不见。施公点头,不好明言,腹内说,哎哟,今夜不亏小西、天霸,险遭毒手。叹罢回步,进了倒厅。二位好汉相随进厅。

天已微明,内丁献茶。施公茶毕,净面更衣,吩咐内丁传出话:"教马、步兵北门外扎营,文武官员来见。一同本州知州到皇庄拜客,不可迟误。"内司答应,立刻传齐,齐东武西,鱼贯而行,来至仪门。该值人高声喊道:"文武官员至厅台,各按品级行参拜!"拜毕平身,侍立两旁。施公按天霸之言,早已写定字柬几封,封面上写着文武职衔字号,内详要事——恐不机密,走漏风声,使各官自看,按柬而行。老爷座上看文武整齐,心中大悦。施公手擎字柬,对各官道:"尔等接本院字柬,各看明白,驿外等候。”

　　且说天霸见施公吩咐已毕,走到小西身旁,把嘴伸到他耳边,低声悄语,说了几句。小西点头,又把王殿臣、郭起凤拉到身后,低声说如此这般。施公见好汉行事完,座上高声吩咐:“抬过轿来!”轿夫将轿搭上滴水檐,钦差上轿。三声炮响,出了辕门。全副执事,文武官摆队而行。通城兵丁,前后护围,好似一窝蜂,登时来到霸王庄外。贤臣吩咐:“停住执事,就在此屯扎,不可前进。”下役答应。又叫小西,好汉忙至轿旁,下马打千,一旁躬身侍立。贤臣说:“你来过,还得你去答话才好。就说本院亲身来拜。”小西把马交与别人拉定,迈步走进原先那座酒馆之内,可巧胡可用又在铺内,小西就将施公前言对胡可用说了。不表。

　　且说八人轿抬至酒馆。胡可用一见,点头说:“使得,跟我来。”胡可用在前,八人轿在后,霎时来至瓦房门首。仍如前次打锣,抬着轿至砖堡门首,八人轿落地。四家好汉,并不骑马,都在轿旁两行侍立。胡可用上前报与看门之人。看门人复又击点三下。点声未住,忽见跑出一人,问明来意,回身进门,通报庄头。

　　黄隆基听家奴禀说钦差亲身临门拜见,即便追问来人道:“钦差带了多少人马?”下人回答说:“带来的文武官员,都在桥西,就只主仆五人过桥,现在西堡门外。”庄头点头说:“呵,呵。”心中暗说,钦差此来,并非歹意。昨日下帖拜请,很该先去回拜。误听乔三之话,未曾进城,他又亲身来拜。再说去见,乔三又不在跟前,只恐变生不测。再说不见,来而不往,非礼所在。再者,他乃奉旨钦差,职分非小,出京就是关外天子,大有威权。两次不见,他若一恼,怪罪下来,那时反为不美。沉吟多会,忽然转过一个少年来,不过十五六岁,眉清目秀,俊俏风流,不亚宋玉之美。走到庄头跟前,娇声媚语说:“太爷不必迟疑,钦差乃奉旨大臣,亲身来拜,是要与咱交好。倘有什么歹意,早就出签票,拨官兵衙役,围困住咱的村庄咧!刚才人说,只有执事,都屯在堡外。虽有官员跟随,并未过桥。门口只一乘轿,跟随四人,何用等乔三商议?速去迎接才妙。”隆基闻听,忙把衣服换上,带着四名小童,出了内院。众家奴见家主出来,随跟上许多。庄头一摆手,家奴站住。庄头与小童五人前后而行。临行复又吩咐家奴说:“快杀猪羊,叫厨子治齐筵席。”主仆五人,出门迎接钦差。不表。

　　且说贤臣正在轿内观望,忽见大门出来五个人。相离不远,但见当先一人,头戴丝绒秋帽,大红丝缕石青袄褂,四爪团龙天蓝缎袍,腰系丝绦,荷包飘绦两边相配,足登齐头官靴;粗眉大眼,鼻高唇厚,两耳有轮,方字大口,却生满脸横肉,半部胡须,年纪约有五旬开外,款步而行。后跟四个小童。老爷看罢,暗说,必是庄头出门。四家好汉都在桥左右侍立,单等吩咐。

　　不多时,庄头走至轿前,口尊:“钦差大人在上,庄头要知大人驾到荒庄,礼该远迎才是。迎接不周,庄头在大人轿前请罪。”言罢,假装屈膝,倒像下跪的模样;其实肆慢,不肯跪下。施公一见,正中机关。老爷也连忙带笑,在轿内躬身回答说:“施某拜见来迟，休得见过。你我乃通家之好，何必多礼。人来！"天霸、小西答应，转过轿前伺候。贤臣故意摆手摇头，说："贤契免礼，快请起来。"庄头听贤臣很谦虚，他更装下跪的样式。老爷说："快搀起来。"天霸、小西二人上前，早已定下牢笼妙计。他二人进前，忙一伸手去搀。庄头不知是计，反把两只胳膊递与两家好汉。天霸、小西各接住庄头一只胳膊，用力往上一端，跟进一步往后一拧，又用力往上一推，按倒恶人嘴朝地。庄头着急扭项，才要问故，忽又走过郭起凤、王殿臣二人，弯腰把庄头的两条腿拳上，回手腰中取绳，递与天霸。天霸忙把恶人黄隆基绳缚二臂，又一回手，亮出单刀，用刀背把恶人两膀打伤。

这时，小西飞身上马。天霸与郭起凤二人，把恶人搭起，递与关太马上接了，各人复又回手，都亮出兵器，也一齐上马。施安此时不敢怠惰，取火早把铁铳点着，只听咕咚响亮一声，他便回身上马，忙催坐骑，往回头奔走。虽说把恶人倒剪，仰面横担马上，他却不住的挣扎。天霸说："郭哥下马来，把这囚徒收拾收拾才好。"郭起凤答应，忙下坐骑。天霸说："关兄，你把恶人推下马来，等我两个，把他收拾妥当才好。省的叫他挣扎。"小西闻听，用力把恶人往下一推。只听咕咚一声响，便倒在马下。天霸、起凤二人，赶上前按住，拿绳子从那人胳肢窝里，穿过捆好。天霸说："郭哥，咱俩把他搭在马后，把他用绳子拴好，咱也放心。"起凤答应。二人弯腰把恶人搭起，捎在小西马后，用绳子从马肚子底下掏过来，套了个结实，那头拴在胳肢窝，这边拴着腿弯子。恶人给拴在马上，只急地破口大骂。天霸弯腰抓了一把土，往恶人嘴里一塞，塞了满嘴，立时骂不出来。天霸复又上马过桥。这恶人还想挣扎，那里还动的了？贤臣、小西在前，众人尾随在后奔走，不表。

单言跟黄隆基的四个小童，见人把主人拿去，他们跑进门来，一个个的抓住铜锣乱打一阵。乔三惊醒出去。毕竟不知后来如何，且看下回分解。

第一百三十五回　关小西押送回衙　施大人候旨问罪

话说恶奴乔三，听说家主被施公拿去，殃及众绿林帮着出去，把家主搭救回来。哪知朱光祖暗保施公，想着里应外合，把恶霸杀个鸡犬不留。不等众寇答话，先开言说："乔三，你快去把庄汉传齐，赶上围住。我们随后就去。"乔三信以为真，立刻跑去招聚齐好汉。各执兵器，立刻出了庄门，顺着霸王庄大道，一直往北赶下去，眨眼之间赶到。

天霸看见后边赶来，连忙说："回老爷，后面赶来的人不少。老爷催督人马轿夫快走。"贤臣闻听，连连嘱咐壮士："只可堵挡下去，千万别轻伤人命，杀害良民。"天霸答应："小的知晓。"

不表天霸。且说那些德州武职官员，奉施公之命，同来在恶狗村外行围打猎。单听霸王庄村头的铁铳一响，他等好齐来迎接大人，出了庄，好一同行围射猎。众武官每人各带五十名兵丁，离村近处，撒下围场，不敢远去，今忽听炮响，想是人齐了，正好出庄射猎。哪知打围是假，其实是贤臣拿黄隆基的妙计：响铁铳是为调他们到来，好拥护恶人进州，回衙严究重惩，以结民案。且说贤臣与关小西等人马，刚出村庄之外，众武职也都带兵来到。贤臣一见，心中大悦。众武官见施老爷轿到，要下马接见。忽见贤臣吩咐："尔等一概不必下骑。拨几名前去，带着兵丁，吓退那些庄汉。不可伤人，违令者重处。"有几名武职答应，用目瞧看，众见马后捎着一人，捆作一团，连忙吩咐几个兵丁前去拥护。不表。

且说那一支兵马，往恶狗村那边勒马慢等，为是挡那些庄汉，好让贤臣出庄去。可巧这边武职领兵而来，庄汉也就赶来。天霸当先，把马搂回，对着庄汉站住。武职兵丁，站在好汉左右。忽听黄天霸望着那庄汉一声大喝。庄汉们又见有官兵堵挡，不由得胆战心惊。再者，又无黄姓的亲丁；又有两个，想起庄头素日待人的强横，乔三的打骂，说了一片懈怠话，谁肯轻生近前？一声说散，就一齐四散。不表。

单言天霸见庄汉退回，扭项望武职说："他等既然退回，咱就快见大人，好同押解进州。"众武职兵丁与小西等，押解黄隆基，登时进了德州北门。早已惊动城关百姓，两旁观看。一霎时，到了官衙，至滴水檐下轿，老爷款步升入公位坐下。众武职衙外下马，入衙与文官等上堂行礼，分班侍立。黄天霸同小西，把庄头推拥上公堂。众役发威，一齐断喝，叫犯人跪下。只见恶人把头一抬，气愤愤愤回答说："尔等这些狗党，少要猖狂叫跪。再过少时，我那救兵到来，就给我磕头，你大太爷还未必依呢！"言罢，恶狠狠地站在那里，复又说了些狠言大语。

施公见恶人不跪,心中大怒,喝叫:"人来,快拿夹棍!"众役答应,去不多时,夹棍取上堂来一撂。施公大叫:"人来!你等快去把被害之人传来,当堂与恶人对词。"该值人答应出去,登时从角门外带进多人,上堂一齐下跪。青衣退闪开来。贤臣座上开言说:"传尔等进衙,与黄隆基当堂对词,那个若虚言妄告,本院究出立刻追命。尔等俱都据实上诉。"内中有个年老的,往上跪扒半步,口尊:"青天大老爷,小民儿子被他打死,诬赖欠账不还,叩恳爷爷给小民做主。"这个说:"我的妹子年十六岁,被他抢去,硬做妾室。逼得我父投河而死。"这个说:"把我妻子硬行霸占,怀中小儿,活活饿死。"这个说:"我的房屋他硬占去,连地亩一并而吞。"那个说:"他见犬子生的美貌,硬行抢去,作为娈童。"贤臣听罢,吩咐:"尔等原告起去,一旁等着结案。"众人答应叩头,一起站立一旁。施公又叫:"人来,上夹棍加刑。"下役答应,一齐拥上,用杠子敲震夹棍,把恶人疼的痛入骨髓,怎奈心如铁石,总不招认,为是挺刑耐守,待救应一到,还想生路。

审了一日一夜,一连夹了三次,震断几十杠子,黄隆基半句也没招认。贤臣点头,暗说,好个黄隆基,真乃名不虚传。众多原告,见施公严刑问不出口供来,莫不害怕。怕是倘然他的情到,救出庄头,对告他的人,他岂肯干休?人人都不得主意。

忽见角门外闹嚷嚷,马上銮铃震耳。又见一人从角门跑进,慌慌张张跑上大堂,双膝跪倒,口尊:"钦差大人在上,今有大人差去上京的人回来了,说圣旨来到,请大人快去接旨。"贤臣闻听,心中欢喜,忙忙站起。吩咐:"人来,搭过恶人,放在一旁,俟接过圣旨再问。"下役答应上前,连恶人带夹棍放在一旁,不表。恶人此时听见旨到,只当情到,心中大悦,不提。

且说贤臣忙换衣服,众文武也都伺候。施公下堂在前,众官后跟步行,开中门迎至门外。但见内监在马上,肩背圣旨。贤臣在马前,双膝跪倒,众官也一齐跪下。贤臣将旨意双手捧过。贤臣、众官站起平身,那马上的内监这才下马。贤臣率众官走至大堂,将圣旨供在公案居中,行三跪九叩礼毕。未展圣旨,施公先就高声说道:"尔等文武官员听真:施某素秉忠肝,报国为民。皇粮庄头黄隆基,作恶多端。尔文武官员,枉食君禄,自保身家,使民遭害。今奉旨严查贪官污吏,尔等俱势殃民。俟本院请旨,定恶人之罪,与民报仇之后,尔等候查听参。"众官闻听,一个个吓得魂不附体,诺诺而退,躬身施礼。口尊:"老大人超怜,卑职等感恩世代。"贤臣闻听点头,展开御批,说:"尔等跪听宣读。"上写:

钦差施仕伦,奏德州皇粮庄头黄隆基,恶款多端,俱十恶不赦之罪。旨到即按律治罪,即行处决。一切皇庄、房屋、土地,俟朕派员撤回,着交妥人照管。众官一并革职留任。俟有功后,官复原职。再要隐恶贪私,解京问罪。钦此。

贤臣宣罢御批,文武叩头谢恩,爬起站立两旁伺候。贤臣说:"尔等原告,与堂下的文武听真,现今有皇上圣旨斩恶霸,与此方军民报仇除害。也不管黄隆基招与不招,施某按原告呈词定罪。只问尔等原告,所告他的恶款,可是都真实不虚?"众原告回答说:"大老爷,小人们的呈状,一字不假。倘有妄控虚词,被查明情愿领罪。"贤臣点头,叫书吏按原告呈词写招。老爷又问:"尔等文武官员听真,想黄隆基之恶,人人皆知。怎奈他忍刑不招,只得你们替他画招,好算凭据。众原告也画以为证,就好立刻处斩,安民除害。"此乃奉旨之事,谁敢不尊! 一个个齐声答应,俱愿画押。贤臣点头大悦,立刻拿下稿去。众文武、原告,替他画了手字花押,呈上施大爷过目存案。复又往下吩咐:把黄隆基押至法场处决。不知究竟如何,且看下回分解。

第一百三十六回 响号炮斩黄隆基 接皇宣审吴进孝

话说那些该值人，把黄隆基拥出监斩，恶棍坐在尘埃等死。忽听有人喊叫："刀下留人！皇宣到了：解往京都治罪，勿伤皇粮庄头性命。"吆吆喝喝，进了法场。刽子手停刀。但见那匹马竟奔棚口而来。

且说恶棍黄隆基听得明白，喜出望外，心中暗念"阿弥陀佛"。马上人高声说："刀下留人！北关外差官催逼甚紧，说是倘有文武官员违背皇宣，一例问罪！"但见那马上之人说着话，在监斩棚外，弃骑离鞍，将马拴在棚柱，跪至公案前，双膝在地。口称："钦差大人台驾在上，德州四门紧闭，怎奈密旨无法可入。差官现在北关，请大老爷的钧谕定夺。"那人言罢，叩首在地。施公忙在心里，却面带春风。叫声报事人："速速回去，隔城告诉差官，待我预备妥当，立刻去接旨请罪。"不表。

且说钦差打发报事人出棚去后，座上沉吟。暗道，这密旨来的奇怪。我未拿恶霸之前，先写摺本奏闻。圣上准本，御笔钦此，回旨与民除害。缘何又有密旨来到？自古君无戏言，那有反悔之理？要说不是皇宣，谁敢假传密旨？令人难辨，真乃怪事。再说不放恶霸，不去接旨，就说背旨欺君，我施某难免有灭门之祸。这可如何是好？

贤臣沉吟多会，心生妙计。高叫："尔等监斩文武大小官员听真：今日本院斩逆安良，偏遇皇宣赶到，赦免凶徒。施某见来真实。德州州官穆印歧暂替本院监斩，尔等都听他调用。如有不遵者，从重治罪。再者，杀场仍照旧巡察，恶霸黄隆基牢牢看守。候施某接了旨，再做定夺。那个徇私，革职重处！"州官侍立一旁。贤臣说："你拿此字帖自看，不可泄漏机关。"且说贤臣取一字帖，忙叫："天霸、小西领命。"天霸、小西接过字帖，也到僻静处看了一遍，心下明白，又回到公案旁侍立。贤臣吩咐："天霸、小西备马，随本院去接皇宣。"二人答应，贤臣出棚上马，一扭项叫声："施安、施孝，速随本院出城。"二人答应，随后也上坐骑。天霸在贤臣前头打顶马，小西在马上揣着铁铳——预备着施公命令，好放号炮。主仆五人，竟奔北门而来。不表。

且说贤臣主仆，一拥出城。但只见北关龙旗玉仗，居中马上坐着一人，想是内监。脊背上背着皇宣，马后尾随着人役，似一窝蜂。旨旁边，马上一人，相貌凶恶。贤臣看罢点头，暗说，必是恶奴乔三。有心先接旨进城，恐怕走脱恶奴，我何不如此这般而行。想罢，慌忙弃鞍下马，跑至差官马前，双膝跪倒。不住叩头，口尊："钦差在上，施仕伦早知圣旨降下，理该接出德州境外。叩恳天恩，恕不知之罪。"言罢，俯伏在地。但见那些打龙旗执事之人,个个慌忙下马,早被施公看出破绽。那背旨的太监,一见众人下马,他也心虚,连忙翻身下马。乔三也弃骑离鞍。但见那太监紧跑几步。满脸带笑,猫腰一伸手,拉住施公的手,口尊:"施大人请起。此番虽是旨意,乃娘娘的秘召讲情,求大人宽恕皇庄之罪。我好回京交旨。快快请起!"施老爷乃天生聪明,又经多见广,背旨的差官,失了国体,就知是虚假。连忙站起,不肯说破,为是好拿恶奴乔三,一并正法。贤臣也满脸赔笑,口尊:"钦差老大人,卑职施不全请讨示下:不知那位娘娘密旨?讨明示下,好放皇庄。"背旨的见追问,便撒谎妄想虚词,道说:"施大人何用追问,不过是王贵妃的旨意。依我说,快快请密旨进城,赦免皇庄,再作商议。"贤臣闻听,就参透机关,便随口答应说:"钦差言之有理。"言罢,扭项叫声关小西:"快些放炮,好叫刀下留人。"壮士答应,取出铁铳点着。只听咕咚一声炮响,为是教城内州官听见,好早些行事。

又听贤臣高声叫:"黄壮士听了,吩咐你问问来的这些人,如有皇庄的亲丁,叫他快随咱们的人飞跑进城,吆喝刀下留人。怕是救护去迟,有伤皇庄的贵体,难免施某违背玉旨之罪。"言还未尽,忽听恶奴乔三高声答应:"小人愿往。"施公故问:"你乃何人?"恶奴见问,回答:"小人乃皇庄管家,名叫乔三。"贤臣说:"你去最妙。"恶奴答应,回身上马。施公叫声天霸、小西:"你二人同乔三飞马进城,保住皇庄的性命要紧。我同差官进城,方不误事。"天霸、小西二人答应,飞身上马,一左一右,围住恶奴,星飞而去。

且说乔三救主心急,加鞭催马。说话之间,三人到北关门外。天霸高叫开门。门军答应,将关门开放,但见三匹马闯进门来。把守关门的武官,复又叫人把门闭好,照旧把守,专候施大人接旨进关示下,不表。再说天霸、小西、乔三进城,乔三高声喊叫:"刽子手停刀,休伤皇庄性命!"不住地吆喝。天霸、小西暗说,好个囚徒,已入牢笼,还不知死,待少时,爷们一定捉拿于你。

不言天霸、小西另有妙计,捉拿乔三。单言德州州官,他已经看明施公的字柬。一同众官,送贤臣出监斩棚,复回身进棚,替贤臣办理,遵号炮暗令行事。忽听炮响,吩咐王殿臣、郭起凤,叫刽子手快把犯人黄隆基开刀。一声叫,刽子手闻听,随即跑上前去,钢刀一落,只听喀哧一声,人头落地。此刻杀场四面,瞧看的那些仇家,见杀了恶霸,无不趁愿。州官回身,同文武进棚。忽又听杀场内外喊声震地说:"刀下留人,皇宣到了!"众人一齐观看,但见三匹马如飞而来。当先马上,乃是恶奴乔三。众仇家一见,眼都红咧!一齐接声喊骂:"狗娘养的乔三来咧!咱们要不拿他,等到几时?"一声喊叫,一齐拥上,不表。

且说黄天霸就知已杀了黄隆基,不敢怠慢,将马离恶奴切近,一扬手背,照着乔三脊背叭的一巴掌。恶奴不妨,只听咕咚一声,栽于马下。那马跑去,不表。但见小西马到近前,连忙弃蹬下马,才要上前捉拿恶奴,回身不见乔三。哪知恶奴爬起,撒腿就跑。天霸追赶问讯,也有说往南跑的,又有说往北去的。总言之,东、西、南、

图文珍藏版

北赶着问遍，不见恶奴的踪迹。天霸、小西只是抱怨众人误事，如何见施公交令。此时天霸、小西二人知道狗党们，已经入城，好放心擒拿恶党。此话不表。

且说贤臣同差官进城，把守城门的武官，复把关门紧闭，打锣有令知会。天霸、小西二人，无论如何，只得催马回去。且说催马奔法场，不多时来到。但见未散的军民，一齐跑到叩头。口尊："大人，把恶霸黄隆基尸首，赏给小人等，以消素日之恨。"说罢，一齐叩头不止。老爷一见，点头说道："满城军民，留神细听。即将恶人尸首赏与尔等，任凭尔等处治去吧！"众人闻听，谢恩爬起动手。不表。

且言吴进孝身坐马上，听得明白，心下着忙，又不能逃脱，唬的面如金纸，跟着施公，登时来至棚外，众官出棚跪接。忠良一见，马上摆手，众文武站起。忠良下马，进棚坐下。但见差官如泥塑一般。老爷吩咐："快把假差官拿下。"左右一齐呐喊，拉下马来，上了绑绳。那些打执事与跟随假差官的，吓得滚鞍下马，跪在尘埃，只是叩头求饶。口尊："老爷，我等都是乔三雇的，教假充跟随钦差之人。"施老爷一见，点头说："尔等既是良民，不必害怕，我自有道理。"叫声："人来，快带'差官'！"该值人答应，立刻带过。那人明知事犯，吓得心惊胆战，双膝跪倒。贤臣座上微微冷笑，叫声差官听真："这起打执事人是什么人？快快实说，免得本院动刑。"差官闻听，不敢隐瞒。口尊："大人，小人名字叫吴进孝。离州城百有余里地，名叫吴家村。十二岁净身进入皇宫。因我在宫内偷窃玉器，捆打四十大棍，撵出宫来，发回本地，永远不准入京。"不知后事如何，且看下回分解。

第一百三十七回　乔三脱逃黄关请罪 施公出示官役搜人

话说施公问明吴进孝的实言，要发放那些良民，忽抬头往外观瞧，只见黄天霸、关小西骑马飞驰而来。霎时下马来到，急忙至公案下跪，称："恩主大人在上，我二人罪该万死。"忙将走脱乔三之故，细细回禀。言罢，二人叩头在地。施公闻听，座上着忙，心内暗暗自语：好两个该打的奴才！有心归罪，内有天霸奉旨朝见升官，因此不肯定罪。迟疑多会。叫声天霸、小西："本院不看你二人素日勤劳有功，立刻归罪。仍罚你二人速去捉拿。拿住乔三恕罪，如若拿不住恶奴，决不轻恕。"二人答应，叩首爬起，回身出棚上马，到各处访拿。不表。

且说贤臣又高声大叫："尔等打执事，那个是为首的？快快说来，好放尔等。"众人见问，回道："为首的是那刘三、王五。他二人奉乔三差遣，雇的小人们。"贤臣闻听，座上点头，吩咐："立刻把刘三、王五上锁，其余众良民，吩咐重责三十大板。"放起撵出棚外。众人一瘸一拐四散。贤臣又叫武职官"快传命令：城上添兵，巡拿恶奴乔三。如有徇私放出乔三，与他一例同罪。"

且不提搜寻恶奴，亦不表贤臣出棚，上马回衙。单说乔三，被天霸一掌打落马下，恶奴闻听人嚷说杀了黄庄头，就知事情败露。现在若不找个藏人之处，教人赶上拿住，仍是命在旦夕。恶奴正自踌躇，忽然想起姐夫来了。看官，你道他姐夫是谁？乃德州土居之民，姓朱，名亮，今年五十九岁。黄面净脸，满颏胡须，身高五尺。只因他年幼爱习枪棒，学会浑身武艺，二十五岁上，入了公门为役。因捉拿盗寇，几次有功，现今升为步快头领。为人透灵，广有识谋，衙门的伴儿，给他送了个外号，叫赛孔明。他最爱交友，好玩笑吃喝，一乐而已。因此满城军民，无不钦敬他。乔三想起朱亮，心内暗说，我何不投到他家，叫他出个主意，搭救我出城逃命。想罢，两腿如飞，忙忙奔到筒子胡同。走进巷内朱亮门口，可巧门半掩半开。乔三不敢声叫，连忙进去，又回手把门紧闭，迈步往房中而来。房中惊动乔氏，只当夫主回家，迈步迎出。抬头一看，乃是乔三来到；但见浑身带汗，往里直走。乔氏一见，便问兄弟："如何这般慌忙？快进房来告诉我听。"恶奴见问，忙进房来，又把房门紧闭，入内坐下。乔三低声叫道："姐姐不知，容我细禀。"就将已往从前之故，述说了一遍。乔氏闻听，吓了一跳，说："兄弟呀，这可如何是好？"乔三说："但能救我出关，你夫妻如同父母一般。"乔氏说："现今四门紧闭，你姐夫纵有手眼，也难救你出关。"姐弟正然打算，忽听胡同之内，乱哄哄的齐喊："谁家藏着乔三？如若不报，待搜寻出来，拿去一同问罪！"乔氏、乔三吓得浑身如筛糠一般，愣了多会，听着喝喊的声音远了，才敢言语。

不言乔氏姐弟家中害怕。且说快头领朱亮，遵奉钦差大人的钧谕，又奉州官穆印歧的差遣，带领手下，挨着户儿，大街小巷，高声喊叫，细细留神访拿，半晌并无影响。堪堪天晚，众役觉着饥饿。那朱亮素有义气。众伴儿要吃酒饭，他们走到僻处，一齐止住脚步，俱各不走。内中有个户儿，姓李，名顺，素日与朱亮玩笑，叫声金星子："别扒弄我太爷。有个巧当子，告诉了你再扒。"朱亮闻听，叫声第二的："有屁早放。"李顺叫声金星子："你别藏赃。听大朋友告诉于你，就只怕说出来你不应。古语说：'官差也办，私事也办。'人是官的，肚子是官的吗？少不得借你个光儿，吃顿饭再去访查。难道拿住乔三，咱们才有功劳；拿不住乔三，就饿着肚子不成？"朱亮闻听，说："你说话，我爱听。要不还上王家饭店。咱们当衙门的人，素日是吃了不还账的。"一边说，一边走，登时来到王家铺门口，一齐进铺坐下，要酒要饭。众伴儿饭酒还未吃完，朱亮忽然想起一事，心内着忙。腹内说，哎呀，我只顾在外，忘了家里。我想乔三那个奴才，刚才拿他，毫无踪迹。这城内，他别无亲故，莫非那狗头躲在我家中去了不成？朱亮越思，心中越怕。连忙叫声众伙伴计："吃完了饭算咧！我想起一宗紧事来。你们哥儿六个，出铺之后，还是照旧吆喝访查。都在十字街等候见面，咱再去见官回话，讨示下。"众人答应晓得，一齐站立，同到柜上。朱亮大大的架子，叫声："王掌柜的，写上我吧！"掌柜带笑回言，说："朱大太爷请罢。"齐声大笑，彼此拱手相别出铺。

不言老王认了造化低，众役还去到街巷照旧吆喝，访拿乔三，再到十字街等候取齐。单言朱亮，别了众伴儿，他安心回家。霎时走到自己门口，但见两扇门紧闭，静悄悄无人，上前敲门，不表。

且言他姐弟正在屋内，担惊害怕，忽听街门打的响亮，吓得乔三只当有人来拿他，低言叫道："姐姐，快去门边问真。要是声音不对，千万别开门。急急回来，再定主意。"乔氏说："知道。"言罢，出房门，来到门口说："外边叫门是谁？"朱亮说："是我。"乔氏听是丈夫声音，心中稍安，伸手忙拉插管，把门开放，让朱亮进门。乔氏复又把门插上。夫前妻后，同进了房门。朱亮一抬头，瞧见乔三，不由吓得瞧着恶奴，只是呆呆发愣。恶奴看见他姐夫回家，忙忙站起，叫声姐夫："快搭救我的性命要紧。"朱亮闻听，说："难为你这胆！竟敢假传圣旨。拿住内监，全都认招，单等拿你去完案。"乔三闻听朱亮之言，愣了会子，叫声姐夫："你不救我，我可就死定咧！常言说'人到难处，就如虎落深坑。'素日我知道你广有机谋，因此我才投奔你来。"朱亮闻听,叫声我的儿:"好乖嘴!就只怕被人知道告发。我不告你,我就算救你的一样。你再想教我救你出坑,好似叫老虎拉车,我不敢。一来四门紧闭,二来兵将巡逻。救不成你,连我一齐拿住,那就要了我的宝贝咧!我劝你早些滚吧!"乔三闻听,回答叫声好老爷子:"只求你老人家想条妙计,救我的性命,再不忘姐夫的天恩。"朱亮闻听,估量着眼下难以推托。前已表过,朱亮广有智谋,眉头一皱,计上心来,故意带笑,叫声兔羔子:"要着老爷子救你不死,听我告诉你妙计。幸喜今年东北角上,连日阴天,雨水浇坍一块城墙。少不得你装我的户儿,今夜晚送你越城墙逃命。你先等一等,我出去。一来打听打听,二来沽点酒儿,你喝了好壮壮胆子逃命。"言罢,站起身来,厨房取酒瓶。回头叫声贤妻,跟我开门。乔氏答应,同丈夫出去,来到大门。丈夫出门,乔氏复又闭好,回房不表。

　　单说朱亮手提酒瓶出胡同,登时来到大街。暗说,乔三,你今错想了。只知我救你,哪知身入牢笼。少时回来,先稳住你再拿。必须如此这般而行。你要想逃生,除非是认母投胎。一边想,一边走。不知如何拿法,且看下回分解。

第一百三十八回　拿恶奴朱亮献功　赴市曹囚徒枭首

话说朱亮手提酒瓶，到大街上打酒，紧往上走。暗说，乔三拿我当喜神，哪知是你的丧门星！少时到家，先稳住他，然后再拿，必须如此才好。要想逃命，万不能。一边想，一边走。只见满街各巷，人马来往，挨门按户，这家搜了，又进那家去搜。朱亮一见，心中着忙，恐怕搜到自己门上。忙忙沽酒，回来叫门。乔氏听见，忙出房开门。朱亮进去，复又把门闭好，举步进房。

乔氏接过酒菜，忙忙收拾了，放在桌上。乔三与朱亮对面坐下。乔氏把酒斟上。忽听朱亮说话，心中主意并不告诉妻子，带笑叫声乔三我的儿："你放心喝酒，天气尚早，壮壮胆子。等到了五鼓时分，兵丁闹的人困马乏，老爷子好趁空儿送你出城逃命。因攘的，听爹爹主意：倘有人撞见问你，你就唱一出'一门五福'，说'吾乃小孙孙是也'。我的儿，听为父之言，才算孝顺。非唱这出戏，难以逃命。"乔三闻听，信以为真，心中大悦，叫声老爷爸爸："你骂舅太爷，今日全都让你。"朱亮闻声，叫声舅爷："你饮酒，老爷子赏你脸，你就出浪声儿。我的主意虽然如此，吉凶祸福，可得听天由命。"乔三说："我的言算是不对，老爷子任凭你罢。"言罢，二人饮酒。朱亮在家，先稳住恶人。不表。

单言钦差大人出监斩棚，回至州衙升堂。不一时，天到黄昏，满街高挂灯笼。施公座上暗想，拿了半日，这又定更时候，还搜不出恶人，莫非官吏有他亲眷，把他隐匿？座上开言说："尔等不用伺候本院了，急听我谕令：传与文武官员，四门城上严加防范。家家户户，无论举监生员，兵丁衙役，都去叫门仔细搜寻。天亮拿不住恶奴，不拘官吏，本院都问罪名。"该值人闻听，连连答应，急出州衙，遍传钧谕。文武官员，遵谕而行，各派手下兵丁衙役，按户搜寻。直搅的各家妇女，咒骂恶奴，这且不表。再说钦差大人官衙坐等，忽听天交四鼓，还不见拿住恶人的音信。

不言钦差官衙坐等。再说朱亮，劝解乔三饮酒，稳住恶奴。朱亮明说搭救乔三的性命，暗用牢笼，捉拿恶奴，好保他自己性命。二人对坐，吃到天来四鼓。朱亮心毒意狠，做事不对妻子说知，为保全他夫妻脸面，明知乔三武艺精通，甚是难拿，反怕不美，故此心内做事。见他姐弟吃酒，他也面带春风，看着他妻子，叫声老婆子："我要不看夫妻之面，再不搭救乔三这个王八羔子。"乔氏闻听，口尊："夫主，言之差矣。古人云：'一日为亲，终久托福。'你不瞧他，也须瞧我。"乔三心中有酒气壮胆，叫声："老姐夫，骂是骂了，此时天不早咧！少时就亮。老舅爷子问问你，你要救我，有什么妙计快行。你要不救我呢，你就说不救，你我就拼上一拼。"说罢，回身把腰中攮子一抽，说："这就是你的对头。"朱亮听他急咧！他也真机灵，就便儿回答说："好狗头，急什么！我既应了你，何用你着急呢？听老爷子告诉你明白，头里我去打听咧，我知道自有救你的时候。再者，你逃命出城，也须路费，待我给你带上几文钱，好买东西吃，何用你着急。"说罢，走到柜边，开柜取钱，搭讪着工夫拿钱，就把蒙汗药下在酒里面了。这才带笑，与乔三讲话，说着斟上一杯酒，放在乔三面前。乔三虽说喝到七分醉，冷眼瞧酒色忽变，一阵心疑，不端酒杯。乔氏叫声："老三，不用你多心。等姐姐先喝，纵有毒药，先药死我，你再喝。"伸手端过乔三那杯酒，沾唇一气喝干。又执壶斟上一杯，放在乔三面前。

看官，此乃蒙汗药酒，其性迟慢。乔氏先抢那杯酒，饮在腹内。朱亮一见，正中心怀，忙忙接言，催劝乔三，叫声舅老爷："这可不用你多心了。你看你姐姐先喝咧！下剩的也不多咧！咱三人爽利地喝干了，好送你出城逃命。"他心中一喜，并不推辞，一饮而干。朱亮见乔三入了圈套，姐弟两个，把酒斟上，只顾喝，霎时间酒净瓶干。忽见他姐弟二人眼发眩，口里只嚷。头上又听门前人声喊叫，又细听了听，是邻右担惊，都嚷："咱们各加小心。"朱亮听罢，见乔三与妻俱皆昏倒在地，便找了条绳子，把恶奴倒剪二臂。把乔氏先放在旁边，候报官拿了乔三，再用冷水救活。

诸事停当，朱亮连忙出房，并不开大门，越墙而过，两脚如飞，竟奔十字街而来。不多时到了十字街，望众伙伴儿说道："我已搜着乔三，快跟我去，回明钦差，好拿奴才问罪。"众人答应，一同而去。登时来至公馆，先禀明州官，诉说实情。州官闻听，喜不自禁，立刻带差役去见钦差。霎时来到衙门口下马。天交五鼓，进衙到丹墀以下，双膝跪倒。但见钦差坐着堂上，冲冲大怒。高声说道："尔等快将我的话传与兵将人等，赶天明拿不着乔三，一律问罪！"穆印歧听着钦差吩咐毕，这才口尊："大人在上，现有卑职的步快朱亮，用计搜着乔三。"贤臣正自着急，听说有了乔三，不由心中大悦，连忙叫声贤契："不知恶奴现在何处？"州官忙将朱亮用计之故，从头至尾，说了一遍。贤臣闻听，又把朱亮叫上来，跪在下边，老爷又问了一遍，与州官说的一样。施公闻听，吩咐"速把恶奴抬来，好与吴进孝对词完案"。

州官答应，即饬朱亮衙役，急速一面派人知会游、守、千、把带领捕快人等，将人调齐，穿街越巷，来到朱亮门首。班头朱亮，还是越墙而过，开了街门。州官在马上坐等。下役进内，抬出乔三。但见恶奴人事不省。州官吩咐："急速进衙，禀见钦差大人。"下役答应，抬起乔三，急速来到衙门，放在当堂。

州官回明贤臣。贤臣叫人用冷水把恶奴喷醒。不多时，乔三苏醒，翻身坐在下面，心内糊涂，冷呆呆往上瞧着发怔。施公坐上，用手一指，微微冷笑，骂声该死的奴才："尔等情由败露，快快实言，好把你定罪。"乔三闻听施公之言，心才明白，如梦方醒。后悔贪酒，入了圈套。口尊："老爷，小人乔三有家主。常言说家奴犯罪，罪坐家主。叩求青天老爷，察覆盆之冤。"说着，不住叩头。贤臣闻听，大怒，用手一指，高声骂道："大胆囚徒，还敢巧辩！带吴进孝上堂，对质口供。"下役答应，登时

图文珍藏版

带到吴进孝,跪在下面。贤臣大喝道:"尔等快把他两个夹起来再问。"下役答应,拉去鞋袜,套上刑具,用麻绳一扣,二人痛入骨髓,浑身发软。吴进孝不住叫喊,口尊:"老爷,小人招认,情愿领罪。都是乔三囚攮的把我害了。我头里已经全说实话。乔三纵不招认,也是徒然。"恶奴闻听,明知有死无生,即将已往从前,俱都招认。钦差座上闻听,恨得咬牙切齿。吩咐下役:"每人重打四十大板。打完了,绑出去处斩。"下役答应,一声呐喊,把两个人打的两腿崩裂。贤臣又吩咐把乔三、吴进孝搀出上绑,急命州官押解云阳市口处斩。不表。

且说贤臣又吩咐:"尔等快提刘三、王五上堂。"青衣答应。立刻带到,跪在下面。老爷往下又吩咐说:"你两个,这罪过果知道不知道?"刘三、王五二人齐说:"小人不知,叩求青天大老爷恩典宽恕。"老爷说:"私传假旨,罪该斩决。幸而你两个不是事中之人,每人重责四十,罚你二人充军。"贤臣大喝:"拉下去,重打四十大板。那个留情,本院治罪。"青衣发喊,打了四十,打完放起,复又上锁,施公堂上提笔判断。书吏一旁作稿。诸事停当,急命公差起解,带出官衙。不表。

且说贤臣堂上坐等杀场斩了乔三、吴进孝二犯,好进京交旨。心中正自着急,只见州官走进衙,上堂跪禀,斩了二犯。贤臣闻听,站起身来说:"本院钦限甚紧,立刻搭轿,就要起身。"不知到景州,又访出什么事来,且看下回分解。

第一百三十九回

贤臣遣小西请客
天霸寻王栋出城

话说施公由德州城内拿住了飞腿乔三，就地正法。谁知乔三的兄弟，逃跑至黄隆基的小舅子家里。

看官，你道黄隆基的妻弟是谁？此人大有名头。他兄乃千岁宫中一名首领。兄弟现捐纳的州同，又借着哥哥势力，就无端作恶，压迫良民，通官交吏，无所不为，心傲气雄。此人姓罗，名叫似虎，人送个外号叫作"恶阎王"。那日，乔四给他送了个信去，哭诉其情。恶霸一听此信，气不可言，却有心合施不全作对，替姐夫、姐姐报仇。估量着施不全势力大，他乃奉旨钦差，犹如皇上一般。走动时，官役尾随，到处官兵拥护，势派不小，难以下手。欲待不管，恨之有余。无奈写书一封，差人上京，送到首领哥哥那里给他姐夫报仇。他哥哥转求千岁，在圣上驾前奏言施不全过恶，不过是求其归罪于施公，方消此恨。待遇机会，好报此仇。

且不言恶徒罗似虎。再说施大人，自从离了德州，转牌早到景州。大小官员，忙接钦差。排开执事，兵丁衙役，接至城外。文武跪在两旁，各举手本，自报花名。顶马施安传话，叫他们起去，到公馆伺候。众官听了，平身站起，两旁分开，让钦差执事、顶马、轿子过去。这才一齐上马，跟随钦差，前呼后拥，进了景州城。顷刻来到公馆滴水檐前落轿。钦差下轿进内，净面，更衣，吃茶。不表。且说众官不敢入内，将手本投递。长随接过，入内去不多时，出来高声说道："大人吩咐，众官免见。明日在州衙伺候办事。"众官答应，各自散去。

且说施公在大厅用饭已毕，闲坐吃茶。郭起凤、王殿臣、施安等，在厅外伺候。内中唯有黄天霸、关小西他二人在厢房，用饭已完，也是闲坐吃茶。为何他二人不在厅外伺候呢？有个缘故，关小西是自己投来，自愿效力，并非银钱买来的奴仆，二来又有几次功劳。黄天霸乃是施公亲自请来帮助的，这一入京，贤臣保举，引见圣上，还不定封他二人什么官职，故此以客礼待之。闲言不叙。

且说忠良在厅内叫声"施安"，长随答应，掀帘进内，在一旁垂手侍立。施公说："你去把黄壮士、关壮士叫来，我有话说。"内司答应，出厅不多时，把二人带进来。他二人在下面，将要行礼，施公把手一摆，二人平身，一旁侍立。贤臣叫声二位壮士："本院叫你们不为别事，因本院当年有个同窗契友，此人乃中堂王希王老爷的族侄，名叫王年，现为陕西的学院，原是此郡人氏。他的父母，俱在本乡居住。我今有一拜帖，关壮士可去一投。黄壮士暂与本院叙谈，免我在此发闷。"关太说："小人愿去。讨老爷示下，不知此人住什么地方？"施公说："去岁王大老爷差人下书到京,书信上写着在此郡王家屯居住。再者,门前有棋杆、挂进士匾的就是他家。"关太回答:"小人知道。"施公忙将书字递与好汉。小西接过,出厅而去。

黄天霸在一旁,口尊:"老爷,小的想起一件事来。"施公问什么事,天霸说:"小的先同王家兄弟在一处居住。听见他说过有个亲娘舅,乃是一个财主,此人有名的叫丁太保。我想王栋不辞而去,或是往他舅舅家去了。我的意思要想找他问问,他不辞而去临阵脱逃的缘故,看他怎么见我。不知老爷准与不准。"施公这次待黄天霸,不比在江都县之时,乃是聘请出来,怎么好意思不令他前去?再说,此处在州城之内,馆驿之中,许多兵丁卫役伺候,也无用他之处。至迟不过明日就来,后日就可进身,大约不至误事。二来也是合该有祸,施公不教他二人离开,焉有这场险祸?且说施公闻听天霸要去找王栋,老爷沉了一沉,说:"壮士此次要去,见着王栋,也不必浮躁。虽然走了于七,也非他一人之错。他如愿意跟官呢,你只管同他回来见我。施某这一进京,自然不肯难为他。如不愿回来呢,也就罢了。千万壮士早回来。"天霸回言:"晓得。"言罢,转身出来。不表。

且说施公打发天霸去后,天色已到黄昏,馆夫秉上灯烛。施公独坐观书,施安一旁侍立。天交初更,施公惦记明日到衙内查看各案招稿,众官有无病弊亏空,好进京交旨。忠良心内一烦,合上书本,吩咐施安打铺安歇。内司应说:"回老爷,早已铺设妥当了。"施公说:"你去吩咐他们,小心火烛,门户要紧。"施安转身出去,告诉了馆夫,把门闭好,自己在外间屋内安歇。不表。施公熄烛上床,心中困倦,朦胧睡去。不多时,天交二鼓,心血来潮,似睡不睡,忽听门外有喝道之声,不知何故,且看下回分解。

第一百四十回　忠心感神圣托梦
　　　　　　　　　州衙看案卷察情

　　话说贤臣自小西、天霸去后,书房独坐,看了会子书。施公熄烛上床,似睡不睡。

　　忽听喝道之声,鞭板、锁子,连声响亮。施公在梦里,心疑说,何处官员,半夜来临? 想罢,闪目往外观看。但见一对红灯,走进门来。后又进来两个人,打扮格外异样。右边的穿戴乌纱圆领,羊脂玉带,足登粉底乌靴,手执牙笏,躬身侍立。他穿的四品补服,眉清目朗,白面长须,髯如黑墨。左边的年纪约有七旬,两鬓如霜,脸上皱纹如鸡皮,颏下胡须,赛如白银,头戴万字巾一顶,身穿茧绸道袍,青缎衿领,腰系丝绦,红缎云鞋,素绫白袜,手执一根过头拐杖,笑容可掬。施公看罢,更加纳闷,心内沉吟:不像大清之人。右边的一定是有职分,左边的好似乡民。又听见外面吵闹,估量着是衙役三班人等。心中正是不解。只见二人行礼,拖地一躬。口称:"星主,此事但求施展才能。"说罢,又见那老者用手往外一指,进来一个当差的人,左手提定一面锣,右手持锤,将锣连打三下。从外面又来了两物,扑进厅来。贤臣闪目留神,认的是两只绵羊,往里鱼贯而行,脖子上带锁,腿上带镣,少皮无毛,腿流鲜血,望着贤臣两只前爪跪下,叱叱不住叫唤,把头点了几点,如叩头之状。贤臣不解其意,才待要问老者,忽见那锣里头跳出来一物,细瞧是个耗子,一尺多长,灰色皮毛,跳在羊背上,又抓又咬,急的那羊乱跳乱蹿。贤臣一见,心中大怒,站起身来,两手扎杀着那老鼠。又听门外一声响亮,蹿进一物来,又像驴子,又像虎,竟奔忠良而来。贤臣吓了一跳,栽倒在地。又听门外风吼声鸣,噗噗蹿进二野虫来。贤臣虽倒,心内明白,闪目留神,原是两只猛虎,黄白二色。贤臣估量着命难保,哪知猛虎竟不扑人,摆尾摇头,竟扑怪兽而去。两只虎按着怪兽,又抓又咬,登时怪兽命绝。两只虎进内间屋中去。施公害怕,老者同那一位,连忙伸手扶起贤臣坐在正中。忠良说:"请问二位贵驾,这事情,愚下心内不明,望乞指示。"二人见问,躬着身说:"此事星主自详。吾二人也不知晓,天机不可泄漏。若要问咱姓名,有四句言词:

　　　王子头白总是空,斜土焉能把金成。
　　　十一轮回功行满,土也成金鱼化龙。"

　　言罢,复又用手指着,口尊:"星主,须要小心,两只猛虎又来了。"贤臣见了,失一大惊,猛然惊醒,乃是一场梦。吓得浑身冷汗,"哎哟"了一声,吓坏了长随。

　　施安从外面忙来相问,将灯点上。口尊:"老爷,方才怎么样?"施公说:"由梦中喊叫了一声。不知交了几鼓?"施安说:"正交三鼓。"施公忙把表盒打开,看了看,果是子时三刻。说道:"施安,你将参汤熬些我吃,再把好茶对一碗来。"内司答应,登时把炉中火添旺,一时俱办停妥。老爷起来用罢。施安忙问:"不知大人方才做什么梦,求老爷告诉小人。"施公便把梦中之事,对施安细说了一遍。施安低头想了半天,口尊:"老爷,若依小的详解此梦,也好也不好。梦见虎头驴尾的怪物,扑了老爷一个筋斗,定主不祥。幸有两只虎,又咬死他,大略无碍。又有耗子咬羊,想来不过驳杂点儿。老爷虽然吓倒,幸亏又有那穿红袍的合那老者扶起来,此乃吉兆。依小人想来,那穿红袍的,合那白胡子老头,必是喜神、贵神。那虎头驴尾的怪物,必是个四不像儿。老爷只管放心,此去进京面圣,包管大喜高升。"那贤臣自思梦中之事,自言自语说:"好奇怪呀!"

前已表过,贤臣不比平常之人。老爷登时参透:原来是城隍、土地前来警教,内中还隐着一段的冤情,等施某前来结案。罢了,罢了!我明日进衙去,查出情弊,合郡的官员,多有参罚。忠良想罢,不觉东方大亮。施安服侍贤臣净面吃茶,用罢点心,更换衣服。贤臣吩咐:"预备轿马执事,伺候本院进州衙理事。"

轿马出馆驿不多时,到景州州衙门首,一直进了正门,到滴水檐前下轿。内司把被褥铺在公座,贤臣坐下。众官参见行礼。贤臣摆手,众官平身。这才分班站立。个个偷眼瞧着大人,见他头戴一顶貂帽,帽带紧扣。那时头上无顶,看不出官居几品来。容貌:长脸,细白麻子,三绺微须,萝蔔花左眼,缺耳,凸背,小鸡胸,细瞧左膀不得劲。头里看他走路,就是踮脚。身材瘦小,不甚威风。身穿狼皮蟒袍,海龙外褂,青缎官靴,仙鹤补服,一串朝珠,硬红嵌花。众官看罢,却多暗笑,瞧不起是皇家二品大员。哪知身材虽小,志量甚大,是朝中一位干国能臣。

众官正自暗中笑话,只听贤臣口呼:"众位,本院奉旨前往山东,一来为放赈,二来为访查赃官污吏。今到贵郡暂住馆驿,为的查明案件,好进京面圣。大约众位无甚过犯,少不个要查看查看。钦限紧急,不敢久停,明日要进京交旨。"众官闻听,一齐答应说:"遵大人示谕。"言罢,众官吩咐书吏,预备各处案卷,送至大人案前。施公将案卷看了一遍,留神细查,不过是奸情盗案、窝娼聚赌、行凶肆掠,杖斩绞犯,军徒枷号,判断明白,并无存私之处。那知州官与书吏暗定诡计,以哄施公。贤臣看罢,又查钱粮地亩,从头至尾,瞧了一遍。来到库内查验银子数目,分毫不差。施公连连点头赞说:"到底是列位贤契做官清正,本院进京面圣,一定保举升官。"

众官闻听,不敢怠慢。忠良总惦记昨日作的噩梦,并未查出梦中之情。老爷心中不悦,眼望众官开言说:"此郡可有一人姓罗,名叫如虎,又叫如鼠。众位可曾闻之否?"众官听了,一个个眼望钦差,似聋似哑,都不作声。景州知州想罢,哈着腰儿赔笑,口尊:"钦差大人,卑职在此郡,城里关外,并无姓罗有名之人居住。若有,卑职不敢在大人台下隐瞒。"州官说罢,贤臣心下暗自沉吟说,州官此话,大有情弊。他说城里关外,并无姓罗之人。须得如此这般,才能得其真情。想罢,叫道:"贤契,本院此问,也无关紧要。明日本院就要进京面圣,一定保举贤契升官。"言罢,吩咐搭轿。内司传出话去,登时外面齐备。

大人站起身来,往外就走。众官一齐送大人上轿,登时来到馆驿下轿。贤臣进厅归座,吃茶用饭毕,复又献茶。施公手擎茶杯,眼望施安,说:"我倒有个主意,必须如此这般办法,庶可得梦中之情。"要知怎样,且看下回分解。

第一百四十一回　主仆闲谈说梦景　贤臣改扮访民情

话说施公要亲身出去私访，访真再议。长随说："老爷，小的请问怎么就知是城隍、土地前来指教呢？"施公说："我的儿，你听我分解。那梦中的老者，合那一位官长说，若问他们的姓名，临走留下四句偈言，本院记的明白。他说斜土旁边加一成字，岂不是城池的'城'字？王字头上加一白字，岂不是个'皇'字？十一凑起来，是个'土'字。土也并起来，是个'地'字。这明明是'城隍、土地'四字，何用详解。"施安说："既是城隍、土地前来托梦，何用私访？一来钦限甚紧，二来黄、关二人并未回来，谁保老爷同去？万有一个舛错，那时如何？"施公说："本院此去假扮，何用跟人？人多反为招摇。再者，既秉忠心，为国救民，焉怕是非？尔亦不必多言，快把此处人的衣服找几件来我用。"施安知道老爷的古怪性情，只得答应，走去问馆夫借衣。不表。

且说贤臣打发长随出去，自己找了一块白布，提笔写上几行字，两头用竹竿绷紧，卷起来，掖在腰中。施安借来衣服，老爷连忙打扮停当。幸喜此驿有个后门，无人把守。老爷先行，施安瞧了瞧院内无人，这才一同出厅。至后院门首，老爷低声吩咐施安，说："我儿，本院出去私访恶人，或虚或实，天晚必回。若晚晌不回，就有了事咧！也不必叫众官知道，等黄天霸、关小西到来，叫他们去找本院。再者，我去之后，你传出去就说本院有病，众官一概免见。千万嘴稳要紧。"言罢，施安将门开放。老爷出门，吩咐仍将门闭好。

老爷出了馆驿，不知准往那里去。此时正是冬月光景。一片荒郊，树木凋零，草都黄败。朔风透骨，冷甚冰霜。忠良不由点头，是为除暴安良，受此辛苦。倘能拿住恶霸，救出良民，即受此惊惧，也不负康熙老佛爷重用之恩。老爷想罢，强抖精神，不管南北，信步而走。当时出城，更觉凄凉。老爷出馆驿时候，天才晌午，此时已交未申。

走了五六里地，浑身又冷，腿又酸疼。忽见眼前一座院落，外门宽敞，门墙高大。两溜门房，如瓦窑一般，住的仆人、佃户。那大院砖砌围墙，青灰抹缝。四边角楼，高耸碧空。往北抬头一望，盖的更觉威风。三间一明两暗，露着窗户，高台阶子十多层。大门外一对黑鞭子，挂在门首。两条懒凳左右分排。因为天冷，无人在门房存身。贤臣看罢，暗说道，这所宅子，不像民人富户，定是前程不小，不亚都中王侯公卿。不知住的何等之人？施某倒要访他一访。想罢，信步而行。

来至门前，往里观看。忽见由门房出来一人，穿着一身布衣，长了个横头横脑的。他把老爷打量了打量,见爷穿着翠蓝布棉袄,老青布棉裤,白布棉袜,油底的布鞋,头戴一顶宽沿儿老样毡帽。瞧模样:麻脸歪嘴,萝菔花左眼,缺耳,前有个小小的鸡胸,后有个凸背,左膀短,走路还带着踮脚儿。又见他手擎着一块白布,宽有一尺,长约二尺,两头竹竿绷紧,上面写着几行大字,几行小字。这人并不识字,一声大喝,说:"那小子,探头缩脑的做什么呢?"

却说贤臣暗恨在心,忍气吞声,假意赔笑说:"愚下乃行路之人,从此经过,颇晓的些风鉴相法。看贵宅大有风水,将来必出将相之才,故在此看。"言罢,把身一躬,说"休怪,休怪",回身就走。那人不管好歹,竟不容情,赶上去抓着领子,把老爷揪了个趔趄,几乎跌倒。口内说:"回来罢,大哥那里溜啊?闹的是怎么花串儿,你又会看风鉴相地,我们这里,又有风水咧!看你这嘴巴骨子,分明是来闯亮,瞧着无人,你好进去,有得手的东西,你好偷着走。遇着人,你就说瞧风水呢!怪不得昨日院子里晒的一床被窝丢了,是敢则你来瞧风水瞧了去咧!"贤臣听了,忽地大声嚷叫:"哎哟!委屈死人了。学生乃是斯文人,况且又是初到贵宅门首,如何昨日丢的被窝,便说是我偷去呢?"

正然吵嚷,从里面又走出几个人来。贤臣暗闪虎目,打量出来为首的这个人。但见他身穿皮袄、皮裤,青缎子吊面,羔儿皮披风,内衬着月白绫子小袄,足登落地白底缎靴,头戴貂帽,大红丝缨猩猩血一般。海龙领袖,兜着银边。长的轩昂架子,年纪定有五旬。惨白胡须,赤红脸面,浓眉大目。贤臣看罢,疑是本主来到,哪知他乃管家,姓张,名才,在本主跟前很是得脸。虽是恶人管家,不屈枉人,离着五里三乡,大有名头。此是闲言,不表。

单说那些恶奴,一见管家出来,俱皆垂手侍立。只见那人开言说道:"你揪的是什么人,因何吵嚷?"恶奴见问,连忙回话。口尊:"张大爷在上请听,方才我们在房,瞧见那人探头缩脑的在门外观望呢。我问他找谁,有什么事情?他说路过此处,因为瞧见宅院很有风水,必出将相。我说他信口胡言,分明是闯亮,偷盗东西。瞧见有人,要脱身逃走,故此我把他揪住。正要回明管家,请示请示,或是拷打,或送州衙,但听张大爷吩咐一句话,好把他锁捆起来。"管家张才听罢,面带怒色,气忿忿地瞧着钦差施大人。未知施公吉凶如何,且看下回分解。

第一百四十二回　酒肆闻霸道名姓　路遇得恶徒真情

话说管家听了门外吵闹，出来问了问，恶奴即对管家如此如彼告诉他一遍。管家一听这个恶奴之言，把贤臣上下打量了一番，不由得心中动怒，将眼一睁，叫声七十儿："你这个囚攮的，特地生事！我瞧此人的打扮，不过是个穷秀才，或者是教书的先生。现在他手拿相面的幌子，定然是他懂些相法。你坐在家里，哪知出外的难。为你这个莽撞生事，我说你多少。"骂的七十儿不敢言语，连忙把贤臣放开。

且说施公听见管事的这些话，就知是个好人。连忙往里一跑，口尊："长官爷，真乃眼力高超。学生何曾不是个儒流秀士呢？因为上京科举未中，羞归故里，故流落江湖，来到贵地。因无事可做，自幼学些堪舆相法，暂借此为生。因看贵宅有风水，我才站住。哪知这位出来，不由分说，把我揪住，说我偷出被窝，岂不冤屈。幸遇尊驾圣明，才说出学生清白来了。"那管家听了老爷这一片诳言，满口里说："如何呢？我就猜着的很是，再不错。不是教书先生，就是穷秀才。"言罢，叫声先生："你贵姓呀？"贤臣随口答应："岂敢，学生贱姓任。"大管家叫声："任先生，别理他，看我面上罢。礼当领教谈一谈，怎奈眼下我们老爷就回来，有些不便。"言罢，把手一拱，说："请罢，请罢，改日再会。"贤臣也盼不得离了此是非之地，也就拱手说："多承看顾。"言罢，大人迈步前行。一边走，一边想道，好个恶家丁，不亏了管家来善劝，施某一定吃苦，细想来真可恨。

贤臣想罢，不觉离村有半里多地，忽见路旁有一茶馆带卖酒。大人迈步，遂来茶酒店，一来有些干渴，二来探访恶人的名姓。见里面放着一张桌子，两条板凳。有个人在那里坐着打盹儿，一见大人进去，连忙站起，把老爷打量一番。问："客官爷，是吃茶呀吃酒呢？"大人坐下，说："倒碗茶我吃。"那人连忙拿了茶杯、茶壶来，将茶呈上。老爷斟上茶，手擎茶杯，眼望那人，叫声伙计："宝铺的生意可好？"那人说："好啊，托客官爷的福。"

贤臣说着话，搭讪着，就问说："掌柜的，宝铺东边儿那一所房子，是个什么人家？"那跑堂的来至贤臣跟前，对面坐下，低言叫声客官爷："你既不是这里人，我告诉你料无妨碍。说起来，那所大宅院，村名叫作独虎营。要问庄主姓名，人人听了打个冷战——恶阎王罗似虎。人人都晓，又有银钱，又有势力，万恶滔天，专害良民。他弟兄四人，大爷净身，现在千岁宫内当总管。康熙佛爷宠爱，封他是阿哥安达。他二爷、三爷，在京都中沿河做买卖，有两座金店，当掌柜的。唯有罗老叔在家享福，捐纳候选州同六品职衔。不守本分，胡作非为，爱交光棍，包揽官事，开设赌场,讹诈富人,喜玩斗鸡鹌鹑。听说,新近又入了穷家棍子头,越发的作恶了。霸占人家房产地土,硬教人家给他纳税银。若要不依,送到州衙枷打了,还得应允。更有一宗,可恨之至——好色贪淫。家中妻妾已有十几个,还在外边霸占人家妻女。瞧见谁家妻女美貌,硬教媒人提说。若是不应,就使讹诈,说人家从前借过他几百银子。放账滚利,利上又滚利,加二加三还是小利钱呢。那家若是还不起,就打算人口。女子貌美,给他为妾;幼童貌美,他硬鸡奸;不美的,作为奴婢使用。无人敢作声。不然就要田房。若说了句不允,立派恶奴锁拿到家,打死了无处伸冤。哪怕你告遍衙门,总不准情。许多恶处,一言难尽。不知害过多少人咧! 私刻假印,讹诈州县。家中安炉,私铸铜钱,造作假银。若要出门,众恶奴前后尾随一群,他比州官还有威风。民人见了,两旁躲开。新近听说出了一件事:他家使的一位仆妇,有些姿色,硬行奸淫。后为本夫知觉,恶棍恐生不测,活活将本夫打死,分八块捺在河中。客官爷,你想一想,恶棍如此行为,怎不令人憎恨?"

施公听了过卖之言,把脸气成个焦黄,咬的牙齿响。那伙计一见这光景,口中说:"啧啧啧! 我的客官爷,这不是胡闹吗? 因尊驾再三问我,我又瞧着你不是我本处人,我才告诉你这底里深情,哪知你有这么大气性呢? 罢罢罢,我的爷,你喝碗茶,快些请罢! 趁早儿别给我们惹祸。若教罗府人万一听见,我们是吃不住。不然,你老要气出痰火病来,那是玩儿的吗?"贤臣闻听,把气略平了平,假意带笑,叫声掌柜的:"休要着急,我也不过听着令人憎恨,与我什么相干呢?"过卖说:"这句话,尊驾言之有理。我见爷的脸色都已变了,故此我才着急。"贤臣说:"还有一件事不明。请问这等恶霸,难道官府都不知道吗?"过卖摇着手,说:"休提此处的官员,谁敢惹他? 与他都是朋友相交,弟兄相称。前任州官,为接了告状的呈状,将他大管家传入衙门。尚未讯问,恶棍便差人上京,与大哥送信去。几日工夫,京里的千岁官旨意来咧! 把一个州官撤根子抹了回家。因此我才对你说说。"贤臣点了点头,说:"伙计你把酒烫上两壶,再剥两个鸡子我吃。"过卖答应,走去筛酒。不表。

施公独坐,心中暗想,可恨景州众官,枉吃皇上俸禄。属下有这等恶棍,不能办理。施某盘问,又相隐瞒,不能首举。正思着,忽听酒铺门外乱哄哄的人声吵嚷,只见一群人都跑出铺门外站住。

贤臣当官府来到,细看,又不是衙门式样。贤臣纳闷。又见来了一匹马,马上一人,相貌凶恶,两手捧着一件东西,足有二尺多长,外面罩定黄缎子套,不知是何物件。随后,又来了两个人,打扮的格外两样。一个骑着走骡,色黑如墨;一个骑的叫驴,色白如银。一个穿小毛皮袄裤,灰绸面,一斗珠皮褂,黑漆漆的起亮,两边露着荷花手巾,俱时新式样,头戴貂帽,生丝缨子,一色鲜红,足登青缎尖靴;白面无须,一双吊角眼睛,年纪不过三旬。一个身穿皮袄,不套外褂,里外发烧,腰中系着鸡皮绉搭包,足登紫绒毡靴,头戴双重东瓜帽,算盘顶儿相趁,倭缎云镶;浓眉大眼,满脸横肉,酒糟鼻子,四方口,赤红脸,连鬓胡须,身体庞大,在驴背上,还有三尺,挺腰大肚,长的恶相。二人并肩而行,后面跟人,一窝蜂相似,也有步下走的。又见揪着一人,那人直往后拽不肯走。马上的跟人,直用鞭子打。那人疼痛难忍,直嚷求饶。贤臣看罢,沉吟了半晌。忽听旁边一人管着那边一个人叫声第五的:"今日可尽了二皮脸的量了。他终日喝得醉醺醺的,满街上乱骂胡闹呢。今日可碰的钉子上咧!"那一个说:"不知他怎么惹着独虎营罗老叔咧?"这个说:"因为罗老大爷从我们村里出来。正遇见二皮脸,喝的涨涨儿的在那里骂街呢!被罗老叔看见,叫他的家人就带起来了。这一带回家去,轻者二皮脸有一顿棍挨。"那一个又问说:"罗老叔望你们村中怎么去了?"这一个说:"啧啧啧!我的糊涂爷,你没瞧见那个骑驴的,不是我们村中万人不敢惹的石八太爷吗?"贤臣也在一旁。忽见那群人,有一人望骑驴的说了几句话。

　　贤臣离远,虽未听见,估量着此处乃是非之地,不可久留。才要进馆会钱起身,又听那二人讲话。总是施公目下合该有场大祸,不由得又要探听冤家头的恶处,好一并擒拿问罪。只听那一个叫声三哥:"只因我去京中,做了二三年的买卖,哪知咱这里,就有这些缘故。请问这石八不亚如一路诸侯?再借着太后宫中王首领的脸,连坐四人轿的,都合他们相好。石八爷家里,本来也够了分咧!倚财仗势,纵容手下的小将们在外,无所不为。这穷家一伙子,总有十几个人,都是磕头弟兄。石八算是头一个,有渗金佛吴六、泥金刚花四、破头张三、闯粗胳膊邓四,要钱硬讹诈。短辫子马三、白吃猴儿郭二,他两个集市上私抽税务。还有崔老叔,外号叫秃爪鹰,单陪阿哥玩雪白脸儿外孙,若要叫瞧见,吓得冒走真魂。恶棍徒七恍,外号儿叫铁嘴儿,单讹牙行客人。火烧铛上,他盘腿儿坐着,浑身脱个精光,烙出一身燎浆泡来。五股高香点着,胳肢窝夹裹,一个时辰不害疼。外有真武庙六和尚,他是盐商一个替身,吃喝嫖赌,爱交匪类。只可恨咱这里地方官,连一个有胆的也没有,都是些无用怕事的攘包货。昨日闻听人说,奉旨钦差点了一位镶黄旗汉军的施老爷,往山东赈济放粮,一路上严查贪官污吏,又拿恶霸土豪。听说,把德州有名的皇粮庄头黄隆基,外号叫赛敬德这恶棍,硬拿了开刀问了斩咧!真正的这才是位好官呢!什么时候来到景州访一访,拿住这伙子恶棍治罪,那才显出报应来咧呢!"贤臣在一旁听罢,心中正自思想。忽从外面进来了一群恶棍,揪住贤臣衣襟不放手。不知所为何事,且看下回分解。

第一百四十三回

恶阎王诓请相面
施贤臣巧用说词

话说施公访着了凶徒的住处名姓，又得了杆儿上石八这些人的底细，恨之已极，一定拿住治罪；再将太后宫与千岁宫的两名首领，一齐参倒，才称心愿。思念之开，肚内饥饿，只得喝碗茶，吃了两个点心。会了钱，才要起身行走。忽见从铺外闯进人来，走至老爷跟前，把眼上下先打量了一番，上去用手拉住，叫声先生："想必你会相面。"贤臣随口答应说："略晓一二。"那人说："走罢！先生跟我到我们家里，给我们爷相相面。"贤臣说："令恩主是那位老爷？"那人说："要问我们上头，是独虎营罗四老爷。"贤臣听了，不由打了一个冷战，心内暗说，不好，施某眼下有祸。无奈勉强支吾，口尊："众位，如要相面，请到这里来罢。天气晚了，愚下还有事，二则要赶路程。"只见又有一人插嘴，叫声先生："你怎么这样不懂？你叫我们老爷往这里来罢，好不懂事咧！我们下一请字，你倒这么不识抬举，拿糖摆式的。伴儿们过去揪住他，看他走不走。"又有几个做好做歹的，一齐说话。贤臣是个居官之人，岂不懂这混话？奈衙役不在面前，难以违拗，少不得走一场。无奈，叫声众位爷们："请先行，愚下走就是了。"言罢，贤臣在后，众奴在前，一齐走出酒铺，竟奔独虎营而来。

不多时，来到恶霸门首。进了大门，见门底下奴仆无数。众恶奴内有一人叫声哥儿们："谁去回爷一声。"去不多时，就出来说："爷吩咐，叫你们把相面的带进来呢！"七十儿答应，至大门以下，高声说："爷吩咐咧，叫把算命的带进去呢！"众奴答应着，拉着贤臣就往里走。七十儿望着贤臣说："老伙计，头前你说我们宅是有风水，这一会你可进去细细的端详端详。"老爷也不理他，跟定恶奴往前走。忠良暗自思想：事情业经访真了，只怕眼下祸患不小。猛见有一恶奴走出来，叫声老七呀："先把相面的带过来站住。等罗太爷发放了二皮脸，再带上他去。"这一个闻说，把大人带到穿廊底下站住。

大人从人背后闪目留神，往里观看，但见厅内迎面上坐着二人，就是头里骑驴子的那个人。两旁站立恶奴不少。只听恶阎王罗似虎手指着那人，骂声："王八羔子，你是什么东西？竟敢见了我与你八太爷，还敢满口的胡言毛嚼地讲闯。我的人说说你，你还敢不依，要打架，你反了咧！你也背地里打听打听，漫说是五里三村的庄民，就是那些府县的当差、书吏人等，他见了我们，哪一个不是垂手侍立地站着？哪像你这撒野的凶徒，不懂眼。"又见显道神石八，望着罗似虎，叫声老兄弟："你也特烦咧！哪有那么大粗的工夫合他劳神。不用问他咧，他的眼眶子也甚高，瞧不起你我，纵然把他打一顿，他也未必怕。不如拿石灰，把他狗入的眼睛揉瞎，就算完了。兄弟你没我爽快，但有撞了我的，不是把他滑子骨拧断，就是把他眼揉瞎。"罗似虎听了，吩咐把石灰拿来。任凭二皮脸怎么哭嚷哀求，众奴不肯容情，按住他，登时把眼睛揉瞎，抬出去了。不表。

且说厅外贤臣，只恨地暗骂道，我把你两个剁鲊的奴才！这是怎样个王法，如此可恶。即便冲撞了州、县官的马头，也不至如此治罪。罢了，罢了！我施某依仗主子的洪福，出了贼宅，合你两个算账。

老爷正恨，又听上面的石八说："老兄弟，我走咧！"说罢，起身。罗似虎把石八送出门，回到厅房坐下，吩咐："快把那相面的叫上来。"恶奴答应，跑出来一点首，冲着贤臣说："大爷叫你呢。"老爷忍着气，一边走，一边偷眼观看。但见厅内陈设何等齐整，也难为他内监哥哥，怎么挣来的有这分家私，可恨恶人不会享福。

且说上坐的恶阉王罗似虎，一见相面的进来，留神闪目观看，只见他穿戴了打扮难看，再配着其貌不扬的资格，恶人看了，不由得好笑。他哪知贤臣的贵处。贤臣在一旁，手拿着一块白布，一尺多宽，二尺多长，上写着"学看相"三个大字。又写着"全不识山人"五个小字。两旁又写了两行小字，一边是"残眼能观善恶分贵贱"，一边是"歪嘴直言祸福辨忠奸"。恶人看罢这两句话，不由得心中吓了一跳。暗道，好个施不全，他竟特意地来有心访我，立刻追他的命。不知是真是假，暂且留下狗官性命，问他的来意如何？但有一句话，必须如此这般。恶人想罢，眼望着手下的家人，叫道："小子们不用拉他咧，叫他慢慢走，想必是他腿上有疮，不得动转。"贤臣闻听，暗说，这样慢待斯文，爽利是一点儿一点儿的蹭罢！一边里蹭着，一边里心中暗叹说，罢了，罢了，我施某现作朝廷的钦差，怎么倒给一个白丁行礼呢？要不依着他们，现今又在贼宅，就如龙潭虎穴。恶人一恼，我施某就是眼下不测之祸，就讲不得失官体咧。一拐一点的，走到恶棍跟前，说："财主爷，艺士这里有礼了。"言罢，只得哈了腰，做了个半截揖。恶人一见，不由得大笑，口说："啊啊啊，好说，好说！"众恶奴才要狠，督着下跪。恶人把手一摆，说："你们拿个座儿来，叫他坐下，好给我相面。"恶奴答应，取了个凳子来放下。

贤臣坐下。恶棍叼着烟袋，手把鹌鹑，叫声麻子："都姓什么，那里人氏，怎到我们这里相面来了？"贤臣闻说，暗道，好哇，施某做官，越发体面咧，又有人叫起麻子来了！我只得忍在肚里。回答说："财主爷在上，贵耳请听：学生姓任，贱字方也。祖居福建，现住北京地安门内，锣鼓巷。自小攻书十数载，侥幸身列黉门。因为今岁乡试未中，心中一气，离家要到山东访友，偏偏扑了得空，故此流落贵处。盘费短少，因我幼习堪舆相法，不过暂取路费，好登路程。"恶棍闻听，点头微笑，说道："麻子，你方才说什么？那块布，又写着是什么幌子？'全不识'几个字，你别是倒过来念罢，你是施不全罢！"贤臣闻听，打了个冷战，口尊："财主爷，要问'全不识山人'五个字，乃是愚下自撰的草号。因为招牌上那两句话，口气过大，恐怕久闯江湖的那些老先生瞧见了恼我，故此写着学看相的'山人全不识'。识者，认也。方才尊驾说什么施不全，我不懂得这是什么话？"恶棍口内冷笑说："你自然不懂得。你不懂得，我可懂得呢。咱也别管是'施不全'，是'全不识'，你先相相我后来还有造化没有呢？"贤臣闻听，故意站起身来说："尊驾把冠往上升升。"恶棍依言，把帽子往上一托。老爷又端相了一会，说："尊驾今年贵庚？"恶棍说："我今年二十四岁。"贤臣说："财主爷这副尊容，好比浮云遮住太阳光，休怪直言。看贵相，四岁至十四岁，这十年讲不起丰顺，连衣食也不足——其相应饥寒。怎么说呢？相书上说的好：'眉低散乱妨少年，奔了吃来又奔穿。'难得尊驾这一双眼，乃是将相之眼。十四至二十四，正走眼运，好比'一轮日照浮云散，万里光华耀满川。'愚下直言，并不是奉承。尊驾自二十四岁往后，有五十年旺运，不但大富大贵，只怕后来还有个一字并肩王的造化。多亏一个似阴非阴、似阳非阳的贵人扶助。子宫迟立，寿有八旬。此愚下直言，财主爷休怪。"

看官，老爷一派谎言，不过是为自己身在危地，方才又被恶棍看破了招牌上的语言，知道是施不全前来私访，故此打算奉承他几句，叫他放自己好出虎穴，发兵来拿他。哪知竟被老爷诌着了。老爷说他四岁至十四岁，运气不佳，那时恶棍的老子，给人家做长工呢。当差的哥，还未得时。他妈妈缝穷。自己捡长粪、挑苦菜卖呢！老爷又说他有一个并肩王的造化。他想着，康熙皇帝万年后，千岁爷坐了殿，他哥哥把他带进去，千岁爷要一喜，就许封了他个王位。哪知贤臣是个哑谜：说他不久便要过刀，乃是亡故之词。闲言不表。

且说恶人罗似虎被施公几句奉承话，眉开眼笑，心里甚欢喜，有放贤臣之意。不知究竟如何，且看下回分解。

第一百四十四回　乔四怒激罗似虎　恶霸拷打施大人

话说罗似虎被施公一片奉承言语，说的眉开眼笑，恶人就有释放贤臣之意。忽见乔四在众人丛中站立，两眼不转睛的望上瞅看，耳内留神听话。他听见施老爷一派谎言，说的罗老叔喜出望外。沉吟半晌，心里明白，怕罗老叔心中一喜，放了忠良，他哥的仇就报不成了。急迈步走到恶棍跟前，一条腿打了千儿，说："小的回舅老爷，千万别听他话。他竟是习就的一片熟套，信口胡诌。舅老爷要是听他的话，那就误了大事咧！若放了他，只怕连舅老爷都有不便。"恶棍一听此言，叫声乔四："你认真了他是施不全吗？"乔四说："小的千真万确，认得他是施不全。一来他亲到过我们村庄，二来他将小的主人拿进德州衙门亲审，我随后暗跟着打听。曾见过他两次，岂有不认得的？"

看官，施老爷先前只打量他是看出招牌上的破绽，再不想他是皇粮庄儿的至亲，被这人早泄了底，说是施不全。这会子，贤臣如梦方醒，才知黄隆基是恶人的姐夫。说话的人，是乔三的兄弟。此时，老爷犹如高楼失脚，扬子江紧溜横舟。腹内想，罢了，罢了，活该施某命尽，才遇见对头仇人。

老爷正然害怕，只见恶棍登时把脸撂将下来，叫声施不全："你好大胆！我要拿你，还怕拿不住你，竟敢找到我头上来咧！"施公此时出于无奈，只得壮着胆，口尊："财主爷，旁人之言休听。学生头里禀过，我乃真正是看相卖卜之人，如何把我认作施不全？学生不懂得他是谁。他与府上有仇，财主爷千万休要委曲好人。"恶棍闻听，微微冷笑，叫声施不全："你不用装假，虽然我不认得你，可有人认得甚准。我且问你，我们姑老爷与你有什么仇，你把他拿去问斩抄家？"恶棍说着，不由动怒，手指贤臣说道："你倚着你是钦差，不过是威吓知府州县，怕你提参。再者，你来是为赈济之事，差满就进京交旨，何以无故杀人？黄隆基与你何仇恨，将他问成斩罪？实告诉你，我与黄隆基为姑舅至亲。你到我家，是自投罗网。"施公自知事情不好，性命不保，只得花言巧语诓哄恶人，不但不露惊惶，反带笑容，望着恶阎王罗似虎，口尊："财主老爷，过耳之言，不可听信。再者，尊驾是圣明之人，我若果真是钦差，任你斩杀也不委曲。学生本是相士，抛家失业，才到贵村，拿我顶缸当作仇人，岂不损了阴功？"

恶人闻听，犹疑不定。恶奴在旁插言，叫声施不全："你不用巧辩！想要逃命，万不能够。你瞧着我舅老爷好哄，怎能哄得了我乔四？我自幼跟着我们老爷，走南闯北，无论是什么人，一经我的眼，就断他个九成儿。何况你这个资格好认的：前鸡胸，后罗锅，短胳膊，麻面歪嘴，左眼萝蔔花。我猜你走道儿，还是个踮脚儿咧！是不是？"贤臣说："尊驾何苦只赖我是施不全？俗语说'人有同貌人，物有同形物'。"乔四说："任凭你说得天花乱坠，也不放你。只怕放了你，就误了大事咧！慢说你是肉身，你便烧成灰，我乔四抓把闻一闻，就知你是施不全的味儿。别耍巧咧，教你坑的我们主人、奴才，死的死，逃的逃，家破人亡。你又跑到这里充实人来。你也想一想，你的行为毒不毒！我哥哥已经是跑了，就是怕了你咧！你又搬砖弄瓦，教人把他淘寻着，将脑瓜儿片下去，你才歇了心。幸而我跑得快，逃到这里来。不然，这一会子，也早就他娘的死了。"言罢，望着罗老叔，叫声舅老爷："千万别听他的话。俗言说：'抄手问贼，谁肯应呢？'舅老爷想想，他要不是施不全，他就立刻跪下叩头，恳求舅老爷呢。看他还是大人的架子，站着说话，皆因他怕失官体。再者，舅老爷你想想，我的主人与你是什么亲戚？舅老爷要不替他报这个仇，以后怎么见我们的奶奶？这是一。二来他又扮作相面的先生，到咱们庄上来。他必是打听出舅老爷与主人是至近的亲戚，终必想一并除害。不是小的多嘴，舅老爷若是放了他，犹如纵虎归山一般。"

看官，乔四说的话，不亚如火上加油。一片言语，就把罗似虎怒激起来了。又遇着恶奴七十儿，想着头里为施公受了张管家张才一顿骂，他心里正没出气。一闻此言，他也跑过来加火儿，单腿打千儿，说："小的回老爷，这相面的，千真万确是施不全前来私访。怪不得爷头里未回家时，他就在咱们大门口儿走过来，走过去，探头缩脑的好几次。"恶人罗老叔闻听这一片话，不由得得冲冲大怒，骂一声："好，该死的狗官！怎么竟敢访你老太爷来了！小厮们，快拿马鞭子来打这个狗官！"恶奴答应，登时手拿藤鞭三四把，专听主人吩咐。恶棍高声叫道："快打！问他访我何事？"众恶奴上前动手，倒揪领子，按在地上，用鞭子照贤臣打了去。只听唰唰地响，好似雨点一般。贤臣两手抱着脸，疼的浑身乱抖，料着有死无生，不能报答君王。有《暗叹》七绝一首：

一点丹心照太空，浩然正气贯长虹。

君恩料得难于报，直待来生再尽忠。

移时，恶阎王见施公这样光景，吩咐恶奴说道："你等暂且住手，待我问明。"众奴闻言，连忙住手。施公一翻身，坐在地上，二目紧闭，一言不发。恶阎王叫声施不全："你不用合我装着了。给我细说，扮作相面的到门上，为何事而来？"施公二目睁开，望着恶棍叫声财主爷："我要是施不全，好说来历。我本不是，教我说些什么？"恶棍说："抽了顿马鞭子，还是这样嘴硬。老太爷今日倒要试试你的横劲。这等马鞭子，不过先给你送个信，再要不招，比这个辣的还在后头呢！"众恶奴在一旁，齐声大喝说："施不全快招！"贤臣腹内说，好一起剁鲊的囚徒！本院今日倒被这起狗奴威吓起来了，正是"龙离沧海遭虾戏，虎落平阳被犬欺"！我施某就拼了一死，万不可说出真姓名来。想罢，叫声："众位不用威吓，我愚下也不求生，要杀要剐，只要早些给个痛快。我不过做个含冤之鬼。财主爷损这儿阴德,叫我什么施不全,那可不敢从命。"恶阎王说:"你想早些求死,那里能教你痛快死咧!还用惩治二皮脸的方法惩治你。"吩咐:"拿石灰来揉了他的眼罢!"恶奴答应,登时把石灰取来,又吩咐揉起来。恶奴答应,一齐上前。贤臣暗说,这可罢了,纵然不死,也成了废人咧!

忽见从外边走进一人来。不知说些什么,且看下回分解。

第一百四十五回　张才求情暗救贤臣
小西下帖巧逢天霸

　　话说恶棍吩咐众奴捺倒施公，用石灰揉他眼睛。众奴才要动手，从外面忽然走进一人，高声叫道："且莫动手！等我见爷，还有话说。"你道此人是谁？乃是大管家张才。

　　但见他走至恶棍罗似虎跟前，在一旁哈着腰站定。恶棍说："你这半日那里去来？"张才说："头里吴家村的王举人，把小的请去，就为那杨龙、杨兴的那宗事。他如今情愿拿出一百两银子，赎他的表妹。还求爷开恩，告诉州里，不拘怎么，把杨龙、杨兴打几板子放了罢！王举人说，明日亲身来给爷叩头。"恶棍摇头说："不中用，王举人他又充怎么有脸的？等他明日来再说罢。"张才复又说道："小的不知这相面的先生犯了什么罪呢，又绑他？"恶棍说："他是施不全私访来了。"张才说："爷知道吗？此人头里小人问过他，他是今科乡试未中的秀才，叫任方也。因为投亲不遇，故此相面为生。哪来的施不全？再者呢，施不全他乃奉旨钦差，走动八抬大轿，全副执事，多少官役尾随，不亚如康熙爷的圣驾出京。他那有许多的工夫，这样冷天来私访呢？休要委屈无过之人。小人在外面听见人说，施不全于初四日才能到景州南留集上。明日才能到那里，今日那有施不全呢？"恶棍闻听，说："既是这样，暂且教他多活一夜。明日要有施不全过去，可便放他。若无施不全过去呢，不用说，一定是施不全来私访，再要他的性命也不迟。小厮们，把他捆起来，锁在堆粮仓房里去！"众奴答应一声，遵恶棍的吩咐而去。张才本意要替贤臣求情，教放了他。见主人的话口紧，也就不敢往下说了。恶棍站起身来，往后院而去。老爷在恶棍宅中受罪。不表。

　　且说关小西，奉老爷之命，往王家屯王善人家送拜帖。出驿馆上马，登时出城，眼看太阳平西。壮士心急，想着送帖回来，还要赶紧进城。打听得离城只八里地，眨眼之间走到。瞧了瞧，果然有座大庄院，庄前有座铺面。好汉下马，将马拴在铺门外，想着问个信儿，省的寻找。忽然从南来了一群马，从此经过。小西的坐骑是儿马，瞧见母马，挣脱开缰绳，赶着那群马，咳咳乱跑。小西一见，慌忙赶去，只见前面群马之中，有个人骑着马赶马，内中就有自己坐骑。好汉大声说："大哥略站一站！我的马在你马群内了。"那人扬扬不理，赶着马越发跑得快，展眼跑出有二里之遥，只见那人将马赶进大门里去了。好汉跑到跟前，大门已闭，上前把门打了三响。看官你道此是那家？就是王栋的亲舅家。

　　前已表过，此人乃临清人，移居在此，名叫丁彪，外号神行太保。年六十四岁，身高六尺,背阔腰圆,说话声如洪钟,一顿吃五斤肉,六斤的面饼,能打少壮小伙子六七十人。幼年以保镖为生,目今已挣成家业了。关小西叫门半响,无人答应。好汉动怒,用脚把门一踢,惊动里面众位徒弟,一齐开门跑了出来,望着小西开口说:"你是那里来的,踢我们的大门?"小西勉强赔笑,尊声:"众位,方才小弟惊了马,跑入府上马群之中。"众人说:"谁见你的马来? 也该打听打听,谁敢砸太爷的门? 还不快些滚开!"小西一听,心中大怒,骂声:"挨刀的,休得无礼! 明明昧下我的马,还敢开口伤人,快快送出来无事。少要迟延,就是饥荒。我要一恼,拆了你的窝巢,还是要马。"一脚踢开一扇门,捽倒了三个人。那几个一见了,齐声大骂,围住小西乱作一团。丁太保正在那里配药,忽听得外面闹吵吵的乱嚷,正自怀疑。猛见家中使唤的一个人,名叫大哥儿,喘呼呼的跑进来,叫声:"老太爷,不得了! 不知哪里来了一个醉汉,一脚把咱的街门踢下来咧! 那些小大叔们围着乱打呢!"丁太保一听,也顾不得配药咧,连忙甩去长衣搭包,急迈步出房,来至前院。噗! 使了个箭步,蹿至门下,一声大喝:"什么人找上门来撒野?"

好汉关小西,一见里面又蹿出来了一人,虽然手里招架着众人的拳脚,眼里不住地瞅着里人。恐其上来帮手,好汉留神预备。哪知老英雄见他八个徒弟围着一人动手,自己也不好意思上前,只得在旁边观其胜负。只见那一人蹿蹦跳跃,拳脚的门路精熟,不亚如一只疯魔的猛虎。丁太保点头暗夸,就知受过高人的传授。猛见二徒弟呼雷豹,被那人一脚踢出四五步,扒在地下直哼! 大徒弟独眼龙,他乃是墙上画的鱼———只眼,冷不防备,被小西一拳打中了好眼,登时肿起来了,独眼龙竟成了瞎眼咧! 丁太保一见,又气又恼,骂一声:"无能的业障们,还不住手吗? 八个人打一个,还叫人家打了。"言罢,又回叫一声朋友:"你贵姓?"好汉说:"我姓关。"丁太保说:"关朋友,方才我见你的拳脚,都使的好。你果然是一个汉子,敢与老夫比拼三合吗?"关小西哈哈大笑,说:"来来,那群奶黄未退的孙子们,还不是关爷的对手,你这老牛其奈我何!"丁太保心中大怒,骂声因徒:"休得胡说! 你太爷开恩,让你把衣服脱了,好和你动手。"小西也不答言,将马褂子、皮袄脱下,又将帽子摘下,连拜帖放在一处。丁太保往后退几步,两手抱拳,说声:"请!"关小西见他如此礼貌,也便拱手说:"请,请!"言罢,二人拉开架式。不表。

且说黄天霸回明了大人,要去找王栋,登时出了城,一边骑着马走,一边想。猛见前面有座村,速速催马前行。展眼进村,抬头看见路北有座宅舍,门口四根旗杆,门上悬着金字大匾翰林第。好汉腹内暗说,虽然听见王哥常提他舅舅丁三把是个财主,并未听见说是什么前程。这所宅子挂着翰林匾,大约不是。猛见里门出来一个须发皆白的老者。天霸连忙下马,带笑说:"请问老人家,这里是姓丁吗?"老者闻问,带笑回答说道:"这里不姓丁,此乃翰林院王宅。"天霸又问:"可是与王希老爷一家吗?"老者说:"不差,太老爷就是王希老爷的堂弟。我们大老爷在任上,二老爷是光禄寺少卿。你是那里来的?"天霸说:"我乃钦差施大人的长随。请问老人家,方才有我们的伴儿来下拜帖,见了没有?"老者摇头说:"并没见有什么人来下拜帖。"天霸说:"呵,莫非不是这里?"老者说:"请问,这位大人,莫非是做过顺天府尹的施老爷施不全吗?"天霸说:"不错,正是。"老者说:"该回过敝上,前去叩见,才是正礼。怎奈我们大老爷、二老爷都在任上,太老爷现又染病不起。借重尊驾回去,替我们爷请大人的安罢!"天霸回言:"好说,好说。还有一事,请问老人家,此地有个保镖的丁太保住在那里?"老者说:"哦!你问先保过镖的丁太保?他家离此六里地,名叫做回子营。那里一问便知。"好汉说:"多承指教。"两个人哈了哈腰儿,分手。

　　天霸上马,直奔大路,顷刻就走了五六里。天色将晚,幸而天上有月。只见前面一村,好汉催马进村。走不远,前边路北有座大门,门前围的人不少。好汉勒马观看,但见门内是个空院,院内有一群人,还有两个人比拳脚呢。天霸为人,一生好武,瞧见这比试武艺的,也顾不得找人咧!坐在马上,留神观看,打量谁赢谁输。只见二人你来我往,不分胜负,好似二虎相斗。天霸就不住的喝彩。又留神细看,是关小西与那人比着输赢。好汉下马,挤入人群。暗自忖度,有心招呼一声,小西必回顾看我,倘被人家趁空打来,他必受伤。欲待上前帮助,又恐他与此人相契。再等一刻再作主意。想罢,复又观看。看了一会子,猛见几个人进去,取出几件器械来围住小西动手。天霸不由心中大怒,把二手往左右一分,蹿到当院。众人被好汉拨拉的,一溜歪斜栽倒了几个。且说天霸,一声大叫:"咮!好囚徒,我黄天霸在此,休得无礼。"看官,黄天霸道出姓名,为的叫关小西知道他来好放心。且说关小西一听此话,闪目一看,果是黄天霸。暗想道,黄老弟他怎么也来到此处?哦!是了,必是施大人不见我回去,故打发他来找我了。

　　且说老英雄丁太保,猛见一人蹿到眼前,自称黄天霸。老英雄心中多疑,高叫:"孩子们,且别动手。"又叫:"关朋友,你也且住手。老夫有句话说。"言罢,走至天霸眼前,上下打量了一番,执手开言说:"请问尊驾贵姓黄吗?"天霸说:"咱姓黄,怎么样?"丁太保满脸带笑说:"有位飞镖黄三太是你何人?"天霸见问,也就以礼相答,口称:"不敢,那是先君。"老英雄听了,赶着与好汉拉了拉手儿。口称:"黄兄,恕我眼拙,失敬失敬。早已久仰大名,今日得会,三生有幸。话不说明,老兄也不知晓。当日愚下保镖为生,在苏州路上,亏了令尊三太爷,仗义让我两镖过去,那时我就感激不尽。又蒙李红旗李兄引进,与令尊结为契友。"天霸听说他姓丁,连忙说:"有位王栋兄,可是令亲吗?"丁太保回道:"那是舍甥。"好汉也就拉手儿说:"恕罪。"又将特找王栋的来意,说了一遍。

　　且说关小西在一旁,见他二人说说,说到一家儿去了,听了半天才明白。

　　且说丁太保将天霸、小西让进书房坐下,又与小西赔罪。关小西也与丁太保作揖。丁太保又叫徒弟们进来,与二位好汉见礼。但见大徒弟独眼龙的好眼被小西打肿,二徒弟呼雷豹的腿也踢伤了。关小西一见,到觉脸上发愧。太保吩咐摆酒,登时摆上酒饭，让天霸、关小西上首，丁太保陪坐。饮酒间，叙起话来。丁太保才知他二人是保施公往山东赈济。又听小西说因为马跑到他家，他追来要马。丁三把闻听大怒，立刻叫人到园内去查看，果然查出。老英雄问众徒弟是谁放马去来，要味下马？问来问去，是独眼龙放马去，拐来此马。后来有人找上门来要马，他执意不给，才惹的关爷动气。老英雄骂声："打嘴的奴才！怪不得关爷把你好眼打瞎，你干的就是瞎眼的事。罢了，此刻我不究了，明日再和你算账。"天霸、小西再三相劝，不觉饮至四更，这才撤席。安歇片刻，交了五鼓。刚到天亮，天霸与小西起来，穿衣净面，整顿齐备，告辞丁彪要走。老英雄苦留不住，又送了法制的伏姜，令人牵出两匹马来，把天霸、小西送出大门。三人彼此哈了哈腰儿，这才分手。要知后事，且看下回分解。

第一百四十六回

活人命得知消息
救恩官暗探吉凶

话说黄天霸、关小西在回子营,告辞丁太保,要赶紧进城。出村正遇天降大雾,不辨东西南北。行走之间,马不前进,四蹄乱进,往后直退。天霸知这马的毛病,估量着前途必有岔事,就不紧催了,连忙下马。关小西忙问道:"此马不往前走,是什么缘故?"天霸说:"关哥你不知道,我这马有个贱恶,慢慢再告诉你。"言罢,将双镫连在马鞍之上,将鞴撩起系好。叫声关哥:"拉着这马,只管前走,头里等我,我随后就来。若是工夫大了,你只管进城去。"小西只得拉着天霸的马,从西北绕道而行。不表。

且说黄天霸见小西去后,把皮袄襟掀起,大踏步紧往前走,眼内四下观看。但见路旁雾罩罩的,细看是一攒大树林。好汉刚然走过去,忽听背后有脚步响声。回头一看,却是一人手举棍子,照着好汉的腿要下绝情。好汉双足一蹦,蹦起有三尺多高。那人打了个空,举棍又照顶门要打。天霸瞧着棍离不远,将身一闪,伸手抓住那人的棍,往怀中一拽,复又往外一撺。只听咕咚一声,把那人栽了个仰八叉。天霸赶上,踩了一脚,叫脱皮袄。贼人心里暗说,我若不脱皮袄,他把棍子一按,我就死咧!不如暂且脱下,然后再调人来,将他拿住,以报此仇。就只是见了众伙计,我面上无光。贼人正打主意,只听好汉一声说:"你再不言语,我也要动手了!"贼人见好汉动怒,连忙哀告说:"老爷息怒,且莫动手!放我起来,我脱就是了。"好汉闻听,放起贼人,令他把皮袄脱下。

天霸肩扛木棍,挑着皮袄往前走,见前面树上隐隐约约似乎有人。好汉暗说,这树上不像个人嘛!此乃隆冬之时,这人在树上做什么呢?莫非是要上吊?英雄想罢,连忙紧走几步。相离不远,看了看,是在树上捆着呢,全身精光,脸如白纸,二目双合。好汉就知是被贼所害。贼把衣裳剥去,便不管草死苗活。暗说,我有心搭救此人性命,又恐耽误了工夫,施大人抱怨;待要不管,那有见死不救之理?也罢,我先看看还有救没有。好汉于是把棍子皮袄放在地下,上前伸手摸一摸那人的心口,忒忒乱跳,还滚热呢。又摸口鼻,尚有热气。好汉说:"有因儿,合该咱俩有缘。"言罢,把绳松开,放倒他在地。回手又将大皮袄拿过来,叫声:"老兄啊!这是我干儿子孝顺我的，帮了你吧。"说着，给那人披在身上，又将那人的嘴撬开，瞧了瞧，塞着一口的棉花。好汉与他伸手掏出。猛见那边尘土飞空，像有许多人来。相离不远，但见七八个人赶来，尽都是彪形大汉。恶眉凶眼，来势正勇。那些人，猛见好汉举棍把旁边石台打碎，忽又上树如猫，暗暗惊慌，把雄心退了一半，就知此人是个英雄。互相观望，不敢前进。

内中恼了一人，混逞好汉，大叫："哥们且后，待我拿他！"言罢，手举铁尺，撩衣前进。天霸在树上早把镖擎在手中，照准贼人手打去。只听唰的一声，"哎哟"，咕咚栽倒在地。且说众人，见伙计铁尺落地，仰天平身栽倒。众贼还不知哪里这东西，俱都怔忡忡的发呆。好汉在树上大喝一声，说："贼寇听着！你祖宗的宝贝，有一百多支，任凭你有多少人，只管快上来。叫你们来一对，死一双。快来吧！"众贼听见这话，叫声第七的："我们可顾不得你咧！"言罢，撒腿就跑。

好汉在树上蹿将下来。那人吓得直叫："爷爷饶命！只当个买鸟放生。家中还有年老父母，无人侍奉。今日饶了我的命，你就是个老祖宗。"好汉闻听，就势把镖拔出来，抹了抹那血迹，收起来，大踏步往前追赶。

走不多时，猛见有个土坡儿。孤孤零零，有座破庙。天霸暗说："那伙狗男女，大略去了不远。这座破庙必是他们窠窠。"想罢，迈步竟奔破庙。走至跟前，听见里面有人说话。这个叫："老四呀！方才那个小子好厉害家伙，一棍把块祭台石打碎了。幸亏咱们跑得快，若被他打一棍，管把豆腐浆砸出来。"好汉在外听着，不由得暗笑。正听着，忽有一人大言说："何必给别人家贴金，伤咱们的人。我们该报仇雪恨，皆因没本领，只得吃亏，就让那人有法术。常言说'能人背后有能人'。"

天霸一听，心中大怒，一脚把隔扇踢开，就倒了一扇。好汉站住，往里观瞧，但见里面漆黑，比外面阴昏雾罩。细看了会子，才瞧出当地下有一池儿活火，几个人围着烤火呢。猛见有人把隔扇踢倒一扇，众贼刚要喝问是谁，忽见好汉堵门而立，吓得众贼手忙脚乱，无处藏躲，一齐跪倒在地。叫声："我的佛爷！小人没敢说什么，休要见怪。"天霸闻听，一声大喝，说："少要胡说！我只问你们那树上捆的是什么人，是你们害的不是？如有虚言，我又祭起宝贝了。"众贼知道利害，抖战说："别祭宝贝，神仙老爷，我们情愿实说。皆因小人们为穷所使，才把那人如此。不料并无什么值钱东西，只有一件破裤套，还有身穿一件破袄。老爷若要，小人情愿送还。"好汉说："既然如此，都跟我来。"

众贼答应。天霸登时将众贼带到树下，将受捆的那人，并那名贼寇，叫众贼抬至庙内。天霸吩咐，把那人放在火池旁边有乱草上躺下。可巧有丁三把送的法制伏姜，好汉拿了一块，用滚水泡开，灌在那人腹内，叫他慢慢苏醒。好汉又盘问众寇，说："你等有多少伙伴，现在那里窝藏，头目是谁？不许隐瞒。"众寇闻听，齐说："小的们实回太爷。我们并无什么头目，也无别的伙伴。"天霸说："既如此，快把此人衣服财物等项一齐拿来，你们各自散去。"众寇答应，忙把裤套取来，放在地上。又有一人望着好汉叫声太爷："这皮袄赏与小人，他的棉袄，小人穿着呢。"天霸说："那么着，你俩就换了罢。不必多说，快些散去！"贼人不敢迟延，千恩万谢，出庙四散不表。

且说地下被害的那人，猛然腹内一阵汩汩作响，一连出了几次恭，姜赶寒散。好汉一见，心中大悦。只见他苏醒多时，把眼一张，翻身起来，四下观看，两眼发赤，口内只是哼哼。好汉知他心中纳闷，把已往情由，对他说了一遍。那人如梦方醒，站起来，慌忙跪倒，叩头谢恩。好汉一见，说："不必如此，快收拾回家去吧。"那人细把天霸上下打量了一番，说："小人瞧爷很面善，就只不敢讲。"天霸说："只管讲。"那人说："小人家住德州。只因来了个钦差施大人，将本州庄头黄隆基、家丁乔三，一并抄拿。小人到州衙瞧看审案，故此认识大爷尊颜，知是跟钦差的。"天霸说："不错。"那人说："还有一件事情，大爷请听：小人姓宋，叫宋保。只因我姨家住独虎营，给罗宅作仆妇。今日我看我姨去，见有个相面的先生，细瞧很像钦差大人，被罗宅拿住。"好汉闻宋保之言，不由失惊。忙追问下情，说："此话未必真吗？我们老爷身居钦差，那里有什么大工夫去私访？"宋保说："大爷，小人不敢撒谎，我把钦差面貌记得很真。一见相面的先生，就有些疑心。又听罗宅的家人，纷纷乱嚷说，那相面的先生，是施不全假扮私访。小人越发信真了。我倒替他老捏着把汗儿。怎么说呢，罗宅现是黄隆基骨肉至亲，他要替亲戚报仇，还肯轻放吗？"

天霸闻听，虽然心内担惊，面上却不露出来，故意笑道："傻朋友，别满嘴胡说咧！我们大人现在馆驿之内，这就是你认错了。我且问你，此处离独虎营还有多远？"宋保说："还有十数里地。这是背道，要打景州城里去，不过四五里。"好汉问："这罗宅，是个什么人家咧？"宋保说："若说他家，仿佛一路诸侯。家有内监——他哥哥是千岁宫首领。京里有银楼、当铺七八座。罗老叔外号叫恶阎王，独霸此方，倚财仗势，连此地官府还怕他三分。"好汉听罢，恐贤臣遭害，也不便往下再问。叫声朋友："我还有事，不能久在此叙话。你也及早回家去吧。"言罢，宋保拿起行李，同好汉出庙，千恩万谢，告辞而去。不表。

且说黄天霸瞧了瞧，雾散天晴。此时正逢冬至，日短夜长，不觉天已晌午，心内着急，迈步紧走，要去搭救钦差。往前正走，只见远远一座村庄，村头有磨砖大门。好汉暗说，这一定是恶人住的村庄。我再打听打听，好行事。可巧，一问就问着头里老爷吃茶的那座小铺儿。举步进内坐下，只见旁边座儿上一人站起，欲要招呼。天霸瞧了瞧，乃是小西，连忙望着他挤了挤眼。关小西也就明白了，复又坐下，一语不发。仍然两人故装不认识似的。各吃完东西，天霸先起身，会钱出铺。小西随后，也会了帐，连忙出去，追赶天霸。二人走到无人之处，这才开言讲话。黄天霸说："关哥，你到此为何？"小西见问说："老弟只顾咱俩分手，愚兄到驿馆等你，不见回程。谁知大人改扮行装，私访出城。临走嘱咐施安，不许声张，因此我先到此处探听音信。但不知老弟如何来到此处？"天霸见问，就把路遇贼人，救了人一命，因而得一音信，说了一遍。未知如何，且看下回分解。

第一百四十七回　黄天霸踩访贼宅
恶家奴谋害贤臣

话说天霸虽得了大人消息，不知是吉是凶。与关小西蹿到恶人房檐，潜身绕至内舍房后坡，隐住身形。幸喜这一晚天无月色。好汉低声道："关哥，飞檐走壁，料你不行。你在这里等着倒妥，也看着衣服。我先到里边探探的确下落，回来好叫你再搭救大人出来。倘有了闪失，我须得发个誓，不论男女老少，杀个烟灭灰无，滚汤泼老鼠——一窝儿命尽。"小西答应说："就是如此。千万老弟你可想着我些，别忘了我。"天霸说："放心吧！"天霸顺着瓦陇，出滑出溜，登时不见。

不言小西老等。且说天霸来至恶人内舍房上，闪目各处观看。但见各屋都是明灯亮烛，人语喧哗，满院总不断行人。此时，好汉穿的绑身小袄，紧系褡包，背插单刀，外带镖三支，腰掖甩头一子，在房上隐住身形。先看一看，不知那是恶人的住房，也不知大人在何处，只急得眼中冒火。猛听下面有妇人之声，这个说："妹子快快地收拾罢，爷在书房等急了，把我骂了一顿。"又听那个妇人说："是咧，刚把锅子煽好，这又蒸馒头，还又炒野鸡片儿，一个人何曾得空闲儿？"又听一个妇人笑嘻嘻地骂道："浪东西呀，不用说咧。提防少时还叫收拾一桌果酒呢。爷头里吩咐咧，今晚间要合杨大的妹子，还有个小寡妇儿，今晚成亲呢。但愿抢来的小寡妇应允了那宗事，咱爷要弄上手，一高兴一乐，多赏你个脸儿，叫你陪着睡一夜，岂不得福儿？"又听那个妇人照脸噗的啐了一口，骂声："挨汉子的老养汉精！别说嘴咧！你问问他几时敢合我撒野来？只当是你呢！那一晚，叫他挤在过道儿，摸着奶子，硬叫你与他砸舌头，咬了好几个嘴儿。罢了，别说嘴咧！"几句话，说的那个妇人脸上臊得满面通红，搭讪着，连忙煽火锅子去咧！

好汉在房上听了个明白，暗骂这起不知羞的娼妇老婆，必是全被恶阎王养肥疯了。不然，必不如此轻狂！好汉听了多时，并未听见大人的生死下落，恨不得一时找着老爷。复又转想，何不趁早儿，绕到恶人的住房，隐住身形，再窃听窃听。想罢，复施展飞檐的本领，犹如狸猫一般，顺着房，随着妇人的声音，顷刻来至恶人的书房。上有天窗，前有卷棚。好汉于天沟内，隐住身形，顺着天窗眼内望屋里，听的真切，看得明白。好汉于是向里闪目暗暗窃视，只见炕上坐着一人，头戴瓜皮软帽，豹鼠尾，青红穗，身穿蓝缎细毛皮袄，青缎皮坎肩，腰系花洋绉搭包。又见他方面大耳，白净的脸儿，活像一个奸雄，就知是恶阎王罗似虎。两边伺候着几个妇人，看样是才吃饭，面前碗盏满桌。天霸瞧毕，暗说，吾看罗似虎这样形势，虚担"恶阎王"三字。我诨号叫"短命鬼"，少时我这鬼，合阎王拼一拼！

好汉心中正自暗想,忽听恶人说:"尔等把家伙撤了罢,快叫乔四来。"仆妇答应,手端油盘而去。不多时,进来一人,口尊:"舅太爷,呼唤小的有何吩咐?"恶人说:"叫你不为别事,就是头里那个相面的,果然认准了他是施不全吗?"乔四说:"小的焉敢在舅太爷跟前撒谎。皆因小的见过几次,如何认得错呢?他亲身到过我们霸王庄拜客,那时我就认准了。他又把我们爷拿进德州,当堂审问,小的在旁听着,怎能认误了?"恶人闻听,冷笑一声,说:"是呀,你自然认得不误。这屋内并无外人,你想你的主人是我的嫡亲姊夫,他被施不全害的家破人亡,这个仇还不当报吗?就只一件,你舅太爷并不犯上,这会子有点后怕起来咧!即是那府、州、县官,不是你舅太爷夸口,只用我二指大的帖子,就叫他回家抱孩子去咧!纵要他的性命,也是稀松。你舅太爷为人,你向日也知道,我是那样怯敌吗?就只是这个施不全,我听大大爷回家说过,他是施侯爷的儿子,系荫生出身,初任作江都县,办事很好。皇上喜爱他,把他越级升了顺天府尹,最是难缠。一进朝,立即参了皇亲索国舅。二次又参倒了御前两名总管梁九公、李玉康。康熙佛爷偏喜欢他,把他又升了仓厂总督。如今又派出山东放粮,外兼巡按,奉旨的钦差。哥儿,你可估量着,别给我惹这个穷祸。"

恶棍在屋内所讲言词,天霸在房上俱都听见,才知施大人还有命,就只是不知现在那里。好汉腹内暗说,细听口气到有因儿。恶棍意思,恐惹不了,八成有放老爷之心。但愿神佛暗中催着罗似虎释放了大人,我也就不肯伤人性命咧!免得他一门同遭横死。

天霸想罢,又听乔四说:"舅太爷,此话说得不合理。小的斗胆说,既有此心,就该早吩咐。为何业已行出,又有悔心?头里既把钦差重打了一顿马鞭子,衣衫俱都打破,脸皮亦破损,顺着脑袋流血。后又把他幽囚起来,只等天黑,就要害他性命。如何又后悔要放他呢?如果要是相面的,放与不放都是稀松。要准是施不全前来私访,如放了他,那祸可不小。那时咱爷们要想逃生,万不能够。咱爷们还是小事,只怕大舅太爷,罪也非轻。这是小的拙见,是与不是,望舅太爷酌量而行。"恶人一听乔四之言,倒没主意了。叫声:"你坐下,咱们商量商量。"恶奴说:"舅太爷只管放心,这点小事儿,交给小的。别管他是施不全,不是施不全,但等夜静了,用刀把他杀死,分为八块,用口袋装上,背到菜园子里,撺在井中,就算完了账咧!明日纵有人来找寻,只说有个相面的先生,相了会子面出来了,不知去向。谁知就是咱家害了他咧?"恶棍点头说:"这也倒罢了,倘或他是相面的,明日又有施不全来在咱景州下马,我心里有点子怀着鬼胎。怎么说咧,我素日的声名在外。耳闻施不全爱管闲事,万一他要寻着我的晦气,那却怎么样呢?虽说我有书字到京,告诉你大舅太爷,求他不论怎样使个法子,坏了施不全咧,怎奈远水难救近火。俗语说得好,未曾水来先垒坝。无的说咧,你再想个法儿,要保我的脸。哥儿,你是知道我是最肯花钱的。我一百二十两银子新买的那个小使女玉姐,赏了你。再者,家里也无什么事,你到长辛店当铺内管点事,强如闲着。"

恶奴闻听,心眼都乐,就势儿趴下,磕了三个头。复又站起来,把脑袋一低,得了一计,口尊:"大爷,此事除非这样而行。小人想起一人来,我去找他,至容至易。施不全若是明日下了马,必往金亭馆驿。舅太爷须得破些钱财,小的托他行刺。若问此人是谁,提起来舅太爷也知道,他是真武庙的六和尚。武术精通,专能飞檐走壁,又有膂力。从先做个绿林,在霸王庄闲住过,与我兄是莫逆之交。因为犯事,怕被拿,才削发为僧,硬霸占了真武庙。住持被他杀了,掩灭踪迹。我同家主到过庙内。他虽说出家,甩不落酒、色、财、气四字,专好钱财,广交江湖朋友。俗家姓陆,名陆保,人称他为六师父。听说,如今又起了个出家法名,叫惠成。使的兵器,小的曾见过。是两把戒刀,十斤以外;还有宗暗石子,打人百发百中。若叫此人行刺,施不全有死无生。"不知到底害的施公怎样,且看下回分解。

第一百四十八回　　城隍土地作护法
白狐大仙引路途

话说恶奴乔四,千方百计在罗似虎跟前要献妙策谋害施大人。不言天霸在房上发恨。且说罗似虎,叫声乔四:"你说这六和尚,我倒不知他有怎样一身武艺。我虽未见过他,常听横房里的崔老叔与石八爷表过。但得他肯去杀施不全,我解了仇恨,纵费我几千银子,那可又算什么?"只见有个丫鬟走进房来,望着罗似虎,尊声:"爷,后面宴席齐备,请爷去与新来的那位奶奶吃喜酒呢!"恶棍听了,连忙立起,望着乔四说道:"这事就这样办罢。天还早呢,等至夜深,你先办去。明日我听你个信儿。"

不言乔四应允这事,等夜深了害人。亦不提罗似虎入内吃酒。且说在房上窃听的黄天霸,抬头仰看三星,天不过一更时候。因不知老爷下落,心中着急,要想下房动手。复又来回各房上寻施公下落,不表。

再说贤臣从黄昏时,被恶奴锁在仓房。恶奴乔四,把老爷四马攒蹄捆了,放在粮食囤里。又抓了一把土,填在老爷嘴内,噎的老爷口不能言,腹内暗叹。白日挨了一顿鞭子,今又被捆绑起来,锁在仓房囤里,不由心内发急。起初急出一身冷汗,后来工夫大了,又冻得浑身发颤。此刻天到二更,腹内已空,怨气攻心。思念之间,心内一急,两眼发黑,急悠悠的魂灵早已出了窍,飘飘荡荡,就要归阴。暗中惊动当方土地,本处城隍,一见贤臣灵魂出窍,二位神圣不觉着忙。暗说,不好,施大人他乃星宿临凡,保扶真命帝主,今日不应归位,若由他出去,玉帝岂不归罪?二神上前挡住爷的灵魂,知道目下有人来救,先暗中保护,不表。

且说恶奴自从领了罗似虎之命,只等更深夜静,要害施公性命。来到外边房中,与众恶奴耍笑饮酒,直到天交二鼓。直喝得楞里愣怔的恶奴,酒到八分,猛然想起,道:"哎哟,了不得! 几乎忘了一件大事。"连忙辞众奴,趔趔趄趄的迈步竟奔仓房而来。

恶奴早已备下钢刀,在腰内掖着。倒运的恶奴,伸手拔出,持在手内,犹如猛虎,晃里晃荡。看看将到仓房,恶奴猛见一物,吓得一跳。那物浑身雪亮,眼似金铃,顺着窗台,出溜出溜地走。恶奴初认是个猫儿,又大不相同。其形如犬大,望着他不住的龇牙儿,瞭着眼,嘴里不住喔喔的发吼。

看官,你道此猫是那里的? 此乃是恶棍家那几年运旺,有狐大仙在他家住下。皆因这三间仓房里洁净无人,大仙爷就在粮米囤内时常起坐。今被恶奴乔四把施大人捆绑捺在高粱囤内,施公现是钦差大臣,官居二品,乃国之封疆大臣,好大的福分。狐仙爷虽然成仙,究竟却不能侵正。一见乔四把一位上界的星官囚禁在内,狐仙爷哪能安稳,连忙就溜出去咧! 正在满园里出溜寻找下处,迎头碰见乔四,喝的酒气熏熏。大仙爷知是他的邪火炽大，心里正恨他得很，故此望着他龇牙儿。乔四见是白猫，用刀照准一砍。狐仙大怒，站起前腿，望面上扑喷了一口仙气，乔四不由得打个冷战。那猫儿倏忽不见。

恶奴此刻邪气附体，心里发迷，眼内发昏，手提钢刀，误入仓房隔壁屋中。此屋，乃是七十儿同他妻子居住。他正与妻喝酒，冷不防乔四闯进，不分皂白，一刀一个，结果性命。乔四杀了七十儿夫妻，心中这才明白，腹中暗说，我本意要害施不全，为何无故杀了罗府之人？想罢，抽身往外而走，不表。

且说城隍、土地二神，挡住贤臣魂灵不放出去。见天霸来到，用圣手一指，爷的魂灵归窍。神明复用法力，使贤臣口中泥土化为乌有。大人不由"哎哟"，哼了一声。好汉猛然听见，又见那房下边隐隐约约来了一人。不表。

且说小西来至二层房上，留神向下细听，也听不见大人的声音来，又不见黄天霸的踪迹，心内着急。但见靠着后沿堆着一捆杉篙杆子，小西借着抄篙溜下房来，忙把腰中搭包打开，抖出折铁刀来，复将搭包系好。手提单刀，黑影里，一直往前走。有条过道，顺着过道向东行，刚出过道，碰着一人，晃里晃荡地走过去，口里嘟囔着自己捣鬼。小西忙把身子向外，让他过去，随后紧跟，留神听他的话。只听那人说："合该倒运，我乔四想是得了昏迷病，平白杀了七十儿夫妻。明日舅太爷要追问，我怎么应承呢？"后又说道："不怕，若果杀了施不全的性命，舅太爷一喜，就不追问咧！"恶奴只顾走着，自言自语的，哪知背后跟着关壮士。房上惊动了黄天霸，才要下房，忽又听见房内"哎哟"——是大人的声音。又见那边有人自言自语的说话，才知恶奴来杀大人。好汉岂肯容他展手！忙取飞镖，照着那人耳朵发去。只听唰的一声，恶奴乔四"哎哟"一声，栽倒在地。小西不知是哪里的账，只当此人有羊儿风，赶上前去按住，用刀一指，骂声："囚徒，快说实话！"恶人把酒也吓醒咧，也不心迷了，只觉疼的难忍。他只当盗贼前来打劫他们家的，吓得浑身打战，叫声大王爷，别动手，"我愿实说。就是要金银要首饰也有，都在上房里。只求爷放我起来，我好去取。"小西闻听，骂声囚徒，"别做梦咧！我们并非大王、二王的，乃是跟施大人的长随。你须要快说，把我们大人藏在何处？但有半句隐瞒，要你的狗命。"

闲话少叙。且说天霸发镖打了恶奴，方要下房，听得有关小西声音。好汉嗖的一声，轻轻落地。天霸就不肯说官话咧，低身叫："合字儿，春点念团呢，要叫本克里的接腕儿，苍唅子熏着，他必凉上。"小西听了黄天霸暗话，知道是要叫本家罗四听见，他必逃走，千万别放这个恶奴走脱。留神一看，但见恶奴左耳上穿着一支镖。好汉得了主意咧，忙把飞镖拔下来，递与黄天霸。又把乔四的裤腰带解下来，就从恶奴着镖的耳朵上穿的窟窿内穿过去，拉着，同天霸来至仓房门首。小西把乔四拴在窗户棂上，又用刀背，吧、吧、吧，把他膀打伤。小西唯恐他嚷，弯腰抓了一把土，填了乔四一嘴，恶奴就如死人一般。黄天霸摸了摸，门上有锁锁着。好汉用手一拧，锁便开落。

前言不表。单说恶棍罗似虎，自从厢房回到自己的卧房，不由得闷闷不乐。坐在炕上，奔拉着脸。他妻盘问，他用巧言折辩，假说身不爽快。他妻刘氏，为人忠厚贤惠，闻听此言，只当实话，连忙吩咐使女快些打铺。使女把铺安置停妥，恶棍睡倒。刘氏疼夫，恐其得病，熬了些黑糖姜汤，教他喝了。又叫使女传出去，明日一早延请医生。使女答应而去，刘氏关门。恶棍躺下，猛听窗外脚步走动，慌张的很。恶棍打量杨氏应了口，有人来请他去成其好事，忙问："外边是谁呀？"只见一人走至窗下，低声说："爷还未睡吗？小的是李兴。"恶人说："你有什么事？"恶奴说："爷快起来吧，了不得咧！小的方才从仓房门口过，见有两三个人，说他们是钦差的长随，来救施不全。外面有许多的官兵，把着我们家的大门呢。又见一人举着明晃晃的刀，按住一人要杀。我听了听哀告的声音，乃是乔四。吓得我连忙溜下来送信。爷须早定个主意才好。"恶棍一听此言，犹如登楼失脚一般，吓得浑身乱抖，心里不住的秃秃的乱跳，口内说道："叫，叫管事的，传齐佃户、长工，大家努力去挡官兵。先把进来的两个人拿住，一同施不全捆在一处，再把官兵杀退。任凭什么乱子，明日再说。等着石八爷与崔老叔来了，我们商量就是了。"李兴说："俗话说得好，三十六着，走为上策。"恶人说："可往哪里去呢？"李兴说："北京现有千岁府大老爷，是得脸的首领。爷是他的亲兄弟，逃在那里管保无事。"恶棍听了，叫声："李兴，到底是你见识高超，不亚如孔明！还要问你一句话，不知到京多远，几日才能走到？"李兴说："离京大约不过五百余里，三日两夜，便可到京。"恶人说："那就快备两匹马，咱就立刻起身。"主仆出后门，上京。不表。

且说黄天霸拧开了仓门锁，推开了进去，里面漆黑。小西连忙把火镰取出，将火打着，入仓房照着火亮，四面留神细看。但见三间通连屋，一溜窗下，并无别的陈设，都是木桶、席囤。又见西北屋角里放着一张八仙桌子，桌面上摆着香炉五供，还有酒壶、酒杯，满满的供一杯酒，三个鸡子。小西见有一对蜡烛，登时点着，照的明如白昼。黄天霸猛见桌上一物，原来头里猫衔的那一支镖，上面裹写着一字柬。好汉拿起打开一看，上写四句诗词：

天上星君寿未终，引将侠士立奇功。

要知吾乃为何许，瓜犬山人自老翁。

天霸看了，不解其意，估量着是仙家指教。牢记着寻找大人，连忙收起。二位好汉举了蜡烛四下留神，并无大人踪迹。小西说："想必不在这房内，问问乔四就知道咧！"天霸说："分明我听见这屋里是大人哼的声音。"复又细找那囤边，又听哼了一声。二人走到高粱囤边，只听哼声不止。天霸举烛一照，只见高粱囤里躺着老爷呢！天霸说："救爷来迟，望乞恕罪。"贤臣闻得是天霸，不由心内感伤，鼻端发酸，眼圈发红。老爷恐失了官体，把眼一睁，咳了一声，叫声天霸："莫非是咱们梦里相逢吗？"天霸回答说："老爷不必起疑。"小西也叩头请罪。

忽见外面又有脚步声响，慌慌张张来了一个人。不知此人是谁，且看下回分解。

第一百四十九回　闻警恶阎王逃走　奉差黄壮士追亡

话说有人慌慌张张找到仓房。你道此人是谁？乃是恶阎王罗似虎的大管家，名叫张才。表过此人良善，不与恶棍一类。因在西院内看着众人作花炮盒子，他只听见里面有人喊叫吆喝，他只当又是主人饮醉了胡闹呢。知道别人劝不下来，故此慌慌张张跑来观看。他见各屋俱都熄烛睡了，就是西北角上仓房里明灯火烛，有人说话。猛然想起相面的先生，在这屋里幽囚着呢。疑是主人差人谋害，故此赶着来救护。刚走到门口，冷不防被小西揪住，晃晃的一举刀，喝声："囚徒，往那走！"把管家张才吓了一跳，当是寇盗前来打劫，连忙口尊："好汉，有话商量。必是太爷们短了盘费，小人合家主说明，也可资助一二。"小西说："休得胡言，跟着我来。"言罢，揪住领子，往里就走。

且说张才，此刻也不知是葫芦里是什么药。但见席囤里坐着一人，瞧了瞧，是那相面先生。旁有一人站立，瞧光景像似寇盗。听得那坐着的开言问："你认得我不认得？"张才说："我怎么不认得，尊驾是相面的先生。"天霸说："休得胡说！这是奉旨的钦差施大人，还不跪下？"张才闻听，只吓得抖衣而战，腹内只说，阿弥陀佛，可了不得！幸亏我没得罪他老人家。怪不得乔四说是施不全来私访，敢则是一点不错。一面想着，连忙跪倒，咕咚咕咚不住地磕头碰地。贤臣说："不必害怕，你叫什么名字？"那人说："小人名叫张才。回大人，因我不亏负人，外人都叫我张公道。"施公说："我且问你，你可是他家典买的呀，还是雇工呢？"张才说："小人并非典买。我本是北京人氏，在阿哥处当买办。罗首领爱我为人忠厚，后来阿哥吩咐了罗首领，打发我家来给他管事。"施大人听罢点头，又望天霸、小西开言说："你们拿住恶棍，带来本院审问。"天霸说："小的只顾先来救老爷，还未曾搜拿恶棍呢。请老爷示下，小的们立刻就去。"大人说："尔等快去搜拿，只要活口，本院好审问他。"天霸、小西答应说："谨遵钧谕。"张才望着老爷，说："此处不是大人存身之所，不如到小的屋里去。"大人点头。

登时天霸、小西搀着老爷往张才住房而来，到了屋内坐下。张才又拿出了一套衣服，给老爷换上。老爷又用了茶水，才觉身上清爽了。移时天交三鼓，老爷说："天不早咧，管家你领着我的人，快去搜寻恶棍。天一亮，本院好回衙审案。"管事答应。老爷又望着天霸说："壮士只可把罗似虎拿住，罪归为首一人，不可无故威吓众人。"天霸等答应。老爷说："还有乔四、七十儿，这两个奴才也要拿住，勿令走脱。"天霸说："回大人，乔四早已擒住，现在仓房窗外拴着。"贤臣点头。天霸早见墙上挂着一口腰刀,伸手摘下,带在腰间,跟着张才竟奔恶人住房。小西在屋内保护大人,把乔四交给张才派人看守。不表。

且说天霸、张才二人,来至后边。先到恶人卧房寻找,并无影响。天霸心内着急,又找到家奴李兴儿的房中,把李兴孩子、老婆吓得唧唧喊叫。因见好汉举着明晃晃的钢刀,闯进门来,不知什么缘故。又见张才在后面说:"你们不要害怕,因咱家的爷犯了事咧!这位爷,奉钦差大人令来拿咱家爷,与你们无干。"只听李兴的儿子六狗儿,在被窝里说:"张大爷,你们不用找咧!这会子我爹爹早跟老爷逛去咧!"天霸闻听,连忙追问说:"小孩子,你知道你爹往那里逛去了?"六狗儿说:"我听见我爹爹说,往京城里找太老爷去了,说回来还给我带个小北京城儿来呢!"黄天霸闻听,估量着小孩子嘴里讨实话,必然是真。暗说,这就不用忙了。二人仍回到张才房中,见了施公,把恶棍逃走之事,说了一遍。大人闻听,暗说"不好"!沉吟半会,叫声天霸:"还得辛苦一场。"天霸答应,说:"大人万安,此事交与小人。"贤臣叫张才快去备马。管家答应,登时将马备来。天霸拉马,出门骑上,追赶罗似虎。不表。

单说恶阎王罗似虎,同家奴李兴,从二更天悄悄开了后门,主仆二人上马,一前一后,直向北京大道而去。走到半路,忽听吱儿一声簿头响,又见树林中出来十数匹马,便将他主仆围裹上来。此时恶棍那魂都吓掉,他连声直喊,说:"可杀了我咧!后面有人追赶,前头又遇强盗,这是该我的命尽。"一回头,也不见李兴。恶棍说:"可上了这奴才的当,诓着我抛家失业。我还指望他给我壮胆,谁知他先跑了!罢了,罢了,只需合眼放步,凭命闯吧!"

但见众人发了一声喊,把他围住在居中,一个个手执钢刀,大声说:"呔!那厮快留下买路钱来,饶你不死。若少迟延,大王爷把你心割下来渗酒。"恶棍一听众寇之言,在马上强打精神说:"寨主爷,不必发喊,听愚下一言奉禀。爷们今日赏我个脸。只因我上京引见,来的慌促,忘带盘费。上京见了千岁,办完公事,回来一定补情。"一寇道:"别拿什么王公威吓我们,就是皇帝老子也不遵。另说新鲜的罢,小子!"又有一寇插嘴说:"哪有功夫和他斗嘴,看起来就该割下他脑袋来当酒瓢用。"说着,手举钢刀,当头就砍。恶棍着忙,一闪身往旁躲过,忙说:"暂息盛怒,我还有个下情奉禀。愚下也认得一两位朋友,常走江湖,提起来大略也知道。"有一名盗寇说:"哦,看这样子,你是要提朋友,使得。你且道及道及是谁,若是个光棍,我们瞧着他的面上饶了你,却是使得。"恶棍听了,少不得要借脸咧!口尊:"列位爷,若要问我认的这位,原先在绿林很有名声。如今洗手不干,现在真武庙削发为僧人,叫他六师傅。他俗家姓陆,那是我磕头兄弟。"强寇闻听,扑哧一笑,羞得他满脸飞红。又见一名盗寇喝声:"呔!快说别的罢,打着朋友旗号就算咧不成?你方才自通名道姓,说是恶阎王罗似虎,很好很好。哥儿,你若提起别人还有个指望,留个情儿,放你过去。你既称恶阎王罗似虎,哪知你祖宗偏要去寻你,谁知哥儿你竟碰了来咧!”众强盗越说越恼,不由动怒,骂声:“囚徒,罪该万死! 你素常欺压良民,鱼肉一方,硬抢妇女,鸡奸幼童。倚仗家有太监,胡作非为。大王爷们虽身居绿林,替天行道,专劫赃官污吏,赈济贫穷。闻你霸道,我早背地发誓,要到你家打劫财物,一抢而空,放把火把房子烧个净尽,给良民报仇。不必多说,快些下马受死!”说着,举起钢刀向恶棍就砍。又一盗寇说:“若伤他性命,反便宜了他。不如将他绑上去见大哥,慢慢收拾他,只当咱们解闷。”刘虎听了,说:“还是崔三哥高明,说得很是。”刘虎言罢,连忙命人拥恶棍先回庙中,留下黑面熊胡六、白脸狼马九、宽胳膊赵八、小银枪刘老叔四名强盗,仍进树林内,不表。

且说天霸心急性暴,恨不得追上罗似虎拿回,好见大人交令,脸上才好看。不住的加鞭,顺了上京的大路追赶。此时月色朦胧,远看不真,估量追赶有二十里之遥,听见前面有马蹄之声。好汉自己暗想,这一定是恶棍的马。遂顺着前面的马蹄声追将下来。不知到底追上没有,且看下回分解。

第一百五十回　黄天霸独战众寇　金大力巧遇英雄

话说黄天霸自十五岁上，跟着他父黄三太就出马，专为这个营生。一闻簿头响，就知有绿林的哥儿们。暗想道，不料此处也有江湖的朋友，我倒要认认是谁？为什么听不见前边马蹄之声呢，莫非恶棍听见后面我的马蹄响，醒了腔咧，从别处走下去了？

好汉正然思想，忽听发了一声喊，从树林中有三两匹马闯上来，把路挡住，一齐在马上大喝："那小厮，快留下买路钱，饶你不死，但稍延迟，大王爷把你剜心渗酒！"天霸闻言，并不动怒，瞧了瞧，这些人全不认得。暗道，这都是那里饿鬼？只知有些棒子棍子本领，就要出来露脸。我黄某当日在绿林中的时候，总没见过他们一人。且说众寇见天霸不语，低头勒马，他们认为好汉心里害怕。这内中唯有小银枪刘虎，手轻口快。他本是宝坻县人，一口的土字侉音，先就一声大喝，说："那小厮，你不必打主意咧！有银子快献出来，算在大王跟前尽了孝心咧！若是没银子，快把脖子伸出来，吃你刘老叔三枪。"黄天霸听了，不由好笑，说："你不必狂言，黄祖宗问你话，你还不会说。你既称刘老叔，小子，你要杀得过你黄祖宗，就赏你银子。"刘虎以为平常之辈，一听这些话，便动无名之火，大骂："小子休得撒野，动不动的开口伤人，俏皮你大王说话口吃，看起来就该割你舌根。"说罢，就对好汉用银枪分心就刺。黄天霸仗着武艺精通，不慌不忙，早把那鞘内钢刀拿在手中，只听当嘟一声，用利刀架住银枪。刘虎在马上冲将过来，好汉仍勒马不动。刘虎复旋回马来，只听他喊叫连天，骂声："匹夫，好大胆子，你竟敢磕我兵器！想要逃生，大王爷不给你个厉害，你也不怕。"说着，复又旋回马，用枪直刺。天霸躲过。刘虎一枪刺空，气的他满脸通红。天霸腹内说道，这厮枪法精通，我若不早教这小子出丑，他不死心，又空误了我的路程。拿不住罗似虎，无面目见大人。好汉心中正自思想，又见那盗催马抢枪，闯将上来，举枪便刺。好汉又用刀架住。刘虎抽枪改势，使了个拨草寻蛇的门路，瞧冷子往天霸左肋下就是一枪。天霸见他的枪抽回，改了门路，便说道："好小子，往老爷使这个鬼呢，打量打量黄老太爷是谁呀？我脚丫子使出来的劲，就得你使半年呢！"好汉一边说，眼内留神，见刘虎枪来切，只把胳膊一扬，身子一闪，让过枪尖，一伸手把枪揪住，右手刀往上一举，喝声："小子看刀！"刘虎说声"不好"，两腿甩镫，往旁边一闪。只见噗的一声，天霸的刀正砍在他马后背骨上。那马负痛叫一声，蹿出数步之远，栽倒在地上。刘虎爬起来，抱着脑袋疾走如飞。天霸一见，哈哈大笑，复又说："好小子，必卖过圆物——会滚弹儿。"好汉连忙高叫道："不必害怕，老太爷不赶你，慢慢地走，瞧着石头要紧。"刘虎只作未听见，跑得更快咧！

　　且说黑面熊胡六、白脸狼马九、宽胳膊赵八，见刘虎这个光景，齐催马上来围住天霸大骂。好汉微微冷笑，说："谅你鼠辈有何能为？"说罢，掏出镖，照准黑面熊哧的一声，正中左膀之上。胡六在马上一个跟头，栽于马下。只见赵八、马九撒腿而跑。天霸下了坐骑，见胡六躺在地上，不肯伤他性命，插镖入鞘，上马追赶二寇。

　　且说二寇见风不顺，眨眼之间，跑到下处，不表。单说金大力因为夜里未得睡觉，时在偏殿里，同着几个响马对坐饮酒叙话。前已表过，这伙人都是久作绿林，金大力是新入伙的。因这绿林被他打跑了七八个，众人知他厉害，才邀请他入伙。瞧他的年纪又大，故此众寇都与他磕头，拜成弟兄，尊他为老大哥，他才应允。闲话不表。且说金大力见众寇擒来一人，忙问缘故。众寇就把擒罗似虎的话，说了一遍。金大力听了众人之言说："我耳闻他素日很霸道，正想找他呢！今日自投罗网，省得大王爷费事咧。"说罢，叫小卒们把他锁在尿桶上，等明日一早好摘心渗酒。小卒答应。

　　才把恶棍带去，又见刘虎慌慌张张地跑将进来，说："了不得了！禀大哥知道，有只孤雁，甚是扎手。大哥你若不出去，只怕他找上门来。"金大力一听，把桌子一拍，怒气冲冲地说："何处小辈，胆敢欺压大王爷的人？老兄弟你不用着忙，我金某与他拼命罢！"忙将长衣脱去，往架上取出棍来。率领众寇，就往外走。

　　此时天霸追赶二寇，刚刚来至庙外，猛见庙里出来一伙人。为首的一条大汉，右手斜提一根浑铁棍，杀气腾腾，很有威风。天霸暗说，这厮来得凶猛，必是寻找于我，倒要留神小心。天霸正打主意，只听那大汉喊了一声，窜到跟前，照好汉举棍打来。天霸见棍来至切近，忙把刀往上一磕，只听当的一声，刚刚磕开。好汉暗说，这厮好厉害，不但哭丧棒不轻，手上的劲亦不小。好汉正自沉吟，只见那大汉一棍没打着，急得他暴躁如雷，斜行跃步，两手举棍，照着马七寸子上就是一棍。好汉的眼尖，急力甩镫，扑踵到那边地下站住，只见马腿上已着了棍，那马咴儿一声，栽倒尘埃。天霸心中大怒，骂声："好囚徒！伤我坐骑，吃我一刀罢！"嗖地就是一刀。金大力回转身形，用棍腾开。天霸先抢了上首站住。金大力两手拿棍，复又交战，战了几个回合。天霸暗里夸奖，这厮果然本领高强。有心恋战，恐误了追赶恶棍之事。想罢，把钢镖一枝，擎在手中。想道，若打他上三路，可惜这条好汉。不如打他下三路，教他知道利害。主意已定，手里架着他的棍，眼里瞅了个空子，一撒手。只听吧一响，金大力"哎哟"了几声，咕咚栽倒在地。天霸举刀要砍，只见众寇着忙说声："不好！咱们快救大哥要紧。"一个个手忙脚乱，又不敢上前。

　　内中恼了一个盗寇，叫亚油墩李四，大叫："众兄弟！同我上前动手，难道就瞧着大哥丧命不成？"言罢，先迈步就跑。众寇发声喊，一拥齐上，挡住天霸，刀枪并举，把好汉围在居中。众小卒上前把寨主搀起，坐在地上。金大力真算好汉，连眉也不皱。只见众人围住伤他的那人，他便高声大叫说："众家兄弟，你等须要大家努力，拿住这小辈！那个后退，放跑了那厮，我定砍他的头以示众。"不知众寇围天霸如何，且看下回分解。

第一百五十一回　王栋解群围认友
李兴救家主勾人

　　话说众寇围住天霸放箭,被天霸连接三支雕翎捺于地下。众寇一见大惊。正在怯敌担惊之际,猛听人声吵闹,但见庙内又出来了十余人,后跟着一人。众盗知是寨主的朋友,前来助战。见一物直扑天霸面门而来。半夜动手,虽有月光,到底看不真切,天霸也不知道是什么兵器,说声"不好",才要低头,见那物仍又回去了。好汉正在纳闷,忽听身后一人高叫:"那里面的可是黄天霸,黄老兄弟吗?"黄爷听了,语音很熟,也就高声说道:"问我的,可是王栋王哥吗?"那人一听,说:"众位休动手,咱们都是一家人。"众人闻听,一齐大笑。王栋又向众人说:"大哥今在何处?"众寇才要答言,那个金大力已走至面前。王栋说:"大哥应了一句俗言,大水冲倒龙王庙咧!来罢,二位太爷见一见罢。"说着,王栋便代二人道明姓氏。金大力赶着与黄天霸拉了拉手儿,说:"久仰老兄大名,失敬失敬。"天霸回答道:"好说好说。弟方才冒犯,也望仁兄恕罪。"金大力说:"岂敢岂敢,借着老兄弟的光儿,尊驾下遭儿还望大腿上打,就算留下情咧!"王栋接言道:"二位老兄都别挂怀。要记恨一点儿,便是畜生。"金大力哈哈大笑,叫声王兄弟:"你是知道我的为人,是最爽快,不过说趣话儿罢咧!这位黄爷既是你的朋友,与我的朋友一样。"大家一笑而罢。

　　王栋又引进众人,俱拉拉手儿。又望着金大力说:"大哥,这位黄老兄弟,是我心腹的兄弟。你们老哥俩,往后要比我多亲近些,就是合我姓王的好咧。论理二位早该认识才是。当日在江都县保施老爷,就是此公。"大力复又与天霸执手说道:"黄兄前在江都县,金某耳闻尊驾,真是位侠义的朋友,可恨金某未曾会过金面。"天霸说:"金兄,莫非当日在扬州做过窃家的头众吗?"金大力说:"不错,那就是愚下。"天霸说:"久仰兄之大名,就是未能亲近。"王栋在旁边哈哈大笑,道:"二位越说越到一家去了。此处非叙话之所,请弟台到我们下处一叙。"天霸说:"小弟还有要紧一事,不能从命,改日再行奉拜罢。"言毕,就要起身。王栋说:"老兄弟如何这般外道?任凭什么事,也须明早再办。"

　　且不提众寇与好汉相会。单说恶棍的家奴李兴儿,自从遇见众寇逃生,绕道而行,无面目回家。有心逃走,无处存身,偶然想起似虎主人的朋友来咧。暗想道,我何不东村找显道神石八太爷去?现在是窃家头众。想罢,直扑东村而来。登时来到石八的大门口,打的门连声山响。叫够半天,里面有人答应,硬声硬气地说:"外面是谁?"里面那人气愤愤出来,"哗啷"一声,把门开放。但见他披着衣裳,怒目横眉的说:"你是哪里来的,怎么这样不知好歹!三更半夜,拍门打户,报你娘的丧!"李兴儿看那人,有五十多岁。知他已安睡,怕冷,懒怠起来,连忙叫声太爷:"你不用生气。我是独虎营罗老叔那里来的,特见八太爷有件要事奉求。"那人说:"八老爷被真武庙六师父请了去咧。"

兴儿听了,一抖缰奔真武庙。至庙门首下马,手拍门。有个小沙弥出来,问:"是谁?"李兴儿把来意说了一遍。沙弥入内回明,复又出来开门,让李兴儿进去,闭上山门。李兴儿把马拴在门柱上,跟随小和尚来至三间禅堂。但见墙上挂着弓箭、腰刀、弹弓子各样兵器。条山大炕,炕上放着骰盆,上有许多人围着投骰子。李兴儿一看,认得是罗老叔把兄把弟。这伙人是谁呢?渗金佛吴六、朱砂眼王七、泥金刚危四、短辫子马三、白吃猴郭二、破脑袋张三、净街锣邓四、秃爪鹰崔老、金钟罩屠七、显道神石八、蝎虎子朱九、坐地炮刘十,还有红带子八老爷,共十几个人,俱与他爷相好。听着语音,还有两个西人,并不认得。又见一个凶眉恶眼和尚,李兴儿知道他是此庙的六和尚,连忙上前先给石八打了个千儿,然后挨次问了好。又望着六和尚说:"六老爷好,我们爷叫我请六老爷安。"恶僧最喜奉承,一听此言,点头笑说:"啊,好好!你老爷好啊!"吩咐性广拿个座,叫他歇歇。石八先就开言叫声相公:"半夜三更到此找我,有什么事情?"李兴儿随口撒谎说:"八太爷白日刚走,京里来了一封书字,乃是我们大太爷教我们爷立刻起身进京,后日老佛爷在定海引见我们爷当直隶州同。小的主人心忙意乱,立刻登程。哪知美中不足,刚出门遇见一伙大盗,截住硬要银子。偏偏我们走的慌张,未带银子。强盗不依,还要剥皮摘心。小的主人无奈,说出众位太爷们来,心想着吓退众寇好走,还提六老爷的大法号。哪知他们不但不惧,反倒动嗔,说出来的言语,多有不逊。小的无奈,才转回程,来到八太爷府上来送个信,为是明日商议事情。家主吉凶未卜,怕明日白劳太爷们空去一趟。故此小的特给太爷们送信,还要回家去商议商议,怎么搭救主人脱难。"言毕,回身就要告别。内中怒恼了显道神石八,叫声:"李兴儿,你且坐下,我有主意。"

看官,恶奴李兴儿用了个激将计。分明是来求众棍,他偏不肯直言,只说来送信。他恐直说出来,再要使激将计就迟了,所以他故意要走。内中这个大汉,先就不悦。怎么说呢?他是"老人会"的会首,又是窃家头众,罗似虎与这些棍徒都比他小。今日一个座儿的兄弟有了事,他如何澄的上清儿?再者,康熙年间的王法甚松,不甚追究。

闲言不表,就说这显道神石八说:"李兴儿,你且站住。这么个孩子,我既听见其事,何用你去往家里商量啊?难道八太爷还了不开这点小事吗?"李兴见石八着了急咧,连忙站住,尊声:"八太爷,这伙要是平常人,小的就不回家商量咧!怎奈这些人都是马上强盗,一个个凶如太岁,恶似金刚的,张口就要小人心肝渗酒,这也是玩的吗?"六和尚在一旁,也就开言,叫声:"李伙计,六老爷问你们爷儿俩走到那里,就遇见这伙人咧?"李兴儿说:"小的同主人离了庄,才走了二十多里地,东北上有一座破庙，庙前有一带树林，就遇见他们咧！"六和尚一听，扑哧笑说："我打量哪来的两脑袋的大光棍呢，原是他们！"那石八就问："六师父，莫非这些人你认得他们吗？"六和尚说："八太爷，听我告诉于你。若提起破庙里这伙强盗来，全都是酒囊饭桶。亚油墩子李四、小银枪刘虎，这些晚秧子扬风乍刺，身上未必有猫大的气力。非我说大话，瞪瞪眼他们就得变了颜色。就只是如今咱不肯那么行事，既入佛门，礼当谨守清规，那里还管别人闲事？"

李兴儿听罢，肚内说，这个秃辈障说了会子大话，恐怕落到他身上，临了儿说出不管别人闲事，此话分明是说与我听。纵你就是拉丝，你李老爷子使个方法说出来，你只得应允。李兴儿正然心中犯想，忽听石八说："六师父，不是那么说。"登时把脸一沉，叫声："你错咧！我方才问你认的不认的，有个缘故：如合尊驾相识，我就不好意思糟蹋他们咧！不过是把罗老叔赎过脸来，就算完事。如尊驾不肯对付他们，我岂肯善罢甘休吗？我要不弄得他们卷了兵刃，拿住送官究办，我石八太爷就白在地面上混咧！再者，我石某从十几岁就挟着汗褡儿出身闯道儿，至今五十一岁，从不仗着朋友走道儿。罗老叔他是我一个座的兄弟，我岂肯拉扯别位？哪怕红了毛的晃盖，我石八要不单个找了他去，拼个死活，我就白交了许多朋友。教慕名的朋友，也不免背后谈论我石八不赴汤蹈火，无患难相扶的义气了。"六和尚见石八急咧，复又拉钩儿说："八太爷，了不得了，该罚你老人家。我是无心之言，说了这么两句，哪知八太爷多了心咧。罗老叔我们虽不甚好，我看着很是个朋友，况又是八太爷磕头弟兄。这点小事儿，只怕不能不出点汗，才是好样的！"红带子八老爷，一旁听之不适，叫声六师父、八太爷，"都不用言语了，正该早办正事要紧。"

石八爷叫声："李兴儿，你头里说强盗们说了些什么话，你将那不逊的言语述说一遍，告诉众位爷听听。"李兴儿闻听，故意的打佯儿说："小的头里没说什么呀！"石八爷把眼一瞪，说："你快说呀！你头里说那强盗说了好些不受听的言语，怎么这会子又说没有咧？"李兴儿故意的叹口气，口尊："八太爷，他们虽说了几句闲话，小的就是不敢往下说。"石八说："孩子不用害怕，只管说！你八太爷不怪。"李兴儿又故意为难了一会，口尊："八太爷，要提起那伙强盗来，实在令人憎恨。小的主人曾道及过太爷们的名姓，还有六老爷的法号，指望吓退那伙强盗，哪知他们也太欺人。他们说，若不提这些狗头的名姓，大王爷到许开恩放过你去。你提起这些狐群狗党来，不过在本地欺压良善，一出了交界，管保迷了门咧！若提那真武庙的六和尚，玷辱僧人，枉人佛教，大王爷早晚就要去捉拿秃驴，解解众人之恨，也不剜眼，也不抽筋，单把他脑袋割下来，作夜壶用。"李兴儿言还未尽，气坏了一群恶棍。一个个气的还好些，唯有恶僧六和尚气得暴跳如雷，一声大骂："哎哎哟！好一起狂诈的囚徒，竟敢背地里骂的我连根猪毛儿不值。罢咧！罢咧！"一齐出真武庙，去搭救恶人罗四。不表。这内中唯有红带子八老爷未来，皆因他自身有一件大事，还未完结，故不敢露面。就只两个老西儿冤了个无对，白把一千多两银子，教这些人用灌铅骰子墩了个尽，连嚷也不敢嚷，算白忍了肚子疼。这且不表。

　　单说黄天霸，同众寇到了下处。金大力是最好交友之人，又耳闻黄天霸是条好汉，不肯怠慢。立刻叫人摆上一桌酒席，让天霸上座。又告诉他说："恶霸罗似虎现已在此，兄弟只管放心，明日起解交差。见了钦差大人，贤弟只说没有见我，我不过三两天就起身回家去务农呢。"天霸听了咂嘴说："很是，真信服你这汉子，说话有心胸。既然承众位哥儿们赏脸，替我拿住恶棍，感情不尽，礼当陪众位老爷们叙谈叙谈。皆因大人立等审案，小弟就此告辞起身，容日再谢众位帮助之情。"天霸说毕，即站起身来要走，只见乱哄哄地跑进几个人来。不知所为何事，且看下回分解。

第一百五十二回　金大力棍扫众恶棍
黄天霸镖伤六和尚

话说黄天霸闻听恶棍被众寇拿住，心里仍记施公在恶人家中等信，不肯久停，即要起身。忽见从外面乱哄哄地跑进几个人来，口尊："众位寨主，不好了！外面来了好些人，手执短刀铁尺，蜂拥而来，口中直嚷：把罗老叔送出来，万事皆休，少若迟延，杀进来，连窝都拆了！"金大力一听，气冲两肋，说："哎哟！好狗男女，敢在大王爷跟前来要人。"跳起来，就要往外跑。天霸相拦，叫声金大哥："何用性暴？承太爷们情分，既把罗四拿住，交给小弟解去。他乃犯人，就算差使。如今有人指名来要，就算他劫夺差使。大哥不必动气，待小弟出去看看他们是什么人？"金大力、王栋说："既如此，我等奉陪老兄弟出去。想必是两个脑袋的人，不然也不敢老虎嘴里夺脆骨。"言罢，三个人起身，各抓兵刀往外就走。众寇见头目出去，也都怒气冲冲，手提兵器，随后而来。

登时开了庙门，见门外有一群人围着，一个个吹胡子，瞪眼睛，指手画脚的闹呢！天霸连忙上前答话，说："呔！你们这些人，是做什么的？还不快些跑开。"但有一个凶眉恶眼和尚开言说："呔！那小子休得做梦！快把罗老叔送出来，是你等造化。别等六老爷动火，那时你们吃不了兜着走。"天霸听了，方要动气，复压了压，叫声和尚："你一个出家人，只该背上块砖，挨户去化缘，那是你的本分事，为何跟了这些人来太岁头上动土？我劝你趁早回去。实告诉你罢，罗四被施大人差人拿去，他乃犯法之人，并不与寨主们相干。"恶僧闻言，叫声："那厮不必多言，我们也不管施老爷、干老爷，快请出你罗太爷来，咱就罢了。再要多言，六老爷就要动手。"天霸一听，那还忍得住，骂声："好个不知好歹的秃驴！太爷好言相劝，你却合我古眉古样，自称什么六老爷。我问你是那个六老爷的夜壶？"恶僧闻听黄天霸之言，气的一声"哎哟，好小子，竟敢出口伤人！别走，吃我一刀"！照天霸就是一刀。幸而天霸眼尖手快，瞧户临近，随手架避。金大力一边动怒，手执铁棍，直扑石八而来，照准马腿遂下绝情。只听吧一声响，马觉疼痛难忍，连声吼叫，跳了几跳，栽倒在地。大汉石八躺在地下，金大力赶上举棍要打，破头张三蹿将上来，把闪杆一摆，被棍崩为两段。张三手持半截闪杆，吓了一身冷汗，回身就跑。金大力随后赶上，照着背脊一棍，只听"哎哟"，咕咚栽倒。众棍围上来，兵刃乱举。那边怒恼众寇，吵发声喊，也冲上来，大骂："囚徒！以多为胜，你大王爷哪个是省油灯？"说罢，两下兵刃战在一处。众恶棍虽都使着兵器，不过胡乱抢打，那里是众寇对手？只有真武庙六和尚算是挠儿赛。

且说众寇与众棍交手，只听一阵兵刃震耳，来回走了几趟。金大力不亚疯魔之虎，一条棍横打竖扫，指东打西，如水底蛟龙一般。忽见短辫子马上"哎哟"一声，躺在尘埃。那边粗胳膊邓四，冷不防耳门上也着一家伙，躺在地上。石八被亚油墩李四一锤，打的晃了晃。金大力趁着这个晃，赶上去就是一棍，只听扑通一声，如倒半堵墙一般。王栋跑上来，对石八"吧、吧"膀子上就是两刀背。众棍见他们头目被擒，一个个越发的着忙。正在忙促之间，白吃猴郭二被黄天霸单刀一撩，耳朵去了半个，疼的难忍，两手抱着耳朵就跑。王栋一见，忙把飞抓抖开，哗啷随后打去。郭二正跑之间，猛听后面呼的一声，被飞抓连脖子带脸抓住。他仍指望要跑，飞抓的五个爪，打入肉内，抓了个结实。王栋这边把绒绳往回一拽，喝声："囚徒往那里跑，还不回来！"郭二倒听话，依他回来。他又吩咐手下人，快将拿住的这几个，全都上绑。手下人答应，立刻绑了。众恶棍见光景不好，打个号儿，说声"跑"，一个个抱头乱窜，如风卷残云一样。众寇随后就赶，只剩下恶僧还与天霸交锋。王栋知道天霸心高气傲，不用别人帮助，站在旁边掠阵。

但见恶僧蹿蹦跳跃，腾闪砍剁。天霸不肯用力，不到刀临切近，不还手。恶僧打量他要败，刀法越急，一步紧一步，只白费力，再也砍不着好汉。来回又走了数十回合，使的张口发喘，浑身是汗，后力将要不加。天霸大叫："秃驴，这回何不施展英雄？耳闻你武艺本来平常，出家人本当谨守清规，绝不该勾串狐群狗党，胡作为非。大约你也不知我黄天霸，竟敢班门弄斧。"恶僧一听好汉之言，就有三分惧怕，把舌头一伸，暗暗说道，怪不得这小子扎手，敢则他是黄天霸？我当日在真武庙地方做响马，就知南路一带有黄天霸，是一条好汉，才十五六岁，多少达官好汉，都不是他对手。我还不信，今日瞧来，果然不虚。此处既有黄天霸，还有我的份儿吗？从今快把我这六老爷收起，别等卷了刃再收，那就迟了。恶僧想罢，又想必须如此如此，方能胜他。瞧着个空儿，撒腿就跑。天霸一见，随后追赶，大骂："秃驴往那里走？"恶僧一壁里走着，一壁里往肚兜里取出一物，回身往天霸一撒手。只听嗖的一声，黄天霸抬头，猛见一物扑面而来。

看官，方才六和尚使的这宗暗器，是什么东西呢？提起来人人尽知，乃是槐莲丹皮砸烂撮成团，约鸡卵大，此物比石头还硬，还结实。恶僧常常演习，能三十步之内打人，百发百中，从不落空。恶僧先作响马时，但遇扎手的达官，杀不过人家，就用此物伤人。闲话不表。

且说黄天霸虽然追赶凶僧，却早留神提防着。正赶之间，忽听迎面有声，似一物打来，好汉眼快身轻，急将身往上一纵，把手搭上往下一招，便将那一物招在手内。瞧了瞧，扑哧一笑，说："小子真会玩。"说罢，单臂攒劲，嗖的一声打去，又用大声说咧："大相公！拿你爹脑巴骨子去吧！"凶僧发出此物，扭项正看动静。猛听唰的一声，那物又打回来，凶僧才待要躲，只见吧一声，正中脑瓜勺子上。凶僧摸了摸，顺着脖子流血，原来是打了个窟窿。凶僧连忙从棉袄上扯了一块棉花堵上。天霸早已赶到。凶僧忙把双腿一纵,嗖的一声,纵上庙墙去,顺着墙上了佛殿背脊。天霸一见凶僧登庙堂脊之上,随后单刀一扬,嗖一声也上殿去了。且说六和尚在庙房上,猛见一人抄着影儿也跟上房来,凶僧轻轻地顺着瓦垄儿,趴在后坡里,隐住身形。他偶生一计,忙把外面衣裳脱下一件,揉了个团儿,往下一捺,指望天霸必以为是个人下去了,顺着必赶,他好就此脱逃。哪知天霸早已轻轻绕到他身后。凶僧正脱衣裳往下一捺,天霸趁空儿站起,两膀攒劲,把他后腰抱住。凶僧作急,恐为所擒,忙把胳膊上绑的攮子往后一墩。只听吱的一声,好汉"哎哟"松手。凶僧得便脱逃。

　　天霸不顾伤膀疼,紧紧相跟。从鞘内拔出镖来,照准凶僧大腿打去。只听那僧"哎哟"一声,栽倒身躯,顺着瓦垄往下直滚,扑通掉在地上。好汉往下一纵,脚踏实地,赶到和尚跟前,不肯伤他性命,留活口,还要见钦差交令,却用甩头一子,吧吧吧,把恶僧两膀打卸。众寇也都进来,赶到跟前,见好汉将凶僧擒住。金大力为人莽撞,举棍照脑门上要打。天霸上前拦住,叫声:"大哥不可伤他性命,小弟还要带他见大人交差。"说着伸手拔镖出来。

　　王栋忙命小卒取绳来,把恶僧与那几个绑在一处看守,然后让天霸同进屋内。好汉在灯下脱下衣服,瞧了瞧左膀上,被恶僧攮了有一寸多长的三尖口子,鲜血直流。金大力、王栋问其缘故?好汉说:"方才被恶僧扎的。"二人说:"老弟,千万别冒风,须用刀伤药调治才好。"不知天霸到底怎样,且看下回分解。

国学经典文库

中国公案小说

·施公案·

图文珍藏版

第一百五十三回　黄天霸押解交差　施贤臣回衙审案

　　话说黄天霸见众寇拿住罗似虎，急要起身告辞，说："兄长，不必费心备酒，小弟就要起解，见大人交差，省得恩官在独虎营贼宅悬心。"王栋、金大力再三款留，天霸执意要走。二人无奈，只得依从，令人将恶棍罗似虎、杆上石八、真武庙六和尚、破头张三、白吃猴郭二，共五人，俱是绳扎脖子。又遣十名盗寇押送起解。又备马一匹，天霸骑了。五名恶犯在前，好汉在后，来到庙门以外。金大力、王栋俱送出半里之遥，执了执手儿，各自躬身别去。十名盗寇押解犯人，一齐而行，竟扑独虎营而来。

　　不言天霸押解登程。却说钦差大人，自从打发天霸追赶恶棍去后，忠良坐在房中，单等回音。张公道在旁伺候，拿出各样点心，供奉大人。关小西把住门口，保护大人，唯恐贼宅有变，惊吓大人；又怕张才别有异心，留神瞧他变动。贤臣在此，虽然无碍，如坐针毡一般，各样点心不能下咽。张才再三相让，老爷只是哼哼，懒于入口。又不见黄天霸回来，心内着急。忽听打了晓钟，越发不放心了。

　　且说天霸押解众犯，心急性躁，唯恐钦差作急，催逼众人紧走。不多时，到了恶棍门首。天霸向众寇开言，尊声众位弟兄："略站一站，待弟进去回禀大人，再请众位里面坐坐。"众寇说："老叔只管请吧！我等也不便进内，等尊驾出来带进犯人，我们好回去见寨主交令。"天霸说："既如此，小弟从命。"好汉从后门走入，到了张才房中。才要打千儿，施公摆手，说："壮士请起，多有辛苦了！不知果曾拿住恶棍没有？"天霸说："禀大人，恶棍等俱已擒拿，现在门外。"施公大喜说："好好，快带进来，本院先审一审。"好汉答应，迈步出房。去不多时，把众犯带至门外站立。众寇回去，不表。

　　且说天霸进房禀老爷，犯人带到。施公望外定神细看，又见有个和尚，不解其意，忙问："这出家人是做什么的？"好汉说："回大人，这是真武庙的六和尚。这三人乃是杆儿上的，他们都是罗似虎一党。小人追赶恶棍，路遇朋友之外，不料朋友已将恶棍获住。才要起解犯人，忽又来了一群恶棍，硬要劫夺差使。大亏小人朋友帮助，把这五人拿来。剩下的逃脱，求大人宽恩。"施公说："壮士多礼了，这就很好。本院正要一并擒拿，壮士今既捉住，甚妙。这起杆儿上的更加可恶，本院亲见他们用石灰将人眼睛揉瞎。大清国岂可留这种恶徒贻害良民！"

　　大人正要提恶棍审问，忽见外面闹吵吵的，有无数人进院。小西恐有别的缘故，持刀往外就跑。看了看，只见是许多官员带了兵丁，还有轿夫、人夫、执事，挤满一院子。小西知是此处的官员站在门外。只见众官走至跟前，齐声口尊："借重将爷，回禀大人，就说我等特来请罪。"小西听了，连忙进房回话，说明此事。复又走出，立于台阶之上，把手一招，说："大人吩咐，叫众位进去。"众官闻听，进房见了施公，一个个手撩袍服，抢行几步，上前跪下，口尊："钦差大人，多有受惊。卑职等救应来迟，特来请罪。"施公一见，说："众位请起。此地多有这不法之徒，理当早除才是！为何容留，苦害良民？昨日，本院当堂究问，众位还推不知，必是受他的贿赂。本院此时也不深究，俟入京奏明圣上，听圣上发落就是。"众官闻听，吓得闭口无言，只得站起伺候。施安、施孝、郭起凤、王殿臣四个人，上前请安，回明来接的执事。施安打开包袱，老爷换上冠袍带履，复归座位，望众官开言，说："列位贤契，快查恶棍家口男女，共有多少。将男人带来见本院；查清妇女，不准差役混杂生事。"众官答应："谨遵钧谕。"守备、千总去查家口，不表。施公又说："众贤契，吩咐衙役，快给犯人换上刑具，伺候本院回衙审问。"知州答应，出门吩咐差役给犯人换刑具。连先前擒住的乔四，一共六个犯人，登时把刑具换上。

内中只见恶僧愁眉不展。石八叫声六师傅："只管放心，咱们并非谋反大逆，大约施不全也不敢就杀我们。暂忍耐一时，三天之内京中必有人来，施不全他得好好儿地放了咱们，送我们回家。哥哥要无这个法儿，我还算人物咧？"表过石八仗的太后宫总管王志，与他是磕头弟兄。此人朝中大有名头，故此石八说这大话。不表。

且说施公派官去查恶棍家口。不多时，千总、守备进来回话，说："卑职查出男女共四十三名，内有男女死尸三四个，并无遗漏。"施公听了，忙问："这死尸又是何故？"天霸在旁听了，连忙上前说："回大人，这个女人，小的知道，他乃此地杨隆、杨兴的妹子。妹夫死，他守贞。恶棍抢来，烈妇不从。恶棍教人用针将妇人十指钉住，又用麻绳将妇人绑了。小的从天窗亲眼看见。还听说妇人的哥哥杨姓弟兄二人，现在州衙受刑。恶棍讹诈杨姓该欠百两银子，又买通了州官，非刑拷问，追其银两。若无银子，就拿他妹子顶账。再不应口，就叫知州要了他们性命。"施公听了这些言语，气的咬牙切齿，向众官说："所有恶人家中雇工奴仆，全都释放；其典买家人，守府派兵昼夜巡逻，不许放出一人。但有徇私，决不宽恕。回衙差人验尸，审问口供，待本院奏明圣上，候旨发落。"文武官一起躬身。大人这才吩咐"搭轿"。上轿后，又吩咐文武官员，严紧把守门口，发放雇工。管家张才，随他搬往别处。这且不表。

再说钦差大人人马轿夫，直奔景州衙门而来。一路上有许多人拦路而跪，手举状词，高声喊冤："叩求青天救人！"钦差吩咐接状词。手下人接了状词，递与大人。瞧了瞧，俱都是告罗似虎的。复吩咐青衣将原告带进州衙，当堂对实。青衣答应，带领原告进城。

不多时，到了衙门。钦差下轿，立刻升堂，众官分左右站班。大人吩咐说："将罗似虎带上来听审。"青衣下堂去，不多时，将罗似虎带到公堂。不知审问后怎样办法，且看下回分解。

第一百五十四回　黄带子庄头说情　恶阎王罗四正法

话说施公,将原告叫上堂来。正要问话,好与罗似虎对质,忽见青衣上堂,打千儿说:"回大人,有一位宗亲黄带子,同一个皇粮庄头,现在衙门外,口称有机密事,要见大人。"贤臣沉吟半晌,说:"叫他们进来。"青衣回身而去。

不多时,只见外面走进两个人来。施公闪目留神。一个头戴貂帽,红帽缨一色鲜明,灰鼠皮袄蓝缎子面,年纪有四旬。一个川鼠皮袄,川鼠外褂,青缎吊面,外面罩着合衫大呢面,头戴海龙皮帽,足蹬缎靴。身后四个跟人,皆彪形大汉,长得凶恶,手中拿着包袱坐褥。且说众官役见黄带子与何三太前来,算着必与罗似虎、石八讲情。

且说施公见他二人走进堂口,因是皇上宗亲,不好意思不理,只得把屁股欠了一次,勉强笑说:"请坐。"黄带子与黄粮庄头,哈腰说:"岂敢,我二人久仰钦差大名。幸大驾光临,我二人特来拜望。"贤臣答言:"好说,好说。"吩咐看两座儿。青衣连忙拿了两张椅子,放在公案左边。黄带子与庄头两人告坐,家下人把坐褥铺下。二人归座,眼望施公,口尊:"大人,我们一来拜望,二来还求一件事情,奉恳大人赏脸。"施公明知故问,说:"不知所为何事?"黄带子满脸赔笑,口尊:"大人,我们特为罗姓那件小事,还有穷家儿石姓一人,都被大人带到衙中。他们向日忠厚老实。罗姓虽然豪富,并不自大,纵有不到之处,还望大人容纳一二。他令兄,大略大人也知道,现在是千岁宫的首领儿。"贤臣听罢,不由鼻间冷笑,也不生气,说:"哦,我当什么大事? 原来为罗似虎之事。那可有多大事情,何用二位亲自来? 只差人告诉本院,瞧着尊驾也不能不放。少不得本院当着二位,略问一问,再放不迟。"黄带子与庄头,信以为真,笑着说:"怪不得我等向来闻听老大人很圣明,今日看来,名不虚传。多承大人赏脸,我们真正感情。"施公回言:"岂敢,岂敢。请问宗亲,现在那衙门当差?"黄带子说:"不怕阁下见笑,在下是个闲散之人。提起来,大人料也认得,现在古北口作将军的伊公爷,就是我哥哥;刑部正堂八大人,那是我侄子。"施公闻听,口里哈哈啊啊,说:"我知道了。请问这位贵姓?"庄头回言:"不敢,贱姓何,我乃八王爷府庄头。"

施公暗想:少不得叫原告对证。吩咐:"原告快讲实情,但有半句虚言,本爵法不宽贷。"众民一齐叩首。这个说,罗似虎霸占我地,反与他纳租;那个说,硬诓小民家产,私立保人文契。这个说,我父惹了他,被他打死;那个说,小的儿子才交十四岁,抢到他家作奴。又有举人,口称:"治晚回大人,罗似虎硬赖我杨隆、杨兴二表弟该他二百两银子,差人把二人拿去,又派家人把表妹抢到他家做妾。治晚在本州官台下投状,无奈本州受贿,不准状词。"大人听了,冲天大怒,叫青衣:"与我快动手!"青衣答应,一齐动手。黄带子及庄头,见收拾罗似虎,心中不悦,站起身来,叫声施大人:"你错咧!方才你应下我二人的情分,说不过是略问他一问,便放他回家,如何这会子就要动刑?这不是给我二人没脸面?你以为是钦差可威吓别人,你宗亲爷可不怕!"施公一听这些话,把脸气黄了,一声大喝:"嗤!好个不知道理的人,连王法全无了。来人,快将这两狂徒撵出去!"黄天霸、关小西、王殿臣、郭起凤四人,慌忙奔了黄带子、庄头。二人手下有四个家丁,才要拦挡,被王殿臣、郭起凤推住。天霸、小西二人上前,就把黄带子、庄头如掐小鸡的一样,撵出衙门。不表。

且说钦差又复审问恶棍,恶棍还是不招。又夹了两夹,打了三十大板,这才招了。大人知恶棍走眼甚大,恐迟则生变,忙写折子,差施安星夜上京奏事,不表。

且说钦差才要审问杆上的石八与六和尚,只见州官上前回话,口尊:"钦差大人在上,卑职验得恶棍的家口,内有一男一女,乃是被人用刀砍死的。又有一个妇人的尸首,令稳婆验了,十指发青是实,别处无伤。"施公一听,咬牙切齿地骂道:"如此恶棍,就是杀了,还便宜他!"又吩咐州官快把杨兴兄弟二人提来问供。州官答应。不多时,二人提到,跪在堂上。钦差叫声杨隆、杨兴:"该欠罗姓多少银两?快对本院实讲。"二人见问,磕头碰地,口尊:"青天大人,小的实是冤枉。只因小人有个妹子出嫁半年,妹夫死了,令他改嫁不允,情愿守节。妹夫周年,妹子上坟祭扫,不料路遇罗似虎。他看见妹子姿容,托媒说亲。妹子不肯改志。似虎硬说该他二百两银子,假立借字,立逼要银,如无银子,就将妹子抢去折银。小人不应,硬叫家奴把兄弟打伤,送到州衙。州官不问情由,屈打成招,将我兄弟二人收入监中。又将妹子抢到罗家,至今不知死活。倘若有半句虚言,小人情甘认罪。"说罢,眼泪汪汪,不住叩头。钦差听了杨隆兄弟之言,与所访一点不错,且与从前梦境相符。扭头叫声:"州官呢?"州官连忙跪下。钦差在上,冲冲大怒说:"你既作皇家五品官,乃是民之父母,理应在地方教化,除暴安良,才是正理。可恨你这个狗官,趋炎附势,受贿贪赃,不问子民冤枉,身该何罪?"州官吓得咕咕咚咚不住叩头,口尊:"大人,卑职该死,求大人开恩。"钦差说:"你且起去,候皇上旨意到来再说。"知州起去。时已天晚,钦差吩咐把罗似虎、石八、六和尚、乔四等收监,仍把杨姓兄弟暂收。大人把诸事办完,上轿回驿馆安歇。不提。

到了第三日,老爷吩咐到州衙理事。登时上轿,到了州衙,下轿升堂。将要审问众犯,忽报旨意来到。连忙离座,率领众官迎接。太监说道:"此乃千岁爷王命。"钦差闻听,说:"很好,很好。下官也要听二千岁爷谕旨,所为何事?"太监忙把王命打开,从头至尾,念了一遍。又从怀中掏出书信,口尊:"大人过目。"钦差拆开细看,认得是施老太爷字迹,瞧了瞧,也不过是叫放罗似虎,与千岁旨上一样话。施公看罢,叫声太府:"论理,这两封书都该遵,不遵王命为不忠;不遵父命为不孝。但是一件，施某已经差人奏事去了，须听皇上旨意，怎样发落。"太监一听，急的拍手顿足，叫声施大人："气杀我咧！我临来，千岁爷再三嘱咐：今日务必同罗似虎进京。我要无人带去，就要我的命。只因十五日，千岁要引见罗似虎补刑部员外郎缺。施大人你想，那是千岁的保举，皇上已经记名，明日引见。若无此人，别说千岁爷有处分，连大人也有些不便。"钦差说："太府不必着急，略等一等皇上旨意，再作商议。"

正讲话间，忽听外面说："闪开闪开，这是京里旨意到了。"但见一匹马，直奔堂口。施公忙出座位，走下堂来。见那马匹，浑身是汗。施安在上骑着，背后斜背着黄包袱。他见施公同众官俱在堂下站立，便高声叫道："皇上旨意到了！请爷快来接旨。"施公忙走几步，来至马前，双膝跪下，说："奴才施不全接旨。"施安忙把背的黄包袱解下来，双手高擎，往下一递。施公双手捧定，众官跟着，齐到公堂。施安这才下马。施公把旨意供在居中公案之上，带领众官行三跪九叩首。礼毕平身，自己宣读圣旨，高声朗诵：

奉天承运，皇帝诏曰：尔施仕伦奏罗似虎万恶滔天，苦害良民。前者二千岁与朕保举似虎升官，若非卿奏明，朕几误用恶党。二千岁当罚俸一年，全革去对子马。爱卿又奏恶奴乔四助恶行凶，与恶棍罗似虎均按律定罪，就地正法。又奏杆上石八等，素行不法，劫夺犯人，按律拟罪。六和尚，河间府知府任宗尧业经奏过，是久犯盗寇，前有几件命案，四处查拿，并未拿获，今既出家，仍复为恶不悛，着即就地正法。宫内王首领，念其年老，侍奉皇宫日久，姑开恩赦罪。千岁宫罗首领，念其在京，伊弟在家不法，不加警戒，亦宽恩免罪。罗似虎恃家豪富，武断乡曲，鱼肉乡民，当抄家悉充赈济饥民；朕另派员查抄。爱卿查拿赃官污吏，进京另有升赏，暂赏尔父一年俸银。黄天霸、关小西屡次涉险，擒贼有功，俟进京，朕加封官职。钦此。

圣诏读罢，众官叩首。千岁宫太监听得明白，哪里还敢多言？出衙回京，不表。

且说施公遵旨，把杆上石八等三人，发西安府军罪三年。立将罗似虎、乔四、六和尚杀剐，在景州与民雪恨。又将杨隆、杨兴放出。老爷念他二人无辜遭屈，将罗似虎家财内，赏他二百两银子，以为养伤之资。又念他妹子贞节，赐"节烈留芳"匾一面，自捐俸银二百，交给杨隆，以为旌表葬埋之助。诸事办毕，吩咐打轿，立刻起身进京。不知后事如何，且看下回分解。

第一百五十五回 商家林费玉鸣冤 河间府施公接状

话说施公起身回京。一日,走到一处,在轿内隔着玻璃一瞧,见路中人迹寂灭,不像别处道上,行人过客往来不绝。忽又远望,前面一阵黑土飞扬,弥漫树杪,心中就不由得纳闷,即问:“黄壮士,此处叫作什么地方?”黄天霸闻言,催马来到轿前,哈着腰儿说:“回大人,此处叫作商家林。”老爷说:“到河间府,还有多少路程?”天霸回道:“这就是河间府地面,离城不过大约三十里。”老爷说:“此乃是直隶境界,又是进京大道,因何路静人稀,并无行人往来,荒凉至于如此?”天霸见问,复又躬身说:“回大人,此处虽是大道,行人却不由此走,其中却有个缘故。小的曾听见先父说过,当初商家林、献县两搭界地方,有一盗寇,姓窦,叫窦耳墩,在此啸聚好汉,劫夺行人。虽曾调兵把他驱走,至今余党未尽。”闲话暂且不表。

却说黄天霸随着大人的轿,且说且走,猛抬头一看,见前边过来了一丛人马,驮轿人夫,前呼后拥,真是一窝蜂一样。瞧见钦差的人马,竟奔西北去了。你说这一起坐驮轿的,为何躲着钦差走呢?终是贼人胆怯。

他们是一伙响马盗寇。为首的叫作一撮毛侯七,年纪四旬开外。生的身高六尺,背阔腰圆,一嘴的黄胡须。有飞檐走壁之能,手使两把压油锤,外带铁弩弓,箭三支,不亚穿杨之技,百发百中。其余盛大胯、郑剥皮、山东王、蝎虎子张大汉、崔三、飞毛腿邓六等,俱是胁从党羽。还带着熏香盒、软梯子,及众寇所用的一切器械等物件。

驮轿内坐着一人,年方二十一岁。姓彦,名八哥,外号叫赛饿鹰。面如敷粉,唇似涂朱。子都之姣,不能擅美于前。故当时为之语曰:“莲花似六郎,粉团似八哥。”他穿着一身式样衣裳,扮作官府形象。这彦八哥又非头目,如何叫他坐轿?因为模样长得好看,假称:某处官府,从此经过,特来拜谒借宿。就有许多倚势的人家,觉着官府来拜,岂不体面长人?又搭着彦八哥相貌不俗,一见必要入彀,因此就揖盗入门,到家吃喝个泰山不谢土。等夜间,点着熏香,把各屋人熏倒,即把各屋财物抢去。如盗入宝山一样,那个肯空手而回?

可巧遇见一位倒运的官府,姓费,名玉,是南省庐州府的同知。因丁母忧回家。此人在任做官廉洁,并不贪图民财。六亲皆无,就是夫妻二人,膝下一子,才交三岁。原系直隶保定府雄县人,故由此经过。正走之间,忽见前面众寇一拥扑来。一撮毛先高声喝道:“何处来的官府?把你苦害良民的金银财宝,快给爷爷留下,放你过去。不然叫你人财两空,那时就悔之晚矣。”官府未及答言,但见驮轿后边跟着一个长随,姓鲁,名叫醉猫,不达时务,想拿着官势压迫他们,遂催马前来,用鞭一指,大喝道:"好一瞎眼囚攮的! 还不闪开道路,让费老爷驮轿过去!"他还当是黎民呢,怕他威吓。这些强盗们,哪怕他这些? 盛大胯闻听大怒,骂道:"这狗娘养的! 不知好歹,合爷爷们发横,你是自来送死。"就着认扣搭弦,只听哧的一声,照着醉猫大腿射去。"哎哟"一声,他咕咚栽于马下。山东王一见,跳下马来,举刀赶来就砍,骂声:"好个花驴筋的,吃你老爷一刀。"唬吱一声,红光出现。这个鼠辈,把个醉猫儿结果了性命。

那些人见风不顺,吓得撂下二府驮轿,一哄而散。驴夫、跟人都无影儿咧! 把个官吓得浑身乱抖,强挣扎着说:"好汉暂息雷霆,容下官一言告禀,请列位贵耳清听。下官虽在外做官,职原卑小,地方又遇荒凉,这几年官囊实在空乏。众位爷们放下官过去,合家感恩不尽,虽没齿不敢忘也。"众好汉闻听,微微冷笑,说:"好个狗官,谁和你讲文呢?"内中又有一寇邓第六的,说:"哪有这么大功夫和他斗嘴,要不显显咱们的灵验,他也不知咱们是那庙里的神道。"说着,就蹿到跟前,举刀就砍。郑剥皮连忙用力把他的刀架住,高声叫道:"六哥,你别伤他性命,那里不是行好来呢?"山东王闻听大怒,说:"你是老虎戴念珠——假充什么善人?"赌气站在一旁,也不言语。郑剥皮大叫道:"要不亏我拦住,你早见了阎王老爷。再要不打正经主意,也就说不了咧。"费玉还是苦苦哀求。正说着话,郑剥皮一抬头,看见轿内妇人,怀抱一个公子,长的肥头大耳,目秀眉清,面白真似银盆,发黑浑如墨锭,真是令人喜爱。细瞧脖项戴着赤金项圈,心中一动,就用刀一指,说:"把这赤金项圈给了我们,别的东西也就不要咧!"费玉说:"大王爷既爱,理当奉送,奈因此事,乃是小儿满月,亲友留下的。他有一女,也刚满月,情愿大了与小儿为妻,因亲家往广东去做官,恐日后年深不认,临别将一对项圈分开,以为后日押记。今日若被大王拿去,可怜他孤鸾独凤各东西,日后夫妻就不能团圆了。望大王爷开恩,成就这一段好姻缘吧!"郑剥皮大声喝道:"好咧,你这狗官! 真是善财难舍。"说着,就将费玉拉出轿来,咕咚一声,往地下一捽。又往妇人怀中将孩子夺过来,用力在脖颈上唬吱一声,将孩童杀死,脑袋捽在一旁,把项圈拾将起来。众盗寇一齐催马,扬长而去,不表。

且说费玉躺在地上,爬不起来,待够多时,才挣扎着起来。瞧了瞧他儿子,躺在轿下,只剩下腔子咧,脑袋在一旁捽着。他的妻马氏,吓了个魂不附体,迷迷糊糊如死人一般。费玉一见,哭的是捶胸跺脚,死来活去。登时几个跟人,同几个驴夫,见盗寇去远,这才从树林内出来,会在一处。费玉一见,骂了几句。无奈,只得将马氏救醒,又把公子死尸并首级,包在一处,搁在驮子上。然后,自己上了驮轿,嘱咐驴夫趁天尚早,快些赶到河间府好鸣冤告状。这且不表费玉赶路。

却说施大人执事顶马,正往北走。忽然,从北来了一群人马,离大人轿子堪堪临近。头里三对对子马,对子马刚过来,跟着就是两匹顶马,后面跟随人马无数。但见居中一人,坐在马上,不是王公宗亲,定是贝子贝勒。这马上的人,见施老爷这边下轿，他那边早也下马咧。便打发人前来，问是施大人，仓厂总督奉旨钦差，由山东赈济回京。一来人的名儿，树的影儿。听见是施大人，素日早知难缠，不由打个冷战。二来也合该犯事，冤家路窄。

且说忠良见那人下马，心中未免疑惑，登时两下里走到一处。忠良口称："奴才施不全，早知主子驾到，应当回避。"说着话，才要请安，那个人伸手拉住贤臣，口说："不敢，不敢，大人太多礼了。"这几句话，越发漏了空咧！贤臣复又上下打量了打量，口里道："可啊可啊，好说好说。"彼此哈了腰，贤臣就不是像从前礼貌咧！但见那人口尊："施大人先请上轿，愚下何敢有僭？"老爷含糊答应说："有罪，有罪。"哈了哈腰，先上轿咧。那人随后也上马。两下里跟人也俱都上马，彼此分手。

施大人上轿，才要登程，忽见前面来了一人，飞马而跑。到了轿前，弃镫下马，双膝跪倒，口尊："大人，冤枉！卑职费玉，系直隶雄县人，现任南省庐州府同知。因丁母忧回籍，路过前面密树林，对面遇着一乘驮轿。跟随人马，约有十数余口。讵知尽是大盗强人，截住卑职，硬要买路钱。卑职做官，原来寒贫，并无金银奉献。他却将小儿头颅砍断，摘下项圈，扬长而去。失盗是轻，人命唯重，可恨群盗并逸，偏成漏网之鱼。独怜小子何辜，竟作含冤之鬼。伏乞捕缉盗寇，得以伸冤雪恨，则卑职举家感恩不尽矣！为此叩恳青天老大人，恩准施行。"

钦差大人，听见费玉一片言词，不由满面生嗔，暗说，大清国竟有这样不法之人，那有坐着驮轿当响马之理！怪不得见本院，一个个贼眉鼠眼，瞧着就不像外官行景，敢则是一群强盗假扮官人。开言便问："费同知，你可曾记得面目？"费玉回言："卑职见了众寇，早吓软瘫咧，那里还记得？内中一人，长的身躯高大，脸上有一痣子，痣子上有一撮黑毛。别的也不记得什么。"言罢，叩头。忠良说："事已如此，不必着急。你先起去，本院准你的状子就是咧！你且在河间府附近住下听候。"费同知听说，站在一旁伺候。忠良叫声黄壮士，天霸答应。贤臣说："你即刻回走，顺大路追赶那起盗寇来见本院。"天霸上马而去。

且说钦差大人，坐着轿往前正走，忽然河间府通城的官员，带着兵丁衙役，俱投递手本，前来迎接。但见众官员紧走几步，迎面跪下，各报职名，口尊："迎接钦差大人。"大人在轿内一摆手，众官站起身来，往回里紧走。大人轿子刚要走，又有闹哄哄的几个人，来到轿前跪倒了，口中乱喊："冤枉！"大人在轿内，吩咐道："把喊冤的这些人，带到河间府听审。"衙役答应。

不多时，来到河间府，但见关外城里，士农工商，男女老少，俱是满斗焚香，跪接钦差，人烟沸腾，欢声载道。到了公馆门口，结彩悬花，鼓乐齐鸣，吹着《将军令》，迎接进去。大人下轿升堂，众官参见。大人吩咐道："把喊冤的人带上来。"衙役答应，霎时带到堂下，一齐跪倒。大人瞧了瞧，不是平民，俱是有体统的人。望着那人们说道："你等一个一个的各报姓名，不准乱说。"一个说："小人姓刘，名叫刘成贵，作当行生意，家住任丘县东北。"一个说："小人姓赵，叫赵士英，家住新中驿，开粮食店为生。"又见一人，口尊："钦差大人，生员孙胜卿，祖居河间府首县。"又手指一人说："他住河间府东南，姓杨，叫杨奎，是个举人。他父亲任江西教官。他系生员的表弟。"众人报罢姓名，贤臣先叫刘成贵："你是什么冤枉？先诉上来。"成贵说："前日，是小人母亲生日。小人从当铺回家，与母亲上寿。还有些亲友，正在家中吃饭。仆人拿进一个拜帖来，说外边有个坐驮轿的官府要求见。小人暗想，并无做官的亲友，既来拜望，只得到外边看看。出门一瞧，果然有个坐驮轿的官府，跟着十数个人，都有马匹。彼称是广东的知县，前去上任，只因天晚咧，要在小人家借宿一宵。小人想了想，家中有的是房屋；又是家母寿日，厨房并预备以酒席，都是现成的，为什么不做个脸儿呢？让进去款待了，岂不想留下一个交情？哎哟，老爷，合该小人倒运！哪知是一伙杀人的强盗！吃喝了，让到书房去安歇。到了半夜，把小人合家用熏香熏倒，将各屋衣服首饰，打扫了个罄尽。这还是小事。可恨那杀人贼，先用刀把小人母亲杀死。见小人妹子，生的美貌，他们就轮流奸淫了。妹子乃是有婆家的人，他公公现作守备，下月还要过门呢，这可怎样！"说着，放声大哭，磕头碰地。

贤臣说："你可记得那些人模样呢？"刘成贵说："曾记得内中一人，脸上有个痣子，痣子有一撮毛儿。"贤臣听罢，又把那三人的状子接上来，瞧了瞧，原来告的都是那伙人，俱是失盗之事。连费同知，共是五家失盗，伤了三条人命。这内中，唯有孙胜卿妻韩氏年十九岁，被盗连被窝里了去咧！贤臣看到此处，心中大怒，叫声尔等起去，"此伙强人，本院路上见过，已差人追去了。尔等下去。"要知后事如何，且看下回分解。

第一百五十六回 二官府告假钦差 五大人住河间府

话说施大人到河间府公馆升堂。把道上喊冤四个人,带上堂来问了问,把状子接来看完,叫四个人下堂听候,等拿回了强盗来,好与他们洗冤完案。又吩咐众官员,各回衙门。退堂,才要喝茶,听差的报道:"外边有二位官府,有要事来求见大人。"大人吩咐:"让他进来。"差人即到外边,知会二位一声,说:"大人让二位老爷进去。"差人领着二位官府,进了公馆。走到大人面前,一齐跪倒。但见一个身穿宝蓝皮袄,红青皮褂,足下粉底缎靴,头戴貂帽红缨罩顶,面貌苍老,身躯瘦弱,很像个斯文样式。一个是穿着香色皮袄,青布外褂,薄底尖靴,也是貂鼠皮帽,生丝红缨,年纪不过三旬,虎背熊腰,面貌微黑,身躯肥胖。各递手本。忠贤看罢,一个是雄县知县蒋绍文,一个是新中驿守府卢珍。并有呈词,一齐递上。大人先看知县呈词,上写:

具禀卑职雄县知县蒋绍文,为上差勒索银两,恳恩详细究查,以肃官箴,而重国典事。窃有天子宗亲、奉旨钦差五大人,据称钦派查道,云:皇上明年某月某日,上五台进香,由敝县地方经过。教卑职速办道差,毋得故违。倘临期有误,先灭宗族,后平祖墓。已在卑职衙门整住三天,日夜骚扰。一事预备不到,便就价折银两若干。卑职伏思,既是皇差,何以又要价折?叩乞青天老大人,恩准详究施行。

忠良看完,又看新中驿守府卢珍呈词,却与知县蒋绍文呈词言语,是同一事。忠良不由心中大怒,腹内暗说,我瞧这起人的行景,就不正气,果然不错。那有皇上宗亲,行此不法之事?再说皇上派人查道,各处早有文书。施某身虽在外,来往也有报马,施某没有不知道的。若说此事有假,又有兵部印文。若说是真,如此到处讹人,教人难解。大清国哪有这样大胆人?再说,还有那起绿林,天霸全拿住才好呢!只好等天霸回来,再作道理。贤臣座上开言说:"蒋知县,卢守府,且请回去听候吧!"二人说:"遵大人钧谕。"一起站起,出了公馆。

贤臣刚令二人回去,猛见天霸从外走上堂来。贤臣一见,心内欢喜说:"黄壮士,你回来了。"天霸答应说:"小人回来了。"单腿往前一屈,才要打千请安。贤臣一摆手,好汉平身,走到公案左侧,打落着手儿,哈着腰儿,回话说:"小人遵老爷命,赶了二十余里,并没看见强人踪迹,那贝子爷也不知去向。小人在路上打听,并没信息,是小人之罪。"贤臣闻听天霸之言,想了想,天霸素常是个精细人,无有不舍命尽心的,今追这起贼人,竟赶不上,大概是去远了,也难怪他不尽心力。说:"罢咧,贼一定是去远了,赶不上了,壮士何罪之有?慢慢再设计擒拿便了。"老爷嘴里虽是这么说,不免心下为难。

正在犹疑之际,忽报河间府知府杜彬要求见大人。施公即传谕让他进来。知府进了公馆,参拜礼毕,平身站在一旁,哈着腰儿,口尊:"大人,今又有奉旨钦差来到,说贝勒五大人特来查道,教卑职伺候公馆,快去迎接。"施公座上不由心中大悦,叫声:"贵府,只管去迎接,让进贵衙,着他住在花厅。本院暂在贵衙二堂居住,以便察他动静。"贤臣吩咐罢,知府杜彬急忙出去迎接五大人。贤臣又叫黄壮士,你出去见了知府,告诉他如此这般,千万不可走漏风声。不知说些什么,且看下回分解。

第一百五十七回

设谋诓捉五林啊
派差遍访一撮毛

话说知府杜彬听黄天霸之言，依计而行，把一位查道的钦差，接进公馆来。一接进去，他又仍然打骂人，要东要西的混闹。知府并不提施大人一字。贤臣却不时地命天霸去查看他们的行景。

此日天晚，贤臣就在二堂住下。知府竟伺候了一夜。不知不觉，就是三天。这位贝勒爷种种恶款，不计其数。知府杜彬，实在忍耐不住。来到二堂，见了施大人，行礼毕，站在一旁，曲背躬身，口尊："大人，来的这位贝勒，仗着皇上宗亲，一事应酬不到，就要打骂。还叫卑职预备俊俏妓女，美貌顽童，又要银若干。孝敬五百两，还嫌少。诸般折磨，卑职实在不能堪。"贤臣闻听知府之言，气的虎目圆睁，连说："岂有此理，这还有王法咧！"又叫黄天霸等："速速收拾，同我前去。但看他有破绽，立刻擒拿。"天霸等答应。贤臣又望着知府开言说："贤契，你先去见了这位贝勒五大人，就说本院才到贵郡，听说贝勒爷在此，立刻禀见。"

知府去了，施公当即出公馆。不多时，来到钦差五大人公馆。施安、黄天霸等下了马，扶持着施老爷下马，教差人传禀了一声，然后才带着众人进了公馆。贤臣爷一见五大人出来了，紧走了几步。这位宗亲，也是紧走了几步。彼此拉了拉手儿，把身躬着，谦让多时，进了公馆，齐归座位。两旁衙役献茶。黄天霸等紧贴着施老爷一边站立。大人圆闪虎目，瞧看他的破绽。但见满桌残酒剩菜，哪知他把小旦妓女早藏在别处去了。忠良开言，口尊："钦差五大人，不知那位王爷殿下？现在贵府住在那城？施某领教领教。"宗亲见问，便开言说："大人若问我的来历，大王爷殿下老贝子，乃是圣祖皇爷一派嫡亲，现今钦派总理带管茶房。大人，我到此，只为皇上五台进香，特来查道。是钦差奉旨来的，并非私自出京。"贤臣说："皇上外出，早已发抄，天下共闻。此事施某竟自不晓，大料着未必是真。你乃金枝玉叶，凤子龙孙，该自尊为贵，为国尽忠，严察不法官吏才是。你倒假传圣旨，讹官诈吏。尊驾也未必是宗亲。若是实言相告，施某念官官相会，倒要存私押下，免得声张。不然，我一定上本提参。"看官，施老爷方才说的这些话，本自利害，句句全戳恶人的心病。

这位假宗亲，觉着事到临头，说的软了，遂透着假咧，不由的恼羞成怒，叫声施不全："你且住口！你怎么用话吓起我来了啊？打惊吓吓别的官员呢，怕你是钦差，送你点子白东西，你就押下。今日你还敢打错砝码了。你宗亲爷一人之下，万人之上，你竟敢动本参奏？别说你宗亲爷无过犯，即使有了不是，何况是施大人你呀，就是那些蒙旗满汉大人，王公侯伯，也不敢哼我一声。我倒是看施侯爷分上，赏你个脸,一口称你个施大人。你是得一尺进一步。"登时把施大人气的面黄唇白,说:"好好好,罢咧,罢咧!我施某的官也作烦了,少不得与你拚对拚对。"大声喝道:"尔等把大门二门闭上,不许放走一人!谁要徇私放走,立刻斩首。我看他这个贝勒有多大本事!"两边众役答应,登时将门紧闭,把守着,不提。且说忠良又吩咐众役人等,说:"尔等还不与我下手捉拿,等待何时!"但见那个五大人,气的将身站起,口中大嚷说:"好个施不全!反咧,反咧!你还说别人不遵王法,你竟是头一个不遵王法的野蛮人。我乃是皇上宗亲,你是一个臣宰,竟敢叫人拿我。我瞧你怎么一个拿法!"说罢,站在当地,连气带骂,说:"我看那个敢来动手!"

两边站班的马步三班,听说钦差大人吩咐拿人,才要下手,瞧见这个光景,竟不敢动手。又听那里话头厉害,个个退步缩头。施老爷一见,虎目圆睁,大叫:"尔等好一起不遵王法的奴才!那一个要再退后,立追狗命。尔等快下手拿他!"一齐上去七八个人,往前刚走到跟前,只见那人把胳膊一伸,往后一拨拉,只听咕咚咕咚的尽都栽倒。又有几个掌响马的番子头目,瞧着心中不服,耀武扬威地上来,才走了两三步,被那人胳膊一甩,就是一溜躺下了。又有一个人绕到身后,指望拿他,被那人一个反嘴巴,只听吧一声,"哎哟",咕噜打出四五步去,趴在地上。此时黄天霸、关小西等在一边,把拳头攥的咯吱吱连声地响,单等贤臣吩咐一句,总不见老爷言语。小西、天霸二人忍耐不住,上前打了个千儿,说:"回大人,若依小人们看来,此处衙役,未必拿得住那人。讨大人示下,不如小的们动手吧!"贤臣点头说:"很好,很好,千万别伤人命。"

二位好汉答应一声,一个箭步蹿将上去。怎知那人早已预备,会家遇见会家了。这边是蹿跃蹦跳,武艺高强。那边是闪辗腾挪,架避精通。半天不见输赢。恶人那边手下恶奴,气冲冲也要动手。但听大汉高声喊叫:"你们不必前来帮助,大料着你赵老叔,一个人也不至遭人毒手。"这一句就漏了空了。贤臣在一旁,听得明白。暗说,"赵老叔"三字,宗亲那有这称呼?一定是假。

按下贤臣已参破其意不表。且说小西、天霸二人拿不住大汉,心内着急。天霸生了一主意,绕到大汉身后。大汉只顾招架小西,冷不防备,天霸在背后对着腿凹儿踩了一脚,只听咕咚响了一声,他倒在地下,大叫:"施不全,了不得!"

那边座上恶人,见大汉栽倒,连忙站起,说:"罢咧,罢咧!施不全,这件功劳,让你拿吧。"说罢,又望着大汉哇啦的翻了几句满洲话。哪知施老爷满汉皆通,一听此言,说:"你二人才说的话,是不教他招认。我岂肯和你们甘休?"恶人一听说:"罢咧,罢咧!既是你懂满洲话,难以瞒你,爽利告诉你罢:我叫五林啊,那位叫赵黑虎。既被你施不全识破二位老爷的行藏,咱们就是冤家对头,少不得你二位老爷要领领你的刑法咧!你若不服了你二位老爷的本事,施不全你也不甘心。"施老爷听了恶人之言,气的面黄失色,叫声天霸、小西,把这个照样拉下来。二位好汉答应,才要动手,但见五林啊冷笑了一声,说:"姓施的,你也太瞧不起人!五老爷既然口称要

图文珍藏版

领领刑,还要人拉吗!要不愿受你刑法想走,大料着你这起小辈,也拦不住五老爷的大驾!"说着,自己下去躺在地上。那边赵黑虎叫声五哥:"哪有这么大功夫和他唠叨?要不教姓施的孝敬咱哥们心满意足,也显不出咱们的能为来。"施老爷一听,心中大怒,眼望着知府,说:"贤契,快请刑具来伺候。"知府吩咐三班:将全副刑具立刻运到。老爷座上开言道:"他两个乃是旗下,按例应该先动皮鞭。尔等撩着衣服,剥了他的下身,教施安按翻译'厄木拙'等语数着数。天霸、小西轮换着打。"登时打完了五林啊一百鞭子,又把赵黑虎照样打完。要平常人,那里禁得住二位好汉这等鞭子?两个恶人,挨这一百皮鞭,不但不输口,反倒哈哈大笑说:"我们这几日觉着皮肉发紧,受这点刑法,倒觉着松快咧!"老爷见恶人不输口,又叫青衣用对棍,每人重打了三十。

贤臣说:"尔等共有多少人,作的什么事,有话只管实说,本院全归罪他两个,与你们无干。"众人听罢,一齐磕头,口尊:"大人,他二人全是王爷门上先当押拉,现今革退差使。五林啊的老娘,是府内嬷嬷妈妈,很得时务脸。因此,他在外招是惹非。官司打过几次,就提督衙门营城司坊,都有人情,越闹越胆大。故此又装宗亲,假扮钦差,叫我们扮作奴仆,一路上讹过州城府县、当铺盐店,不计其数。这是以往实话,望大人恕罪。"贤臣微微冷笑,望着恶人说:"你们听见了没有,你们两人还是不承认吗?"恶棍听见,反指着说:"他们是怕打,满嘴胡说。难道他们招的口供,就算我们招的口供吗?姓施的,你今儿非叫短了太爷,不算你有能为。"贤臣暗想,使尽各种刑法,都不招认,不如改日设法再问。遂吩咐把十四个人一同收监。众役答应,收监,不表。

且说贤臣望着知府开言道:"把贵衙门捕快叫上来。"即叫喊堂的传捕快。不多时捕快上堂跪倒,口尊:"大人,小的姜成、杨志伺候。"贤臣标了一支签,上写,五日限期,锁拿一撮毛到案,火速无违:"承差捕快姜成、杨志,限你们五日,把'一撮毛'拿来听审,违限重处。"二人听罢,吓了个倒抽冷气,暗说,我的姥姥,这个差使要命。爬起来,捡签迈步下了大堂。一个个哭丧着脸,噘着嘴,往外正走。门上的众伴儿,迎着上来,一齐盘问:"怎么个话儿?你们老哥俩恭喜!如何施大人单叫上去?必有美差使给。你们发了财,可别忘了我们哪!"正说着,有名公差姓尼,外号叫泥球,夙日常与姜成、杨志戏谑,见他两个愁眉不展的,他就在旁边打着哈哈,说:"姜第二的,杨第八的,你只当咱们本府老爷呢?出一张票,叫你传人去,上面写明那人家住处某村庄、某姓名。今日遇见这位施老爷了,叫你们拿什么'一撮毛',就把你们毛住,便吃不躺咧!罢呦,你们到底不济哪!枉闻了鼻烟儿,白走了月饼会了!还不及我老尼,打个喷嚏的工夫,就得了使差咧。"姜成、杨志说:"你也算了人咧,问问你敢合我们一般一配吗?你小子是老土着了水,和了和,变成泥里的球儿,真是王八蛋。你再娶个女人,不用说咧,也做出些个小泥蛋来。"众人一齐大笑,笑的个泥球脸上有些下不来,说声:"你二人不用吹咧,这位新来的钦差施老爷子,比不得咱们官府。你们俩要捉这'一撮毛',恐拿不来了。哥哥儿是鸭子吃了鱼,眼睛朝上。"旁边人见他两下里话紧,怕玩笑恼了,一齐上前解开。姜成、杨志这才迈步出衙。二人无精打采的,到了家中。见天色已晚,在家住了一夜。到次日早晨,二人商量出城,到镇店村庄,私查密访。正在踌躇之际,后边有人赶来。不知此人是谁,且看下回分解。

第一百五十八回　讨限期连累家属
　　　　　　　　　说谐话访出情由

　　话说姜成、杨志拿不住"一撮毛"，正要进城讨限，后边有人赶来说："要拿'一撮毛'，我晓得他下落。"二人回头一看，原来是冯七恍的儿子，好喝便宜酒，都叫他冯人嫌。姜成、杨志，凤日合他玩笑，说："你赶爷们来做什么？"冯人嫌说："今日有个巧机会，特来送信。"姜、杨二人说："有什么巧机会，你小子又闹鬼吹灯呢。"冯人嫌说："请问头儿，施大人派你两个拿什么'一撮毛'，你两个须得扛扛屁股领刑吧！不是八十，就是一百，几时打破了才算。还把家眷捕监，叫你们去访。要再访不着差使，硬把公差拿凶犯。并非我说瞎话，只因我有个老舅舅在顺天府当门公，他有个外号，人因他姓陶，人都叫他陶奴儿。他告诉，这一位施大人最是狠刑。你们俩今日要拿'一撮毛'，不是吹，这差使就是老冯爷子知根底。"杨志说："玩笑少说。这个差使要紧，比不得别事，你混耍笑。"冯人嫌："谁与你玩笑，他是三代玄孙！"二人见他又起誓，又说大人怎么利害，刑法重，未免心中有些抖战，叫声小冯儿："你果然是个朋友，帮我们得了差事，没的说呀，大量不能别的，穿我们一双德胜斋的缎靴，料着准行。咱们先到酒铺里去，听听小冯是怎样个拿法，咱们好有主意。"二人说着，来到山东馆。

　　三人抬头，只见"太元居"一面匾。这店，是知府轿夫的东家，甚是兴隆。三人走进去，掌柜的是认得是知府捕快头儿，连忙让座。三人怕走漏了风声，到了楼上，找了个清净桌儿坐下。过卖净了桌子，问要什么菜？杨志素日最是好脸，又搭着为打听差事，叫声："堂倌，要一个金华楼火锅，半斤腊肉，通州火腿要熟的，五壶玫瑰酒，四斤荷叶饼，葱酱要两碟。"走堂的喊下去。不多时，热腾腾的端上来。冯人嫌一见真是吐沫往下咽，就红了眼咧。不等人让，斟上酒，先喝了一杯，拿起筷子先夹了一块肉。手不停筷，又喝酒，又吃饼卷葱，真是两眼不够使，满桌混看，眼如灯一样，登时吃了个净。火锅边上有块红炭，他只当是块肉，夹起来就往嘴里就吞。二公差看看，又是笑又是恨，叫声："冯第二的，那么个眼神儿，你还要喝杂银去？连个熟货也没见过。"冯人嫌烫的两手握着嘴，话也说不出，满嘴里乌噜乌噜。姜成说："你不用翻满洲话咧！酒也喝了个足，菜也吃了个净，望我们装着玩儿，也了不了事！'一撮毛'到底在那里，是怎么个拿法？"冯人嫌骂声："死王八业障攘的！你要拿'一撮毛'，不用费事。回家去把你娘子那撮毛，扯一撮儿呈上去，管保还得赏呢。"姜成说："好一个混账东西！酒菜你搂摸了，净吃的大肚蝈蝈似的，怎么你扒了房？"说着，杨志举手要打，手捏着冯人嫌脖子，捏的他呀呀地叫："我要是知道

'一撮毛'不告诉你们,我就是乌龟,是小王八。"姜成说:"你快别混充衙门光棍头咧!不用说,算老爷上了小子当咧!"言罢,二人站起,连酒菜带饼通共算清了。杨志咬着牙,写了帐,三人这才出了酒铺。冯人嫌喝了个便宜酒,唱着河南调,回家去了。姜成、杨志见天晚,也回家安歇,约会明日再上堂讨限。

到了第二天早起,二人只得进公馆讨限。且说施公,自派出两个捕快去拿"一撮毛",日夜指望拿回这差事来,好与费同知、刘成贵、孙胜卿等洗冤完案。这日算得限期已满,专等公差回来。忽见姜成、杨志进了公馆,走到面前,一齐跪倒,磕头碰地,口尊:"大人开恩,小的们奉大人差派拿'一撮毛'。各处访查,并无消息。恳大人示下,再宽几日限期。"施老爷一听没拿住差使,冲冲大怒,喝道:"把两个奴才,每人重责三十大板!"青衣答应,登时打完。又吩咐众役,把两姓的家口,全都收了监;又限了三天,再拿不住"一撮毛",把他二人就算凶犯。

二公差无奈,只得下堂出来。杨志叫声:"老哥,这才算咱二人倒运。一伙大盗,又无姓名,就说是拿'一撮毛。'把家口尽都收了监,给了三天限期,再要拿不着,就替罪名。咱须早些拿个主意。"姜成闻听,叫声:"贤弟,我并无别的主意,除非跑海外去躲避躲避。"杨志说:"跑海外躲避躲避,也了不了事情。常言说:'世上无难事,就怕有心人。'我到有个主意,愚弟有个手艺,除非咱们改扮行装,做着买卖,留心探访。或者访出个消息来,也未可知。"姜成忙问:"什么贵行?"杨志说:"从前我吹过几天糖人,家伙全有。"杨志回家,早把挑子收拾齐备,改变行装,走到乡村去。看官,二公差做买卖,所为招人,好访"一撮毛"。外州府县捕快,都有些武艺,二公差这箱子里暗藏着些铁尺挠钩,为的是预备有风吹草动,好下手拿人。这是闲言,不表。

且说姜成、杨志出来访查,不觉就是三天。这日又进一村庄内,人家不多,路东有座黑漆门,估着他家孩子多,还多卖两钱。二人把担子放在门首,姜成打锣,惊动了里边小孩子。哄的一声"来了",一群就来七八个。一个个跳跳蹦蹦,这个说,我要个"孙猴儿",那个说,我要"黄鼠狼偷鸡"。姜成说:"拿钱来。"挨次把钱收了。杨志登时把糖人儿吹完,打发孩子们散去。内中有个孩子不很大,独他不走。问他叫什么,他说叫六斤儿,留着个歪毛儿。他可围看担子闹,小手儿抹了块糖稀吃,又把模子拿起来就跑。杨志说:"小六斤儿,你又淘气呢,还不放下模子!再淘气,把你一撮毛儿拔下来。"

看官,杨志他无心说出这句话来,你说把个小六斤儿吓了一跳,眼似銮铃,东瞧西看,这才叫声伙计:"你要给我们这家里惹祸。一撮毛是我爷朋友的名字,你怎么混叫起来了!要叫他听见,还不把你屁股打烂!"你说两名公差,正没处访"一撮毛"呢,一闻此言,岂肯容他倒脚?大叫声六斤儿:"你拿几块玩去,等我明日再给你几块好的。"六斤儿笑着说:"可别给他们。"杨志说:"不给他们。你方才说什么'一撮毛',是你爷的朋友。你再告诉我一遍,还有好的呢,也给你。"小六斤儿笑嘻嘻地说："'一撮毛'长得凶恶，人都怕他。他那脸上有个猴痣，猴痣上有一撮毛。使着两铜锤，一张弩弓三支箭。还不是一个人呢，好些个呢！"二公差听见小六斤说这伙人不少，都是有武艺的，觉着扎手，大料难拿，不如趁早离了是非窝。毕竟姜成跑脱没有，且看下回分解。

　　话说姜成、杨志哄着小六斤儿，把一撮毛以往情由，俱都说出。正然盘问，忽见门里出来个人，把小六斤一巴掌，打的小六斤往里飞跑。二公差听小六斤说这伙人，都有武艺，觉着扎手，不如趁早回河间，禀报大人，再作主意。挑起担子，才要走，只见那人上来，一把揪住杨志搭包。姜成一见，估量着不好，开脚就跑。杨志见姜成跑咧，自己挑着担子，被人揪住，想走不能。这恶人揪着杨志，骂道："站住罢！"杨志见他这样，还装乡下佬样，说："大爷，俺大小是个买卖，又没得罪你老人家，别要骂人。"恶奴说："别和我装样，骂你就算了吗？还得打你这三个。"恶奴把杨志推操着，拉进大门去，不表。

　　且说姜成见杨志被人揪住，自己撒腿就跑，为是进城报与施大人知道，好派人去拿。不多时，跑到河间府，太阳已落。见了大人，把他们以往怎么访查，杨志怎么被人揪住，回了一遍。大人说："你知道那家姓名吗？"姜成说："回大人，若问那家姓名，小的不知，瞧他房屋像个富户。小的就听小孩子说有好些个人，都在他家居住，个个武艺精通。为首之人，名叫一撮毛儿侯七。手使什么兵器，怎么厉害，全都告诉了。才要问他主姓名，就被人听见，把杨志就揪住了。小的实不知那家姓名，还不知杨志吉凶如何。求大人恩典，早派人去拿。"施公座上一摆手，姜成叩头起来。施公叫声黄壮士："这是如何拿法？"天霸躬身，口尊："大人，依小的愚见，还叫姜成引路，小的同关小西、王殿臣、郭起凤，趁天黑去打听明白。事情果真，不是小的夸口，任凭他有多少盗寇，管保拿来，明日结案。"施公点头。

　　四家好汉，同姜成各带随手兵器，出了公馆。走到恶人村外，略歇了歇。天霸叫声："姜成你头里走。"姜成说："眼前就是。"五个人进了村口不远，但见房外一溜墙，中间有四扇屏门。门楼以外，挂着斗大灯笼，照的大亮。门口锁着一条大黑狗，拴在那里，瞧见人就站起来狂吠。天霸把姜成一拉，迈步头里先走。四个人跟着好汉，顺墙往北走。走不远，一拐弯，见一溜对缝砖的风火后沿。天霸叫声众位："你们在此等着，我先进去打听一个真实，回来再议。你们不可远离，但听有石子响，就是我回来了。"言罢，倒退了几步，把手一拍，嗖的一声，蹿上后沿，顺着瓦垄爬到前坡。但见周围房舍，瓦窑一样。此处原是后院。好汉来至房前沿，扒扶着往下探望。细听，有声音，听不大真。挺身又往前行，来至前边，见各屋点着灯。又听得下面妇人说："不好了！张姐姐，房上有人了。"又听一妇人说："大婶，你别大惊小怪的。这两天猫起秧的时候，是猫在房上，你就乱叫。"天霸听见此话，借猫为由，"嗷嗷"地叫了两声。那妇人说："你听，何曾不是猫？快端油盏走吧！你没听太爷吩咐，今日是他寿日，是个好日子，叫咱把前日偷来的那妇人劝醒，今晚要合房咧！"那一妇人说:"你劝去吧,人家是秀才之妻,就肯嫁他?"好汉听是偷来的妇人,心中纳闷。见那两个妇人走进屋内,好汉顺瓦垄伏下身子,探下头来,往屋内细听。这个妇人说:"新娘子,你很聪明,为什么想不开? 我们祖七太爷银钱广有,奴仆成群。你相从,就是一品当家的,岂不胜似那穷酸?"那妇人骂道:"你们这泼妇,要当我是下贱之人,那就认错了! 我告诉你们主人说,杀剐给我个痛快罢。我死了,提防我孙相公丈夫,替我鸣冤。"天霸听罢,暗说,原来这家姓祖,偷来的那娘子,定是"一撮毛"用被窝里来的孙胜卿之妻。

看官,这祖七,诨名大头目。自幼集上扛粮食出身,一膀子能扛两条口袋。这集上经纪客人,不敢惹他。后又生讹了一张官帖,量斗尖入平出,客人须得用他的斗量,按加一要钱。又交了一伙大盗,坐地分赃。拿这闲钱,交与官吏,衙门内都有看顾,所以越仗起胆来。闲话不叙。

且说天霸又纵步到另屋。屋内祖七说:"那厮,你有什么分辩? 吊起来,打着问他!"正打之间,杨志怀内揣着一件东西,吧嗒掉在地下。众寇闻听,说:"方才落在地下的,是什么?"家丁拿灯一照,捡起来,原是油纸包,用线缝着。把线挑开,拆去油纸,还有一层细纸。打开瞧是张纸,内有一人识字,一念,上写:"太子少保镶黄旗汉军仓厂总督世袭镇海侯施,奉旨钦差,仰役立拘锁拿大案一伙贼一撮毛儿,速赴河间府,当堂听审。毋得违误,火速领票。康熙某年某月某日。差捕快:姜成、杨志。"

众寇听罢,一齐恼怒。有说将公差杀了的,有说还打的。祖七说:"你们没听见吗? 这票,并非府县州官出的,乃奉旨钦差所派,别当儿戏?"众寇说:"莫非放了不成?"祖七说:"也不用放他,暂锁在空屋,等明旦我到衙门打听打听,再议。"家奴立时将杨志锁在空房。

天霸房上看得明白。见家丁回去,趁着无人,飞身下来。拧开锁,进去,将杨志解下来。一同到外边,见了关小西等,各举兵器,齐至恶奴后院,见各屋都吹灯安眠。天霸知道,后院是些妇人。直奔前院,众好汉合公差,只得跟着走。纵有狗咬,拿刀一晃,狗见刀夹尾就跑了。仆伏家奴俱是困乏睡着。

四家好汉同姜成、杨志,走过这道二门,来到前院。西边有一人出来开门解手,瞧见好汉,忙问:"是谁?"小西低声说:"老兄弟风紧。"天霸并不言语,紧走几步,赶上前去,手起刀落,哎吱一声响,那人栽倒。忙把脑袋砍下。天霸回身,叫声哥们:"随我来。"言毕,迈步当先。五个人跟着,一同进这道门。内中唯有姜成,不得主意,欲待不去,又怕被人瞧见,眼睁睁地见杀了个人,心里发怔。

且说众寇打发祖七去安歇,也就睡了。这时,盛大胯没睡着,叫声郑老三:"我瞧他酒不沉,如何出去这半会子? 听见咕咚一声,必是栽倒。"说着,即披衣裳下炕。刚出门,哪知天霸早在门旁,扬起刀背,往下一砍。大胯哎哟一声,说:"不好了!"众哥们一听见他一嚷,忙上前砍了几刀,栽倒在地。

屋内人全都惊醒出来,好几个手中都有兵器。头一个刚往外一跑,被地下躺的几乎绊倒,往前一栽,殿臣拿铁尺照滑子骨就一下,那人躲过,回手就是一刀。殿臣用铁尺架住。小西、起凤各举兵刃截住。那几个盗寇,一齐出来动手。杨志不知从哪里找了顶门闩,也可就抢起来,单打众寇滑子骨。就只胆小的姜成,吓得在黑影里打战。盗寇头儿"一撮毛"手提铜锤"噗"的一个箭步,从屋里就蹿到当院,大喝一声:"那里来的小辈,敢在太岁头上动土!"言罢,照好汉就一锤。天霸一闪,回手一刀。二人战在一处,不分胜败。

关太、殿臣、起凤三人,各逞英雄,与众寇动手,黑夜之间,难辨清白。山东王举起拐来,照着自己人飞毛脚邓六大腿上就是一下。"哎哟"一声,山东王这才瞧出是自己人。心里一急,漏了空,被小西一刀背,把手腕打脱。"哎哟"一声,拐子落地。那边杨志抢起门闩,照盗寇腿上,又是一下。只听"吧",正打在滑子骨上,"哎哟"一声躺倒。小西怕他跑了,连忙几刀,卸了他两膀。一寇叫闪电神,见风不顺,撒腿就跑。哪知杨志早把一道门用石顶上——离门不远,怎晓黑影里蹲着个人,只听"咕咚!"把贼绊倒,杨志趴在那个人身上。这个空心,殿臣赶来,不管一二三,抢铁尺就打,疼的盗寇叫声不止。打的杨志身子底下那个贼叫"哎哟"。还有几名盗寇,都被小西、起凤拿住看守,不表。

单说天霸合"一撮毛"动手,猛见他用锤磕开自己刀,将身一晃,蹿上墙头。好汉对准盗寇腿上,回头就是一镖。盗寇才要迈步上房,只听"刷"一声,"哎哟",咕咚掉下墙来。好汉赶上,连三并四几刀,"一撮毛"难以动转。天霸叫声哥们:"快找绳来捆上。"叫人看守,又寻祖七,不表。

且说小西叫声哥们:"谁带着火镰打火,咱们进屋去照照,还有贼人没有?"杨志答应,立刻打火,引着火纸,进房点着灯,搜了搜,只彦八哥一人,也把他上了捆绳,拉到外边。举着灯,到院内,把众寇一个个四马攒蹄绑上,才知道姜成也死了。数了数盗寇,共十一口,等天亮解送。

且说天霸举着刀闯进恶人院内,哪知祖大头早知事不好,吓得他悬梁自尽。天霸拿住一个仆妇追问,言"主人公自尽"。好汉不信,亲到外屋,果见一人悬梁而死。把管家李胡子找着,也捆上,带到外边。又找偷来的那位妇人,打算把他救出。哪知孙胜卿之妻,是个节烈妇人,自觉虽未失身,终无面目见人,夜间得空,早已自尽。

不多时,天已大亮。好汉黄天霸等,把拿的众寇解到河间府,面见施公交差。又将孙相公夫人死节的话,回了一遍。贤臣大喜,吩咐升堂,将众寇带到堂下追问。众寇情知难推,尽情招认。又传孙胜卿到案,将伊妻节烈晓谕一番,叫他回家收尸成殓。吩咐知府:"把众寇监禁狱中,俟本院启奏皇上,候旨前来,连五林啊等,一齐按例问罪,好与众官民报仇雪恨。"知府答应:"谨遵钧谕。"忙令手下人,把众寇入监。贤臣见诸事已毕,心中牢记,保举天霸等功名。忙吩咐:"搭轿,本院回京。"到底不知何事,且看下回分解。

第一百六十回

驿馆立拘牛腿炮
郑州踩访一枝桃

国学经典文库

中国公案小说

·施公案·

且说施公离了河间府十几里地,正走之间,忽见前边人马迎面而来。头里还有匹马,急跑如飞。正自诧异,那人已到轿前,下马跪倒。贤臣才知未起身之先,打发去的牌马转回来。

但说贤臣霎时到任丘县亭驿,入了公馆。才入公馆,就有人喊冤。任丘知县在一边伺候,心中就有害怕。又听钦差叫衙役将喊冤人带上,开言道:"喊冤人,一一报上名来。"一个说"小人叫刘进禄";一个说"小人叫陈忠";一个说"小人叫李富。我们三人,住任丘县郑州镇"。贤臣说:"有何冤枉?慢慢说来。"三人见问,各把呈词递上。贤臣将呈状逐次看完,俱告的是牛黄,绰号叫牛腿炮,霸占陈忠二顷地,讹刘进禄房屋一所送与家丁,硬讹李富银两若干。俱各私立文书,有保人。内中还牵连武豹、金山、赵文璧三人。又问二个喊冤的,说:"你二人所告何事,叫什名字?"一个说:"小人周荣,年六十五岁。不幸妻李氏早亡,所留一女,名叫玉姐,已经受聘,未曾过门。上月二十日夜,三更时候,父女各房睡去。忽小女在绣房一声喊叫。小人正在梦寐中惊醒,慌忙爬起点灯,见女儿门开了。进去一看,不知女儿被何人杀死。房中细软,俱都不见。次日天亮,见墙上画着一枝桃花,想来杀人偷财,必是'一枝桃'。叩恳青天大人恩准,拿'一枝桃'来,追问情由,好与小人雪冤。"说罢,叩头碰地。施公闻听周荣言词,不由心中着急。暗说,这事又是缠手难办。思想多时,便往下开言道:"那一个所告何人?慢慢诉来。"那人说:"小人蒋旺,娶妻吴氏,夫妻同庚,今年二十六岁。父母俱各去世。小人所仗厨行手艺。只因前日应喜事厨役,两日未曾回家。第三日回家,叩门屡次,无人答应。撬门进去,瞧见妻吴氏,血淋淋躺在炕上,不知被谁杀死。见墙上画着一枝桃花,故此前来鸣冤。"说罢,不住叩头。忠良闻听蒋旺之言,腹中说,这两个人原是一样事。沉吟多会,座上开言道:"周荣、蒋旺,你二人家遭凶事,难道就不报官吗?"二人上前,一齐叩头,说:"我二人俱各到县呈报。若不经官,谁敢擅自抬埋?怎奈县主并不拿凶犯追问。今日幸蒙钦差大人驾到,特来伸冤,望乞青天拿住凶犯,好与小人报仇雪恨。"说罢,不住叩头。

忠良点头,望着任丘县知县,开言道:"贵县,周荣、蒋旺他二人到县报官,你如何不出票捉拿凶犯?"知县见问,连忙跪倒,口尊:"大人,周荣、蒋旺他二人报官之时,卑职即到他二人家中亲自勘验,实系刀伤。令尸亲埋葬,卑职即刻差人到处捉拿。怎奈不知'一枝桃'姓甚名谁,怎样面貌,何方人氏?比追公差,也是没处捕

图文珍藏版

捉。望大人宽恕。"忠良一摆手，县官沈存义平身。贤臣沉吟半会，叫声周荣、蒋旺："你二人暂且回家，十日内本院管保给你们断结了案。"二人叩头回家。不表。

贤臣又叫："贵县！"任丘县知县连忙答应。贤臣说："李富、陈忠、刘进禄，他三人所告之事，并无虚假。本院出京时，沿途私访民情。路途上，听见有个牛腿炮，在郑州居住，横行霸道，结官交吏。他还不是一个，还是一党四人：一个叫武豹，一个叫金山，一个叫赵文璧。牛腿炮往涿州探亲，过三家店，在途中对人夸口，将自己所做之事尽情说出。本院只为赈济事重，未曾到此剪除恶党。既有人告在你县衙，为何置之不理？"沈存义见大人一问，惊慌失色，双腿跪倒，不住叩头哀告。忠良见他恳求，即便开恩，说："知县，你既这样苦求，本院看至圣先师面上，暂且恕你。速速着人把牛腿炮、武豹、金山、赵文璧四人，即刻锁来听审。多带衙役刑具，本院在此立等，速去莫误！"沈知县叩头站起，往外走，留衙役在此伺候。出公馆，上马回县，忙差衙役去拿恶棍。不表。

且说贤臣往下吩咐："刘进禄、陈忠、李富三人，暂且回家，等知县把四人拿到，好对词结案。"三人叩头，退出公馆。不表。

下人摆饭，贤臣用毕，撤去家伙。猛见一人在下面跪倒，说："回禀大老爷，今有本处知县将牛黄等拿到，请大人钧谕施行。"贤臣闻听，满心欢喜，连忙吩咐道："知县将带来的刑具，俱各设在驿亭之上。"吩咐各差衙役道："俱要小心伺候。"差役答应，俱进了公馆，来至大堂站班。知县复又进上房，请大人。施公闻听，立刻升堂。黄天霸在后跟随，来至驿亭之上。任丘县的衙役喊堂。钦差吩咐道："去把牛黄带来听审。"众役答应，登时带他到堂前跪下。贤臣看见牛腿炮，大怒，吩咐："差役带原告来！"霎时刘进禄、陈忠、李富跪在堂下。贤臣叫："把你等所告言词，照前诉来。"三人见问叩头，将所告言词，如此这般，诉了一遍。牛腿炮看见原告，不由着忙。且听原告将他恶款一一诉出，又听施公座上叫看大刑，心中越发害怕了。他虽脸上变貌，口中还强自支吾。登时青衣将夹棍放下。老爷吩咐："将牛腿炮夹起！"青衣答应，上前按倒牛腿炮，拉去鞋袜。一个青衣将刑具竖起分开，把牛腿炮滑子骨入在里面，做扣拴绳，一背一拢，只听牛腿炮"哎哟"一声，口中只嚷："招了，招了！"施公吩咐："从实招来！"牛黄尽行招认。沈知县在旁边亲自秉笔，立刻写完口供。这才吩咐将刑卸下。老爷又把武豹、金山、赵文璧问了一遍，俱各承认，画招已毕。贤臣吩咐将每人重责四十大板，立刻钉枷在郑州镇上；枷满时分省发遣。青衣将四人领出，在郑州镇枷号示众，暂且不表。

贤臣又吩咐道："知县带领原告，到牛黄家追还房产土地银两。你就不必回来，在本县要用心办事。衙役也不用许多，本院等着拿住'一枝桃'完案，方才进京。"知县答应，带领原告出公馆，留下几名衙役，在此伺候大人，余者俱带领回县，不表。

贤臣退堂，用饭，众人俱各吃毕。黄天霸上前叩禀说："禀大人，小的要到外边踩访'一枝桃'的形迹，特请大人示下。"忠良闻听，满心欢喜，说："壮士这一去，须要存神仔细。"黄天霸答应,告辞大人,带上盘费,暗藏飞镖甩头一子,还是个长随的打扮,出离公馆,任步而行。一路上留心踩访,那有踪迹? 意欲问人,只都知道有个"一枝桃"不知姓名,也是无益。走到南关城里,还热闹些。觉着口中干渴,看见路东有座茶馆,还带着卖酒。好汉走将进去,拣了个座儿坐下。不知后事如何,且看下回分解。

国学经典文库

中国公案小说

·施公案·

图文珍藏版

第一百六十一回　白云庵计全泄底　玄天庙天霸寻踪

话说天霸正在茶馆,手擎茶杯,留神细访"一枝桃"的消息。外面来了一个人,四面探望,走到天霸跟前,不住的留神细看。

好汉心中猜疑,即便问道:"莫非认识在下吗?"那人说:"爷台莫非姓黄吗?"天霸说:"正是。"即便问他姓名。那人说:"这不是讲话之处,找个僻静地方说罢。"遂叫堂倌:"烫两壶酒,有现成菜蔬,拿两样儿来。"堂倌答应,登时烫两壶酒,端两样小菜。二人将酒菜吃完,天霸会了酒钱,一同出酒馆。到关乡外,有一座破古庙,叫白云庵。四顾无人,二人进去,席地而坐。那人不等天霸开言,遂口称:"黄爷,今年贵庚?"天霸说:"在下虚度二十八岁了。"那人说:"好快时光,真是光阴似箭,日月如梭。黄爷你可别恼,我别令尊的时候,爷还不过七八岁的光景。那时候爷虽然年幼,大约也知在下的姓名。当初跟随令尊,在绿林二十多春,都是我踩访盘子。论走道,胜过刘飞腿。神眼计全,绿林中无不知晓。若是有人叫我见过一面,不怕相隔多少年,永不忘失。只因令尊洗手,我也就回家。改邪归正,稀粥淡饭,如延残喘。膝下并无儿女。不幸拙妻去年病故,我也害了一场大病,险些没有了。老来茕独,无依无靠,各处找寻朋友,故此流落郑州。今日正是'他乡遇故知'。不知尊驾现作何事,莫非还干旧日营生?"天霸闻听,猛然想起来说:"老兄担带着些,小弟眼拙,多有得罪。幼年常听先父说过尊名,久仰久仰。"计全说:"岂敢岂敢。"天霸说:"小弟今日也归正了,跟随奉旨钦差山东放赈回来,路过此处,住在郑州驿。前日有人前来告状,是人命盗案,差小弟前来访查凶犯,不想今日遇见老兄。老兄即无依靠,不如随我去见大人,一同进京。"计全说道:"不知大人几时起身?"天霸说:"拿住贼人,就要起身。"计全说:"大人接了状子,是人命盗案,不知贼盗姓甚名谁? 不是计某口出大言,南方一带,直隶全省,有名盗寇,无一不晓。"天霸说:"这贼奇怪,每逢偷盗人家财物,临行墙上画一枝桃花。原告都是告的'一枝桃'。"计全说:"若是'一枝桃'的底儿,愚兄尽知,连他窝巢,愚兄俱都到过。"天霸说:"既然如此,仁兄同我面见钦差。"

不多时,二人来到公馆。天霸叫计全等候,天霸进公馆,先到上房,见施公回话,口尊:"大人,小的奉命踩访一枝桃,偶遇故人名叫计全,是我父在日,手下盘算的小伙计,有名盗贼。他无一不知,故小的把他带来。老爷一问便知贼人下落。"贤臣闻听,满心欢喜说:"既有此人,何不教他面见本院?"天霸闻听,转身出公馆,领计全到上房,参见钦差。天霸侍立一旁。

计全跪在尘埃,口尊:"大人,小的计全叩见。"贤臣座上开言道:"本院接了两张状词,俱是人命盗案,告状的都是郑州人。告的是失去财物,杀死妇人,天亮看见墙上画着一枝桃花,故此事主告的,俱是'一枝桃'。但不知这'一枝桃'是哪里人氏,怎么个形象?因此难以捕拿。"计全听罢,口尊:"大人,'一枝桃'的姓名、窠巢、行踪、面貌,小的很晓得。这人手段高强,难以擒拿,不在此处住。他原是河南怀庆府修武县人氏。自幼抛家失业,遍访名师,学成武艺,棍棒刀枪,样样精通,后来入伙为盗。拜师又得几宗惊人之艺,单刀一口,连珠药镖,百发百中,蹿房越脊,如走平地。现住郑州,他本姓谢,名叫谢虎。因他左耳边挨着脸有五个红点,好像一枝桃花,故此叫'一枝桃'。是他自己卖弄本领,偷盗人家财物,临走之时,他必在墙上画一枝桃花,显他的武艺,遮掩各州府县应役人等耳目,留下这个记号。"施公说:"他在城外窝藏之处,是人家呀,是店呢?"计全说:"全不是。郑州北门外有座北极玄天庙,庙内和尚叫静会。原先也是匪类,老来洗手,作了和尚。他贪图谢虎贿赂,教他住在庙中。此庙原本是一层殿,谢虎给他新盖了两间禅房。"施公闻听点头,说:"计全,你怎么知这样详细?"计全说:"小的方才已经说过,幼年在绿林,对这伙人来往行踪,无一不知。昨夜还到了玄天庙,指望借谢虎几两银子,好度日用。谁料他初一见,很像亲热,一提借银,他就沉下脸来,说的我敢怒而不敢言。欲待要走,天色已晚,只得在庙内暂住一夜。今早起来,不辞出庙,竟到南关,适遇天霸引见前来,得见大人。"

贤臣听罢,眼望天霸,说:"这件差事,大家商议,怎么个办法。必须把他擒来,方可动身。若是不完此案,如何进京?"好汉闻听说:"也没什么商议处。不必忧虑,明日小的自己把他拿来。大人请放宽心。"贤臣点头,说:"但愿你斟酌个万全之策,方好去行。既知面貌、住处,设法没个拿不住。明日要上郑州,同着小西、起凤、殿臣,你四人去。大家努力一齐动手,教他顾左不能顾右,顾首不能顾尾,设此拿法,是为上策。"天霸听见大人吩咐,不敢有违,连忙答应说:"钧谕实系高明,但老爷驾前无人保护,不如留下关小西在公馆为妥当。不然那时有失,悔之晚矣。我只带起凤、殿臣去足矣,计全也不必去。"天霸告辞大人,说:"小的带领二人,上郑州北关。拿住'一枝桃',好与民结案,咱好进京见驾。"

三人竟扑关乡。走不多时,来到关乡。郭起凤说:"咱在这里寻个饭店,随便用些饭。须喝点酒,歇歇脚,养养神。打听着玄天庙,然后再走不迟。"王殿臣点头。唯黄天霸恨不得一步走到玄天庙,拿住谢虎,方称本心。欲待不依从他们,俗言说一不敌众,只得随着二人寻找饭铺。往前一瞧,刚巧关乡口路东,有个饭铺,挂着蓝纸幌子,门外边设着两张条桌。三个人就坐在外边。堂倌过来,说:"客官爷,是吃饭,是吃酒?要什么菜?"郭起凤说:"先给三壶酒,一个扒羊肉,一个青豆粉,一个豆腐汤,六张清油饼。"三个人连吃带喝。正吃着饭,天霸猛抬头,见从南来了一人:头戴着关东片毡帽,皂青绑身小袄,搌披着一件羔子皮袄,足蹬抓地虎靴,绿皮云头,相貌长的浓眉大眼,两扇薄片嘴,年纪约有四旬挂零。待走到铺前,天霸留神看见,他左边挨着耳朵有五个红点,恰似一朵桃花。好汉望着郭起凤、王殿臣使了个眼色。二人会意,连忙放下筷子,就要起身追赶。天霸摆手,二人复又坐下。见这铺门口人多,也不肯明言。三人连忙吃完,叫堂倌算账会钱,起身往北而行。出了关乡,四顾无人,天霸说:"既知他姓名住处,又见了本人,还怕跑了不成?"究竟不知如何,且看下回分解。

第一百六十二回　　和尚开山门答话
天霸追谢虎中镖

话说黄天霸、郭起凤、王殿臣三人，在此关乡口清真素馆，吃完饭，会钱。出了关乡，约有半里之遥，见大道西边有座庙，匾上刻着"北极玄天庙"五个字。山门紧闭。细看是一层殿，还有两间禅房，是新修盖的。离了两箭远，有二三十户人家。三人看了多时，天霸上前敲门。里面"一枝桃"心下明白，常说"伶俐不过光棍"，就知是饭馆前吃饭的那几个人来了。看官，"一枝桃"怎么知是天霸等呢？清真素馆与天霸打了个照面，见英雄有些眼岔，又见他望那两个使了个眼色，就参透他隐情。到庙中，早就做了准备。听见敲门，他仍然外面披着大皮袄，走入大殿，叫和尚出去，把来人让进，如此这般，嘱咐了一番。和尚答应。

前头表过，和尚也是匪类出身。老而无能，落发出家。"一枝桃"逛到郑州，看见周荣之女，蒋旺之妻，生的美貌，他就要在附近住下，以便谋图窃玉偷香之事。见这庙离人家甚近，他与和尚商议，每天房中二吊京钱，每饭不断酒肉，教他跟着白吃白喝。和尚贪图便宜，故此受其呼唤使令。闲言不表。

且说静会来至山门，将门开放，见门外站着三个人，连忙问道："三位施主找谁？"天霸说："找姓谢的，不知在庙中没有？"和尚："不在，不过片时就回来。三位施主，先请进庙来。"天霸总是艺高胆大，并不踌躇，迈步进去。殿臣、起凤，也就跟进去。见里一切做饭家伙俱全，知是厨房。天霸坐在炕上，殿臣、起凤坐在床上，和尚搬了条板凳迎门而坐。和尚说："不知三位爷那里来的，找谢爷有什么事？"天霸说："我们从北京来，找谢爷有件官事商议。"和尚说："原来是为此事呦！"正说话间，忽听隔扇响，天霸等齐做准备。和尚站起来说："谢爷来了。"说着话，他就出去咧。

一人走进房中，就在板凳上坐下，眼望着天霸等开言道："三位找姓谢的，我就姓谢。咱们素常并不认识，找我有什么事？有话请讲，我还有紧事要出门呢。"天霸眼望贼人，说道："姓谢的，原来就是尊驾！方才在北关会过尊容了。我三人这来，非为别事，只因钦差大人从此经过，有人喊冤告状，为是人命盗案，大人差派拿人。在下心想必是尊驾，故此找到庙中，少不得屈卑屈卑尊驾，跟着我们见施大人去。"天霸心中大意，觉着谢虎是必拿住咧。哪知，"一枝桃"更是高傲，他没把天霸放在心上。听见天霸这派言词，反倒哈哈大笑，说："原来是有人在施公前告了状咧！为是人命盗案，也难为你们怎么想来，就想到我身上来了，真算是你们有能为！这场官司，必是打的。但只是我愿去就去，不愿去就不必去，得依着我。别说是钦差，就是皇上圣旨，我也不遵！不知你三位有什么武艺，竟敢来找我。当面咱们比试比试，你们若有武艺，竟把我拿的去。但只怕你们是自招其祸，特来送死。"黄天霸生来性傲，听见这些言词，哪能容他！眼望着谢虎，大喝道："大祸临身，还敢多言！我料着你这猫贼鼠辈，也不认识我。我乃飞镖黄老爷三太之后，四霸天中第一霸。黄天霸，是你黄爷名字。这二位是郭起凤、王殿臣，也是有名英雄。"谢虎闻听，哈哈大笑，说道："黄天霸，你不过以多为胜。若有武艺，与你谢爷单身比试，才算你是英雄呢！"黄天霸闻听，大怒说："二位兄长，只管袖手旁观，待小弟擒拿这厮。"说罢，甩衣拔刀，直奔谢虎而来。

看官，前已表过，黄天霸性情高傲，见谢虎口出大言，心头火起，便道字号，说是黄三太的儿子。谢虎闻听，心中暗道，常听我师李红旗说，他会使甩头一子，飞镖三只，单刀一口，是传家绝技。怎么他又跟着钦差奉命拿我，是谁使的捻子呢？必是计全。因我不周济他，他泄了我的底咧！又见黄天霸甩衣拔刀，他早已准备。他甩了大衣裳，先蹿出院，说："黄天霸，来来来，我倒要领教领教你的武艺！"说着，从肋下取出刀来，恶狠狠站在院中，说："敢上前来比试比试，真算你是好汉。"黄天霸闻听，一个蹿步，蹿在院内。二人交手，刀对刀，刃对刃，斗够多时，不分上下。郭起凤眼望王殿臣，低言说："看他二人，正是棋逢敌手，将遇良材。"王殿臣说："天霸刀法门路精通，谢虎刀法也是不弱，不知谁胜谁败。"郭起凤说："天霸虽不至于大败，约也不能取胜，不如咱们拔刀相助。"王殿臣点头。立刻二人手擎铁尺，蹿将上去，大叫："贼人，不遵王法，我等奉钦差之命，特来拿你。还不快快服绑！"说罢，抡开铁尺就打。谢虎用刀架住。天霸也用刀劈来。谢虎眼快，也用刀架住，又虚砍一刀，闪在一旁，说："你们人多，庙内狭窄，不能动手。来来来，咱们到庙外再赌输赢。"一转身，直扑庙外而来。浑身攒了攒劲，只听"嗖"的一声蹿在墙头。又一煞身，跳在墙外。天霸一见，说："这才算得是个飞贼呢。"随后，也蹿在墙头，看见谢虎跳在尘埃，天霸也跳在墙外。"一枝桃"见天霸跳在庙外，郭起凤、王殿臣开了山门，一齐也赶将出来。四人又合在一处，赌斗多时。

"一枝桃"心中暗道，他是黄三太的儿子，飞镖必是精纯。我谢虎虽不怕，但只是一件，俗语说得好"先下手为强，后下手遭殃"，又道"打人先下手"，我何不照着俗语而行，先给他个连珠镖吃吃，叫他知道我谢某的利害。贼人谢虎，居心要使镖打英雄，就不肯恋战。二目留神，用力磕开三人兵器，纵身跳出圈外，往正东就跑，说："谢太爷杀不过你们三人，我定要走咧！"说着，扬长而去。

黄天霸拿贼心急，恨不得立刻擒住谢虎，解到公馆，在施公面前报功，随后紧紧地相跟。谢虎是要败中取胜，见天霸赶来，回手一镖，照着天霸面门打来。天霸见谢虎一扭膀，一只飞镖直冲面门，一歪脑袋躲过，飞镖落地。谢虎又一倒手，二只镖又照英雄前心打来。天霸又一闪身，刚躲过第二只飞镖；第三只镖又照着左腿打来，躲闪不及，只听哧的一声，穿皮刺骨，痛不可忍。英雄止步，不往前赶。郭起凤、王殿臣一见天霸追赶贼人，他二人随后也赶来。见黄天霸腿中毒镖，心下着急，连忙赶到跟前，说："贤弟怎么样了？"好汉见郭起凤、王殿臣一问，羞得满面通红，用手拔出镖来，扔在地下，只说："气杀我也！"不知天霸镖伤如何，且看下回分解。

第一百六十三回　天霸回公馆养伤
朱李投郑城望友

话说郭起凤、王殿臣二人，见黄天霸镖伤，药性行开，疼痛难忍，心中难以为情。又听天霸说："不回公馆咧！"不由心中更觉着忙。郭起凤说："贤弟，你把心放宽些。胜败乃兵家常事，误中一镖，何必如此？你不回去，我二人怎好见大人回话？"王殿臣又说："贤弟，你别想不开。依我拙见，咱三人暂回公馆，即请医家调治好镖伤，拿住谢虎，完结民案，保护钦差回京，你的功名有分。岂可因一朝小忿，耽误终身大事？"说罢，天霸点头。二人即伸手搀扶着天霸，相辅而行。黄天霸终有愧色，觉着半世英名，一旦丧尽，一路上还是长吁短叹，唯有低头而已。

走不多时，来到郑州驿，进了公馆，先到上房去见施公。施公正与关小西谈拿"一枝桃"之事，猛听帘栊响动，抬头观看，但见黄天霸一瘸一拐的，郭起凤、王殿臣二人搀扶着他走进来，不由大惊。连忙站起身来，说："壮士，什么样子？快对本院诉来。"王殿臣不等天霸开言，连忙上前，单腿一跪，口尊："大人，容小的细禀。"即将往事，如此如彼的话，述了一遍。贤臣听见王殿臣的言辞，忙上前亲看镖伤，见围着伤眼，有茶碗大一块漆黑。贤臣说："不好，这毒气不小，快些把他搀进厢房歇息将养，速速延请名医调治。"天霸说："小的无能，不曾拿住'一枝桃'，反倒重伤，又劳大人挂念，殊觉抱惭。"贤臣说："壮士你说哪里话来？误中毒镖，非尔无能，皆因轻敌之故，这又何妨？只管放心，将养镖伤，擒拿谢虎，与民结案，再为报仇可也。"说罢，令王、郭二人把好汉搀扶进厢房，安置在炕将养，不表。

施公即饬令任邱县衙役，立刻寻医调治。衙役不敢违误，即刻外边，找到了个姓李的医生，号叫李高手。领他到厢房，他看见黄天霸伤痕甚重，又到上房见了施公，行礼毕，口尊："大人，我看那人伤痕甚重，不易调治。我是专理内科，只可开方吃药，保着毒气不至攻心。要是疗理外科伤痍，非鄙人所长，大人还得另请高明。大料着这样人，此处还是稀少。"贤臣点头说："既是如此，快些开方。"医生连忙把方开完。施公给了医生银钱，一面派人去取药；取了药来，把药煎好，放在茶碗，顿了个不凉不热的,教天霸吃下去,躺在炕上将养,不提。

且说施公独在上房闷坐。正自沉思,忽看值日的青衣跪倒,说:"回大人,公馆外来了两个人,在门口下了马,口称要给大人请安,还要寻黄爷。"贤臣闻听,一摆手。衙役退下,转身出去。施公心下暗想,这两个人是谁呢? 一回头,说:"施安,你去把关太叫来。"施公答应,转身出去。不多时,把关小西叫到上房。贤臣说:"关太,你去看看,是谁来找黄天霸? 问明来历,领来见我。"

小西答应出去,到公馆门口,抬头观看。但见有两个人,拉着两匹马,马上搭着行囊包裹,立于门外。仔细观瞧,一个是赛时迁朱光祖,另一个不认识。关小西看罢,向前紧走了几步。朱光祖见是关小西出来,满心欢喜,说:"贤弟,你一向可好否?"关小西说:"多承挂念,仁兄好否?"二人拉手,亲近了一会。朱光祖说:"这位是姓李,名昆,字公然,外处人称神弹子李五。怎么你二位不认识吗? 我给你们哥儿两个引见。李五爷你来,这是关贤弟,名太,字小西。"李公然说:"多牵连着些。"关小西说:"彼此一样。"二人拉手儿,叙了些交情客套。关小西望着伺候公馆的说:"你们把马上行李解下来,放在厢房里面,把马遛遛喂好。"下役答应,上前解下行李,搬入厢房,然后把马遛了遛,喂料。不表。

且说朱光祖没看见黄天霸出来,心中纳闷,开言问道:"黄兄弟听见我们来了,怎么他不出来呢?"关小西说:"提起黄天霸的话嘛,等着咱们见过大人,自然就知道咧!"说罢,三人一同进了公馆。齐至书房门口,小西掀帘进去,将话回明。大人听说,满心欢喜,暗说,"一枝桃"合该拿住。遂开言道:"请他们进来。"关小西答应,去到公馆门口,霎时将朱光祖、李公然带到上房。见了钦差,二人将单腿一跪,说:"小的叩见大人。"贤臣欠身,将二人亲手搀起,说道:"二位壮士请起。这位姓朱的,本院见过。那一位不知贵姓高名?"李公然见问,连忙答道:"小人姓李,名叫李昆。久知大人居官清正,待人恩惠。昨日路途上遇见朱光祖,提起黄天霸来。我与天霸自黄河套相别,未曾见面。他说黄天霸现今又跟着大人呢,小人因此同来请安,顺便看望黄天霸诸位朋友。"施公闻听,问起黄天霸来,不觉长叹了一声,说:"二位壮士,若问黄天霸,现在厢房将养镖伤。"朱光祖闻听大人之言,惊讶不已,连忙口尊:"大人,黄天霸会使飞镖,又被谁打伤? 教人不解其意。"施公说:"壮士不信,关太领你们到厢房去探望,便知端的。"即叫关太:"你去带领二位,到厢房看看天霸去。"关小西答应,带领二位出上房。

三人至厢房门口,小西打帘子说:"二位请进。"又叫:"黄老兄,有人来看你了。"天霸吃了药,在炕上靠着铺盖,正与计全闲谈拿谢虎之事。忽听有人叫他,抬头观看,但看关小西同两个人来了:一个是赛时迁朱光祖,一个是神弹子李五。好汉看罢,满心欢喜,连忙站起身来,口尊:"二位兄长,恕小弟失迎之罪。"朱光祖、李公然二人上前,把黄天霸扶住,连说:"不敢。"计全在旁,站起身来,也与朱光祖、李公然拉手儿,叙了寒温,然后大家一齐坐下。天霸说:"许久未见,不知二位兄长,今日作何营生,因何会在一处?"朱光祖说:"自拿庄头黄隆基分手后,愚兄还是东奔西走。昨日路上遇见公然,李兄就提起旧日交情来咧,一心要看望贤弟。故同他一路而来。但不知贤弟与何人打仗,被暗器打伤?"

黄天霸见朱光祖问这伤痕,未曾启齿,面红过耳,口尊:"二位兄长,要提此事,真要羞煞小弟!"就将钦差山东放赈回来,过此有人告状。奉差拿贼,寻访到郑州,适巧遇计全,得了贼人消息,后来怎么与他交手中镖,述说了一遍。朱光祖说:"此处没有说这么大案的人,拿的这个人到底是谁?"计全在一旁接言说:"朱爷,你不知道这人吗?他是红旗手李爷的徒弟,名叫谢虎,外号叫一枝桃。"朱光祖说:"怎么是他吗?利害难惹,又狠又毒。"计全说:"如何?我没有把话说在后头。黄爷再也不信,听听是真是假。"朱光祖说:"必是老兄弟轻敌太甚,才中毒镖。"计全说:"正是如此,那时要听我的话,不至误中毒镖,到此悔不及矣。他的意毒心狠,朱爷你是知道的。就是镖打黄爷,再也不肯远离此处。二、三日内,必定暗来行刺,须得留神提防,这是要紧的事。黄爷这个镖伤,也得要紧调治才好呢!"

不表他们叙谈。且说贤臣在房闷想,不知天霸伤痕何日痊愈?忽然长叹。贤臣吩咐施安:"你将朱光祖、李公然同着计全,请到上房,大家商议。"不知如何商议,且看下回分解。

第一百六十四回　贤臣任丘县调兵 朱计李家务求救

话说施公登时将朱光祖等三人，请到上房。贤臣说："黄天霸现在被谢虎镖打重伤。幸喜二位来到，帮助帮助本院才好。"朱光祖说："要提谢虎，狠毒无比，虽是镖打天霸，心还不死，恐其乘虚而入，黉夜潜来行刺。大人需要提防着些。"贤臣闻听点头，说："壮士言之有理。施安，你快些伺候文房四宝。"施安答应，研了浓墨，将纸铺好。贤臣提笔，上写：

太子少保仓厂督堂部院，奉旨钦差世袭镇海侯施，为晓谕事：照得本院居住郑城驿馆，与敌为仇，有虞无备，疏于防守，恐生不测。仰任丘县知县，即调本城营弁，前来公馆护卫，俾作干城之备。谨遵此帖，速速毋违。特谕。

康熙某年某月某日。

施公将谕帖写完，令施安叫进青衣，吩咐："把此帖拿进城去，交给任丘县知县，不可迟延。"青衣答应，接谕帖前往任丘县。不表。

且说施公望着朱光祖，说："本院已发谕帖调兵去了，料公馆可保无虞。天霸镖伤，须得早些调治才好。奈此处没人会治镖伤，如何是好？"朱光祖说："会治镖伤的，小的倒还认得这个人。"施公闻听朱光祖认得会治镖伤的人，不由满心欢喜，连忙追问说："壮士，这个人倒是姓甚名谁？住在何处？快对本院说来，好派人去请他前来医治镖伤。"朱光祖说："要把他请来，不但好医黄天霸镖伤，要拿谢虎，也易如反掌。这人倒不是外人，乃天霸他父一师之徒，姓李，名煜，江湖上号称红旗，洗手有二三十年咧。现今年纪七旬开外，在家安居享福，教子务农。距此有百里之遥，属河间府管，地名叫作李家务。还是小人的长辈咧。小人不忘旧交，时常望着他去。每逢见面时，他就劝小人急流勇退，休做这样买卖。这个'一枝桃'就是他的徒弟，亲手传艺的。李红旗若肯治镖伤，拿谢虎如探囊取物一般。"施公闻听，说："很好。"计全一旁开言说："请红旗李爷要紧，保定公馆也要紧。依我的主意，不用李五爷去请红旗李爷，我同朱爷去。留李爷在厢房内，保守天霸。教关、郭、王三位在上房，保护钦差，提防'一枝桃'。这就是万全之策。"施公点头说："就依你这主意罢。"不表。

且说施公打发计全、朱光祖二人去后，又差人催传谕帖的那个人。不多时，任丘县知县沈存义，城守营的千总王标，带兵丁衙役六七十人，遵钦差的示谕，来到公馆。投递手本，进上房参见大人。施公赐坐待茶，言讲"一枝桃"之事。沈存义、王标，连忙把带来的衙役兵丁排开，俱弓上弦、刀出鞘，到晚灯笼照如白昼。厢房中，是神弹子李五陪着黄天霸闲谈，应用之物，放在身旁。上房关小西、郭起凤、王殿臣、千总王标紧随大人左右，防守的铁桶相似。这些话俱各不表。

且说一枝桃谢虎，自从镖打黄天霸，见有两个人保护，料着不能成功，往正东竟奔任丘郑州驿而来。二更时候，赶到驿馆，闪目观瞧。但见大门并未关着，门口板凳上坐着两溜人。往前走了走，站在墙阴之下，看够多时。顺着墙根，返身往里面走，不过半箭之遥，才见有人。谢虎施展飞檐走壁之能，上房趴在瓦垄之上，欲往公馆那边。用眼一看，只见院内灯光照如白昼，许多人俱是手擎弓箭，腰悬刀剑，站在上房门口。谢虎看罢，心中暗想说，赃官防的严紧！那个意思有点下不去，觉着难以行刺。欲待动手，恐怕不能成功。欲待回去，胸中恨气不平。谢虎想罢，站起来，下房脚踏实地，仍回玄天庙。走到庙前，见山门锁已揎开，就知和尚已回来了。进庙看了看，南屋点着灯。谢虎走进屋内，望着和尚开言说："怎么你走了？"和尚说："我的爷，那是玩儿的吗？我躲还不躲开！我见这天有一更多了，我才回来。打量着他们来不来？你别弄我一场挂误官司。"谢虎说："我告诉你，我在这郑州，可有两个人命案。"说罢，按住不提。

且说计全、朱光祖往李家务去，走到三更时分才到。来至门首，下了马，用手敲门。叫了多时，里面才有人答应，将门开放。一人手提灯，抬头认得是计全、朱光祖。长工说："二位半夜到此，有什么事？"朱光祖说："烦你进去告诉一声，说我二人要见老当家的，有要紧的事面见。"长工闻听，连忙转身进去，来到上房，在窗外说："老当家的，今有常来的那位朱爷，还有来过求您老人家周济的那位姓计的，他们两个人在门外，说有要紧事件，来见你老人家面讲。"李红旗的老伴不在了，儿子、媳妇俱在后边居住，他在这前边独自居住。这天虽有三更，老英雄尚未就枕睡觉，正在铺盖上坐着打盹呢，眼望着长工开言说："请他二位进来。"长工答应，出屋到别房，先把安童叫了起来。然后，这才出去，走到门前说："二位，我们当家的有请。"两个人将马匹交与安童，长工提灯引路，计、朱二人随后进来。到前屋门口，长工先让计、朱二人进去，然后自己才进去，将灯放在桌上，自己与安童一旁侍立。

李红旗与朱光祖、计全见礼毕，这才坐下。李红旗带笑开言，说："二位半夜到此，有什么事？"朱光祖说："老叔在上，容侄细禀：当初老叔一师之徒飞镖黄三太，他的儿子名叫天霸，现今跟随钦差大人。回京路过郑州，接了状词，是两宗人命盗案，告的是'一枝桃'。大人差派黄天霸在郑州踩访，遇见计全泄机，才知是你令徒谢虎。天霸玄天庙擒拿于他……"才说到这句，长工烹了茶来，递与每人一盏。红旗李煜让茶，手内端了茶杯，说："贤侄，怎么黄天霸要擒拿于他？只怕黄天霸不是他的对手罢！"朱光祖说："与他交手，并无输赢。谢虎佯败，天霸追赶，左腿中了他一支毒镖，无人会治。我们二人奉了施公之命，前来请你老人家前去医镖伤，擒拿谢虎。老叔念昔日交情，少不得前去医治天霸，擒拿谢虎。"

红旗李煜听罢朱光祖之言，沉吟多会，才开言说道："贤侄，你是知道的，因为他轻友重色,俺师徒两个,可是不对。任凭怎么不和,总是师徒之情,我怎好前去?这事你等商量个万全之策才好。谢虎素常要是听我的话,所行的正道,我岂肯告诉于你?也该天霸有救:一则他父合我是一师之徒;二来谢虎没良心,至今不上门;第三件贤侄待我不错,时常来看我。我若执一不应,贤侄怎么出门?要擒谢虎,必须把他的毒镖诓到手中,再拿他可就容易了。只可告诉你们怎么拿,我可不能身临其地。天霸这镖伤,给你一包子药拿去,再给你一张膏药。你回到公馆,将药撒在天霸镖伤之处,将膏药贴上。不过数日之内,就复旧如初。二位贤侄,休怪直言。你们俩去吧,休得迟误。见了天霸,替我问好,就说我恨恼他,怎么三哥死了,也不送信给我?他算眼空瞧不着我。"说着话,就站起身来,走到立柜跟前,伸手将柜门开启,从里面拿出一个楠木匣。将盖揭开,拿了一个膏药,有一小包现成的药面子,开言道:"朱贤侄,你过来,我告诉你。"赛时迁连忙站起。李红旗说:"贤侄,这药面子,叫作五花退毒散,膏药叫作八宝退毒膏。你把这两宗拿回公馆去吧。"朱光祖答应,用手将药接过,放在怀内,说道:"多谢叔父费心,你老人家等诸事已毕,教天霸登门叩谢。"李红旗连忙摆手,说:"贤侄好说,不用争出这个礼。我只要我自己尽友情,于心无愧,这就完了。"朱光祖与计全连忙退身往外。

二人一路言谈,走不多时,已到公馆门外。朱光祖、计全直到上房,掀帘走进房内。施公与众人,正讲计全、朱光祖取药之事,忽听帘响,抬头观看,见是他两个回来,惊喜不已。连忙开言说:"二位回来了,多辛苦!不知李红旗来与不来,快些讲来。"朱光祖就将就里情由,细说了一遍。贤臣点头说:"先治天霸伤痕要紧,本院也同你们到厢房看看怎样。"说罢,站起身来往外走,众人后边跟随。长随施安,跑到厢房门口,打着帘子。施公率领众位走进厢房。天霸一见,连忙站起身来。贤臣摆手,说:"壮士别动,只管休养身体。"贤臣挨着天霸炕沿坐下,众人挨次而坐,天霸仍旧坐在炕内边。贤臣望着朱光祖开言道:"朱壮士,拿出药来调治罢,不必延迟着了。"朱光祖答应,忙伸手在怀内掏出药来,站起身来,走到天霸跟前,将膏药贴在上面。登时间见镖伤的周围,热气腾腾,流出脓血,腥臭难闻,顺着腿往下直流。小西用手巾替他揩擦。贤臣说:"此药果然神效!天霸合该五行有救,不过数日就好。"天霸说:"小人死不足惜,何用老爷这样挂心。但只恨不能拿住谢虎,与民结案,恩官才好进京见驾。"朱光祖说:"要听李红旗之言,谢虎实系狠毒。虽是镖打天霸,料他不肯歇心。公馆虽防守的严紧,犹恐在路途住宿之处,得空行刺,务得防备。大家商议,见了谢虎,将镖诓到手中,才好拿呢!"不知如何诓镖,且看下回分解。

第一百六十五回 金亭馆豪杰定计 归德驿谢虎被擒

话说朱光祖说："谢虎意狠心毒,虽说镖打黄天霸,还不肯远离此地,得空儿必将来驿馆行刺,日夜须要防备。大家商议,见了谢虎,怎么把镖诓在手内,才好拿呢!"施公、天霸、小西等一听诓镖之言,俱都无计。

且说谢虎回庙,与和尚说破有人命几案,给和尚儿两银子,自己也就打点预备。心内说:"我如今不如先到雄县那里,等候赃官住宿之时,再去暗地行刺。""一枝桃"想了会子,主意已定,单等明日往雄县去。不表。

且说施公在公馆中,到了晚间,内外灯笼火把,防守得风雨不透。计全说:"回老爷,昨夜一枝桃必来咧,看见防守的紧严,因此不敢显形。这个贼要听见今日下谕帖,他一定不来了,必是先往雄县归德驿等候。"朱光祖说:"咱们也不可大意,须要着意留神,才是正理。"李公然、朱光祖、关小西,来到施公面前告辞,说:"我等回大人一声,我们要上雄县归德驿。"贤臣嘱咐说:"你三个须要仔细留神。"三人答应,检点各人随身物件:李公然收拾弹弓弹子,朱光祖掖斧带镖,关小西隐藏折铁钢锋。打点已毕,告辞天霸,出公馆直奔雄县归德驿。关小西、朱光祖在前,神弹子李五在后。

但说朱光祖、关小西,二人不觉已到归德驿。刚然进村,猛听有人招呼说:"朱大哥吗?许久不见。"朱光祖闻听,抬头观看,但见路旁店门口站着一人,正是一枝桃谢虎。此时李五已来到跟前。赛时迁心中暗喜,高声说:"谢贤弟吗?一别就是几年的光景了。"朱光祖说与李五听见。说着话,二人拉手儿。"一枝桃"道:"小弟昨晚就在此处,仁兄来到算是客,请到里面坐,有话好讲。"朱光祖说:"我还有朋友等着,到里面再给你们哥儿俩见。"说着三人一齐进店。谢虎说:"小弟就在这间屋里住。"说着,伸手掀帘,让二人进去,他随后进到屋内。朱光祖说:"谢贤弟,我这朋友姓秦,就是新上跳板儿的秦兄弟,和你哥儿俩见见。"小西闻听,忙伸手与"一枝桃"拉手儿,然后分宾主一齐坐下。谢虎招呼店小二,倒了一吊子茶来,拿了三个茶碗,放在桌上。"一枝桃"说:"伙计给烫上。都是一家人了,不知贵庚多大?"朱光祖说:"贤弟,你别客套,面上还瞧不出来?他比你小,本家是山西人。你两个同名不同姓,以后不用外道,就是亲兄弟一般。"谢虎说:"如此,我讨大了,再敬贤弟一盅。"小西说:"谨领。"

朱光祖说:"弟台,你不是外人,实不瞒你说,劣兄这几年,没得意的事。今年又搭上秦兄弟,从没做过一件好买卖。我们俩今日到此,打听着钦差奉旨山东放粮回来。一路上州城府县,谁不馈送他礼物,料想金银不少。听见说今日在此住宿,故同秦贤弟前来,要望他借些盘费。不知贤弟,你现居何处,在这里有什么公干,买卖可好?"一枝桃"见问,说:"朱大哥,你我非比别人。我学武艺的时候,在家咱们可就相好。难道小弟贱性,大哥不知道吗? 我是懒意搭伴,今冬单身逛到郑州镇,就流落住了。"朱光祖说:"到此有什么公干?""一枝桃"就将截杀施不全、黄天霸,以往从前的事,告诉了一遍。朱光祖说:"他自从在扬州投顺施不全,害了天雕、天虹两个好汉,硬将盟嫂逼死。如此毒心,叫作小罗成。愚兄听见这信,把他恨入骨髓。那日我要行刺杀施不全,黑夜之间,到了顺天府。可巧施不全夜审官司。愚兄心中暗喜,等他完事退堂,就要刺杀赃官。哪知黄天霸这个短命死鬼,伏在暗处,一镖,把我左手击中。他还道名道姓,自夸其能。愚兄忍痛越墙而过,得便逃脱。今日遇见贤弟,大家齐心努力,合该成功。"

谢虎闻听朱光祖之言,哈哈大笑,道:"兄长之言,可是真吗? 既有镖,借与小弟一观。"光祖说:"贤弟要看,休得见笑。"说着伸手掏将出来递与贼人谢虎。谢虎接来一看,掂了一掂,约有六两重,长不过六七寸有零。看罢,连连喝了几声彩,随说:"好东西,比我的毒镖分量不轻。"随手又递镖过去。朱光祖接过来,又收入囊内,说:"贤弟把毒镖拿出来,愚兄也要赏识赏识。"贼人谢虎把镖取出,递与光祖。光祖接在手内,看了看,九只原是一样,眼望谢虎说道:"请问毒镖药在何处? 告诉愚兄听听。"谢虎用手一指说:"毒气全在此眼中。"光祖留神一看,口中不住夸好,往怀中一揣,眼望小西使了个眼色。

关太心已明白,隔着桌子伸手来抓谢虎。"一枝桃"见朱光祖把他的毒镖揣在怀内,心中不悦。才待要问,见小西伸手来抓,就知中计咧,说"不好",将身一纵,跳下炕来。掀帘跳在院内,从肋下伸手将刀拔出。随后,关小西腰间取刀,也就赶将出来。朱光祖见他二人出屋,他也蹿在院内,不管他们二人谁胜谁败,就势蹿在对面房上,镇吓贼人谢虎。谢虎开口骂道:"光祖小辈,人面兽心,使计诓镖,忘却他年朋友之情了。"

且说朱光祖与"一枝桃"在店门口高声说话,李公然俱已听见。见他三个人进店去,神弹子李五,也就走进店内,到柜房将包袱放下,口说:"哪一位是掌柜的?"店东闻听,连忙站起,口说:"不敢,在下就是。尊驾有什么事情?"李五说:"头里进去那三个人,店东不认识吗?"掌柜的说:"那一位是昨晚晌住下的,那二位是新让进来的,三人在屋内吃酒呢!"李五说:"我先告诉你说,先住下的那一个是大案贼。那两个新来的,与我都是奉钦差大人命令前来拿他。可告诉你,暗暗的将店门关上。若要走漏风声,贼人走脱,我们就拿你去见大人。"店主闻听,心下着忙,出屋暗暗的知会伙计们,将店门关上。神弹子李五,将弹子弓拿出来,听那房中动静。听了会子,听见房中有人对骂,有刀声响,就知道动了手。他连忙拿弓弹走出院外,抬头观看。但见关小西与贼人谢虎交手,他就堵住门口。

小西抬头，看见神弹子站在门口，店门紧紧关闭。他仗手中折铁倭刀，明知谢虎不是对手，把刀照着"一枝桃"的脑袋砍来。谢虎一见，说"不好"，手内的刀难以招架，忙将脑袋一闪，只听哧的一声，将左边耳朵削下，顺着脖子往下流血，疼得难受。"嗳哟"一声，左手拿刀，右手握着耳朵，一溜歪斜，就是几步。神弹子一见，将右手弹子纫在扣内，两旁骨子一收，将弓拉满，对准贼人面门打去。只听吧一声，打在他左眼之上。谢虎"哎哟"一声，咕咚倒在尘埃。当啷一声，钢刀坠地。小西连忙上前按住。朱光祖也就跳下房来，向店东家要了两根绳子，把贼人绑了个四马攒蹄，抬进屋中，放在地下。

　　霎时，天色已晚。光祖叫小二快点灯笼。三人饮酒叙话，看守贼人。到了第二天早起，店东叫人把车赶来，搭贼上车出了店。小西给了店东二两银，三人一齐跳上车去，加鞭紧走。到正午，来到公馆，把贼搭下。三人进内，回禀按院。

　　施公立刻传衙役升堂。当即施公升座，带谢虎上堂，跪在地下。蒋旺、周荣也来赶案。忠良吩咐松了绑，用夹棍加上，好问口供。衙役遵命，上了绑。"一枝桃"料难推托，前后所为，尽情招认。施公一面具奏圣上，一面把谢虎枭首示众。且看下回分解。

国学经典文库

中国公案小说

·施公案·

图文珍藏版

第一百六十六回　旅馆婆替夫告状
蓝田玉提审出监

话说施公在任丘县拿了"一枝桃",奏明圣上,把"一枝桃"开刀正法,与民报仇雪恨。此案完结进京,不必细表。

且说三声炮响,按院起身。任丘县的知县,城守营千总,俱在门外跪送。忠良在轿内吩咐说:"你等俱各回去。办理自己应行之事,俱要仔细。"贤臣在途中,晓行夜宿。这日,到涿州地面,见有个妇人大声喊叫:"冤枉!求青天大老爷救命。"众吏役伺候人等,才要拦挡,忽听大人在轿内吩咐:"你等把喊冤告状人带起来,等本院入公馆时再问。"跟大人的人答应,高声说道:"大人吩咐,把喊冤的人带起来,少时到公馆审问。"衙役答应,把那妇人即带起来。

贤臣到了公馆,下轿归座,众文武进衙,参见已毕。又见那妇人跪在下面。忠良坐上留神观看,打量那个喊冤的妇人:年纪约有三旬开外,面带愁容,头上罩着乌绫手帕,身穿蓝色布褂,细看却是良家妇女。贤臣看罢,往下问道:"那个妇人,有什么冤枉,为何拦路告状?"妇人闻听,跪爬半步,不住叩头,口尊:"大人,提起我这冤枉事来,古怪蹊跷。小妇人家住涿州北关外。丈夫姓蓝名田玉,今年五十二岁。小妇人冯氏,今年三十六岁。膝下一子,才交五岁。有几间闲房,开设客店。只因前者月内初三日,天色傍晚,住下了两三辆布车客人。后又来了一男一女:男子三十上下,妇女约有二十开外,口称夫妻。因为天晚投宿,奴丈夫就把他们让进店中,让他们明早赶路。妇女说:'给我们两壶酒,赶赶寒气,解解困乏。有现成的酒菜,拿几样儿来。'问他们是打那里来的? 他说是投亲不遇,回转京都。小妇人的丈夫,到了前边,先冲了一壶茶,拿了两个茶碗,送到那边去,又张罗别的客人。不多时,就是定更的时候,前边关了店门。等着众客人安歇,到后边瞧了瞧,那屋内已经闭门,睡着了咧! 丈夫回到后边自己房中,告诉小妇人说:'方才前边住下了两个客,是一男一女,虽口称是夫妻,并无行李物件,只有一个小小被套。一个要茶,一个要酒,看意思两个不对。眼见妇人穿戴打扮很俊俏,到像涿州本地人氏。那男子却像是个京油子,眉目之间,瞧着不老成。我瞧着八成是拐带。'小妇人闻听这话,即便开言:不过住一夜,明早就走。俗言说得好,'各人自扫门前雪,休管他人瓦上霜'。我夫妻说着话,也就睡咧。那天不过五鼓时候,布客起早要走,把丈夫喊将起来,开了店门。客人车辆出店,奴的夫又把店门关上。听了听晨钟未发,天还尚早,丈夫又打了个盹。天到大亮,丈夫起来,又把店门开开,才想起住的那一男一女来咧。到后边去看,但见双门倒扣,只打量他俩随着众客出店。丈夫上前开门,他推门进去,吓了一跳!"施公说:"怎么样了?"冯氏说:"丈夫到屋内一看,被窝褥满炕鲜血淋漓,腥气不可闻,死尸直挺挺地躺在炕上。细看是一男子,双眼剜去,尖刀剜出心来,凶器在地。那个女子不见踪影,不知躲在何处?"

冯氏说到此,施公大惊,不由站将起来,说:"冯氏不可慌忙,对本院细细禀来。"冯氏闻听,不住叩头,口尊:"青天,奴的丈夫不敢隐瞒,忙把地方找来,一同到店看了看,从头至尾告诉他一番。地方闻听,领引进城报官。州尊立刻升堂。奴的丈夫据实直言,回了一遍。州尊出城,亲身勘验,又把丈夫细审一番。丈夫口供,还是照先前回了一遍。州尊此时面带怒色,说道:'蓝田玉,你满嘴胡言,其中必有缘故。要不动刑,你也不肯实招!'州尊大老爷将丈夫蓝田玉打了三十大板,命他实招,只说另有别故。丈夫不招,带进城去。这些日子,并无信息。昨日听见有人言讲,说蓝田玉定了抵偿之罪。小妇人听见这一个信儿,把真魂吓冒,心中害怕。几番要进衙门鸣冤,本州大老爷不容。今日幸蒙钦差大人至此,小妇人舍命救夫,特来告状。"说罢,连连叩头。

施公听罢冯氏一番话,沉吟半晌道:"冯氏,你暂且回家,等本院与你办清此案。"冯氏闻听,连忙叩头谢恩,站起身来,出离公馆,回家,不表。

施公扭项,眼望知州,说道:"贵州,你且回衙办事,把衙役留在公馆听用。明日本官要到贵衙。"知州王世昌,辞钦差出离公馆回衙。

到第二日,忠良乘上轿,未出公馆,先放了三声炮。好汉天霸打着顶马,还有关小西等,前呼后拥,出离公馆,竟奔州官衙门而来。州官的执事,前头引路,霎时进城。许多军民来瞧钦差,你言我语,齐说"这位大人,性情忠烈,到处除暴安良,爱民如子"。内中有土棍子无二鬼,见了扑哧笑咧,说:"你们瞧罢,我领教过咧!打八下里瞧,总不够本儿。要戴上长帽子,活像打虎的哥哥武大郎似的。你们闪闪路,让我出去。"贤臣在轿里听的真切,心中大怒,吩咐"人来",公差答应,连忙跪在地下。忠良带怒说:"起去,快把方才多嘴的人,锁起来!"公差答应,回身让过大轿去,对众人开言道:"方才背后,谁说我们大人来?要是好汉,跟我去见钦差大人。"公差这里正嚷呢,那边应说:"敢作敢当,才是好汉呢!王头儿,刚才是我说的。"公差回头一看是熟人,连忙说:"张爷,暂且屈卑屈卑。"那人说:"王头儿,你真正瞧不起人,光棍的脖子是拴马桩。"公差掏出锁来,往脖上一套,拉着奔州衙门。不表。

且说贤臣方到衙内下轿,走上大堂,升了公座。天霸等两旁侍立。涿州的衙役喊堂。忠良座上开言道:"快把背后妄言之人,带上来问话。"衙役答应,拉着那人,当堂开锁下跪。衙役闪在一旁。贤臣望着堂下,打量那人年纪约有三旬,面貌淡黄白净,身躯不矮,上下停匀,眼大眉粗,准头发暗,浑身上下光棍样式,穿着时新的一色青衣。跪在堂上,不是惊怕情形,摇头晃脑,立目拧眉。贤臣看罢,大怒,叫道:"胆大刁民!快报名姓,住在何处,作何生理?"那人往上叩头,口尊:"大人,小的是本州人氏,木匠生理,姓张,名思愚。"忠良闻听,微微冷笑,说道:"你们瞧他这样打扮，那像木匠？罢了，就打他一个醉后无知，枷号一个月，枷满释放他。"不多时，打的木匠两腿鲜血淋漓。打完，钉上枷，赶出衙去。不表。

贤臣座上开言道："快带蓝田玉来听审。"衙役答应，不多时，把店家蓝田玉带来，跪在堂下。贤臣座上，留神细看。见他年有五旬，眉目慈善，面带愁容。忠良看罢，问道："蓝田玉，为什么把人害死？"店家闻听，口尊："大人，容小人细禀。"就将怎么开店，怎么住下一男一女，如此这般，这般如此，细回了一遍。贤臣闻店家之言，与冯氏回的言辞，一字不错。忠良点头，往下叫道："蓝田玉，本院问你，你这么一座大店，难道没有伙计吗？"蓝田玉说："有个伙计，五六天头里回家去了。"老爷说："你这个伙计，有多大年纪，是哪里人氏？"蓝田玉说："小人的伙计，是山西人，姓林，名叫茂春，年四十二岁。"忠良点头，沉吟一回，扭头眼望涿州知州说："贵州，前者你到底怎么问的？"知州道："回大人，前者，卑职到店家验看尸首，问的口供与今日一样。只因事有可疑，卑职才打他三十大板，带到衙门收监。有个衙役叫胡成，认得死尸，姓佟，行六，名叫德有，是本州人氏。自幼上京，跟着舅舅度日，日久年深。此处别无亲眷，只有他一个姨娘，又离得甚远。他还有点地儿，可也不多，也不知他在何处住。那妇人随他下店，口称夫妻，一定不假。若有差错，妇女焉肯这样称呼？所以此妇，必是在亲戚家娶的，带着上京，住在此店。店家生心，安下歹意。若论此人，年老不敢。想是他那个伙计，又是山西人，又在强壮之年，见了人家褡裢，只说内有银两不少，又有美貌的佳人。贪财爱色，与店主害了佟六，把褡裢给了蓝田玉；趁早五鼓，他把妇人带回家去了，也是有的。卑职学疏才浅，无非是粗料到此，是与不是，望大人高明细究。卑职已差胡成，传他亲戚到案，查问地方去了。少时回来，大人一见，便知分晓。"

忠良点头，才要问话，只见外面进来了一个人，上大堂双膝跪倒，口中说："小的胡成，奉命去把佟德有的姨夫传到，地方郭大朋也到。"忠良闻听，心中大悦，吩咐："快把二人带上堂来，本院问话。"公差答应，站起来，退步回身，往下紧走。不多时，带上二人，跪在堂上。施公往下观看，一个年有六旬，一个四十开外，面貌也不怎么凶恶。忠良看罢，开言道："那个是佟六的姨夫。"年老的叩头，口尊："大人，小的姓冯，名叫冯浩。家住城南李家营，今年六十二岁，务农为业。佟德有是小人两姨外甥，他在京跟着他舅舅太监路坦平度日，数年不上门来。再者，他素日行为不正，结交狐群狗党，倚仗他的娘舅，赫赫有名。那年下来，住在我家，要娶媳妇。小的烦媒给他定下亲事，是西村的女儿，名叫春红。放下定礼三日，畜生任意胡行，先奸后娶。要想走动西村，亲家不容。后来闹得不成样式，勾引匪类，时常混闹，要把女子带进京去。逼的姑娘无奈，悬梁自尽。亲家不依，要去告状。佟六偷跑，小的托亲赖友，息了此事。佟六自从那日逃走，至今五载有零，不曾见面。州尊大老爷差人把小的传来，说佟六被人杀死，小的实不知情。这是以往实话，并无半句虚言。"说罢，不住叩头。

忠良闻听冯浩之言，才知佟六是个匪类。他座上点头，眼望州官开言说："贵州，你可听见了。内中有这些情节，你就按着他家以图财害命追问？你也不想想，他既是将人杀死，岂不掩埋尸首，还敢报官，招惹是非？但不知那一个妇人，从何处跟他而来，因什么又将他杀死？"州官躬身说："大人见教很是。卑职愚蒙，望大人宽恕。"贤臣微笑了笑，又往下叫："冯浩，本院有话问你。佟六是你两姨外甥，他还有亲族没有？地土有多少，坐落在何方，何人承种？快对本院讲来。"冯浩望上叩头，口尊："大人，佟六并无别的本族亲眷。地土不到两顷，却是两人承种。郭大朋种着一顷零八分；姓白的种着八十亩，他在涿州城内东街居住。公差去问了问，白姓出门贸易去了。家中只剩下妇女，曾对公差言讲，说是种着佟六地亩是真，并无拖欠地租，别事不知。"施公点头，往下又叫："郭大朋，佟六在何处居住，与谁是朋友，与谁家走的殷勤？"郭大朋闻听，连忙叩头，口尊："大人，我虽种佟六地亩，不过秋收纳租。他起落住处，小人不晓，望求钦差大人开恩。"说罢，不住叩头。忠良含笑说道："回家去吧，与你地户无干。冯浩，你也回家去吧，完案时传你来领尸葬埋。"二人叩头起来，出衙不表。

忠良又向蓝田玉说："你且回家安心生理，不必害怕，本院自有公断。"田玉闻听，连忙叩头，"谢大人天恩。"叩毕站起，出州衙去了。忠良说："本院要暂回公馆，过三天后，再入州衙理事。"心中思想，这件事情，毫无头绪，不知凶手是谁？到底怎么完结此案，且看下回分解。

第一百六十七回　施贤臣卖卜访案
白朱氏问卦寻夫

话说施公自州衙回到公馆，用饭已毕，手擎茶杯，心中暗想。忠良越想越闷，沉吟半晌，忽然想起题目，心中大悦，说："方才冯浩在堂上说，'还有一个姓白的，也种着他的地亩，住在城内东街。今早差人去问，说男子不在家中，上京贸易去了。地租儿，丈夫在家交代清楚。别的事不管。'莫非应在此家，也未可定。不然，横竖总有知道底细的军民，在背地里谈论，我何不探访探访。"贤臣想罢，望着施安说："明日一早，公馆掩门，众人免见，只说本院偶有小恙。"施安答应。贤臣又望着天霸说："明日五鼓，你随本院出门私访，必须乔装打扮，在城里关外附近左右，各处探听探听。"天霸答应。说话间，天色已晚。施安服侍大人安寝。

一夜无词。到五鼓，贤臣起来，净面，更换衣裳，打扮成卖卜的先生模样，算命外带着卖字。霎时，天霸亦来。贤臣口呼："壮士，咱两个出去，一前一后，不可远离。倘若访出消息来，须要仔细。"众人送出。贤臣吩咐："你们回去，千万不可走漏风声。"众人回公馆。不表。

且说施公、黄天霸出了门，瞧了瞧，天才晓，尚未大亮。爷儿两个往东正走。一个手拿卦板，肩背小蓝包袱，一个拿着一卷字画，霎时散步前行。但见对面铺子，一边是茶馆，一边是酒肆。贤臣看罢，望着天霸递了个眼色，迈步前行，好汉在后跟随。进了酒铺，拣了个背地方，见一张小桌子，爷儿俩私访，并不拘礼。二人对面坐下，要了两壶酒、两碟子菜。天霸斟酒，爷儿俩对饮。施公虽然坐着吃酒，耳内留神那些个吃酒之人。内有一人，口尊："众位，今日咱弟兄结义同盟，必须使用的东西，俱各随买停妥，方不令人耻笑。须要仿学古人桃园之义，意气相投，患难相救。"又有一人开言，口呼列位："上次，咱们商议结拜弟兄，小弟偶遇一人，说出来，列位也必认识他：姓佟，行六，名德有，爱交朋友。听说咱们结义，也要与咱们结拜。我们两个，才商量停当，就出了事咧。前者，他在此关蓝家店中，被人杀死。并非他独自个住店，听说还同着一个妇女，口称夫妻，占了个独屋。天亮不见妇女踪影，剩下佟六尸首，血淋淋地躺在店中。只怕是妇女动的手，杀死佟六，暗里逃走，也是有的。细想佟六并无婚配，那里来的妇女，与他一同下店？教人好不明白。"又有一人说："大哥，你不知道佟六。他素日为人，吃喝嫖赌，无所不为。仗着他舅舅是个内监，发财回家，置买地土，任意胡行。全仗那个地租，还不够他花费呢！咱们的乡里郭大朋，种着点子。咱这里东街里白富全，也种点子。一定是佟六起了地租来咧，腰内有银钱，不知打那里接了个烟花女子，下在店内。女子起意，杀死佟六逃走。再不然，他把人糟蹋的苦，人家暗定巧计，诳出他来，下在店内，夜间把他刺死逃走，把祸摺给店中。店家报官，州官将他收监。店婆在钦差台前鸣冤。钦差把店东蓝田玉释放出来。钦差还不走呢,听说完了这案才走。依我说,这件事要完,除非有了那个妇女才结了案呢。不知那妇女姓甚名谁,家住在何处。真是个无头无脑,连一点音信也没有,好令人发闷!"只见又有一个开言说:"哎哟!这件事情,我倒想起来咧,他别是合粉子万儿那家女的对眼儿罢?见他常住在那里,我如今心内只是疑惑。这宗事,管保不错,准是那一句戏言。"这个人的话未说完,只见有一个年长些的,说:"老七还多言呢!人家官司还没有完呢,咱这里只顾胡言乱语,倘若叫官人听见,咱就摆弄不清,那时后悔也晚了。依我说,咱们还是喝酒,休要闲谈!"

贤臣听见店中之事,被那人拦住不说咧。贤臣甚是着急,也难追问,少不得慢慢地访查。思想之间,将酒喝完。老爷站起,天霸会钱,出了酒铺。爷儿两个,进了一条小巷,瞧见一座小庙,左右无人,一同进去。细看原来是座七圣神祠,旁边有两间土房。爷儿两个坐在台阶石上面。贤臣眼望天霸开言说:"壮士,细听酒铺之中那个后生之言,事情可有些顺手。我如今要上东街上寻访寻访,你也不必跟着。咱二人今晚别入公馆,在北关寻店住下。你先出城,在城外等我,到晚上再见。"天霸答应,辞别贤臣,出庙去了。不表。

且说施公见天霸刚才出去,从外面来了两个人,往旁边那两间土房去了。忠良连忙站起来,轻移虎步,搭搭讪讪往前行,走进禅堂。眼见方才那两个人,一个在地下蹲着烧火,一个守着面盆和面。见老爷进去,二人连忙站起,说:"请坐。"忠良就势说:"二位多有惊动。我要上京,腰中缺少盘费。到此借点笔砚,写几张字画送人。一半是人情,一半是卖换几文钱糊口。闻听说钦差公馆要审命案,瞧个热闹。"二人闻听,只见烧火地带着笑说:"若提昨日蓝家店之事,是合该倒运。妇女把人杀死逃走,撂下大祸,叫店家遭殃。"和面的闻听,答了两声,说:"此事要完结也容易,除非翻遍了东半城。"烧火地说:"你怎么就知道翻遍了东半城,就找着了呢?"和面地说:"我怎么不知道?那一日,我一早出城买菜。刚开城,一个妇女进城。我见他面如金纸,唇如靛叶,年纪不过二十多岁。见他衣服上,微微有些血痕,慌慌张张进城去了。谁知到了清晨,就出了此事。昨日我卖菜,卖到东街小胡同里土地庙边,一个门内有妇人出来买菜。我一瞧,越像那一个妇人。"烧火地说:"你别胡说咧,幸亏遇着了这位先生。要叫外人闻知,是现成的官司了。"

闲言少说。且说贤臣得了真情,不肯多问,怕人动疑,这才知道是两个卖菜的。想罢,也不顾的借水咧,连忙辞了两个卖菜的,迈步出了庙,直奔东街而来。走到东街,贤臣手打卦板,口中吆喝"算灵卦",眼内留神观看,果见小胡同里有座小庙。来到跟前,上了台阶,瞧了瞧,原来是土地正神。看罢转身,脸朝外面,还是手敲卦板,大声吆喝:"算灵卦!能算吉凶祸福,算月令高低,细批终身大运,能算行人几时回来。算着,卦礼随意。算不准,不取分文。"

不表贤臣吆喝算卦。且说这土地庙旁有一人家居住,只因男子出外,家中只剩两年轻妇女,却是姑表姐妹。妹妹尚未出阁,在表姐姐家寄住。姐姐朱氏,因丈夫出门贸易,夜得凶梦,正在房中手托香腮,痴呆呆的思想夜来梦境。忽听卦板响亮,又听见算命吆喝的那些言词,意思要叫进来,问问他丈夫音信。叫声:"庆儿,你出去，把算命的先生请进来。算算命，问你姐夫几时回来。"庆儿答应，连忙迈步出门，说："算命先生，这里来！我姐姐要算命呢！"贤臣说："你头走吧。"庆儿先跑进院内，放下了一张椅子，说："先生进来吧！"

贤臣此时为民情私访，也顾不得受屈，只得走过来坐下，口中说："讲命啊，还是问别的事呢？"只听里边娇音嫩语，说："我要问你个行人，不知几时回来，求先生仔细算算。"贤臣说："你随口报个时辰，不许思想。"只听里面说："未时罢。"贤臣在外面，掐指多时，口尊："娘子，在下自幼学习此数，直言无隐，绝不奉承。方才仔细推算，此人星象恶曜，凶神照临。看此光景，大半性命不保矣！"屋内佳人闻听此话，不由心下着慌，说："再求先生细细推算。"贤臣闻听，拳手掐指多时，开言道："娘子，问的出外之人，不知系娘子什么人，亦不知有什么事情，往何处去了？望娘子将就里情由，一一说清，在下仔细推算。"妇人一闻此言，口尊："先生！此人是我丈夫，同我表兄上北京彰仪门作营生，至今数日，不见回音。昨夜得一凶梦，奴家放心不下。"贤臣复又口尊："娘子，可曾记得他的生辰八字？"妇人屋内回音："我丈夫今年二十七岁，康熙十六年，七月十五日，寅时生辰。"贤臣闻听，打开包袱，拿出书掀看。看了看，用指头又一掐算，忙站起来，眼望着屋内，说："娘子，此人哪，我可不怕你恼哇，别指望咧！半路途中，有人谋害了。"佳人闻听此话，也就顾不得礼法咧，忙忙掀起帘子，走将出来说："求先生，再与他细细推算，吉凶如何？"说着，就哭将起来了。

贤臣闻听，沉吟了会子，眼望妇人开言说："你且不用哭，还有月德解救。再迟三日不见回音，可就没指望了。"妇人闻听此话，就不哭咧。贤臣说："我且问你，不知你丈夫同去的那人，可是他的表兄啊，还是你的表兄呢？"妇人说："是我的表兄。"贤臣说："原来是表妹夫表大舅，一路去了。"妇人说："正是。"贤臣说："料此无妨，一个骨肉至亲，那里来的差错？"妇人说："先生不知道，亲戚与亲戚不同。我表兄不行正道，胡作非为。不怕先生笑话，我表兄本来贫穷，这是他亲妹妹，常在我家住着。"贤臣闻听，点头暗想，腹中说，这秃丫头，敢则是他表妹。必须如此这般，才得其中真情。想罢，眼望着那妇人开言，口尊："娘子，你丈夫在家，作何生理？"妇人闻听，回言道："我丈夫在家，做着个小买卖，还种几亩租地。"这妇人说到此处，粉面一阵通红。贤臣这里察言观色，就参透机关，腹内想道，若问其中底细，还得这等说法。想罢，口尊："娘子，你丈夫原是庄农为业，但不知府上种着谁家地亩？"妇人闻听，道："那是我丈夫做的事，妇人家焉得明白？"贤臣闻听点头，心下为难，又不能往下追问。才要告辞，忽又想起一件事来，说："娘子，但不知令表兄姓甚名谁？"妇人说："我表兄姓贺，名重五。"贤臣点头说："你丈夫同你表兄前去，不见回音，就该往他家去问才是。"妇人说："他若有家，怎肯把妹子捺在我家内呢？"说着话，见他掀起帘子走进房去，说："庆儿，给先生拿卦礼去吧。"不知到底怎样，且看下回分解。

第一百六十八回　消灾孽朱氏求神
访情由天霸装鬼

　　话说施公算完命，朱氏打发丫头，取出一百康熙钱来，递与贤臣。贤臣有心不收，又怕他们动疑；有心收下，又觉自愧。沉吟多会。秃丫头说："先生嫌钱少罢。"贤臣笑了笑，只得收下，将包袱包好了，挎在手腕上。手拿卦板，站起身来，往外就走。一边走着，往四下里观看。秃丫头说："你去还瞧什么呢？莫非还要偷谁吗？"忠良说："你这个姑娘，知道什么？这院内不大干净！"丫头说："有什么不干净处？"贤臣是安心设计，要访情由，连忙说道："有鬼。"秃丫头说："要是你们家才有鬼呢，快出去吧！人家好好的院子，你说有鬼的。人家害怕，回头黑了天，怎么出来呢？"说着话，他把贤臣送出门外。只听哗啷把门关好，嘴内却是嘟囔着，自己回房去了。

　　贤臣出门，回头观看，只隔着一家，就是土地庙。瞧了瞧，斜对过是枣树，他家土坯垒的墙，整瓦盖顶，石灰勾抹，两扇大门。贤臣看罢，把地方方向记清。走着，心中暗想，那妇人俊俏风流，夺尽春光，就只是满脸凶煞，带着死气，莫非内中有别的缘故？与佟六通奸，我看着他，不像是那等人。她丈夫偏又出门，我算他落个外丧鬼。报了个时辰，又逢凶死，岁数又逢三九之年。贤臣思想着，往前走不多时，出了北门，四下里观望天霸。可巧天又漆黑，看不真切，急的老爷浑身是汗。一面敲着卦板，一面走。

　　黄天霸顺着卦板声音，往前紧走。走到跟前，看见贤臣，彼此都放下心来。贤臣说："我算命走进土地庙内，听见那卖菜的两个人，泄漏了底细，才到东街算命。"那些话语，从头至尾，告诉了天霸一遍。复又叫黄壮士："趁着天晚，你还得走一趟。东街上有条小胡同，内有座小土地庙，庙旁边有一门，斜对过有一棵枣树。你等到夜静更深，越墙而过，硬在那院内，抛砖摞瓦，装神弄鬼。听那妇人说些什么言词，好查他就里情由。"天霸答应。

　　爷儿俩说话，正走之间，忽见有一人在前面站立，说："小店干净，炕是热的，住了罢。"忠良闻言，刹住脚步。仔细观瞧，原是座豆腐房。贤臣看罢，眼望天霸言说："明日一早，就在此找我。"

　　天霸遵爷的钧谕，不敢怠慢，连忙迈步，竟奔北门而来。进了城，进了一座酒铺，拣了个座儿坐下，要了壶酒，自斟自饮罢，会了酒钱出铺，一直竟奔东街。不多时，进了小胡同，来到土地庙，去找妇人的门户。到门口，隔门缝看着有灯光。细听，正房内娇声细语，叫道："庆儿，你且放下红绫被先去睡吧。"又听有人哼哼一声。天霸纵身蹿上墙去，轻轻落到尘埃。来到上房窗户底下，蹑足潜踪，用舌尖湿

379

破窗户纸，使一个眼往里观瞧。但见佳人坐在炕上，一双眼内，泪珠直倾。好汉观看到这光景，暗里赞叹一会子说，此妇一定牵挂她丈夫出外，没有回音。又遇见我们大人算命，算她丈夫在外，逢凶而死。果然是命丧他乡，那才真是红颜薄命呢！拿着如花似玉的美貌佳人，独守孤灯，实在令人可叹的。好汉想罢，复又听着。又见佳人转身下炕，轻移莲步，到炕下伸出玉腕，拿过铜盆手巾来净手。拭面漱口毕，玉笋拈香，双膝跪倒，叩头顶礼，口念"大慈大悲，救苦救难，观世音菩萨"，即随口祷祝说道："信女弟子朱氏，年二十二岁。丈夫白富全，年二十七岁，同表兄贺重五出外贸易，不见回音。奴昨夜得一凶梦，请一算命先生推算。他说我丈夫被人谋害，逢凶而亡。哀告菩萨佛爷，大发慈悲，保佑夫主，逢凶化吉，转祸为福。从此弟子持斋茹素，不动腥荤。再者，还有那件事情，难哄虚空过往神灵，望求菩萨从公判断，到底谁是谁非。老佛爷保佑弟子，消此灾孽。我翻盖庙宇，塑画金身。"祝告毕，平身站起，坐在床上，涕泪纷纷。好汉在窗棂下，复又往里偷看，见那妇人躺在红绫被上。又迟了一会，欠身形，"噗"一口，把银灯吹灭。

　　天霸在窗外见此光景，暗说，大人命我前来打探女子的消息，听了这么半天，连一点信儿也没有。我何不如此这般，看看如何。好汉主意已定。举目观看，皓月东升，听那鼓打三更。忽然一阵朔风，刮的窗纸响动。他借着风声，口中呜呜号叫，又用手拍的门叩叩直响。复又抓了把尘土，唰一声，扬在窗棂。四下里抛砖撂瓦，满院乱响。佳人在房中，并未睡着，听见院内声响，不由得心中害怕，连忙爬起来，打火点灯，坐在床上，叫声道："庆儿呀！醒醒儿，醒醒儿。"叫够多时，那边床上的秃丫头，这才答应，口内哼哼，爬起来说："做什么呀，这么早起来？"朱氏说："叫你起来，不为别的事情，我一个人怪害怕的。有你到底做个伴儿，还好些。你听听外面刮这么大风，倒像是有人在院里打窗户弄门。"哪知庆儿闻听，他哈哈傻笑了一阵子，说："姐姐呀，不用害怕，有我呢！等我出去瞧瞧，到底是人是鬼。"说着，即忙下床来，拿着一盏灯，一边走着，一边自言自语的胡捣鬼说："我出去瞧瞧，邪魔外祟，都怕我。"来到门前，伸手拉开两道门闩，把门开放，往外走。刚一探头，天霸在门外噗的一口气，把灯吹灭。秃丫头吓得往后一退，门槛子绊了个仰八叉，手中灯盏扔了在地上。大叫一声，说："我的妈呀！"翻过身来，爬了半步，颤颤打打爬将起来，连说："不好了，有了鬼了！"佳人吓得浑身打战，连忙下床，仗着胆子，咯当一声，将门插上，顶了又顶。转身又把庆儿拉将起来，打火又点着灯，一照，见他面如土色，浑身只是乱抖。佳人说："妹妹别怕，八成是起大风。你往外走，一阵大风把灯吹灭了。"庆儿摇头说："不是不是，要不是凶神，必是厉鬼。"朱氏说："坐下罢，不用瞎话流舌了。"庆儿说："要撒谎，烂我的舌根子！都是那算命的先生说丧话，他说咱家院里有鬼，这才招的真有了鬼咧！姐姐呀，那位先生他还说过'会拿鬼净宅，管保除根！'明日等他来了，请他进来给咱们净宅，叫他拿住那个鬼魂，是怎么个样，看他还闹不呀！"

再说天霸吹灭了灯，翻身蹿上房檐，往下细听的秃丫头说话，佳人并不言语。好汉自思，再捺下瓦去，再听听怎样。想罢，房上揭瓦往下捺。这里嘭，那里吧，就闹起来了。只听丑丫头说："姐姐呀，可、可、可、不、不好了！插上门，他进不来了，又拆房呢！"那妇人说："少说话罢。"秃丫头可就不说了。只听那妇人说："外面的听真，休要如此！你要是贼人前来偷盗呢，实告你说，家内银子衣服全都没有，我劝你另走一家儿罢。你要是见我丈夫不在家中，心生别念妄想，前来调戏良人呢，奴家不是那样的妇人。我劝你早些打消这个念头，快些去吧！"天霸房上闻听，暗暗夸奖说道，妇人好大胆，我再试试他这胆量。想罢，又抛砖摞瓦，更比前番闹的凶了。又听屋内佳人说："是了，莫非是冤鬼？你要是我的丈夫，被人谋死，前来诉冤，只管明讲，何必敲门打户？你妻虽是女流之辈，还能替你伸冤告状，报仇雪恨；延请高僧高道，超度亡灵，早脱幽孽。"女子说罢，外面还是响声不绝。只听他大叫一声，说："啊！我知道了，敢是你来做耗？你的那冤魂不散，来缠绕我，莫非你死的委屈，不该死。果然若是你作耗，你也得拍心自己想一想，是谁之过，千万莫屈心。等我丈夫回家见一面，我和你森罗殿上，对口供去。你先去酆都城内等我吧！"佳人说罢，将牙咬得咯吱吱的连声乱响。

　　房上的天霸，听见这些言词，不由得心想：另有缘故。复想起施公吩咐的言语来，也不掷砖弄瓦咧。轻轻地纵下房来，走至窗外站住，思想会子，暗说，他的言语，我已记清，不可久在此处。猛听金鸡报晓，他蹿到墙外走了。不知真情如何探法，且看下回分解。

第一百六十九回　探消息施公净宅　办差使吴徐领签

话说黄天霸找到老爷住的那座豆腐店的门首,见了老爷。老爷叫天霸会了店钱,爷儿俩又奔了涿州北门而来。天霸一壁里走着,一壁里低言悄语,就把弄鬼装神,暗中探访之事,如此这般,这般如此,细细地告诉了一遍。贤臣闻听,不由心中欢喜:"似此说来,害佟六之事,那妇人虽未明言,据我看来,八成就是他了。这件事情,还套着别的事呢,必须访个明白,此案才能断清。还有一事,还要你去。你速到州衙,告诉知州王世昌,叫他速发签,差两个能干的衙役,限三日内,或是白富全,或是贺重五,拿着一个,重重有赏。倘违误,惟州官是问。"天霸答应。贤臣又说:"你告诉他后,就回来。"

天霸奉命来到衙门口,正遇州官升堂问事。天霸进了衙门。州官见天霸上堂,躬身带笑开言,说:"二爷,到此何事?"天霸就将施公吩咐,叫拿白富全、贺重五的话,说了一遍。又说:"事情紧,叫老爷差派人速办才好。"州官连连答应。好汉说罢,转身下堂出衙。不表。

且说知州见是钦差大人要的重情人犯,怎敢怠慢? 在堂上抽签二支,瞧了瞧该班的捕快徐忠、吴沛,堂上高声叫道:"徐忠、吴沛。"二人在堂下连忙答应。但见二人迈步上堂,公案前单腿一跪。知州王世昌,把两支签,标上名姓,掭在堂下,说:"限三日内,把白富全、贺重五拿到一个,就算有功,回来重赏。"暂且不表。

且说那暗访的贤臣,手拿卦板,肩背小蓝包袱,自从与黄天霸分手之后,又奔了东街。登时到小胡同土地庙,又是大声地嚷叫,与昨日是一样吆喝,说是"净宅,算命,斩妖,除邪"。

且说朱氏佳人,同着秃丫头庆儿,整整闹了五更天,才得安顿。佳人那里睡得着呢? 思前想后,心中害怕。不多时,东方大亮。起来梳洗,秃丫头弄饭。刚吃了饭,只听街上大声吆喝说"净宅,算命",庆儿说:"姐姐,那个算命的先生又来了,何不请他进来,给咱净净宅? 省得夜来混闹。"朱氏无奈,只得依从着秃丫头的主意,说是"要请,你就请去,不怕多花点子钱,只要安静了,谁不愿意呢?"说得丫头满心欢喜,急忙来到街门,伸手拉开了闩,将门开了。走出街门,泼声拉气说:"先生,往这里来罢,给我们家里净净宅! 怪不得昨日你说,我们院子里不大干净,真就应了你的话咧。瞧不起你嘴歪,果然有灵儿。"贤臣闻听,抬头观看,但见那家秃丫头,站在门外,招手高叫。老爷说:"叫我吗?"丫头说:"是哟! 你打量叫谁,快走一步罢,我的瘸先生!"老爷就知道是昨日晚响,天霸前来混闹,女子害怕,才叫净宅。贤臣想罢,一瘸一拐地来到门前。

庆儿搬出一张炕桌来,搬了一张椅子,放在院内,贤臣坐下。只见秃丫头说:"姐姐,叫那个算命的先生来咧,把昨日晚晌实情告诉他。"佳人说:"先生,我家昨夜晚晌,说起来令人惊怕。那天不过三更时候,院内忽然鬼哭狼嚎,只听抛砖摞瓦,四下乱响,细听又像呼呼地刮大风,直闹到东方发亮才休息。不知是神是鬼?求先生看一看,净宅的谢礼格外从厚,多送先生。"贤臣说:"待我看看,是个什么怪。我一定给你把宅净的除了根。"又故意的东瞧西看,把四面八方,瞧了个遍儿,假装惊骇之状,大声说道:"啊,不好了!并非是别的邪物,原来是一个横死之鬼,怨气不散,前来显魂。你若不早早将他除灭了,将来祸患不小!"佳人闻听此话,隔着窗户,说道:"先生既知是一怨鬼,再细看一看,是男鬼是女鬼。"贤臣假装着又瞧了多时,口呼:"娘子,我瞧他是个少年男鬼。"佳人闻听是一个年轻的男鬼,不由得心中害怕,连忙往外开言说:"先生,可知道净宅除鬼,用些什么东西。好叫庆儿与你打点预备。"贤臣说:"不用别的物件,你把黄表纸找半张,舀点水来。"妇人说:"庆儿,你拿出去吧。"秃丫头答应,复又眼望老爷,说道:"先生,还要什么?好一总拿出来,省得回来回去,跑断腿儿。"贤臣说:"别的东西,我是现成的。你就把水与纸拿出来。"庆儿答应,先撒了一张纸放桌上,放在施公面前。又将水拿来,放在桌上。

贤臣把包袱打开,取出笔砚朱砂、白芨,打开了一本《玉匣记》看着。用白芨研了一研,提起笔来,照书上样式,画了几道符,用手拿起来。心中暗想道,这件事必须如此,方能套出女子口气。如得其真情,将他传到公堂,要完结此案,岂非易哉!想罢,眼望屋内,开言说:"给你画了几道符,拿去吧!贴在街门一道,每个窗户各贴一道。还有一事,我的符能驱邪魔鬼怪,你们院内这个鬼,可不能制。他本是负屈横死,无着无落的。阎君也不能管束他,皆因他还有几年寿数,故此各处寻找仇人。大概死的不明白,焉肯擅离此地?除非是知道这鬼的名字姓氏,写在一张纸上,也不用贴,等到夜静更深之时,用些烧纸银锭,一同焚化。焚化的时候,必得将来历祝告个明明白白的,怨鬼自然消灭。他若再有委屈,也只好等着仇人的阳寿将终,阴间告状,凭阎君判断去咧!"

贤臣外面说话,佳人闻听,不由心中害怕,自己腹内暗说,先生未卜先知,句句说的刺骨钻心。他说是屈死鬼魂,前来作耗,把他名姓写在纸上。我怎肯告诉他的姓名?人命关天,非同小可,倘若泄漏机关,这还了得。丈夫在外,未知生死,若有不测之事,出头露面,丈夫不知其中的底细,我这冤枉怎得申明?欲待不说真情实话,又怕夜来搅闹,不得安静。总恨万恶凶徒无道理,万剐凌迟,罪还轻了呢!还不该横死,苍天那有报应?我看那门神灶君、家屯六神,都是枉然。你们就袖手旁观,让他进来,任他院内胡闹,也不分个善恶是非。从今后再不烧香磕头咧!佳人腹内暗自沉吟。外面施公,只是追问怨鬼姓名。佳人闻听,不由得左右为难,偶然心生一计说:"先生,你把写名字的一方儿,留下两个字的空儿。焚化时,我自己填写罢。"贤臣闻听，不由得暗暗惊疑，腹内说，如今妇人识字的就很少，此女真称得起才貌双全。老爷想着，也难往下追问咧，只得将符写完。眼望着庆儿，说道："把这一道符，到晚上焚化时，添上姓名，与烧纸银锭一同焚化。"秃丫头答应说："这就好了吗？到半夜，再要闹起来，我就骂你呀！明日再来了，我叫狗咬你那好腿。"只听屋内的女子说："庆儿呀，给先生拿出卦礼去吧！"庆儿答应，走进去拿出钱来，说："先生，咱这是老价钱咧！昨日是一百，今日还是一百。又不费什么事，这个买卖一天作这么八十多宗，你倒发了财了呢！"贤臣笑了笑，将钱收起，告辞出门。庆儿把他送出门外，抽身回去，关上街门。

贤臣手打卦板，顺着大街往前走，竟奔七圣神祠而来。走到七圣神祠，贤臣见天晚，奔公馆而来。天霸后边跟随。此时两边铺面，点上灯烛。正走之间，抬头一看，但见公馆门首，灯光灿烂。施公、天霸走进公馆，到了庭中。施安、关小西、计全、王殿臣、郭起凤，一同迎出来请安。贤臣说："本院昨日清晨出去，今晚回来，算是整整两天。公馆内可有什么事情？"施安躬身回话说："自从老爷去后，平安无事。"忠良说："既然如此，明日歇息一天，后日再到州衙理事。"再说徐忠、吴沛，二人不知究竟如何，且看下回分解。

第一百七十回

公差访拿贺重五
凶犯巧遇琉璃河

话说吴沛、徐忠二公差,自领施大人签票,访拿贺重五,在涿州城里关外,直访了一天,并无踪影。吴沛忽然想起一个朋友来,望徐忠说道:"琉璃河,我有个朋友燕柏亭。咱二人何不去访访?"言罢,直奔琉璃河而来。走的多时,到了琉璃河。进大街,登时来至燕柏亭门首。吴沛迈步上前,用手拍门。

看官,这个燕柏亭,是个败家子,专吃赌饭,爱交朋友。今日邀了几个人,要掷骰子。听见门外有人叫,慌忙出来观看,原来是吴沛,同着一个伙计。柏亭说道:"二位仁兄,怎么到这里,有什么事情?"吴沛说:"一点事情没有,特到这里讨扰。"说着,就叫徐忠与燕柏亭拉了拉手。这燕柏亭是交朋友的人,焉有拉了就放?随即把二人,邀到饭铺吃喝。吃毕,燕柏亭说:"二位老弟,咱们上家里去喝茶吧!今日我邀了个小局儿,无人照应。"吴沛说:"很好,哥哥弄几吊钱,我们也要要。"二人说罢,哈哈大笑。燕柏亭会了饭钱,三个人迈步,出了饭铺。

来到燕柏亭家门首,彼此谦让了会子,进去。到了屋内,但见炕上闹哄哄的,人们唤五叫六,骰子掷的乱响。吴沛、徐忠坐下,局家燕柏亭倒茶。二公差手拿茶杯,瞧着众人赌斗输赢。燕柏亭说:"愚兄今年饥荒的了不得。自从新官上任断赌,一向未干这个旧营生。"三人说着话,喝茶已毕。观瞧众人,可掷了个热闹,推了来,抄了去。燕柏亭望着徐忠、吴沛,说:"一点进钱的道儿无有,叫我怎么过?天是冷了,连一件盖面的衣裳也没有。昨日才邀了这几个人,都是至亲厚友。还有外来了一个朋友,闻说他在拦把行中常混混。每人对掐,都是二十吊掷一局。弄几串,也好赎几件衣裳出门。讲不起托亲赖友,搞这侉点子,先了清账目,保住债主不上门。"且不说三人正谈论闲话,忽听炕上一人叫:"局家这里来!"燕柏亭连忙站起,过去说:"怎样?"那人说:"有钱无钱,我输尽了。"燕柏亭瞧瞧,说声:"张四爷,赢了吗?把你这钱,先兑出十吊来。"只见张四爷意思不肯。燕柏亭说:"不怕,结局的时候,望我要钱就是了。"那人说:"燕大哥,不必借他的,烦人往北门外王六店内,就说我说的,把钱取来,再赌不迟。"燕柏亭带笑开言,说:"老叔,何必如此?使着四哥这十吊。都是自己,不是外人,他府上住在涿州东门,算来都是乡亲。"说着话,连忙伸手将钱推给了那人十吊。二人复又下上注,重新另掷。

局家转身下炕,眼望吴沛,开言说:"老弟辛苦一趟,北门王六合你可不隔手。见了王六,把事说明,就说贺老叔叫你取钱去啊,难道王六还不放心吗?告诉他,我在这里消闲解闷呢,必须多要个几吊来。"吴沛闻听,心中一动,暗说道,我们奉差事来拿贺重五，正是明月芦花无处寻。"贺老叔"这三个字，倒有些缘故，又是本州人，正想找他。等我到王六店内，仔细搜寻。搜寻回来，莫管他是与不是，拿去见州尊，且搪一搪差役。吴沛想到此处，离了座，连忙站起身来，望徐忠使个眼色。

二公差到了外边，商议已定。又把燕柏亭叫到外边，细细问了一遍，果然姓贺，又在涿州本地居住。二人闻听，满心欢喜。吴沛说："待我到王六店内，再打听打听，你可千万别离左右！"徐忠闻听吴沛之言，口中答应说："大哥，快去快回来，这件事交给我罢。"

吴沛出门，竟奔琉璃河北门。来到王六店门口，天色将晚，走进店中。店家王六，正在院里呢，抬头看见吴沛，开言说："吴二兄弟么，到此何事？"吴沛说："六哥，跟我到屋里，咱好说话。"王六答应，一同进屋坐下。王六说："老兄弟，有什么事来呢？"吴沛说："有个人叫我来取钱来咧。"王六说："谁呀？"吴沛说："你们这里住着的贺老叔啊！"王六说："怎样啊？"吴沛说："他在燕大哥那里要钱呢！把拿去的钱输光了，又叫我给他来拿咧。"店家说："是了。他这几吊钱，赶早赶晚，全都卸在这里，他才走咧！"吴沛说："我瞧那位朋友，很是朋友，他合咱这里谁家有亲？为何常在这里住着呢？"王六说："老二，你不认的他吗？他是你们本州里人，名字叫贺重五。拦把行里是个想钱的，吃喝嫖赌，无所不干。不住的常进彰仪门，来回都在咱这里住，所以我认识他。也不知道他那里弄来了几十吊钱，早晚花尽了，他才安心呢！这话就有十几天了，还同着一个人，来在我这店里，住了一夜。第二日早晨，两个人同着出去，说往西乡里探亲去。那日不过晌午时候，贺重五自己回来，我问他那一个人呢！他说在亲戚家住下了。"吴沛连忙追问："那人有多大年纪呀？"王六也说："不过二十多岁。"吴沛点头，也不问了。说："六哥，他这里还有多少钱哪，给他拿了去吧！"王六说："还有十几吊。他还该我的店钱呢，先给他拿个七八吊去吧！"吴沛说："就是罢。"就势合王六要了个钱褡子，装上了京钱八吊。告辞王六，扛着钱，出了店，直扑燕柏亭家。

吴沛走到离燕柏亭家不远，路东有酒铺，进去要壶酒。喝完了酒，会了钱，眼望酒家开言说："借光，我这里有八吊钱，暂且寄存，回来就取。"酒家答应说："这有何妨。"吴沛交代清楚，来到燕柏亭的门首，一直走将进去。

燕柏亭连忙站起，说："二兄弟，回来了吗？"吴沛说："回来了。"燕柏亭说："取的那钱呢？"吴沛回道："店家不给。"燕柏亭说："王六哥是个仔细人，处处小心。就是取了钱来，也用不着咧！贺老叔这会子又赢了。"吴沛闻听，满心欢喜，连忙往前走了两步，将燕柏亭衣裳一拉，又递了个眼色。燕柏亭不知何故，只得在后跟随吴沛往外走；那一边的徐忠也跟着出来。三个人一齐出了大门。吴沛说："大哥，我有件心事要讨教。"燕柏亭说："老二，有话只管直说，何必又闹客套呢？"吴沛说："就是那个姓贺的，你可能知道吗，如今他现有一件事情，我们哥俩奉差来拿他。"燕柏亭闻听吃惊，暗说："我的佛爷，不是玩的！算了罢，算了罢！"吴沛说："大哥不用怕，横竖不连累你。你先把局收一收儿，我们好动手拿人。"燕柏亭答应，连忙回到房中，眼望众人，说："咱们先歇歇罢，喝盅酒再掷。"说着，把骰子盆全都拿开咧。内中这赢的自然欢喜，输了的，就有些不如意，说："大哥，才掷得好好的，这是怎么说呢？"燕柏亭暗使了个眼色，众人不解其意。

　　只见贺重五说："你们等等儿，我去去就来。"说罢，就往外走。吴沛怎肯容情，一努嘴，徐忠把门堵住。吴沛早就掏出锁来，预备在手内，往前走了几步，来到跟前，说："老叔，你且站站儿。"说着，哗啷一声，套在凶徒脖项之上。贺重五说："来抓赌？是大家都有，怎么单锁我呢？"吴沛说："贺老弟，你做梦呢！锁你不为赌博，先把你自己事情摆弄清楚，然后再说赌。"眼望徐忠，说："别的亲友，放他们走吧！"众人闻听全都散了。

　　贺重五心中有病，一见这个光景，颜色都吓转了，眼望着燕柏亭，说："大哥！他们二位，也不知有什么事情把我锁上，到底也说明白，我好跟他二位去。那里不是交朋友呢，何必如此？"燕柏亭闻听，把吴沛拉住，说："老二，你且站住。别人都散尽了，这里没外人，贺老叔他既犯了官事，做朋友的人，他还走得了吗？依我说，且坐下，有话再讲。"吴沛闻听，只得入座。贺重五说："尊驾贵姓？"吴沛说："姓吴哇！"贺重五说："那一位呢？"徐忠说："姓徐呀！"贺重五说："吴大爷，你方才说：我自己的事情摆弄清楚。这话是你说呀！我贺老叔一生就是吃喝嫖赌，耍乐交友，没有同人家揪过纽绊。挂误官司，没有我。我又有什么事呢，你别错上了门罢？你再想想罢。"吴沛听得冷笑说："贺老叔，要问什么事，我们全不管。签票上犯人名字贺重五，我们只知道奉差拿人。见了官，你再辩去吧！"贺重五说："真是奇怪！我在这里等着朋友，耍耍钱解解闷儿，硬说我犯事咧！"燕柏亭拉着吴沛，说："咱们到外头，有句话说说罢。"二人来到外面，燕柏亭说："二兄弟，他的事情若不要紧，咱们想两个钱儿，叫他去吧。"吴沛说："我的爷，可不是玩的，敢私放他吗？这个人打着灯笼都找不着！"燕柏亭估量不中用。再者，一个官司，谁肯多事？这才一同吴沛回到房中，说："贺老叔，你既无事，怕什么？跟随他们走一趟就是咧。"贺老叔见这光景，不去不成，说："就是罢。"吴沛把八吊钱从酒铺取来。贺重五打点已毕，辞了燕柏亭，跟着二差，竟奔涿州。不知如何，且看下回分解。

第一百七十一回　马快头奉差违命　朱节妇诉状陈情

　　话说施大人上轿到了州衙,州官王世昌接进去。施公升堂,州官躬身,一旁侍立。贤臣问道:"贵州,前日本院叫你派公差拿的人,怎么样了?"知州说:"差去的人,今日必到。"贤臣点头,说:"叫你快头上来,还有差使。"知州说:"快头,上堂听差!"只见一人上堂,说:"小的给大人叩头。"贤臣标了一根签,说:马林,你到东街小胡同内,土地庙旁边高门楼儿,双扉门上贴着黄符的那一家,有个秃丫头,还有个少年妇女。到那里如此这般,这般如此。

　　马林忙拿签出来,到东街小胡同内土地庙旁边,瞧了瞧第二大门,门上贴着黄符。马林看罢,上前拍门。只听里面说话,叫:"庆儿,到外头瞧瞧,有人叫门。"又听有人答应,不多时,将门开放。马林一瞧,是秃丫头——应了施公的话了,少不得依计而行,说:"你叫庆儿吗?"秃丫头说:"你是哪里的? 混叫人小名儿。"马林说:"快进去,告诉你姐姐,就说你姐夫有了信来了。"二人外面说话,里面朱氏早已听见,连忙接言说:"既是有信来了,请进来坐着。"庆儿说:"我姐姐叫你进去呢!"马林闻听,迈步向里就走。来到院内,至房门用手掀帘子,进了绣户。炕上坐着一位少年妇女,叫:"庆儿,快装烟倒茶。"庆儿答应。佳人复又让座,口尊:"大爷,先请吃烟喝茶吧!"马林端着茶碗,两眼直勾勾的,只是望着朱氏发愣。佳人心中不悦,说:"大爷,何处遇见奴的丈夫? 既捎带书音,必是至亲好友。或者书函,或有口音,望乞爷爷细细言明。"马林把施公吩咐的言语,全撇在九霄以外,那里痴呆呆的,还是瞧着朱氏。又见佳人慢启朱唇,露出银牙,正颜厉色,开言问话。他一时对答不来了,说道:"我且歇歇儿再说。"说着,还是直瞧着佳人。朱氏见他这样光景,眼望马林说道:"尊驾好无道理! 既给我寄信,为何一言不发?"马林总是嬉皮笑脸,又说:"我不是寄信来的。"女子说:"你不是带书来的,更不当进我的门槛咧!"马林说:"前来坐坐儿,何妨呢?"朱氏不由得心中大怒,无名火起,张口就骂,还要拿棍子打出去。

　　公差见妇人真恼咧,这才把根签拿出来,说:"娘子请看。"佳人一见,只吓得惊疑不止,就知道事犯了,说:"上差一定是拿我来了?"马林说:"啊,不差呀!"说着,就往外掏锁。

　　看官,这马林是个邪癖人。施公并无叫他锁戴,他想吓唬女子,好叫那女子央求他,他好任意调戏。谁知朱氏不怕,反说道:"上差,把锁拿来,我自己戴上罢。今日见官,就是犯妇了,万岁爷的王法,谁敢不遵。"说罢,接过锁来,自己戴上。复又说道："得借上差个光儿，让我写张诉状。"马林听说他要自己写诉状，暗暗吃惊，点头说："写去罢！"只见他从镜奁里取出来了一张草稿，也不知是几时写下的。但见他又拿来张纸，铺在桌上，提起笔来，立刻腾清。阅了一过，叠将起来，揣在怀内。复又回手拿了针线，把他浑身衣服，缝在一处。头上罩了块乌绫手帕，素绢旧裙，拦腰紧系。收拾已毕，叫声庆儿："我今跟随这位上差，到衙门见官去。我去之后，你要小心门户，休贪玩耍。等到天晚，我若是不回来，你到隔壁去。刘老夫妻，俱各良善。你把始末情由，告诉他夫妻二人。叫他明日到衙门，再打听我去。"朱氏说着，就落下泪来咧。庆儿拉着朱氏，开言说："姐姐，我替你去见官府领罪。"朱氏闻听庆儿之言，心内更加凄惨，口中说："庆儿，你只管放心。我这一进衙门，若遇一位清官，断明此案，大料无妨。你在家照应门户，千万小心要紧。"马林在旁边听着，暗暗点头，望朱氏开言说："咱们走罢！这位官府比不得别的官府，坐了堂这么半天咧！工夫大了，保不住我要受责。"朱氏说："这是那位官府呢？"马林说："这是奉旨山东放粮的施大人，脾气很躁呢！也不知为什么事情，进衙门升了大堂，就叫我前来拿你。"朱氏闻听，暗暗欢喜，暗道："我今日可遇见青天爷爷了，好叫我诉这满怀的冤枉。"想罢，随公差前行。庆儿送出门来。佳人又嘱咐了庆儿几句言语，叫庆儿回去，这才跟公差出小胡同，顺着大街来到衙门口。

衙役锁着妇人，走上堂。贤臣见快头马林头前引路，后面跟随一个妇人，细瞧了瞧，正是那个女子。走到公案前，双膝跪倒。公差单腿一跪，连忙回话，口尊："钦差大人，小的奉命领签，将东街妇女带到。"施公座上一摆手，说："那一妇人，你是什么姓氏，丈夫何名？或是庄田，或做买卖，靠何生理，现今在何处存身？对本院据实言来。"妇人闻听，连连叩头，口尊："大人在上，容民妇细禀。民妇朱氏，丈夫白富全，在家时做一个小买卖，还种几亩地土。若提起丈夫之事来，真正是冤枉。"

话说朱氏跪在堂下，听见施公讲话的声音，很是相熟。一时间想不起来，连忙偷眼观看，失了一惊。暗暗说，这大人，好像昨日那个算命的先生。越瞧，越是不由心中纳闷。朱氏连忙叩头，口尊："大人！小妇人有诉状一纸，请大人亲览。"忠良说："递上来！"朱氏双手捧举，该值的人接过来，放在公案。贤臣打开，留神细看，上写：

具诉状人白富全之妻朱氏，年二十二岁，系直隶顺天府涿州城内民籍。为不白奇冤，恩恩详究事：窃民妇生于朱氏之门，许与白郎为配。许字一年，父母不幸而早逝。过门数载，翁姑相继以西归。旁无宗支，独此一户，终鲜兄弟，惟予二人。无何夫主拟作经营，表兄愿同贸易。谁知表兄重五无本，外邀地主佟六出银，商同入银三股，嗣后买卖均分。密嘱表兄携银先往，并令夫主束载偕行。从此丈夫北上，地主中留，往来不避，出入无猜。因使民妇在家，时常看待，认成地主是客，日与供餐。岂料花看如意，一心爱我丰姿，遂将药下迷魂，遍体任其污辱。玉本无疵，竟作白圭之玷；垢岂可涤，空寻清水之波。常怀羞愧，觉无地可以自容；每念冤仇，知有天不堪共戴。于是暗藏短刃，潜设奇谋，虚情缱绻，假意绸缪。致令红粉容颜，不顾文君之耻；均以黄昏时候，愿偕司马之奔。日依山尽，抛家业而奔程途；夜到更余，同恶徒而投旅店。酒饮合欢，就此交杯而盏换；词同谑浪，见他骨软而筋麻。饮到更阑夜静，听来语悄人稀，因操利器，遂下绝情。摘得心来，解却心头之恨；剜将眼去，拔除眼内之钉。冤仇已报，怨恨悉平。欲将尽节，恐蒙不题之名！苟且偷生，待诉沉冤之状。叩乞青天，详分皂白。已往真情，所供是实。

贤臣早已访清此事，知道事情不假。又将诉状看完，见字体端方。即问："这诉状是何人代写？"朱氏叩头，口尊："大人，是民妇自书自稿。"贤臣心内叹服，又问："这些事，秃丫头庆儿可知道呢？"朱氏连忙说："回大人，诉状上面的事，庆儿并不知道。"忠良点了点头儿，又见夹着一纸单，上写着是："仁明大老爷，只管按律定罪。这张诉状，千万莫叫人瞧见。老大人即阴德莫大焉！望爷爷隐恶而扬善。还有一件事情：今犯妇怀孕三月有余，叩恳青天垂怜，格外施恩，暂且莫动刑具。等我丈夫回家，见上一面，说明此事，就死也甘心。"贤臣看罢，赞叹朱氏，痛恨恶徒，暗把该死的佟六骂了几声，恨不得一顿刀子扎死方好。可惜这样冰清玉洁的美貌女子，误落贼人圈套之中，遭此凌辱，岂不令人惨切？沉吟了一会，即援笔，为之批云：

才貌兼优，权谋独裕；闺门秀气，侠义英风。色若桃花，妒招风雨；春争梅艳，节凛冰霜！海棠睡去，潜来戏蝶姿餐；杨柳醒时，恨杀狂莺暗度。桂叶偶因月露，香被人偷；莲花虽着泥涂，性原自洁。瑕不掩瑜，无伤于璧白；圆而有缺，何损乎月明？譬玉女之持操，温其可赋；见金夫而不惑，卓尔堪风。待敷奏于上闻，以嘉乃节！睹匪颁之下降，要表厥间。

施公批完，暗说，前者我算白富全命犯凶杀，果然他命丧他乡。这才真是红颜薄命呢。叹罢，又往下问说："那一妇人，你可认得那个算命的先生吗？"朱氏闻听，在下面连连叩头说："小妇人有眼无珠，望老爷宽恕重罪。"不知如何，且看下回分解。

第一百七十二回　贺囚徒画供结案　朱节妇旌表流芳

　　话表施公座上点头带笑说："朱氏，你不认的本院，本院不怪罪你。我且问你，诉状俱是实话吗？"朱氏说："小妇人不敢撒谎。"

　　正然问话，只见知州王世昌在一旁躬身，回话说："卑职差去的衙役吴沛、徐忠，把贺重五拿到，在衙门外等候，专听钦差钧谕。"贤臣闻听拿了贺重五来，将朱氏带下去，不表。

　　且说施公复又吩咐，叫带重五上堂听审。衙役答应，跑出门外，高声喊道："大人说的，叫带贺重五听审！"钦差座上留神观看，见外面来了三个人。吴沛在头里拉着，徐忠跟随在后。当中一人，项上戴锁，满面漆黑，脸生横肉，纹带凶煞，藏着晦气，一双贼眼，不住的滴溜溜各处里偷瞧。支插着两个耳朵，直似扇风的一般。短粗脖项，蛤蟆嘴梢，生成的断梁鼻子，秤砣形象。身量不高，形体胖大，背厚腰圆，车轴汉子。西瓜脑袋，圆辘辘的不小，腮下无须。浑身穿着全是新衣，时兴的样式。公差把贺重五带到堂前，跪在下面。吴沛、徐忠二公差打着千儿，回话说："回大人，小的二人吴沛、徐忠，奉钦差的钧谕，把贺重五拿到。"就把琉璃河燕家耍钱，漏出姓名，王六泄底，怎样拿住恶人的话，从头至尾，细回了一遍。忠良点头，心中大悦。老爷将手一摆，说："暂且退去，等赏。"吴沛、徐忠答应下去。州官上来在公案一旁躬身侍立。

　　施公眼望那人说："你叫贺重五吗？"恶人见了，向上叩头，口中答应说："是，小的叫贺重五。"贤臣说："本院打发人去把你传来，不为别故，今日有件事情必得问你。你是什么人，住在什么地方，做什么生理，为何在琉璃河耍钱，同什么人去的？对本院据实说来。"恶人闻听，吓了一跳，暗说，这话问得厉害，若非有人泄露机关，不能这样问法。恶人正然低头拿主意呢，忽听衙役呐喊说："大人问话，快快地说！"恶人无奈，往上叩头，口尊："大人，小的原先住在南关时，当着个小买卖，苦度光阴。父母俱都去世，并无兄弟、妻子，就只有个妹妹，名叫庆儿，尚在幼年。小的素常原好耍钱，把家业数年卖净，无奈把妹妹庆儿送在东街表妹家中存身。现今同着一个朋友在琉璃河商议买卖，住了几天。因为耍钱解闷，老爷的贵役就把小的拿来。这是以往实话，恳求大人恩典！"说罢，连连叩头。贤臣闻听，往里跟话说："你上琉璃河商议买卖，是同谁去的呢？"恶人说："同着一个姓富的。"施公闻听，微微冷笑，就知事情真了。心中暗说，果然不出本院所料。想罢，又问说："姓富的是你的什么人哪？"恶人说："是小的朋友。"老爷说："他叫什么名字？"恶人说："他姓富，名全。"老爷说："别是姓白叫富全罢？"恶人打了一个迟钝。老爷连连追问说："是白富全不是？"恶人重五无奈，只得说："是。"贤臣又问："白富全怎么不回来呢？"恶人说："他瞧亲戚去了。"贤臣说："他的亲戚姓什么，住在何处？"凶徒说："小的不知道。"贤臣说："你不知道，我可知道呢。听我告诉你，他的亲戚姓阎，排行第五，住在鄪都城内。他是瞧阎老五去了，是呀不是？你还有个伙计姓佟，名叫德有，排行在六。他拿出本钱来，你们三个商议停妥，要做买卖，这事我全知道。你为何亲戚改作朋友？我再问你，你的表妹夫白富全，到底那里去了？"贺重五听见忠良问的这些言语，吓得颜色都变了，腹内暗说，他怎么知道白富全是我表妹夫，出本钱的是佟六呢？说我把亲戚改作朋友，这话是那里来的呢？官府果知道此事，大概难免刀下之祸。恶人心下正然思想，堂上的施公冲冲大怒，骂道："囚徒，快些实说！若有一字不对，定动大刑！"恶贼闻听，把胆儿几乎惊破！连忙叩头，口尊："青天，小的原本是同着表妹夫商议买卖。方才老大人提佟德有出本钱，也是情真。一出门就把亲戚改作朋友论，弟兄所为，便于称呼不碍口。佟德有在表妹夫家，等着银两，我们两个先起身要上京。谁知到了琉璃河，妹夫不走，住在王家旅店。表妹夫要往庐州探亲望戚。等了几天，他不回来。昨日在燕家，只为耍钱解闷。偶见公差，不容分说，硬上铁绳，不知犯了何事情？"说罢，连连叩头。

贤臣闻听贺重五之言，越发大怒说："好一个万恶囚徒！我且问你，是何人把佟六引到白富全家中走动？生出许多事端，淫污了真节烈妇？"贺重五往上磕头，说："回大人，那原是白富全种着佟六许多地亩，佟六才往白富全家走动，不干小人之事呀！"贤臣闻听，只气的白面焦黄，嘴歪气动，用手一指，说道："我把你万恶囚徒！事迹已访明，还敢巧辩？你哪里知道伤天害理，报应不爽！你把表妹夫诓出去，害了他的性命，将你表妹任人淫污，你打量着无人知晓。这如今佟六被妇人杀死，真是'天网恢恢，疏而不漏'！"忠良说着，把牙咬的吱吱连声乱响，大叫："恶人作恶万端，图财害命！谁知佟六被你表妹扎死！"恶人闻听，就一大惊，连忙往上不住叩头，口尊："青天爷爷，小人不知道这些缘故哇！"忠良一听，断喝说："我把你这万恶囚徒，还是如此！人来，掌嘴巴！"青衣答应。一个青衣上前，揪住恶人贺重五，一个掌嘴巴，一边重打十五个。打的恶人满嘴流血，打完退闪在一旁站立。座上忠良带怒喝道："贺重五！本院问你到底知道白富全下落不知道呢？想来是佟六买托于你，你把他诓将出去，暗暗害了他的性命，是呀不是？"只听两边的衙役发威，齐声断喝说："大人问你，你快回话！"恶人上前磕头，说："回大人，小的就知道白富全种着佟六的地亩，若问别的事情，小的一事不知。"贤臣微微冷笑，说："白富全到底往哪里去了？"凶徒说："他往亲戚家去了，大人怎么只问小的呢？"忠良说："好一挺刑的囚徒！本院不给你个对证，你也不肯实说。人来，带朱氏上堂。"

衙役答应往下跑去。去不多时，把贤良女子带到堂上跪倒。大人用手指着恶人说道："朱氏，你认得此人不认得？"佳人扭项一瞧，只见那边跪着一人，只打的满脸青紫。细留神一看，这才认出是他表兄来咧！且说恶人贺重五在堂下跪着，正自己暗里盘算主意呢。猛然抬头，看见差人带一妇人上堂跪倒，细看原是表妹，顶梁骨上嗖的一声，直如凉水浇顶。不表恶徒害怕，且说朱氏看见是贺重五，往上磕头，口尊："钦差大人，犯妇认得是表兄贺重五，他同我丈夫出门，上京做买卖去了，为何来在衙门？可曾与我丈夫同来此处了吗？"忠良座上开言说："朱氏，你去问他，你的丈夫何处去了？"佳人答应，一扭项眼望恶人，口尊："表兄，怎么自己回来，你表妹夫那里去了？"佳人说到此处，心中惨切，带泪含悲，说："表兄啊！你与你妹夫，还有那佟六商议买卖，你哥儿两个一同出门去了。莫非你两个没上京么？你表妹夫现在何处？快快地对我言来。"贺重五见朱氏问他，吓得泥丸宫内走了真魂，痴呆呆的愣了半晌，说："表妹，那日与我表妹夫出门，走到琉璃河住下。到第二日清晨起来，他说往庐州探亲去。我在店里，等到晚响，并未回来。"恶贼说到此处，气的那边佳人大叫："贺重五，无义囚徒，你满口胡说！我们那里并无亲戚。不用说，定是你贪财，害了我丈夫的命咧！佟六拿银子买托于你，你把我丈夫诳出门去，他在家中好做事。越想越是。贼呀！你未曾起意，也该想一想，只为图财，害了自己的亲妹夫，也不怕伤天害理，报应不爽！如今犯事，还敢抵赖！"那佳人，越说越恼，指着那人骂了几声。复又向上叩头，口尊："大人，小妇人只求爷爷报仇雪恨，小妇人死也甘心。"但见他说着，站起身来，往厅柱上一撞，要一头碰死咧！施公喝叫青衣上前拦住。佳人无奈，只得回身，跪在一旁。忠良说："你的冤枉，本院早已明白。"说着，就把那店婆告状，自己私访的话，说了一遍。朱氏叩头说："还是大人的天恩，明镜高悬，遍照覆盆之冤！愿大人子孙万代，子贵孙荣。"贤臣点头，随即吩咐州官派人去传佟六的姨夫冯浩、店家蓝旧玉。这些话，不必细表。

单说施公座上又望贺重五开言问道："我把你这胆大的凶徒，你到底把白富全害死在哪里？快些说来！"恶人往上磕头，不说多话，只说："回大人，小的就知道他瞧亲戚去了，别的事小的实在不晓。"忠良气的虎目圆睁，说："好一个挺死的囚徒，你总要叫皮肉受苦哇。人来！"差人答应。贤臣说："看夹棍伺候。"登时差役取过夹棍来，放在堂下。施公吩咐动手。青衣上前，拉去恶人鞋袜，套上两腿，两边地背起绳子来，紧紧地往外边一拉。堂上吆喝说："着力加劲拢！"贺重五"哎哟"一声，昏将过去。公差手掇凉水，用口往恶人身上喷了几口。囚徒哼了一声，苏醒过来。贤臣复又往下追问说："快实招来！"囚徒挺刑不招，口尊："青天，夹死小的也是枉然。"贤臣闻听，气的白面通红，吩咐青衣加劲。青衣呐喊，只听夹棍一响，恶贼叫唤一声，又昏将过去了。公差复又喷了凉水。囚徒二番苏醒过来，觉着疼的透骨钻心，实挺不住了。无奈，只得尽情招认，口说："小的原与佟六相交至好，表妹夫又种着他的地亩。前者，佟六下来起租子来咧。白富全请他到家吃过饭。谁知佟六瞧见他妻美貌，就起了不良之意，要想偷情。白富全又在家里，朱氏的秉性节烈，心如铁石，不能顺手。佟六无奈，千方百计，同小的商议，许了我二百两银子，先给我五十两。小的见财起意,与他定计,天天同白富全在一处吃喝,常往他家走动。后来熟咧,又商量做买卖。佟六的本钱,我二人去做,白富全中计。佟六又给我五十两银子,托我把他害死。小的不肯,他又许了我一百两,一共得三百两纹银。如事成之后,跟他上京取银。总是小的贪财该死,我把白富全诓到琉璃河住在店内,只说北乡探亲。路过酒铺,饮到天晚,已下了蒙汗药。走到半路,药性行开,白富全麻倒在地。小的用绳子把他勒死,捺在一座破窑之内是实。并不知佟六怎么又被朱氏扎死。"恶人说罢,叩头在地。刑房一旁记了口供,叫恶人亲自画供。把一个朱氏哭得死去活来。公座上贤臣只气得浑身打战,只说:"真是万恶,真是万恶!"说着,把签筒签全摔在堂下,教几个皂隶轮换着打,把恶人打了个昏迷不醒。

忠良又望州官,说:"你听听,你这境内有这大逆之人,你竟不能办理。险些儿冤屈了良民,教凶徒漏网。"州官吓得只是打躬,说:"卑职愚蒙,望大人宽恕。"贤臣又问:"佟六的亲戚与店家,可曾传到了没有?"州官说:"俱各传到。"贤臣说:"带上堂来。"州官答应,立即把二人带上来跪下。贤臣说:"蓝田玉,查验佟六的行李,都是些什么东西?"店东说:"回大人,州尊太爷同差役亲查的。佟六的衣服等物,银子三十两,地契数十张,外无别物。"贤臣点头说:"冯浩,你外甥佟六,此处别无亲故,就是你一人吗?"冯浩说:"是。"贤臣说:"那凶徒在世胡作非为,已遭凶报,死之当然,纵再有尸亲前来找问,有州官一面承当。这些地契,你拿一张去,将尸首领了去吧。"冯浩答应,忙磕头,爬起来出衙。不表。忠良又叫蓝田玉:"你无故被屈,身受官刑,乃是月令低微。若非本院到此,只怕你还有性命之忧。你把纹银三十两拿去作生理去吧。"蓝田玉说:"谢大人天恩。"言罢,叩头爬起,出衙去了。不表。

且说贺重五罪犯,拟斩决。贤臣一面请王命,将恶人问斩。一面写本,表朱氏贞烈,奏明圣上。写完,眼望州官开言说:"贤契以后办事,须要留神仔细。倘再粗心,本院一定参奏。再者,白富全已死,朱氏现在缺少儿女供奉,所有佟六地土交官府照管,每年起租银钱全交朱氏,作为养赡之资。本院亲赐朱氏'侠烈流芳'匾一面。朱氏收殓她丈夫尸首,一切葬埋所用银钱等物,罚你捐俸自备。"州官答应。

诸事办理毕,施公不敢久停,吩咐搭轿伺候,本日起身。赶紧进京为是,面君引见黄天霸等升官。所有面君升官一切节目,且看下回分解。

第一百七十三回

施巡按回朝缴旨
畅春园见驾诉功

话说施公在涿州审清蓝家店一案,把朱氏贞烈奏明康熙佛爷,详请旌表。将凶徒贺重五拟罪,请王命立斩决。恶人佟六业被朱氏扎死,置之不议。朱氏收殓她丈夫白富全的尸首葬埋,一切费用,派州官捐俸自备。朱氏终身养赡之资,均派州官照管。诸事办妥,即日起身进京面君,保举天霸等的功名。乘轿来到北关,吩咐文武官员各归本衙,不必远送。出北关,过大石桥,顺大道,竟奔北京而来。

黄天霸、关小西、王殿臣、郭起凤四人寻店,主仆安息,不表。到了天交子时,施公吩咐外边:"快快备马!"说罢,站起,迈步出了下处。贤臣上马认镫,随后众人也都上马。天霸在前,众在后,齐撒坐骑,竟奔御花园而来。

须臾红日东升,老佛爷驾临安乐亭,众内臣侍立,就有该值奏事的内臣启奏:"皇爷,施仕伦放赈回都,候旨见驾。"老佛爷闻听说不全山东赈济回来,龙心大喜,降旨召见。这名御前太监领旨出禁地,来召施公。到禁门外,看贤臣在外候旨,高声叫道:"施仕伦,旨意下!立刻教你进见面君。"贤臣闻听,不敢怠慢,跟随着一瘸一点的紧走。到了园门,遥见老佛爷在御园安乐亭中高居宝座,两边的文武官员,鹓班鹭序,鹄立森排。正是君明臣良,千载之奇逢也。后人有赞诗为证:

升平天子事西巡,几度銮舆幸畅春。

黄拥鸾旗浮有影,红绡踔路净无尘。

百官扈从瞻仪表,万国凫趋答圣君。

千载奇逢龙虎会,随时辅助仰同仁。

内侍带领施公,进了辕门,行见主大礼。三跪九叩参驾毕,口呼"万岁"三声。康熙老佛爷怜施不全身带残病,龙意要问贤臣山东赈济之事,时候多了,怕跪的腿疼,扭项望着内侍,降旨说:"朕要问施不全山东放米之事。拿凳子来赐座,朕好件件问他。"梁九公答应,转身忙取凳子,放于龙驾下边。贤臣忽闻皇上降旨,连忙叩首,说:"奴才谢主天恩。"且单言老佛爷心中喜爱不全,龙面含春,漫吐玉音,开口望贤臣降旨说:"朕差你山东赈济军民,且闻山东于六、于七二名强盗,劫夺赈米,不知爱卿如何将他拿获?详细奏来。"

贤臣闻听,连连叩头,口尊:"我主听奴才细奏。奴才奉旨赈济山东,出京改扮经商,关太保着奴才在后私行,大轿让于长随施安坐着先行。一日走至漫洼,离村庄甚远,居中有一座三义庙,奴才此时焦渴,遣关太寻水。奴才正在庙中等候,忽然进来了一群人,将弓箭利刃摘下,挂在庙内柱上,马匹拴在庙外。忽听众人说:'怎么大哥还不见到？'又听说：'咱们先进殿坐等，一定少时必到。'又见他们一个个下马前行，走进殿内。忽见一人听见为臣哼了一声，他把众人复又叫出殿外，他们叽叽喳喳不知说些什么。忽一声一拥齐入，跑进殿来，用手指着为臣，开言大喝说：'施不全！我等乃是绿林中的好汉。你在江都县做官，拿我们的人竟自问斩。正要伙众拿你报仇，哪知你命不该终，逃走进京。内中又有黄天霸跟随，因此未得下手，让你逃回京去。只说你今生不能见面，冤仇难报。闻听你去山东赈济，因此知会众人。寻你不见，哪知你又改扮私行，又不知你是安的什么心！但只好瞒哄愚人，哪知终难瞒过好汉的神眼，见面将你点破。施不全，造定你今落在我们的手内，此乃是狭路相逢。你恰是笼中之鸟，网内之鱼，束手受缚，瞑目而死。'"贤臣言还未尽，把一位英明佛爷吓得一声大叫"阿拉！"叫声不全："你的伙伴不在，他又人多势众，如何是好？你把脱身之情，细奏朕昕。"不知见驾何以对言活命，且看下回分解。

第一百七十四回

旨宣黄天霸面君
敕赐安乐亭演武

话说贤臣将山东放赈路途所办之事，一一奏明。佛爷闻听，龙心大悦，说："施仕伦，你道黄天霸自江都县就保护于你。他染病在招商店中，你将他瞒过，谎奏身亡。以往之事，朕全不究，一概宽免。将黄天霸、关小西等宣来见朕。"贤臣闻听，叩头起来，退出安乐亭，来到御园外，将旨宣了一遍。

黄天霸等闻旨，即将兵器交给跟班的看守。整冠束带，立即跟随老爷，进了园门，至安乐亭下。五个人站在禁地台阶以下。贤臣走上金阶。佛爷传旨高卷湘帘。贤臣来至御驾案前，双膝跪倒，口呼："万岁，奴才奉旨召下役五人随旨朝参。"万岁一摆龙腕，贤臣站起，退闪一旁。圣驾与随侍文武一齐观看，但见个个少年是豪杰武将打扮，都在亭子下跪倒。皇上看罢，龙心大悦，降旨宣传说："单宣黄天霸见驾。"好汉答应，忙打一躬，上亭来至圣主面前朝参。

看官，贤臣已早把朝礼教演熟练。众人今见施公呼唤，不慌不忙来至驾前，双膝贴地，行三跪九叩朝王礼毕，俯伏金阶。

表过康熙皇爷喜爱英雄好汉。一见天霸，龙心甚喜，叫声天霸："朕素日闻名，并未眼见。今日你朝参寡人，朕问你祖上籍贯，从实回奏。"奴汉答应，口呼万岁："民子祖居福建，后又徙居绍兴。民祖是良民之后，姓黄，名叫玉龙。民父黄三太，不守祖业，家道凋零。自幼好武，异人传授单刀一口，甩头一子，外习飞镖，败中取胜。民父因绿林人，不分皂白，赌气单路独马上京。叩乞万岁赦民子无罪，方可实奏。"佛爷降旨说："赦你无罪，从实奏来。"天霸连连叩头，口呼万岁："民父在皇城沙泥滩放过响马，曾劫过爷家库银。提起民父当灭九族，罪该万死，安心要劫皇爷。可巧万岁进海子猎围已毕，銮驾回宫。民父独骑出了海子红门，走至漫洼，四顾无人，截住老佛爷，单要爷的黄马褂。皇爷不唯不怪，反而开恩，将马褂赏与民父黄三太。民父领赏回家，将马褂供奉佛堂。后来旨意要民父进京，民父自行投首，封官不做，情愿归籍务农。蒙皇爷恩准，放回原籍。民子天霸看破绿林无好，改邪归正，投往江都知县。今日得见天颜，求恩宽恕，举家大小都感天恩不尽。"天霸奏毕，连连叩头。佛爷闻奏，暗暗夸奖，不由天颜带笑点头，叫道："天霸，朕问你可曾将兵器带来？"英雄答应说："现在御园门外，民子见驾，无旨不敢擅带兵器。"佛爷点头，座上传旨，急令梁九公："引领黄天霸快把他的兵器取来，朕好御览。"梁九公答应，带领天霸到安乐亭取兵器不表。

且说皇爷往下传旨："召见关小西见驾！单等天霸取了兵器来，好叫他们当面演武。"内侍官等传旨，立刻宣进关太。引领前来，也是三跪九叩之礼，拜毕，至驾前跪倒。佛爷往下观看，但见小西年貌当令，英英耀耀。叫关太："你把以往从前之事，实实奏来。"小西答应:"遵旨。"未曾奏事,他先照着施大人昨日传授的节目,朝上叩头,口呼万岁:"民子原籍山西太原府。祖父买卖出身。民子关太,小西是民子别名。在京西门头沟开设两座煤窑。民子好赌博,将窑输尽。倚仗武艺,投入绿林。因偷盗入桃花寺,遇见恶僧,来到顺天府告状,后保大人奉旨擒拿恶僧。也曾在通州巡粮,当过海巡。大人奉旨放赈,保护大人前往山东,沿路抵挡众寇。差满回京,拿过许多盗贼。民子功不敌罪,望万岁开恩,宽恕重罪。"关太奏罢,连连叩头。佛爷闻奏,往下开言叫关太:"你与黄天霸所奏略同。今朕定封你等官职。"言罢,令人带下去。

看官,康熙佛爷乃是一位明君,什么事瞒不过这位爷去,只用一问,便知详细,此乃闲言不表。侍官领下关太去,忽见梁九公带领黄天霸,从园外将兵器取进来放在亭下。天霸跪倒,口呼万岁:"民子将兵器尽都取来。"

老佛爷才要传旨,教天霸演武,忽见施公上前拜倒。他口尊:"万岁,微臣有短表冒犯天颜。"皇爷说:"奏来。"贤臣奏道:"我主御览天霸金镖,必须垂下帘来,方保无事。"老佛爷闻奏,在宝座上微微冷笑,叫声不全:"你乃文职官,有些胆小。难道天霸心怀别意不成?"施公叩头起来,退出亭外。佛爷叫声天霸:"把兵器取来,献上与朕过目。"好汉答应,连忙叩首,平身上得亭来,把兵器拿上来与皇爷过目。老佛爷留神观看,原是一口利刃,金镖一十二只。猛见好汉手拿一物,又把虎躯一挺,身形直立,用手往上一举,口尊:"万岁,请看。"言罢,用手一抖,只听哗啷啷一声,铁链响亮抖开,竟有六尺多长。皇爷与文职一齐闪目,借着日光留神观看。但见把儿有一尺,接着铁链儿,铁链上的那头儿,有酒盅子大的铁疙瘩。皇上就问:"此物是何名?"好汉回答,口尊我主:"此物名叫甩头一子,打出去忙跟一步,管取敌人之胜。"皇爷传旨,即叫天霸先耍利刃。

好汉遵旨,把甩头一子放在地上,将刀拿在手中。但见他蹿蹦跳跃,那口刀耍得上下飞腾,光华一片,如雪片绕身一般。开手耍得一路"朝天子",二路就是"一统天下定太平",又耍一路"双手捧日月",然后又耍一路"童子拜观音"。恍似那七星宝剑腾空,彩凤抖翎,春风摆柳。后耍一路"玉女纫双针"。佛爷观罢,连声喝彩,龙心大喜。暗说道,黄天霸武艺精强,实然不错。

且说那些合朝文武、内外群臣,一齐观看天霸这路刀法,令人喜悦。要想那文职官,不过是观瞧热闹,但见来往蹿蹦的灵便。那作武官的人,观看天霸那样舞刀,刺砍劈剁,蹿蹦跳跃,体态轻灵,实然的便利,井井有法,人人夸奖,个个喜欢。正看着,猛见天霸将身一纵,这一路刀法更不相同,怎见得,有诗为证:

舞来秋水雁翎刀,闪烁寒光浪欲淘。

海马朝云身屡仰,犀牛望月首同搔。

漫空飞白迷江练,映日摇红吐彩毫。

六合尘氛应已净,趋朝奏捷系征袍。

天霸在亭下耍舞,但见刀光上下翻飞,并看不见身躯隐在何处。宝座上老佛爷不住夸奖,两边文武也是不住点头赞叹。内外群臣正自称赞天霸武艺高强,安乐亭上忽然又听佛爷宝座往下降旨。不知所为何事,且看下回分解。

第一百七十五回　复宣黄天霸见驾　钦派施仕伦擎杯

话说内臣梁九公，高声叫道："黄天霸，快些放刀！佛爷有旨。"他这才跟随梁九公同到安乐亭，在宝座前双膝跪地。老佛爷往下叫一声天霸："你的这口刀，寡人观瞧实然不错。朕意要看飞镖如何？"天霸答应道："民子遵旨。"当下就令梁九公："去在对面树上，两边拴定黄绒绳一道，下面挂起射箭鸽子。朕好看天霸的飞镖。"梁九公答应，领旨，登时将诸事办妥。梁九公奏明，不表。且说老佛爷，金腮带笑，叫："天霸，你言金镖百发百中，悬针不错。你就立刻下亭去，当面试来，寡人过目。"好汉答应："遵旨。"叩头爬起，转身走下亭来。一屈膝，从褡裢内取出金镖，来至对面看了一看，绒绳上悬了三个鸽子。暗说，活该今日成功，等我格外留心，镖打红心。天霸心中正在打算，忽听皇爷高声叫道："天霸快些发镖。"好汉答应，左手托镖，怀中抱月，右手对准鸽子，把手一松，飞镖打出。只听嗖一声响亮，正中鸽子红心。宝座上老佛爷龙心大喜，两旁文武不住喝彩。又听皇爷传旨，叫黄天霸打第二只镖。好汉答应，又发二镖，又中红心。复又连发三镖，齐中红心。那些文武官员齐声夸奖。

且说皇爷见天霸连中三镖，由不得龙心欢喜，立刻把黄天霸召进亭来。英雄先把打出的飞镖找回收起，这才在驾前拜倒。

宝座上的老佛爷，望下叫黄天霸："你的金镖，朕已看过，当真不错。你再把甩头一子施展施展，与朕过目。"当下英雄叩头，口说："民子遵旨。"皇爷望下问道："天霸，你这宗兵器，是怎么个施展法呢？"英雄见问，口尊："万岁，若施展甩头一子，乃是一宗绝兵器。要轻，轻似鸿毛；要重，重似泰山。可是两样劲儿，一样打法，悬针不错。夜晚之间，专打香头。如今皇爷要瞧此物，取过一个小茶碗。皇爷遣一位大臣，叫他高举茶碗，站在亭子下边；一面还得抬过一块顽石来。民子按着门路，先打顽石，后打茶碗，不能伤着举杯之人。这是轻似鸿毛，重似泰山。民子话不应口，情愿领罪。"说罢，叩头起身。佛爷点头，传旨准奏，扭项望梁九公叫道："快取茶碗一个，抬过一块顽石。"梁九公答应："遵旨！"转身出去。不多时，诸事办毕，回来复奏不表。

且说两旁文武官员，方才一闻天霸所奏，一个个又惊又喜，暗暗私语。这个说："年兄，这件事，还不知皇爷派着那一位官员呢？举着茶碗这可不是玩的。一失了手，打不成茶碗，人叫他打死了呢！"

不说众官害怕。且说宝座上皇爷降旨道："宣召仓厂总督见驾。"但见忠良施公越众出班，进了安乐亭，慌忙拜倒。那老佛爷，带笑叫声不全："今日黄天霸要施展甩头一子，与朕过目。寡人命你托茶碗，站立在亭下边、顽石对面，好叫天霸施展甩头一子，朕当面验看。"贤臣闻听，登时吓了个面目更色，暗道，不好，这件事活该害我仕伦。若要举碗站立亭下，万一天霸失手，伤损手腕，还是小事，只怕皇爷动嗔，诓君罪难免。若说不举茶碗站在亭下，抗旨不遵，也有罪名。

不说施公暗自沉吟。且说满朝文武，一闻圣上降旨钦派仓厂总督，一个个快意称愿。暗中说道，这宗事正当派他。内中有被他参过的，心怀旧恨，说道："列位年兄，留神请看。但愿老天睁眼，今朝显显报应，一下打死他，才称平生之愿呢！"众人闻听，笑而不答。猛见宝座上老佛爷传旨，叫施仕伦下亭去，高捧茶碗。贤臣无奈，只得遵旨下亭。

内侍将茶碗递与贤臣。贤臣接来退出亭外，站在顽石对面，手擎茶碗，叫声黄壮士："依我说，你再打别的罢！可可的单打茶碗，还叫人举着。你想，这不是叫人出丑么？"好汉腹内说，我索性吓吓这位施老爷，叫他老人家出出丑，给众官看看。想罢，带笑口尊："老爷，何必这样害怕担惊？一个手罢，纵然是打掉了，也不过慢慢地长出，又要不了命。"言罢，连忙来至大人跟前。一屈腰，将甩头一子拿将出来，用手拿定此物。一抖擞，只听哗啷一声，铁链抖开，手中提定。文武观瞧，但见黄天霸将身一纵，施展武艺。把施老爷吓了一跳，哪里还顾亭子上的皇爷、两边的文武，高声叫道："黄壮士，千万的留神，可不是玩的。瞧着手上可是茶碗，下可是我的手，你估量着，可不是玩的！"你说这一路嘱咐，招的满朝文武暗笑。忽听天霸答应，说道："老爷只管放心吧，管包要不了你的命。"正说着，一抖铁链，甩头一子一晃，照定顽石吧的一声响，打得顽石四下飞进。忠良暗说"不好"，又见他一回手，照定茶碗打来。又听吧，哗啷啷——茶碗粉碎。施公拍手打掌，高声喝彩。把一位英明的帝王，只喜得金腮带笑，在宝座上翻着满洲话，不住夸奖。以后事如何，且看下回分解。

第一百七十六回　达木苏王抗旨比武

康熙佛爷怪罪含嗔

话说康熙佛爷,见黄天霸把甩头一子试完,只喜得龙颜带笑,开言传旨,叫黄天霸见驾。梁九公领旨,来至亭下,高声说:"旨下!黄天霸见驾。"天霸随内侍进了亭子,来至驾前,双膝跪倒,连连叩头,口呼"万岁"。座上老佛爷笑吟吟的要封天霸官职。忽听一人高声口尊:"佛爷,奴才见驾。"皇爷闪目一观,原来是达木苏王。众官一见王爷,不由失惊,俱都说道:"这位王爷膂力过人,昔在景山打过虎。天霸虽是英雄,大料非王爷对手。"

不言群臣私相议论。且说王爷进亭,在驾前拜倒,口尊:"佛爷,奴才要比试较量武艺。"皇爷忽然想起一计,往下传旨,叫声达木苏王:"你与天霸不可比武,你是寡人一家王子,天霸是区区一草莽之民。纵然他有满身武艺,也不敢近你身体。这件事,万一被他打一二下,岂不是当面取辱?"佛爷言词未尽,把王爷气得面黄失色,也顾不得皇爷归罪,口尊:"主子开恩降旨,也别论我是王爵,他是庶民,只管叫天霸有什么本领,与奴才较量较量。俗云:'当堂不让父,举手不留情。'那天霸有过人武艺,就打死奴才,不致叫他偿命。"皇爷想罢,往下降旨,叫:"达木苏王,就准你二人比较。朕有一件,寡人要问问天霸,他要情愿比试,你两个就在亭下较量较量。"只见达木苏王平身退后。宝座上叫道:"天霸,你乡民村庄之子。达木苏王他乃金枝玉叶,若是比试略伤着他些,当有罪名;再说他的神力无比。依朕看,不与他比试,可保平安。"天霸闻皇爷之言,口尊:"佛爷,王子既要与民子比武,民子焉敢退缩。再者,'生死由命,富贵在天',即使佛爷待民子天恩浩荡,民子无命,要皇恩也是枉然。今朝既蒙佛爷这番隆恩,命民子与王爷比武,少不得与王爷较量较量。一来权当与佛爷解闷,二则也得看一看民子的本领。"言罢,叩首在地。且说老佛爷一闻天霸这些言词,不由龙心大悦,点头夸奖说:"小厮巴图鲁哱啦吗!寡人倒要看看黄天霸与王子较量倒是如何?"

不说佛爷心中暗想。单言仓厂总督施仕伦,心中不悦,暗说,眼看天霸封官受赏,偏逢达木苏王要与天霸比武。天霸虽是英雄,怎能敌得过王爷?施公心中正自沉吟,忽听老佛爷叫声"王子"。达木苏王答应,转身来至驾前跪倒,口尊"佛爷"。佛爷说:"如今你与黄天霸比武。他乃是一个草莽,你是朕的王子。寡人有三件事,要你依从,方许你们两个比武。"王爷叩头,口尊:"佛爷,奴才不知道是那三件事?"佛爷说:"头一件,你的力大无穷,不许伤着天霸的筋骨皮肉,你要损着他,朕要归你的罪名。第二件,只许天霸打你,你不许打他,若要无有这道旨意,他也不敢近你的身体。第三件,寡人只要天霸在,不要天霸坏,如若伤损天霸的性命,定要叫你抵偿。"达木苏王闻听佛爷的旨意,他也不敢不遵,迈步退出亭外。

且说天霸久闻王子勇猛无比,讲动手未必能服他,心想要使稳当计。他来至王爷面前,双膝跪倒,口尊:"王爷,宽恕小民。"磕头碰地,竟把王爷哄的一肚气全消,自己倒后悔了。暗说,哎哟,我错咧!黄天霸乃是个草民,好容易随施不全进京,面参圣驾,实指望得个一官半职的。谁想我心怀不平,一定与他要比武。这岂是孤为国家亲王坐大位的行止?今朝若损伤了天霸的性命,不大要紧,倒教满朝文武取笑,说孤胆量狭窄。只得当着御前走上几步,好遮掩满朝耳目。想罢,叫声:"黄天霸不必害怕,有什么本领只管施展,我给你拳脚上留情就是了。"黄天霸闻听,连忙叩头,说:"谢过王爷!"说罢,天霸站起身来,披上衣服,要与王爷比武,望王爷口呼千岁:"要容让小民。"言罢,施展浑身艺业。两个人一时之间,合到一处。天霸仗着身体灵便,蹿蹦跳跃,来回游斗,不教王爷抓住。宝座上的老佛爷看得明白,见天霸没教王爷抓住,不由龙心大悦,连连点头,夸奖天霸说:"真是个巴图鲁好小厮!若不教王爷抓住,料想王爷也就无能咧!朕在此处,倒要看看他两个胜败。"

且不表老佛爷在宝座上观看。单言天霸,再不肯近王爷身体。王子在御园中来回追赶天霸,只跑得口中发喘,满脸通红。龙心急躁,也顾不得身在御前,口中大骂:"哎哟,好一个控不鲁!气死人也!"言罢,扎煞两只手,圆睁二目。但见天霸站在迎面,说:"王爷请啊!奴才一步儿也不敢多走,奴才上过当咧。来呀,有什么武艺只管使罢。奴才也没什么要紧的本事,只会蹿蹦跳跃。"他这话,反把达木苏王只气得怪叫怪嚷,口中大骂。且说亭子上皇爷,一见王子如此,又是恼又是笑,夸奖天霸身体灵便。

不说老佛爷夸奖天霸。且说王爷见天霸来回跳跃,不能近身,只说:"挖不鲁,坏了我半生英名!"言罢,一个箭步扑上去。黄天霸见王爷要下毒手,着意留神,等王爷身临切近,只听嗖的一声,轻轻又纵到别处。这位王爷,叫天霸闹的没有办法,浑身是汗,口内发喘,也不似从前那样英勇咧!也不肯与他蹿跳了,腹中暗说,好个天霸,我竟不晓得他这样身形轻利。我想赢他,只怕有些费事,这可怎么好呢?达木苏王一旁暗打主意,要想赢天霸,想不出个计策来。抬头忽见天霸迎面站立,满面赔笑,口尊:"千岁,奴才只当输了,要不咱俩算了罢!我瞧爷浑身是汗,必是身体乏倦咧!同到御前奏主,奴才情愿认罪。"

黄天霸这一片软硬话,把王爷气得直愣了半会。猛抬头一看,但见西北旮旯里可是配殿,一面是倒厅,不由满脸添欢,暗说,要赢黄天霸,何不如此这般,将他挤在旮旯之中,料想他身轻,也难跳出去。王爷想罢,跳至东边,假意要抓天霸。谁想天霸他只顾躲避,往后就退,直往旮旯里避去。黄天霸再想不到王爷要下毒手。黄天霸他只顾往后倒退,堪堪退至旮旯之中。你说把个王爷乐了个喜不有余?连忙往前紧走了两步,竟把夹道门就遮住了。王爷把龙体一抖,拉了个蹲式架子堵在口。

你就往前多走一步也不能,把天霸吓了个惊魂失色。猛抬头见大殿内房子高大,橡子是两层,见明明露着。天霸看罢,暗暗喜欢,腹内叫着自己的名字说,黄天霸,你在江湖之中,不是一年半载的工夫,活了二十八岁,跟随施公却有七八年的光景,学成满肚子艺业,无曾施展。到了如今,蒙施大人抬举,把我领到帝王驾前,引见圣主。有本事不在此处施展,还想往那里去卖? 说不得我今把那做贼的本领使将出来,也叫当今万岁看看我黄某,二则惊吓惊吓合朝众文武。想罢,浑身蹾一蹾劲,往上一纵。只听嗖的一声,起在空中。两手一抓,抓住了橡子。复又用脚往上一翻,身子贴在房子前沿。

且说王爷才要伸手去抓,一展眼不见踪迹,不知天霸何处去了,只顾留神往前找。天霸上面一松手,将身一纵,轻轻落在尘埃,脚站实地。站在王爷背后,口呼"千岁受惊"。王爷一闻此言,吓了一跳。一转身,面带嗔怒,暗说,好个天霸,亚赛猴狲一般! 我不但无面见驾,岂不教满朝文武耻笑。达木苏王正自羞怒,忽然天霸口呼:"千岁,以奴才看,爷驾枉费气力,不如同去面君,只用圣旨一道,传与奴才,包管当下被爷擒住。要像这样较量,只怕使坏了王爷,也不能胜了奴才。"达木苏王一听,大叫一声:"好个黄天霸! 我若不把你活活摔死,誓不为王。"言罢,将龙体一蹿,竟奔了英雄而来。王爷心中一怒,哪里还顾在御前安乐亭上现有当今万岁,这会子早把自己的命不要咧! 只出这口气才好。将身一纵,往上举起手来,只要打死天霸。

且说亭子上老佛爷一见天霸从上跳下尘埃,还是英英耀耀,由不得龙心大悦。才要传旨宣召他两个前来见驾,见达木苏王又去动手,要打天霸。天霸又是照前跳跃不止,教王捉拢不着。宝座上喜坏了老佛爷,哈哈大笑,说:"好个巴图鲁哞啦吗!"众臣一齐随着佛爷龙音,大家齐笑。声音太大了些,把位达木苏王笑黄了脸。立刻恼羞成怒,满面发烧,浑身是汗,举目观瞧。你说上面笑声震耳,把个天霸弄的不知什么缘故,只得回头往上观看,不及提防了,一个大空,后又一扭项,但见王爷蹿至跟前。他喝声:"天霸,你还往哪里跑!"相离不远,把个天霸吓了一跳,说:"不好!"浑身蹾劲,要想跑出圈外,怎能得够? 早被王爷一伸手,抓住了衣襟。好汉着忙。王子一见抓住天霸衣襟,心中大悦。他想着,若将黄天霸捉拿住,用双手举到驾前献功。万岁要死的,活活摔死;要活的,饶他不死。不过是堵堵皇爷的嘴,显显本领。谁料,竟被天霸摔衣走脱! 只气得王爷骂骂咧咧,赌气将衣襟捺在地下,还想前来动手。

忽听亭子上的皇爷传旨:"宣王子、天霸齐来见驾。"王爷一听传旨,不敢动手,只得来见老佛爷。黄天霸这才随后跟来,一个个尽礼磕头。佛爷见王子来参,他气的满面含羞。佛爷眼望近御,叫道:"梁九公,传朕旨意:宣仓厂总督。"梁九公领旨,来至亭外高声喊道:"旨意下! 宣仓厂总督施仕伦见驾。"下边有人答应说:"遵旨。"但见贤臣越众出班,来至驾前,山呼万岁,拜首已毕。佛爷叫道:"施仕伦,朕只为你保奏黄天霸，前来引见，朕当面看他演武，果然不错。才要封官，谁想王子心中不服，不遵旨意，要与天霸比武，以为定操必胜。谁知天霸的身体轻便，虽无胜过王子，王子总不算赢。如今同着你等文武，寡人要问问他，也教王子自己后悔，也才知道一勇之夫，终久是祸。"言罢，带怒传旨，下问达木苏王。王爷答应："奴才在。"佛爷说："你可知罪不知罪？"王子方才在下面听见皇爷对施公那派言词，心中已知佛爷动怒。他羞愧无地，摘了帽子，连连叩头，口尊："万岁，奴才悔无及矣！"老佛爷座上带怒，传旨快把王子送在高墙问罪。不知这达木苏王罪过到底如何，且看下回分解。

第一百七十七回

老佛爷降旨封官
施总漕择吉赴任

话说康熙佛爷龙颜大怒，传旨把王子送在高墙问罪。王子摘下帽子，连连叩头。吓得合朝文武互相观望，不敢进言。

且说施大人在一旁暗想道，我如今引见黄天霸、关小西等，所为教他等升官受职，方显施某不负勤劳。谁知达木苏王心中不服，又要与天霸较量武艺。谁想王子又不敌天霸之胜，皇爷心中动怒，归罪于王子。这要叫王子为天霸受罪，一来黄天霸不能升官，二来我施某的名头儿不美。不如我在驾前奏明，将王爷免罪。再请皇爷加封天霸，岂不一举两得。

施公想罢，往前跪爬半步，口尊："万岁，奴才有短章启奏吾皇圣驾。"佛爷说："爱卿有本，对朕奏来。"贤臣说："圣主要为天霸归罪王爷，天霸罪该万死。不唯天霸负罪，连我奴才也该归罪。望乞皇爷千万开恩！放了王爷，赦免其罪。既然怜惜天霸，要不赦免王爷之罪，黄天霸怎能身受皇恩？"言罢，叩头，口呼万岁。满朝文武心中大喜，个个点头。不表。

且说皇爷宝座上闻奏点头，叫声："仓厂总督施仕伦，保本赦免王子，依卿所奏。"贤臣闻听准奏，叩头谢恩。又闻皇上降旨，叫："王子听朕谕旨：国法无私，本当归罪。朕看亲王面上，赦了你罪，罚你半年俸禄，赔补黄天霸衣襟，寡人一概不究。"老佛爷这道圣旨下，达木苏王焉敢不遵？敬礼叩头，口说："谢主宽容之恩。"谢毕平身，立刻出了安乐亭，将半年俸禄令人取来，交还内侍，启奏万岁。不表。

单说当今皇上在宝座上往下观看，见黄天霸跪在亭下。身上的衣服撕去半边，令人难看。皇爷点头，暗暗夸奖，望下叫道："黄天霸，朕见你武艺精通，本领不弱。与王子较量，他将你衣服撕破。朕罚他半年俸禄，料想够了你那衣裳的本了。并非朕偏袒于你，寡人爱你武艺高强，少时朕加封于你。第一要野性收起，不比江湖中任意胡行。第二食朕之禄，须当报效尽忠，莫负雨露之恩。"嘱咐天霸已毕，天霸叩头谢恩。佛爷又望着忠良，叫声施不全："你保荐黄天霸等，可见你是一派忠烈。从前蒙君之奏，一概不究，理当按功加封。还有余者之人，总算下役，不比天霸、关太二人功劳，由你委派用职。朕封你总漕粮务，巡查河路，查访那赃官污吏。钦赐赤金龙牌一道，上写'如朕亲临'四字，不论督府提镇一概钦遵。倘有不遵，许你参奏。赏俸一年，赏假三个月，择吉起身，不必面君请训。"贤臣敬礼叩头谢恩。

只听宝座上佛爷降旨，叫黄天霸、关太听封。老佛爷喜爱忠良好汉，龙心大悦。加升施公总漕巡按，外查河路一带府州县道，惩办贪官污吏、土豪恶霸。王、郭等下役几个人，凭施老爷委用何官，另行奏章。贤臣谢恩站起。老佛爷传旨，叫道："黄天霸、关小西再听朕封加：黄天霸为漕运副将，关太为漕运参将。一同总漕办事，听仕伦调用，与国效力，有功再行升赏。"二人谢恩站起。皇爷封官已毕，龙袍一挥，文武散出园来。施公与合朝文武拉手道喜，俱各不表。

　　贤臣与天霸、小西等众人上马，回到私宅，与合家大小见过了礼。同僚亲友贺喜不表。三个月假满，打点起身。老爷将王殿臣、郭起凤二人暂行委漕运守备，妆着施公，坐轿先行，到天津驿等候。老爷进内辞别父母、兄嫂、妻子、带领天霸等，俱是买卖人打扮。下人服侍贤臣等众人上马。小西、天霸俱各上马，穿过街巷，出了齐化门，要从通州奔天津而行。

　　正走之间，贤臣猛然想起一件事情，眼望计全，开言说道："你快快回去，把施孝叫来，我在八里桥打尖等候。"计全答应，拨马回走，去叫施孝，不表。

　　且说贤臣与天霸等，复又催马，行不多时，早到八里桥。路旁有座饭铺，三人一齐下马。铺中跑出两个小伙计来，把马拉去。主仆三人迈步进铺，刚要坐下，好汉回头一看，瞧见一个人。不知此人是谁，且看下回分解。

第一百七十八回　施总漕八里桥打尖

何路通十字街比武

　　话说施公主仆三人,进铺饮茶。天霸伸手擎壶斟了一盅,递与贤臣,然后才是小西与自己各斟一盅。忠良手内擎茶盅,口内讲话:"二位,你们看这铺中好茂盛的买卖,满桌上净是要酒要菜的。"天霸说:"此处离京三十多里,正是打尖的地方。"好汉的言还未尽,只听对面座儿上,有一人大喝:"过卖的,太瞧不起人咧!太爷进铺坐了这一会子,也不来问问,是要什么东西,难道吃了不给钱吗?"跑堂口中说:"来了,来了!"连忙的往那边走去。天霸这边留神,观看那个人,却是怎生的打扮。但见他:身上穿黄色小夹袄,一条褡包系在腰间,下穿紫花布的鸡腿裤子,绑在磕膝盖中,鱼鳞靴了足下紧登。又见外有一顶草帽,放在行李上面,小小褡套捆着链绳,旁边掖着双拐。拐头上明晃晃的露着枪尖,还有个钩儿带在枪上,这样兵器甚是眼生。细看他年纪,不过四旬开外。身材不高,约有四尺有零。鹰鼻相配微须,两扇薄片嘴,眼大眉浓。天霸看够多时,不是客商买卖,不是庄农人家,又不像江湖绿林。看样也不过黑夜挖窟窿,做些营生而已。听他言语,很像外路声音。

　　且说堂倌听见呼唤,来道:"要什么东西,请爷快快说明。这铺中伙计短少,说完了,我还照应别的主儿来呢。"那人听见这些话,心中不悦,带怒开言说:"你怎么忙,你就替我要了饭罢。"堂倌说:"我的爷,我知道你老人家吃什么东西?"那人说:"我知道你铺子里可卖什么东西?"堂倌说:"你老人家要上个饹渣豆腐,烙上两张饼,盛两碗饭,做一个常行汤,就很够吃咧!"那人说:"这是好主意呀!我问你那盆内的鱼,案上的肉,都不是卖的吗?"堂倌说:"爷,这么着省些钱。难道我们卖饭还怕大肚汉不成吗?你老人家要吃鱼呢,是糟鱼,是酥鱼;锅贴鲇鱼,溜鱼片,烩甲鱼,烩白鱼;要吃肉呢,烧紫姜盐煎肉,排骨,丸子,炸肉骨碌儿。"那人说:"不过这几样儿?这还没有我们南边小豆腐铺子菜多呢。听我告诉于你,买卖人和气为本。那个吃了不给钱?别论衣服品貌,别欺负外乡人。在下教导于你,往后不可如此。我今日就是依你的主意,给我个常行饹渣,两张家常饼,两碗合汁面汤,还要宽大碗盛着,越多越好。吃完了好登程。"堂倌闻听,照样传下去,这才照应别人。

　　这边的施公、天霸、小西用茶已毕,放下茶盅。贤臣叫道:"堂倌!"堂倌答应,走至面前带笑开言说:"大爷要什么?"贤臣说:"我们三人要用饭。四两酒,给配四样菜,饼饭一齐来。"堂倌答应,先把碗筷、酒杯、菜籽拿来,然后酒饭一时端来,放在桌上。天霸拿壶先给大人斟上了一杯,放在面前,然后与关小西合自己斟上。施公说:"二位伙计,你我还要走路,咱们就是这四两酒哇!我就是这一盅,你们俩把那一壶喝完，吃点东西好走路。"二人齐声答应："很是，很是。"正然说话，只听铛响，大人望着跑堂的开言说："伙计你来，如有现成的饼拿一张来我吃。"过卖答应："有哇。"说着，走至柜内拿了两张饼，放在两个碟子里头，给贤臣放下一张，那一张才拿到那人桌上放下。

那人一见，带怒开言说："我要了两张饼呢？"堂倌说："爷爷，先吃着这一张，赶吃不完，就得了那一张与你。"那人说："我要了两张，你们刚才要真忘烙了一张，我倒没的说。分明烙得了两张，你们为什么卖与别人？别人给钱，难道我是白吃吗？我也给钱。此处离京不远，难道就不讲礼了，也没个先来后到吗？任凭是谁，自己既要吃饼，就该自己要。为什么人家要的，他吃现成的呢？我想这个吃现成的人，就睁着不开眼。"

看官，这人因为腹中饥饿，才进铺内打尖。偏偏的跑堂的瞧不起他，他就一肚子气，有心要望跑堂生气。心中想着他又不值，满肚内存心要斗气。他见施公把他要的饼，留下了一张。他又见老爷那种相貌儿，很无人样，他心中就有好些不悦。方才说的这些话，何尝是冲跑堂的说呢，正是冲着这边桌上说呢！忠良本是一位文官，又是人臣极品，自尊自贵，宽宏大量，还恕的过去。像黄天霸、关小西他二人，如何忍耐？听见那人说些闲话，你看我，我看你，互相观望，窥窃大人之意。但见施公总不动气，只管自己吃饭，二人只得权且忍耐。

猛见那人眼望堂倌，复又开言说："你这是怎么样呢？"堂倌回说："少不得给爷另烙张饼。我本来错了，望爷爷宽容，不然另要点别的吃。在下情愿候了爷吃。"那么他更动了怒咧！站起身来，用手一指，说："你满口胡言！太爷有钱才进铺吃饭，什么要你候？打谅太爷无钱。"说着话，将银拿出，说："这银子全给烙饼。"将银往桌上一摔，说："可恨堂倌瞧不起人。给我烙出来，摆开凉着，零碎吃点心。"那人越说越气，往堂倌脸上打了一巴掌，口鼻鲜血直流，只听叭的一声，堂倌咕咚倒在地下。掌柜的过来，满脸赔笑说："我的伙计错了，望爷抬带一二。爷照顾我一文钱，你就是我的财神爷来了。"说着屈腰打了一躬。那人一见，哈哈大笑，说："掌柜的，你家伙计我倒不恼，我只恼那个人吃现成的。既知道吃饼，不会要吗？算是学吃学穿。"施公闻听此话，眼望小西、天霸说："二位伙计，你们听听，那边那人分明是说你我呢！"天霸要去问他去，施公未曾答言。小西先就立起身来，眼望那人，说道："你休要胡言乱语，此乃天子脚下，若讲豪横不成？管教你吃苦，不服就咱俩试试，打完了，给你个地方。"那人闻听，说道："来来来！咱俩出铺去较量较量。"说罢，一齐跳出铺去，就动开了手咧！

看官，那人也是江湖中一条好汉。他却不在绿林里，前已表过，也不掘门挖洞，也不偷猫盗狗，却在水中凿船。皆因此条河路中，常时有船行走。他探得有什么上任的大官在某处上船，他好在后跟随，得便下手。因打尖，过卖瞧不起他，他是一肚子没好气。这些闲话暂且不表。

且说天霸又站在铺门口高埠之处观看，但见两个人打了个难解难分，竟不见输赢。豪杰心中暗想说，这个人使的拳脚全是我家的门路，那是打那里来的呢？从未见过这么一个人。好汉惦记着老爷，复又进铺，看了看旁边的人，俱各出铺瞧热闹去了。忠良见好汉来至跟前，低言问说："小西胜败如何？"天霸说："大人只管用饭。小西若是不能取胜，大略也不能吃亏。"贤臣说："你还出去瞧瞧，要不然，给他们和解了罢。"天霸说："大人只管放心。那人进铺子的时节，我瞧着他就有些眼岔，皆因他长了个贼样式。就是小西不能取胜，我还要并力擒拿，要问他的姓甚名谁，家乡住处？"贤臣点头。天霸转身出去，来到饭铺门口，留神观看。但见二人在十字街前，还是争斗。此乃是通衢大道，登时聚了人山人海，如上庙一般，拥挤的铺门风雨不透。掌柜的说："合该今朝倒运，这买卖还怎么作？众位爷们劝劝，只当行好。"来瞧的人们，个个相视，不敢上前。

　　且不言铺门口争斗之事。再说计全奉大人之命，回京叫施孝去，登时进了齐化门，来到施侯爷府门前下马，望着门上之人说了一遍。门公闻听，入内回禀了太老爷。这太老爷叫施孝说："你二老爷叫你有事，就同来人前去。"施孝答应，连忙备马。二人门外搬鞍，登时出了朝阳门，顺着大路，竟扑八里桥而来。不知计全怎么认识那人，且看下回分解。

国学经典文库

中国公案小说

·施公案·

图文珍藏版

409

第一百七十九回　计神眼巧逢故友 鱼鹰子扶保贤臣

话说计全，同施孝来至八里桥铺门口外。但见人山人海，如上庙的一般。见天霸也在高处立着观看，叫声："老兄弟，这是为什么？"黄天霸说："你先见了大人，回头再说罢。"计全同施孝进铺门，走至上房见了，请安行礼毕，口尊："大人，关太哪去了？"贤臣说："关太在铺门口，与人争斗了半天咧，不分胜败。你也看一看去。"计全翻身出上房，走到铺门口外，见围着一遭人。用手分开众人，挤将进去。留神一看，连忙说道："关爷，别动手！是自己一家人，怎么打起来了？"小西住手。

那人回头一看，认得计全，连忙紧走几步说："多年没见了。如今现在那里，做什么勾当？"计全说："说起来话长。且到铺中，有话再讲。"说罢，又望瞧看的人众讲话，说："列位，散了罢。一家人拌嘴，也没什么瞧头。若不散，我就说别的了。"众人闻听，除了本铺中吃饭打尖的，余者剩下的，俱各散去。

黄天霸也来到眼前。计全用手指着天霸，望那人讲话说："老弟，你怎么不认的这位黄爷吗？"那人说："小弟总在南边，当时到了此处，又搭着小弟眼拙，竟有些难认了。"计全说："拿耳朵来，我告诉你。"那人附耳到计全的嘴边。计全说："他是你师傅的儿子，名叫黄天霸。四霸天中的第一霸。十五岁出马为绿林，后来改邪归正。现跟着总漕施大人，新近引见万岁，封他巡漕副将。只因大人私访，改扮作经商客官行景。我在后边有点公干，这才来到。方才与你争斗的，姓关，名太，别字小西，也是跟随总漕大人，官封巡漕参将。劣兄先在直隶一带，后也洗手归了正咧！因在郑州遇见天霸，多承他引见，跟随大人进京。如今又往淮关去，催趱粮船，沿路访拿赃官污吏，霸道强梁。不知老弟因何来到这里？如今意欲何往？"那人低声说："我在南边专走水路。所作之事，难道老哥不知道吗？去年冬天有点积蓄，尽都输净。这如今河路开通，来到这边，想做些营生。因打尖，就斗起闲气来了。谁知又遇恩师之子？要不是老哥说破，一家不认的一家咧！"那人拉住天霸，亲热了亲热。计全说："黄老弟，不认的这位吗？此处人多也不必细讲，等你见过了大人，路上再讲罢。"二人齐说"言之有理"。计全叫小西也与那人拉了拉手儿，解和了，这才一同进铺。

计全先到施公身旁，附耳说了句话。忠良心里这才明白，点头说："既然如此，先不用见我。你同他与施孝大家用饭。"计全答应。那人与施孝回到那张桌上，一齐坐下。饭铺里掌柜的，上前开言说："大太爷，你的银子、行李，全都交代明白。其错全是我们伙计错。那个嘴巴，算是他白挨了。但愿你们爷们无事，也就罢了。"说罢,拱手而去。但说众人,两桌上俱各将饭用完,算明饭账。贤臣把施孝叫到跟前,附耳说:"你把你骑来的马留下。你雇一个牲口赶到前途,告诉施安等,叫他们路途之中别延误,准在天津等候本院。快去吧!"施孝答应,雇驴前去。不表。

且说天霸打开行李,拿出衣服来给那人,更换衣服已毕,然后请贤臣出铺,服侍贤臣上马。又将行李搭在马上,叫那人骑上。大家也都搬鞍上马。计全紧靠施公的坐骑,关小西在马上拉着驮子,离了八里桥,竟往东奔。贤臣在前,众人尾随在后。计全马上躬身,低声口尊:"大人,那个人家住江南常州宜兴县,跟随黄三太学习武艺。因为绿林之中人多,故此在水路单身独行,自作营运。提起来此人本领不小,手使双拐,拐上带着枪钩,无人敢挡。水内能睁眼看人。如有仕官行台、买卖客商一切船只,专使枪拐凿漏船底,劫夺金银。在水内能住三日三夜,饿了活吞生鱼,因此外号叫作鱼鹰子,本名叫何路通。就是旱路上,拐枪钩也能抵挡四五十人。大人今往淮关,常住水路之中,难保无事。若依小的愚见,不如收他一同前去。"

施公闻听,满心欢喜,说道:"就依你的主意,何不与他当面讲明此事?"计全点头答应,带笑连忙勒马,让过施公去。扭项望着何路通,带笑开言道:"劣兄有句心腹话告诉贤弟:为人需习正道,世上百艺俱能养人。想你我幼年之间,不务正业,打劫为生,空混了半生。年纪都不小了,须当想个养老的主意,才能保得住,收个结果。你瞧那一个挣下房屋地土咧?一辈子不落人手,这就算头等的光棍。谁能像黄三爷硬劫当今圣驾,成就此名,洗手不干咧!又养了个好儿子,十五岁上就出去露面,四霸天中数第一,江湖尽晓。难为他去邪归正,挣了个副将前程。年才二十余岁,又搭着他那一身武艺,又有施老爷提拔,何愁不高升?我如今跟着他吃碗闲饭,冻不着,饿不着,我就算知足。像贤弟,依我的拙见,何不跟着大人南巡?路上但能立一两件功劳,大人回京时见驾面圣,只要当今圣主一喜,你的功名有份,强似一生落个贼名。不是愚兄小看老弟,你未必能到金镖黄三太、红旗李八太爷那等分上。把这个事你得看破,难道你就不是江湖中人吗?但只一件,如今的时事,又与我年轻的时候光景改变了好些个。怎么说呢?你我也老了,王法也紧了,这时候想不出个收场结果来,也就难为了一世男子。我说这个话,是与不是,老弟自己酌量而行。"那人闻听计全之话,回道:"老哥不忘旧日交情,才领小弟正道上行。多承老哥指教,小弟情愿跟随大人南巡,烦老哥回复大人去吧。你说我不为保举升官,但愿饱食暖衣,到老善终就足了意咧。"计全答应,前来回禀大人,就把那人情愿跟随的话,回了一遍。贤臣闻听,满心欢喜。一同催马东行。

忽听行路之人说道:"明日浬江寺庙热闹非常,各处之人烧香,贤愚不等。你我进香是善士,内中就有趁势作恶的。"贤臣马上闻此话,腹内说,久闻此庙热闹,招聚凶徒匪类。再者,又有船只来往,是五方杂地,其中必有凶徒恶棍,倾害庄村黎民。何不去暗访?忠良想罢,开言说:"众位伙计,你我去到浬江寺附近左右,寻找个房子住一夜,明早进香还愿。"未知后事如何,且看下回分解。

第一百八十回　贤臣私访浬江寺　主仆偶住杏花村

话说主仆催马前行,直奔浬江寺走。走不多时,忽见前面人马车辆往来,行人不断。独有一人,在路口站着不动。是什么缘故呢?

前已表过,贤臣先教小西前去在浬江寺附近庄村找房,将房找妥,在三岔路口等候。每逢这浬江寺开庙的时节,各处的人,俱来进香还愿。这座圣母庙,叫作护国佑民宁河保运观。有船来往,再无不来进香的。人烟凑集,甚是热闹,房屋店口不好找。可巧离庙不远,有座小乡村,名叫杏花村,属通州管。此处有个埋名的财主,姓刘,名好善,为人老实忠厚。他家的房屋最多。见浬江寺开庙进香的人不少,他就想了个生财之道,腾出些闲房来开店。关小西找到此处,见房屋干净,与他的家童说明,将上房留下。小西将马拴好,到三岔路前来等贤臣。不多时,忠良与天霸、计全、何路通俱各来到。贤臣看见小西,开言便道:“你找的房如何?”小西说:“有了。”说罢,回身退步,当先引路,登时来到村中。施公在马上举目观看,但见村中夏木荫荫。来到刘家庄,仔细看瞧,青堂瓦舍,门楣焕然可观。门前四棵龙爪槐,用架望上托着,树旁黑漆大门。贤臣在马上满面堆欢,说道:“此处最好。”小西拉缰接过鞭来,服侍贤臣下马。众人俱各都下马,派店中搬运行囊。不表。

且说贤臣进店,来到上房,举目留神。但见芦苇扎棚,正面高悬一匾,上写“致中和”三字。匾下挂着一轴画,原是《韩文公走雪图》。左右相配一副对联,一边是“一窗佳景王维画”,下边是“四座青山杜甫诗”。字画下,放着条案。炉瓶三式,放在中间。案边放着四张圈椅,堂中是铺炉子火炕,炕上铺着白毡。客房两间,暗着一间。里间屋,一张红桌,放着胆瓶、帽架。旁边也有两把椅子,蓝布椅垫。靠着南窗,一铺大炕,炕上也有一条大毡。老爷看罢,椅子上坐定。天霸高声叫道:“来个人!”但见有年幼的人,走进房中。他本是刘家的安童,生来伶俐,连忙带笑说:“若要茶,登时就开;洗脸水也温上了。”天霸说:“你把我们的马,叫人拉出去遛遛。天也不早了,即刻收拾饭来。不论什么,只要爽利现成,休得迟误。快去!”店小二答应,连忙走去。不多时,先将茶、洗脸水送来。贤臣与众人净面吃茶。不多时,天色已晚,秉上灯烛。店小二进房说:“众位太爷,是一席吃,还是各自用?”贤臣说:“我们是一席用。”又说:“先烫半斤酒来。”店小二答应前去。

贤臣居中,四人陪坐,分为左右。店小二将盅、筷、小菜端来,放在桌上,又将蜡烛拿过来放在桌上,这才端酒菜。天霸把壶斟酒,先给贤臣一盅,又将二盅与何路通斟上,口尊:“兄长,担待我小弟愚蒙,当面不识,多有得罪。”何路通连忙说:“不敢,不敢,这算贤弟多心,愚兄也跟随大人,更算一家人了。"贤臣点头。天霸又斟三、四盅与计全、小西,然后自己斟上一盅。大家把杯饮酒。店小二端上菜来,放在桌上,恰好俱都爽口。鱼鹰子又斟三四盅酒,奉敬贤臣,口尊:"大人,八里桥饭铺之中,多惊钦差爷驾,望乞宽容。"忠良接杯,带笑开言:"四位壮士,听我告诉。这一去淮关上任催漕,大家须当努力齐心,帮助施某办理事情。差满回京,本院面圣乞奏当今,有功之人一定加封。但能身沾恩宠,封妻荫子,强似身在绿林。"四人一齐点头,说道:"老爷天恩,如同再造。"说罢,复又斟酒。大家齐饮,叫店小二添汤添饭。大家饮毕吃饭。用完饭,店小二撤去家伙,擦抹桌案献茶。贤臣擎茶杯开言说道:"此事蹊跷,心中纳闷:明白是处娘娘开庙门,可别的进香人,为什么不住此处?难道有人走漏风声,知道施某是钦差按察,故此不来此处住店?"天霸说:"此处大略无人知晓。离此不远有大店,差不多的都住在那里。"好汉言还未尽,只听店外喊叫,有人口中直骂:"店小二,狗娘养的! 太爷们来到,你不伺候,看起来豺狼摘爪,吃了你的心!"天霸闻听,心中纳闷:必是来了一伙绿林。且看下回分解。

第一百八十一回　施贤臣假扮香客　众绿林群争店房

话说施公与黄天霸、关小西、计全、何路通讲话，忽听厅外面有人大骂说："店小二，你这狗娘养的！明知太爷们来到，不能早去接驾。"说着，要动手来打。店小二急忙跪下，说："太爷息怒，小人叫那上房人躲避就是。"那人说："快去，快去！你叫那香客，即时让过上房。否则，杀将过去，性命不保！"小二连声答应，抱头鼠窜的去了。不进上房，竟自咕咚跑进内宅客堂，见了主人，哽咽不止，放声大哭，正不知所为何事。

且说店主人姓刘，名望山。祖居此地，幼读诗书，稍知礼义。娶妻李氏，亦能持家。当时，见了小二慌张而来，恸哭不止，大家吃惊，连声问道："是谁难为与你？所因何事，如此悲恸？细细说来，我有主意。"小二见问，拭泪，开言说道："今有五位香客，俱有马匹，让在上房居住，岂不是一件好买卖？却不想去年那伙恶霸，今天晚方才进店。被他一顿吆喝，骂个不了，硬要上房。我以好言答应说：上房早有香客住下。他立时抓住，拳打脚踏，闹个不了，依旧不饶，立时要叫香客让他上房。小人不才，请主人去做主。"刘望

山听这一段言词，倒觉作难。且按刘望山之为人，纵有大难之事，自彼处之不甚难。其为人也惯于应酬，巧于机变，奔走趋承，随高就低，因此有个绰号称刘祷告。此时，他同小二出了内宅，不提。

且说施大人在上房中，虽然不知原委，却是件件听真，心中纳闷。天霸虽亦自沉吟不语，何路通、计全满心不悦，关小西忍耐不住，叫声众弟兄们："都听见吗？天下哪有这等无情无理之事，哪有这等霸道行凶之人？我关某若不是保着总漕大人，定拿了他，送到地方官处，锁押正法，亦不为太过。"言还未尽，大人坐上带笑开言，说："众位英雄，不必如此。事情看冷暖，莫逞一朝之忿，方是远大之谋。"

正议论间，忽见一人走进房门，见了大人，打躬行礼；众人都带笑谦让。你道为何？一则康熙年间尚无顶戴之赐；二则大人与天霸诸人，俱是香客打扮。施大人是不知者不怪罪，故店主人一同对平常香客称呼。当时行礼已毕，店主口尊："列位爷

台,小人有一事相商,不知肯容纳否?"施大人故作不知,说是:"有话请讲。"这刘望山本村人,都称他刘祷告,果然名不虚传,专能弄乖使巧,心苦嘴甜。当时见问,说道:"十方香客爷们,我有一事,甚难出口。值此万不得已,只得前来奉禀,准与不准,但求容申一言。外面来了几个豪气客官,甚是凶恶,不讲礼义。去年香火之间,就住在这店里,俱各骑跨大马,身佩弓箭,好似凶神一般,还是硬要上房。望求爷们开恩,让他一让,小民举家不敢忘恩。"说犹未了,那关小西早止不住,喊叫一声,说是:"不好了,不好了,可气死我了!你快快出去,叫他前来抢夺上房,我关某不怕他三头六臂,定要见个胜败输赢。理有短长,事有先后,天下哪有这样不懂情理的人!这岂不是惹事,出人意料?"店主闻听这般言词,只是发愣,不敢作声,痴呆呆站立一旁。不言店主迟疑不决,再说何路通见了光景,开言说道:"店家,像你这等没主意的,如何办得了事?你再回去细细看他什么模样,姓甚名谁?或者是久闯江湖,闻名震耳,我们就让他上房。他若是无名小姓,凑胆子欺压平民的小辈,你叫他赶紧爬开,莫令老爷动怒,那时节玉石俱焚!快快出去问他。"

且说刘店主,人称祷告。到此时,无所祈祷,无门控告,嘴甜也不济事,心苦也无所施。事到其间,只得强忍,思用反间之计,或者脑袋可保,也未可定。只得同小二来到厢房,双膝跪倒,口尊:"太爷容禀一声。"那些人正等得着急,见了店主,喊骂不绝,说:"狗娘养的,你有话快快说来。"刘望山口尊:"太爷不要动气。不是小民怠慢,只因那小房住的香客,更加来得凶猛,出言不逊。他叫我问问爷们姓名,如果是天下驰名的,便可相让。若是声名不重,小民就不敢了。"只是磕头不语。那人越发着急,举起刀背打到肩上。店主好不疼痛,"嗐呀"一声。他见刀举起,只得爬半步说:"小民说是了。"那人喝道:"快快说来!"店主说:"那人言道:'若是无名小姓的,休想要住上房。'叫你早早溜了为上,若稍迟慢,他便打进房来,碎尸万段,马匹全都留下。这是上房之人说的,小民一句也不敢虚言。"那人听罢,说是:"你且起去,与你无干。你回去说:太爷们本是江湖客,提起名来,天下皆闻。你叫他一步一拜,磕上房来,便就无事。不然杀进上房,一刀一个,尽夺他们行囊财物,那时后悔也就迟了。"

店主听罢,急转上房,一句加两句的诉说了一遍。施大人将始末根由思量,说:"此等必是绿林中人。众伙计们,不必与他较量,即让了他上房,又便何妨,何须生此闲气。不知你们意下如何?"小西闻听大人一段言语,说:"我有一计,可擒拿此辈,更无他虑。烦计大哥前去跟随店东认他一认,果是江湖有名之人,其中必有认得的,那时便好晋接礼让,不失义气。倘若一位不识,必是无名小辈,土豪下流,那时再拿治罪,也不为迟。"施公闻言说:"此乃两全之计,就烦神眼一往如何?"计全带笑起身,随着店主往外行走不提。

且说店主刘祷告,此时心中一发疑惑,无所区处,想上房中这伙人的言语,也必不是好人，是我有眼无珠，不识好歹。亏得他们量宽，日后切不可想此外财。正在胡思乱想，一抬头时，早听得那个人大骂说："这王八羔子！一去又是不来。"正骂时，隐隐似有两人走进房来。店主旁边一闪。后面计全抬头举目，看不真切，猛听一人声音甚是耳熟，忽然想起，说道："那不是公然李五爷吗？"李昆闻言，忙答道："你是何人，知吾草字？店家再点些灯来。"及时又点一灯。计全已到公然身旁，两下一看。李昆连忙问道："老仁兄，因何至此，这一向可好？今于此地相逢，真乃万幸。不知有何贵干，到了此地？"神眼见问，口呼："贤弟，想咱们哥们自从任丘县内见面，多亏贤弟助咱，拿住了'一枝桃'。成功之后，扶保大人进京。圣上一见大喜，加封施公升为总漕之任，黄天霸升为副将，小西随漕赴任，却是参将。今日假满出京，先派人天津理事。施大人扮作商人，暗暗访查事情。今晚寓此店内，却不想与贤弟相逢，真乃万幸。不知贤弟因何到此？"李公然带笑开言，说："愚弟此来，为别人事情。这天津每因粮船一到，必要争帮打仗。愚弟应邀约情，意在助一阵，因此方来。既是施公与众好汉大驾到此，烦仁兄回禀，在下愿求一见，不知如何？"神眼闻听，连道："好好，贤弟略候半刻，我回去一提，天霸必然出来迎接，就好拜见。"公然连称不敢："但求容我拜见，三生有幸。"

神眼回身转入上房，未及开言，天霸忙问道："看看却是如何？"计全说："你料量着是谁人？先猜上一猜。"天霸摆头不知。计全说："莫要性急，我给你一闷字，看你聪明如何？说起那屋里，闹的却是个神。"天霸猛然省悟，说："莫不是神弹子李爷。"计全笑说："正是此人。"天霸说："既是公然，何不同来一见？"计全说："他有此意，要求拜见大人，与贤弟们一会。因是许久不见，未敢造此，故遣计某前来回禀。"施公闻言，说道："李公然真异人也！自任丘县拿谢虎的时节，合朱光祖助我成功，飘然而去，真是一尘不染。今于此地邂逅相逢，亦为有幸。黄副将理当出去接迎，前来一会。"话犹未毕，只见天霸转身出来，连说："李公然李五爷在哪里？"李昆闻言说："那不是黄老弟兄吗？"你看，两相趋承，一团话笑，真是同声相应，叙离别渴想之情。公然遂将同伙人一一指出，都与天霸叙礼已毕。二人即转身同进上房，参见大人，说："言语上冒犯尊颜，伏望包涵为幸。"施公连忙说："壮士请起，休得太谦。前者拿捉谢虎，多亏壮士助我成功，未当面谢，时刻不忘大德。今于此地相逢，真乃三生有幸。"李昆复又曲背躬身，口尊："大人，外面还有在下同类之人，共十九个，皆是久仰大人贤德，无由拜谒，不知肯容纳否？"施公开言说道："人以类聚，物以群分。既与壮士相交，必然也是豪杰，请来一见，便有何妨？"李公然闻言，告退出门，招呼朋友，一同进了上房。见了施公，一齐跪倒，高叫："大人在上，我等都不是好人，俱在绿林为响马。今晚得见钦差大人大驾，真乃万幸。"大人说："不必行礼，请坐。"众寇闻听，一齐起身，各按次序归座。天霸又叫鱼鹰子相见，各通姓名，序了年庚，互相问好。店东在外听得这等称呼，不等吩咐，忙叫小二搭抹桌椅，设摆杯箸,立刻叫人设摆酒席。明灯高烛,不亚如肉山酒海,设摆数桌。众人敬施公首座,然后挨次坐下。众人斟酒让菜,满屋的大说大笑,各吐衷情,尽倾肺腑。正在喧哗之间,猛听外面连连敲门。不知是谁,且看下回分解。

第一百八十二回　众绿林店内畅饮
施大人复遇宾朋

话说李五闻听外边敲门，站起口尊："大人与众位，俱莫须动。来者又是江湖中朋友，待我出去看看。"随叫店小二提灯引路，走至大门。

小二将门开放，李五观看，说："那不是七侯贤弟吗？"白马李七看见公然，叫手下人一齐下马进店。小二将门关好。公然口呼贤弟，说："这个店中，住着钦差施大人和飞镖黄天霸。劣兄方才会过大人，真是礼貌谦恭的封疆。贤弟须要拜见，不得轻慢。"李七开言说："有理。你我虽在绿林中，最喜忠臣孝子。况有黄老兄弟，犹属令人可敬。"言罢，转身往里就走，口呼："黄老兄弟在哪里？一向别离，未得相逢。李七今日亲来拜望。"天霸闻言，翻身向外迎接，手拉李七，说是："久违仁兄尊颜，一向可好？今日天遣相逢，何等万幸！你叫众伙计前来，一同参见大人，然后叙礼。"李七一声招呼，一字儿排开，跪倒在地，口尊："大人在上，李七等叩头。"大人连忙站起身来，说是"不敢不敢，本院有何德能，敢劳壮士行此大礼？快些请起。黄副将，请众位叙坐饮酒。"李七等起身，再与天霸、计全、小西等一一叙礼，各通姓名。依旧让了座位，重整杯盘，再添酒菜，欢呼畅饮。

施大人不知众人之来意，擎杯带笑，口呼壮士："施某有一言请教，众位之来意何如？"李昆闻言，欠身应道："老爷不得尽知，请听一言。因为粮船来到天津，各要争帮先交，皆不落后。故此，各帮皆有约请的人，预备打仗。我被苏州帮约来。杭州请的白马李七，大约各帮都约下人来。只等五月十三日，在三岔口会战。句句实话，一字不敢蒙哄。"大人闻听，不知英雄们前来聚会，主何意思。天霸说："列位，请讲明白。即有不妥，大人也不怪。"七侯说："杭州帮上约会我，苏州请了李公然，如若不来，便是失信于人。来时，各站一帮。恐伤兄弟义气，因此约下杏花村相会中，再审区处之计。"施公闻言，连忙说道："真义士也！从古豪杰不过如此。"李昆说道："大人过誉。"施公说道："某有一言，说来大家商量。到了日期，各执兵刃上船，只是虚张声势。我发文书，调拨人马兵将来助威，威镇河蛮，不须动手。那时出示晓谕各帮。那个不服，拿他治罪。平安之后，酌为定例，政平人和，永无争帮之患。众英雄代为审量可否？"众人听了，各个称能道善。

李七复开言说："还有一事，未禀大人得知。杭州帮内有位姓侯的，名叫花嘴。生得五短身材，使两根李公拐，闻说他是异人传授。苏州帮内有一北方人，身在绿林，手使一根亚靶枪，身高体大，外人多称他蒋门神。此两个人另宜防备。"大人未及开言，天霸一旁不悦，口称："仁兄，休道他人武艺，灭却自己的威风。据我看来，不过狐鼠小辈。你们制住船蛮子，莫使混乱了战场。我与关小西专拿此二人。若有疏虞，从重治罪。"施公听罢，暗暗忖度道："大事成矣！"口称："众位助我，平定此事，上报国恩，下救多少人命，俱有功德。须尽心力而为之。今日天气将晓，且请自便。"

单表五月十三日，在三岔口会面。店小二收拾了。施公叫不必算账，赏了一大锭银子。众寇各备能行，奔了大路。天霸吩咐店家勿得漏泄，恐有大祸。请大人上马，然后众人各跨能行，簇拥着大人前行。计全此一路上笑语闲谈，不觉日色西沉。天霸说："你们保护大人缓行。"

霎时，来到公馆门前，天霸与众人下了坐骑。门内挂着灯笼，看不真切。门上的不知是谁，见这个光景，只得站起身来，一齐迎下台阶。天霸说："你等俱是什么人？"那些人闻问，说道："我等是本处官兵衙役，派了来伺候大人的。"天霸说："既如此，这是大人驾到，你等还不跪接，等到何时？"众人闻听，一齐纳闷。心内想着，前日大人就来了，就是身有贵恙，并不办事，也不会客。怎么今日又有大人来了？令人测摩不出，只得跪下。只说："天津的兵丁、差役跪接大人。"磕头站起来。就有人报将进去。顷刻间，但见王殿臣、郭起凤、施安、施孝，一齐接出门，好不威严。内外人等，眼见总漕大人突如其来，即从天降。各个传宣，说是前日来的是假，这才是施大人驾到。又说，施公专好私访，前日不来，必是私访的事。人人害怕，各个担惊，只得坐轿乘马，都奔公馆门前来投手本，一齐禀见。

又有天津盐院德老爷，前来拜望。这个老爷，虽是钦差长卢盐院，兼管钞关事务，他却与施公在京就好，原是镶黄旗的包衣满洲，在三山行走，后来升在天津的盐院。听说施公来到，即来探望。门上之人回禀了贤臣，将名帖呈上。老爷吩咐："余者官员外面待茶，请盐院德老爷、天津镇总兵李老爷相见。"门上人将话传出，德老爷与总兵往里就走。贤臣往外迎接，二门以里见面，先与盐院拉手，带笑开言，说："早闻贤弟到此，兼管钞关税务，劣兄想来探望，因为奉旨赈济山东，未得其便。如今皇上点我总漕，昨晚方才到此。我正想要去拜贤弟，反劳贵步来看愚兄。"盐院连说不敢。施公说："请坐。"说着，那边盐院归了客位，总兵次之。

须臾茶毕。施公说："我有一事不明，与贤弟请教：这各省的粮船来到关上，是怎么样的过去？"德老爷说："若问粮船到关，如单帮的，立刻开关叫他过去。若是三帮五帮，撞在关上，却又难了。若一开关，他就你抢我夺，榔头杠子，刀枪并举。去年那场就伤人不少，谁敢把他留下不成，只得任他们争斗，胜的在先。然后再开关。"施公听罢，眼望李公说道："你管辖此处兵将，就该镇压地方。粮船争帮，为何不管？"李总兵见问，躬身曲背，口尊："大人，卑职管辖马步兵丁，没有皇上文书，谁敢私动官兵？这粮船争帮一则，前后未有定例。都想先交，早行回程，谁肯落后？

其中有这些难处，故历年淹留，未有定例。今年总漕贵驾到此，必有嘉谋，乞酌量万全之策，不易之规。"施公听罢，哼了几声，答道："本院自出京以来，沿途私访，已访知有苏州、杭州两帮，最为刁恶。杭州有个侯花嘴，苏州有个蒋顺，这两处船来还许要争。咱只制服一帮强蛮，余船亦必畏法，再示以明条，令其遵守，有何不可？"总兵闻言，曲背躬身，口尊："大人说的是，下官不才，听凭大人驱使，无不从命。"施公带笑开言说："虽是闲谈，按理亦如此。"复问道："每年粮船上坝，亦应有限期？"德爷说："历年大约中秋以前，全粮船俱交纳已完。八月十五日后粮船要净；如若不净，应该参革有罪。今年天意水浅，重船难行，故来得迟慢。"施公眼望总兵说："中秋节后，我要进京。"总兵点头道："是。"

说话之间，门上人前来跪倒说："禀明老爷，今有苏杭粮船来到关上。"施公摆手。再说施公回至庭堂坐下，叫内侍传出话去，余者的官员各自回衙理事。众官闻言，各自散去。只见人来回话，说："外面有两个姓李的求见。"施公知是白马、公然来到。不由满心欢喜，便唤参将关太出门迎接。关太来到门前，瞧见李昆同七侯，笑嘻嘻急趋了数步，携手进了大门，直到上房。二人见了施公，倒身下拜。施公忙起身，拉起二人，带笑开言说："二位将士，何必行此大礼？快看坐。"二人告罪坐下。李公然茶罢，曲背开言说："苏杭船前日虽在店中商议，今至临期，仍请大人示下，我们方才放心。"施公说："苏州帮请的神弹子，杭州是白马七侯。不知二位见过船家没有？"二人道："见过了，是约定五月十三日，要争胜败。"施公说："二位的聘礼，必是十三日以前交代。交代之时节，便收下寄放在别处。到了临期，二位各站一船。待本院亲去验船，派下两人，虚与二位交战。再派两个人，在两位身后拿人。拿住蒋顺、侯练，那些从犯自然懈怠，不思逞强。单等两帮平定，那时本院再定漕规。谁先谁后，永不许争。"即吩咐说："快来，摆酒席伺候。"应役人答应下去，须臾之间，杯盘满桌，酒饭齐备。施公说道："今日算是个家宴，黄副将、关参将，郭、王两员守备，计全、何路通二位壮士，俱各前来陪二位李壮士，大家痛饮一番，勿得推辞。"众人闻听，一齐告坐。施公居中，众人挨次坐下，欢呼畅饮。施公赔着笑，毫无骄奢，恰如同气一般。是可见：

大将用谋不在勇，贤臣折节不轻骄。

且说这一群勇猛之人，各各虎饮狼餐，心中叹服，一齐哈哈大笑，直吃到天交二鼓。李昆合七侯二人告辞，说罢辞出，往外就走。施老爷令天霸等人一齐送出大门。二人自去。不表。

再说天霸等人，仍回上房用茶。施老爷开言说："这神弹子所言，你等须得酌量万全之策才好。不然，我就要多调官兵，以防不测。"不知计全商议何计，且看下回分解。

第一百八十三回　两岸仰瞻施按院
浮桥怒打运粮官

　　且说计神眼，口尊："大人，不必调用官兵。我有一计，管许擒贼。当令何路通、黄天霸，上苏州船擒拿侯练。何贤弟可防其水遁；若在船上，黄贤弟自不让他。关小西同着郭起凤，战那杭州船的蒋顺，大约可以擒拿。不知大人以为何如？"施公点头，说道："甚好，甚好。"诸位俱各无言。天交三鼓，各去安息。不表。

　　次日清晨，施公起身。光阴似箭，不觉到了五月十三日的期。那李七侯神弹子，早把两船上聘礼诓到手中，净预备着动手。这一日早，施公袍褂鲜明，靴帽齐整，众壮士早已装束齐备，伺候两旁。施公说道："天霸虚战李七侯，何路通擒拿侯花嘴。小西虚敌神弹子，郭起凤要争蒋门神。各要小心奋勇，不得误事。拿住两个头目，镇住余党，别帮自然不敢放肆。"

　　施公迈步出门。刚往外走，忽见一人翻身跪倒，说："启禀老爷，外面来了苏、杭两帮运粮官叩见，有手本投献。"施公用手一指，内司接过手本来，随吩咐门上人起来，传出去叫他进见。复至大庭正位话坐，天霸等站立两旁。长随呈上手本，施公看来，却是五个。掀开看时，头一个，上写：苏州大帮，重运千总贡士隆、空运千总怀英，叩大人天喜；第二个，苏州小帮，重运千总李胜、空运千总叶法，叩大人天喜；第三个，是苏州太仓帮，重运沈波安仁、空运陆祥；第四个，是杭州头帮，重运张捷、空运李世雄；第五个，是杭州临安帮，重运孙安、空运孔如虎，俱有叩喜之字。共千总十名。施老爷看毕，一抬头，就有人掀起竹帘。十名运粮官走进庭堂，都是纱马褂衬着纱袍，头戴纬帽红缨。见了施公，一齐跪倒，自己口诵花名。施公说："平身。"重运、空运分立两旁。施公说："船到关上这几日，为何今日才来？莫非不重钦差。"这重运五人见事不好，一齐复跪尘埃，口尊："大人容禀，皆因是淮上见过了总漕，方敢催船前来。听见转牌请出，又点钦差。屡次寻问，听说大人私访未回，因此耽延日期。昨日晚间，方得实信，望大人宽恕。"施公说："你等既知新点钦差，粮务驻扎天津，船到住时，就该来公馆投下手本才是。粗心玩法，暂记捆打。"五人叩头，谢大人天恩。施公说："你们船不是随到就过关吗？为何故意停留，耽误漕限？"五人齐叩头，说："大人容禀，船到抄关，不能即过，皆因历年没有定例，俱各争先，皆不落后，都想早完早回。谁想就有人包揽，管许争先。因此船到浮桥，每致打仗相争。船到之时，就把揽头聚齐商量。内有侯练、蒋顺，为刁恶首，最难制服。他们早已约定，今年争帮打仗。请大人示下定夺。"施公带怒手指，说："你们竟是一派胡说！此离北京不远，辇毂之下，就敢如此逞凶？你们这运粮千总，应管的何事？"只见五人连连叩头。贤臣又说："你们先回去，就说本院随后就去查验，明日方许过关去呢！"千总叩头，鼠窜而去。

施公随即起身走着，行不多时，到了浮桥。轿夫撑住轿杆。天霸等分立两旁，众兵丁衙役雁子排开。施公闪目留神，但见一带江河粮船密摆，桅杆若麻林一般。单有两只大船在前，直抵浮桥。施公正然细看，忽听一片声喊，不知哪里来的。原来盐院德老爷早有谕帖传到，如施大人来验船，叫关上人役一同伺候，故而一见施公轿住，众人声扬："天津关的德老爷家丁人役，给大人叩头。"施公带笑说："又劳你们，回关上去吧，各治其事。"众人答应，复又叩头，方才起去退后。不表。

再说重运、空运十名千总，各有私心，早已上了船。各人嘱咐各帮：须要听大人吩咐，要是怪下来，无人敢担。船户亦自面面相觑，揽头微有忿色，亦言不出。你道此弊如何至此？属下人皆是做官当差的，皆知王法，一则揽头最是祸苗，无他不行，有他便是，挑搏逞能，从中取利；二则运粮官亦各愿本帮先交先回，兼有私弊，故意纵容。一概是自逞私心，而网其利耳。今日见了施公，素知其刚直，又好私访，又有圣旨敕令，如皇上亲自到此一般，因此皆是毛发悚然，静等大人吩咐。大人轿到站住，每一船来人两个，一齐轿前跪倒，自己口中报名：甚船、甚号、甚旗下，叩大人天喜！一片声音震耳。施公招呼："平身。"众旗丁叩头起身，退入船中。施公吩咐唤张捷、贡士隆前来。

头里传嚷一片声喊。只见重运、千总两员急趋桥前，俯伏跪倒，连连叩头。施公说："这两只船因何并行？"千总口尊："钦差大人，这两船并行，实有个缘故。他来已有数日，皆因两不相让。请讨示下，令他让路。"施公说："谁先到的谁先走，那个不遵，拿他问罪。"贡士隆忙道："是苏州船先到。"张捷跪爬半步，口尊："大人！千总杭州的帮，先到关口，住下一盏茶时，他们的船才到。"施公闻言，断喝说："啧！满口胡说。在本院面前还敢如此抵赖！不用说了，你们分明是私贿，哪有王法？"便叫："人来！"衙役跪倒二、三十名听令。吩咐："先将这两名千总各捆打二十。"青衣上前按倒。贡士隆声声求饶，大人只做不闻。军士举起军棍，一五一十，只打得血溅浮桥。打完放起一旁，下跪。又把张捷照样行事，一并打完放起，轿前跪倒谢恩。

施公又吩咐黄副将招呼苏、杭两帮，淮先到的先走，后到的算争，如敢故违，罪加一等。黄天霸高声嚷去。声犹未了，只见船上蹿出两个人，手执钢刀。一人嚷是苏州帮先来，一人嚷是杭州帮先到。一个就说："你们烦了总漕来，也不管事，还是照旧例，谁杀得过谁先走！"一个就说："你们弄了钦差来压派我们。咱们有例不增，无例无减，还是杀败了的在后。"两个人越说越近，赶到面前，各举钢刀，呐喊如雷。施公在轿内看得明白：双刀并举，门路不一，都是挪身汗褂，薄底快靴，身材雄壮。施公看罢时，认得是神弹子、白马二人，好生得畅快，知其假意争战。施公看的目呆，忽听李昆说道："太爷受的苏州聘，到此争帮来显名。未曾与我动手，也该访访神弹子的名头，江湖之中那个不晓？若知好歹，让我先过去罢了。倘若不肯，管叫你尸丧江河。"李七侯微笑说："李昆，你也曾晓得我白马李的名吗？天下谁人不知，那个不晓。倘你稍知时务，我劝你早早回去，让我帮先行，是你万分之幸。迟则死于钢刀之下，后悔也就晚了。"公然满面含嗔，二人复又动手。你来我往，翻上翻下，远接近迎，钢刀闪闪，真是杀得好看。不知如何拿法，且看下回分解。

第一百八十四回　李公然船头重义　何路通水底轻敌

　　且说那张捷、贡士隆满心怨恨,站起来观看船头打仗,正愿船上人不服。他心中暗想,看他麻脸如何办事?猛听得施公轿内高声喊道:"人来!"只听面前有人应声而至。施公说:"你俩把船上的人拿来。"那人答应,大踏步走到河边,喊道:"那船头两人休得动手!我奉钦差大人命令,要把你们拿回,问把持之罪。"李公然、李七侯闻听此言,一齐住手。各人站在各人船头之上,手内擎刀,望下一看,原来是黄天霸、关小西。神弹子说:"什么钦差,也管得我的事?要来拿,就比比武艺,若是胜我,我就永不想这宗邪财。"小西、天霸二人闻听此话,不由大怒,高声喊道:"好无王法的野人,如此大胆!"说着,赶紧几步,纵身上船,两岸观瞧的一齐喝彩。这关小西,直扑神弹子。黄天霸手执钢刀,望七侯说道:"像你这无法无天,真是大胆!皇粮是当今用的。把持漕粮,罪过不轻。总漕大人现在此地,还敢无礼?将你拿住,必是割头。"李七闻言,说:"黄天霸,别小觑我等,看刀来!"劈面就是一刀,天霸随手挡开。只见刀架刀迎,咯当当响不住声。关小西合白马李,也在那边动手厮杀。真是将遇良才,直战了有一个时辰,胜负未分。

　　猛见杭州船舱中蹿出一人,手使李公拐,帮助李七。这苏州船舱也走出一人,手使亚靶枪,来助神弹子。两岸上人山人海,一齐乱嚷,说是:"不好了,不好了!船上又添了人。这跟随大人的,恐怕不能取胜。"议论纷纷不一。且说施公看得明白,吩咐:"再去两人把船上匪徒拿来!"郭起凤、何路通一声答应,飞身上船,一涌跳上船去。郭起凤在苏州船上,截住了蒋门神,铁尺挡住亚靶枪。何路通上了杭州船,与侯花嘴交战,钩枪拐挡住了李公拐。共是两对假战,四个真战,八人分在两船头上。先表那苏州船上李公然假战关小西,郭起凤真斗蒋门神。一则在大人面前,又是人烟稠密,众目所观,由不得不抖精神。一则今年包揽粮船,争些银两,以为活计,一有疏虞,下年便无人雇了,失去养命之源,只得拼命相争。那边何路通合侯花嘴二人,也只如此,各人奋勇,蹿蹦跳越,谁肯让谁?各船上都有一对真、一对假。其余各船,两岸观者,目瞪口呆,不分真假。唯杭州船蛮子,专盼白马李得胜;苏州也望神弹子得胜。这闲散观者越聚越多,真杀假战的越斗越勇。

　　正在酣战之际,李公然丢个眼色,虚砍一刀,"哎呀!不好!"往船后就跳。蒋顺一见,又气又恼:他仗着神弹子助胆,不料竟如此怯战,使了多少聘礼,尽听他说些大话。你会打弹子,百发百中,何不施展?李昆在船中,又叫喊:"蒋门神听真!与我交战的,姓关,名太,久保施公,天下驰名。我不能取胜。你若不服,合他比试,你若胜得了他，情愿退回你的聘礼。"说罢，又不言语。弄得这蒋门神神魂不安，进退不得。心中想道，李五本事，虽未见过，这江湖人都交他。想这关小西必是武艺精通，不然众目所观，又挣我们银子，竟自败退？想来实不能胜他，方才退败，剩我一人，双拳难敌四手。想了多时，说道："你们两个人，我是一人，必须单比，方为好汉。姓关的战败李五，咱俩单比武，不许别人帮助。"小西闻言，哈哈笑道："像你这胆大奴才，真是可气，竟敢合老爷论输赢？伙计退后，待我擒这奴才。"郭起凤收了铁尺。蒋门神方才放胆，以为得意，遂说："姓关的，快来动手！"将枪杆拧了又拧，想道，此人战败李五，必不平常。下年的买卖成败，只在此人身上。抖擞精神，尽力扑来，分心便刺。小西看准，一抡折铁倭刀，只听咯当一声，枪头落地，枪杆削去半截。门神大大的吃惊。

且说施公看得明白，想着拿着两名揽头，也只在今日，早些平定粮帮，好奔淮安赴任。正自思想，猛听咕咚一声，船上倒了一人。乃是郭起凤等得不耐烦了，上前照腿上一铁尺，蒋门神栽倒。关小西向前按住，郭起凤随手又是几铁尺把两膀卸了，喊声："拿绳过来。"青衣紧跑，将绳递过，把蒋门神四马攒蹄捆了个结实。提将起来，往船下一摔，摔了个昏迷不醒。施公连忙吩咐："把这奴才送到公馆，等着把那个也拿住，好一并正法。"手下衙役抬起来，送到公馆看守。不提。

再说李七侯见了公然退败，自己早闪到一边去了。又见小西拿住蒋顺，连声喊："拿去了，拿去了！"意在威嚇侯练。花嘴闻听，益发动怒，把李公拐抢起，直与何路通打个手平。连那旁小西、起凤一同观看，天霸也不动手。看来花嘴真不在鱼鹰子之下。战够多时，不分胜败。看看天已晌午，黄、关、郭三位英雄袖手旁观，都要看侯练的武艺，暗中赞叹，可惜此人不入正途。再等个时候，看他是谁胜谁败，那时再动手不迟。哪知施公内心着急，见何路通独战侯花嘴，鏖战多时，不由心头火起，说道："一齐动手，将这奴才拿住，勿得怠慢！"黄、关、郭听得吩咐，一齐着忙，各举刀兵，前来擒捉侯练。这花嘴一见势头不好，更是奋勇招架。往来冲突数合，一翻身跳入水中。天霸、小西、起凤，各自束手无策。鱼鹰子大笑一声，一扭头也钻入水中，追下去了。

单说何路通能在水底睁眼，可住三日三夜，专会水底拿人，故人都叫他鱼鹰子。本在八里桥饭店相遇，与关小西生回闲气。计全认得，相劝归附大人，并无寸功。今日见了花嘴入水，喜不自胜，所谓南人坐船，北人骑马，正是立功之所，甚觉得意，故一扭头沉下去了，不提。

且说那众船户合两岸人等，闲杂看得真多，各各惊讶喝彩，深服施公用人之周。正不知水底如何打仗，人人纳闷。猛听得一人跑来喊叫："黄副将，大人请你回话。"黄天霸闻听，大踏步赶至浮桥，轿前躬身侍立。施公说："你吩咐船家，莫留闲人，只是够用就得。先来在前，后来在后，勿得乱走。"天霸答应，翻身复上船头高声道："各船旗丁庄头听真！方才大人吩咐，那船先到先过关，后来在后，永不许相争。

皇粮乃是国家要务，王法所关，勿得轻视。少时拿侯练与蒋门神一并开刀正法。再有不服的，早些出来放刁，别等没人时候撒赖。"并不闻一人答应。偶见两船上各来一人，直奔黄天霸说："我辈求见大人。"那两个人来到轿前跪倒。施公一见，开言问道："你两个是什么人，姓甚名谁，为何来见本院？"二人叩头，口尊："钦差大人容禀：我们姓李，本是好人。因一时不明，又被他买嘱，帮助他们争帮，却不知此等利害。方来知道后悔，故此前来请罪，身该万死。"施公闻言，冷笑三声，说："这粮船，乃是国家养兵所需要务。满、蒙、汉八旗兵丁，尽赖此粮。把持漕粮，即是违逆圣旨。你等务宜知罪，以后切不可再犯。人来，把这两名投降的人带回公馆，伺候再审。"手下跟随领着李公然、李七侯到公馆。不提。

再说侯花嘴逃在水内，指望逃灾避祸，那知道就遇见鱼鹰子正在水底行走，猛然背受一拳打着。他不知是人是鬼，是鱼是龙，心中胡思乱想，口内还得换水。不知不觉臂后又着一下，比前觉重，更是吃惊。急中生智，用尽平生力量，抢动铁拐，乱打一阵，一下也没捞着什么，使的四肢无力。何路通想道，他水里不能睁眼，何不赶紧拿去交差完事。想罢，用右手钩枪拐，伸过去看准他脚跟上的筋，尽力一钩，拉起便走。何路通用踏水法儿波上行，如若平地，拉着侯花嘴在水面上半沉半浮。至于小西、起凤，无不暗暗称奇。

唯有苏杭两帮揽头、艄公、舵公等人，顾不得道好，只是咬指伸舌，探头缩颈的，各顾自己幸逃罗网。当时若与他相争，各个俱得遭擒。这时，不住说"你看，你看"。快到桥边，只见何路通纵身上了浮桥，把一个侯花嘴倒栽葱的，双手拽上桥去。两岸上人又道"好——"，喊声震地。只见两个人是水淋淋的。何路通怀抱钩枪拐，单膝跪在桥前，口尊："大人，小的奉命将贼拿到。"施公说："把侯花嘴捆结实，带到公馆。"一摆手，何路通站起。

施公又吩咐："起轿，且回公馆。"只见执事先走，队伍各自排开。早有人牵过马来，黄副将乘上前行。又听得轿内传出："那十名千总，随到公馆听候。"一言传出，千总们闻声丧胆，哪敢急慢？连忙下船，跟随轿后，俯首随行。吩咐打道，八人抬起，一阵风相似，来到公馆。施公下了大轿，走到厅中，升了公座。天霸等人两旁伺候。下役排班，喊过了堂。十名千总跪在上面，蒋顺、侯练跪在下面。施公带怒叫："蒋顺、侯练，你俩可知罪吗？"两人跪爬半步，说："知罪，是小人的错，不该收他们这几两银子。情愿领罪！"施公嗟叹不已。又叫人把蒋、侯枷号起来。不知究竟何如，且看下回分解。

第一百八十五回　赴淮安初经水路
　　　　　　　　到静海又接民词

　　且说忠良爷拿住蒋顺、侯练，枷号浮桥，单等粮船定规之后，仍然要从重治罪。施公传令：在前的，先过关，各按次序而行；在后的，勿得逾越，违令者斩。一言宣出，众人畏服，按着次序，各不敢争强。

　　公馆又传出话去，说明日起行。一言传出，霎时间文武众官皆知，齐来至公馆，俱要伺候饯行。施公推辞不受，教地方官预备。当时头里一只小船，喝道打锣，前站顶马开路而行，后是太平大船，是施公与众亲随人等。后跟九只小船，装载伙食器具、行囊私用诸物。不表。

　　且说沿河一路两岸来往人，以及近河军民无不夸奖，瞻云望日一般。各处文武官员，无不畏惧。一路该汛官兵更相护送。行到曹家庄，又过杨庄村。那一日，到了新口。顺风帆起正走得急，隐隐有人连声喊叫"冤枉"。顷接船近，越听真切，乃是一妇人。众人早看见，不敢多言。忽然一声传到舱中，惊了大人的贵耳。猛见施安跑出说："此何地名？"撑船人说："前面离独流不远，有喊冤之人。"施公吩咐说："带鸣冤之人。"水手解开纤绳，举竹篙撑船傍岸，招呼告状人来见。那妇人，急忙走到河边上船。水手顺篙摇上，立时赶上大船。船近岸，看那妇人上了官船，俯伏跪倒。施公上下一看：乌绫罩发，珠泪滚滚，穿一件蓝布褂，下面系着青布裙，年约四旬上下。施公看罢，开言说："你有什么冤枉，来到此地？"妇人说："小妇人是静海县人，特来告家主曹步云。"施公带怒说："赶下船去！以仆告主，我却不准。"那妇人站起，转身说道："只可闻名，不可会面。人称天上神仙一般，竟不想也是平常。可惜康熙万岁，尽用些无能之人。"随说随走，到船边，将身一扑，落在水内。吓得众水手齐声说道："不好！"

　　施大人在船舱内听见此言，一怔。且想，翰林院曹步云，为人耿介自持，不肯用钱打点，故未显达，一气告假回家，田园自乐。施公素知此人。旁人告他，未可深信，况且是他的奴婢，本无告主之理，故此喝退。哪知妇人有天大冤枉，因此那妇人听见施公路过此处，早等数日。暗想，此时一见施公，如见青天，哪知推脱不准。她想如此清官不管，天下更无人管了。我丈夫冤沉海底，何时得报？必然有死无活，苦无出路，故此跳入水内。

　　施公猛然惊疑，说道："快去救她。"何路通一声答应，来到船头，早只见有几名水手已经将人托出水来，放在船头。控了多时，方才渐渐苏醒。人役进舱回明。施公说道："带进舱来！"人役答应一声，二人扶着她进舱里。可怜那妇人，浑身水淋淋的,跪倒在船板之上。施公吩咐停船,水手连忙将船摆岸下锚。一阵锣响,船已稳住。施公说道:"你莫怨本院不管。世界以上那有奴告主人之理?你果然有天大冤枉,要你从实诉来。"妇人见问,口尊:"大人容禀:小妇人李氏,年四十岁。嫁夫曹必成,年四十二岁。本是主人家中生养的,家主相待恩情匪浅。前日,忽然差他县中下书。县官一看此书,立刻升堂,不问青红皂白,当堂夹问,严刑处治半死,送到监中。小妇人前日往监中送饭,见他憔悴如鬼。小妇人夫主言说,他受刑不过,竟画招认承勾引强盗打劫主人。小妇人听见人说,总漕大人代巡按,惯断无头案。因此舍生忘死,拼命奔来,望求老大人施天地之恩,从公一断,问准是何情由。我们作奴婢的,虽死无怨。"

　　施公听罢妇人之言,暗道,曹步云为人,与此妇人像貌,皆不是奸邪刁恶之人,此事叫人纳闷。猛想:"其中必有关于名节,不便明言,故陷之以盗贼。此事若不审明情节,有玷我的贤名。"想罢,开言说:"鸣冤妇人暂且回家,三日后听本院传,必定将事与你辨明。"那妇人望上叩头,站起身来下船,登了岸扬长而去。

　　施公说道:"开船,今晚往静海奉新驿歇马。"从人答应,赶紧吩咐水手,说:"大人谕下,奉新驿歇马。"官船要开,忽见前面一人,身穿蟒袍补褂,高擎手本,后面有几名从人跟随,拉着坐骑,远远站住。那穿官衣的,紧跑了几步,迎着官船,跪倒岸上,拿着手本,说:"静海县知县陈景隆,迎接老大人。"官船上有人进舱回话。大人说:"叫他公馆伺候。"将此话传出,陈知县起身上马,竟奔公馆去。施公催着水手,急忙快走。不多时,来到奉新驿前。

　　早有本地守备,带了手本,前来伺候面谕。吩咐传出:守备归汛;陈知县来公馆。知县参见大人毕,一旁侍立。施公带笑开言,说:"贵县,你是什么出身?"知县见问,曲背躬身,说:"卑职是一监生。"施公说:"你是捐的功名,到任几年?"知县说:"卑职到任一年。"施公说:"前者,有一个曹翰林的故事,你可记得否?"知县说:"有书来到,上写:'家人曹必成,黉夜勾引强盗入宅打劫主人,故此叫他自去投首。招认口供,立杖毙大堂,待领尸首。'卑职虽然审明口供,暂行收监。"施公带怒说道:"你见书审问,就动大刑,屈打成招。你曾问他勾引强盗是谁,共有几名,打劫是什么财物?"若知大人如何发落,且看下回分解。

第一百八十六回　　宠美妾乐极生悲　送义仆绝情处死

　　且说知县陈景隆，见施公话问的根切，满面通红，直吓得俯伏称罪。口尊："大人，卑职该死，未问及此处。"施公说："再请问贵县，将那余者盗贼，可曾拿住？"知县只是叩求大人宽恕。施公说："陈景隆，你也须知诬良的罪名，大料你也难辞。暂且回衙，明日大早，将曹必成连你衙役刑具一并带来，勿得有违。"陈知县连说"是是"，起身而去。施公看天气不早，就在公馆安寝。外面民夫巡更，官兵巡逻，一夜不止。

　　次日清晨，贤臣起身，净面更衣，点心茶罢。家丁传进说："陈知县带领三班人役，各样刑具，连曹必成一并带到，现在外面伺候，请大人示下。"施公吩咐："衙役排班，刑具列在厅前，等候本院审问此事。"将话传出，知县连忙预备停妥，又吩咐衙役各要小心伺候。

　　霎时，施公升公座，王殿臣、郭起凤、计全、何路通等站在后，黄天霸、关小西线缨纬帽，蟒袍补褂，各带腰刀，在公案前面分班侍立。一声叫堂，施公吩咐说道："先传知县。"下面齐声说："传知县！"知县闻听，连忙跑到公案前，双膝跪倒，叩头已毕，站立一旁。施公又吩咐带曹必成上来回话。青衣答应出去，不多时将曹必成带到。知县说："带犯人。"施公说："解去项锁。"曹必成跪倒尘埃。

　　施公望下一看，见此人身穿布衣，慈眉善目，倒是个老实的长者。施公坐下假意带怒，说是"好大胆的奴才，你可是曹翰林的家奴曹必成吗？"下面答应说："是小人。"施公喝道："嗻！你既是家奴，与主人有何仇恨，竟敢勾引强盗打劫家主财物？把从前的缘故，一一说来。若有半句虚言，立追你的狗命。"两旁站堂的，一齐喝道说："大人吩咐，快些讲来！"义仆曹必成，跪爬半步，口尊："大人，容小人细禀。小人自幼生在主人家中，看待如同父子，娶了妻子。前于五月节，有人来请家主同去饮酒。临行之时，家主说，今晚怕不能回家。令小人照看家务。家主去后，小人也有人来约会，因此小人在朋友家饮了一夜，次日清晨方回到家。听说主人半夜间就回来了。细看好像家有什么事故，急入房中问了妻子。小人的妻言说，家主爱妾，夜间吊死。小的听说，魂不附体。不知因何，正在纳闷，有人来说，老爷叫曹必成。小人连忙去见家主拿着一封书子，叫我送到县衙，面交县太爷。小的正因二主母吊死，想必紧要出气，不知是对谁。小的拼命跑至公堂，哪知来到枉死城中。老爷看书，登时变脸，问小的说：'你是曹必成吗？为何勾引强盗，打劫主人，与我从实招来！'小的闻听，我竟不知因何缘故，只得跪下分辨冤枉。说破舌尖，那县太爷竟自不听，只是百般拷问，苦苦的来打，叫小的招承。因此小人受不过，屈打成招。关入监内,有死无生。不想今日青天提审,也是该当拨云见日。老大人判明此案,分清是非,小的死个明白,生死不忘大德。"说罢,磕头碰地。

施公暗想:听这一片言词,察言观色,分明是屈。但是翰林爱妾,又是因何吊死? 左思右想,必须如此这般,才得明白。施公说道:"将他带去!"下役答应,带到一边。施公吩咐知县说:"你拿我的名帖,亲身急去把曹翰林请来。就说本院有话与他商量。"知县答应,走出公馆。上马加鞭,赶进城来。到曹翰林门首,门上人将帖递进。主人看是钦差名帖,又是本县来请翰林,总不知因为何事,必得前去。忙令家人备马,一同本县出城,来到公馆门首,甩镫下马。来到厅前,施礼已毕。施公吩咐看坐。曹步云谦让多时,方才坐下。

施公带笑道:"有个曹必成,是贤契的家人吗?"翰林说:"正是。"施公说:"你写书叫他自行投首,说他勾引强盗,不知贵府失去多少财物? 我想其中必有别情。贤契你可千万实说,不可屈枉无罪之奴。"曹翰林见问得真切,料想隐瞒不住,便说:"钦差老大人若问,废员也不敢不从实说来。奈因此事说出,与我脸上无光,老大人休得见笑。前者五月初五日,有人邀我饮酒。原说今夜不回,只因牵挂,故此四鼓时回来。直走到后园,见得小妾房中并无灯烛,听得屋内有打呼之声。废员走到里面,问他是谁。猛见一人起来,抱住废员叫周氏。废员吃惊,大呼'快来捉贼'。那人一松手,跑出房门,越墙而去,家人追之不及。屋内撒下两只鞋。家中众人正忙乱之间,周氏同丫鬟回来。问他,他说:'花园内避暑,听得有人乱嚷,方才回来。'使女立时点灯,帐下一瞧,这双鞋正是曹必成的。"施公听罢,哼了几声,说:"后来怎样?"曹翰林说:"后来我对小妾冷笑几声,将鞋藏起。恐怕羞名宣扬,有玷门户。我便走到前面书房对灯而坐,越想越恼,事有可疑。又想起白天给周氏一支金钗,废员使人去要,他竟自弄没了。废员想,这金钗没了,鞋是曹必成的,这周氏必嫌我年迈,与家奴私通。越想,越是可恼可恨。废员心中动怒,又恐怕传扬出去,故此想一拙计,将小妾处治:就写休书一封,合那双鞋,都装在一匣内,叫丫鬟玉凤送与小妾。哪知小妾含愧自缢。废员倒乐其刚强。久闻老大人明镜一般,今日相逢,真乃三生有幸。废员说的俱是实情,并无半句虚言。"

施公带笑开言,说:"贤契,那如夫人也必是死后含怨。再想,曹必成这件事,未尝无屈枉。"又说:"贵县,你可也听见?"知县听得话语不顺,连忙跪倒,说:"卑职听见。"施公说:"曹必成,他是勾引强盗打劫主人吗? 若据来书所断,书上写他杀人,你就叫他偿命,你也不问是杀了何人,尸首现在何处,你这官做得到也省心!"知县连连叩头,说:"卑职才疏学浅,望大人担待。"曹翰林连忙站立,曲背躬身,说:"此事实实废员之错,与知县太爷无干。望老大人高抬贵手。"施公微微冷笑,说:"贤契,本院若将此案问清,你难逃无故逼人,误陷家奴之罪。贤契,且请坐下。"曹翰林复又坐下。施公望知县说:"你速差妥当人去接玉凤,用车接来,一路上勿许惊吓于他。再把曹必成那双鞋带来,晚间要到。"陈知县叩头起身,往外便走。若知如何发落,且看下回分解。

第一百八十七回　县主徇情主仆疑忌
总漕折狱生死冤明

　　且说施公吩咐将曹必成带下去,立刻退堂。到后厅,同了曹步云去用酒饭。酒饭已毕,天已将晚。知县进内回话说:"启禀老大人在上,卑职将玉凤合曹必成的鞋带到。"施公说:"吩咐堂上掌灯,先排班伺候,把那双鞋放在公案上。"

　　施公同翰林,来到前面公案旁,依次而坐。衙役一声喊堂,排班侍立齐整。施公说:"带曹必成。"下面答应,不多时,将曹必成带到,公案前跪倒。施公说道:"你的言语,句句有理,并无欺主母之意。这里现有你的对证。拿下去,叫他自己去看。"关小西拿鞋,放在曹必成面前。曹必成拿起看了看,口尊:"大人,是小人穿过的鞋,为何拿到这里?"施公说:"鞋是你的,为何放在你主母房中? 你这还不实说!"曹必成跪爬半步,口尊:"青天大人,此鞋是小的五月初四,穿着街上闲游,偶来一阵暴雨,小人紧跑了几步,将鞋陷入泥中。回到家内,叫小的妻刷洗干净,晒在外面。小的穿布靴。于次日端阳,家主被人请去,不多时小的也有人请去,就是穿的靴子。一夜未回,次早回来,才知主母身亡,不知何故。及至到县投书,受百般严刑,那时就穿的靴子。县太爷那时当堂叫画招,小的不是就穿着靴子吗? 这双鞋,为何在主母房中,我是一点不知。"施公说:"将他带下去,再把玉凤带来。"玉凤跪倒公案前,下役解去项锁。施公带笑开言,说:"你叫玉凤?"下面应声:"是。"施公又问:"你在曹家所做何事?"玉凤说:"小人是曹家的使女,伺候周姨娘不离左右。"施公点头,又说:"你在主母处伺候,前者五月初五,你老爷有支金钗交与汝夫人,此物不知有无? 你主母自缢的情由,要你从实说明,不得错误。"

　　玉凤见问,说:"大老爷在上,小婢最不会撒谎。我家老爷也在这里。本来他老人家在我周主身上也太过宠,有点应时新鲜物件,必要买来与他先吃。衣裳就不必说了,皮棉夹纱单,有数十箱。首饰各样俱全,也有数十个匣子,还不够戴吗? 那天端阳节,不知哪里打了一根金钗,他自己拿着,来到花园凉亭交与姨娘。姨娘接过,放在桌上茶壶内。那一天,因花园中穿廊的栏杆坏了,叫个木匠收拾。赶到晌午天气,木匠直是嚷热,被我主母听见,遂问我家老爷,把这香亭饮,赏他点喝。老爷答应,就叫小婢给他送去。小婢不知,就着拿那有金钗的茶壶泡满了送去。那香亭饮,是解暑去热的,我老爷早已给姨娘预备了好些。那时,小人给木匠送去,说是周姨娘赏的。随后老爷合周姨娘手拉手儿回房去了。那日晚间,我家老爷说是人请去,大料今夜不能回来。到晚上,老爷不用跟人,自己去了。赶后主母来叫我跟他到花园避暑去。说着,走到凉亭,乘凉避暑,不觉天交二鼓,甚是凉爽,二人都在那里睡着。猛听得喊嚷，主仆二位惊醒，急忙跑到房中一看，原是自家老爷半夜里回家来了。奴婢们忙着打火点灯，见得老爷面带怒气，颜色改变。又见他对姨娘冷笑几声，竟往前面书房去了。"

施公听到此处，说是："玉凤且住，本院有话问你。你家主人饮酒去，不带跟随，这一夜你可知道曹必成在哪里？"玉凤说："回大人，我们家主人去后，曹必成妻子曾对我说道：'玉凤，今日老爷不在家，你大叔也有人请去，临走就说今夜不回来。你好好扶持主母，我在前面去照应。'再说，我们老爷在房中喊叫有人，我同主母跑到房中，李氏也来瞧看。我问他，他说：'你大叔尚未回来。'"施公听得玉凤这些言词，心内明白，说是"后来如何？"玉凤说："后来老爷在书房把我叫去，叫我合姨娘要金钗。奴婢去问主母，主母只是发呆，他说'放在凉亭茶壶内'。奴婢闻听，吃一大惊。木匠早已走了。急忙拿灯去看，穿廊下有把茶壶，里面却无金钗。事出无奈，回到书房，真话实说。家主闻听，沉沉大怒，随手递我一个木匣，叫我交与二夫人。奴婢回来交代。姨娘开看，就是一双鞋，一封书子。他拆开看了多时，没甚言语，叫我再上凉亭内外，仔细找找金钗去。奴婢也不知是什么意思，我去找了许久方回。进房一看，将奴婢真魂吓掉——我家主母竟自吊死，想必是这金钗失去的缘故。"

施公听罢，眼望知县，说道："你听见没有，这内中的曲折？不懂审问，只据一书子，就将人处死，叫你判得屈死含冤。不是他妻子舍死，告到本院手中，险些曹必成性命死在你手。周氏死不瞑目，曹翰林懊悔含辱，都算你做得好事。"知县只是磕头。施公说："贤契，你暂带玉凤回家，不许难为于他。"又望知县说："你带曹必成回去，好好看待，不可有误。"此时各自带人回去。不表。

施公退堂，下役各自退去。晚间灯下，施公说："此案即可问结，就是祸根难寻。分明是木匠得金钗起淫心，留祸于曹家，却不知其人姓甚名谁？吾意去三个人暗访，我想此木匠大料不远，访着下落，好结此案，好去赴任。你们大家以为何如？"计全说："访访也好，大人费了多少心机，我们就去访一访，何妨呢。"及至次日，黄天霸奔独流，关太到静海，计全上双塘儿。三人分路暗访木匠去了。

内中单言神眼计全，都称飞腿，这双塘儿相隔十五里之遥，片刻便到街上。寻了一酒铺坐定，要了酒菜，口虽饮酒，二目留神。见此地方靠河有几帮粮船湾住，买卖喧哗好闹热。计全暗想，并无岔眼之人，似乎难访。忽见一和尚走进里面，对面坐下，要酒四两，鱼一碟，急速快来。走堂的不敢怠慢。计全见那头陀甚是凶恶，两道重眉，一双大眼，胡子是连鬓络腮，凶恶殊甚。计全不住留神，见他有什么急事的一般。僧人问走堂的："此地离杨村多少路程？"走堂的说："大约二百余里。"正说间，又见外面来一僧。他口呼："师兄，进来一坐。"那僧带笑说道："我方才到你庙中，说你方才出去，直到这里才赶上。真是快得很。你还有个外甥吗？"先来的僧人说："有。那日也不知什么事，躲在我庙中安身。他是一向做木匠手艺。"后来僧人说："不错，他是静海县人氏。"后来那僧人又说："师兄，你往那里去?"先来的说："咱俩知己好友，有话不能瞒你。我要上杨村报成寺里，找当家静成和尚。我们相好，闲走一遭。不知师兄要往何处去?"那僧人叹了口气，二目留神，看见计全人物虽不惊人，心中暗想，也要小心为是。看了看左右无人，低声说道："我兄弟三人，是山东绿林客，俱被施公捉拿。先把家兄问斩。我因大风中得逃活命，隐姓瞒名作了僧人，至今怨恨在心。闻听施不全放了总漕兼署部院，奉旨南行。我要在船底用功。"那个说："师兄何必如此费事! 待我今夜去，手到成功，将他刺死。"未知如何行刺，且看下回分解。

第一百八十八回

怕刺客神眼留心
疑计全钦差遇险

　　且说二僧商量行刺施公，要报前仇。计全一听，毛发悚然。二僧抬头一看，见他人物有异，听话带神，就不言语。即刻改变，尽说些绿林中的反话。说的时候，以为无人知觉，哪晓得计全无一不懂。二僧言罢，看看天晚，会了钱钞，起身便走。计全也会了酒钱，暗地紧紧跟随。走至大街，遇见有人相打，围住许多的人瞧看热闹。一转身时，计全瞧不见二僧，紧赶几步，竟不见踪影。心中好不着急，只是无法，只好回公馆知会众人，各要小心。

　　霎时，到公馆，想要到上房先瞧一瞧，纵身上房，身轻如猫，走到施公的卧寝，不见灯光动静，上房找遍无人。忽见一片灯光，乃是天霸居住的厢房。不打口号，轻轻落地。哪知天霸耳快，悄悄走出一看，回手取镖。计全慌忙说："老兄弟。"天霸吃惊，说："计大哥，做的什么事？险遭一镖。"计全遂往里走。关小西欠身离座，说："计大哥，何不敲门？竟敢逾墙。"只见计全把脸一沉，说是"不好"，就将酒铺遇僧人商量行刺，跟随如何落后，上房瞧看，从头至尾细说一遍。众人都不能睡，不住在院中偷看。一夜未眠，刺客未来。次日天明，不见动静，各人都说计全说话不实。计全说："你们不知，昨日一路上着了多少急呢！"天霸复又开言："计大哥虽爱说笑话，此必然是实。那麻脸和尚，不是别人，想必是被斩于六的兄弟。风大迷失，就是于七。既然漏网逃命，就该远遁他方，改恶从善才是，怎么为何复做此逆事，残害忠良？真是可恶。但此事不许对外人言讲，大家多加小心便了。"

　　候至施公起身，茶罢时候，计全等回话说："昨日未曾访出下落，启禀大人，今日再去查访。"施公吩咐黄副将说："你今日带两名兵丁，前往天津看验苏、杭的船帮，走到何地，遇有何事，探访个明白，急来回话。"天霸即刻收拾，唤来兵丁，上马而去。施公又令计全等，再去查访此案，日限一多不结，又恐怕耽搁漕运事务。计全说："大人且莫着急，我等再去细细查访。"说着即去更换衣服。小西、计全、何路通、郭起凤、王殿臣五人，分头按各路而去。

　　且说计全想，昨日那和尚说他有个外甥是木匠，又说在庙里藏身，此必不是好人。他仍来双塘儿酒铺坐下，要酒饮。寻问走堂的，昨日那两个和尚，他也不认得。计全无奈，只得又往南走。路上走着，心中暗想，直往南走，逢庙就问，或者问出和尚根由，那木匠就算有了。又想，不可沿路打听，万一和尚知晓，即便难拿，画虎不成，反倒类犬。再者去远，晚间难以回来。他们不信，必不精心，倘来行刺大人，必无人保护。想到此处，不由两脚如飞，甩开大步，登时来到公馆。进了大门，绕过茶厅，抬头一看，施公在院中坐着，才得放心。

计全上前跪倒。施公赶紧扶起。计全说道："今日我去访查，又无迹影。"霎时四人也来回话，俱是如此。施公说："众位多受辛苦了，各自回房歇息去吧，明天再作道理。"四人答应而去，来到自己房中。此时天色已晚，掌灯用饭，诸事已毕。大人主仆安寝各屋，都自宽衣大睡。唯有计全，独自支更。不提。

再说那麻面和尚，真是于七。于六因抢粮，被擒遭杀，于七趁风逃走，恐怕查拿，改姓薛，名酬，带发出家，法名喜静。来到沧州地方，有座薛家窝。薛家大户有数十家，内有一家弟兄五人，称作薛家五虎，常在河路上做些打劫的买卖。见于七身量高大，又会些武艺，就与他叙了同宗，叫他在本村关帝庙中居住。闻听施公钦点了总漕，从此经过，这贼要与他哥哥报仇。仗着他水性不低，要凿船底，谋害施公。那一日，走至双塘儿，才遇见那和尚，也是个高来高去的飞贼。无奈身备重案，也带发为僧，俗家姓吴，名成，法名静修，住唐官屯正乙玄坛庙内。因为路过杨村，走双塘儿歇息。因与于七在山东相识，素日最厚，故此才叫住于七铺中饮酒。听见于七要与他兄长报仇，水底凿船，他便不悦。他要替朋友出气，在旱地行刺。于七恐他莽撞，不叫他去，他却不依。直饮到天晚出铺，于七说："师弟真心为朋友，请到庙中商量个万全之策，再来不迟。"

吴成无奈，只得同于七赶着月色，走至二更时，才来到玄坛庙。徒弟点上灯光，自己放下包袱，叙礼归座。吴成叫声师兄："若想报仇，全在为弟身上。我的本事，你也知道。飞檐走壁，手到成功。"于七说："非也！若要行刺，必不能成功。他手下许多英雄保护，日夜必准备的。不如凿船为上，他手下尚无会水之人。"吴成说："师兄，你把我太看得轻了。他纵有人保护，不过是衙役兵丁。我一虎可敌千羊，明日晚间，我定要前去。"于七见他执意不听，素日又知他是个浑人，便不复拦，只得点头依从，莫要亏负他好心，只说："明日晚间，你就辛苦一回就是了。"吴成见他应允，喜不自胜，遂拉着于七，说："师兄，你跟我来，瞧瞧我的兵器。"徒弟秉烛，二人走至大殿，推开隔扇。吴成手一指，于七一看，原是玄坛神龛前面有个木架，挂一把竹节铜鞭。本是村中修庙完了供献之物，长三尺半，重九斤，横竹节排十三段。于七看完点头。吴成说："我已习熟门路。"于七说："此物只可临敌招架，行刺何用？"吴成说："有，有！"遂即走出大殿，到了卧房床边，拉出一把刀来，明晃晃的。灯下一看，是好刀，长有二尺。于七点头，连说"好刀"。吴成接过，放入鞘中。徒弟收拾酒饭，用毕安寝。一夜晚景不提。

至次日，又同吴成的木匠外甥一同饮酒。到午后，吴成打点应用之物，拿好铜鞭利刃，辞了于七起身，竟奔大路而来。一气走了四十里，看看日落，又赶了一阵，离双塘不远。用过酒饭，天交一鼓时分，又往前走。忽然间，风声大作，阴云四起。吴成心中暗想，真是天从人愿。走至公馆后面，坐在树下歇息。

等到公馆交到三鼓，吴成穿了衣服。不用的物件，捆好挂在树上。听得更夫转过，纵身上墙，轻轻跳在里面。公馆后墙，里面是一层房，乃亲随居住所在。他轻轻爬到上房，见更夫又来。吴成伏在瓦垄，听得更夫过去，又爬到房脊上，探头望对面观瞧：东厢房尚无灯光，细听有打呼之声；但见西厢房灯光闪烁，却无坐更之人。吴成即轻轻跳下房来，走至上房门首，用刀撬门，门随手而开。这贼走入房内，看见大人卧榻之处。照准贤臣，用刀一扎。不知贤臣死生如何，且看下回分解。

至于富明失金钗，擒拿于七，薛家窝并捉五虎，张桂兰盗金牌，黄天霸联姻，大战郝素玉，李海坞锁拿郎如豹，施公私访刘家村，铁匠行路害人，烈女当堂豁肚子，诓拿假知县毛如虎，殷家堡天霸去寻万君召，私访秦梁红，于亮困施公于落马湖，众英雄擒拿猴儿李佩，安东县打擂，捉拿蔡天化，淮安府上任丢印，贺人杰盗印归施公，海州私访费得功，米龙豆虎帮恶霸，梁家庄武举全家被害，贺人杰追马虎聚夹峰……这一切热闹节目，施公一生所断案卷，全在二续、三续、四续书中。

特别提示：

　　本书在编写过程中，借鉴和参考了大量文献和作品，谨向诸位专家、学者致以崇高的敬意。但由于部分作者的地址或姓名不详等原因，截至发稿之前，仍有部分作者没有联系上，但出版时间在即，只好贸然使用，不到之处，敬祈谅解，在此也敬启作者，见书后，将您的信息反馈与我，我们将按国家规定，第一时间对相关事宜做出妥善处理。

　　联系电话：010-80776121　　　　联系人：马老师

国学经典文库

中国公案小说

·施公案·

图文珍藏版